LADY DAY

Alain Gerber est né à Belfort en 1943. Longtemps producteur d'émissions musicales à Radio-France, il a écrit une quarantaine de romans, essais et nouvelles, récompensés par près de quinze prix littéraires, dont le Grand Prix du roman de la Ville de Paris pour l'ensemble de son œuvre.

Paru dans Le Livre de Poche :

CHET

LOUIE

ALAIN GERBER

Lady Day

Histoire d'amours

FAYARD

ISBN : 978-2-253-11863-3 – 1re publication LGF

À Marie Joséphine.

Les livres qu'on n'écrit pas à quelqu'un,
on ne devrait pas prendre la peine de les écrire.

AVERTISSEMENT

Ce roman est bâti autour du personnage de la plus grande chanteuse de l'histoire de la musique afro-américaine au XXe siècle, née, selon les documents officiels, Elinore, ou Elenoir, ou Eleanor Harris, le 14 février 1915 au General Hospital de Philadelphie, et que l'on connaîtra successivement sous les noms d'Eleanor (ou Eleanora) Fagan, Gough, Fagan encore, puis Eleanor Halliday et enfin Billie Holiday.

Comme dans *Louis*, *Chet* et *Charlie*, l'histoire que je raconte s'inspire d'événements réels, librement interprétés et mis en scène : c'est-à-dire filtrés par l'imagination et composés entre eux en fonction d'un projet littéraire qui ne vise pas en priorité à la reconstitution des faits, d'ailleurs incertains en bien des cas, au terme des nombreuses enquêtes menées jusqu'ici, notamment par Donald Clarke, dans l'indispensable *Wishing on the Moon. The Life and Times of Billie Holiday,* publié par Viking en 1994. Christian Gauffre a héroïquement entrepris dans son *Billie Holiday*[1] un classement plau-

1. CD-livre publié en 1995 aux éditions Vade Retro, en association avec la revue *Jazz Magazine.*

sible de ce fatras. La plupart des personnages que je convoque dans les pages qui suivent ont existé. En revanche, à l'exception de quelques rares phrases qui furent effectivement prononcées, l'ensemble des propos tenus ou cités par eux dans leurs monologues intérieurs est de pure fiction (ce qui ne signifie pas de pur arbitraire), comme les tempéraments et les caractères auxquels ils renvoient.

Cette histoire commence à New York, le 19 mars 1959, quatre mois, presque jour pour jour, avant la mort de l'héroïne. On enterrait ce jour-là l'homme avec qui, parmi tous ceux qu'elle rencontra, elle entretint sans doute les relations les plus innocentes et les plus énigmatiques, les plus profondes et les plus désincarnées : le « Président » des saxophonistes ténors, Lester Young. Huit jours plus tôt, le 11 mars, elle avait participé à l'ultime séance d'enregistrement de sa très fertile carrière avec l'un de ses très fidèles partenaires, le trompettiste Harry Edison, et ils avaient gravé, entre autres, une version du « standard » *There'll Be Some Changes Made* : « Quelques changements vont se produire. »

La première silhouette à se profiler est celle de Mary, qui fut l'épouse officielle de Lester Young, de 1946 à la mort du saxophoniste.

A.G.

PROLOGUE
(1959)

Mary

« Pas elle, leur ai-je dit. Pas cette femme ! »

Au ton de ma voix, ils ont tout de suite compris qu'il serait vain d'insister. Visage de bois, regard de pierre : je savais comment réagir. Une femme comme ça, j'étais sûre qu'elle n'aurait pas la décence de rester en arrière. Il avait fallu qu'elle vienne me provoquer. Le provoquer, *lui*, une dernière fois, et profaner la cérémonie. Profaner, je sais ce que je dis. Les mots, j'ai eu tout le temps de les retourner sept fois dans ma bouche, à St Albans, tandis que mon époux fumait son herbe à Manhattan, en sirotant ses poisons favoris. Au fil des mois, j'ai mâché et remâché des mots au goût de plus en plus amer. Et lui, il écoutait ses disques de Frank Sinatra, posé au bord du lit, un coude sur l'appui de sa fenêtre, j'imagine, son chapeau sur la tête comme s'il s'apprêtait à sortir. Des heures et des heures, il surveillait l'entrée des artistes du Birdland. Il avait beau écarquiller les yeux : il n'était plus aucun de ceux qui passaient cette porte, un étui de saxophone à la main.

Mon mari et cette femme se sont retrouvés pour cette émission de télévision sur CBS, fin 1957. Et tout de suite après, comme par hasard, il est tombé malade. C'est-à-dire qu'il s'est senti trop patraque pour continuer à faire semblant de tenir debout. Comme souvent, je lui ai sauvé la mise (et peut-être la vie, cette fois-là).

J'ai pris sur moi de le faire admettre au Kings County Hospital de Brooklyn, dans Clarkson Avenue. Ils lui ont accordé un sursis de deux ans (à trois mois près, ils ne s'étaient pas trompés), à condition qu'il cesse de boire et recommence à s'alimenter normalement. J'étais disposée à prendre les choses en main. À me chercher un deuxième emploi, de manière que, n'ayant plus à fréquenter les cabarets, il puisse rompre avec ses mauvaises habitudes, échapper aux tentations et se requinquer. Peut-être retrouverait-il l'appétit. Du moins ferait-il le coq en pâte à la maison, en attendant que je rentre le dorloter, après m'être esquintée à la tâche. Comme à son habitude, il n'a dit ni oui ni non. On aurait cru que c'était de lui que j'exigeais je ne sais quel sacrifice.

Cette fille lui avait jeté un sort. Même moi, sa femme pendant près de vingt-deux ans, la mère de deux de ses enfants (Yvette avait à peine plus d'un an quand il a pris ses cliques, ses claques, son électrophone et ses disques pour aller s'installer à l'hôtel Alvin au frais de Miles Davis, Max Roach et je ne sais plus qui d'autre), même moi, je n'aurais pas osé le regarder comme elle l'a fait devant les caméras, ce fameux soir. On a parlé d'un regard attendri, mais, moi, je ne marche pas. Il n'y a rien de plus humain que l'attendrissement. Or, cet attendrissement-là avait quelque chose d'anormal.

De monstrueux. L'expression de cette fille paraissait si… *déplacée.* Qu'est-on censé voir, après tout ? Une émission musicale réunissant de grandes vedettes du jazz. Mais on croise ce regard sur l'écran et, soudain, même si l'on est seule devant son poste, on ne sait plus où se mettre.

Ce qui s'affiche avec une impudeur insoutenable, ce ne sont pas seulement les sentiments d'une admiratrice pour son musicien préféré, ni d'une personne pour quelqu'un dont elle a été très proche autrefois et qu'elle redécouvre inchangé, sinon davantage lui-même qu'il ne l'était à l'époque. De telles réactions, je pourrais les comprendre. Hélas, ce n'est pas de cela qu'il s'agit. Il se passe là quelque chose de… Je ne sais pas, je ne sais vraiment pas… Ça vous met mal à l'aise sans que vous soyez fichu de comprendre pourquoi. S'il s'adresse à vous, un tel regard est capable de vous mettre dans tous vos états. Lester l'a-t-il surpris pendant qu'il développait son chorus ? À l'image, on a le sentiment que non. Cependant, un regard aussi troublant peut-il se poser sur vous sans que vous en ayez conscience d'une manière ou d'une autre ?

D'ailleurs, cette sorcière n'avait pas attendu ce moment-là pour l'envoûter. La malédiction venait de plus loin. Elle venait d'avant moi. À la fin des années 30, Lester avait habité avec Billie et sa mère. Inutile d'aller chercher midi à quatorze heures : c'est durant cette période qu'il a perdu le fil. Le fil de sa propre existence. Ce fil que j'ai renoué, moi, vaille que vaille, quand nous nous sommes connus – et Dieu sait ce qu'il m'a fallu de patience ! Bien entendu, elle s'est ingéniée à défaire tout ce que je m'étais donné tant de mal à rafistoler. Elle jouait au chat et à la souris avec mon homme. Un jour patte de velours, un jour toutes griffes dehors. Un jour je te pleure, le lendemain je te vomis. Il ne savait plus où il en était. Ils sont restés fâchés des années durant. J'avais repris espoir. Mais il a fallu qu'ils se rabibochent, un soir au festival de Newport. Il a fallu qu'ils se séparent de nouveau, puis qu'on les remette ensemble sur cet écran et qu'elle lui fasse ses yeux, et qu'elle nous tue, lui, moi, les enfants, et que le pauvre fou finisse par en mourir pour de bon.

Lorsqu'il a quitté St Albans, elle s'est déchaînée

contre moi. Elle est allée clamer sur les toits que j'étais une pimbêche, arrogante et snob. Que je l'obligeais à marcher en retrait, quand nous faisions des courses en ville, afin qu'on la prenne pour ma boniche. Comme si pareille idée aurait seulement pu me traverser l'esprit ! Comme si la célèbre Billie Holiday aurait toléré une seconde de se prêter au jeu !

Lester s'en est allé vivre loin de nous, mais il revenait quand il voulait. Et il revenait souvent. Aurais-je dû le retenir ? Je n'ai jamais osé. Peut-être que, de son côté, il n'osait pas rester. Nous ne dormions plus guère ensemble. C'était devenu, comment dire ?... délicat. Mais a-t-il couché *une seule fois* avec elle ? Il était passé nous voir, un soir de janvier, la veille de son départ pour Paris, où il avait décroché un engagement de plusieurs semaines dans un club. Cette fois, il s'était attardé. Il avait accepté de dîner avec nous. Bien sûr, il n'avait pas touché à son assiette. Mais, comme toujours, il nous avait fait rire aux larmes avec ses histoires, Junior et moi. La façon dont il se décrivait lui-même, planté devant sa fenêtre, à épier les allées et venues autour du Birdland, vous auriez cru un film des Marx Brothers. Il avait pris la petite sur ses genoux. J'en remerciais le Ciel. Ça l'empêchait de perdre le contact avec nous. Dès que son esprit s'absentait, c'était bizarre, son corps grandissait et s'élargissait, devenait plus lourd. Son ombre s'étalait comme de l'encre noire versée sur le tapis.

Il n'appelait jamais de l'endroit où il se trouvait, que ce soit l'autre bout du monde ou la porte à côté. Ce dimanche-là, le 15 mars, j'étais encore au lit. J'ignorais qu'il était rentré à New York en catastrophe, crachant le sang pendant toute la durée du voyage, quand le téléphone a sonné. C'est là que je suis retombée sur terre. Jamais je n'avais entendu prononcer le nom de cette Elaine Swain qui pleurnichait à l'autre bout du fil, en m'annonçant qu'il était mort vers trois heures du matin à l'hôtel Alvin. Que la police était venue constater le décès. Que, ne sachant trop quoi faire, la patrouille avait confisqué son saxophone, une bague (son alliance ?), son portefeuille et cinq cents dollars en traveller's checks qu'il gardait dans la poche intérieure de son veston. Il m'a fallu un certain temps pour comprendre. Non qu'il n'était plus (c'était comme si je le savais déjà), mais qui était cette femme. Et puis elle a hoqueté : « Ne vous en faites pas, je m'occuperai de tout. »

Depuis des mois, il vivait avec elle à l'Alvin. Tout de suite, j'ai deviné que Billie n'en ignorait rien. J'ai deviné que je ne serais jamais capable d'en vouloir à cette Swain. Je lui pardonnerais tout, par indifférence à son égard, sauf d'avoir eu l'idée de tenir le rôle qui me revenait de droit. En même temps, j'ai réalisé que, à Billie, je ne pardonnerais rien. Les choses qu'Elaine n'avait pas faites avec mon homme, il faudrait que Billie me les paie. De quelle manière ? Je n'en avais pas la moindre idée. Je me jurais seulement qu'elle les paierait cher.

Elle, chanter à l'enterrement de mon mari, voilà ce qu'ils osaient me proposer ! Chanter quoi ? Chanter victoire ? C'est à ce moment précis que j'ai martelé : « Pas elle. Pas cette femme ! » Je ne sais ce qui m'a retenue de leur sauter à la gorge. Ils se tenaient là devant moi et, en me mettant dans leur peau, l'envie me prenait de rentrer sous terre. Croyaient-ils donc vraiment que la mort efface les ardoises ? Avec les restes de Lester, alors, on aurait entassé au fond d'un trou toutes les convoitises qu'il avait suscitées, tous les profits qu'on avait faits sur son dos, toutes les méchancetés, toutes les malfaisances, les malédictions, les manigances dont il avait été la cible – et la messe aurait été dite ? On aurait mêlé les scories de l'infamie à ses cendres, ni vu ni connu, et il ne serait plus resté aux fossoyeurs qu'à ramener la terre par-dessus ?

Je n'exigeais pas seulement le silence de Billie. J'allais imposer silence à ce silence lui-même en le couvrant d'une autre voix. Une voix vaste et profonde, où il s'engloutirait tout entier. Une voix qui était la négation de la voix de cette femme. Une voix de lever du soleil, contre sa voix de crépuscule. J'aurais voulu Marian Anderson. J'aurais voulu Paul Robeson. Je ne savais comment les joindre. Puis je me suis souvenu de ce disque que Lester avait rapporté à la maison, avant de tomber amoureux de Frank Sinatra. La *Liberian Suite* de Duke Ellington. Il y avait ce prélude, *I Like the Sunrise*, chanté par Al Hibbler. Al était aveugle de naissance ; les regards de Billie avaient fait mourir mon homme. J'ai appelé Al aussitôt. Il n'a même pas dit oui : il m'a seulement répondu qu'il composerait une pièce pour la circonstance, qu'il y serait question du lieu où l'âme de Lester avait rendez-vous.

Est-il possible qu'elle n'ait rien envisagé de ce qui l'attendait au funérarium ? J'ai senti sa présence avant d'avoir aperçu son visage. Aussitôt, je me suis tournée vers elle. Elle était devenue, ces derniers temps, la caricature d'elle-même. Là, elle n'était plus que le spectre de cette caricature. Lorsqu'elle était gamine, quelqu'un avait dû lui expliquer que certains hommes appréciaient les filles bien en chair, tandis que d'autres préféraient les femmes sveltes. Entre les deux, elle n'a jamais su choisir. Les photographies le prouvent : il existe une Billie grassouillette, fille de sa mère, au double menton naissant, aux paupières bouffies, aux épaules rembourrées, et il existe une sorte de sylphide, guettée par la maigreur. Elles ne sont à mon goût ni l'une ni l'autre. Ce jour-là, ce n'était plus à quelqu'un de mince que j'avais affaire, mais à un vrai sac d'os. Quel âge pouvait-elle avoir ? Voyons… Lester était né en 1909 ; elle était plus jeune que lui ; moins de dix ans les séparaient. Je dirais donc entre quarante et quarante-cinq, quarante-six, quelque chose comme ça. Elle en paraissait trente de plus. J'avais devant moi un squelette ambulant dans une enveloppe usée, fripée, parcheminée. La couleur en était indéfinissable : un gris jaunâtre marbré de violet, d'indigo, d'aubergine, de vert tilleul. Vous aviez l'impression qu'un cyclone était passé sur sa figure. Ses yeux avaient regardé je ne sais quelle horreur en face. Son chapeau avait glissé vers sa nuque, à cause de l'épaisse couche de mélasse – brillantine, gomina ou autre – dont elle s'était tartinée pour empêcher, en vain, ses cheveux de se dresser sur sa tête. Ses jambes à peine plus grosses que le poignet semblaient cassantes comme du verre et ne la portaient plus. Elle s'agrippait des deux mains à son sac. Un ancien collègue de Lester, Budd Johnson, et un autre qui opérait depuis moins longtemps, Paul Quinichette, qu'on avait surnommé le « Vice-Président », la soutenaient, chacun par une aile. Je me suis dirigée droit sur le trio, d'un bon pas pour que nul ne s'avise de me retenir.

« Tu ne peux pas chanter aujourd'hui, Billie. » J'ai articulé son nom comme si elle n'était qu'une petite fille un peu simple, un peu butée. Et c'était bel et bien une enfant qui levait vers moi son regard embué, son menton tremblant. C'était à la fois une enfant et une très vieille carcasse. Sauf que les vieilles carcasses, en principe, n'ont pas cette voix de souris gazouillante, réservée aux gamines de l'école maternelle. Sauf que les gamines de l'école maternelle, en principe, ne tirent pas de leur sac une flasque de gin lorsqu'elles ne trouvent plus leurs mots.

« Tu ne peux pas chanter » : je voulais qu'elle comprenne, que chacun comprenne : « *Tu n'as pas l'autorisation* », mais aussi : « *Tu n'es pas en état de le faire.* » Lui plonger le nez dans sa déchéance. J'en ai profité pour lui rappeler que sa présence n'était pas requise à l'Evergreen Cemetery du Queens, après le service funèbre. Pendant l'éloge du révérend Dempsey, je l'ai entendue, dans mon dos, pousser un cri à donner le frisson. Ses sanglots accompagnèrent toute la suite de la cérémonie. Cette femme n'avait jamais su se tenir. Du coin de l'œil, j'ai vu Paul et Budd l'entraîner le long de cette 52ᵉ Rue dont, à une époque, elle s'était crue la reine. Qui m'a confié plus tard qu'elle balbutiait en s'éloignant : « Je serai la prochaine… Je serai la prochaine… » ?

Lady Day

Je suis allée à mon propre enterrement, tout le monde n'a pas cette veine. Lester glandait dans sa boîte, bien peinard. Il attendait son heure. Il avait dû planquer un joint dans le revers de son fute. Lester a toujours su tirer son épingle du jeu, mine de rien. Il faisait semblant de dormir. Il faisait le mort (mourez, on vous donne le bon Dieu sans confession). Et moi, je m'appuyais tout le boulot, comme d'habitude. Comme jadis dans les studios, à la fin des années 30. « Je te suis », disait-il. Il savait bien qu'il marchait devant moi. Il marchait devant tout le monde ; il marchait devant ses propres souliers, en ce temps-là. Le cauchemar, c'était quand il se lançait le premier, comme par exemple dans *This Year's Kisses, Mean to Me, Foolin'Myself, I'll Never Be the Same, Who Wants Love ?, If Dreams Come True* ou *I Can't Get Started.* Pres renonçait à sa flemme légendaire et vous indiquait la route. C'était un traitement de faveur, mais ce n'était un soulagement que pour lui. Ne pas marcher sur ses traces la tête basse, déjà, c'était toute une épopée. Il fallait en avoir dans le ventre. Il fallait se prendre pour ce qu'on n'était pas, puis le devenir bel et bien, en trente-deux mesures dans le meilleur des cas. Lester ne vous laissait pas le choix. Dans son sillage, ou bien vous deveniez quelqu'un ou bien vous n'étiez plus personne.

On était assez tête en l'air, à l'époque, assez tête

sans cervelle pour se croire immortels. On parlait de vie ou de mort sans même savoir de quoi il était question. On pensait que les grands mots réglaient tout, que la destinée faisait le reste et que l'alcool balayait derrière. On s'accoutumait à voir, au petit jour, l'eau de la rigole emporter les serpentins. C'était néanmoins une question de vie ou de mort pour tous ceux qui vivaient et mouraient en musique. Je veux dire à cause de la musique. Sur son terrain à elle. Là où, à part un ou deux gars de la stature de Pres, aucun musicien ne parvient jamais à se sentir chez lui.

À l'Universal Funeral Chapel, il ne s'agissait plus de cela. Il ne s'agissait plus que d'une banale question de décès. Mais il faisait celui qui n'était pas concerné. Il était là, allongé bien raide, tiré à quatre épingles, les doigts entortillés dans un chapelet d'ivoire, souriant aux anges, insoupçonnable – et moi je me tapais le sale travail. Je me décomposais pour deux. Je me décomposais devant les gens. Ils ne voient pas ça tous les jours ; j'espère que ça leur aura plu.

Lui n'avait pas besoin d'un coup de tord-boyaux pour se remonter le moral. Son éternité à peine débouchée, il la cuvait déjà. C'était tout lui. Il n'allait pas tirer la gueule dans son cercueil, mais, pour la première fois, il n'arrivait plus à me faire rire de ses malheurs et – je n'en suis pas fière – des miens encore moins.

Depuis belle lurette, nous n'allions plus siroter ensemble sur le toit de l'immeuble, les nuits d'été. On était partis, chacun dans son coin. On était partis l'un de l'autre. On était vaguement revenus, on était vaguement repartis. Mais, en décembre 57, il y avait eu cette émission de télé, « The Sound of Jazz ». Des inconnus m'en parlent encore tous les jours, aux quatre coins du pays. En coulisse, il ne s'était pas passé grand-chose entre nous. Ni pendant les répétitions. Après l'émission, j'avais donné une petite fête chez moi. Il était resté assis tout seul dans la cuisine. Je n'étais pas allée le chercher. Il était ailleurs, de toute façon. Il n'était même plus triste. Je ne l'avais jamais vu comme ça. Ce qui se passe, ça se passe sous l'œil de la caméra. En découvrant ces images, j'ai encaissé un méchant coup. Ce que nous avions vécu dans une autre vie, c'était resté intact. Ça se dressait devant nous, tel un remords. C'était une fête qui se poursuivrait après nous. C'était une souffrance qui nous survivrait. Un amour perdu qui était là pour toujours. Qui ne nous avait jamais demandé notre avis. Auquel nous pouvions tourner le dos, auquel nous pouvions renoncer, mais qui ne nous lâcherait plus d'une semelle.

Aucun musicien ne m'avait jamais intimidée. Ni Duke, ni Tatum, ni Bird. Louis non plus, qui avait été l'idole de mon enfance. Je n'aurais même pas eu l'idée de céder le trottoir à Coleman Hawkins, qui, jadis, faisait si peur à tout le monde lorsqu'il déboulait dans son manteau de ragondin, prêt à clouer au mur tous ceux qui le défieraient. Seul Lester lui avait tenu tête, une nuit au Cherry Blossom de Kansas City. Des années après son retour d'Europe[1], Hawk faisait encore le malin, surtout depuis le succès qu'il avait obtenu grâce à son fameux chorus sur *Body and Soul*. En maillot de corps, les bretelles pendantes et le feutre sur la tête, il en avait poli chaque note à l'aide de deux ou trois bouteilles de scotch, des mois durant au Kelly's Stable, après le départ du dernier client. Il en avait limé et relimé la moindre double croche, pesé et repesé le moindre silence, millimétré chaque inflexion, avant

1. En 1939.

de faire semblant d'improviser tout cela les doigts dans le nez, au studio RCA. Coleman paradait, s'accrochait à chaque coude une blonde platinée et dévorait les steaks comme des amuse-gueules. Néanmoins, sa tête se trouvait depuis décembre 33 accrochée dans le salon de Lester, avec des cornes jusqu'au plafond et, à la place des yeux, des boules de verre qui ne pouvaient plus regarder le monde de haut.

Lorsque je suis tombée sur lui par hasard dans une jam à New York, l'année suivante, Dieu sait que Lester m'a impressionnée avec sa musique. Mais, si les mots ont un sens, *intimidée*, non. Ni ce jour-là, ni quand nous avons commencé à faire tous ces disques où, s'il posait la première pierre, vous étiez submergé, au moment de prendre le relais, par la peur panique de foutre en l'air ce qu'il venait de construire, de donner un coup de pied dans ce château de sable mille fois plus beau que tous les Taj Mahal. Et il ne m'a pas intimidée non plus lorsque Basie m'a engagée et que j'ai pu prendre, soir après soir, la juste mesure de ses pouvoirs. On n'a pas encore inventé l'appareil susceptible d'évaluer le génie du Président Lester Willis Young. Toutes les aiguilles s'affolent, tous les cadrans volent en éclats. Ce génie est une chose trop unique. Et puis, allez donc prendre les mesures d'une nappe de brouillard en train de dériver sous la lune… Le temps nous a filé entre les doigts. Pendant qu'on enregistrait « The Sound of Jazz », Lester, dès qu'il s'est mis à jouer, m'est apparu comme l'envoyé d'une autre planète. Ça se lit sur ma figure en toutes lettres. Je me suis vue sur cet écran, et j'ai senti le sang refluer dans mes veines. *Moi*, alors, je me suis intimidée. J'ai compris tout à coup ce qu'il y avait de sacré dans ce que j'éprouvais en écoutant cette musique que je croyais connaître sur le bout du doigt. Et là, enfin,

Lester m'a fichu un trac de tous les diables. Lui seul ici-bas détenait le pouvoir de me conduire vers cette femme sur l'écran, cette inconnue qui n'avait d'yeux que pour lui, cette inconnue qui connaissait chacun de mes secrets.

Lester et moi, nous avons joué à cache-cache des années durant. Après « The Sound of Jazz », je le fuyais. L'idée qu'il avait vu les transformations de mon visage pendant qu'il improvisait me donnait la chair de poule. J'ai été libérée d'un grand poids le jour où, prétendant s'être perdu en route, il a manqué une répétition que nous devions avoir ensemble. Je parie n'importe quoi que, en réalité, il n'avait pas voulu m'embarrasser. Lester a été le premier homme à me traiter comme une dame. Lady Day, c'est un surnom qu'il n'est pas allé chercher loin : il l'avait sur le bout de la langue dès notre première rencontre. En général, je n'aime pas les hommes trop prévenants. Je ne *peux* pas les aimer. Je ne m'accorde pas ce privilège. C'est ma punition. Il faut que je sois punie de quelque chose, j'ignore quoi, mais le remords de ce truc-là me poursuit.

Avant son départ pour l'Europe, nous gardions le contact grâce à Elaine Swain. Ça nous évitait de décrocher le téléphone. Le 22 février, je me suis envolée pour Londres avec Mal Waldron, mon pianiste depuis 1957. Nous sommes restés là-bas trois jours, le temps de mettre en boîte une autre émission de télé. Quelqu'un a fait courir le bruit que j'avais traversé la Manche pour aller entendre Lester à Paris. Je n'ai même pas été tentée de le faire. Pour autant, je n'ignorais pas que le temps nous était compté, à lui comme à moi. Le message de « The Sound of Jazz » était clair sur ce point. Il ne l'était que trop. Ces images puaient la mort. En me regardant chanter *Fine and Mellow* (« Mon homme, il ne m'aime pas, il me traite affreusement mal… Mais, quand il se met à me faire l'amour, il devient tout délicatesse et velours »), je pouvais lire sur mes traits à quel point cette odeur m'incommodait. Nous qui, à une époque, lui avions couru après comme des dératés, sans pouvoir la rattraper, nous n'avions plus la vie devant nous. Ce que nous avions devant nous ne nous donnait pas envie de courir. On ne peut pas se faire toutes les violences à la fois.

Sa musique me manquait, et je ne le savais pas. Mais elle me manquait comme une personne vous manque. Contrairement à lui, je n'écoute presque jamais de disques. Sauf les miens, et depuis quelques années seulement. Je n'ai jamais été folle de ma voix. À présent, elle me rend malade. Elle me repousse de toutes ses forces et c'est justement pour cela que je ne parviens pas à m'en détacher. Plus ça me débecte, plus ça me hante. En principe, je ne m'intéresse ni aux enregistrements ni aux photographies. Autant lâcher la proie pour l'ombre. Quand Lester a joué chaque soir à deux pas de vous, des mois durant, ça représente quoi, un disque de Lester ? À peine plus qu'une poignée de cendres. Après « The Sound of Jazz », l'absence de sa musique a creusé un vide en moi. Aussi vertigineux que la mort de Mom en 45. S'il n'y avait pas eu ces maudites images entre nous, j'aurais pu traverser des océans pour aller l'écouter.

J'ai appris sa mort par Elaine et, tout de suite, j'ai pensé que j'allais pouvoir le rejoindre. Je ne veux pas dire dans la tombe : simplement marcher vers lui, comme autrefois. Reprendre les choses où elles en étaient à la fin de *Fine and Mellow*. J'allais enfin me laisser aller. Il me tendrait les bras et, cette fois, mes remords me foutraient la paix. Il me serrerait contre lui s'il en avait le goût. Encore que ça n'ait jamais été son genre. En public, s'agissant des femmes, il n'avait pas les manières d'un homme. Avec moi, il ne les a même pas eues en privé.

Mary Young a toujours ignoré qui était son mari. Elle n'a pas soupçonné un seul instant qu'en me recevant comme un chien dans un jeu de quilles, le jour des funérailles, c'était à lui qu'elle portait préjudice. Avait-elle pris la peine de regarder cette fameuse émission ? Elle aurait compris qu'il crevait d'envie de m'entendre une dernière fois. Que j'avais creusé un trou, moi aussi, et qu'il fallait que je le comble avant son départ. Elle ne l'a pas permis, sans même se rendre compte de ce qu'elle faisait. C'est pour ça que je n'ai pu m'empêcher d'éclater en sanglots. Je pleurais sur elle, autant que sur nous… Mes genoux avaient déjà du mal à me soutenir. Soudain, je me suis sentie fléchir de l'intérieur. Je me suis mise à mourir devant elle. À mourir de la mort de Lester, de mon humiliation, de toutes mes souffrances rassemblées en une seule, et puis de sa honte à elle, dont elle s'était déchargée sur moi et sur ma bouteille de gin, persuadée qu'un tel sentiment était trop beau pour elle. Je vacillais, retenue aux aisselles par Budd et Paul. Ce n'était pas seulement la force qui me manquait, c'était mon âme qui cherchait à s'échapper. Cette garce m'observait, les yeux mi-clos. Elle ne perdait pas une miette du spectacle. Comment a-t-elle réagi ? Jésus ! Elle a pincé les lèvres pour ne pas m'éclater de rire au nez.

Ce n'était pas pour cela que je la haïssais. Au contraire, cet affront avait remis mon âme en place. L'impardonnable, c'était d'avoir brisé le cœur d'Elaine. D'avoir confisqué à cette fille tout ce qui restait de l'homme revenu vers elle de très loin, laissant échapper son sang mais retenant son dernier soupir afin de le rendre sur ses lèvres à elle. Vous n'êtes pas fichue de garder le type qui vous a donné deux enfants et, à l'instant où il cesse de respirer, vous faites retomber le couvercle du cercueil entre lui et les personnes qui ont su l'aimer ? J'avais reçu ça en pleine figure, tel un seau d'eau glacée. Un choc pareil, il n'y a pas de mots pour le dire. On peut tout juste le chanter.

Pas si simple. Si j'avais su chanter l'histoire d'Elaine, de Mary et de Lester, je n'aurais pas harcelé William Dufty pour qu'il écrive ce qui s'était passé entre eux. « C'est une putain de magnifique histoire d'amour, Bill ! » je lui cornais aux oreilles. Et de lui expliquer comment Elaine, née dans une bonne famille, était devenue folle de Lester et s'était sacrifiée pour lui. Comment elle s'était débrouillée, en vendant des trucs au porte à porte, pour lui rapporter de quoi survivre. De quoi ne pas se retrouver à la rue pendant que l'autre dégueulasse faisait la fière dans le logement qu'il lui avait payé. De quoi surnager pendant que, de mon côté, j'imaginais qu'il s'en était sorti mieux que moi et lui en voulais à cause de ça.

Oui, c'est triste à dire, mais j'avais été jalouse de Pres. J'avais mal supporté ce que je croyais être sa réussite, quand j'avais dû foutre au panier tous mes rêves l'un après l'autre. Je n'étais pas devenue une star de cinéma. Je n'étais pas devenue la Judy Garland noire. Le peu de voix que j'avais, je n'avais même pas su le conserver en bon état. Il y avait des soirs où, mon pianiste, le peu d'admirateurs qui me restaient et moi, on faisait tous semblant de ne pas entendre mes fausses notes. Il y avait des soirs où les musiciens avaient beau me tenir la main, je déraillais à tout-va… Je ne me considère pas comme une vraie chanteuse. Je n'ai pas envie d'en être une. Je n'ai pas envie d'être Sarah Vaughan. Je connais des trucs qu'elle n'apprendra jamais. Ses trucs à elle, ou à Mahalia Jackson, ou à Ella, si je les apprenais, ça ne me servirait à rien. Moi, que ma voix parte en vrille ou file en quenouille, qu'elle se brise là où il ne faut pas, qu'elle se transforme quand je maigris ou quand je prends du poids, bref : que je n'arrive pas à en faire façon, ça n'a pas d'importance. Ce que le public me demande, c'est d'avoir le ton juste, pas d'être dans la bonne tonalité… Il y a belle lurette que j'ai commencé à dégringoler la pente. Je glissais, je glissais, tandis que Pres – je le croyais dur comme fer – n'arrêtait plus de grimper. Malgré l'arrivée de Charlie Parker, il était redevenu le dieu vivant d'une floppée de saxophonistes de toutes les couleurs. Il avait inventé, non seulement Budd Johnson et Paul Quinichette, mais Dexter Gordon, Wardell Gray, James Moody, Stan Getz, Zoot Sims, Lee Konitz, Paul Desmond, Gerry Mulligan, à peu près tout le monde, en fait. Pour commencer, il avait inventé Charlie Parker… Si je n'avais pas été aussi défoncée, j'aurais compris qu'il en bavait autant que moi. Je ne voulais rien voir parce que, au fond, je lui reprochais de n'avoir pas plongé avec moi dans l'enfer de la came. Lui seul pourtant aurait pu m'empêcher de sombrer tout à fait. Mais, voilà, il ne supportait pas la simple idée d'une aiguille crevant la peau. Le jour où j'en ai sorti une de mon sac, il s'est levé sans un mot et il est parti. Pour trois ans.

Il m'agaçait, je dois reconnaître. Ce gars-là n'était pas de ce monde, et voilà qu'il se prenait pour ma mère. Ça me rendait folle. Avec son air de chien battu, il me rappelait tout le mal que j'avais fait à Sadie. C'est vrai que, ce livre que Dufty a écrit en mon nom, je ne l'ai lu que par-dedans. Toutefois, je me souviens d'une confidence à laquelle je me suis laissée aller – en plein le genre de révélation qui fait vendre les bouquins de souvenirs. Mes paroles résonnent encore à mes oreilles. Il faut dire que je les remâchais depuis plus de dix ans. Depuis un certain 6 octobre 1945, très exactement. Elles faisaient le manège dans ma tête pendant mes insomnies. Elles m'ont accompagnée de galère en galère. À l'hôpital, en prison, partout. Elles ont gâché mes rares succès qui n'aient pas été sans lendemain. Mais jamais, même quand j'étais seule dans ma loge, la porte fermée à clé, et que mon propre reflet dans le miroir de la table de maquillage m'obligeait à baisser les yeux, non, jamais encore je ne les avais prononcées à voix haute.

Avec Duffy, on discutait de la séance avec Lester où nous avions gravé *When You're Smiling* et *If Dreams Come True*. J'ai dit tout à coup : « Écoute, il y a un truc qu'il faut que tu saches. Tu en feras ce que bon te semblera, ça m'est égal. Sais-tu que les blaireaux ont raison ?

— À quel propos ?

— Quand ils prétendent que la came, ça tue les gens.

— Whow ! Tu en as beaucoup, des révélations de ce calibre ?

— Ça ne tue pas les bons. Les camés, ça les tue à petit feu, et ils n'ont que ce qu'ils méritent, crois-moi. Mais, les autres, ça les foudroie.

— Quels autres ?

— Ceux dont ils ont besoin et qui ont besoin d'eux… Maman, la came l'a tuée. Voilà la vérité. Ma propre mère, je lui ai planté cette putain de seringue dans le cœur. Le cacher, ce serait comme de l'enterrer deux fois. Si quelqu'un prétend en connaître plus long que moi sur la question, qu'il vienne donc me le dire en face. On retroussera nos linceuls et on comparera nos stigmates… »

Est-ce l'alcool qui a tué Lester, comme ils le prétendent ? Est-ce l'indifférence de l'Amérique, tout ce silence qui marchait sur lui, les poings serrés, alors qu'il venait de donner tant et tant d'amour aux gens ? Est-ce Mary avec ses misérables histoires de bonne femme ? Et moi, quel rôle ai-je joué dans ce meurtre ? Quel rôle ont joué toutes ces aiguilles qui ont troué mon corps, pire qu'une poupée vaudou, et qui poignardaient Pres à distance, sans avoir l'air d'y toucher ?... J'ai envoûté le Président Lester Young. J'en suis fière. Mais, à partir d'un certain moment, les choses ont mal tourné. J'avais le nez dans ma poudre, je n'ai rien vu venir...

Il l'avait baptisée « Duchesse ». Mom, elle, a su aimer Lester. D'aussi loin que je me souvienne, de nous deux, ç'avait toujours été elle, la gamine. Elle ne comprenait rien à rien. Pourtant, dès qu'elle a ouvert la porte et qu'elle l'a découvert sur le paillasson, le jour où je l'ai amené chez nous, elle a eu comme une illumination. Chaque pièce du puzzle trouvait sa place comme par enchantement. Nous-mêmes, à la surprise générale, nous avions la nôtre dans ce monde à la gomme... Parfois, je me dis que c'est ça aussi que Lester n'a pas pu me pardonner : d'avoir cassé à Mom tous ses rêves à dormir debout. De l'avoir empêchée de croire en moi, elle qui était toute prête à croire au père Noël. De l'avoir abandonnée. D'avoir quitté sa maison sans deviner que c'était elle que je fichais à la porte. Et pour finir d'avoir pointé ma seringue sur elle.

7 avril 1959. Moins de trois semaines ont passé depuis les obsèques de Lester. En fait, *rien* n'est passé. Tout m'est resté en travers de la gorge. Le moment est venu de débarrasser le plancher. Quand la partie est perdue, à quoi bon traîner autour du tapis ? J'ai décidé

de fêter mon anniversaire. Le quarante-quatrième. Tout ce que je désirais, c'était de ne pas m'incruster. Il n'était pas utile qu'on m'achève. J'avais accompli la besogne moi-même.

Je souhaitais convier tous mes amis disponibles à New York. Ça m'a permis de les compter. Au bout de cinq ou six noms, je ne savais plus trop qui mettre sur ma liste. À part Lester à une époque, quelques filles comme Irene Wilson et, aujourd'hui, comme Alice Vrbsky ou Annie Ross, qui aura pu se dire mon ami ? J'ai invité tout le monde et n'importe qui. Des dizaines de personnes allaient et venaient dans l'appartement. Ce cirque a duré jusqu'au matin, comme une jam à Kansas City. J'avais cuisiné pour un régiment. J'ai tout épluché, tout préparé, tout dressé, tout servi moi-même : le poisson farci aux piments doux, le poulet frit et le poulet rôti, les hamburgers à ma façon, les travers de porc caramélisés, trente-six sortes de salade, des légumes comme vous n'en avez jamais mangé nulle part… Quand je régale, je régale. Je tiens ça de maman. Il n'y a eu que moi pour manquer d'appétit. Chaque matin, Alice m'installe devant un petit déjeuner. Je contemple les bonnes choses qu'elle m'a servies, bien droite sur ma chaise. Je retiens mon souffle pour ne pas respirer les odeurs. Elaine m'a appris que Lester faisait exactement pareil. Nous avions adopté le même régime que Fats Waller, lui et moi : les « œufs au bacon liquides[1] ». Nos estomacs ne supportaient rien d'autre. Pour se sentir le ventre creux, il faut avoir le cœur bien rempli.

Le regard de triomphe de Mary, lorsqu'elle a aperçu la bouteille dans mon sac que j'avais laissé ouvert, de

1. Le pianiste avait ainsi baptisé le gin.

peur que mes mains ne tremblent trop pour le rouvrir… Hé, oui ! ma pauvre fille, en certaines circonstances, on apporte ses larmes avec soi, afin d'être sûr de ne pas en manquer… J'avais bien besoin d'un remontant. Je me sentais devenir toute petite. Oh ! pas à cause de toi, face de craie, farce d'ardoise qui s'efface toute seule ! À cause de lui. Je n'avais pas réussi à le rejoindre dans un amour d'adulte. Je retombais dans mon abominable enfance. J'étais l'enfant de son cadavre ; le fruit des entrailles de la terre où il allait, comme disent les êtres de ton espèce, « reposer ». Un endroit où, du moins, il lui est enfin permis de t'oublier… Je m'imaginais sourire à la vie. Je ne la croquais pas à belles dents. Beaucoup moins qu'on ne l'a dit, beaucoup moins que je ne l'ai laissé croire. J'entrouvrais les lèvres, le visage renversé sous la pluie, dans les rues de Harlem. Renversé sous les visages de garçons et de filles que je pouvais aimer aussi brutalement que je voulais, tant que c'était du bout des lèvres. Du sexe, ce que j'ai connu d'abord, c'était une danse de douleur, un grouillement féroce, écartelée par terre. J'avais payé pour voir. Voir que cette ardeur n'étanche rien. Ou bien elle vous consume du premier coup, ou bien elle attise le feu pour l'éternité. Entre les deux : la minceur d'un fil.

Tu perds les eaux de l'enfance sur un plancher qui pue la Javel, l'urine, le sang, les rêves morts-nés, les crottes de rat : quel désir va survivre à ce carnage ? Après ce genre d'amour, y a-t-il quelque chose encore qui couve sous la cendre ?… J'ai laissé tremper mes lèvres dans tous les breuvages de l'existence. Comme j'avais vu faire aux putes de Baltimore, j'avalais le moins possible de cette semence. Je craignais de vider mon verre avant d'avoir bu tout mon saoul.

Avec Lester, je m'en souviens, rentrant du travail

vers six heures du matin, nous grimpions sur le toit de l'immeuble où Mom habitait. Nous allions voir le jour se lever, hésiter au-delà des ponts, tâter l'horizon de la pointe du pied. Adossés à une cheminée au milieu des pigeons, côte à côte, on sifflait une mixture de gin et de porto au goulot d'une bouteille enveloppée dans un sac de papier brun, nous arrosions notre potager, comme il disait. Nous arrosions le potager de nos silences, dans une brume de marie-jeanne. Les étoiles restaient froides, même les nuits de canicule, mais nous faisions semblant de l'ignorer. Lester me réconfortait de son mieux. Il me faisait de grands serments. Il répétait qu'il ne serait jamais amoureux de moi, que je valais mieux que… (Il ne trouvait pas le mot.) De toute ma vie, c'est bien la seule vraie déclaration que j'aie entendue. La seule qui n'exigeait pas qu'en échange je dégrafe ma robe et boive la salive d'une autre personne. Avec Lester, nous n'avons bu que notre fichue bibine. Toutes nos autres soifs restaient intactes.

Plus infâme que le porto-gin, il y a le cognac-crème de menthe. John Levy, l'un de ces salopards au cou desquels je me suis pendue, téléphonait aux barmen, dans les boîtes où je passais, pour les prévenir que, s'ils me servaient de cette saloperie, il leur ferait écrabouiller les mains. Le cognac-crème de menthe me rendait malade. Ce brave John craignait que je ne vomisse sur les gens. C'était pourtant ce que je faisais depuis des années. Depuis 1939. Depuis *Strange Fruit.* Un beau matin, nous ne sommes plus allés sous les étoiles, Lester et moi, parler de l'amour comme d'une chose qui s'était perdue dans le noir, dans le fouillis des galaxies. Il n'était plus là pour me rassurer et, pour la première fois, je me suis mise à regarder dans le verre des autres. J'ai voulu devenir une fille que je n'étais pas. J'ai imaginé que ma coupe était pleine à ras bord. J'ai cru que j'allais donner à l'Amérique tout entière le goût de mes lèvres. Le goût de m'aimer sans me faire de mal. De me caresser sans frotter mon dos et mes cuisses contre les échardes. De m'aimer en manteau de vison, à jamais inaccessible derrière le verre fumé des limousines. De m'aimer sans les mots, ni les regards, ni les gestes, comme Lester m'avait aimée sur les toits… J'aurais voulu récrire l'histoire de Baltimore. Empêcher ce qui s'était passé là-bas. Rendre impossible ce qui s'était passé depuis toujours, tout le temps et partout. Des tas de gens ne me l'ont jamais pardonné. Des tas de Blancs qui n'avaient pas avalé *Strange Fruit,* cette infecte marmelade d'entrailles carbonisées. Ils ont pressé de toutes leurs forces leurs mains roses sur ma nuque et ils m'ont plongé le nez dans cette flaque… Le gin seul en fait passer le goût. Le gin pur et transparent, chauffé à blanc par les mensonges noyés dans les bouteilles. L'eau de feu. L'eau du feu sans flammes. Le pétrole des lynchés de l'intérieur. L'alcool qui, peu à peu, devient sa propre soif, la seule qui vous reste. L'eau-forte qui grave en vous le mirage de vos autres désirs : l'amour, les hommes, les femmes, les chansons. L'ivresse de respirer sa propre haleine comme un dernier soupir…

Si Mom m'avait soupçonnée un seul instant de coucher avec Lester, jamais elle n'aurait permis qu'il vienne habiter chez nous. Mais d'un autre côté, si elle l'a reçu à bras ouverts, je ne serais pas étonnée d'apprendre que c'était dans l'espoir que je finirais par tomber amoureuse de ce *gentleman* (elle répétait ce mot à tout bout de champ, dès qu'il était question de Pres) et que j'entrerais dare-dare dans son lit, à titre d'épouse légitime. En vérité, nous ne savions même pas s'il était marié, en ce temps-là. La première Mary, il ne m'a pas prévenue quand il s'est mis avec elle. Je ne suis tombée dessus qu'une seule fois, et encore : par hasard. C'était une Blanche grand teint. Une Blanche cent pour cent (et non cent dix pour cent, comme l'autre décolorée qui allait prendre sa place). Est-ce qu'il nous la cachait ? J'espère, en tout cas, que son idée n'était pas de nous cacher, nous, à cette face de craie, pensant que, un seul nègre autour d'elle, c'était déjà bien assez... Mais revenons à Mom. Elle était entichée de respectabilité, au même titre que son père et toute cette famille qui l'avait reniée, pour la raison précise que Sadie Harris était la seule chose au monde qui les empêchait d'être tout à fait respectables. Elle avait pris ces bouffeurs de merde pour modèle. Sauf que, la respectabilité, elle n'avait aucune idée de ce que ça pouvait bien être en réalité. Elle s'imaginait des trucs. Elle se montait le bourrichon. Elle voyait un peu ça comme l'arrivée du prince charmant, qui vous refile sa putain de pantoufle. Elle était faite pour la respectabilité comme un canard à trois pattes pour danser la polka ! J'ai envie de casser quelque chose, chaque fois que je songe à tout ce mal qu'elle s'est donné en vain.

Seigneur Dieu, ce que cette femme aura pu m'exaspérer ! Je me serais damnée pour avoir un enfant. J'avais cette pisseuse éternelle sur le dos et, certains jours, je croyais vivre un enfer. Un enfer sans flammes. Un enfer de moiteur et d'eau tiède. Un enfer de pas traînants, de pâte à beignet, de sucreries de l'avant-veille, de joues rondes et de double menton et de « Billie, Billie, Billie ! » pleurnichards qui me poursuivaient à travers tout l'appartement, tel un jouet cassé que j'aurais traîné au bout d'une ficelle. Pour entendre autre chose, j'avais dû demander aux asperges blondes que je levais ici ou là de m'appeler William quand on passait aux choses sérieuses. Maman les regardait. Je n'ai jamais compris comment elle faisait son compte.

Elle rameutait tous ses souvenirs, tous ses cauchemars, tout ce que les uns et les autres lui avaient fait subir à Baltimore, et elle réussissait à se convaincre que, si des femmes blanches franchissaient le seuil de notre appartement au beau milieu de la nuit et montraient un certain embarras, alors qu'elle surgissait de sa chambre toute faraude, mal fagotée dans sa vieille robe de chambre couleur de cendre, fermée par une sorte de cordon, d'embrasse de rideau grenat à pompon qu'elle prenait soin de nouer au-dessus de son estomac, de manière que les pans bâillent et que chacun puisse admirer le volant déchiré de sa chemise jaunie par les repassages, alors qu'elle se précipitait, avec toutes ses rondeurs ballottant et clapotant autour d'elle, dans le seul but de leur faire des courbettes et de tourbillonner dans le couloir telle une toupie saoule, les mains jointes contre son cœur, et de caqueter en piaulant à la façon d'une Sassy Mae dans un quelconque *Autant en emporte le vent*, elle réussissait à se convaincre, disais-je, que ces visites incongrues étaient une chose particulièrement respectable. Une chance. Un privilège. Un cadeau exorbitant. Un coup de théâtre inespéré. Une espèce de miracle. Elle se dressait devant elles, ces dépravées timides, ces sacrilèges d'occasion, elle se dressait, la bouche fendue jusqu'aux oreilles, avec, sur un plateau qu'elle leur brandissait sous le nez, le café fumant, les pancakes et les muffins, au moment où elles s'apprêtaient à s'esquiver sur la pointe des pieds. Elle me lançait des clins d'œil dans leur dos, des clins d'œil langoureux pour toutes ces faveurs dont, grâce à moi, la vie nous comblait. Elles en devenaient vertes, les blondasses. « Il faut manger, Miss ! » disait maman, avec cet accent de boniche sudiste qu'elle sortait de je ne sais où. Elle était aux anges, la paupière humide…

Bon sang, elle aurait tenu la chandelle qu'elle ne se serait aperçue de rien !

Sadie ne pouvait m'enseigner qu'une chose et, moi, c'était justement celle que rien ni personne ne pouvait plus m'entrer dans le crâne : qu'il faut croire au prince charmant, aux chevaux qui parlent, à n'importe quelle connerie susceptible de vous cacher que, si une chose n'est pas moche, elle a très peu de chance d'exister pour de bon. Ou alors elle s'appelle Lester Young, et quand vous vous en rendez compte, la première mesure que vous prenez, c'est de la fuir à toutes jambes, sous prétexte qu'elle pourrait vous rappeler à côté de quoi vous êtes passée et que, pour un peu, la belle vie vous pendait au nez. La belle vie ? Disons la vie, rien que ça, et ce serait déjà le Pérou. Ce serait déjà trop.

Une histoire d'amours

I
(1914-1929)

Mattie

Comment une créature pourrait-elle se respecter, si elle ne respecte pas son Créateur ? Pour connaître la valeur d'une religion, il suffit d'examiner le genre d'endroit que les fidèles font habiter à leur dieu. Quand j'ai décidé de convertir Mr Fagan au catholicisme, je n'y suis pas allée par quatre chemins. Je lui ai montré l'intérieur de la basilique. Il n'y avait jamais mis les pieds. Il n'en a été que plus impressionné. Il a tout de suite compris à Qui il avait affaire.

Le chahut et le débraillé, les vitraux bariolés dans tous les sens, les ornementations grossières, les prédicateurs hystériques, le son du tambour et du trombone conviennent sans doute à ceux qui regrettent la bamboula et ont la nostalgie de la forêt vierge. À tous ces blasphémateurs inconscients qui pensent au fond d'eux-mêmes que l'Éternel ne marque pas de différence entre les hommes et les animaux. Mais, dans les églises catholiques, personne n'ira gesticuler aux accents d'une musique de sauvages. On garde un maintien modeste. On ne danse pas la gigue sur les bancs. On ne pousse pas des cris d'orfraie. Les femmes ne retroussent pas leurs jupes pour un oui pour un non. Chacun prie en silence. On courbe la nuque et on ne met à nu que son âme, dans une odeur d'encaustique, de cierges et de fumée d'encens. Pour les personnes qui ont de l'amour-propre et le souci de la décence, il est évident qu'on respecte mieux la majesté divine et le divin mystère en de tels sanctuaires. C'est là que Dieu Se sent le plus à l'aise. Qu'irait-Il faire dans des bastringues et des pandémoniums ?

Mr Fagan est un homme intelligent. À peine franchi le seuil de cette basilique, il avait compris que, s'il devait jamais retrouver la paix de l'âme et obtenir le pardon de sa faute, ce serait dans le sein de la religion des apôtres. Toute sa famille, c'étaient des méthodistes. Au moins, ils avaient pris leurs distances avec le tout-venant baptiste. Moi, j'appelle ça le bas de l'échelle. Et encore ! Qu'est-ce qu'une échelle dont on n'a pas l'usage ? Il faut déjà avoir pris la peine de poser le bout du pied sur le premier barreau. Ces gens-là n'ont aucune intention de s'élever. Ils préfèrent s'empiffrer de mélasse et de pieds de cochon. Ils préfèrent pousser des cris et jouer de l'harmonica dans leurs temples. On a beau dire, les méthodistes ont plus de respect pour eux-mêmes.

J'ai épousé Charlie Fagan, malgré cette tache sur sa réputation, parce que c'était un homme de devoir. Et un homme qui avait soif d'honorabilité. Je pense qu'il tient cela de sa mère Rebecca. Veuve, elle avait élevé seule huit enfants, en lavant le linge des autres, tout comme moi lorsque je suis arrivée de Virginie. À aucun d'eux elle n'avait dit : « Je te donne ma bénédiction. À présent, tâche donc de te débrouiller dans la vie si tu peux », mais au contraire : « On a l'existence qu'on mérite. Il n'y a pas deux façons de regarder vers le haut. Pour demeurer un Fagan, jamais tu ne devras t'attarder au niveau où tu viens de te hisser. » Mr Fagan n'avait jamais oublié la leçon. Il aurait pu n'être que cuisinier, toujours à respirer le graillon et la buée poisseuse. Voire simple plongeur. Mais, de garçon d'ascenseur, il avait fait son chemin et, par sa ponctualité, sa politesse, son ardeur au travail et son envie de bien faire, il avait convaincu le propriétaire de l'hôtel de le prendre à l'essai comme serveur. Il avait tout juste seize ans à l'époque. Ça ne l'a pas empêché de donner toute satisfaction. Pas un de ses patrons n'a eu à se plaindre de lui. Et encore moins après qu'il eut reçu le baptême. Ça non plus, ça n'a pas traîné. Il m'a expliqué que, de toute façon, Fagan était un nom irlandais et qu'un bon Irlandais est toujours catholique. Il ne faisait jamais que regagner sa place.

Notre place à tous deux ne pouvait pas être le ghetto de Baltimore, tout juste bon pour des baptistes ! Ces gens-là s'imaginent que le noir de la peau est le résultat de la crasse accumulée pendant des siècles. Ils sont toujours disposés à se vautrer dans leurs ordures. De sa famille, de ses amis, de ses collègues, mon époux fut le premier à rassembler assez d'économies pour acheter sa propre maison. Et de toutes les personnes de couleur du quartier qui se payaient une maison (vous pouviez les compter sur les doigts de la main), il a été le premier à déménager, à tourner le dos à toute cette insalubrité, et à s'installer dans Brevort Road, en plein quartier ouest. En ce qui me concerne, je ne suis plus jamais revenue sur mes pas. Mr Fagan fait encore le déplacement de temps à autre. Il va là-bas rendre visite à des parents. Il n'essaie pas de m'entraîner avec lui. Il sait que, sur ce point, je désapprouve sa conduite. Vous ne vous élevez pas pour que ceux qui sont restés sur leurs fesses à rouler les dés vous tirent vers le bas. C'est à eux de gravir les échelons.

Rebecca et ses enfants vivaient au 42, rue Little McEldery. Au 36 logeaient les Harris. Ginnie, la femme, faisait des lessives, elle aussi. Le mari – Henry, si je me souviens bien – était employé aux remorqueurs. Ils n'avaient eu que des filles. Les filles, on sait bien à quoi les parents les utilisent, dans certains coins du ghetto… Mon Charlie, lui, n'y a vu que du feu. Trop honnête pour douter de l'honnêteté des autres. Il a cédé aux avances d'une des sœurs. Il s'est laissé embobiner. À l'époque, n'étant que liftier, il ne devinait pas qu'il serait un jour un bon parti. Ces filles-là, je suppose qu'elles tentaient leur chance avec tous les pantalons qui défilaient dans les parages. Charlie Fagan m'a tout avoué d'emblée, quand on s'est connus par la suite. Sous la peau de ses oreilles, le cartilage était rouge. On aurait cru qu'il avait le soleil dans le dos. Il m'a annoncé qu'il était le père d'une petite Sara, née en 1896, le 18 août. Il avait alors à peine plus de vingt ans. Tout de même, il n'était pas allé jusqu'à la reconnaître.

Je gardais la tête haute. Le Seigneur vous envoie des épreuves, c'est un honneur qu'Il vous fait. Nous étions assis sur un banc du square. J'avais bien remarqué que sa main cherchait la mienne. C'est moi qui ai pris les devants.

« Mr Fagan – ai-je dit, les yeux fixés sur l'horizon, pour qu'il n'imagine pas que tout était arrangé –, je ne sais pas ce que nous allons devenir. »

J'ai un mari qui va se répandre en salamalecs auprès de la semi-racaille de Baltimore est. Et ce n'est rien encore. Il n'oserait pas me le déclarer en face, bien qu'il ne soit pas cachottier de nature, pourtant il a renoué avec cette Sara, maintenant qu'elle a grandi. Elle lui est redevable de la vie, j'entends bien. Mais que lui doit-il pour sa part, sinon des remords et, peut-être, sa place au paradis ? J'ai appris par le père McCormick qu'il la rencontrait de temps en temps. Je sais que l'enfant du péché n'ignore pas à qui elle a affaire. Il paraît qu'elle l'appellerait « not'père ».

Comme à la campagne ! D'où sortent donc ces gens-là ? « Not'père » ! Il a fallu que je l'entende moi-même pour le croire.

Notre Seigneur m'est témoin : je n'ai jamais rien voulu avoir à faire avec cette fille. Si j'ai buté sur elle un soir d'été, alors que je prenais le frais sur le port au bras de mon mari, ce n'est pas de mon fait. Je n'ai même pas eu à me tourner vers Mr Fagan : je savais qui elle était avant qu'elle ait commencé à humecter ses grosses lippes et à les remuer à la façon des ruminants. La malheureuse fille – une demi-naine, en plus ! – suait la bêtise par tous les pores. Elle se tortillait sur place. Elle ne trouvait rien à dire. Elle devait avoir quatorze ans tout au plus et se laissait déjà envahir, ici et là, par cette mauvaise graisse où les traits de son visage finiraient par se noyer. Elle l'a craché tout net, son « not'père ». Quand ça lui est parti de la bouche, moi j'ai failli jaillir de mes chaussures. « Bonsoir, not'père. Il va bien ? » Elle ne regardait que lui. Elle le regardait comme le Saint-Sacrement. On ne lui avait pas plus enseigné les rudiments de la politesse que ceux de la grammaire. « Qui êtes-vous donc, ma fille ? » l'ai-je interrogée de toute ma hauteur.

Pas question que celle-ci me considère comme sa belle-mère, même si, en théorie, je l'étais. Les péchés de jeunesse de Charlie Fagan ne pouvaient quand même pas être à ma charge. Ça n'aurait pas été équitable.

Elle m'a adressé un sourire qui était celui d'une tarte qu'on sort du four. Je crois même qu'elle a esquissé un semblant de révérence – j'espère m'être trompée.

« J'suis la Sara Harris, a-t-elle répondu, avec des bulles de salive qui crevaient au coin de sa bouche. C'est comme ça qu'on m'appelle, Miss, et aussi des fois la Sadie. J'aime encore mieux, et not'père, c'est pareil ! »

Il faisait sombre. D'instinct, Mr Fagan avait reculé d'un pas. Je ne pouvais plus l'apercevoir, mais j'étais sûre que ses oreilles étaient aussi pourpres que le ciel qui se reflétait sur l'eau, là-bas vers l'ouest, comme sur les plus jolies images.

On ne peut pas emmailloter une fille tout entière dans des bandelettes, comme les pieds des Chinoises. Alors, elle a grandi. Elle s'est agrandie, devrais-je plutôt dire. Dans les trois dimensions, ce qui n'a pas arrangé les choses. Elle commençait à se dandiner comme les femmes de son état. Elle se mettait du rouge. Elle ne lésinait pas, pour ça non. Mr Fagan l'évitait. Les gens qui ne connaissaient pas l'histoire auraient pu jaser. Par chance, le père McCormick était informé de bien des choses. Il me tenait au courant. Telle mère, telle fille. Dans ces familles-là, l'exemple ne vient jamais de haut. Il m'a suffi de patienter trois ou quatre ans, et ce qui devait arriver arriva. Le déshonneur de sa propre naissance ne lui aura même pas servi de leçon.

Ça s'est passé l'été dernier. Elle était bonne à domicile dans une famille blanche. Elle aurait pu se trouver un brave garçon, un dadais dans son genre à qui elle aurait donné de gros enfants placides qu'on gave de sucreries et qui, de toute leur existence, n'embêteront plus jamais personne. Mais pensez-vous ! Fonder une famille ? Ça ne lui sera pas plus venu à l'esprit que de se pendre ! Elle allait au bal. Elle fréquentait ce qu'on y trouve : les désœuvrés, les je-ne-sais-quoi. L'un d'eux l'a séduite. À force de traîner avec les galvaudeux… Comment s'est-elle débrouillée pour attendre aussi longtemps ce qui lui pendait au nez ? À mes yeux, la chose reste un mystère. Elle est tombée sur de vrais empotés, ma parole ! Ou alors elle-même ne savait pas trop comment s'y prendre. Elle avait dû rouler des yeux en boules de loto et se ronger les ongles pendant que sa mère lui marmonnait les explications nécessaires, le cigare aux dents…

Le père McCormick m'a parlé de ce Clarence Holiday (si c'était bien son nom ; ces gens-là se cachent derrière des appellations clinquantes, comme les charlatans). Je n'avais pas voulu imposer à Mr Fagan l'épreuve de décrire cet individu qui, bon gré mal gré, venait de s'insinuer dans son cercle de famille. Je suis bien certaine pourtant qu'il n'ignorait rien des derniers développements de l'histoire. Bref, ce Clarence était un gratteur de banjo. Un de ces fruits secs qui gesticulent au coin de la rue, leur casquette retournée dans la poussière pour attirer les aumônes, et qui ne brillent que par leurs dents. On connaît l'engeance. Ils gardent un peu de terre des champs de coton entre leurs doigts de pied, mêlée à la suie des fabriques où ils ne font qu'entrer et sortir, tant leurs compétences y sont appréciées. La bourre du coton, ils l'ont en place de cervelle. Ces nègres feraient regretter au président Lincoln tout le mal qu'il s'est donné jadis.

La tante Rosie régissait tout chez les Fagan. Elle n'allait pas tranquillement avaler la couleuvre. Une par famille, c'est déjà trop ! Rosie n'a fait ni une ni deux. Elle est allée interdire à cette Sadie de pondre son œuf sous notre nez. Ce n'était pas quelqu'un à qui l'on pouvait dire non. Surtout pas une fille comme celle-là. Ça n'a pas d'allure, ça n'a pas de tête, ça n'a pas de pudeur, ça n'a pas de retenue, ça n'a pas de fierté, ça n'a pas de principes et pas d'idéal, mais c'est craintif. Ça claque des dents aussitôt que quelqu'un fronce le sourcil. Elle n'a pas demandé son reste. Elle a sauté sur un de ces contrats que les Noirs des États de l'ancienne Confédération pouvaient décrocher à distance, auprès de patrons blancs qui les faisaient venir jusqu'à eux. D'après Mr Fagan, elle se serait rendue à Philadelphie. Quoi qu'il en soit, grand bien lui fasse, et le bonjour à vos poules !

Sadie

Mr Fagan, il est venu à la gare. Il a fait un saut pendant son service. J'ai bien vu, parce qu'il avait gardé sa veste blanche, avec l'épaulette dorée. Peut-être qu'il avait même pas le droit d'être là. Il arrêtait pas de jeter des regards par en dessous, tout autour de lui. Il parlait à voix basse. Il m'a dit : « Tiens, petite ! » Il m'a glissé des billets pliés en quatre dans le creux de la main. C'était pas la première fois, mais j'ai senti qu'il y en avait plus que d'habitude. Voyant que je m'en apercevais, il a comme rougi et il m'a dit encore plus bas : « Les clients ont été généreux, aujourd'hui. Il faut bien que quelqu'un en profite. » Mr Fagan est un homme bon. Il ira tout droit au Ciel quand il sera mort, c'est moi qui vous le dis. Ça court pas les rues, les bonnes personnes…

Le train avait du retard. Mr Fagan serait bien resté avec moi, mais il était pressé. Et puis, quelque chose le chiffonnait. Son travail qu'il avait laissé en plan, peut-être bien. C'était pas dans ses habitudes. Il a dit : « Je t'embrasse, petite » et, comme il fait toujours dans ces cas-là, il m'a pas embrassée. Il s'est éloigné. Une fois au bout du quai, il est revenu sur ses pas en courant. « Ah ! j'oubliais ! » qu'il m'a dit. Il a pris quelque chose dans le gousset de son gilet de satin pourpre à ramages et à boutons dorés (un rudement beau gilet ; je me disais des fois : « Les hommes ont bien de la chance, de porter des belles choses pareilles… »). C'était plié dans du papier de soie. Ça aussi, il me l'a mis dans la main et, avec sa main à lui, il m'a refermé les doigts dessus. Mr Fagan, c'est une personne de couleur qui rougit. « C'est de la part de Miss Mattie, qu'il a murmuré. Tu en feras ce que tu voudras. » De la façon qu'il est parti, vous auriez cru qu'il se sauvait.

Pour ouvrir le paquet, j'ai attendu d'être dans le wagon. J'ai posé mon sac sur mes genoux. Personne pouvait voir ce que je fabriquais derrière. Je faisais attention à pas déchirer le papier (du qui froufroute quand on le touche). Les cadeaux de Miss Mattie sont pas des affaires qu'on traite par-dessous la jambe. J'ai pris mon temps. J'ai bien fait. C'était un beau ruban de soie. Un beau ruban de soie bleue, large d'un pouce. Si je m'achète un chapeau de paille, un jour, je le coudrai dessus, avec les bouts qui flottent par-derrière. Maintenant, je sais pas s'ils ont beaucoup l'occasion de mettre des chapeaux de paille, dans le Nord… En attendant, je pourrai toujours ranger mon joli ruban dans une boîte, bien à l'abri à l'intérieur de son papier.

Clarence avait promis de m'accompagner au train. Ça m'aurait étonnée, aussi. Il a que deux ans de moins que moi, mais c'est qu'un gosse. J'aime autant ça. Un homme, je dis, ça vaut mieux pour la femme si elle est un peu sa mère. M'man, j'y ai montré Clarence, une fois. De loin. Lui, il pouvait pas nous voir. M'man a l'œil avec les garçons, on peut pas y ôter ça. « Il est tout freluquet, dis donc ! qu'elle m'a fait. C't'une ablette, ou quoi ? À ta place, chérie, j'aurais peur qu'y m'glisse entre les doigts. Il a le genre coureur, non, j'me trompe ? » J'espérais bien. Où serait le mérite pour la fille, si l'homme se donnait pas le choix entre plusieurs ? C'est vrai, en attendant : mon Clarence, il se défile. Il est pas mauvais bougre, mais il veut pas que rien l'embête. Il veut pouvoir se promener le nez au vent, et puis c'est tout.

Quand j'y ai appris qu'il serait papa, vous auriez vu ! Il sautait partout. Il se tapait sur la poitrine comme les grands singes de la forêt vierge. Il aurait voulu le raconter à tout le monde à la fois. Fier de lui, vous avez pas idée. Je me suis pensé : « Bon, j'ai compris. La noce est pour dans pas longtemps. » Plutôt lui qu'un autre, après tout. Je me montais la tête. On se revoit le lendemain et il est là, bras ballants, à contempler le bout de ses galoches. Il a pas l'air en train. Pour y changer les idées, je mets sa main sur moi, contre la bosse de mon ventre, et je dis : « Tiens ! Sens donc ton petit. Sens comme il s'en paye ! » Il retire son bras d'une secousse et le cache derrière son dos. Un vrai gamin, je vous dis ! « Mon petit, mon petit… T'es bonne, toi ! Comment je l'sais, moi, que c'est mon petit ? – T'es son papa, voilà tout ! » j'y réponds. Vous devineriez jamais ce qu'il m'a sorti, grimpé sur ses ergots… « J'pourrais être le père d'un tas d'autres ! » Comme si c'était la question ! « Moi, j'ai dit, j'suis la mère que de celui-là, et j'y connais pas trente-six pères. J'en connais qu'un et, si tu veux savoir, il serait même pas très loin d'ici ! » À ce moment-là, notez bien, il m'a toujours pas regardée en face. « Bon, il bredouille, faut qu'j'y aille… » Il a pas le temps de finir sa phrase qu'il a déjà tourné le coin de la rue. Son ombre, je sais pas comment elle a fait pour le suivre et, ses semelles, je crois qu'elles ont dû courir après ses souliers…

Je me mets pas trop martel en tête, pourtant. Ce sera comme avec le bébé : il faudra qu'il grandisse, voilà tout. J'ai confiance en Notre Seigneur. Les Fagan, ils se remettent tous entre les mains du Bon Dieu. Moi aussi, maintenant que je suis convertie catholique. Comme dit Miss Mattie : si on est pas catholique, on aurait pas de religion du tout que ce serait du pareil au même. Au moins, qu'elle ajoute, les vrais païens, ils ont jamais connu que leurs fétiches. C'est comme leurs os dans le nez, ils sont pour ainsi dire nés avec. Mais des personnes qui ont l'occasion d'être catholiques et qui se font baptistes ou je ne sais quoi, alors là, c'est du vice !

Le Bon Dieu me ramènera Clarence un jour ou l'autre. Finalement, j'aime mieux qu'il soit pas trop dans mes jambes à Philadelphie. J'ai les patrons, qu'il faut que je m'occupe, et le bébé qui va sortir, ça va plus traîner. D'ailleurs, je me suis plus ou moins mise avec un autre garçon. Une fille a toujours besoin d'une épaule, dans une ville étrangère. Surtout dans mon état, faut avouer. Il s'appelle Frank. Frank DeViese. Il est garçon de café. Presque un collègue à Mr Fagan. Ça doit être pour ça qu'il a du plomb dans le crâne. Il joue pas de banjo. C'est un peu tout le contraire de Clarence. Vous pouvez compter sur lui. Il veut devenir chauffeur de maître, qu'il m'a confié. Et il va bientôt se marier avec une jeune fille tout ce qu'il y a de bien. Même qu'elle s'appelle Janice

Mon patron, Mr Jenkins, il aime pas trop mon ventre. « J'avais pas signé pour deux ! » qu'il ronchonne. Miss Daisy, sous prétexte que je porte ça devant moi, elle prétend que je lambine, mais c'est des mensonges. Je suis lente du fait que je suis soigneuse. Je veux pas abîmer quoi que ce soit. Je laisse pas la poussière dans les coins. Je donne pas des coups de fer à repasser à tort et à travers dans le linge. J'essuie pas deux assiettes à la fois. J'épluche pas les patates avec le hachoir à saucisses. J'achète pas une carpe sans y regarder dans le blanc de l'œil. Tout ça prend du temps, bien sûr. On a rien sans rien.

Mr Jenkins, quand il me gronde, je sais comment l'amadouer. Je l'appelle « not'maître ». Moi, ça peut pas me faire de mal ; lui, ce Blanc, ça y plaît beaucoup. « Y frétille du croupion », dirait m'man. Sa dame, elle, faut pas trop y en conter. Cependant, elle crache pas sur les bons petits plats et, moi, j'ai seulement jamais appris, mais je suis un cordon bleu. J'ai ça dans le sang. Ils avaient déjà une cuisinière, chez les Jenkins. J'étais censée y faire les courses et la pluche et tout. Une souillon et une méchante femme par-dessus le marché. Un jour, elle est tombée malade. J'ai fait à mon idée. Ils s'en sont léché les cinq doigts et le pouce ! J'étais encore à la vaisselle, ce soir-là, quand les douleurs m'ont prise. Le vieux Thaddeus, le jardinier des voisins, il m'a ramassée par terre. Il m'a portée dans sa carriole et conduite en quatrième vitesse au General, l'hôpital des pauvres. Il était moins une, qu'il paraît. Puis ils m'ont dit : « C'est une fille. Quel nom vous y donnerez ? » C'est bête, mais j'avais pas réfléchi à des noms de fille. Je songeais à Clarence, je songeais à Charlie. J'ai répondu n'importe quoi.

Elle est née à deux heures et demie du matin, le lendemain 7 avril. Le nom que j'y avais donné, je l'avais pas retenu. Eux, par contre, ils en avaient retenu plusieurs. Chacun avait entendu ce qu'il voulait bien entendre : Elinore, Elenoir, Eleanor, faites vos jeux !... Autant de prénoms que de fiches et de certificats, m'a dit Frank. Je pencherais pour Eleanora, en ce qui me concerne. C'est ce qui sonne le mieux à mes oreilles, alors ça doit bien signifier quelque chose. Doc Stillman, le médecin de service quand ils m'ont amenée, il pense que j'ai raison. Il pense aussi qu'il faut un « père présomptif » à cette gamine. « Sans doute, Mister, que j'y réponds. Pour sûr que je prétendrais pas le contraire ! Si je savais seulement ce qu'c'est... » Il soupire. « Ma pauv'Sara, qu'il m'explique, c'est jamais qu'un nom à mettre sur un papier, pour qu'ils te fichent la paix. – Qui ça ? » je demande. Il soupire encore. « Te casse donc pas la tête avec ça, allez ! » Il a des jolis cheveux rouges tout bouclés. Je crois bien que c'est un Juif. J'ose pas y demander.

Dès qu'il a su la nouvelle, Frank m'a rendu visite. Il était pas là depuis trois minutes qu'ils le prenaient à part dans un coin. Lui, il voyait pas d'inconvénient à faire présomptif, si c'était pour me rendre service. Mais là, Doc Stillman a changé son fusil d'épaule : « père putatif », il a décrété tout à coup. J'espère que c'est pas moins bien. Frankie mériterait pas ça. Déjà, je l'enviais pas, ce garçon. Maintenant qu'elle était là, la petite, je songeais à Clarence plus souvent qu'à lui. Une fille, ça ressemble quelque part à son père. J'y peux rien. À cause d'elle, je peux pas l'oublier, mon Clarence. Et puis, j'en ai pas envie, voilà. Je rêve que de deux choses. Avoir un jour le gaz et l'électricité, comme les riches. Et puis de retrouver Clarence. Il m'a pas écrit une seule fois. Je sais pas lire, mais c'est pas une excuse. Il y a l'odeur sur le papier. Il y a l'écriture qui fait penser à la personne, à la main de la personne et, après, à tout le reste. L'écriture qui avance sur le papier, c'est comme la personne qui marche, et parfois, vers la fin, elle se met à danser. La signature, c'est quelqu'un l'hiver sur la patinoire. Tout ça, une fille qui saurait lire, elle le verrait même pas, si ça se trouve. Mr Fagan, lui, il m'a écrit. Le patron m'a lu sa carte : *Ma Chère Petite, J'espère que tout va comme tu veux. De notre côté, nous n'avons pas à nous plaindre. L'hiver est sec à Baltimore, cette année, et là-bas ? Je pense bien à toi, tu sais. Je t'embrasse. Mr Charles Fagan.* Le patron m'a demandé : « Ça ne me regarde pas, mais qui est ce Mr Charles Fagan, Sara ? – Le mari de Miss Mattie, j'ai fait. – Tout s'explique ! » il a soupiré en sortant de la cuisine.

À cause de Clarence, ça m'a démangée de plus en plus, l'envie de retourner chez nous. À cause des Fagan, aussi. Pas uniquement Mr Fagan et Miss Mattie, mais toute la famille. Et surtout Tante Rosie. Tante Rosie décide pour les autres et elle est encore bien plus sévère que Miss Mattie. Bien plus farouche. C'est une dame ! Les délurés de Baltimore est, ils racontent qu'à son petit déjeuner, elle croque les braises du poêle, mais seulement depuis qu'elle a plus assez de dents pour dévorer les rondelles des plaques de fourneau en guise de pancakes. C'est elle qui remplit les pages de devant de la bible familiale, chaque fois qu'il arrive quelque chose d'important, par exemple une naissance ou un décès. Elle écrit tout petit, il m'a dit, Mr Fagan, parce qu'elle compte vivre assez longtemps pour enterrer tout le monde. Elle aime bien les enterrements. Elle marche d'un bon pas à la tête des cortèges, dressée de toute sa taille. Elle s'est cousu elle-même, avec des tissus raides, un habit de circonstance qui la gonfle et la fait ressembler à la reine Victoria. Quand elle le tire de la naphtaline, on dirait qu'il neige et tout le quartier éternue. Rien qu'à l'odeur, on saurait que quelqu'un va partir.

Je voulais que Tante Rosie, elle voie mon Eleanora. Comment elle aurait pas fondu, devant ma poupée ! Elle pourrait pas résister à la marquer dans son livre. Et après ça, les autres seraient bien obligés de nous dire bonjour. Puis quand on mourrait, il faudrait bien qu'ils suivent le cercueil et qu'ils nous accueillent dans le coin du cimetière où tous les Fagan vont s'allonger.

Les patrons m'ont laissée filer, malgré le contrat. Mais Tante Rosie, la première chose qu'elle a dite, ç'a été : « Non ! Pas de ça, Ninette ! Qu'on retire de ma vue l'enfant du péché ! » Et alors, à part un seul, tous les Fagan m'ont tourné le dos, encore plus qu'autrefois. Du coup, c'était encore avec Miss Mattie que c'était le moins pire. Elle avait l'air de me plaindre. « Eh bien ! qu'elle faisait. Le Seigneur vous aura pas ratée, ma pauvre ! » Je voulais la remercier pour le ruban (je l'avais donné à Miss Daisy en cadeau d'adieu ; elle l'avait fourré dans la poche de son tablier sans ouvrir le paquet, pour plus tard). Mr Fagan m'a dit qu'il valait mieux pas. Qu'elle avait fait ça en cachette, que c'était un secret, motus et bouche cousue.

Presque tous les lundis, maintenant, il partage avec moi ses pourboires du dimanche, parce que c'est le jour où les clients du restaurant se montrent généreux. Ça aussi, c'est un secret. Personne a besoin de savoir. Je l'ai même pas dit aux Harris. Ils préfèrent croire que mon loyer se paie tout seul. Comme ça, ils ont pas besoin de m'aider. J'ai revu Clarence Holiday, mais il se trouvait pas dans un bon jour. Depuis que j'avais eu mon ventre, rien ne tournait plus rond pour lui. On y avait porté la poisse, la petite et moi. Il avait failli se faire embaucher par Eubie Blake, un fameux pianiste de ragtime. Malheureusement, l'imprésario s'était aperçu qu'il savait pas lire les notes et c'était son copain Elmer qu'ils avaient pris à sa place. Pour le coup, il avait décidé de saisir le taureau par les cornes : apprendre la musique, se mettre à la guitare et à la mandoline, en plus du banjo.

Moi, ça m'a fait plaisir de le revoir. Et je crois que, même s'il a pas osé l'avouer, il a été bien fier d'Eleanora. En tout cas, il essayait plus de dire qu'elle était d'un autre. Il trouvait même une ressemblance. Pour mon loyer, cependant, il fallait pas trop compter sur lui. Il était un peu gêné en ce moment. Pourtant, je l'apercevais chaque jour à travers la vitre du billard. Il faut bien qu'un homme se délasse de temps en temps, cela dit… Clarence, comme tous les musiciens, il avait la bougeotte. Je réussissais à y faire dire où il serait. Je m'arrangeais pour le suivre. Je connaissais la combine. Je me faisais expédier un contrat par un patron. Ça existait toujours, les boulots de domestique chez les Blancs du Nord. « Avec transport », comme on appelait[1]. Je me retrouvais au même endroit que le père à ma gosse. Des fois, il était content ; des fois pas. La pire de toutes, il m'a crié dessus : « Putain de ta mère ! Nom de Dieu c'que t'es collante ! Faut qu'j'me fasse trouer la paillasse en Europe pour avoir un peu d'air, à la fin ? » J'ai pas trop fait attention, sur l'instant. Comment j'aurais cru qu'il était sérieux ? À l'été 18, pourtant, un matin, il s'est précipité au bureau de reculement.

Là-bas, tout ce qu'ils ont trouvé, c'est d'y faire respirer du gaz de moutarde. Ça y a tout piqué les poumons comme des trous de mite. La guerre s'est achevée en novembre ; en juillet 19, il était de retour. Il m'avait envoyé – j'en croyais pas mes yeux – une carte de l'hôpital militaire, à Château-Thierry, pour se plaindre de son sort. À ce moment-là, pour être plus près de lui, j'avais pris un emploi dans une fabrique d'uniformes de combat. Je pouvais l'imaginer dedans à longueur de journée.

À son retour, il jouait rudement mieux qu'avant. Il a quand même repris ses leçons. La poulette et moi, on avait rien à y gagner. Trop occupé pour mettre la main à la poche ! Il était toujours penché sur un de ses instruments, on réussissait plus à y causer… Il avait des engagements presque chaque soir, à présent. Mais,

1. *Transportation jobs.*

avec son argent, il s'est acheté une casquette neuve à bouton pression et, tout le reste, c'est allé dans les cours de Professeur Toomer. Ça pouvait durer toute la vie, ce commerce. J'ai compris que j'avais plus qu'à me débrouiller sans son aide. Facile à dire !

J'ai pensé que, si je prenais le nom de Fagan, Tante Rosie et les autres, ils se sentiraient peut-être obligés de me connaître. Bien sûr, j'ai demandé la permission à mon papa, puisqu'il était le seul à me regarder. Il a répondu ni oui ni non. Il avait les oreilles toutes rouges. Il m'a dit de faire comme je voudrais. Qu'un nom, c'est un nom et que – j'ai retenu la phrase – « ça dispense pas d'être quelqu'un ». Oui. Sauf que j'étais pas quelqu'un, justement ! Un nom de bonne famille, j'espérais qu'avec ça, on me verrait plus à travers. Ma poupée, ils s'apercevraient qu'elle valait bien d'autres gamines de son âge. Qu'elle était mieux vêtue, mieux élevée et qu'elle était plus maligne. Inscrire un nom et une date sur la page de garde d'une bible, c'est pourtant pas le bout du monde…

Si ça se trouve, c'est mon Wee Wee qui les défrise. Une femme a pourtant besoin d'un homme de temps en temps. Clarence, il est à Baltimore de moins en moins souvent. Je devrais éternellement y courir aux basques à travers le pays ? Ma chérie va sur ses cinq ans. C'est fini, l'époque où j'y faisais un berceau avec mon bras et, hop ! ma valise à l'autre main, un minimum dedans : on était parties. Alors, Wee Wee est entré dans la danse. Il est un peu soupe au lait, mais c'est pas le mauvais cheval. Si j'y demande de s'écarter un peu de mes jupes, juste le temps que les Fagan se radoucissent, je suis sûre qu'il comprendra.

Tu parles ! Il a rien compris du tout, oui ! Il a grimpé au plafond. « Dis tout de suite que j'suis pas assez bon pour toi ! il hurlait. Dis tout de suite que je t'fais honte !

– C'est que pour un p'tit moment, que j'ai répondu. C'est que pour faire semblant, mon Wee Wee ! » Il a marché sur moi, les yeux injectés de sang, et, sans crier gare, il m'a balancé son poing dans la figure. « Et ça ? qu'il s'égosillait. Tu crois qu'ça va passer ? C'était du vrai, à ton avis ? » Les coups, c'est pas ce qui me fait peur. L'homme en donne, la femme s'en prend. Faut bien qu'il y ait un patron. Ce que j'ai pas toléré, chez Wee Wee, ç'a été qu'il me cogne sous les yeux de ma chérie. Elle aurait tout le temps d'apprendre la vérité sur la vie. Moi, j'essayais d'y faire croire qu'on se réveille le matin et que, la première chose qu'on remarque, c'est un rayon de soleil, posé sur la nouvelle robe que m'man vous a cousue pendant votre sommeil.

Il m'a écrasé la lèvre sur le bord de mes dents, cette catastrophe humaine ! J'en ai craché du sang sur ses souliers. Alors, il est devenu tout pâle, mon Wee Wee. J'imaginais pas que ça pouvait arriver à des nègres. Il tremblait. « Mon'tit cœur ! il bredouillait. J'ai fait mal à mon'tit cœur ? » Il tendait les bras vers moi. Il allongeait ses grosses lippes et les arrondissait en cul de poule. Christ m'est témoin qu'il cherchait à m'embrasser, en plus ! J'en revenais pas. C'étaient des exemples à donner aux enfants, peut-être ?… Et ma poupée qui avait l'air aux anges ! Elle riait, elle battait des mains, elle sautillait sur place. « Wee Wee, il a un'tit cœur ! elle a dit. Wee Wee, il a un'tit cœur ! » Elle était partie pour le répéter trente-six mille fois. Là, je sais pas, j'ai vu rouge.

J'ai trouvé le revolver du premier coup, une vieille pétoire de la guerre de Sécession, que Robert gardait sous son lit. J'ai vérifié qu'il y avait tous les petits œufs dans leurs nids. J'ai brandi le flingot au-dessus de ma tête et j'ai braillé dans le couloir, en marchant sur l'autre salopard : « William Hill, amène-toi ! Même si y a pas beaucoup d'place, je m'en vais t'en coller une dans la cervelle, fumier de moricaud ! » Je l'ai coursé dans la rue. Il appelait sa mère. La première bonne femme que j'ai failli renverser, gueulant de toute la force de mes poumons : « Tire-toi d'là, vieille morue ! » et agitant mon Colt sous son nez, il a fallu que ça soye Tante Rosie. Dans le feu de l'action, je l'ai même pas reconnue. C'est seulement le lendemain qu'on m'a raconté l'histoire. Mr Fagan m'a dit qu'elle en avait eu le hoquet toute la nuit. Dès qu'on faisait mine de prononcer mon nom, elle repartait de plus belle, remontée comme une pendule. La fatalité, vous y pouvez rien. Les Fagan, ils ont juré qu'à leurs yeux j'étais morte. J'ai gardé le nom quand même, pour pas qu'il soit dit. Pour que, ma fille, elle en ait un qui soye respectable.

Ils m'ont embauchée dans un atelier de confection. Chemises pour hommes, chemises pour hommes, toute la sainte journée ! Elles dansaient devant mes yeux comme des fantômes quand je sortais de là vers la tombée de la nuit. Je me couchais, je fermais les yeux : elles remettaient ça autour de mon lit… J'avais plus de femme blanche pour me faire tourner en bourrique dans sa cuisine. Mais j'étais guère avancée. La contremaîtresse avait la peau plus noire que le charbon, et son âme, c'était pas mieux. Question salaire, ça se valait dans un emploi et dans l'autre : clopinettes et compagnie. Si bien que, le problème du loyer, je l'avais toujours pas résolu. Clarence continuait d'avoir des oursins dans les poches. Plus il gagnait, moins il avait envie de partager. La petite et moi, on n'arrêtait pas de déménager. Dès que j'entendais parler d'un logement un peu moins cher que celui où on était, hop ! je sautais sur l'occasion, même si c'était en banlieue.

J'aimais mieux marcher plus longtemps le matin et le soir, et qu'on mange à notre faim.

J'ai épousé Phil Gough le 20 octobre 1920. C'était le premier qui me le demandait. J'aurais préféré Clarence, je le cache pas. À sa femme légitime, il aurait bien fallu qu'il les lâche de temps à autre, ses billets. Et puis, Clarence, on pouvait pas compter sur lui, mais c'était quelqu'un de facile à vivre. Seulement voilà, il y a une fin à tout. Six ans que ça durait, son manège. J'allais pas éternellement attendre qu'il se décide, qu'il ait appris à jouer de tous les instruments de la création et qu'il ait fini de se taper toutes les bonnes femmes qui font la queue à l'entrée des artistes pour se jeter au cou des musiciens. Je me faisais plus d'illusions. Ce mariage, c'était un peu comme de se couper la jambe pour arrêter la gangrène.

Phil Gough, il est docker. Chez les gens de couleur, il y a pas de mauvais métier. Il y a des métiers. Il y en a pas beaucoup. Quand on peut en avoir un, on est déjà content. Le docker, son crochet à l'épaule, son bonnet au ras des sourcils, doit se présenter chaque matin sur les quais, à la première heure. Qu'il pleuve ou qu'il vente, ou encore pire. S'il a froid, l'hiver, il a qu'à souffler dans ses doigts, qui dépassent des mitaines. Il y a du boulot ou il y en a pas, ça dépend des arrivages. Un type est perché sur une caisse à savon. Le Bon Dieu sur ses nuages, on Le craint pas autant. Le type a une liste avec le nom des gars. Il appelle ceux qu'on prend ce jour-là pour charger, décharger. « Duncan ! Gales ! Peterson ! » Les autres s'en retournent la queue basse. Il y en a des qui se dirigent vers le cabaret de la Belle Femme (une cabane en planches, par le fait), faire des dettes. Il y en a des qui rentrent chez eux, se poser sur une chaise au coin du fourneau et contempler des heures le plancher entre leurs semelles. C'est comme ça que ça marche sur les quais. Phil s'en plaignait pas. Pas plus que de ses douleurs dans les reins. « Tu commences à te plaindre, il disait, tu creuses ta tombe. La plainte, c'est ce qui aggrave le mal. Tant que ça lancine, c'est seulement une habitude à prendre, comme le reste… »

Je me suis rangée avec Phil : aussitôt, la tribu des Fagan, ils ont trouvé qu'après tout j'étais pas une aussi vilaine fille. Je dirais pas qu'ils m'ont adoptée. Je dirais pas que tante Rosie s'est précipitée sur sa bible pour m'inscrire dedans. Mais, tout à coup, ils m'ont reconnue dans les magasins. Des fois, ils m'ont parlé gentiment. Ils me demandaient des nouvelles et tout ça. Ils ont même pas trop fait la grimace quand, Mr Fagan, il a décrété qu'il allait nous acheter une maison sur ses économies, à Phil, à la petite et à moi. Et pas une de ces cages à lapins comme ils en ont dans Baltimore est : une vraie maison coquette de l'autre côté de la ville, avec une véranda, un bout de pelouse, une cour de derrière où on peut prendre le frais le soir au mois d'août, ni vu ni connu, sans embêter personne, et où, pour la poupée, il y a comme une moitié de pneu qui fait balancelle. Je rêvais même pas d'un luxe pareil. La tête me tournait, puis je me raisonnais. Je me disais que, si les rêves qu'on rêve même pas se réalisent, alors les autres ont peut-être leur chance, au bout du compte. J'avais pas vingt-cinq ans. J'avais encore un peu de temps devant moi. Je l'aurais peut-être un jour, mon restaurant. Phil gagnerait peut-être à la loterie des numéros, ou peut-être que, Mr Fagan, il m'avancerait la somme, s'il était aussi riche que ça. Je me voyais bien dans une jolie cuisine, éclairée en grand. Les écumoires et tous les ustensiles accrochés en l'air, à portée de main, brillants comme neufs… Et le four au gaz !

Eleanora servirait les clients, si ça y plaisait comme métier. Et pourquoi non, d'ailleurs ? On se faisait des pourboires. Mr Fagan, qui était pas moins fier qu'un autre, au contraire, avait jamais craché dessus. Et puis, un beau brin de fille, ne nous cachons pas derrière notre petit doigt, c'est un atout dans un commerce.

Mon Phil plaisait à Miss Mattie, je sais pas comment il faisait son compte. Je crois que c'était à cause qu'il y parlait comme les ramasseurs de crottin à la dame du château. Il portait pas de bonnet, pour autant que je me rappelle. Dans sa voix, cependant, il avait comme son bonnet à la main. Et alors, Miss Mattie, elle s'en fichait bien s'il était débardeur ou quoi ! Je préfère pas imaginer l'effet que ça y faisait, à une personne si délicate, un homme qui remplissait le cadre de la porte. Je préfère pas songer à ce qu'elle songeait en le regardant, la pauvre femme ! Ces vieilles peaux, c'est pas tout éteint sous la cendre…

Pour peu que ça soye Phil qui mène la petite chez eux, Miss Mattie disait pas non pour que Mr Fagan aille la montrer à sa famille. À sa grand-mère à lui, en particulier. Pendant ce temps, je suppose, elle pouvait reluquer mon homme en long, en large. Il y avait que ça à faire, d'ailleurs, vu qu'il était pas trop causant…

Mémé Fagan, c'était un numéro. Ses yeux pétillaient de malice, tandis qu'elle tirait sur sa pipe de maïs. Elle adorait ma poupée, et ma poupée, l'amour qu'elle avait pour Mémé Fagan, c'était de la rage, ni plus ni moins. Depuis que je la connaissais, vous y demandiez son âge, Mémé répondait : « J'ai cent ans, ma chère. J'ai cent ans tout rond. » Elle connaissait que ce chiffre, j'ai idée. Et « ma chère », elle avait retenu ça de ses propriétaires, des planteurs de Virginie. Dans son dos, les autres disaient que non, qu'elle se vantait, profitant d'être née en Afrique et d'avoir aucun certificat de rien pour raconter des blagues. Elle disait cent ans parce que ça l'impressionnait elle-même. À la regarder, moi, franchement, j'y aurais donné le double. Et le triple si ça pouvait y faire plaisir ! Elle était vieille comme le monde. D'abord elle était noire noire. Noire et luisante, ça m'a frappée, cirée lustrée comme un beau meuble d'autrefois. Quand elle ronflait dans son rocking-chair sur la galerie, par exemple, il y avait toujours une de ses pommettes qui attirait un rayon de lune. Dans le noir, son noir à elle lançait des reflets fauves et des reflets bleus. Nous tous qui descendions de cette femme, sauf les yeux nous étions qu'une bande de Chinois à côté. Des nègres banane, comme j'appelle. Des nègres à peau jaune, avec des taches bistre quand ils commencent à se taler.

Ma poupée se lassait pas d'entendre Mémé y expliquer comment c'était, l'esclavage. Comment Master Fagan finissait son mint-julep, ajustait sa cravate et son grand chapeau de paille et comment, dans les odeurs du soir, dans une odeur de paille chaude et de fleurs coupées, son stick à la main, il sortait de la grande maison blanche à colonnes où habitaient la femme blanche et les enfants blancs, et comment il descendait sans se presser vers la cabane près de la rivière, s'arrêtant en cours de chemin afin de rallumer son cigare, tranquille comme Baptiste, la cabane, suffocante par ces crépuscules d'été, avec des nœuds dans le bois qui faisaient des yeux rouges dans le dernier soleil et où Mémé attendait, allongée sur la paillasse dans une robe de voile blanc qu'on voyait tout au travers et qu'il avait commandée en cachette à une couturière en ville, avec des fermetures spéciales pour la dégrafer d'une seule main en s'aidant de sa badine. C'était pas des histoires pour une gamine, je suis bien d'accord. Mais, Mémé, vous l'arrêtiez pas si facilement quand elle avait enfourché son dada. Et puis, une petite fille noire, le plus tôt elle apprendra certaines choses, le plus tôt et le plus doucement si possible, le mieux se sera. C'est pas une solution que de la garder innocente et qu'elle tombe sur la vérité par hasard, au risque de se briser du premier coup, telle une porcelaine qu'on recollera jamais les morceaux. Alors, ma foi, si son apprentissage de la vie pouvait se faire comme ça, à ma gosse, je veux dire par une personne qu'elle aimait à la folie et qui avait assisté à tout depuis le commencement et qui était encore là, et qui était encore capable de fumer la pipe et de rire aux éclats, pourquoi j'aurais essayé de me mettre en travers ?

Le reste de sa famille, ils auraient bien aimé avoir honte de cette momie ambulante. Elle avait pas du tout le type Fagan. En même temps, ils pouvaient guère la renier comme ils avaient fait avec moi naguère. Sans elle, ils l'auraient pas eue non plus, cette peau jaune dont ils étaient si fiers. Il leur restait qu'à ronger leur frein. S'ils avaient osé, mais ils étaient bien trop péteux pour ça, ils auraient imploré le Bon Dieu que, la Mémé, elle parte au Ciel ventre à terre.

Elle riait comme une folle, notre ancêtre. Il y avait pourtant pas de quoi, si vous voulez mon avis. Elle se payait un peu toutes les maladies de la terre. Elle était hydraulique, ou je ne sais quoi (des tas d'eau qui traînent dans l'abdomen ; elle se serait couchée, ils auraient débordé dans sa gorge, elle se serait noyée dedans : voilà la vraie raison du rocking-chair). J'y demandais des fois comment elle se sentait. Elle me clignait de l'œil. Elle remuait ses deux dents rousses de droite à gauche et de haut en bas, comme un lapin. Elle plantait son pouce dans les braises de sa pipe (à force, l'ongle avait la couleur du citron et il était plus dur et épais que de la corne de vache). Ça la faisait repartir à la secousse. « Attends donc d'avoir cent ans, ma chère, qu'elle me faisait, et tu verras ! »

Ce qui s'est passé exactement, on le saura jamais. Ma poupée était seule avec la Mémé Fagan. Tout le monde était au boulot. Ceux qui en avaient pas étaient censés en chercher. Tante Rosie, elle, se consacrait aux bonnes œuvres. C'est-à-dire à faire la leçon aux pauvres dans la salle paroissiale, comme quoi ils payaient leur laisser-aller et leurs fréquentations et tout le méchant alcool qu'ils s'étaient enfilé. Ils opinaient du bonnet, mais ils perdaient pas le nord pour autant : ils tendaient la main pendant qu'ils y léchaient les bottes… De l'école, la gamine courait à perdre haleine jusqu'à la maison, où l'autre caricature l'attendait en riant avec les corneilles et en tétant son brûle-gueule. Son sac, à la vieille, il était jamais vide. C'était pareil que si, en Virginie, sur la plantation à Masta Fagan, elle avait eu autant de vies que les chats, ou davantage. Autant de vies que d'enfants de cet Irlandais. Elle comptait et recomptait sur ses doigts. D'abord ceux des mains, puis ceux des pieds. Elle s'embrouillait. Beaucoup étaient morts tout petits, certains à la naissance. Il y avait bien longtemps et elle s'en souvenait plus très bien. En général, pourtant, elle arrivait à seize. Pendant ce temps-là, ma poupée s'affairait sur elle avec l'éponge, la cuvette et le gant de crin. Mémé puait comme trente-six furets crevés dans une fosse à purin. On y parlait qu'à travers son chapeau. On pouvait pas la rafraîchir sans s'asphyxier soi-même. Sauf la petite – me demandez pas pourquoi. Eleanora allait jusqu'à y changer ses bandages. Une mouche à merde aurait pas voulu.

J'ai dit que, la Mémé, elle quitterait son fauteuil que

pour mourir – et pourquoi irait-on mourir quand on a cent ans tout rond depuis des lustres ? Il y a plus rien qui presse. Le Bon Dieu vous aime bien, mais Il attend pas sur vous. C'est pas les disparus qui manquent. Alors quoi ? On va pas non plus danser plus vite que la musique… La voilà donc qui se balance sur sa véranda. Rien d'extraordinaire. Elle débite ses salades. Ma poupée boit ses paroles et y baigne le croupion. Tout va bien. Et voilà pas qu'elle dit, Mémé Fagan : « Tu sais pas, ma chère ? J'me sens comme éreintée et j'aim'rais bien m'allonger un peu… Y a si longtemps qu'j'ai pas fait ça, sacré nom d'un chien ! Y a rud'ment bien longtemps… On a bien le droit de se reposer deux minutes de temps en temps, tu crois pas ? »

Ma chérie, elle baissait la tête. Elle desserrait pas les dents. Elle était pas trop d'accord, en fait. Depuis toujours, elle avait entendu que la Mémé devait dormir debout, ou alors elle se réveillerait qu'au jour du Jugement. Mais qu'est-ce qu'elle pouvait faire toute seule ? Elle allait pas l'attacher. Déjà qu'elle osait pas y dire non… L'autre avait bien vu que ça renâclait. Elle la cajolait de plus belle. « Tu t'mettras près d'moi, ma chère. On s'ra comme des mariés, hein, qu'est-ce t'en dis ? On va bien s'amuser, tu vas voir… » Et puis, soudain, elle la cajolait plus. Elle se balançait plus. Elle avait arrêté la bascule avec un de ses pieds nus. (Par en dessous, ils avaient la couleur du safran, soulignée par une ligne violette avant d'arriver au noir du cou-de-pied. Vous auriez dit que, pendant toutes ces années qu'elle avait flemmardé dans ce fauteuil, elle avait marché en rêve dans de la poussière d'Afrique.) L'autre pied, elle avait posé le talon sur la galerie, comme si elle avait voulu harponner les planches. En même temps, elle avait lancé son bras, cette espèce de fléau à grain calciné, du côté de ma gamine, et elle l'avait agrippée par le poignet. C'était plus vraiment des mains qu'elle avait, cette vieille. D'abord, elles avaient toujours été très longues : de ces mains à rallonge pour jouer du piano. Puis, pareil que les bras et tout le reste, elles s'étaient desséchées. Les doigts avaient l'air cassants comme du verre : il fallait pas s'y fier. C'était plus que nerfs et tendons. Autant avoir affaire à des câbles d'acier. Les serres des aigles, c'est de la gnognote à côté. Mémé Fagan aussi, je parie, si elle avait su voler, elle aurait emporté des bestioles dans les airs par la peau du dos.

Ce jour-là, elle s'était accrochée à la gosse par un bout, au plancher par l'autre, et elle était parvenue à se tirer de sa chaise berceuse. Elle vibrait de la tête aux pieds, dans son effort pour tenir debout après être restée aussi longtemps affalée sur une chaise. Elle a jeté sa bouffarde dans la cour. Elle l'a jetée exprès pour qu'elle se casse sur le gros caillou qui servait de meule à repasser. Elle a éclaté de rire, puis elle s'est calmée d'un seul coup. Elle a regardé ma puce au fond des yeux. « Ce cher vieux soleil s'ra bientôt couché, elle a fait d'une voix qui remontait du fin fond de ses boyaux et qui sentait le poivron rouge. J'entends qu'on vient. J'entends marcher sur le sentier… » À ces mots, la petite s'est mise à trembler. Il était quelque chose comme cinq heures du soir. On était fin avril. La nuit était pas à la veille de tomber. Il y avait pas non plus aucun sentier autour de cette maison. Il y avait pas aucun bruit de la moindre personne aux environs, à cet instant précis. « On va aller s'étendre, qu'elle disait l'autre. (C'était comme un écho qui sortait de sa bouche ; c'était comme quand on parle dans le seau à charbon pour faire l'ogre.) Faut qu'on y aille, ma belle, qu'elle disait. (Elle parlait plus de rigoler ni rien.) Allons-y, il est grand temps ! »

Elles sont entrées dans la maison. Elles sont entrées dans la chambre à Tante Rosie. La Mémé avait pas lâché la gosse. Quand l'une s'est mise sur le lit, l'autre a eu qu'à suivre. Ou alors, elle y aurait laissé son bras, comme à une de ces machines des usines qui mangent les ouvriers par morceaux. Les voilà côte à côte. L'une qui regarde le plafond sans le voir, qui voit seulement les choses de sa tête, les choses de l'intérieur de l'œil : des lions, peut-être ; du coton en fleur dans les champs de Virginie, allez savoir… L'autre qui a beau écarquiller les yeux, elle arrive pas à regarder quoi que ce soit. Son regard attrape rien. Il cherche l'eau à la fontaine avec une épuisette. Il fonctionne, mais il voit, pour ainsi dire, que soi-même en train de regarder du vide. Et elles sont là toutes les deux…

Est-ce que la vieille raconte une dernière histoire ? Je sais bien laquelle, alors : l'histoire d'un homme blanc qui descend vers la rivière, l'histoire d'une robe de voile, vous comprenez ? Quelle autre ? Est-ce qu'elle se remet à ses racontages, donc, ou est-ce qu'Eleanora l'a seulement cru, parce que c'était ce qu'elle espérait depuis que la Mémé y causait plus ? En tout cas, la gamine en a profité pour s'endormir. Du moment qu'elle pouvait pas se sauver, menottée à cette main de fer, liée comme avec une corde qu'on a trempée dans le goudron, du moment qu'il y avait aucune issue, sombrer dans l'oubli, c'était ce qu'elle avait de mieux à faire. Comprenant que ma chérie était en train de s'en aller à sa façon, la vieille s'était escrimée à la retenir. Elle y avait lâché le poignet, mais pour refermer aussi sec son bras autour de ses épaules et la presser contre elle, tout contre son vieux squelette pourri noirci… Elle l'avait serrée de plus en plus fort, j'imagine. Jusqu'à ce que la gosse étouffe et que ça la réveille.

Elle avait le nez fourré dans le corsage à Mémé Fagan. Elle a dégagé un morceau de sa bouche comme elle a pu, pour chercher de l'air. En même temps, un pressentiment y est venu. Pas venu de sa tête, non. Ça y est monté du nombril, où ça a laissé un grand creux jusqu'à la colonne vertébrale. Elle a plié la nuque en arrière. Elle avait quand même du courage, ma petite bonne femme. Il fallait qu'elle vérifie son impression coûte que coûte. Pour ça, elle devait lever les yeux vers le visage de la vieille. Hélas, son propre crâne était un peu coincé sous le menton de cette femme. Et, le bras qui la maintenait, à présent, c'était pire que la camisole de force. C'était devenu dur, dur – une vraie barre à mine.

Ça a pris le temps que ça a pris. Elle progressait millimètre par millimètre, une peur après l'autre, les poils des bras comme des épingles sur une pelote, en respirant que par un seul trou des poumons pour pas trop claquer des dents, pour pas attirer les esprits qu'elle devinait, vire-voletant dans la pièce. Pour finir, dans le coin de son œil droit, qu'est-ce qui est apparu en grand, tel un monstre des ténèbres à l'autre bout du tunnel ? L'œil gauche de Mémé Fagan ! Celui qui était comme plein d'eau grasse tout le temps. Grand ouvert. Plus gros qu'un soleil qui saigne, couché sur tout l'horizon de son regard. Déteignant à vue d'œil. Son blanc, soudain, craquelé telle une cuvette d'émail qu'on se sert plus, qu'on a mise à rouiller dans la ruelle sous une fougère. Et il était tout vide, sans plus aucune image dedans.

À voir l'état de la literie, un peu plus tard, on a compris que la petite avait rué des quatre fers pour se dégager. Mais le macchabée tenait bon. Mémé Fagan avait de la suite dans les idées, on pouvait pas y retirer ça. Elle avait besoin peut-être de quelqu'un pour y tenir la cuvette dans l'au-delà. Toujours est-il qu'elle voulait pas du tout la laisser partir, cette vieille vache, ma Nora. Sauf Tante Rosie, qui s'arrachait les cheveux parce qu'on y avait mis sa chambre sens dessus dessous, on a tout essayé, les Fagan et moi. Alertés par le ramdam, les voisins s'y sont collés aussi. La police est arrivée. Chacun prônait sa solution. Tout le monde donnait des ordres à tout le monde, que pas un écoutait. En attendant, la pauvre gamine cessait pas de pousser des cris d'écorchée et rien se passait. Sauf que la vieille a jugé bon de pas attendre plus longtemps pour nous embaumer. Elle avait de l'avance, mais on aurait quand même dit qu'elle voulait rattraper le temps perdu. Les autres, ils voyaient plus clair dans cette brume. Ils tâtonnaient comme des scaphandriers. Ils s'acharnaient malgré tout. Ils se mettaient à dix sur son petit doigt, et ils se retrouvaient le cul par terre. Il y a rien eu à chiquer. Alors, ils sont allés en délégation chercher le maréchal-ferrant, au coin de la rue. L'homme s'essuyait les paumes à son tablier de cuir. Il voulait pas se prononcer avant d'avoir évalué les dégâts. Arrivé sur les lieux, il a résumé la situation en cinq sec. Il suffisait de casser le bras. Ce qu'il a fait sans sourciller en appuyant son genou sur un manche à balai. Il a pesé là-dessus à s'en faire gonfler la nuque, assis sur la figure à Mémé. Le craquement, c'est pas une des choses dont je me souviendrai avec plaisir. « Tout de même ! » il s'est écrié. Il soufflait fort. Il avait de la sueur plein les yeux. On y a payé un coup pour la peine.

Ma poupée, on l'avait remontée in extremis d'un puits sans fond : voilà l'impression que ça donnait. Ce qui rôdait là en bas dans le noir, cette chose-là – quel que soit son nom si le Bon Dieu y en a donné un –, cette chose, son regard la retiendrait pour toujours. Elle avait échappé au cadavre : on peut pas échapper à tout… Au bout de je sais pas combien de temps, elle s'est remise à parler. Trois, quatre mots seulement, mais qu'elle arrêtait plus de rabâcher : « Elle a voulu m'emmener ! Elle a voulu m'emmener ! » Elle en avait des frissons. J'y ai demandé bêtement, je me serais flanqué des gifles : « La Mémé Fagan, elle a voulu t'emmener ? » Mes cheveux se sont dressés sur ma tête quand elle a hurlé : « Elle a voulu m'emmener sous la terre chez Masta ! – Elle t'aimait trop, voilà ! j'ai dit. Elle t'aimait tant, et toi tu l'aimais tant aussi. » Alors elle a éclaté en sanglots. Sinon qu'il y avait pas de sanglots. (Par le fait, il y avait même pas de larmes.) « Je veux pas ! elle a fait. Je veux pas que personne m'aime ! Jamais plus j'aimerai personne ! »

Ce que la vieille peau avait emporté de ma chérie dans la tombe, je saurais pas le dire. Mais, en observant ma fille, je vois bien qu'il manque quelque chose. Cette gamine est plus la même qu'avant. Elle a grandi tout d'un coup. J'aime pas dire ça, mais je dirais qu'elle a vieilli. Elle a dépassé son âge du jour au lendemain. Même son corps, il a pris de l'avance. Il a pris des espèces de formes – mes yeux voulaient pas le croire. Elle a commencé à se battre avec les autres gosses. Elle flanquait des peignées à des garçons qui étaient deux, trois classes au-dessus d'elle. Des fillettes à nattes, des jolis petits pains d'épice à regard de biche, pour un oui pour un non, elle les boxait en plein sur les narines. Elle aimait voir le sang gicler. Elle aimait voir l'étonnement, la douleur et la peine se peindre sur leurs figures. Elle s'était mise à se délecter du chagrin des gens. C'était la terreur de la rue. Elle était devenue quelqu'un de dur, voilà ce que je dirais, comme si c'était vraiment vrai qu'elle allait plus aimer personne.

Elle avait toujours l'air de croire que les gens y cherchaient des noises par en dessous, songeant dès qu'ils l'apercevaient au meilleur moyen d'y causer du tort. Avec moi, son attitude, je saurais pas trop dire… C'était selon. Des jours plutôt comme ci, des jours plutôt comme ça. J'essayais de pas trop la prendre à rebrousse-poil. Qu'elle aille pas me tourner le dos. À part Mr Fagan et ma gosse, qu'est-ce que j'avais de sûr dans cette vie ? Mais Mr Fagan était pas éternel. Moi-même, j'allais bientôt commencer à vieillir. J'étais au bord déjà. J'avais peut-être commencé sans le savoir. L'unique personne dont j'étais certaine qu'elle trouvait grâce aux yeux de Nora, c'était Clarence Holiday. Je veux bien qu'il était son père, mais tout de même ! Quand est-ce qu'il avait été là pour m'aider à l'élever ? Qu'est-ce qu'il y avait jamais fait de si bien, à sa propre fille ? Même pas donné son nom, si on veut aller par là. Même pas ça, non, qui pourtant coûte rien… Et tous ces prétextes d'affaires ici ou là, d'engagements, de tournées, de cours de trompette en bois ? Il restait plus pour y croire qu'une gamine pas trop dans son assiette depuis l'histoire de la Mémé. Bien sûr, j'allais pas la détromper. Et c'était pas mon Phil non plus qui allait lancer des pétitions pour qu'un de mes anciens beaux prenne racine à la maison… Clarence, en tout cas, elle le voyait tous les trente-six du mois. C'est peut-être pour ça qu'elle arrêtait plus d'en rêver, je me dis maintenant.

Daddy Clarence par-ci, Daddy Clarence par-là : il disait rien, mon époux, mais je remarquais qu'à la longue ça y courait sur le haricot. Il serrait les dents, et ses yeux, mauvais signe chez des hommes qui sont pas mariés depuis longtemps, regardaient vers l'intérieur… Ce toit, c'était grâce à lui, en fin de compte, qu'on l'avait sur la tête. On est pas de bois. Il ressentait l'injustice, cet homme. Vous vous ruinez la santé sur les docks, et c'est un autre, une espèce de joueur de flûte, qui tire les marrons du feu ? Ça, la gosse, elle s'en fichait. Moins son père en faisait, plus c'était un héros à ses yeux. Elle avait plus que ça en tête. Ça et des choses qui avaient un rapport avec lui. Comme voir du pays, visiter New York et vivre là-haut. Et puis la musique, bien évidemment. Encore que, la musique, je saurais pas dire si sa passion pour elle était la conséquence de sa passion pour cet homme, ou l'inverse. Ça fait drôle, deux passions qui se nourrissent l'une de l'autre. Elles se dévorent entre elles, mais ça renforce celle-ci aussi bien que celle-là. À l'époque où elle a placé Clarence sur un piédestal, la petite s'est mise à chanter.

Elle chantait à la maison. Elle chantait chez la parenté. Elle chantait en étendant le linge dans la cour à Miss Mattie. Elle chantait surtout des blues, et je garantis pas que ça ravissait tout le monde. Des fois, ça racontait des choses qui étaient pas pour des gamines, et même pour qui que ce soit d'un peu chaste, ou tout bonnement de convenable. Des vertes et des pas mûres, hou là ! Miss Mattie en aurait avalé son sifflet. Il y en a qui devaient se frotter les mains en se disant qu'elle promettait, la petite.

Il y avait pas encore vraiment la radio en ce temps-là. Eleanora, quelqu'un était pas toujours là pour la surveiller après l'école, depuis la mort de la Mémé Fagan. Pour entendre de la musique, elle allait traîner du côté des cabarets. Et pas des plus chic, parce que, ceux-là, une gamine, on l'aurait pas laissée approcher. Du moment que ça jouait quelque part, elle voyait pas la différence. Plus l'endroit était louche, plus il avait la gueule de travers, plus ça jouait le blues. Elle s'en moquait pas mal, du décor et de la crasse. La musique, elle en aurait bouffé sur la tête d'un galeux. Dans notre quartier, elle avait repéré les personnes qui possédaient un phonographe. On en comptait tout de même trois ou quatre, et toutes sans exception, ce qu'elles écoutaient, c'étaient des blues. Des blues chantés par des bonnes femmes qui avaient pas eu la vie facile, apparemment. Qui avaient tellement le feu aux fesses qu'elles passaient leur temps à se faire cogner et abandonner par des voyous dont elles étaient folles finies. Ils prenaient le train sans elles, après avoir empoché leurs économies. La chanson était pas commencée, déjà, que le malheur les avait frappées comme la foudre. Ça se pressentait dans l'introduction de piano. C'était comme si une main invisible en profitait pour leur accrocher une enclume entre les omoplates. Une odeur de poudre, de pluie et de chagrin s'élevait dans l'air… Et en effet, lorsqu'elles ouvraient la bouche, c'était pour annoncer que tout allait mal, que demain ce serait pire et que, la bonne nouvelle dans tout ça, c'était que le salaud qui les avait battues comme plâtre, et j'imagine engrossées les trois quarts du temps, elles l'auraient dans la peau jusqu'à leur dernier souffle et que, grâce à lui, elles allaient vraiment connaître l'enfer ici-bas, le fin fond de la mélasse, la fin de tout qui n'en finit pas. Mordre les pierres du chemin, elles s'en régalaient par avance et, ma gamine, vous le croiriez ? elle était à genoux là-devant… Comme si elles s'étaient passé le mot, toutes ces filles ou presque se faisaient appeler Smith : Mamie, Bessie, Clara, Trixie… Faites vos jeux ! Une chatte y reconnaissait plus ses petits. Eleanora nageait là-dedans pire qu'un poisson dans l'eau. Bessie, par exemple, elle la désignait avant même qu'elle ait desserré les dents. Sur des disques qu'elle avait seulement jamais entendus. Elle la flairait, je sais pas… Elle entendait des choses qui me passaient par-dessus la tête.

Moi, mon blues, c'était ma gosse. Elle s'échauffait le bonnet, à propos de son père, et moi, dans mon coin, je commençais à regretter d'avoir pas eu la patience d'attendre que Clarence attrape un peu de plomb dans la cervelle et qu'on vive les trois ensemble. La force du destin, on est toujours mal d'aller contre. Et je me disais : ma fille, est-ce que t'aurais pas lâché la proie pour l'ombre, par hasard ? Est-ce que t'as pas marié le premier venu alors qu'un autre t'était destiné, et pas n'importe lequel : celui qui a conçu pour moitié ton enfant ? J'ai été bête, tiens ! J'aurais dû laisser faire la gamine. Elle me l'aurait ramené, elle, mon promis. Quand on bée devant un homme, il vous suivrait au fond de l'enfer. Et moi, avec ma cuisine et d'autres choses qu'aucune femme avait en plus de moi si elle était une créature humaine, moi, maintenant que je connaissais un peu mieux la vie, j'aurais bien su le garder, ayez pas peur.

Mr Fagan ronchonnait : « Sara (il m'appelait plus *petite* depuis que j'avais un époux), Sara, qu'est-ce que tu vas encore songer à des Clarence Holiday à présent ? Ça court les rues, les garçons qui ne prennent pas leurs responsabilités, vois-tu donc pas ? Ça passe son temps à courir, justement. L'ennui, c'est que ça ne va jamais nulle part. Et tu voudrais entrer dans cette ronde ? Allons, allons ! Il y a un moment pour chaque chose dans la vie. Est-ce vraiment ce qui te fait si envie, de tourner la tête à des écervelés pareils ? Te voici installée. Avec un homme sage, travailleur et modeste, de surcroît. Le Seigneur t'a offert une seconde chance : je t'en prie, ne va pas la gâcher ! »

Il avait beau avoir oublié la façon dont j'étais née,

oublié son propre exemple, j'y donnais cent fois raison. Sauf sur un point : j'étais pas si sûre d'avoir trouvé le bonheur. Ni en me laissant passer la bague au doigt. Ni en ayant une maison à moi. Ni dans aucune chose, ni d'aucune façon. Et si je donnais le nom de Clarence Holiday à ce qui me faisait défaut, à cette espèce de vide, après tout c'était seulement une ruse pour me faire croire à moi-même que, quelque part, ça existait en chair et en os… Là-dessus, fin octobre 1922, on apprend par des commérages que Clarence – devenu bien pressé, tout d'un coup – vient d'en épouser une autre. Une Helen Bouldin. Une jeunesse de dix-huit ans.

Eleanora était tout excitée, comme s'ils y avaient demandé d'être demoiselle d'honneur. Elle piaffait en attendant que son père nous présente l'élue. Avait-elle tant besoin d'une seconde mère ? Moi, je préférais pas la voir, cette fille, en tout cas. Il faut croire que le jeune marié y tenait pas plus que ça non plus, parce qu'il nous l'a jamais amenée. La gosse était désespérée. J'avais seulement peur qu'elle les traque partout, qu'elle leur coure après, qu'elle s'accroche à eux. Qu'est-ce que je serais devenue sans elle ? Auprès de qui je me serais réfugiée ? Au premier faux pas, j'aurais glissé dans le vide. Personne m'aurait retenue. Phil Gough, le temps qu'il lève de sa chaise ses fesses d'honnête travailleur, j'aurais coulé à pic vingt fois… Cette Bouldin, personne l'aura beaucoup vue au bras de Clarence, par le fait. Après le mariage, la deuxième chose qu'on a entendu dire (l'année était même pas finie), c'est qu'il avait pris la poudre d'escampette pour Philadelphie, en la laissant plantée là. Eleanora l'a prise en grippe aussitôt. Les noms qu'elle la traitait, j'ose pas les répéter. « Eh bien ! a soupiré Mr Fagan. On peut dire que ça n'est pas franchement une surprise… (Phil aidait Miss Mattie à décorer le sapin. Monté sur l'escabeau, il était obligé de courber la tête : ses épaules frottaient le plafond. On aurait dit un bossu.) Tu vois ? Tu vois le genre d'homme que c'est ? » J'ai hoché la tête pour y faire plaisir. Je souriais à l'intérieur, il pouvait pas se douter. Je pensais : « Oui. Le genre d'homme qui a de nouveau besoin d'une femme ! »

Un beau soir, Phil rentre des quais un peu plus tard que d'habitude et il nous ramène une visite à la maison. Et si c'est pas mon Clarence, qu'on n'avait plus revu depuis bientôt un an ! Il a changé en bien. Il gagne assez pour prendre soin de sa personne. Il est plus posé, aussi. À côté de Mr Gough, c'est un vibrion, mais il arrive à se tenir. Il peut fumer une cigarette entière sans se dresser trente-six fois du canapé comme si un ressort avait claqué sous lui. Et pourtant ça se voit qu'ils sont passés par le bistrot, mon homme et lui. Il nous raconte. Pas besoin d'y tirer les vers du nez. Il était donc parti pour Philadelphie. Il avait fait le garçon d'ascenseur dans un dancing afin de se payer toutes les leçons de musique qu'il souhaitait. Il s'était arrêté quand il avait été certain que, s'il apprenait une seule chose de plus, ça y donnerait des doutes sur une autre chose qu'il savait déjà. Phil l'approuvait de la tête. Il avait l'air de comprendre de quoi il s'agissait. Qu'est-ce qu'il connaissait à ces combines, celui-là ? Est-ce qu'il était devenu musicien du jour au lendemain, simplement parce qu'un joueur de banjo y avait payé un verre ou deux au cabaret de la Belle Femme ? La gamine, elle, buvait les paroles de son père. Elle s'était assise par terre à ses pieds et elle le contemplait de bas en haut. Elle remuait les lèvres en même temps que lui faisait marcher les siennes. Ça se pouvait pas, mais vous auriez juré vos grands dieux que les mots à Clarence passaient aussi par sa bouche à elle. Et moi,

moi, j'étais si contente qu'il jacasse comme une vieille pie, parce que j'aurais pas su quoi y dire… J'avais tellement eu son image dans ma tête, tous ces derniers mois, et voilà qu'il était sur le canapé de ma propre maison, assis à côté de moi, à la place de Tante Rosie quand elle venait passer en revue tout ce qu'il y avait à critiquer chez nous. Et heureusement qu'on était l'un près de l'autre. Comme ça, si je le regardais, mes yeux tombaient pas du premier coup sur ses yeux, et la même chose pour lui s'il lorgnait de mon côté. Mais il lorgnait guère, sinon pas du tout. Il en avait que pour la gosse.

C'était de plus en plus clair dans ma tête : pour l'avoir à moi, mon Clarence, il fallait que ce soye la petite qui me l'attrape. Bon, eh bien qu'ils fassent leur affaire ensemble ! Moi, je me contenterais d'être la bonne et je leur passerais les plats. Au moins, je serais dans le coup. C'était déjà quelque chose. Sans ça, qu'est-ce qu'y me resterait ? Des songes, uniquement. Et encore ! En admettant que Phil me tienne pas la jambe quand j'essaierais de m'envoler…

Ce que je pensais, sans doute que je le pensais pas assez bas. Ça y est venu à l'esprit, à mon homme, sans y chatouiller les oreilles. Il a pris la mouche, je peux pas y en vouloir. Il a vu ce que j'avais dans le crâne. Il a vu qu'ils pouvaient se mettre à dix dockers, ils me l'enlèveraient pas de là avec leurs crochets, mon idée. Alors il a rien dit. Il a ramassé son bonnet, il est parti de la maison. J'étais pas sur le seuil pour le regarder s'éloigner. Personne l'a vu filer. Personne l'a jamais revu nulle part. Au fond, je l'aimais bien. Pourquoi pas ?

Je sais pas qui a mis toutes ces larmes dans mon corps. Je savais pas qu'elles étaient là. Je me doutais pas qu'il y en avait tant. Vider la mer avec un dé à coudre, comme ils disent, ça irait plus vite. Ils disent que, pleurer, ça soulage. D'après mon expérience personnelle, en tout cas, ça soulage pas de pleurer… Comment ça m'est venu ? Il y avait eu principalement trois hommes dans ma vie : les trois m'avaient lâchée. Mr Fagan avait en quelque sorte commencé par là, avant de se rattraper par la suite. Clarence Holiday s'était défilé à la première anicroche ; il était fait pour ça. Et Phil, qui pouvait tout supporter, qui pouvait tout prendre sur son dos comme les caisses et les sacs qu'il trimballait dans le ventre des cargos, Phil avait trouvé que j'étais, moi, une charge bien trop lourde. Une charge de déconvenue, une charge d'ingratitude. J'ai rien à dire pour ma défense. On m'avait avertie, et plutôt deux fois qu'une. Ma poupée et ses humeurs, ses grands airs avec lui, Phil s'était fait une raison. Il pouvait pas s'empêcher d'admirer une gamine aussi teigneuse avec ceux qui essayaient d'y marcher sur les pieds. Je crois qu'il l'enviait. Elle l'impressionnait du fait que lui-même, qui était en quelque sorte né à moitié géant, avec des poings comme des melons d'eau, il avait pas trouvé le moyen de se faire respecter. Les gens qui l'appréciaient, Miss Mattie par exemple, ils l'aimaient comme un bon gros chien. Les contremaîtres du port y reconnaissaient qu'un mérite, celui d'avoir les épaules plus larges et plus solides que d'autres. Croyez pas qu'ils l'estimaient pour autant. Ce qu'ils estimaient, c'était la prime que ça pourrait leur valoir à eux le samedi quand on calculerait l'équipe qui avait le mieux travaillé. Les seules personnes qui avaient peur de Phil Gough, c'étaient celles qui l'avaient jamais rencontré. Les années filent, il y aura bientôt trente ans que je serai sur cette terre, et tout ce que j'ai fait, c'est d'en être au même point que le jour où j'ai sauté dans le train de Philadelphie, avec de la poisse plein mon ventre et un ruban bleu dans un papier de soie… J'avance pas. À vingt-sept, j'ai des fois le sentiment que je vais sur mes quatorze. J'ai des fois le sentiment que ma fille va me dépasser. Et ça, on l'imaginerait peut-être pas, ça, ça me rassure un peu…

Il y a des personnes qui rient sans savoir pourquoi. Moi, c'est ainsi que je pleure. Je pleure pas en songeant à mes déboires avec celui-ci, celui-là. Je pleure en songeant à Sadie Fagan. Je pleure en songeant à cette femme que j'arrive pas à voir devant moi : il y a rien qu'un brouillard. Il y a rien qu'un trou noir dans le noir. Comme si c'était *moi* qui l'avais dépassée, cette fille-là. Comme si c'était moi, plutôt qu'un homme, qui l'avais abandonnée en arrière, et que je marchais plus vers le bout de ma vie, mais que je l'avais dépassé sans y faire attention. Sauf que le Bon Dieu s'était aperçu de rien, Lui non plus, et que j'étais encore vivante. Si ça se trouve, mes larmes, c'était une bonté de Sa part, pour me prévenir que j'étais sortie de ma vie, mais que, par inadvertance, j'étais toujours là. En principe, ou bien vous avez du chemin à faire, ou bien vous allez nulle part. Moi, c'était les deux ensemble. Cette histoire avait ni queue ni tête. Malheureusement, c'était la mienne.

Mr Fagan, c'est le meilleur homme qu'il y ait. Tout le problème, ça vient de moi. J'ai tout gâché. Phil Gough, je l'ai laissé filer. Je l'ai poussé dehors, oui ! afin d'être plus à mon aise pour rêver debout… Là, j'ai montré ce que je valais au juste. J'ai fait la preuve que, tout ce qui m'était tombé sur le poil, je l'avais pas volé. Même d'être née de lui, Mr Fagan a compris que je l'avais pas volé. Que ç'avait été le commencement de la fin et que c'était pas lui le plus fautif…

Bref, il m'a repris la maison. Elle était pas pour des briseuses de ménage qui, en plus, opèrent à domicile au lieu d'aller semer la zizanie chez les autres. Des filles qu'il y a pas besoin d'aucun serpent pour qu'elles croquent la pomme. Plus de famille : plus de toit familial. Après la faute qu'il avait commise et que Miss Mattie arrêtait pas d'y mettre le nez dedans, il allait pas, en plus, encourager le péché. On s'est retrouvées à la rue, la petite et moi. Toutes les portes de tous les Fagan nous ont claqué au nez en même temps. Tante Rosie a su qu'Eleanora venait parfois sur la tombe à Mémé, au cimetière : elle a glissé la pièce au gardien pour qu'il la chasse.

Ça se serait peut-être arrangé si, comme une imbécile, je m'étais pas remise à cavaler aux basques de Clarence. Quand je disais que je retombais en enfance… Me revoici en train de chercher des emplois de ville en ville, n'importe lesquels, pourvu que ça soye là où ce feu follet pose son étui. Dans ces conditions, comment voulez-vous que je m'occupe de ma gosse autant qu'il faudrait ? Je la confie à droite et à gauche. J'ai pas aussitôt reposé le pied à Baltimore qu'on vient me raconter en délégation, quasiment à la descente du train, toutes les bêtises qu'elle m'a faites. Je débarque et, si je devais, comme ils le réclament tous, courir y en allonger une bonne pour chaque indiscipline, pour chaque gros mot, pour chaque dommage, je la tuerais vingt fois avant de l'avoir seulement serrée dans mes bras. Alors, je pleure encore un bon coup, qu'est-ce que j'ai de mieux à faire ? Et je repleure quand je l'entends, elle, ma petite chérie, se foutre de moi parce que son père veut pas se faire passer la corde au cou. Qu'est-ce que vous dites de ça ? Il continue à être jamais là, mais elle est de plus en plus de son côté. Elle supporte son absence, du moment qu'à moi, ça me fait de la peine. Elle a pas les réactions d'une femme quand il s'agit d'être mauvais avec les femmes. Elle voit la question avec les yeux d'un homme. Elle penserait que les femmes méritent ce qui leur dégringole dessus, j'en serais pas surprise. Qu'est-ce que je dois comprendre ? Je l'ai pas élevée comme ça, c'est tout ce que je sais. On y a pas non plus appris des choses pareilles à l'école. Pourtant, le fait est là : que les femmes s'en prennent, on dirait que ça l'amuse. Quand l'une ou l'autre se ramasse une tournée dans la rue, Eleanora s'arrange pour être aux premières loges. Est-ce qu'elle serait fière de son père s'il me cognait dessus ? J'aime mieux pas savoir. Je l'ai vue sourire bizarrement, un jour que Phil Gough, excédé, avait fait mine de lever sa grosse patte sur elle.

Clarence y a déniché un surnom. Un surnom de garçon, c'est malin. Bill. À cause de Wild Bill Hickock, l'espèce de shérif bandit de dans le temps, dans les villes à vaches. Quelqu'un avait raconté que c'était « le plus grand méchant homme qui ait jamais existé ». Ma chérie a entendu ça : loin de faire la tête, elle a couru s'admirer devant la glace. Lui, bien sûr, ça l'amuse, mais cette histoire nous a pas aidés. À présent, se sentant soutenue par son père, et sachant sans doute que, de mon côté, je vais pas y faire aucun mal (y crier après, peut-être, en mettant les choses au pire), elle pénètre plus dans l'école que si elle s'est trompée de porte. Tous les agents d'assiduité[1] du district l'ont dans le collimateur. Il y en a une meute qui va renifler partout où une gamine de son âge est censée pratiquer l'école buissonnière. Ils sont là que pour elle. Un jour, vous verrez, la municipalité va me présenter la note…

1. *Truant officers.*

Ils perdent leur temps, de toute façon. À cinq ans, elle aurait promené ces gens-là. Maintenant, elle en a neuf. Qu'est-ce qu'ils espèrent ?

C'est justement ce qui l'a perdue, d'être trop sûre d'elle. Ils ont pris leur temps. Ils ont aussi eu de la veine, il faut bien dire. Et puis quelqu'un avait dû la dénoncer. Toujours est-il qu'ils ont fini par y mettre le grappin dessus. La façon qu'elle a pris ça, j'imagine, a pas dû trop leur plaire non plus. C'était pas fait pour leurs chastes oreilles, j'en ai peur. Ils y ont collé un agent de probation, un Mr Dawson, pour la surveiller de près. Elle a promis tout ce qu'on voulait et elle a recommencé aussi sec. Et il a de nouveau fallu qu'ils mettent le quartier sens dessus dessous pour l'épingler. L'école publique 104 de Baltimore ouest, ils en avaient plein le dos, d'Eleanora. Mr Dawson, il l'a prise par la peau du cou et l'a traînée devant la juge, ni plus ni moins. Une vraie juge dans une robe noire, comme pour condamner quelqu'un à la chaise électrique. Cette femme avait beau avoir affaire à une gosse : elle était pas là pour rigoler. Ç'a été vite expédié. Elle a donné un coup de marteau sur la table. Et sur la tête à ma poupée, et sur ma tête à moi, elle assenait pendant ce temps-là, dans un soupir : « Encore une enfant de couleur abandonnée à elle-même ! Mais qu'est-ce que ces gens ont donc dans le crâne ? Mais qu'est-ce qu'ils ont donc à la place du cœur, bonté divine ? Le manque d'argent n'explique pas tout ! Allez ! Au Bon Berger et que ça ne traîne pas ! Il est peut-être déjà trop tard pour en faire quelque chose… »

Melissa

Simon Grolnick est sorti de sa cage vitrée et a traversé toute la salle de rédaction pour déposer lui-même le bouquin sur le coin de mon bureau. « Tu peux jeter un coup d'œil, Fullbright ? Il paraît que c'est assez gratiné... Vois si tu peux en tirer quelque chose pour le supplément. Pas trop long, tout de même. » Il s'est éloigné de son pas traînant, sa pipe au bec, en tripotant les boutons de son éternel gilet de laine aux couleurs indéfinissables. Sauf pendant les chaleurs, je ne l'ai jamais vu sans cet attribut. Il le portait le jour où il a accepté ma candidature. Ce n'est sans doute qu'une association pavlovienne de ma part, mais je trouve à ce vêtement quelque chose de plus hébraïque que la kippa ou le châle de prière. Simon serait navré de l'apprendre. Il est athée (« libre penseur », dit-il, en utilisant l'expression française, ce dont je lui sais gré), comme tous les chefs de service du *Sentinel*, en accord implicite avec la volonté, non moins tacite, de Mrs Merryweather, sa directrice, fondatrice et aujourd'hui principale actionnaire. Elle fut dans sa jeunesse, à ce qu'on raconte, la muse des libéraux de Providence, avant de devenir le guide suprême des consciences chatouilleuses et l'égérie du parti démocrate dans l'État du Rhode Island. De naissance, elle est WASP[1] à cent pour cent. Peut-être à cause de ces ori-

1. *White Anglo-Saxon Protestant.*

gines qui lui pèsent, il est plus facile d'être embauché dans son journal si l'on vient d'une famille juive ou catholique. Encore faut-il ne pas pratiquer trop ostensiblement ces religions et, si possible, avoir rompu avec ce qu'elle nomme « leurs préjugés », c'est-à-dire la quasi-totalité de leurs croyances. Elle a trop le souci des libertés individuelles pour exiger cette discipline de quiconque ; l'expérience montre néanmoins qu'on ne fait pas carrière chez elle sans avoir plus ou moins renié sa foi. C'est ainsi que j'ai été distinguée sur les bancs de l'université par Max Kotchev, mon professeur de littérature anglaise, lequel était déjà, au milieu des années 30, le chroniqueur des romans et des recueils de poèmes du *Sentinel* (dans le supplément, il publiait chaque semaine un billet d'humeur, toujours acide, à propos d'un écrivain à la mode ou d'un phénomène comme la *beat generation*, et, chaque année, à Thanksgiving, une nouvelle de son cru). Je devais être la seule fille du campus à se déclarer agnostique, la plupart des autres n'ayant du reste pas la moindre idée de ce que j'entendais par là. En tout cas, j'étais à ma connaissance la seule fille *noire* à revendiquer cette philosophie. Je ne nierai pas que, en l'occurrence, la couleur de ma peau m'ait aidée aussi. Josephine Merryweather ne détestait pas afficher ses prises de position en faveur des minorités ethniques et de l'égalité des droits. Ainsi éprouvait-elle l'intime satisfaction d'accorder ses actes et ses principes. J'étais la démonstration vivante de sa grandeur d'âme.

De surcroît, il n'était pas mauvais de flatter à travers moi les membres de ma communauté. J'étais censée subvenir à ce besoin spécifique : entretenir, et si possible renforcer le lien entre le *Sentinel* et mes « frères de couleur ». Aucun de mes articles ne paraît donc sans être accompagné de ma photo. À la limite, je crois qu'on se passerait plus aisément de ma prose que de mon visage. Je n'éprouve plus qu'une curiosité limitée à l'égard de celui-ci ; quant à celle-là, je ne lui attribue pas aujourd'hui la valeur du papier où elle s'étale.

Naturellement, les « activistes noirs », comme on commence à les appeler dans certains milieux, m'accusent d'être « l'alibi des racistes du *Sentinel* ». Par racistes, ils entendent : d'une autre race que la leur (car ils croient aux « races » ; ils s'imaginent à la pointe de l'avant-garde en matière d'idéologie, et les théories sur lesquelles ils se fondent auront bientôt un demi-siècle de retard). Je les laisse dire. En secret, je leur donne raison sur un point : en dernière analyse, je ne suis pas de leur bord. La négritude n'est pas le genre de chose que je suis impatiente de promouvoir : elle représente au contraire un ensemble de réalités qui m'ont écrasée trop longtemps, que j'ai voulu fuir et avec lesquelles je réussis tant bien que mal aujourd'hui à maintenir une certaine distance, en dépit des Blancs qui voudraient me repousser vers elles et des Noirs prétendant que mon devoir est de retomber sous leur coupe. Mon idéal secret serait plutôt de les éliminer de la surface du globe. La perspective d'un « retour en Afrique » à la Marcus Garvey me fait horreur, pour autant que je sache à quoi l'Afrique ressemble. Le « rêve américain », le modèle blanc de la réussite auquel les subconscients, sinon les inconscients de toute couleur essaient de se conformer en ce pays, ce modèle me paraît grossier et primitif. La seule utopie que j'estime digne d'être préservée à tout prix, nourrie par des espoirs et des convictions, par une manière de vivre et par des œuvres d'art, c'est justement celle que l'immense majorité de mes compatriotes juge dépassée (ou plutôt, même s'ils ne se l'avouent pas, qu'ils *voudraient* voir morte) : celle qui a inspiré, au moins depuis la Renaissance, la culture de l'Europe. Du Vieux Monde, comme disent en bombant le torse « les descendants des pionniers », ce ramassis de nomades par nécessité, détruisant sur leur passage tout ce qui avait plus de mémoire, plus de racines qu'eux-mêmes. Jamais je ne l'écrirais dans le supplément, jamais je ne le confierais à mes meilleurs amis, certainement pas aux Noirs, et encore moins aux Blancs, jamais je ne le laisserais dire aux personnages les plus négatifs de mes histoires, mais il m'arrive de préférer à cette horde barbare les propriétaires d'esclaves. Pis que cela : mon cœur, mon âme sont aux côtés des esclaves (du moins je l'espère) ; par l'esprit, par cette soif sans doute immodérée que j'ai pour la *civilisation*, je me sens plus proche de leurs maîtres.

J'avouerai encore que j'ai davantage apprécié Richard Wright parce qu'il s'était installé à Paris et avait gagné l'estime des existentialistes que pour ses ouvrages. Qu'il fût noir par-dessus le marché a toujours été le cadet de mes soucis. En raison de son titre, je n'ai même jamais pu lire *Un enfant du pays*, que beaucoup considèrent comme ce qu'il a publié de moins maladroit. Je craignais qu'il y fût encore question de je ne sais quel lien indéfectible et douloureux soit avec l'Amérique que je hais, soit avec une Afrique qui ne m'attire en aucune manière. J'évite dans la mesure du possible tous les livres, tous les films qui s'annoncent comme *Retour à...,* ou *Retour vers...* Vais-je en profiter pour écrire moi-même – un ouvrage de fiction, veux-je dire ? J'hésite à sauter le pas depuis au moins vingt ans. Vais-je m'empresser, avant toute chose, de traverser l'Atlantique, de prendre une chambre d'hôtel à Montparnasse, à Montmartre ou à Saint-Germaindes-Prés ? De marcher sur les traces de la Génération perdue, de John Dos Passos et de Henry Miller ? De respirer la seule atmosphère au monde qui soit transparente, qui n'ait pas de couleur et ne soit pas chargée d'haleines qui vous étouffent ?

Si je regrette une chose, c'est de ne pas être née vingt ou trente ans plus tôt. En théorie du moins, rien n'aurait empêché que j'aille frapper à la porte de Gertrude Stein, au 27, rue de Fleurus, comme Ernest Hemingway. Je donnerais tout Richard Wright (et du même geste, je tiens à le préciser, 99 % des auteurs blancs) pour une seule nouvelle de Miss Stein. Et si Gertrude me plaît à ce point, c'est parce qu'elle imagine ne rien devoir à personne. Parce qu'elle a eu les tripes de proclamer sans ambages aux étudiants de l'université de Wesleyan (j'avais vingt-trois ans) : « Et puis Shakespeare est mort, alors on ne peut pas dire s'il est plus grand que moi. » Tant d'arrogance me fascine. Cette femme était un écrivain miraculeux : aurait-il fallu qu'elle s'en excusât ?

Souvent réalistes, sinon naturalistes, la plupart des écrivains noirs de talent parlent de l'Amérique noire, ce qui paraît aller de soi. D'après moi, fort peu d'entre eux sont parvenus à la décrire de l'intérieur. À traduire, par exemple, l'expérience que j'en ai. Leurs Noirs le sont toujours deux fois plus que dans la vie. Comme je l'ai écrit de l'un d'eux, et cela ne m'a pas valu que des amis, ces romanciers *noircissent le tableau* à plaisir. Gertrude Stein, elle, a écrit *Melanctha*, l'un des portraits les plus justes (je veux dire à la fois les plus précis et les plus équitables) de la femme noire en Amérique du Nord. En particulier de la femme que je suis. « La complexe et désireuse » Melanctha Herbert est animée par le désir d'acquérir une supériorité intellectuelle, quitte à sacrifier à son ambition bien des choses, à perdre peut-être la capacité de se faire aimer, la capacité de rester sur la ligne de « sa conduite si vilaine avec toutes ces espèces d'hommes qu'elle aimait tant aller avec »… Je crains que Miss Stein en dise plus long sur « la question noire » que n'importe quel écrivain de couleur, pour la simple raison qu'elle témoigne en artiste : elle n'a pas à rendre sa parole édifiante.

Quand j'ai dû prendre un pseudonyme, je n'ai pas osé Melanchta, craignant le regard des quelques personnes qui avaient lu le livre. Je me suis arrêtée à mi-chemin, en quelque sorte : Mel -… issa. Max, Simon Grolnick, Mrs Merryweather ne m'ont jamais connu d'autre prénom. Naturellement, c'est celui que j'utiliserai si je dois un jour publier le livre qui me trotte par la tête depuis tant d'années. Ce qui, soit dit en passant, ne fait pas de moi un oiseau rare. Cette maladie n'a même pas épargné le chroniqueur sportif, qui rêve de marcher sur les traces de Ring Lardner. Le professeur Kotchev, pour sa part, a édité *Une colline sous le vent*, son premier livre, en 1924, avec grand succès. Plus de trente ans ont passé et ses admirateurs attendent toujours le second. Ils doivent se contenter de sa nouvelle de Thanksgiving. Max m'a dit un jour, en réprimant un sourire amer : « Tout ce qu'on apprend en littérature, c'est ce qu'il ne faut pas faire. Résultat : si l'on est un étudiant consciencieux, on ne fait plus rien. Connaissez-vous d'autres domaines, Melissa, où la connaissance et l'expérience soient antinomiques ? » J'avais eu la tentation de répliquer : « La *négritude* ! » mais j'avais craint qu'il n'y voie je ne sais quelle « revendication d'identité ». Autant dire la volonté d'élever entre lui et moi une barrière infranchissable. C'était tout le contraire de ce à quoi j'aspirais.

Je finis de taper ma phrase et je jette un coup d'œil à l'ouvrage que Simon vient de me confier. La couverture représente le visage d'une femme noire. Elle a les paupières closes, la bouche grande ouverte, et l'on pourrait imaginer qu'elle pousse un cri de douleur si, à hauteur de ses lèvres, le titre ne précisait *Lady Sings the Blues*. En-dessous, le nom de l'auteur est imprimé en caractères au moins trois fois plus gros. Et pour cause ! C'est lui, et lui seul, qui est censé aguicher le lecteur : BILLIE HOLIDAY. En même temps que le livre, la maison d'édition fait circuler une photographie où on voit l'auteur affublé de lunettes à grosse monture, l'air concentré, assis devant une machine à écrire. Cette mise en scène est destinée, je suppose, à détourner l'attention du fait que quelqu'un d'autre, un dénommé William Dufty, a « recueilli » le récit de la chanteuse, expression pudique pour signifier que cet homme en est, selon mes propres critères, le véritable auteur. Je connais le prix de l'écriture, l'effort qu'il faut produire pour rédiger un simple entrefilet dans toutes les règles de l'art. À peu près personne n'y parvient à son premier essai.

L'un de mes tout premiers articles du supplément, en 1939 ou en 1940, avait eu pour sujet un événement scandaleux : l'enregistrement de *Strange Fruit* par Miss Holiday. Aucun journal prétendument libéral ne pouvait se permettre de passer ce disque sous silence. J'ignorais à peu près tout du jazz, qui me laissait de marbre. J'avais fait ce qu'on attendait de moi. J'avais aligné le genre de clichés qui séduit les lecteurs dans la mesure où ils y trouvent un reflet de leurs propres émotions, une formulation ordonnée de leurs idées en friche. Ce genre de papier, on pourrait le rédiger d'avance, telles les notices nécrologiques des célébrités qui ont atteint un certain âge. Il n'y a pas trente-six attitudes possibles, face au meurtre rituel des Noirs dans le Sud, au sacrifice expiatoire de victimes que, pour plus de précaution, on brûle après les avoir pendues. Prenant mon courage à deux mains, j'ai écrit que j'étais contre. Que le *Sentinel* était contre. Que la Conscience humaine était contre et que, un jour, l'Amérique entière se couvrirait la tête avec les cendres des martyrs, pour avoir toléré cette version étriquée, parcimonieuse, impromptue, paroissiale et sporadique de l'hécatombe. J'ai souligné comme il convenait la trompeuse suavité des paroles et la sublime crudité des images. Pour enfoncer le clou, Samuel avait fait reproduire le texte de la chanson en regard de mon pensum :

Les arbres du Sud ploient sous d'étranges fruits
Du sang sur les feuilles et du sang aux racines
Corps noirs se balançant dans la brise du Sud
Étranges fruits pendant aux branches des peu-
Scène pastorale du valeureux Sud [pliers
Les yeux exorbités et la bouche tordue
Senteur de magnolia d'une exquise fraîcheur
Et puis soudain l'odeur de la viande rôtie

Voilà des fruits à becqueter pour les corbeaux
À mûrir par la pluie à sucer par le vent
À pourrir au soleil à s'abattre d'un arbre
Voilà une étrange et amère moisson[1]

Je ne nie pas que de telles horreurs ont eu lieu. Je dis seulement que, dans mon univers, elles n'ont pas

1. *Strange Fruit.* La présente traduction du texte de Lewis Allan a été proposée par Danièle Robert dans son livre *Les Chants de l'aube de Lady Day* (Le temps qu'il fait, 1993).

leur place. Elles n'y seraient pas du tout possibles. Me fourrer ces turpitudes sous le nez, m'en faire respirer l'abominable puanteur, ne réussira jamais qu'à me les rendre plus *étrangères*. Peu m'importe que ces choses existent : elles ne *doivent* pas exister. Néanmoins, j'avais vanté le courage d'une petite chanteuse qui prenait pour sujet, au lieu des élans et des retombées de l'amour, une communion sanglante, un culte que ses fanatiques préfèrent célébrer sous l'anonymat. Mais, en mon for intérieur, je déplorais son initiative. Une fois de plus, on redistribuait aux Noirs et aux Blancs des rôles convenus, inchangés depuis les premiers trafics de « bois d'ébène ». Mes propres efforts pour rendre ce schéma caduc, j'en conviens, n'avaient pas porté leurs fruits. Je n'étais parvenue qu'à un seul résultat : dans ce carnaval, aucun masque ne se trouvait plus à ma taille. Pour tous ceux qui m'entouraient, sans exception, mon propre visage continuait de faire l'affaire…

Je termine le papier que je suis en train d'écrire (sur la nomination d'un chef de police au teint sombre à l'hôtel de ville). Je prends encore le temps de le corriger moi-même et de l'envoyer au marbre, avant d'ouvrir *Lady Sings the Blues*. Sans curiosité. Sans émotion particulière. Je n'attends rien de Billie Holiday. Je l'ai dit : intimement, le blues, le jazz ne me concernent pas. Disons plutôt que je n'y *crois* pas. Ils appartiennent, tout comme l'auteur de ces pages, à un univers en sursis. Condamné, parce que irréel jusque dans le meurtre : une pure hallucination consacrée par l'habitude. Ces genres musicaux sont à la musique ce que les romans des écrivains noirs sont à la littérature. Ils n'échappent pas davantage à l'autoparodie et se laissent eux aussi instrumentaliser de bonne grâce. Je déteste que l'art remplisse une fonction sociale ou politique.

Suis-je donc la seule de « mon peuple » (encore une expression dont ils se gargarisent) à croire que la beauté n'est éternelle que si elle n'a ni couleur, ni frontières, ni « origines » à exposer, ni cause à défendre ? Le blues, le jazz et Billie Holiday se contrefichent de l'éternité. Ils ont déjà le plus grand mal à envisager leur avenir, et leur passé les talonne. Ils vont de déboires en excès et se fabriquent ainsi de toutes pièces un parcours semé d'embûches, cachant aux autres et se dissimulant à eux-mêmes qu'ils tournent en rond. Leur vie n'est qu'artifice. Ce sont les acteurs d'un mélodrame écrit de leur propre main. Ils se tordent sous les morsures d'une souffrance qu'ils viennent d'inventer. Je n'ai pas plus l'intention de les plaindre que la tentation de les haïr. Mon avis est qu'ils sont inutiles. Immensément. L'intérêt qu'on leur porte, le pouvoir qu'on leur prête, les passions qu'ils suscitent parfois relèvent à mon sens d'une formidable déperdition d'énergie. D'un gâchis sans nom. Que Miss Holiday se détruise par la drogue, c'est son choix. Mais, que plusieurs centaines de ses admirateurs s'en inquiètent, c'est de la compassion dépensée en pure perte. En un mot : je n'aurais jamais ouvert son livre si quelqu'un d'autre que mon rédacteur en chef me l'avait fourré entre les mains.

Je suis à peine arrivée au bas de la première page : le mot de *Baltimore* me frappe comme une balle en plein front. Cette ville, j'y suis née. Depuis que j'ai eu la chance, inespérée, de la fuir, je m'acharne sans résultat à voir en elle un élément de ce cauchemar éveillé, de ce mirage qui hypnotise l'Amérique. Les murs de Baltimore ne se souviennent plus de moi, et l'image que j'ai d'eux n'est plus très nette. En revanche, ce nom garde la trace d'un pan de mon histoire dont je donnerais cher pour qu'il sombre dans le néant. Jamais la négritude ne m'aura autant envahie, écrasée, humiliée qu'à Baltimore. La misère n'était rien, à côté de cet intime sentiment de damnation. La misère, vous la partagiez avec tous les habitants de votre quartier, avec plus des trois quarts du ghetto. Mais, la malédiction de votre peau, même si vous étiez entourée – cernée – de gens de couleur, il vous fallait y faire face toute seule. Le fardeau que supportaient les autres ne vous soulageait en rien du vôtre. Au contraire ! Chaque membre de la communauté recevait sur ses seules épaules tout le poids du châtiment collectif. Jusqu'à ce que ma mère se remarie avec son avocat, après que la brute qui me servait de père eut fait dans l'escalier une chute si opportune que le coroner refusa le permis d'inhumer, je n'eus d'autre choix que de broyer ce noir où j'étais plongée. Quand, au bénéfice du doute, ma mère ne fut condamnée qu'à un séjour de quatre ans et sept mois dans une ferme pénitentiaire, les services sociaux me confièrent d'autorité à une tante qui, pour se débarrasser de moi, m'accusa de larcins que je n'avais pas commis. En août 1922, on me trouva une place à la Maison du Bon Berger pour Jeunes Filles de Couleur. Administrée par les Petites Sœurs des Pauvres, cette institution jouissait d'une sinistre réputation. « Les gamines, avais-je entendu dire, sont toutes de sacrées vicieuses, mais, à côté des cornettes, mon vieux, elles font vraiment pas le poids ! »

Lady Sings the Blues. Après le récit d'un viol et de ses conséquences pour les deux protagonistes, je tombe sur cette phrase : « Jamais je n'oublierai ce lieu : il est tenu par des bonnes sœurs catholiques, de celles qui restent enfermées. Au moment où vous y entrez, on vous attribue un uniforme bleu et blanc et un nom de sainte. J'ai tiré sainte Thérèse[1]. » Pourquoi suis-je d'emblée convaincue qu'il s'agit du Bon Berger ? De cet établissement-là et d'aucun autre ? L'uniforme ? La description est assez vague pour convenir à je ne sais combien de « refuges » (si l'on tient à cette appellation d'une ironie involontaire), de dispensaires, d'hôpitaux, de maternités et sans doute de prisons… Je n'ai pourtant pas le moindre doute. Pas plus que ne m'égare la pure invention du « nom de sainte ». Il est parfaitement exact qu'on rebaptisait chaque fille à son arrivée (une intention charitable se cachait là-dessous : éviter qu'on sût à l'extérieur qui avait été pensionnaire de l'établissement). Mais les nouveaux prénoms – c'est une ci-devant Rosalynd qui vous parle – n'étaient pas toujours empruntés au calendrier ecclésiastique romain. Du reste, pendant les six années où j'avais résidé là-bas, je n'y avais rencontré aucune Thérèse. (Je me suis attardée dans cette bâtisse de briques rouges, à l'angle des rues Franklin et Calverton, plus longtemps que prévu. À sa libération, ma mère avait eu besoin d'un délai pour se retourner et se rappeler enfin mon existence. Avec l'aide de son avocat, elle était venue me récupérer, juste à temps pour assister à leurs noces. Je n'avais pas connu de Thérèse, mais je conserve le souvenir très vif d'une certaine Madge qui, tout au début – ça n'a pas duré : les grandes lui ont vite rabattu son caquet –, insistait pour se faire appeler Bill. Sur la photo de la jaquette, je ne retrouve aucun des traits de mon ancienne condisciple. Pourtant, c'est une révélation qui n'admet pas le conditionnel : Madge et Billie Holiday ne font qu'une seule et même personne.

1. Toutes les citations de *Lady Sings the Blues* sont empruntées à la traduction de Danièle Robert pour les éditions Parenthèses (1984 et 2003).

Je ne me tenais pas sur mes gardes. Au vrai, ma lecture m'ennuyait déjà. Dès la première phrase, trop manifestement destinée à faire dresser les cheveux sur la tête, je n'avais pu retenir un soupir d'agacement : « Papa et maman étaient mômes à leur mariage : lui dix-huit ans, elle seize ; moi, j'en avais trois. » La description du viol aurait dû me mettre la puce à l'oreille. Certains détails m'étaient étrangement familiers : maman chez le coiffeur, Mr Dick et sa complice, le sang qui coule, les accusations des policiers, le verdict du juge… Ils faisaient écho à une fable que j'ai entendue jadis, je ne sais combien de fois. J'emploie le mot de « fable », parce que j'ai souvenance que ni moi ni personne, au Bon Berger, n'avait jamais accordé le moindre crédit au radotage de Madge. Au refuge, comme aux galères, n'échouaient que des innocents. C'était notre régal, à nous qui avions de la bouteille, que d'accueillir avec une feinte bienveillance celles qui débarquaient du panier à salade, afin de susciter leurs confidences. On les laissait dire, raconter en pleurnichant comment on les avait prises pour une autre, dénoncées injustement, attirées dans un traquenard, choisies pour cible d'un coup monté, et ainsi de suite. Puis on leur éclatait de rire au nez. On les accusait de vouloir nous abuser avec des bobards plus gros qu'elles. Sous ce prétexte, on les martyrisait un peu. Rien de bien méchant, du moins dans le contexte. C'était une sorte de baptême. Nous les mettions au pas, moyennant quoi elles étaient acceptées dans la bande. Toutefois, si elles persistaient à vouloir « nous refiler leur camelote », comme nous disions, on les prenait dans un coin et, loin des yeux et des oreilles indiscrètes, on les rossait pour la peine.

Quand ils ont amené Madge (« ils » étaient en réalité une énorme blonde au profil porcin, pas méchante femme au demeurant, qui faisait la navette entre le tribunal et notre établissement ; elle apparaît en silhouette dans *Lady Sings the Blues*), quand ils ont amené Madge, donc, nous avons tout de suite compris qu'elle était bien trop choquée d'avoir dégringolé de son piédestal, et de toute façon bien trop gourde, loin de ses repères, pour essayer de nous en remontrer. Sans doute faudrait-il même la secouer si l'on voulait en apprendre un peu plus long sur son compte. Elle n'avait pas grand-chose à avouer. C'était le genre à s'être prise pour un caïd au milieu de gosses encore moins affranchis qu'elle – et puis, à la première anicroche, elle s'était retrouvée sans défense, tel un chien perdu qui grelotte de froid et de trouille sous la pluie, en attendant les coups. Elle avait brandi ce bouclier dérisoire, ce nom de Bill qu'on lui aurait donné dans la rue, espérant qu'il impressionnerait quelqu'un. Mais elle n'avait fait qu'agacer Gloria, qui était – et pas seulement par métaphore – le sultan du harem. Son initiative lui valut d'être enfermée toute une nuit dans les toilettes du dortoir, à demi mangées par la glace. Depuis, elle ne cherchait qu'à se faire oublier. En interrogeant l'une des sœurs, nous apprîmes qu'elle n'avait d'ailleurs aucun secret. En tout et pour tout, ce n'était qu'une récidiviste de l'école buissonnière, palmarès qui, dans la hiérarchie criminelle au Bon Berger, la situait tout en bas de l'échelle.

En ce qui me concerne, je n'avais jamais rien commis de répréhensible, à part être la fille de ma mère, mais j'allais sur mes treize ans et j'étais montée en graine. Je jouissais du prestige d'avoir été internée avant toutes celles qui se trouvaient encore là, lesquelles me craignaient – sauf Gloria, bien entendu – parce que je les dépassais d'une tête. Des pensionnaires comme Madge, qui ne s'attardaient que quelques semaines ou quelques mois, on ne les intégrait pas. On les tolérait, à condition qu'elles tiennent leur langue. Elle s'était passionnée pour la couture : c'était bien la preuve qu'elle était indigne d'entrer dans le cercle. On la laissait dans son coin. Quand elle a vu qu'elle ne risquait plus rien, qu'on se fichait de ce qu'elle disait comme on se fichait de ses silences, petite touche par petite touche, elle a échafaudé cette histoire de viol. Puisqu'elle était une paria, Madge voulait au moins être une paria d'un certain standing.

Prudente, et sans doute désireuse de peaufiner le scénario qu'elle avait mis au point, elle livrait ses confidences par bribes, et jamais à plus d'une fille à la fois. Il va sans dire qu'elle évitait Gloria et sa garde rapprochée. De cette équipe, je fus la seule à profiter de ses mensonges. J'ignore toujours pourquoi. Peut-être parce qu'elle me voyait dévorer roman sur roman, y compris le soir sous les couvertures, grâce à une sorte de petite lampe-tempête que je m'étais fabriquée en douce à l'atelier avec des éléments subtilisés à droite et à gauche.

Plus de trente ans se sont écoulés et je crois entendre la voix de Madge en lisant sous la plume de William Dufty des phrases comme : « J'étais sans méfiance, il m'a prise par la main et je l'ai suivi jusqu'à une maison ; là, une femme nous a fait entrer. J'ai réclamé ma mère et ils ont répondu qu'elle n'allait pas tarder… Je commençais à avoir sommeil… Mr Dick m'a emmenée me coucher dans une des chambres du fond. J'étais presque endormie quand il m'a grimpé dessus en essayant de faire comme mon cousin Henry. Je me suis mise à gigoter et à gueuler comme une perdue. Pendant ce temps, la femme est entrée et a voulu me maintenir la tête et les bras… » Je donnerais ma tête à couper que, en l'occurrence, l'écrivain fantôme n'a fait que reproduire mot à mot ce que lui a raconté l'auteur en titre. Tout ce temps, celle qui était devenue l'une des plus célèbres chanteuses de jazz de son époque s'en était tenue à sa version. J'imagine que c'était le moyen pour que s'opère une sorte de cristallisation qui, à la longue, lui conférerait une réalité à ses propres yeux.

Dans ce mythe qu'elle avait élaboré, non seulement elle avait tenu le rôle de la victime, mais elle avait été châtiée pour cette raison même : « Les flics ont emmené Dick au commissariat, mais ils nous ont emmenés nous aussi, alors que je pleurais dans les bras de ma mère et que je saignais. Au poste, au lieu de nous traiter comme des gens qui ont fait appel à la police, ils ont fait comme si j'étais une criminelle. [...] Ils se sont figuré que c'était moi qui avais attiré ce vieux bouc dans le bordel, ou quelque chose comme ça. Ce qu'il y a de sûr, c'est qu'ils m'ont foutue en taule... » Nous n'étions pas forcées de la plaindre, et le viol en soi était même susceptible de faire ricaner les plus endurcies d'entre nous. En revanche, à cause de la couleur de notre épiderme et des relations que nous avions eues avec la police et la justice, nous ne pouvions qu'être de son côté. En vérité, nous n'avions pas le choix : c'était *là* qu'on nous avait assigné notre place, dès notre naissance. Nous ne nous sentions pas « concernées » par cette affaire, nous y étions *de droit* mêlées. J'ajoute que cette compromission même nous incitait à ne pas mettre en doute les propos de Madge. Son histoire était *trop vraie.* Gloria elle-même se serait enorgueillie d'avoir été la cible d'une telle ignominie.

Si j'ai baptisé fable le récit de Madge-Billie, c'est aussi qu'il a, telles les œuvres des fabulistes, valeur de symbole et d'exemple. C'est si vrai qu'elle donne à son prétendu agresseur le nom qui désigne en langue verte le membre viril. Elle aurait appelé cet homme Bite ou Braquemard, si elle n'avait eu peur de trop en faire. Au moins, elle tenait à ce que tout fût d'une lisibilité parfaite. Les stéréotypes servent à cela. Je note que si, au premier chapitre de *Lady Sings the Blues*, elle saigne d'abondance après l'intervention de ce personnage, au douzième, elle qualifie son acte de simple tentative (« J'étais allée en taule à dix ans parce qu'un quadragénaire avait essayé de me violer »). Je ne l'accuserais pas de contradiction, cependant. La matérialité des faits ressortit à la contingence. Seule pèse l'intention. Un simple regard, à la limite, aurait pu suffire. De la même façon, peu importe pour la morale de l'histoire qu'on l'ait expédiée chez les Petites Sœurs des Pauvres, plutôt que derrière les barreaux de la prison du comté. Le critère de toute fabulation, c'est l'efficacité. Maintenant, on peut toujours se demander si Billie ne se trahit pas en restreignant tout à coup ses ambitions de victime. À moins que son scribe n'ait laissé percer sa propre incertitude à ce sujet. Pour lui comme pour elle, les choses semblent plus nettes avec cette autre confession, préludant à l'exposé de ses débuts dans la prostitution : « Mais je n'avais pas tout ce qu'il fallait pour être une vraie call-girl. D'abord, et pour de sacrées bonnes raisons, j'étais terrorisée par le sexe. Il y avait eu cette première affaire avec Mr Dick. Puis à douze ans j'avais été violée par le trompettiste d'un grand orchestre noir sur le plancher du salon de ma grand-mère. Ça m'avait passé l'envie des hommes pour un bout de temps… Je me suis juré que c'était fini avec [*eux*] et j'ai dit [*à ma mère*] de ne plus s'inquiéter, que je ne ferais pas ce qu'elle avait fait avec papa. » Deux lignes plus bas, elle vend son corps pour la somme de cinquante dollars (exorbitante en ce temps-là ; est-ce une sorte de justification ?).

Commentaire : « Je ne les ai pas volés : ce n'était pas cher pour m'avoir à moitié tuée. »

Dans ses mémoires, à propos de son séjour à la Maison du Bon Berger, Billie Holiday fait à peine allusion à un événement dont je me souviens pourtant qu'il l'avait beaucoup marquée (bien plus qu'il n'aurait dû, estimions-nous), mais n'évoque pas du tout une coutume de l'endroit qui, en toute logique, aurait dû étoffer son sujet. Je parle de son baptême, dans la chapelle du Sacré-Cœur par le père… – se nommait-il Cassidy ? J'ai oublié. Quant à la coutume, elle consistait pour certaines filles à dormir ensemble (c'est-à-dire, on l'aura deviné, à trouver mieux à faire en partageant le même lit) ou, pour les plus jeunes, à servir bon gré mal gré de favorites aux aînées.

Madge a bassiné – le mot est faible – l'aumônier et la mère supérieure pour être baptisée dans la foi catholique. Je n'arrivais pas à comprendre pourquoi. Des explications qu'elle m'a fournies un jour, j'ai cru démêler qu'elle espérait de ce sacrement ce qu'on désignerait aujourd'hui comme une promotion sociale. Qui avait bien pu lui fourrer de telles idées dans la tête ? S'attirer les faveurs de Gloria, ou simplement les miennes, lui eût été plus profitable qu'un peu d'eau et de sel sur le front… Dans ses grands discours sur le catholicisme, Jésus et la Vierge Marie côtoyaient un troisième larron, qui venait là comme les cheveux sur la soupe. Mister… Ce nom-là aussi, il ne me revient plus. Un nom irlandais… Justement ! Ne suis-je pas tombée sur un nom irlandais dans les premières pages du chapitre d'ouverture ?… Voyons un peu… McKinney ? Non : les McKinney's Cotton Pickers ont été une formation de jazz d'un certain renom ; même moi, je sais cela… Ah ! J'y suis ! Fagan. « Mon grand-père m'aimait bien, lui. Il était à moitié Irlandais et portait le nom de son père, Charles Fagan, qui venait d'Irlande... [*Celui-ci*] rendait visite à mon arrière-grand-mère. Elle a eu seize enfants de lui... » La petite Madge rêvait de s'élever dans la société américaine en renouant devant Dieu avec le statut d'esclave de ses ancêtres, alors que ce suprême outrage lui avait été épargné ! Et vous demandez pourquoi le mot de *négritude* me fait bondir ?

En tant qu'incarnation de la persécution des Noirs, elle échappait désormais, à condition de « garder sa place », aux guets-apens dans le dortoir ou dans les recoins de la cour de récréation, aux humiliations et aux châtiments corporels autres que ceux dispensés par les cornettes. D'un accord tacite, on ne touchait pas à Madge. Gloria n'avait pas eu besoin de passer la consigne : sa propre attitude ne laissait planer aucun doute sur le fait que la nouvelle était taboue.

Chaque jour sur le terrain de sport, à la fin de la dernière classe, Gloria désignait celle qui partagerait ses ébats nocturnes. Elle assurait son pouvoir par ce droit de cuissage qui, en règle générale, rendait publiques les promotions, mais pouvait aussi s'exercer à titre de représailles. Même lorsqu'elle souhaitait vous honorer, elle se montrait si brutale dans le feu de l'action que la cérémonie n'avait rien d'une partie de plaisir, sauf pour elle qui jouissait à la fois de ses orgasmes et des tourments qu'elle infligeait à sa partenaire. Tout le monde le savait. Beaucoup se faisaient des plus discrètes au moment où, flanquée des deux stupides et sanglants mastodontes qui jouaient les eunuques du sérail, elle faisait son marché en circulant entre les groupes. Il y avait quelque chose d'un peu héroïque à briguer sa préférence. Outre qu'elle vous faisait courir un risque considérable vis-à-vis des sœurs, sans la moindre indulgence pour les péchés de chair, cette distinction avait un coût élevé en matière d'intégrité physique. Et pas question de se plaindre, pas question de se faire examiner à l'infirmerie ou recoudre si cela se révélait nécessaire.

Madge aurait pu se féliciter d'avoir été très vite libérée de ses obligations érotiques, grâce à l'espèce d'aura que le tabou avait mise autour d'elle, mais ce n'était pas du tout le cas. J'ai fini par réaliser qu'elle aurait voulu se faire aimer de Gloria et même devenir au moins une fois, aux yeux de toutes, sa « petite femme ». J'ai vu alors que Gloria s'en était aperçue la première et, telle une coquette de roman-feuilleton, prenait un malin plaisir à la repousser tout en l'aguichant. Traitées de cette manière, d'autres que Madge se seraient déjà débrouillées pour se procurer un couteau à la cuisine et auraient attendu l'occasion de lui régler son compte.

Après deux ou trois mois de ce manège, Madge était sortie de sa réserve. Certes, il était trop tard pour se faire des amies, encore moins des alliées – mais vous n'avez besoin de personne si votre but est d'attirer l'attention. Elle a dû s'imaginer qu'elle pourrait impressionner Gloria, sinon la séduire, en adoptant le genre de comportement que les surveillantes ne toléraient pas. Il existait mille façons de braver les interdits placardés dans le vestibule du bâtiment principal. Ces règles écrites, cependant, étaient, tout compte fait, moins contraignantes que les instructions verbales qui les nuançaient, les amendaient, les renforçaient, les compliquaient et les prolongeaient. Ainsi était-il strictement interdit de boire sans autorisation au robinet de cuivre des toilettes, de tracer des marelles sur le sol de la cour, de se dresser sur la planchette de la balançoire vermoulue, installée dans la cour du fond près du mur d'enceinte, à l'époque où l'établissement était encore la propriété d'une famille WASP qui avait fui l'avancée des papistes et des nègres, cette double gangrène, vers la partie saine de Baltimore.

On inventait d'abord l'interdiction. On cherchait ensuite à quoi elle pourrait s'appliquer, l'essentiel étant que tout manquement, si minuscule fût-il, eût son prix. Un mystérieux mais minutieux barème accordait à chaque transgression son juste salaire, précisé sur une échelle de pénitences finement graduée, dont nous ne connaissions que l'existence. Jamais nous ne savions ce que nous risquions au juste. Mais on nous avait informées de la punition la plus grave. À première vue, elle nous était apparue comme la moins pénible, en comparaison des humiliations de toute nature, des coups de règle ou de lanières, des chapelets qu'on récite à genoux sur le gravier ou à plat ventre devant l'autel, des travaux forcés à l'office, au potager et dans la suffocante touffeur bleuâtre de la buanderie, où se distillent les puanteurs du linge. En comparaison des privations de nourriture et même des privations de liberté, de la simple quarantaine jusqu'au cachot sans fenêtre, visité par des rats qui vous disputaient la boule de pain sec et urinaient sur votre couverture toujours beaucoup trop mince ou trop épaisse pour la saison. Le châtiment suprême n'impliquait pas ce genre de sévices. Il ne laissait pas de marques sur votre corps ; il ne provoquait pas d'irrépressibles nausées. Néanmoins, il n'en existait pas de plus traumatisant.

La cruauté de cette condamnation était toute morale. La peine consistait, en tout et pour tout, à s'affubler d'une robe rouge dont la jupe avait été lacérée par une converse de manière à donner aux lambeaux de tissu la forme qu'ont les flammes sur les images pieuses. C'était une marque d'infamie plus voyante que la langue de bœuf verdâtre qu'on attachait au menton des bavardes, mais c'était aussi et surtout une promesse d'excommunication. Le rouge attirait l'œil de Satan. De son œil libidineux, il repérait ces filles à demi troussées, qui paraissaient avoir par avance le feu de l'enfer autour d'elles. Il se frottait les mains. Il ricanait dans les immondes souterrains. Il gravait dans son ineffaçable mémoire les mauvaises actions qu'elles avaient accomplies à sa gloire. Et alors, les sombres fiançailles qu'elles avaient pu connaître dans le lit de Gloria ne seraient rien, un simple pique-nique au bord de l'eau, à côté de celles que le Malin leur réservait : des baisers fleurant le soufre, ouverts sur une bouche pleine de guêpes et de vers blancs, des suçons de poix fondue, des caresses d'huile bouillante, et le fameux tisonnier de fer rouge, énorme entre les jambes de bouc dont le suint dégage une fumée rousse – toute une étreinte effroyable et répugnante qui, sur sa lancée, traverserait la fin des temps et entraînerait pantelantes ces malheureuses dans une éternité de supplices, un lynchage où il ne leur serait jamais accordé de perdre connaissance.

Madge pensait s'attirer les bonnes grâces de Gloria, ou du moins une certaine considération de sa part, en arborant la robe écarlate (l'adjectif cher à Nathaniel Hawthorne[1] me paraît particulièrement convenir en la circonstance). Toutefois, la tâche ne semblait pas aisée pour elle, car si elle était rétive à la discipline, comme tous les enfants à qui on a longtemps laissé la bride sur le cou, sa timidité naturelle l'empêchait en même temps de braver les règles avec ostentation. En faisant l'école buissonnière, elle désobéissait sans affronter personne. Je suis persuadée, en revanche, qu'elle filait doux lorsqu'elle était en classe. Pusillanimité ? Je ne

---

1. Le plus célèbre de ses romans, *La Lettre écarlate*, publié en 1850, raconte l'histoire d'une marque d'infamie.

le pense pas. Mon impression est plutôt qu'elle n'aimait pas déplaire à ceux qui représentaient l'autorité à ses yeux. Les nonnes et Gloria entraient dans cette catégorie. Elle se sentait coupable d'être méprisée par celle-ci, mais aurait éprouvé de cuisants remords si elle avait encouru les foudres de celles-là. Ce conflit intime explique pourquoi il lui fallut attendre Pâques, c'est-à-dire plus de quatre mois, avant de franchir le Rubicon.

La conclusion de son premier chapitre tourne autour de cette affaire de robe. Ces quelques paragraphes me troublent infiniment pour deux raisons. La première est que mon propre manuscrit s'ouvre sur une scène inspirée par les mêmes faits. La seconde est que Billie Holiday, ou bien n'a conservé de ces événements « marquants » qu'un souvenir approximatif, ou bien s'est attachée à les travestir. Dans ce cas, pour quel bénéfice ? J'y vois d'autant moins clair que, si elle s'attribue dans la partie finale de l'histoire un rôle de premier plan qu'elle n'a pas eu, elle garde le silence sur sa contribution, pourtant cruciale, à ce qui a précédé (déconnectant qui plus est les deux moments du drame, comme s'il s'agissait de scènes indépendantes). Ni le nom de Gloria ni le mien ne figurent dans le texte. L'héroïne de l'anecdote n° 1, « la première fille que j'ai vu porter la robe », est simplement désignée comme « une vraie dure ». Dans l'anecdote n° 2, l'auteur fait mine de ne plus se rappeler si le personnage central était ou non la camarade à la robe rouge. De surcroît, elle se met à *ma* place, ce que je n'avais pas osé faire dans mon roman.

L'après-midi de Pâques (1925), Madge, s'étant assurée que Gloria se trouvait dans les parages, est entrée en guerre ouverte contre l'institution… Sous le nez de la mère supérieure, elle est allée se percher sur la balançoire, les pieds sur le siège, et a entrepris de faire osciller le dispositif, sourde aux injonctions et aux menaces. Pour se donner du courage, elle ne quittait pas Gloria des yeux. Et le plus étrange dans cette scène, aussi fraîche dans ma mémoire que si elle venait de se dérouler, c'était que Gloria, tout en affichant une expression dédaigneuse, lui rendait son regard avec ce que moi, qui me tenais à sa gauche, je qualifierais aujourd'hui de provocation. Madge avait lancé un défi aux bonnes sœurs, mais on aurait pu croire que c'était Gloria qui avait relevé le gant.

Quoi qu'il en fût, Madge parvint à ses fins. Pour un peu, les cornettes, qui l'avaient jugée inoffensive, lui auraient, de dépit, cousu la fameuse robe à même la peau. Aussitôt affublée des flammes éternelles, elle vint parader non loin de nous. Elle flottait dans ce vêtement, mais n'aurait pas montré plus d'orgueil s'il avait été taillé à ses mesures. Elle s'était glissée dans une parenthèse de silence. Comme il est précisé dans *Lady Sings the Blues*, lorsque vous étiez couverte d'écarlate « les autres filles n'avaient le droit ni de s'approcher de vous ni de vous parler ».

Notre sultane souriait maintenant d'une étrange façon, qui n'évoquait en rien la raillerie ou l'arrogance. Je parlerais plutôt d'un sourire entendu. Mais à qui s'adressait-il en réalité, et que signifiait-il au juste ? Éberluée par son propre culot, Madge évoluait sur son nuage. Grâce à la robe, l'un de ses plus chers désirs allait bientôt se réaliser. Gloria lui ouvrirait le cercle des élues. Peut-être irait-elle jusqu'à l'accueillir au fond de son lit… Autant le sourire de l'une, désormais figé, demeurait impénétrable, autant on lisait à livre ouvert sur le visage de l'autre. Et, soudain, ses yeux toujours plongés dans ceux de Madge, sans se tourner vers moi, Gloria s'exclama, ou plutôt se mit à hurler, alors que j'étais à moins d'un mètre d'elle : « Melissa, j'adore tes fesses, ma belle ! Tu seras ma petite pute tout à l'heure. »

Tout à coup, l'exploit de Madge était ravalé au rang de broutille. D'une seconde à l'autre, elle avait cessé d'exister, malgré la robe. Les surveillantes ne s'intéressèrent à elle que pour lui arracher – en pleine cour, sans même faire écran de leurs corps – le vêtement chèrement conquis et empaqueter tant bien que mal à l'intérieur une Gloria qui avait tendance à déborder de partout. Les coutures semblaient sur le point de céder. La jupe lui arrivait largement au-dessus du genou. Elle offrait une vivante image de l'impudeur. Ou du moins d'une féminité triomphante qui, à la Maison du Bon Berger, se distinguait peu d'un blasphème. Mais que pouvaient faire les sœurs à présent ? Elles n'allaient quand même pas couvrir la robe qui affichait sa flétrissure. Elles s'empressèrent de promettre à la pécheresse une place de choix au jardin des supplices, avant de détourner les yeux. Ce dont Gloria profita pour sauter à son tour sur la planchette de la balançoire.

Je ne puis reprocher à Billie Holiday de ne pas avoir évoqué l'image de la petite Madge agrippée des deux bras à ses propres épaules dans ses sous-vêtements de coton, frissonnant, mais certainement pas à cause de la brise printanière. Qui la blâmerait de ne pas avoir enregistré l'énorme désarroi qui se reflétait dans ses yeux ? Ou d'avoir effacé de sa conscience le regard que Gloria s'obstinait à braquer sur elle ?

La mère supérieure s'était plantée devant la balançoire. Pétrifiée. Mais c'est comme en extase qu'elle assistait aux évolutions de Gloria. Je n'avais pas bronché quand toutes les autres, instinctivement, battaient en retraite. J'étais tout près d'elle. Quelle lumière dans son regard ! Quelle extraordinaire et bienheureuse ivresse ! « Quelques secondes après, écrit Miss Holiday, il y eut une brusque secousse. Au moment où elle atteignait le point le plus haut, la balançoire céda et la fille fut projetée par-dessus la clôture en hurlant. Puis on entendit un horrible bruit mat, puis plus rien. Quand on la ramassa, elle avait les vertèbres cervicales brisées. »

D'après elle, « une des pensionnaires était morte et le corps reposait dans le salon. Comme punition, on m'a enfermée dans cette pièce toute la nuit. C'était peut-être la fille qui s'était cassé le cou sur la balançoire, je ne me souviens pas bien. Tout ce que je savais, c'est que je ne pouvais pas rester avec un cadavre depuis la mort de mon arrière-grand-mère. Impossible de dormir, impossible de supporter ça : j'ai gueulé et cogné sur la porte, la martelant jusqu'à ce que mes mains soient en sang, si fort que j'ai empêché la baraque de dormir. » Est-il possible qu'en grandissant, puis en prenant de l'âge, Madge, comme avec la légende de Mr Dick, ait fini par se convaincre de ce que William Dufty allait prendre un jour sous sa dictée ? Voici ce qui est réellement arrivé cette nuit-là.

Gloria, on s'en souvient, m'avait invitée à la passer auprès d'elle. Fidèle à la parole donnée, désireuse de me montrer loyale jusqu'au bout, j'ai demandé aux nonnes de veiller son cadavre (lequel, soit dit en passant, avait été allongé dans le cellier, et non dans le salon). Bien entendu, ce privilège m'a été refusé. Il y avait très peu de fugues au Bon Berger. Ce qui nous attendait dehors, pour la plupart d'entre nous, était plutôt pire que ce que nous connaissions à l'intérieur. Néanmoins, nous savions toutes comment faire pour quitter la bâtisse principale sans être vues. La nuit tombée, les filles endormies, même les grandes amoureuses, j'ai gagné le cellier sur la pointe des pieds.

Personne n'avait eu l'idée de m'y boucler. Au contraire, il m'avait fallu jouer d'astuce pour pénétrer dans le local fermé à clé. Je n'ai pas poussé de cri parce que je mordais au sang mon poing enfoncé dans ma bouche ; je n'ai pas tambouriné sur la porte, parce que je n'avais plus la force de bouger. Les cornettes m'ont découverte le lendemain, transie d'horreur, au pied du mur le long duquel je m'étais laissée glisser. Les cheveux dressés tout droit sur la tête, j'étais dans un tel état qu'elles n'ont pas eu le cœur de me punir, pas même de me sermonner. Elles m'ont conduite à l'infirmerie sans un mot. Je grelottais comme si j'avais attrapé la malaria et sanglotais à sec, ayant épuisé toutes mes larmes pendant la nuit. On ne m'avait pas mise au lit et administré un calmant que l'histoire avait déjà fait le tour du refuge. C'est alors que Madge l'entendit. Plus tard, elle et d'autres pensionnaires ont essayé de m'en faire dire davantage, mais aucune n'a jamais rien pu tirer de moi.

À peine avais-je posé le pied dans le cellier que je regrettais mon initiative. On ne distinguait dans l'obscurité que le drap blanc qui recouvrait la dépouille de Gloria, avec une tache bitumeuse, brillante et plus noire que la nuit, à hauteur de la tête. La forme qu'il dessinait me semblait trop longue pour la fille que j'avais connue. Aussitôt, l'idée me traversa l'esprit que, pour quelque ténébreuse raison, on avait remplacé son corps par celui de quelqu'un d'autre. J'imaginais que des hommes masqués l'avaient emportée sans bruit, conduite à travers des souterrains connus de quelques initiés à Baltimore, jusqu'à un laboratoire, une salle de dissection où l'on pratiquerait sur elle, au moyen d'ustensiles chromés, certaines mutilations de nature à la réveiller d'entre les morts. J'en étais là de mon cauchemar quand j'eus la sensation que le drap avait bougé.

Je me plaquai contre le mur et me sentis perdre pied. D'une seconde à l'autre, le cadavre allait se dresser sur son séant et pousser un cri de souffrance à glacer les sangs : le genre de hurlement qui ne s'entend que par l'entrebâillement des portes de l'enfer. J'ai passé le reste de la nuit, recroquevillée dans la poussière parmi les vieilleries et les vestiges, à attendre ce cri dont l'imminence avait noué jusqu'au plus ténu tous les fils de mon existence. Lorsque le nœud céderait, j'éclaterais en mille morceaux.

Par miracle, ce cri n'a pas franchi les lèvres de Gloria – ou de ce qui était étendu là à sa place. Pour autant, cette chose ne s'est pas tue. D'abord elle a ri de moi. Elle a ricané avec une méchanceté croissante, à mesure que je me vidais de mes larmes. Elle m'a lancé des injures. Elle m'a fait des propositions répugnantes. Elle a débité toutes sortes de calomnies sur mon compte. Elle a fait retentir dans le noir ou susurré à mon oreille les expressions les plus grossières, les mots les plus crus qui aient jamais souillé la bouche des suceuses du quartier est. Déformée par le vice et la haine, la voix n'était pas celle de Gloria. C'était ce que je supportais le moins dans mon martyre : cette voix ressemblait à la mienne.

J'avais traversé cette épreuve en solitaire. J'avais voulu replier sur elle ma solitude. Diluer en elle toutes mes appartenances, excepté celles qui me reliaient à des univers – la littérature, la culture occidentale, entre autres – dont je ne me sentais ni la captive ni l'otage. Des territoires où, tout au contraire, je ne pouvais être admise qu'en faisant acte de candidature : en montrant – c'est le cas ou jamais de le dire – patte blanche. Chaque jour, depuis ce temps, j'ai célébré ma victoire sur les déterminismes et la fatalité. Or, me voici dépossédée de cet exploit par un livre.

Impossible, après cette révélation, de lire encore *Lady Sings the Blues* comme j'avais commencé à le lire. Parce que Billie s'est annexé un moment crucial de mon histoire, je suis à mon tour entraînée dans la sienne. J'en deviens partie prenante. Le blues, le jazz, le gin, la drogue, les hommes qui vous battent, les démêlés avec la justice, le F.B.I. et les shérifs pervers des trous perdus, au fond du fond du Sud, les coups de poing dans les bars, les rasoirs qu'on brandit, les revolvers qui aboient, les balles qui sifflent, les pneus qui grincent, les nègreries de toute farine, rien là-dedans qui m'attire, rien là-dedans qui me ressemble. Et pourtant, désormais, je m'y trouve impliquée… C'est si vrai que, sans abuser du vocabulaire, ma vie a basculé lorsque j'ai lu ces lignes, dans les derniers paragraphes du vingt-deuxième chapitre : « Contrairement à ce qu'on croit quelquefois, la voix, ce n'est pas comme un saxophone. Si ça ne va pas, on ne peut pas sortir acheter des anches neuves et les tailler à sa mesure. Une chanteuse, ce n'est pas qu'une voix, la voix dépend étroitement du corps qui l'enveloppe. Au moment d'entrer en scène et d'ouvrir la bouche, on ne sait pas ce qui va en sortir. On ne me demande pas si j'ai mal aux dents, si je suis angoissée, si j'ai la grippe ou mal à l'estomac ou une angine : il faut que j'apparaisse, que je chante bien, que je sourie, un point c'est tout. »

D'un seul coup, j'ai compris pourquoi je n'avais pas réussi à donner dans mon manuscrit une suite au tragique envol de Wingy : je cherchais à savoir « ce qui allait en sortir », moi aussi. Alors qu'il faut écrire *avant* de se poser la question de l'écriture. Composer l'histoire à partir de l'écriture elle-même. Élaborer une théorie littéraire, si l'on a du temps à perdre, mais seulement après avoir mis le point final.

J'ai bâclé mon article sur *Lady Sings the Blues* pour le supplément hebdomadaire du *Sentinel* de Providence. Je n'ai plus de temps à perdre. J'ai un roman à terminer. Un roman qui parlera des femmes noires. Et de moi, qui suis redevenue l'une d'elles.

Lucy

De fil en aiguille, je me suis retrouvée avec cette sauterelle sur les bras. Cette espèce de garçon manqué. Nora, comme je l'appelle. Les Noirs n'ont pas besoin de noms qui se dévissent. Moi, par exemple, tout le monde me dit Lu. Miss Lu, quand on veut faire poli. Eleanora, c'est un nom pour le genre de fillettes qui restent assises tout un dimanche avec leur robe autour d'elles comme un napperon sur le guéridon de l'entrée. Le temps que vous prononciez toutes ces syllabes pour la faire venir, cette gamine-là, elle aurait déjà tourné le coin de la rue sur ses patins à roulettes ! Elle-même, de toute façon, a choisi Bill, qui est encore plus court que Nora. Mais Bill n'est pas un prénom de fille, et seules les autres filles acceptent de le lui donner, parce qu'elles la jugent presque aussi différente d'elles-mêmes qu'un garçon peut l'être. Elle occupe du reste le poste de lanceur dans une équipe de base-ball qui, à part elle, ne comprend que des garçons. C'est un phénomène ! Elle espère qu'ils finiront par ne pas la regarder comme une fille. Elle ne se rapproche d'eux que pour qu'ils renoncent à la toucher, voilà ce que j'en ai conclu. Elle a raison de se méfier. Nous sommes ici à Fell's Point, le ghetto du ghetto de Baltimore, un lieu misérable et mal famé, séparé du reste de la ville par des champs et des bois, truffé qui plus est de maisons à lanterne rouge. Les gens, c'était couru, se sont empressés de le rebaptiser Hell's Point[1]. Mais, surtout, Nora risque des ennuis du fait qu'elle est physiquement précoce. Au moins se trouve-t-elle ainsi davantage en mesure de se défendre que la grande majorité de ses copines. Elle raconte à qui veut l'entendre qu'elle a appris à se battre au pénitencier. En réalité, elle n'a fréquenté qu'une maison de correction tenue par des religieuses. Son séjour y a duré moins de neuf mois et, si Miss Sadie m'a dit la vérité, on ne l'a enfermée que pour des broutilles.

J'avais entendu parler de Sadie Fagan bien avant de faire sa connaissance. Pas tellement par Wee Wee, du reste, qui restait évasif sur le sujet de ses conquêtes. Plutôt par la rumeur publique. Dans les derniers mois de 1925, Nora et sa mère vivaient chez une femme Green, dans Bond Street. Elles lui sous-louaient une chambre et partageaient sa cuisine. Or, Sadie n'avait pas sa pareille pour préparer certains plats du dimanche comme les tripes en beignet. Elle adorait s'affairer devant les fourneaux, et celui de Mrs Green était un appareil à gaz. Sadie avait toujours rêvé d'en posséder un. Maintenant qu'elle avait celui-là à sa disposition, elle ne rêvait plus que d'ouvrir son propre restaurant. Elle s'était arrangée avec sa logeuse pour transformer chaque soir le living en bouillon ouvert au public. On y servait des pieds de cochon, du riz aux haricots rouges façon La Nouvelle-Orléans, arrosés de whisky de contrebande. Une pancarte collée sur l'une des fenêtres donnant sur la rue annonçait *East Side Restaurant.* Les gommeux n'auraient pas eu l'ide d'y amener leurs poules, et il y avait trop peu de place pour que s'y entassent les familles à marmaille, aussi

1. *Hell* : « enfer ».

l'affaire n'était-elle guère florissante. Toutefois, les rares personnes qui s'étaient aventurées à la table de Miss Sadie prétendaient s'y être régalées. En évoquant le sujet devant mon Wee Wee, j'avais appris que, de cette femme, il connaissait, lui, bien d'autres choses que les pieds de cochon.

Il ne filait pas avec elle ce que j'appelle le parfait amour. Ils avaient déjà rompu à la suite d'une dispute (elle l'avait coursé avec une pétoire à la main). S'ils étaient de nouveau ensemble, c'était parce que promener quelqu'un de plus âgé que lui à son bras le posait, croyait-il, aux yeux du monde. Une bonne chrétienne, en outre. Une bonne travailleuse. Elle avait les cheveux lisses des Blancs, elle portait un nom irlandais : tout ça l'impressionnait. Chez nous, on a le teint très sombre. Depuis toujours, mon fils appréciait ces négresses à peau jaune. Pour autant, il n'avait pas l'intention de se laisser passer la corde au cou. Mon Wee Wee entendait s'amuser le plus longtemps possible. Après tout, disait-il, c'est aux filles de faire un peu attention puisque ce sont elles qui courent les risques. Personne n'est jamais obligé de dire oui. Je ne peux pas lui donner tort là-dessus. Si un homme ne prend pas du bon temps, il en donne du mauvais à tout le monde, et aux femmes pour commencer.

Sadie et Nora sont venus à Fell's Point pour la modicité des loyers. À l'intérieur du quartier, elles ont déménagé je ne sais combien de fois. Le problème de la mère, avant que je lui retire cette épine du pied, c'était de trouver quelqu'un de confiance pour surveiller la fille pendant qu'elle-même trimait comme une malheureuse, parfois à six ou sept miles de là. La gosse avait été libérée sur parole, et si elle ne voulait pas retourner au trou pour un bon bout de temps, elle devait se tenir à carreau. Ce n'était pas son genre : elle faisait plutôt, comme disait sa mère, « de la corde raide sur le fil du rasoir ». Pendant ce temps, mon garçon, sur qui les lanternes rouges exerçaient un attrait irrésistible, jetait sa gourme au risque de se ramasser une balle entre les deux yeux, victime d'une compagne jalouse qui, de son côté, n'en continuait pas moins d'avoir des visées sur le père de sa gamine, un musicien moins facile à retenir qu'un courant d'air. J'ai agi de mon mieux pour les protéger les uns des autres, et chacun de soi-même. Je les ai installés Durham Street, au premier étage de la maison que Warren m'avait laissée en mourant, avec sa collection de papillons et l'amer regret d'avoir croisé sur ma route un misérable de son espèce. On n'a pas le gaz, et encore moins l'électricité : on s'éclaire au cobalt.

Tant que Miss Sadie prit des emplois dans la région, tout se passa à peu près bien. Mais un beau dimanche, alors qu'il la croyait à la messe, mon Wee Wee se fit pincer par elle au lupanar d'Alice Dean. Avertie par une âme charitable, elle lui tomba dessus à bras raccourcis et profita de l'occasion pour recavaler dare-dare aux basques de son musicien. Il se trouvait alors à New York. Sadie connaissait bien le système des emplois de domestique « avec transport ». Elle écumait ce circuit depuis plus de dix ans. L'agence lui a négocié un contrat de cuisinière-bonne à tout faire avec une famille Levy, à Cedarhurst. Du côté de Long Island, ai-je cru comprendre. Loin des lieux où opèrent les gens de jazz. Je lui souhaitais bien du plaisir. Sur ces entrefaites, mon garçon se met en tête de la rejoindre, parmi ces vents coulis et ces gens du Nord qui marchent le nez baissé. Il attrape de justesse le train de nuit. Débarque à l'aube. Se rend, ni une ni deux, à l'adresse gribouillée au crayon encre sur une des manchettes en celluloïd que je viens de lui payer pour son anniversaire. Et c'est justement Sadie qui lui ouvre la porte, en tablier blanc et coiffe gaufrée. Afin de lui prouver qu'il n'est pas là sur un coup de tête, ce grand dadais, sans avoir seulement cherché un endroit où poser son bagage, se déniche le jour même un travail à Times Square, dans un magasin où ils vendent des cotonnades. Et Miss Sadie est bien près de lui en être reconnaissante, parce que, son fameux Clarence, pas une âme n'a la moindre idée de l'endroit où il se cache. Total : j'ai cette sacrée gamine sur le dos, seule sur cette terre à pouvoir m'occuper d'elle un tant soit peu.

Comment aurais-je pu prévoir qu'il gèlerait à pierre fendre cet hiver-là ; qu'une épaisse couche de glace allait recouvrir le perron des jours entiers ; que j'allais me casser la binette en me rendant au marché et que je me retrouverais immobilisée, avec une jambe dans le plâtre ? Plus question d'être en permanence derrière son dos. Je ne m'en inquiétais guère, d'ailleurs.

Elle pourra se vanter de m'avoir bien entortillée ! Je la croyais à ses leçons : elle était au bordel. Elle avait tourné autour de la maison d'Ethel Moore, jusqu'à ce qu'Ethel remarque son manège. Or, il n'y a pas plus accueillant que cette femme dans tout Fell's Point. Elle en a fait son métier. Nora s'est fait offrir une citronnade. Elle a eu droit au tour du propriétaire. Ethel lui a servi un repas chaud dans la cuisine. Quand elle a demandé si elle pouvait repasser un jour, elle s'est entendu répondre : « Autant que tu voudras, chérie. » Le commerce de Miss Moore dans Bond Street n'était pas un claque à proprement parler, mais ce qu'on appelait alors « une maison du bon temps[1] ». On peut toujours monter avec une poule dans une des

1. *Good-time house.*

chambres de l'étage, mais ces endroits servent d'abord à prendre d'autres sortes de bon temps. À se la couler douce de toutes les autres manières possibles : discuter, s'engueuler, rire à en pisser par terre, taper le carton, rouler les calots[1], se garnir la panse de *soul food*, danser comme une bande de désossés, profiter de l'orchestre (réduit parfois à un pianiste et à un gars qui gratte un vieux pilon de poulet sur une planche à laver), écluser tant et plus, pour faire passer tout le solide, puis, quand le dernier pied de cochon a été noyé dans la dernière rasade de gin, finir par quelques joints qu'on fait circuler de table en table, tout en écoutant des blues en silence, des chansons bleues qui se mêlent au bleu de la fumée… La prohibition s'arrête à la porte de ces établissements. Le shérif aussi, pour peu qu'il ait palpé son pourcentage.

Ce qui avait attiré notre gamine là-bas, c'étaient les disques qui tournaient quand le pianiste prenait sa pause. Elle guettait ceux de Bessie Smith. Nora était toquée de cette femme-là. Elle espérait toujours qu'on allait passer un des blues de Bessie qu'elle avait appris par cœur : *Cemetery, Down Hearted* ou *Cold in Hand* que l'Impératrice, comme on l'appelait, venait tout juste d'enregistrer avec un nouveau venu, un jeune cornet de La Nouvelle-Orléans (j'ai oublié son nom[2]). Et alors, où qu'elle se trouvait, elle se mettait à chanter en même temps que le disque. Elle changeait sa voix, je ne sais pas comment elle s'y prenait. Les yeux fermés, jamais vous n'auriez voulu croire que vous aviez affaire à une fille aussi jeune. Son idée, pourtant, n'était pas qu'on la confonde avec Bessie. Elle ne briguait pas un diplôme de perroquet : elle voulait seu-

1. Les dés.
2. Il s'agit de Louis Armstrong.

lement se fondre dans l'univers de cette femme. Nora ne chantait pour personne. Elle ne chantait pas pour les gens qui traînaient dans les environs. Elle ne chantait pas pour elle-même, comme les peintres sur leur échelle. Elle chantait pour Bessie qui ne pouvait pas l'entendre. Elle l'appelait de manière que, étant l'écho de Bessie, ce soit en réalité Bessie qui l'appelle à soi. Le Bon Dieu de Miss Sadie, qui remettait toute chose à sa place, c'était Bessie Smith pour Nora.

Si Ethel s'était bornée à lui servir ses fameuses saucisses piquantes ou des restes de poulet frit, à faire tourner des disques et à répondre à ses questions, il n'y aurait pas eu trop de casse. Mais en s'imprégnant de l'atmosphère de la maison du bon temps, en côtoyant les habitués (il n'y avait pas là que du beau monde, forcément), en parlant avec les filles qui grimpaient les marches une serviette à la main, la gamine a comme qui dirait pris goût à des choses qui n'étaient pas de son âge. Et là, Ethel a commis la faute de ne pas mettre le holà. Au contraire, elle lui a fait goûter au gin de baignoire et aux cigarettes de marijuana… Dans sa cuisine ou sur la balancelle de la véranda, elle lui a tenu de véritables conférences, exposant en long et en large comment ça fonctionne, ce monde où tout se vend et où tout s'achète. Où un homme peut acheter jusqu'à l'âme d'une femme pour quelques pièces. Qu'y avait-il de si excitant dans ces éternelles histoires de mauvais garçons qui exploitent des malheureuses, leur cognent dessus pour qu'elles n'aient pas l'idée de se plaindre et les font vieillir de dix ans en dix semaines ? Comment pouvait-elle trouver son bonheur là-dedans, ma sauterelle ? D'où lui venait l'envie de plonger dans ce torrent de boue ?

Je n'en suis pas revenue, quand ils m'ont dit qu'elle était éblouie par tous ces durs à la mie de pain. Par ces vauriens du coin des barricades, dissimulés dans l'ombre de leur visière, tremblant au son de leur propre voix. Ces péteux qui ne savent se faire craindre que de poulettes pesant soixante-dix livres tout habillées, auxquelles ils mangent la laine sur le dos et qu'ils obligent à les appeler « Papa », ou bien qui tyrannisent de grosses baleines à demi édentées, plus noires que le bitume et pourtant livides à l'idée que si elles n'étaient pas *soutenues* par ces planches pourries, ces fonds de cercueil, elles pourraient d'une minute à l'autre s'échouer sur la banquise – entendez : sur la faïence de la morgue municipale... La gosse avait un certain respect pour moi, mais ce n'était rien à côté de la façon dont, au plus profond de ses rêves, elle se prosternait au pied d'un nid de vermine. Qu'est-ce qu'on y pouvait si, de son côté, elle ne pouvait rien contre elle-même, et souhaitait ne rien pouvoir ? S'il y avait en elle cet aimant qui l'entraînait vers les humiliations, vers les outrages et les coups, alors qu'elle ne tolérait même pas une remarque de sa propre mère ?

Ethel Moore était tout le contraire de Sadie Fagan. Elle avait cessé depuis longtemps de croire au père Noël ou à un Bon Dieu qui serait son sosie, avec la même barbe et les mêmes joues roses, le même traîneau à clochettes garé près d'un nuage. Parmi les visiteurs de son établissement se trouvaient quelques-uns de ces hommes sur qui une femme peut s'appuyer. Miss Sadie en cherchait un comme ça depuis bientôt douze ans. Elle s'y prenait de telle sorte qu'elle ne l'aurait pas trouvé avec une lanterne, pas attrapé avec un rouleau de papier tue-mouches. Nora ne voulait pas suivre ses traces. Elle était décidée à démarrer dans la vie avec un protecteur dans sa manche. Elle avait observé ce qui se passait dans la maison d'Ethel. Elle n'ignorait pas qu'il y avait un prix à payer pour ça. Un protecteur, cela se reconnaît à la brutalité avec laquelle il traite ses protégées (en général, il étend ses bontés à plusieurs). Mais les rebuffades, les injures et les beignes annoncent à tout le monde que la fille qui les essuie est la propriété privée d'un homme à qui l'on ne marche pas sur les pieds. Même s'il lui arrange le portrait de temps en temps, il empêche quelqu'un d'autre de la laisser sur le carreau.

Nora vénérait l'homme invisible, je veux dire le dénommé Clarence. Pour le reste, elle n'avait pas beaucoup d'estime pour l'engeance masculine. Quand elle allait au bal, elle rembarrait vertement les pauvres gars qui l'invitaient à danser. Elle n'était là que pour la musique. S'il lui prenait envie de faire un tour sur la piste, elle allait elle-même jeter le grappin sur une donzelle, pour bien montrer aux garçons qu'ils devaient la considérer comme leur égale. Elle volait dans les plumes du premier qui n'était pas d'accord. Et malgré cela, elle était tout à fait disposée à se laisser tanner le cuir par une brute épaisse, pour peu que ce matamore inspire lui-même de la crainte aux ordures de son espèce.

L'argent avait toujours été pénible à ramener, pour sa mère et pour tous les Noirs de sa connaissance. Chez Ethel, elle avait découvert l'existence de l'argent facile. Oh ! il ne s'agit pas de grosse galette. Simplement, dans l'univers des souteneurs et des gagneuses, des tricheurs professionnels, des trafiquants d'alcool, ferrer l'argent et le remonter jusqu'à ses poches n'exige pas les efforts harassants qu'il faut y consacrer dans les fabriques ou sur les chantiers. En revanche, il y a des risques à prendre. Les marloupins qui ont laissé leur ombre sur les murs de la salle de billard doivent défendre leur bifteck de la concurrence, le rasoir à la main. Beaucoup achèvent leur carrière avant de l'avoir vraiment commencée. Cependant, même les filles qui se sont cassé les reins sur les ressorts de sommier, qui ont attrapé l'herpès, le chancre, la vérole et la mite du poumon vous diront en confidence qu'elles ont évité le pire. Qu'elles ont eu, même si ce n'était que cela, le *sentiment* parfois d'avoir mené la grande vie, mi-cocagne, mi-patachon. Le sentiment, en tout cas, d'avoir un tout petit peu choisi leur histoire et d'avoir, en définitive, entôlé le monde un tout petit peu plus que le monde ne les a entôlées.

Je ne jette pas la pierre à Ethel. Tant qu'elle a pris Nora sous son aile, la petite restait à l'abri du pire. D'un plat qu'il aime, un enfant raclera le fond. La gamine a eu les yeux plus gros que le ventre. Elle s'est imaginé monter en grade en passant de la maison du bon temps d'Ethel Moore à la maison de tolérance d'Alice Dean. Chez Alice, on se serrait les coudes. Il fallait bien. Chaque fille à son tour servait d'appât et de leurre, pendant que les autres faisaient les poches du client. Cette technique exige du doigté et n'autorise pas l'échec. La réputation de l'établissement est en cause. Il y a pire qu'un bordel où l'on vidange les portefeuilles : c'est un bordel où ça se voit… Ce que j'insinue, c'est qu'il y avait une grande différence avec le salon d'Ethel : on n'était pas là pour rigoler. Pourquoi se serait-on encombré d'une gamine ? En d'autres termes, Nora n'aurait jamais pu se contenter, ainsi qu'elle l'a prétendu, de faire les courses de ces demoiselles, de vider les cuvettes et de profiter du phonographe. À un moment ou à un autre, d'une manière ou d'une autre, il a bien fallu qu'elle mette la main à la pâte.

Avec ma patte dans le plâtre, je suis clouée sur mon sofa. Rien que pour jeter un coup d'œil à ce qui se passe dans la rue, c'est tout un calvaire. Les trois quarts du temps, je dois me contenter du ciel, de la cime des arbres et des petits oiseaux. Je pourrais aussi bien me trouver à l'autre bout du monde. Par chance, j'ai mon fils. Wee Wee, ce sont mes yeux et mes oreilles dans Fell's Point. Est-ce vraiment une chance, cela dit ? Pour qui, à part le diable qui se frotte les mains, en serait-ce une d'apprendre que Nora Fagan est toujours fourrée avec des putes et des macs et que, plus les jours passent, moins on la distingue du reste de la bande ? Pour qui serait-ce une chance d'entendre les autres bruits qui courent à son sujet ? Par exemple qu'elle se rend en ville (en prenant à travers champs puis en s'accrochant à l'arrière du tramway), qu'elle pousse sans sourciller la porte des drugstores interdits aux gens de couleur, pour peu qu'ils lui aient tapé dans l'œil, qu'elle se fait servir un soda, un hot-dog ou une crème glacée et qu'en plus elle barbote des bas de soie pour ses nouvelles copines, ainsi que des socquettes blanches pour elle-même. Elle se faufilerait, me dit-on, dans les cinémas par la porte de derrière. Elle s'est entichée d'une actrice appelée Billie Dove, une de ces poupées de porcelaine avec une petite bouche en cerise et un accroche-cœur collé sur le front. Mais ce n'est pas sa figure qui la fascine, ce sont ses toilettes et sa façon de les porter, de marcher avec, d'évoluer au milieu d'hommes qui, une fois qu'ils l'ont aperçue, n'arrivent plus à joindre leurs dents du haut et celles du bas et laissent les mouches leur chatouiller la luette. Elle cherche à se coiffer comme elle. Elle l'imite devant la glace de ma chambre. Elle ne veut plus de Bill comme prénom. À présent, c'est Billie qu'elle préfère. Les filles, ça ne vous procure jamais que deux sortes de soucis : qu'elles ne soient pas assez féminines ou qu'elles le soient trop.

Nora souffre de ces deux travers à la fois. Ce qui

l'en protège, c'est de leur préférer quelque chose. Plus que les chaussettes blanches et les glaces à la banane nappées de chocolat chaud, plus que l'argent qui roule, plus que les affaires de sexe, qui ne lui font ni chaud ni froid, plus que Billie Dove, plus que ces hommes dont les caresses laissent des traces, dont les baisers fendent les lèvres, dont l'haleine sent la fièvre, dont le regard sans feu brûle pourtant le visage, ce qu'elle aime par-dessus tout, c'est la musique. Elle donnerait tous les visons du monde, l'ocelot, les chinchillas, pour le Gramophone du dernier modèle, le Columbia à manivelle trônant dans le grand salon de Miss Alice.

Elle a obtenu la permission de le remonter, ce qui épargne de la peine à l'infirme embauché comme petite main, qui parfois ne sait plus où donner de la béquille. Tant qu'à faire, on lui abandonne le soin de retourner le disque et de choisir le suivant. Neuf fois sur dix, ça tombe sur Bessie Smith. Personne ne va s'en plaindre. On la rappelle seulement à l'ordre si elle enchaîne des heures durant les chansons lugubres qu'elle affectionne par-dessus tout. Certains clients ronchonnent qu'un peu de tristesse après l'amour n'est pas de trop, mais qu'avant ça leur coupe leurs moyens. D'après ces demoiselles, au contraire, du chagrin dans les belles choses, il n'y en a jamais assez. Moi aussi, quand j'ai un bon coup de cafard, j'ai tendance à penser que, la seule chose qui console un tant soit peu du vrai malheur, c'est le malheur des chansons. Seulement, nous toutes, on a vécu. Nora, qui est-ce qui peut lui avoir mis des idées pareilles derrière la tête, à même pas douze ans ?

Lorsqu'elle se met à chanter en même temps que le disque, alors là personne ne proteste. Il y a ceux que ça surprend, d'entendre une gosse débiter avec autant de sentiment des histoires qu'elle ne devrait même pas comprendre. Il y a ceux que ça amuse. On leur a enseigné que le temps presse. Que notre tombe se creuse sous nos pas. Qu'il faut se dépêcher de rire de tout, parce que les morts, eux, n'ont plus le choix… Les uns et les autres estiment qu'elle chante rudement bien, la petiote. Ils prétendent qu'il y a certaines filles, dans les disques ou au beuglant d'Elmer Street, qui ne valent pas mieux qu'elle, et, deux ou trois qui, si on retirait le piano auquel elles sont appuyées, ne lui arriveraient pas à la cheville. Ces personnes-là trimbalent Nora de lupanar en maison du bon temps, de saloon en brasserie, de boui-boui en gargote, partout où le bruit court qu'Untel ou Unetelle pousse le blues, et ils organisent un match. Comme elle gagne tout le temps, elle est désormais une figure dans le secteur. À l'expression de certains pianistes lorsqu'ils la voient débarquer là où ils se produisent, on dirait qu'ils s'éveillent d'un mauvais rêve. Ils rajeunissent d'un coup. Les plus blasés retombent amoureux de la musique. Ce genre de talent, ça ne s'acquiert pas. Ou vous naissez avec, ou vous ne l'aurez jamais… Dans Caroline Street, il y a un endroit où ils ont offert à la petite une somme pour venir chanter : elle a ramassé en une nuit plus que sa mère en toute une semaine.

Mon Wee Wee, j'ai bien l'impression qu'il commence à lui tourner autour. Elle est quasiment sa belle-fille, mais il la talonne comme son ombre. Il ne la lâche pas d'un pouce. Et si je critique la conduite de cette gamine, il prend sa défense. Je finis par me demander si ce n'est pas grâce à lui qu'elle se faufile chaque soir hors de la maison. Le lendemain, il m'informe de ses frasques. Il ne peut pas s'en empêcher. Ce n'est pas pour la dénoncer : c'est parce qu'il la trouve sensationnelle. Il pense que je vais en rester bouche bée, moi aussi, si j'apprends ses exploits. Ma Nora, c'est sûr, est une sacrée dégourdie. Est-ce chez les nonnes qu'elle s'est aguerrie comme ça ?

Après l'heure de la fermeture commencent les choses sérieuses. Les vrais amateurs se retrouvent autour du piano, tous volets clos. Plus de gogos à l'horizon. Plus de fêtards en bordée. Seulement des musiciens. Des amis de musiciens. Des filles à musiciens et des fanatiques de musique. Ça ne suffit pas toujours à remplir une salle, mais la direction s'y retrouve, parce que ces gens-là consomment sec. Sur les épaules de ses admirateurs, Nora fait sa tournée des grands ducs. Bethel Street, Pratt Street, puis Baltimore Street et Dallas. La nuit se termine en général chez Buddy Love, au coin de Wayside et Orleans.

Le lundi, dans notre quartier de misère, on se venge d'avoir à commencer la semaine en faisant semblant de la finir, c'est-à-dire en mettant le feu aux poudres comme si c'était samedi. Quand ça pétarade vraiment, on appelle ça un « lundi bleu ». Nora est désormais la reine des lundis bleus. Elle entraîne les autres avec ses blues. Elle fait tourner le manège, elle fait marcher le commerce. Les tenanciers, les sous-maîtresses l'adorent. On se l'arrache. Contre un tel raz de marée, que puis-je faire avec ma patte de plomb et mes trois dictons ? Ma vieille soupe de préceptes, je n'arrive même plus à la réchauffer…

Il y a une espèce de trou dans le mur, là où Caroline Street croise Monumental, où ils vous servent jusqu'à l'aube, dans des bols pour que les rations soient plus grosses, de la vraie bonne cuisine comme chez soi. À des trois, quatre heures du matin, elle s'y empiffre de haricots rouges aux épices, entourée de sa cour. Elle n'a pas d'amoureux. Tous les petits gars qui ont tenté leur chance s'en sont mordu les doigts. Pour retenir son attention, il faut avoir au bas mot dix ans de plus qu'elle et être un de ces mâles que pas une fille ne va tenir en laisse. Des types qui vous frappent sans avoir rien à vous reprocher. Distraitement. Pour la seule raison qu'ils doivent montrer à tout le monde qui est le plus fort.

Nora n'a pas d'amoureux, mais il y a toujours un de ces hommes-là qu'elle tente d'intéresser. Elle rêve d'être admise dans le cheptel d'un de ces négriers noirs. Dieu merci, ils ne veulent pas en entendre parler. Pour l'abattage, elle est loin d'avoir encore le format, même si elle a les formes. Pourquoi iraient-ils s'encombrer d'une ablette ? Ils n'ont pas ouvert un jardin d'enfants. Elle insiste. Tout ce qu'elle récolte, lorsqu'elle les a bien tannés, c'est une beigne en acompte. Pour elle, c'est un premier pas. Presque un premier galon. Elle adore les bagues, surtout les grosses carrées : ça laisse des fentes sur la joue… Elle a compris qu'ils accepteraient à la rigueur de lui passer dessus, ne serait-ce que par désœuvrement, mais qu'ils ne la prendraient ni comme bonne amie, ni comme ouvrière. La seule chose qui la relie encore à cette engeance, ce sont les coups qu'elle prend. Ses cicatrices la maintiennent à l'intérieur du cercle. Petit à petit, elle fait son trou dans la fange. Ce n'est pas le Pérou, d'accord. Qu'importe ? Elle a touché son billet. Elle attend que son numéro veuille bien sortir.

Sa patience a des limites, malgré tout. Elle a sa méthode pour précipiter les événements. Elle cherche les histoires. Les autres ne vont pas se faire prier. Elle s'en ramasse de sévères. Encore étourdie par les gnons, elle revient sur ses pas et, d'aussi loin qu'ils peuvent l'entendre, elle crie à celui qui vient de l'arranger : « Hé, toi, enculé de ta mère, suceur de pines, baise-moi donc le bas du dos, tu m'écoutes ? Baise-moi donc le bas du dos, face de pus, grosse salope ! » Elle fait semblant de ne plus avoir assez de forces, quand le type renverse le guéridon et se met à la courser. Ils l'ont tellement tabassée, une nuit, que, ni elle ni moi, on ne pouvait plus faire comme si elle s'était pris une bûche de plus en patins à roulettes. Elle était si fière de ce qui lui était arrivé que moi, parce que j'étais une femme, je ne savais plus où me mettre. Là, j'ai pris ma plus belle plume et j'ai écrit à Miss Sadie. J'ai vidé mon sac. Nora a pris le train pour Long Island le dimanche suivant, tout au matin.

C'était un de ces dimanches de soleil. Wee Wee dormait encore. Mon garçon n'aime pas trop les adieux. Il préfère commencer à oublier les gens quand ils sont encore là… Dans la rue, elle avait beau ralentir l'allure, à cause de ma béquille et de sa valise que je traînais pour elle, elle n'arrêtait pas de prendre de l'avance. Elle était pressée de partir. Pressée d'arriver à New York, où son père se trouvait sans doute. Cahotant derrière elle, j'avais tout le loisir de la regarder. Elle arborait une ceinture rouge scintillante, mais on ne voyait que sa robe de voile blanc. Le ciel passait à travers. On aurait dit qu'elle allait quitter le sol à chaque pas. Et puis, aux carrefours, le soleil s'arrêtait sur elle et clouait à ses pieds une ombre plus dense qu'une gueuze de deux tonnes. Cette robe était un des vêtements envoyés par sa mère. Le plus frais, le plus léger de tous. Vous n'étiez pas dedans qu'il virevoltait déjà. Elle l'avait rafistolé elle-même sur ma table de cuisine, je la revois encore. Quand elle sortait, elle avait toujours l'air d'aller à la noce, cette gamine. Ce jour-là, je me suis dit…

Je ne sais pas ce que je me suis dit. Je n'ai pas pleuré, c'est déjà ça.

II
(1929-1933)

Billie

J'aurais quand même dû dire merci à Miss Lu. Ce n'est pas sa faute, s'ils m'ont tous laissée tomber. Elle m'avait bien prévenue. C'est justement ce que je lui reproche. Elle sait toujours mieux que moi ce qui va m'arriver. Elle me regarde comme si j'étais une boule de cristal et elle m'annonce des trucs. Elle dit qu'elle ne veut que mon bien. Elle est bonne, celle-là ! Et moi, alors, qu'est-ce que je veux ? « Tu ne le sais même pas », qu'elle me lance. Je le sais très bien, oui ! Je veux mon bien à moi : pas mon bien à elle. Qu'en ai-je à faire, du bien des vieilles ? Elles sont peut-être des exemples à suivre ? L'une qui rampe devant les Blancs, devant les hommes qui ne veulent pas d'elle, devant ces enfoirés de Fagan qui lui crachent à la figure, devant les juges qui la traitent de mère indigne sans savoir le pourquoi du comment, devant les bonnes sœurs qui lui flanqueraient volontiers leur saleté de robe rouge sur le dos, devant ce pouffiat de boucher à qui elle doit trois sous de pieds de cochon, devant les flics et les curés, devant tout le monde – devant moi ! La seconde, maintenant, qui n'est sur terre, on dirait, que pour expliquer aux autres, posée sur son cul, vissée à sa jambe raide, comment ils devraient s'y prendre. Alors que, tout ce qu'elle a été capable de faire jusqu'à présent, c'est, primo, d'épouser un collectionneur de hannetons ou je ne sais quoi, un tronche mou qui se fouillait le pantalon avec une loupe pour y trouver ses choses ; deuxio, de se sortir du ventre un Wee Wee Hill, bienvenu comme le marchand de charbon à la fabrique de bonshommes de neige qui ne sait que donner un genre à son chapeau et reluquer les filles en faisant semblant de rajuster son lacet. Qui m'observe, moi, quand je m'amuse à la luncheonette avec les caïds de Sparrow. S'il croit que je ne l'ai pas repéré, retranché sur le trottoir d'en face, derrière la borne d'incendie, prêt à s'agripper à ses bretelles pour décamper plus vite si quelqu'un fait mine de le regarder de travers, et espérant que je vais traverser la route pour qu'il mette enfin ses pattes sur moi. Il bave : il croit qu'il pleut... Bref, je ne vais pas torpiller mes atouts pour le plaisir d'être un jour, si les petits cochons ne me mangent pas, une vieille tache touillant les haricots sur un fourneau de merde ou passant le plumeau dans un salon pourri ? Elles me prennent pour qui ?

Quand Miss Lu m'a dit qu'elle m'accompagnerait au train, j'ai tiré la gueule, mais, à son air, j'ai tout de suite vu qu'essayer de lui faire changer d'avis serait peine perdue. Elle s'était emparée de ma valise et elle avait mis mon billet dans son sac. De temps en temps, sur le chemin, j'essayais de la semer, profitant de sa putain de jambe, mais à quoi bon ? Ça ne me donnerait que le mal de poireauter au portillon, en attendant qu'elle veuille bien se pointer, sautillant sur sa béquille... Je devais avoir un pressentiment. Si j'avais été tout à fait certaine que les gens de ma bande tiendraient leur promesse, je n'aurais pas eu tant de scrupules. J'aurais couru les rejoindre, puisque j'avais les mains libres et une belle paire de cuisses à agiter sous une robe qui ne me gênerait pas beaucoup...

Pas un chat sur les trottoirs de Fell's Point ; pas un chat sur la route de Baltimore ; pas un chat jusqu'à la gare. Pas un bruit non plus. J'entendais mes semelles claquer devant, derrière, à droite et à gauche, et puis, comme une contrebasse jouée par un boiteux du bras, les clop-pop, clop-pop, de la vieille. Pourtant, quel ciel radieux, ce matin ! J'étais devenue une fille de la nuit ; la lumière du Bon Dieu, je ne savais même plus que ça existait. On avait coupé les ombres au couteau et on y avait ajouté une bonne couche de goudron. L'air était transparent. Il y avait comme des paillettes en suspension. Vous aviez le sentiment de regarder les arbres, les maisons, la poussière immobile à travers une vitre toute propre, encore mouillée. Perché sur un toit assez haut, je parie qu'on apercevait, le dos à la mer, les monts Appalaches et – pourquoi pas ? – tout au loin, en se tournant vers le Nord, les Adirondacks. Sinon le bout de la queue des White Mountains… On plisse les yeux. On découvre des sommets fantômes. Des espèces de triangles roses, vous savez, flottant au-dessus des nuages… Je peux imaginer la scène. Sœur Mathilde nous avait montré les mêmes, un soir d'été, avant le crépuscule, sur la terrasse du Bon Berger. On n'avait jamais rien contemplé de pareil. On était toutes à aspirer notre souffle. Je me souviens qu'une fille nommée Gloria avait fini par s'exclamer : « Qu'est-ce qui vous prend ? C'est des conneries, vos forêts, vos montagnes ! On n'est pas des biches dans les bois ! » À cause de son langage, et de son indiscipline en général, les nonnes lui avaient passé la langue au savon noir. Rien qu'en respirant, elle a fait des bulles toute la nuit. Personne n'a pu dormir tellement c'était joli dans les rayons de lune. La fille qui était avec elle dans son lit, elle soufflait dessus pour les envoyer au plafond… Gloria avait refermé sa main sur sa poitrine. J'aurais donné tout ce que j'avais pour être à sa place. Seulement, je n'avais rien… Je n'avais rien du tout. Ce n'est pas demain qu'on m'y reprendra.

Des excuses, je pouvais leur en trouver, à mes copains, pour qu'ils soient pas venus. Des tas. C'était trop tôt. Il faisait trop beau. Il faisait trop pur pour promener au grand air sa gueule de bois, ses fesses poivrées de syphilis et son linge chiffonné, qui sent les dessous de bras jusqu'à l'encolure. Vous connaissez ce blues qui fait comme ça : « Moi et le diable, on marche côte à côte… » ? Quand vous entrez seule dans une gare une valise à la main – prétendait m'man –, vous sentez une présence mauvaise à votre droite. Si vous ne voulez pas qu'elle vous mette une main sur l'épaule, le seul moyen, c'est de retrouver dare-dare quelqu'un sur le quai, une personne en chair et en os. Il y a quelque chose de louche qui se trame depuis toujours entre les rails et la pluie. Les rails dans les gares des villes, c'est comme de la pluie allongée par terre au soleil. Et puis l'odeur de la fumée, le sifflet des locomotives… Et la loupiote du fourgon de queue dans la nuit ? Et le grincement des aiguillages ? Et le cuir craquelé qui sent la fesse ? Et les tunnels qui vous enfournent dans la gorge un relent de boucane et de pattemouille roussie, qui vous envoient des bouts de charbon dans la figure, si vous n'avez pas relevé la vitre ?… Les histoires de train, tous les Noirs d'Amérique ont ça dans les veines.

Miss Lu, après l'avoir tant fait cavaler, je me suis rapprochée d'elle, qu'on se serre les coudes. Au moins ça parce que, pour arriver à parler, c'est une autre paire de manches. Rien ne nous vient, que des mots dont personne n'a besoin. Au dernier moment, elle me remet un papier avec l'adresse de là où ma mère travaille et, en grosses lettres, le nom de l'endroit, Long Branch, où il faut descendre, à deux ou trois arrêts du terminus de Pennsylvania Station. M'man m'attendra…

Je trace un trait sur Baltimore. Je ne peux pas tracer de trait sur Mr Dick, parce qu'il repousse comme le chiendent, parce qu'il n'est personne en particulier, qu'il est des millions d'hommes à la fois, tous immortels, tandis que les femmes ont une chose qui meurt, étouffée sous leur poids. Mais je trace un trait sur Gloria. Sur la Maison du Bon Berger. Sur cette gonzesse bizarre – Rosalynd – qui bouquinait sous les draps, comme d'autres se caressent, et qui me regardait profondément, sans dire un mot. Sur les blondasses en robe de chambre, en bigoudis, du haut de leurs perrons blanchis tels des sépulcres, amen ! et sur leurs yeux qui se vident lorsqu'ils vous voient approcher, de peur que vous ayez envie d'entrer et de faucher ci ou ça – les blondasses qui se tiennent à quatre pour ne pas vous faire rembourser la crasse que vous leur ôtez par terre. Et puis sur Wee Wee, ce feignant qui n'aura plus assez sommeil pour reposer en paix dans son cercueil. Et enfin sur tous ceux qui regardaient à travers moi comme à travers une vitre sale.

En même temps, je trace un trait sur les bonnes choses.

Je trace un trait sur Alice, sur Ethel.

Sur la vieille Lu (tant pis pour elle si elle ne m'oublie pas).

Je trace un trait sur les noubas,

sur les Lundis Bleus,

sur les quarters, sur les baisers qu'ils m'ont lancés,

sur les bis et les hourras,

sur les chapeaux qui volent quand je chante *Tu m'as brisé le cœur, baby, mais chacun des morceaux est à toi. Tu me quittes mais, moi, je peux pas m'en aller*, sur la musique qui répond l'air de rien : *L'amour, ça court les rues. Seras-tu celle qui court plus vite que lui ?*

Je ne veux pas me vanter. Moi non plus, je n'ai pas fait mes comptes. Je m'en suis bien gardée. Moi non plus, je ne sais pas ce que je vaux – en admettant que je vaille quelque chose. Ayant laissé tout mon bagage derrière moi, à part cette valise de carton bouilli, façon alligator, au-dessus de ma tête dans le filet, je me sens plus légère que ma robe. Toute requinquée, c'est vrai. Décidée à me piocher un aileron de poulet, tiens, avant d'attendre qu'il soit midi. Toute neuve. Toute prête. Capable de tout ? Mais capable de quoi ? Mystère et boule de gomme. Qui va le dire ? Je cherche un trésor caché, mais le monde est vaste. Il n'y a pas de terminus. C'est pourtant là que j'ai envie d'aller. Qui me dira si je brûle, si j'ai la moindre chance ?… Une adresse sur un bout de papier, voilà tout ce que j'ai. Une adresse qui ne mène nulle part, ça au moins j'en suis sûre… Est-ce que je vais prendre des trains et des trains, tunnel après tunnel, et tourner en rond, comme ma mère ? J'ai appris ma leçon. Je ne ferai plus confiance à personne. D'accord. Mais qui va me faire confiance à moi ?

À quoi sert de frapper à une porte, s'il n'y a personne derrière pour l'ouvrir ? Ou s'il n'y a là que des gens qui ne possèdent pas la clé ? Tout à coup, je pense à mon père. Je pense à Clarence Holiday. La clé, lui, il l'avait déjà la dernière fois qu'on s'est vus. Mais on n'y a pensé ni l'un ni l'autre, vu qu'à l'époque je n'avais pas vraiment commencé à chanter. Ils ne m'avaient même pas encore expédiée au bagne chez les frangines. Voilà trois ans que m'man est partie dans le Nord à la recherche de son beau. L'a-t-elle retrouvé ? Comment savoir ? Elle n'écrit presque pas, du fait qu'elle ne sait presque pas écrire. Un « Bons baisers » tous les trente-six du mois, et encore ! Raconter ou expliquer, de toute façon, ce serait au-dessus de ses forces. Je peux la comprendre. Moi-même, il suffit que j'aie un crayon dans la main, et les phrases ne me viennent plus. Ou plutôt elles me viennent l'une après l'autre. J'ai du mal à les enchaîner. Les points, chaque fois, c'est un obstacle à franchir. Un mur qui se dresse. Comment sauter par-dessus ? Il faudrait que la phrase puisse prendre son élan. (Un jour, j'ai vu une fille passer un mur garni de tessons de bouteilles en s'envolant d'une balançoire. Elle me regardait dans les yeux. Ça me reste.) Un point : j'ai l'impression d'enfermer ma phrase à double tour, de pousser le verrou et de la laisser toute seule dans le noir, à crever sur la paille du cachot. Après que vous l'avez mis, ce sacré point, la phrase n'appartient plus à personne. Ni à vous, ni à la personne qui va recevoir la lettre. Le point change en pierre non seulement ce que je devrais dire ensuite, mais ce que j'ai déjà écrit. On dirait soudain que les mots ne sont plus des mots comme quand on parle, mais des mots du dictionnaire. Des bêtes mortes. Vous voudriez accrocher au papier des morceaux de vous-même, mais ça dépérit aussitôt que ça le touche. Ça devient des fleurs qui sèchent entre des pages. Le point, c'est un clou enfoncé dans un front…

Ma mère ne me donne pas de nouvelles. Ce ne sont pas ses patrons qui vont le faire à sa place. Et mon papa Clarence, si jamais ils sont de nouveau ensemble, il ne s'y collera pas davantage. Au bout des doigts, j'ai remarqué, il a comme des sillons d'un côté et des espèces de callosités de l'autre, à force de gratter son banjo et tous ces instruments à cordes qu'il collectionne. Ce sont des doigts à pétrir les notes de musique telles des boules de pâte à modeler, pas des doigts à tenir un porte-plume. Comme aucun n'écrit, où ils en sont de leur histoire, Sadie et lui, on n'en a pas la moindre idée. Je dis qu'il ne la reprendra jamais. Un musicien, il claque des doigts, il a toutes les nénettes qu'il veut ; elles doivent prendre un numéro pour entrer dans son lit. Pourquoi irait-il se coltiner une gamine de presque trente balais qui continue de grandir, mais seulement dans le sens de la largeur, et qui devient tous les jours un peu plus vieille que lui ? Une négresse traçant des signes de croix d'une main pendant qu'elle touille de l'autre une lessiveuse de pieds de cochon ? M'man, il faut voir les choses en face, question beauté, elle n'a plus que ses cheveux pour elle. En tant que femme à être, je veux dire, la femme d'un homme, elle est tout juste bonne pour des Wee Wee Hill (que ça n'a pas empêché malgré tout de courir les minettes par treize à la douzaine et de rêver à moi aux bains-douches). Un jour, je me dis que, ma mère, elle finira par leur ressembler, à ses foutus pieds de cochon.

Pa, j'imagine qu'il a fait son chemin dans la musique, après tous ses efforts pour progresser et progresser sans cesse. S'il est monté à New York, ce n'était pas pour enfiler des perles. Dans le Maryland, il commençait à bien gagner sa croûte. Il n'a pas les deux pieds dans le même sabot. Je le verrais bien chez Duke Ellington, à présent. Il paraît qu'à Harlem, ces derniers temps, Duke est la nouvelle coqueluche. À mon sens, le fait que m'man continue de trimer à Cedarhurst indique bien qu'ils ne se sont pas rabibochés. Ou alors elle a du souci à se faire avec ses chapeaux, compte tenu des paires de cornes qu'il va lui faire porter. On sait comment ça se passe, dans les jams de Lenox Avenue.

Moi, Dieu merci, je ne suis pas coulée dans le même moule. Mon père, ça prendra le temps que ça prendra, mais je finirai par le coincer quelque part. Un de ces quatre matins, il ne se méfiera pas et, en tournant le coin de la rue, bing ! il tombera pile sur moi. Et alors il faudra bien qu'il me crache le morceau. Qu'il me dise si, mon chant, c'est du lard ou du cochon.

J'étais bien, toute seule dans mon compartiment. Je m'ennuyais moins avec mes pilons de poulet qu'avec n'importe quel jobard discourant de la pluie et du beau temps ou se tirant les yeux des orbites pour voir à travers ma robe. Hélas, on s'est arrêtés une fois de trop, et un grand flandrin de basané est venu s'installer juste en face de moi, comme si la banquette n'était pas assez longue. Un jour sans pain-café au lait, moins épais qu'un cure-dents, habillé comme un cheval de cirque. Il vaut dix, celui-là ! Bon sang, il sort d'où ? Son sourire, c'est une boîte à ressort dont il n'arrive plus à fermer le couvercle. Ses dents ouvrent la marche ; le reste de sa figure leur court après. Ses lèvres, un pot de chambre s'en fatiguerait plus vite que d'un million de derrières. Il a dû se caler une saucisse sur les gencives, pour la route. Ce gars est monté sur roulement à billes. Il tangue et ondule de partout. Ses os ne se connaissent pas les uns les autres. Il a des jambes en caoutchouc. On le verrait se gratter le dos de l'oreille avec les doigts de pied, ou bien défaire ses lacets au moyen de ses omoplates, on n'en serait pas plus surpris. Sur sa cafetière en pain de sucre, il s'est collé un canotier dont le ruban rouge et jaune, s'il a le malheur d'accrocher le soleil, vous perce les yeux et vous flanque une migraine carabinée. On jurerait qu'il débarque tout droit d'une de ces croisières sur le Mississippi où on s'embête tellement qu'on crache du jus de chique dans l'orbite des crocodiles par-dessus la rambarde. En prime, il n'a pas les yeux dans sa poche. Mais, ça, j'ai l'habitude.

Je lui tirerais bien la gueule, qu'il aille voir ailleurs si j'y suis. Une seule chose me retient. Il a posé une grosse boîte noire à côté de lui. Un étui. Un étui que je connais par cœur. Le style poêle à frire. Un étui à banjo. Je me méfie de lui, mais je suis hypnotisée par sa boîte.

Il a surpris mon expression. Il a repéré que ça me faisait un certain effet, les instruments. Je lis sur son visage : « La poulette, là, elle est ferrée. C'est dans la poche, mec ! » Il s'illumine du dedans. S'il pouvait m'exhiber deux ou trois dents de plus, il ne se gênerait pas.

À présent, il prend une pose avantageuse, pince le bord de son galurin entre le pouce et l'index.

« Faites excuse, petite sœur. Je me présente : on m'appelle le Criquet, et parfois la Grenouille, mais mon vrai nom c'est Randolph Bascomb-Pinkett. Buddy pour les dames. Pardonnez le dérangement. Vous aimez bien la musique, pas vrai ? Ma mère, elle en raffole, c'est sans doute pourquoi je joue de ce machin-là. Comme qui dirait, c'est de naissance, et on peut dire que j'ai jamais eu trop d'efforts à faire. Je viens de Chattanooga, Tennessee, vous comprenez ? Là-bas, ils savent ce que c'est qu'un banjo, comptez sur moi ! Au début de l'année, grâce à ce copain-là, j'ai trouvé du boulot à Harlem. Je vous mens pas, ils peuvent plus se passer du Criquet, ces gens du Nord (surtout les dames, sans offense). Tout le monde me connaît, parole ! Et les autres, si c'est des gens importants, moi je les connais.

— Vous connaissez Clarence Holiday ?

— Sans doute. Qu'est-ce qu'il fait ?

— Il fait banjo.

— Banjo ? Ah… Mince, alors ! Banjo à Harlem, le gars ?… Clarence Holiday, hein ?

— C'est mon papa. Je suis partie le retrouver.

— Et vous venez de loin, comme ça ?

— Seattle. (Moi aussi, je peux en mettre plein la vue aux étrangers que je rencontre dans les trains.)

— Dites donc, ma sœur, vous aimez les détours, vous ! De Seattle à New York par l'omnibus de Charleston, ça fait bien du tintouin. Surtout pour une petite demoiselle. Et c'est tout ce que vous avez comme bagage ? »

Il commence à me courir. Je me penche vers lui et je le regarde en plein dans les yeux. Je prends ma voix de Fell's Point.

« Hé, mister ! Je vois pas aucune demoiselle dans c'te guitoune à roulettes, mon lapin ! Et je vais te dire : t'es à peine là, tu fatigues. Mon bagage, colle-le-toi là où je pense ! Si je me souviens bien, je t'ai simplement posé une question. »

Pour le coup, sa mâchoire de bourrin lui dégringole sur le plastron. Il me considère un instant, tout exorbité, changé en statue de sel. Puis il éclate de rire. Ou plutôt il explose, ses bras et ses jambes valdinguant dans tous les sens.

« Moi non plus, je viens pas du Tennessee, me dit-il quand il s'est un peu calmé. Mais c'est la vérité vraie que je suis musicien à Harlem (enfin, juste à côté, disons). Et toi, alors, ma poule, tu fais les trains ? On dirait pas, comme ça, à te voir…

— Je fais rien du tout, oui ! Je viens pas de Seattle, mais c'est la vérité vraie que je vais chercher mon papa Clarence Holiday qui, *lui*, joue vraiment du banjo à Harlem. Faufile-toi un jour jusqu'au centre du quartier : en plein milieu, tu tomberas sur mon père.

— Admettons. Il joue quoi, comme musique ?

— Du jazz ! Quoi d'autre ?

— Oh ! C'est pas les musiques qui manquent à New York. D'où que tu viens pour penser le contraire ? Moi, par exemple, je bosse aux *Champs de Coton*, dans le Bronx. Le jazz, les clients, ils veulent même pas en entendre parler. On se colle des jarretières aux biceps et on leur sert des espèces de polkas, des quadrilles et des sérénades comme dans le temps. Voilà ce qui leur botte. Ils donnent des coups de talon dans le plancher : ils sont heureux, ces cons-là ! Mais attention, en ce qui me concerne personnellement, je suis bien d'accord avec toi : le jazz, y a rien au-dessus. Chez moi, j'ai tous les disques, si ça t'intéresse. Hé ! il me vient une idée : il joue avec quelqu'un, ton paternel ?

— Pas tout seul devant le Monoprix, non !

— T'es assise sur un nid de fourmis rouges, toi, ma parole !... Je veux seulement dire : il joue dans un orchestre dont on entend parler ?

— Si je demande, c'est que je ne sais pas.

— Hum ! Pour un type qui est au cœur du milieu du centre... Mais attends ! Juste un truc. Qui tu connais comme musiciens célèbres à Harlem, exactement ?

— Duke Ellington.

— D'accord. Et d'un ! Ensuite ?

— Euh... Clarence Holiday ?

— Je vois ça... Il serait avec Fats Waller ou Chick Webb, t'en aurais pas le moindre soupçon, hein, vu que t'as jamais entendu ces noms-là, je me trompe ? Reconnais, va ! Ça soulage. N'empêche que le Criquet pourrait peut-être t'aider sur ce coup-là. Non seulement je connais des gens, tu sais, mais je connais des gens qui connaissent des gens. Pigé ? »

Je jette l'éponge. En cherchant papa, il faudra bien qu'un jour ou l'autre je m'adresse à quelqu'un. Alors, pourquoi pas tirer profit de ce grand sifflet que j'ai déjà sous la main ?

Je me rends aux toilettes. L'adresse des Levy, je la connais par cœur. Le nom de la gare où je dois descendre, j'ai décidé de l'oublier. Maintenant que j'ai quelqu'un pour veiller sur moi, je ne vais pas descendre avec le terminus de Pennsylvania Station. C'est-à-dire en plein Manhattan, et pas dans je ne sais quelle banlieue pourrie. Ça fait près de quinze ans que Sadie attend son Clarence : elle peut bien m'attendre, moi, deux ou trois jours. Si elle fatigue sur ses jambes, il y a des bancs. D'ailleurs, je ne lui laisse pas le choix. Grâce à l'autre guignol, je tiens peut-être le bon bout. Je ne vais pas le lâcher pour faire risette à une bonne femme qui a passé son temps à m'abandonner dans tous les coins !

Je réduis mon papier en confettis et je tire la chasse d'un coup sec. Puis je me lave les mains avant de sortir parce que, là encore, c'est comme si je repartais à neuf.

Wee Wee m'avait raconté. Mais pourquoi aurais-je cru un Wee Wee ? Des murs qui se font la courte échelle, des murs qui grimpent aux murs… On a pu voir les photos, même : la réalité, c'est bien autre chose. Ça ne ressemble à aucun récit. Ça ne ressemble à aucune image. Pour la bonne raison que ça ne ressemble à aucun endroit. Ça ne ressemble à aucun récit parce que tu ne trouves plus les mots. Ça ne ressemble à aucune image du fait que, les buildings de New York, avec leurs millions de fenêtres, c'est toi qu'ils regardent, et non pas le contraire. Ils peuvent te regarder de haut, ils sont même là pour ça. Toi, pour les voir en entier, il faut que tu te penches en arrière au point de te retrouver les quatre fers en l'air sur le trottoir. Mais tu t'en fiches, du moment que tu en as pris plein la vue. Le soleil, qui fait tant son fier les beaux jours dans les villes, il a déménagé de là. Les immeubles l'ont chassé, comme les riches chassent les pauvres ou l'inverse. Il habite plus haut, à présent. Chat échaudé craint l'eau froide. Il ne met plus les deux pieds dans les rues qu'à midi, quand il est sûr et certain qu'on ne va pas l'envoyer bouler. Quand tout le monde est sorti des bureaux et peut témoigner de ce qui se passe. C'est la première impression que j'ai eue en mettant le pied hors de la gare : à Manhattan, ce sont les buildings qui font la pluie et le beau temps. Le conseil municipal n'est qu'une bande de fiottes à qui on ne demande pas leur avis. Et vous, vous faisiez encore votre maligne en descendant du train. Mais vous ne perdiez rien pour attendre.

Vous traversez la salle des pas perdus. Vous poussez la dernière porte. Vous débouchez sur le trottoir… Ils sont tous là en rond, à vous attendre les bras croisés. Ils ont mis un couvercle sur le bruit des autos. Leurs oreilles n'écoutent que le vent. De là-haut, ils vous déversent leur ombre sur la tête. Et vous n'êtes à leurs yeux… Quoi donc ? Vous n'êtes, sur les avenues de New York, qu'un tout petit minuscule grain d'orgueil. Un grain de riz tortillant des fesses parmi des grains de poussière qui auraient mille fois plus de raisons d'en étaler, pour la simple raison que ce qu'ils sont déjà, c'est ce qu'on deviendra un jour. Les gratte-ciel de New York ne feront de nous qu'une bouchée. Ils nous recracheront comme une mauvaise toux. Ils nous secoueront de leurs semelles. Ils nous racleront sur le bord des trottoirs.

Buddy-pour-les-dames voit combien je suis bien secouée par le spectacle. Il se redresse. Il s'allume. Il a dans la bouche tout un magasin de faïences. Il fait le sémaphore au milieu des carrefours. Il me présente chaque maison, chaque pierre de la ville comme s'il avait en personne organisé tout ce bordel. La moindre chose, il la connaît par son petit nom. Ce n'est plus une visite : c'est le tour du propriétaire ! J'écoute à peine. Je n'entends rien, de toute façon. Je ne pourrais pas avaler toute la litanie d'un seul trait, et là, à force de regarder en l'air et de porter les yeux tout partout à la fois, la tête me tourne. L'immensité de New York me saoule autant que mon guide. Moulin à visions contre moulin à paroles.

On s'est enfoncés sous terre. On a pris le métro. Il a payé le ticket pour moi. On arrive dans la rue où il habite, pas loin d'une rivière, près d'un grand pont. Il commence à faire nuit. Il me désigne des lumières sur l'autre rive : « Par là, c'est Harlem. » Il n'en paraît pas peu fier. Quel pantin ! Si je m'écoutais, j'irais toute seule tenter ma chance du côté de Lexington – ça ne doit pas être si coton à dénicher. Mais je n'aurais pas intérêt. Avec lui, au bout du compte, je gagnerai du temps. Il connaît la Grosse Pomme comme sa poche, on ne peut pas lui reprocher ça. Et puis, où est-ce que j'irais passer la nuit ? Les puces de l'Armée du Salut, très peu pour moi. Et cette garce de Miss Lu ne m'a même pas filé de quoi me payer une de ces piaules à un dollar, où on couche au milieu des souvenirs que les putes de jour ont laissés dans les froissures du drap. Sans parler des flics qui m'accuseraient peut-être, moi, de tapiner, histoire de me faire grimper dans le fourgon avec eux… Il ne me reste pas dix mille solutions. Qu'est-ce que je risque ? Le Criquet, je l'ai cadré. Il ne se croit un coureur que parce que deux ou trois filles ont couru plus vite que lui quand il se sauvait devant elles. C'est le genre de tombeur qu'il faut se mettre à deux pour empêcher de se relever quand vous êtes parvenue à le mettre à l'horizontale… Je l'aime bien, d'une certaine manière. Sinon, je ne lui préparerais pas quelques-unes de mes spécialités – des œufs frits, des beignets de tripes façon Sadie – pendant qu'il arpente les rues à la recherche de mon père. Je le méprise un peu, c'est vrai. Ça me gêne, ce type d'hommes. Les doux, les timides… Ça me donne l'impression de m'appuyer à une balustrade bouffée aux termites. Un homme qui ne sait pas par quel bout m'attraper me fiche davantage la frousse qu'un homme qui lève la main sur moi. Ce qu'ils veulent tous, je le sais bien. Je l'ai pour ainsi dire toujours su. Ce n'est pas ça qui m'inquiète. Je veux être certaine qu'ils en ont assez dans le ventre pour que je puisse compter sur eux. Je n'ai pas besoin d'un gars qui s'évapore au premier coup de chaud. Et j'ai assez vu de la vie pour savoir que les coups de chaud, ce n'est pas ce qui manque. En particulier si vous avez la peau noire, si vous n'avez pas le sou et si vous êtes une fille pour faire bonne mesure. À quoi va vous servir un type qui fond au soleil ? S'il fond devant vous, déjà, méfiance ! C'est mauvais signe.

Clarence Holiday, l'Homme invisible, c'est rien à côté. Buddy est rentré bredouille le premier matin, le premier soir, le deuxième matin. Nous voilà au deuxième soir et quelque chose me dit qu'il n'y aura rien de changé. J'aurais mieux fait de m'y coller moi-même, au lieu de rester comme une imbécile dans son taudis, à tourner en rond et à lui mijoter des bons petits plats. Je veux bien que ce soit grand, Harlem, mais ça n'est tout de même pas la Chine ! Des joueurs de banjo, j'imagine qu'il n'y en a pas trente-six millions non plus ! Ou bien, il me promène, ce grand dépendeur d'andouilles. Ou bien, avec ma chance habituelle, je suis tombée sur le pire manche de toute la création…

Avec toutes les fourmis que j'ai dans les jambes, je serais déjà partie, s'il y avait pas ses disques.

Il ne les possède pas tous comme il a dit, mais il en a tout de même près de deux cents (j'ai eu tout le temps de les compter). J'en avais jamais autant vu à la fois. Il en prend soin, en plus. Ça prouve qu'ils sont bons. Ses préférés, ce sont ceux de Louis Armstrong. Je connais le nom. Ce type a enregistré *Saint Louis Blues, Cold In Hand, Reckless* et je ne sais plus quoi avec Bessie. Ensuite, d'après Buddy, il s'est mis à graver ses propres cires à Chicago. Ce serait la crème de la crème. On avait à peine poussé la porte de chez lui, il me tannait avec ça. Que je n'aie pas encore entendu les disques du Hot Five de Louis Armstrong, on aurait juré que c'était lui que ça privait de quelque chose. Il fallait réparer l'oubli au plus vite. Seulement, il ne savait par où commencer. Il aurait voulu me les faire tous découvrir à la fois. Il en prenait un. Il le replaçait aussitôt dans la pile pour en saisir un autre. Et ça recommençait… Pendant ce temps-là, il se bredouillait à lui-même une flopée de titres. Rien que les mots, ça le mettait en transe. La sueur roulait de ses tempes. Il n'avait pas encore pris la peine d'ôter son galurin. On était pourtant là depuis des plombes, je crois bien, à ne pas pouvoir écouter quoi que ce soit, tellement il n'arrivait pas à se décider. J'ai dit, pour couper court : « Allez, passe-nous un blues ! » Et lui, sanglotant presque : « Lequel ? » Alors moi : « Putain ! Le premier qui vient. Le meilleur, plutôt : ça devrait faire l'affaire… » Il s'arrachait les cheveux. « Le meilleur, tu dis ? *West End Blues*, alors ? – Formidable ! Marche ! – Mais c'est peut-être pas un blues comme tu crois… – Je crois rien et je m'en tape ! – Pourquoi pas *Cornet Shop Suey*, plutôt ? – *Cornet Shop Suey.* Vendu. Tope là ! – Bon, je mets *West End Blues*. – T'as intérêt, parce que, le troisième truc auquel tu songes, avant d'avoir pu me dire son nom en entier, je te jure, tu seras mort ! »

Au début, la trompette se lance avant tout le monde. Pendant un certain temps, un éclair, une éternité, personne ne suit. À croire que les autres musiciens sont trop estomaqués pour réagir. Moins que moi, cependant. Cette introduction de Louis Armstrong, je ne sais pas… C'est comme si vous aviez laissé un gamin devant un tas de sable avec sa petite pelle et, le temps que vous vous retourniez pour lui faire signe de la main, il vous a bâti la Tour de Londres et le palais de Buckingham… Quelques mesures (quand j'aurai retrouvé papa, je lui demanderai de m'apprendre à les compter), quelques mesures de Louis Armstrong tout seul dans son coin, et vous ne réussiriez pas à tirer davantage de musique d'une fanfare de cent cinquante musiciens soufflant comme des baleines… Que ce soit du blues ou de la tarte aux patates douces, ça m'est bien égal. Ça fait largement mon bonheur. C'est tout ce dont on a besoin si l'on a besoin de musique. Je veux dire si l'on a cette chance, car, celui qui n'a jamais ressenti ça, d'après moi il a raté le plus beau de l'histoire. Les gens disent qu'il y a aussi l'amour. Je demande à voir.

Je n'ai pas attendu la fin du disque. Je n'ai rien attendu du tout. Dès que le reste de l'orchestre est entré dans la danse, j'ai dit au Criquet : « Hé, mec ! Repasse-le-moi, tu veux ? » Il a eu l'air de tomber des nues. « T'aimes ça ? Tu sais qu'il y a pas… » Je l'ai interrompu sans y mettre de gants. « Repasse, je te dis ! C'est pas ta grande gueule que j'ai envie d'entendre. » Son sourire à la graisse de chevaux de bois s'est effacé, il ne lui restait qu'à obéir.

La deuxième fois, ça n'était ni mieux ni plus mal que la première. C'était toujours le même miracle. Il suffisait de fermer les yeux pour découvrir un paysage inconnu. Un paysage qui ne restait pas en place, parce qu'il refusait de se laisser photographier. Il y avait des collines qui se soulevaient, à mesure que la musique allait et venait, montait et descendait. L'horizon ondulait tout le temps. Des arbres sortaient de terre. Certains s'envolaient, certains s'effaçaient, d'autres s'évaporaient carrément, d'autres s'immobilisaient et leurs feuilles ressemblaient à du fer. Des ponts se lançaient tout seuls, sautant à pieds joints, par-dessus des rivières qui, d'une note à l'autre parfois, changeaient d'avis et se mettaient à couler dans l'autre sens. Et le ciel, mine de rien, basculait de manière à se retrouver tout en dessous, tout au fond du paysage, tendu là en bas comme le drap des pompiers au pied de la maison qui brûle. Le ciel recevrait la trompette et Louis, collé à l'embouchure, quand la musique les aurait obligés à sauter dans le vide. À sauter de l'escalier qu'ils étaient en train de grimper quatre à quatre, sans se rendre compte qu'ils y avaient foutu le feu…

La troisième fois, tout paraissait tranquille. Dans un livre d'école, j'avais vu les pyramides d'Égypte. C'était un peu pareil. Ça donnait le vertige, mais un vertige tout à fait paisible, tout à fait délicieux. Un vertige où l'on tombe sans fin dans de l'huile dorée en tournant sur soi-même au ralenti. Si j'avais fermé les yeux, ce coup-là, je me serais endormie aussitôt. Je me sentais si bien que, pour ne pas rompre le charme, je n'ai pas ordonné à Buddy de revenir au point de départ. Le son de ma voix, au milieu d'une musique pareille, aurait pu tout déglinguer. Fissurer le flacon – et l'huile se serait vidée. À l'air libre, c'est là que je me serais noyée… J'ai croisé les doigts à ma façon. J'ai serré les poings. J'ai serré les paupières. J'ai rentré la tête dans les épaules. Qu'est-ce qui allait venir ? Mon rêve, le rêve de Louis Armstrong, n'étaient pas faits pour n'importe qui… Est-ce qu'on n'allait pas nous chasser de ce rêve ?

Après l'introduction de trompette, l'orchestre a joué le thème. Il était assez joli, mais ça n'avait guère d'importance. Il y a eu un solo de trombone, avec la batterie, derrière, faisant des drôles de clip-clop, un peu comme si un Indien en bois s'était mis à jouer avec les petites cuillers. Quand la clarinette a pris le relais, j'avais de nouveau les pieds sur terre. Sous mon crâne, la brume s'était levée. J'avais dessoûlé d'un coup… C'est à cet instant précis que la chose s'est produite. La clarinette jouait plutôt dans le grave. Elle lâchait une petite phrase (le genre qu'on se chantonne à soi-même, parfois à bouche fermée, quand on marche au bord de l'eau, le long des quais, et qu'on sent le cafard venir de loin ; ou alors quand on monte au grenier, quand on songe à des choses disparues). Une voix répondait à l'instrument sur le même ton. Puis la clarinette revenait, puis encore la voix… Je ne savais pas que c'était celle de Louis Armstrong. La clarinette restait sur son idée : *Vous savez ce que c'est que le blues ? Eh bien, je le sais aussi et nous allons en discuter ensemble.* Elle ne démarrait pas de là. La voix lui répondait, ça faisait toute la différence. La clarinette n'écoutait qu'elle-même, tandis que la main gauche de la voix ignorait ce que fabriquait sa main droite. Cette voix s'amenait chaque fois sur la pointe des pieds. Elle arrivait comme le soir qui tombe. Elle se détachait de la pénombre. Elle flottait un peu avant de se dissiper. Un morceau de brouillard, une fumée de cigarette. Un souvenir qui vous traverse, mais n'a pas le temps de s'arrêter… Malgré son air furtif, lorsque la voix était là, en quelque sorte on ne voyait plus qu'elle. Et l'on s'apercevait qu'elle faisait des tas de petits trucs. Qu'elle ne racontait pas, elle, qu'une seule histoire. Qu'il y avait dans son blues à elle plus qu'une seule sorte de bleu. Que le ciel du début de *West End Blues* était resté sous la poussière, prêt à recueillir d'autres incendiaires d'escalier. Dans sa petite musique enrouée, qui semblait si fragile, qui semblait dire adieu à tant de beaux voyages, il y avait un passager clandestin : toute une allégresse qui se planquait dans la cale du bateau, entre les roues du train. Il y avait tout un émerveillement, cachant ses broderies, sa dentelle, son fil d'or, sous un manteau râpé. Oh ! un machin, un bonheur à crever ! Ne demandant qu'à écarter la gorge serrée autour de cette voix telles les deux mains d'un bandit de Hell's Point sur la gorge d'un fêtard égaré, dans la nuit du samedi au dimanche… Ne demandant qu'à surgir de là. Boulet de canon. Bouquet de feu d'artifice. Giclée de martinets au coin de l'œil, un soir de juin. Ou, à la Toussaint, grand bal des feux follets sur les dalles du cimetière. Voilà ! Voilà la chose exacte. Louis Armstrong dansait sur son cercueil. Il n'avait plus d'âge. Il était l'enfance et la fin de tout. La mort, tiens, elle n'avait pas l'air bête ! Cette ombre de son ombre, qui suit le Noir jusqu'au petit coin, elle ne le coincerait pas de sitôt au détour d'une impasse. Se ferait-il renverser demain matin par le corbillard à six chevaux, emballé dans la purée de poix échappée des caveaux, agglutinée autour des cimetières, il continuerait de narguer avec sa chanson la Vieille Pute des carrefours, qui retrousse son linceul pour montrer aux passants qu'elle n'a que les os sur les os.

Le piano a repoussé la clarinette sur le côté – un seau d'eau fraîche jeté sur les traces d'un malheur. La voix s'est tue. Elle s'est esquivée à la faveur de ces éclaboussures. C'est alors seulement que je m'en suis rendu compte : elle avait dit tout ce qu'elle avait à dire *sans prononcer un mot*. Ni dans les disques ni pour de vrai, je n'avais jamais entendu quelqu'un chanter sans paroles. On m'aurait dit qu'on avait le droit, je ne l'aurais pas cru. Qu'est-ce que c'était donc, ce type qui ne respectait rien, ce type qui faisait sa propre loi dans les chansons, qui nous parlait à nous sans demander la permission aux mots ? Buddy m'a répondu : « C'est Louis, cocotte. Les paroles, tu penses, il a pas le temps de les apprendre par cœur. Il a ça sur un bout de papier. Une fois, le papier est tombé, en plein pendant un enregistrement. Eh ben, il s'est pas démonté. Pas lui ! Il a chanté ce qui lui passait par la tête. *Doo-blee-dah*…, rien que des sons. Il jouait de la trompette avec la trompette sous le bras. On comprenait rien à son charabia ? Trompe-toi pas, ma grande ! Les gens ont dit : "Pour une fois, c'est pas une histoire qu'on connaît déjà la fin. C'est comme notre histoire à nous, dis donc !"… Je blague pas. *Heebie Jeebies*, ça s'appelle. J'ai même le disque, si tu veux…

— Qu'est-ce que t'attends ? j'ai fait. Tu dors, ou quoi ? »

J'ai bien tendu l'oreille : on n'entend pas la feuille toucher le sol. À la fin du premier chorus chanté (à croire que le sacré papier avait attendu ce moment précis pour lui échapper des mains), Louis Armstrong remplace tout à coup les paroles par quelque chose qui ressemble à peu près à « *Skeep skipe skoop* », et la suite à l'avenant. J'avais beau être prévenue, j'en suis restée comme deux ronds de flan. La voix prend carrément la place du cornet. Les paroles se sont envolées, d'accord, mais surtout le cornet parle désormais *par* la voix du chanteur. À travers elle – vous me suivez ? Ce qui signifie qu'il existe peut-être un moyen, quand on chante sans avoir appris comme c'est mon cas, de faire bonne impression en devenant une espèce d'instrument de musique. Et aussi de se faire accepter par les musiciens du fait qu'on parle le même langage, même si on n'a pas encore eu le temps d'apprendre la musique.

Si j'avais vu juste, cet Armstrong me retirait une fameuse épine du pied. Entre les gens qui chantent et ceux qui jouent d'un instrument, il n'y avait pas forcément la barricade que j'imaginais la veille encore, lorsque j'étais seule dans le train. Dans *Heebie Jeebies*, un type qui appartenait aux deux camps montrait aux uns et aux autres une façon de s'entendre à laquelle moi, en tout cas, je n'avais encore jamais pensé. Non plus s'entendre parce qu'on est bien obligé, mais s'entendre du fait que celui-ci comprend tout de suite, sans le moindre effort, ce qui sort de la bouche de celui-là, et inversement (de la bouche et des doigts, ou des doigts tout seuls, je sais bien, ne me chipotez pas là-dessus, bon sang !). Ça ne voulait pas dire que papa n'avait plus rien à m'apprendre, mais, d'ores et déjà, je connaissais un secret pour ne pas faire tapisserie dans le jazz.

Buddy, son disque, si je ne le lui ai pas usé en une nuit, je jure que je ne l'ai pas fait exprès. Il a dû le passer et le repasser à en attraper des crampes, jusqu'à ce que je sois capable de chanter en même temps que Louis Armstrong, les mêmes sons aux mêmes endroits, sans déborder d'un poil. Puis j'ai refait la même chose, mais sans le disque et, là, on peut dire que je l'ai soufflé, le Criquet ! Il avait toujours son air rêveur, mais, en plus, il fronçait les sourcils en regardant par terre entre ses pieds.

Il a haussé les épaules et il m'a sorti comme ça, en me guignant par en dessous :

« Petite sœur, je crois que je vais tomber amoureux de toi. Qu'est-ce que t'en penses ? »

Ça, c'était le pompon ! Moi, j'étais encore dans la musique, je n'avais pas fini de dessoûler de la musique, et lui, ce grand pedzouille même pas du Tennessee, qu'est-ce qu'il venait me canuler avec des sérénades à la gomme ?

« Si tu veux tomber, lui ai-je balancé dans les gencives, fous-toi donc par la fenêtre ! En attendant va plutôt te coller la tête sous l'eau froide ! »

Il a rigolé. C'est son truc, quand je le rembarre pour une chose ou une autre. Moi, cette blague-là, elle ne m'amuse pas du tout. Je veux bien qu'il essaie de vous savez quoi, c'est dans le rôle d'un mec. Mais de cette confiture, ça non, il ne m'en fera pas manger ! Si ça me tente de vomir, je peux me fourrer un doigt dans le trou des dimanches. Pas besoin d'aide.

J'ai enjambé l'appui de la fenêtre et je suis allée m'asseoir sur l'escalier d'incendie, les genoux sous les coudes et le menton dans les mains. Et j'ai laissé la brise soulever ma robe autant qu'elle voulait. Il comprendrait une bonne fois pour toutes que je m'en foutais, de ces histoires-là. Que je n'en avais rien à moudre, de sa romance. Qu'il pouvait se bourrer le mou dans son coin. Et se rincer l'œil gratis, s'il y tenait tant que ça. Qu'est-ce que ça me coûtait, à moi, après tout ? Mais me tourner autour avec des yeux de merlan frit, alors ça non, ça n'était pas du tout au programme.

J'avais le Bronx autour de moi. Il était en train de rouiller. Même les briques. Même la nuit, à l'endroit où elle touchait les terrasses, les cheminées, les cages à pigeons, les vieilles citernes couvertes de mousse. Buddy-pour-les-dames, il avait plié son cirque ; on ne l'entendait plus. J'ai regardé entre mes jambes, entre les marches de fer, l'impasse qui se trouve en bas : un vrai dépotoir où un chien hésiterait à poser sa crotte. Même les rats, là-dedans, je parie qu'ils n'ont pas le moral. Je parie qu'à la longue ils commencent à rouiller comme tout le reste. Ils avancent en se dandinant, une patte après l'autre. Ils boitent de partout. Ils sont malades, ça se voit. Les humains leur ont flanqué la gale, la peste ou je ne sais quoi. Les gens qui sont là comme moi sur cet échafaudage, qui se lèvent tout à coup et qui sautent dans le vide, vous n'avez pas besoin de leur chercher une raison : c'est la rouille qui les attrape par-dedans. D'ailleurs, qu'ils sautent ou pas, ça va changer quoi pour qui ?

Toute la sainte journée, j'ai rémoulé de la cire sur le Victrola. Je goûtais d'un peu tout, mais j'en revenais toujours à *Heebie Jeebies*. J'avais repéré où se trouvaient les chorus chantés (ça faisait un genre de reflet quand on regardait le disque de côté, l'œil à hauteur de la tranche). J'y plantais directement l'aiguille. À chaque fois, je découvrais un détail qui, jusque-là, m'avait échappé. Comment Louis Armstrong passait d'une note à l'autre. Comment il les raccordait entre elles. Comment il les triturait à sa convenance (parfois, vous auriez cru qu'il avait fait poser des pistons sur sa voix). Et puis comment il respirait. À quel moment et à quel endroit il reprenait son souffle, pour commencer…

Vers onze heures, Buddy est reparti sur les traces de papa. Il sait que je ne ferai pas long feu avec lui, une fois que j'aurai l'adresse de papa ou le numéro de téléphone. Le plus tôt sera le mieux. Sadie doit finir par s'inquiéter. Je ne tiens pas à ce qu'elle envoie les flics à ma recherche. Et puis, Buddy me fatigue, à présent. Il l'a bien senti. Finies les grandes déclarations. Ce matin, il évitait de me croiser, même pour se rendre de la cuisine aux cabinets. Mais, je ne suis plus tranquille comme avant. Il ne va pas lâcher le morceau aussi facilement. Ces galants à dents blanches, il faut s'en méfier. J'en ai vu des comme ça, dans les maisons de Baltimore, qui apportaient des violettes aux putes. « Dans la vie, disait Alice quand elle avait un verre dans le nez, fréquente que les gens à qui t'as pas à dire merci. »

Mon Criquet tarde tant à rentrer que je m'attends à le voir débarquer avec Clarence Holiday sur son dos. Mais non. Il pousse la porte : chou blanc une fois de plus. Il y a quelque chose qui cloche dans cette affaire, vous ne me ferez pas croire. Je demande à Buddy si, ce qu'il a sur les yeux, c'est de la peau d'alligator ou de la merde de caribou. Et comment il s'y prend pour rattraper son ombre, quand elle tourne avant lui le coin de la rue… Je suis lancée. J'enfile chorus sur chorus. Il me regarde, assis au bord d'une chaise, les genoux à six pieds l'un de l'autre, les poignets éboulés contre le parquet. L'une après l'autre, ses dents sont allées se cacher sous ses lèvres, qui pendent toutes molles. On voit les années défiler sur lui comme les chiffres sur un compteur à gaz. Plus je dégoise, plus il se fait vieux. Il se voûte, il se tasse, il se ride, il grisonne… Il attend bien sagement que je reprenne haleine. Puis il se racle la gorge, et il me sort, avec une voix de deux mille ans, tout ébréchée :

« Écoute, ma biche, tu vas jamais le croire… Pour ton père, j'ai encore questionné personne… Ni homme, ni bête, si tu veux la vérité. Même le nom que tu m'as donné, à force, il m'est sorti de la tête… »

S'il trouvait papa, je me hâterais de déguerpir, et, lui, il ne voulait pas que je m'en aille. Je ne peux pas lui en vouloir. On fait avec ce qu'on a. Ses manigances lui auront pété dans les naseaux, mais il aura tenté le coup. Il s'est fait prendre la main dans le sac. Ça me le rendrait plutôt sympathique s'il ne me promettait qu'il allait se racheter. Et le voilà qui demande pardon. Il pleurniche. Il se vautre. Du coup, il me sort par les trous de nez. Ses combines à la noix me débectent. D'un côté il y a les hommes, de l'autre les carpettes. Avec ses airs dignes, Mister Fagan n'est jamais qu'une sous-carpette : la vieille salope qui lui sert de bonne femme s'essuie les pieds dessus depuis une éternité. Papa Gough, qui roule ses épaules de montagne, a été une carpette jusqu'au jour où il s'est barré de chez nous (et encore ! s'il avait été un homme à ce moment-là, c'est nous qu'il aurait foutues à la porte). Et l'autre décolleur d'affiches, là, qui déborde des lits, qui se sert de sa tignasse comme tête-de-loup, il est en train de remporter la palme ! J'ai connu des endroits, il n'y a pas si longtemps, où les filles lui auraient fait faire le cheval autour de la table du salon en l'empoignant par la cravate et en lui piquant les reins avec une ombrelle. Je retourne dare-dare sur l'escalier d'incendie.

Buddy bouge pas. On dirait qu'il est mort. J'aimerais bien. Je l'ai déjà inscrit aux objets perdus : ce serait la poisse qu'il se réveille… Ça doit pincer dehors, à cette heure-ci. Les robes de voile ne présentent pas que des avantages. Est-ce que je lui fauche un de ses chandails ? J'ai vu qu'il en avait deux ou trois. Non, tout bien considéré. Ce ne sera pas la première fois que je me les gèlerai. Chez les bonnes sœurs, certaines nuits d'hiver, je m'attendais à tout moment à entendre les draps croustiller autour de moi, pris par la glace… Ce dont j'ai vraiment besoin, c'est d'un morceau de carton, d'un bout de ficelle et d'un crayon.

C'est tout petit, son logement, par chance. Il n'y a pas trente-six tiroirs à ouvrir, trente-six commodes à visiter. Tout ce qu'il me fallait, je l'ai bientôt entre les mains. Je pose le carton sur la table. Avec le crayon, je recopie ce qui était inscrit sur le papier que j'ai déchiqueté dans les toilettes du train : le nom de ma mère, celui de ses patrons et leur adresse. Je fais deux trous pas trop rapprochés en haut du carton. Je passe la ficelle dedans. Un nœud à chaque bout et je me suspends l'écriteau autour du cou. Je file par la fenêtre avec ma valise (la porte d'entrée, j'ai remarqué qu'elle grinçait sur ses gonds). Tout le problème, maintenant, c'est de ne pas faire tinter les marches métalliques. La nuit, ça résonnerait jusqu'au fin fond de l'Alaska. J'y vais sur la pointe des pieds, en me tenant à la rambarde. Trois étages, dans ces conditions, c'est une trotte... Beaucoup de gens dorment la fenêtre grande ouverte. Ça pue quand même, dans leurs turnes. Ça pue la fièvre d'hôpital, la brume de pissotières, le brouillard qui crame au-dessus des taudis. Leur haleine, c'est un gaz qui s'embraserait pour un rien. Ça ne donne pas envie de dormir, si c'est pour ressembler à ça. Ça ne donne pas envie d'appartenir à ce monde. On finit par se demander si on ne préférerait pas être un mort bourré de sciure et de papier journal, plutôt qu'un mort qui respire et qui mouille ses draps.

Je traverse le pont que Buddy m'a fait voir l'autre jour. Mon idée, c'est d'aller traîner, avec mon écriteau sur la poitrine, dans le genre d'endroits fréquentés par les bonnes femmes de l'aide sociale. Si j'ai l'air assez paumée, l'une ou l'autre finira par m'accoster. C'est le meilleur moyen d'arriver chez les Levy aux frais de la princesse, sans que personne m'embête en cours de route. Et avec une excuse toute trouvée pour ma mère. À savoir que j'ai raté la bonne gare, que je me suis perdue dans la grande ville. Ça tient debout. Ce sont des choses qui arrivent tous les jours à des filles dont certaines viennent de moins loin que le Maryland… Ces assistantes sociales, elles ne sont pas tombées de la dernière averse. Elles ont appris à se méfier. Une fois que vous les avez mises dans votre poche, pourtant, elles ne sont pas près d'admettre qu'elles se sont fait rouler. Le truc, c'est de leur laisser l'impression qu'elles mènent la danse. Ce sont des Blanches, neuf fois sur dix, et c'est justement ça qui les perd. La vanité et la jobardise des faces de craie… Ce qui réussit à chaque coup – pas seulement avec les assistantes sociales : avec les femmes blanches en général –, c'est le numéro de la négresse demeurée. Ça les rassure. Ça les soulage. Si un décret du gouvernement garantissait qu'on est tous des idiots congénitaux, elles finiraient par nous supporter. Dans le rôle de l'ahurie de service, moi, je bats tous records. Au Bon Berger, il y avait des crétines authentiques, des résidus de syphilis. Quand je les imite, elles-mêmes ne verraient pas la différence.

Mon écriteau devrait me faire repérer en moins de deux. Les gares, pour ce genre d'arnaque, c'est l'idéal. À défaut, une bouche de métro devrait faire l'affaire. J'ai beau n'être jamais venue à New York, les manies de ces moukères, je les devine. Nous y voilà. Je ne poireaute pas longtemps. Une seconde avant de sentir la main sur mon épaule, j'ai deviné que ça y était.

Elle me demande mon nom. Classique. Moi, je ne fais que secouer la tête. On ne sait jamais. Je suis passée devant les juges. J'ai fait de la taule, ou tout comme. Ils m'ont peut-être inscrite quelque part sur un registre. Et puis, à ne pas répondre, j'ai l'air encore plus bas de plafond. Elle insiste. Alors je chantonne en riboulant des yeux : « Vous m'p'enez à vot'maison,

M'ame ? Euj'nettoie les pa'quets pou'pas beaucoup l'a'gent… » Elle rutile. Elle se dit qu'elle a décroché le gros lot. Enfin, elle est tombée sur la reine des glands. L'andouille intégrale. La vache qui a trop regardé passer les trains. Une négrillonne plus vraie que nature, dont les idées se croisent les genoux. Elle marche sur les nuages, cette dame. Elle m'en est si reconnaissante qu'elle me paie à bouffer. Je m'en suis mis jusqu'aux oreilles pendant qu'elle étudiait ma pancarte. Après quoi, dans son bureau, elle a cherché le numéro de Mrs Levy dans l'annuaire et lui a passé un coup de téléphone. Je faisais semblant de pas m'intéresser. Je mouillais mon doigt en me le fourrant dans la bouche, puis je traçais des ronds de salive sur son bureau et je louchais dessus. Ils n'auraient pas voulu de moi pour trouver le trou d'un donut.

« Pourquoi tu ne m'as pas dit que tu t'appelles Eleanora, poulette ? Tu ne l'aimes pas, ton nom ? Tu ne t'en souviens plus ? Eleanora Gough, hein, ce ne serait pas ça ? Cherche bien, mon trésor…

— Papa Gough, je marmonne (quand je parle, ça fait des bulles au coin de mes lèvres : elles adorent ça), papa Gough, il a dit : je suis sa'tite baby, je suis sa mamie en sucre… »

Elle blêmit. Ses oreilles deviennent toutes roses. C'est tout ce qu'elles espèrent, ces femmes-là. Des beaux-pères qui grimpent des gamines, dans la nuit noire du ghetto, ça les met dans tous leurs états. Des victimes qui ne se doutent de rien pendant qu'on les enfile par tous les bouts, un régal. Aux yeux de l'aide sociale, c'est le tableau complet. Il est moche, il est à vomir, mais le produit correspond à l'étiquette. Sans ça, l'homme blanc se sentirait grugé. La femme blanche perdrait de sa valeur ; on la mettrait en vitrine chez le prêteur sur gages, à ramasser la poussière parmi les vieux clairons.

La patronne de ma mère s'est déplacée en personne. Sadie gardait ses gosses. J'ai fait le voyage jusqu'à Long Branch, dans son auto. Une putain de charrette aussi longue qu'un tramway. En route, chauffeur ! J'étais la reine. Elle minaudait en pure perte, cette morue. Elle n'allait pas me gâcher la promenade. Je regrettais seulement de ne pas être assise à l'arrière, comme dans un taxi… M'man m'a dit : « Où donc t'étais passée ? » Et elle, alors ? Elle ne s'était jamais posé la question ? Plus tard, elle m'a déniché un travail dans le coin. Le ménage à faire chez une feignasse qui démarrait pas de son cul, quand elle l'avait posé quelque part. En général, c'était sur le sable, à la plage. Cette pouffe rentrait : elle savait que me foutre la pagaille. Elle se donnait un mal ! La maison sens dessus dessous… Après, elle critiquait tout. C'était facile. Elle pouvait raconter à son homme que j'étais bonne à rien. Et elle ne s'en privait pas. Un soir, j'en ai eu ma claque. Je lui ai sorti comme ça : « Naturellement que je suis bonne à rien, puisque je suis votre bonne à vous ! » Le mec a avalé sa pipe. J'ai laissé sa bonne femme lui fourrager le corgnolon à la recherche des braises. Ils ne m'ont jamais revue. J'ai dit à ma mère : « Qu'est-ce qu'on fiche dans une cambrousse à la con ? Allons vivre à Harlem, merde ! »

Clara

La date exacte, je ne m'en souviens plus. 1930 ? 1931 ? C'était au moins un an après le Jeudi noir, en tout cas[1]. L'un de mes meilleurs clients avait été un homme d'affaires – un exportateur, je crois – du nom de Van Leeuwenhoek. (Je n'arrive toujours pas à le prononcer. Personne chez moi n'y était parvenu. Il était le premier à s'en amuser et il nous avait appris à dire, en désignant la crinière de cheveux argentés qui lui descendait aux épaules, « Van Lion ».) Par son chauffeur, un jour, j'ai su son prénom : Theodore. Comme le président Roosevelt. Mais je parierais que, lui, personne, pas même sa mère, ne l'avait jamais appelé Teddy. Quand il désirait un traitement un peu spécial, il me disait en tendant sa canne, son chapeau, son écharpe et ses gants à la soubrette que j'avais engagée pour ouvrir la porte : « Nous avons quelque chose à fêter ce soir, Mrs Winston. »

Il était le seul à employer cette formule. Pour tout le monde, j'étais Miss Clara (une tradition dans notre métier ; elle nous vient de La Nouvelle-Orléans). Ma maison comptait de nombreux habitués, mais notre Lion avait quelque chose de plus que les autres. Il n'était pas seulement un client régulier : il faisait

1. C'est le jeudi 24 octobre 1929 qu'eut lieu le krach de Wall Street.

preuve d'une extrême ponctualité. Vingt-deux heures était, à la seconde près, le moment où on le voyait faire son entrée. Au coup de sonnette (discret mais péremptoire, on reconnaissait le sien entre mille), tous les regards se portaient machinalement sur la grande pendule posée sur la cheminée du salon. Grâce à Mr Van Leeuwenhoek, on vérifiait qu'elle n'avançait ni ne retardait. Si d'aventure, il était tombé malade ou devait honorer une obligation sortant de l'ordinaire, il me prévenait de son absence par un pli cacheté à la cire rouge, comme du temps où les messieurs portaient perruque, et me faisait porter par son chauffeur une gerbe de lis. Et quand je dis « gerbe », plutôt que « bouquet », je suis encore au-dessous de la vérité. Apprendre que ces fleurs étaient mes préférées ne posait certes pas grande difficulté, mais je m'émerveillais qu'il ait eu la délicatesse de s'en informer.

Dans la nuit du Jeudi noir, j'étais seule avec mon personnel, comme nous nous y étions attendus. Environné d'un silence pesant, où l'on percevait le tic-tac de la pendule, inaudible en temps normal, chacun mesurait ses gestes et limitait ses déplacements au strict minimum, marchant alors à pas feutrés. On ne se parlait qu'à l'oreille. J'aurais pu, exceptionnellement, décider de fermer boutique, mais le jeudi était un des jours de Mr Van Lion. À part moi, je ne pouvais m'empêcher de me demander s'il s'était suicidé comme tant de ses pareils, d'après les quotidiens du soir et les informations données à la radio.

Après dix heures moins cinq, la tension est devenue insupportable. On se mordait l'intérieur des lèvres pour ne pas hurler. Je me suis aperçue soudain que, à commencer par moi, nous avions tous les yeux rivés sur ce maudit cadran. Lorsque la grande aiguille a atteint le point exact qui sépare les deux chiffres du XII, la sonnette a retenti.

Il ne paraissait pas se rendre compte que nous étions dans tous nos états. Il avait croisé les jambes avec une nonchalance pleine de grâce. Son sourire était aussi peu crispé qu'à l'ordinaire. Le cigare ne tremblait pas dans sa main. Il était le seul client, mais il se comportait en tout point comme il avait coutume de le faire au milieu de la foule des grands soirs. À un détail près. En franchissant le seuil, au lieu de sa phrase rituelle, sa phrase des soirs où, pour une raison ou une autre, il avait envie de s'accorder une faveur, il m'avait déclaré : « Nous avons quelque chose *de particulier* à fêter ce soir, Mrs Winston. » Il semblait si sage, si avisé, si clairvoyant. Peut-être avait-il doublé sa fortune pendant que tous les autres perdaient jusqu'à leur dernier cent ?

Sans déroger à son cérémonial, il a terminé son cigare et m'a commandé une coupe de champagne. Avant de se rendre dans une des chambres, il tenait toujours à se rincer la bouche. Il n'avalait pas le vin, il le recrachait dans le seau. Jamais la moindre gouttelette de sueur ne perlait à son front, à ses tempes. Cependant, il avait toujours trop chaud. Il allait interroger mes autres visiteurs à voix basse, l'un après l'autre : leur serait-il désagréable qu'on ouvrît l'une des trois fenêtres du grand salon ? Il recueillait de surcroît mon avis et celui de tous mes gens, la soubrette y comprise. Cette nuit-là, on ne souffrait guère d'un excès de chaleur humaine dans mon salon et il faisait plutôt frisquet dehors, même pour un 24 octobre. L'air était chargé d'une odeur de cru, avec des relents de neige fondue qui nous arrivaient du Canada. Mr Van Leeuwenhoek a quand même présenté sa requête dans les formes. Nous, les femmes, nous avons profité de ce qu'il s'éclipsait avec Josephine pour aller chercher des châles dans l'appartement voisin.

Il est réapparu une demi-heure plus tard, montre en main (réglée comme du papier à musique, la bagatelle aussi bien que le reste). Des pieds à la tête et jusqu'au dernier poil de moustache, il était la réplique exacte de tous les Theodore Van Lion que nous avions vu revenir de la pièce du fond depuis le vote du 18e Amendement[1]. Cette fois-là, cependant, il n'a pas regagné son fauteuil, près du guéridon où son champagne l'attendait. Arrivé au milieu du salon, il a tourné le dos à la cheminée, à la pendule, aux miroirs. Il a continué droit devant lui, jusqu'à la fenêtre. Lorsque la pointe de ses vernis a touché la plinthe, il a soulevé un chapeau imaginaire (le sien était resté au portemanteau, dans le vestibule) et il a lancé, sans se retourner : « À tout de suite, mes chers amis ! Veuillez m'excuser, je vous prie. » Pendant ce temps, son corps poursuivait sa route et, emporté par son élan, basculait dans le vide.

Nous avons tous couru à la fenêtre. De toute évidence, le chauffeur avait attendu la chute. Je suppose que, fidèle à ses principes, Theodore lui avait fixé un rendez-vous précis. Ce fidèle serviteur étendait déjà sur le corps, à l'envers, une grande cape de soirée doublée de soie pourpre, en sorte que la flaque de sang qui s'étendait tout autour n'avait plus l'air si incongrue. Quelles étaient les fleurs préférées de Van Lion ? Encore un secret qu'il ne m'avait jamais confié. Au moins, il serait sensible au geste. J'ai dévalisé tous les vases de la maison. Ce que voyant, mes filles sont

1. Le « Volstead Act », interdisant l'usage de l'alcool dans les lieux publics et instaurant la « Prohibition », qui ne serait abolie qu'en décembre 1933, entra en vigueur le 17 janvier 1920.

venues à la rescousse. Tout le monde s'y est mis. Puis, chacun à son tour, nous avons jeté nos bouquets par la fenêtre, en visant la cape. Ils se sont éparpillés sur le cadavre, sur le sang, sur le trottoir, tandis que les noctambules accouraient de tous côtés.

J'étais sur le point de fondre en larmes quand mon regard a été attiré par une petite enveloppe blanche, coincée entre le guéridon et le plat d'argent sur lesquels reposait le seau à champagne de Van Lion. Elle portait mon nom. À l'intérieur, il y avait un unique bouton de manchette en or, garni d'une ancre d'émeraude – un magnifique travail de joaillerie. Sur la carte qui l'accompagnait, on pouvait lire : « Pardonnez-moi si j'emporte l'autre : je veux conserver un souvenir de vous. » Ce mot était signé *Teddy*.

A-t-on le droit d'exprimer les choses aussi crûment ? La mort de mon vieux Lion m'a sauvée de la faillite en faisant à mon commerce une réclame inespérée. Une photo du cadavre sous sa cape, environné de fleurs, était parue dans la presse. Elle avait fait sensation. On parlait de nous dans l'article… Tallulah Bankhead, d'autres personnalités de la scène et de l'écran établies à New York et gravitant dans son sillage, avaient ainsi découvert ma maison. Tout à coup, ces gens ne juraient plus que par elle. Voilà comment je suis passée à travers la crise. Au bout du compte, j'aurai davantage souffert du New Deal de Roosevelt que du désastre auquel il tentait de remédier.

Un beau matin, ma femme de ménage m'a rendu son tablier et j'ai engagé cette Sara Fagan, que quelqu'un – n'était-ce pas Fanny Holiday ? – m'avait recommandée. Elle avait l'air d'une bonne nature. Et honnête, j'en aurais mis ma tête à couper. Je l'hébergeais avec sa grande fille Eleanora dans l'appartement privé. Il y avait largement la place pour elles. N'ayant jamais vécu dans le luxe, Sadie – comme on l'appelait – était ravie de cet arrangement. La donzelle, pour sa part, était capable de rester une heure entière en contemplation devant le combiné du téléphone, en ivoire et métal doré. Sadie Fagan était loin d'être aussi gourde que sa progéniture l'affirmait. Loin d'être aussi candide qu'elle-même s'en targuait. Elle n'avait pas « fait la vie », je veux bien l'admettre, mais elle avait vécu. Elle avait été aux premières loges pour que rien ne lui échappât de ce que la vie offre de moins reluisant. Du décor, elle connaissait principalement l'envers. La plupart des gens pensaient avoir affaire à une innocente. Il n'en fallait pas davantage pour qu'elle s'en persuadât elle-même, ce qui était, je crois, le but de la manœuvre. Au fil des années, elle s'était entraînée à regarder le monde d'une certaine façon. À porter sur lui un regard qui filtrait certaines choses, en escamotait d'autres et édulcorait tout le reste. Elle n'était pas héroïque au point de voir la vie en rose, mais elle avait poussé l'abnégation jusqu'à se laisser aveugler par le rose de la vie.

Tôt le matin (des clients se présentaient parfois vers midi), elle s'activait dans le grand salon, dans les cabinets particuliers, dans la salle de bains, dans les chambres. En apparence, elle ne reliait pas entre eux les indices qu'elle avait sous le nez. Dans son esprit, ma maison était une sorte de club privé où des gens bien venaient se délasser, bavarder et trinquer entre eux, manger un morceau au besoin, jouer aux cartes, aux craps, aux checkers, au backgammon, aux échecs, que sais-je… Si les lits étaient défaits, c'était bien sûr parce que je mettais mes chambres à la disposition des habitués qui, ayant trop fait la fête, préféraient dormir sur place plutôt que de rentrer chez eux à une heure où il n'y a plus de métro et où les taxis se font rares. Je n'allais pas la détromper. J'observais cependant qu'elle avait interdit à Eleanora de traverser le palier. D'un accord tacite avec sa mère, je veillais moi-même à éloigner celle-ci de mon salon.

Ce dimanche-là, au lendemain d'une nuit carabinée qui avait vu Tallulah prendre un bain de champagne en présence de ses fidèles, alors que j'étais trop lasse pour avoir envie de me coucher, on était venu me livrer l'alcool et les liqueurs que, la veille, j'avais attendus en vain. La prohibition commençait à battre de l'aile : les fournisseurs n'affichaient pas encore leur raison sociale sur les flancs de leurs camions, mais ils ne se cachaient plus guère. J'occupais le fauteuil qui avait été celui de Teddy. Il tournait le dos à l'entrée. Je rêvassais en contemplant la bague que je m'étais fait faire avec le bouton de manchette, de manière à le porter toujours sur moi. Quand j'ai entendu craquer le parquet, il était trop tard : la petite se trouvait déjà dans la pièce.

Je dis « la petite », c'est une façon de parler. Une de mes filles paraissait plus jeune qu'elle. D'ailleurs, il était difficile de lui donner un âge précis entre, disons, quinze et vingt ans. Le corps était celui d'une femme faite. Les expressions, en revanche, pouvaient avoir quelque chose d'enfantin. Le visage et surtout le regard – c'était très étrange, cela – voyageaient d'une inquiétante précocité à une immaturité désarmante. Elle avait tout vu et elle n'arrêtait pas de découvrir la lune. Une part d'elle-même avait pris de l'avance, une autre du retard. Je lui ai fait les gros yeux, ne sachant trop si elle n'allait pas m'éclater de rire au nez.

« Hé ! Qu'est-ce que tu fiches ici, dis donc ? ai-je ronchonné. Ce n'est pas ta place : ta mère te l'a répété cent fois. Il n'y a rien ici pour une jeunesse comme toi ! »

Elle regardait autour d'elle sans se démonter. Ses yeux allaient des miroirs à ce qui avait été abandonné sur la table centrale, sur la desserte et sur les guéridons. Pour finir elle a demandé, sans la moindre nuance de persiflage :

« Vous croyez que je n'ai jamais vu de maison du bon temps, Miss Clara ? »

Comme j'étais trop suffoquée pour répondre quoi que ce fût, elle a poursuivi :

« À Baltimore, j'ai même travaillé pour Miss Ethel. Ethel Moore. »

Je n'avais jamais entendu parler d'Ethel Moore, mais ce n'était pas ce qui m'inquiétait. Qu'entendait-elle au juste par « travailler » ?

Elle devait lire dans mes pensées, car elle a dit encore :

« Je faisais les courses. Je vidais les cendriers. Des trucs… Et puis je chantais le blues. Et je donnais un coup de main de temps en temps…

— Un coup de main ?

— Vous savez bien. »

En effet. Maintenant, il ne lui restait plus grand-chose à m'apprendre. Les mots me manquaient. J'étais la plus mal placée pour lui faire la morale. Mais qu'allait-elle penser si j'avalais la pilule sans broncher ?

« Et ta mère, ai-je demandé, elle sait ? »

Elle a eu un vrai rire de gamine.

« Sadie ? Oh ! elle, ce qu'elle voit, elle l'invente quand même. Vous lui montrez deux chiens collés, elle raconte qu'ils essaient de se tenir chaud. Les autres vont chercher un seau d'eau ; elle, elle s'amène avec une couverture… »

Après cette Ethel Moore, il a été question d'une Alice Dean. Avec Eleanora (qui insistait pour que je l'appelle « Billie »), les progrès étaient fulgurants. En un rien de temps, nous étions passés d'un établissement de détente pour adultes à un claque des bas quartiers dans toute sa splendeur. Et, bien entendu, mon interlocutrice y avait aussi donné quelques « coups de main »… J'étais de plus en plus perplexe. Elle parlait avec enthousiasme du commerce de la chair, mais ne pouvait évoquer sans dégoût les étreintes qui en résultaient. Dans son esprit régnait là-dessus la confusion la plus totale. Elle m'expliqua que, comprenant que sa fille souhaitait vivre à Harlem à toute force, Sadie, qui ne pouvait quitter Long Island avant un certain temps, l'avait casée dans ce qu'elle croyait être une pension de famille. En fait, un hôtel borgne. Là, j'ai répliqué que je ne marchais plus. Mais, quand elle m'a révélé que Florence Williams était la patronne des lieux, il a bien fallu que je m'incline. À la rigueur, elle aurait pu saisir au vol le nom de Florence, laquelle avait été une de mes bonnes amies et passait pour la première des tenancières du quartier. La description qu'elle me fit du vestibule, cependant, supposait à tout le moins qu'elle l'ait traversé, et plus d'une fois.

Le premier téléphone qui ne s'accrochait pas au mur, m'a-t-elle confié, c'est chez Florence qu'elle en avait découvert l'existence. Cet appareil lui semblait digne de toutes les convoitises. Sadie Fagan avait décidé, une bonne fois, qu'Eleanora se dépatouillerait à Harlem, comme elle l'avait fait à Baltimore. Fidèle à ses principes (ou à sa folie douce, on choisira), la mère ne voulait pas examiner une seule seconde l'hypothèse que la fille pourrait se laisser entraîner dans une vilaine histoire. Fervente catholique, elle courait à l'église brûler des cierges devant l'effigie des saints. Pour se prouver à elle-même, avant qu'un démenti cinglant ne lui fût imposé par la force des choses, qu'ils l'avaient exaucée. Tout allait bien, tout irait encore mieux demain. Chaque soir, elle se berçait de cette utopie. Elle s'endormait en souriant aux anges. Et son enfant me lançait d'un air triomphal, les yeux brillants : « J'étais roulée comme il fallait. Rendez-vous compte, Miss Clara : même pas une débutante en plein cœur de Harlem et, au bout de quelques jours, je valais déjà vingt dollars la passe ! Ma viande coûtait plus cher que dans les boucheries de luxe, et ces pauvres connards avaient juste le droit d'y toucher. Quand ils avaient terminé, je remportais tout le paquet à la maison. Il n'en manquait pas un gramme... Je sentais leurs mains. Je sentais tout ce qu'ils étaient si impatients de me faire sentir. Mais, quand je songeais à ce qu'ils sortaient de leur portefeuille, vous pouvez être sûre, j'étais bien vengée ! Je leur aurais tout laissé de mon corps, pourvu que le leur finisse au carré des indigents. Ce que je perdais avec eux, je l'avais déjà perdu. Ce qu'ils perdaient avec moi, ils ne l'emporteraient pas au paradis. Qui s'était fait avoir, au bout du compte ? »

Elle a fait le tour de la pièce, s'arrêtant devant chacun des meubles, chacun des objets qui l'intriguaient, comme si elle s'efforçait d'en graver l'image dans sa mémoire. Elle a pris tout son temps. Je me contentais de l'observer. J'évitais de réfléchir à ce que je venais d'entendre. Revenue vers moi, elle a joint les mains en un geste effusif et s'est écriée en levant les yeux au plafond :

« Si je pouvais, Miss Clara, je ne sortirais plus jamais de Harlem ! »

Elle m'obligeait à prendre conscience de ce qui me séparait de celle que j'étais à son âge. Et la distance était vertigineuse entre ce que j'avais été et ce que j'étais devenue. Entre ce que j'avais rêvé d'être autrefois et ce que j'espérais aujourd'hui demeurer le plus longtemps possible. Entre les châteaux en Espagne de ma jeunesse et la poignée de sable sur laquelle je refermais la main aujourd'hui : ce petit tas de cendres dont j'osais à peine admettre que je me contentais, non parce qu'il aurait représenté ce qui restait de mes ambitions, mais parce que je pensais jouir, en le recevant, d'une faveur indue.

Décidément, je n'avais rien d'une cynique. En mettant les choses au mieux, j'étais une négresse qui avait appris sa leçon vaille que vaille et qui, tout en se donnant les gants de braver – assez discrètement d'ailleurs – la morale publique, ne prenait plus le risque de défier qui que ce fût. Voilà de quelle révélation j'étais redevable à Eleanora Fagan. Ce n'était pas sa faute. Elle n'avait rien fait d'autre que de remplir son propre rôle, avec une candeur somme toute moins frelatée que l'innocence de sa mère. Je ne pouvais pas lui en vouloir. J'étais tout aussi incapable de le lui pardonner. Inévitablement, cela crée des liens.

Elle m'a déballé toute son histoire. Pour commencer, son séjour dans une maison de redressement tenue par des religieuses, où on l'aurait obligée à passer la nuit avec le cadavre d'une autre gamine, qu'elle décrivait comme une sorte d'ange démoniaque, environné des flammes de l'enfer sous la forme de lambeaux de robe rouge. J'ai eu droit ensuite à une tentative de viol dans le Bronx, par un dégingandé qui attirait les filles dans sa tanière au moyen de son banjo. J'ai dû avaler tant bien que mal une fuite éperdue par les escaliers d'incendie, une poursuite haletante dans un labyrinthe de ruelles, de voies sans issue, de cours arrière, de terrains vagues et de passages souterrains, avec la lame d'un rasoir scintillant dans la nuit. Je me suis retrouvée chez Florence Williams, endroit qui ne m'était pas étranger, mais je n'étais pas au bout de mes peines. Ses fameuses « passes à vingt dollars » (le prix avait grimpé : il atteignait maintenant les vingt-cinq dollars, et quelque chose me disait qu'il ne s'arrêterait pas en si bon chemin), Eleanora y faisait allusion comme d'autres à la distribution des prix du collège. Elle s'était lancée dans une comparaison approfondie – y compris anatomique – entre michetons blancs et michetons noirs. D'après elle, les premiers présentaient sur les seconds l'avantage d'être furtifs. Comme pressés de retourner auprès de l'épouse qu'ils trompaient allègrement. Ils faisaient leur petite affaire au pas de charge, réglaient rubis sur l'ongle, laissaient une fois sur deux un pourboire (« pour faire oublier qu'ils avaient été minables », m'expliquait Eleanora, les yeux pétillants de malice) et manquaient rarement de revenir, ce qui vous assurait un bon roulement. Les clients de couleur, c'était tout le contraire. On aurait cru que jamais personne ne les attendait nulle part. Ils vous choisissaient avant minuit, et à quatre heures du matin, vous y étiez encore. Ils chipotaient sur les tarifs. En guise de petit cadeau, ils vous laissaient des marques un peu partout, et une bonne baffe si vous le leur reprochiez. Elle en avait connu un, affirmait-elle, un géant qui lâchait cinquante dollars sans sourciller, mais qui s'en payait pour deux cents. Après son passage, vous vous sentiez comme une île des Antilles au lendemain d'un cyclone. La petite en avait fait la cruelle expérience. Son aventure avec cette brute s'était terminée au dispensaire. Après quoi elle avait déclaré qu'elle ne demandait pas mieux que de donner des coups de main, mais tout de même pas au péril de sa vie. En conséquence, elle ne se retirerait plus qu'avec des Blancs gentils, expéditifs, un peu godiches au besoin. La madame, paraît-il, avait dit oui.

Là-dessus avaient fait leur entrée en fanfare deux des plus redoutables caïds de Harlem (ce point-là, je pouvais le confirmer) : Bub Hewlett et « Big Blue » Rainier, deux de ces malfrats qui ont eu l'esprit de se faire protéger par les forces de l'ordre, si bien que, s'ils vous regardent de travers, c'est toute la police de New York qui vous trouve un air penché. À peine dans la place, Big Blue aurait pointé l'index sur Eleanora en crachant du coin des lèvres : « Celle-là ! » Sur quoi, *celle-là*, ignorant à qui elle avait affaire, lui aurait recommandé d'aller se faire voir ailleurs. En termes moins fleuris toutefois.

Eleanora s'était retrouvée devant un tribunal, pour avoir fait la retape avant d'avoir atteint sa majorité. Une douzaine de témoins, dont deux agents en uniforme, étaient prêts à le jurer sur leur propre tête. Un magnifique coup monté… À en croire sa fille, Sadie la catholique s'était fait violence pour mentir elle aussi, assurant à la cour que sa fille avait plus de dix-huit ans. Cela ne faisait toujours pas le compte, mais la faute semblait moins lourde. S'il avait fallu enfermer toutes les racoleuses de dix-huit ans battant le pavé de Harlem… La petite s'en serait sortie sans plus de mal si quelqu'un, sans doute soudoyé par Big Blue, n'avait brandi un certificat médical attestant – alors qu'elle n'avait été soumise, m'affirmait-elle, à aucun examen – qu'elle n'était pas saine. Le juge, qui était une femme (et, selon mon interlocutrice, « une vieille vache » de surcroît), l'avait expédiée soigner une syphilis imaginaire à l'hôpital de Brooklyn.

Là-bas, on lui avait découvert un don inné pour administrer les injections de bismuth dans les postérieurs et d'un produit baptisé Salvarsan dans les veines du bras. Elle avait corrigé une « grande gouine » qui lui faisait des avances plus poussées que ses semblables. L'autre était partie à la renverse dans l'escalier et notre héroïne, du coup, était « repassée au tourniquet ». Elle avait écopé de quatre mois à Welfare Island, « un trou à rats sordide » – je la cite une fois de plus. Poursuivie par les assiduités d'une nouvelle colonie de lesbiennes, elle s'était retrouvée, ayant eu le malheur de se défendre, à l'eau et au pain sec assaisonné de salpêtre, dans les ténèbres d'une sorte d'oubliette, d'où on ne l'avait tirée que pour l'astreindre à une besogne d'esclave au fond de la blanchisserie. Ce milieu était si insalubre qu'elle avait failli y laisser sa peau, sauvée in extremis grâce aux attentions d'une surveillante qui – décidément ! – s'était éprise d'elle. La brave gardienne avait intrigué afin qu'Eleanora fût bombardée cuisinière personnelle du directeur de l'établissement, à qui elle mitonnait les bons petits plats dont Sadie lui avait passé la recette, tandis qu'elle-même « perdait plus de vingt livres ». Les employés du greffe avaient essayé de lui voler « ses pompes à talons aiguilles en vernis noir » au moment de la levée d'écrou. Sans une intervention explosive du directeur, elle aurait rejoint pieds nus le ferry-boat sur lequel elle devait repasser l'East River. « Par un vent pire qu'au pôle Nord », ai-je besoin de le préciser ?

J'en avais assez entendu.

« Écoute, Eleanora, l'ai-je interrompue. Quand j'étais petite, j'adorais les contes. En particulier les contes fantastiques. Mais ne crois-tu pas qu'aujourd'hui je suis un peu vieille pour cela ? »

Je m'attendais à la voir bouder : elle m'a décoché un sourire, presque incongru de sa part. Très lumineux, très tendre. À cette époque déjà, il y avait plusieurs femmes en elle. Elle a entrouvert les lèvres. Elle ne s'est pas justifiée. Elle ne s'est pas excusée. Elle m'a simplement dit :

« Billie, s'il vous plaît, Miss Clara. Je préférerais que vous m'appeliez Billie.

— Pourquoi pas ? ai-je répondu. Tu y tiens tant que cela ? Eleanora, c'est tout de même plus joli, non ? Plus joli et plus distingué.

— Je sais bien, Miss. Mon père aurait voulu Bill… Avec Billie, au moins, j'ai le choix.

— Le choix ?

— Le choix d'être une fille, mais seulement quand, moi, je le veux. »

Elle est repartie à travers la pièce. Elle s'est figée devant le piano, comme si elle découvrait sa présence. J'avais oublié qu'elle chantait. Mon instrument n'avait que quelques années. Je l'avais acheté en 1928, juste avant Thanksgiving, persuadée comme tout le monde dans le métier que l'ère de prospérité que nous avions connue depuis l'adoption du 18e Amendement n'en était qu'à ses débuts. J'en prenais le plus grand soin et, de ce fait, mes visiteurs aussi. Malgré la fumée, ses touches restaient d'une blancheur éclatante. C'était, je pense, ce qui fascinait le plus la petite.

Que valait-elle comme chanteuse ? Je mentirais en prétendant que, lors de notre conversation, je lui avais trouvé une jolie voix. Au contraire. Non seulement cette voix m'avait paru des plus communes, mais elle était affectée d'un nasillement qui n'avait rien de gracieux. Peu de chose en fait la séparait de ce qu'on appelle une voix de canard. Lorsqu'elle montait vers l'aigu, certaines intonations – un peu métalliques, un peu pincées, un peu grinçantes – faisaient courir le long de mes vertèbres un frisson plutôt désagréable.

Au surplus, un assez lourd accent – indéfinissable, pour moi qui n'avais jamais quitté New York – tantôt épaississait, tantôt laminait ou escamotait certaines syllabes. Une voix pareille, à elle seule, aurait dû compromettre toutes ses chances de séduire un public. Pourtant, j'étais moi-même sous le charme de cette fille. Son sourire si troublant n'avait fait que couronner mes premières impressions. J'étais déjà conquise à ce moment-là. Il est trop facile de lancer des prophéties après coup. Néanmoins, je crois pouvoir dire que j'ai tout de suite pressenti que bien des gens lui trouveraient quelque chose de spécial, de terriblement attachant, si elle tentait sa chance dans les cabarets.

Elle ne décarrait plus de ce piano. Je l'ai interpellée :

« Tout cela, Miss Billie, ne me dit pas ce que tu fabriques ici, de l'autre côté du palier ?

— Sadie est malade. La tête lui tourne dès qu'elle la soulève de l'oreiller. Elle m'envoie faire le ménage à sa place. Je ne suis pas orfèvre en la matière, mais je vous promets que je vais m'appliquer. Je serai là tous les matins, si vous êtes d'accord. Et même le soir, je pourrais… »

Par chance, elle s'est arrêtée là. Eût-elle ajouté « donner un coup de main », quelle aurait été ma réaction ? Le sourire est réapparu sur ses lèvres. Les miennes y ont répondu aussitôt. Cette complicité-là, nous avons su la préserver. Dans les semaines qui ont suivi (sa mère fut longue à se rétablir), je n'ai pas toujours été sur son dos. J'ignore jusqu'où elle a participé aux activités de mon salon. Jamais il n'en fut question entre nous. Ce qui s'est passé s'est passé, le plus naturellement du monde. Au nom de quoi l'aurais-je empêchée d'agir à sa guise, si elle ne se l'interdisait pas elle-même ? L'amour lui faisait peur – l'amour des gestes, l'amour multiplié par les miroirs d'une chambre close. Mais c'était sa peur à elle. Elle avait le droit de l'affronter, du moment que personne ne l'y contraignait.

Elle s'est dirigée vers le gramophone. Elle a déchiffré l'étiquette du premier disque avec soin, puis du deuxième, et ainsi de suite. La pile était haute. Au bout d'un instant, elle m'a lancé un regard inquiet :

« Vous n'avez rien de Louis Armstrong ?

— Ils sont tout au fond, sous les Fletcher Henderson. Moi aussi, je les aime bien. Je les cache un peu, pour qu'on ne me les use pas trop vite. Tu cherches un morceau en particulier ?

— Plutôt un que je ne connaîtrais pas. Un où il chante.

— Tu sais, à présent il chante presque tout le temps… Il y en a un qui vient de sortir, *Memories of You*. Ça te tente ? Celui-là, je l'adore. On y entend un curieux instrument, un peu comme un carillon, mais pas tout à fait…

— Est-ce qu'on comprend toutes les paroles ?

— On en comprend bien assez. Il mange un peu ses mots, mais il le fait exprès. »

Ses yeux se sont illuminés.

« C'est ça qui me plaît, Miss Clara ! C'est quand… il baragouine, vous saisissez ? Il baragouine et vous entendez ce qu'il veut vous dire vraiment : pas les bêtises qu'un enfoiré de Blanc a collées sur la musique pour se faire des sous.

— Ça pourrait être un enfoiré de Noir, ma grande.

— Il serait noir comme le charbon que ça n'y changerait rien ! Tous les enfoirés ont quelque chose de blanc. »

Elle m'a donné toute satisfaction. Reconnaissons que la poussière a rencontré des adversaires plus déterminés, mais la petite se faisait violence pour que je ne regrette pas trop Sadie. C'était quelqu'un qui apprenait tout très vite, y compris ce qu'il aurait sans doute mieux valu qu'elle ignorât toujours.

La clientèle pensait que Billie était une de mes employées. De mon côté, je m'en tenais à ma vision des choses : elle profitait de mon hospitalité pour vaquer chez moi à ses propres occupations. De toute évidence, elle s'était émancipée toute seule, bien avant de me connaître. Compte tenu de ce qu'avait été mon propre passé, je n'allais pas m'en offusquer.

Deux fois, pourtant, je me suis mêlée de ses affaires. Elle ne m'avait pas dit qu'elle avait un petit ami. J'imagine qu'elle aurait craint pour sa renommée si elle ne s'était encombrée de quelque mâle voyant, rupestre, hâbleur, prompt à faire rouler ses muscles devant les femmes. L'élu se faisait appeler Ham. J'ai eu la révélation de son existence une certaine nuit, alors qu'il faisait irruption au milieu de mes hôtes, ayant envoyé valdinguer la soubrette après avoir repoussé la porte comme s'il comptait l'arracher de ses gonds. Modèle idéal pour toutes les caricatures de barbeau, il souffrait je l'apprendrais plus tard – d'une jalousie morbide. Une bonne âme avait dû lui souffler à l'oreille que Billie travaillait pour Clara Winston, dans la 142e Rue ouest. Il en aurait fallu moins que cela pour que la fumée lui sortît des oreilles. Il avait quelque temps ruminé son aigreur, allongée de mauvais whisky. Lorsqu'il s'était senti assez de courage, il avait remonté son pantalon sous ses aisselles, enfoncé jusqu'aux sourcils sa casquette de maraudeur, traversé quelques rues en grinçant des dents, puis déboulé chez moi.

Il fallait être une drôle de fille pour s'amouracher d'un tel épouvantail. Il fallait être Billie, et uniquement Billie, pour éprouver de l'orgueil à parader en sa compagnie. Or, elle était moins amoureuse de ce garçon que fière de lui appartenir. Fière de cette même fierté que, l'espace d'un éclair, je surpris dans ses yeux, juste avant que son regard se brouillât, quand ce jeune barbare, fendant les groupes en mugissant, se précipita sur elle pour la gifler à toute volée.

Le *geste* était celui d'une gifle, mais il avait replié les doigts sur sa paume, si bien que le résultat ne fut guère différent d'un coup de poing. Je ne suis pas née de la dernière pluie : je ne doute pas qu'il y ait eu dans la pièce plus d'un homme qui, en privé, ne se gênait pas pour frapper sa compagne. De là à tolérer que semblables excès fussent commis par d'autres en sa présence, il y avait une marge. Notre souteneur se vit entouré d'un cercle menaçant. Auquel, d'ailleurs, je ne laissai pas l'occasion d'intervenir à ma place. J'étais dans *ma* maison. Il en avait violé le seuil. Il en avait foulé aux pieds les usages. Il en avait infecté l'atmosphère. Il avait importuné mes visiteurs, bousculant les uns, effrayant les autres, remplissant chacun d'indignation ou de dégoût. Pour finir, il avait levé la main sur une jeune personne encore fragile, que les circonstances avaient placée sous ma protection.

Craignant de ressembler à ces poissardes qui se crêpent le chignon au milieu de la rue, j'avais appris à me taire dès que je sentais la moutarde me monter au nez. C'est donc en silence que j'ai arraché l'atroce casquette jaune de l'intrus et l'ai balancée par la fenêtre ; c'est en silence que j'ai dégrafé sa ceinture, l'ai fait coulisser dans les passants et m'en suis servie pour le rosser d'importance. Il a si bien dansé sous cette lanière que l'énorme automatique qu'il dissimulait dans sa veste a chu sur le tapis. D'une main, tandis que je continuais à frapper de l'autre, je l'ai ramassé et lui ai fait suivre le même chemin que le couvre-chef.

Ham était trop terrifié pour sentir les morsures du

cuir. Il n'essayait même pas d'échapper à la correction. À peine protégeait-il son visage de féroce abruti, cette face lisse et luisante en train de fondre tel un masque de cire approché d'une flamme. Il redoutait, s'il faisait mine de se rebiffer, que la furie que j'étais ne redoublât d'ardeur. En un mot, il craignait pour sa peau, laquelle avait pris une teinte cendreuse. Sa figure tout entière grelottait. Je me suis arrêtée avant qu'il n'éclatât en sanglots. C'était un spectacle auquel je n'aurais pu assister sans vomir… Le tuer sur place m'aurait été moins pénible que de l'entendre me supplier de ne pas le faire. Ham comprit qu'il était sauvé. Il fila en direction du vestibule. À moitié accroupi, la tête rentrée dans les épaules, les bras ballants comme les chimpanzés du zoo : un nègre pour bréviaire du Ku-Klux-Klan. Or, il se trouvait plusieurs Blancs dans le salon. Pour cela, pour cette retraite infâme, aujourd'hui encore, longtemps après sa mort (sur la chaise électrique, mais pour un crime qu'il n'avait pas commis), je nourris une solide rancune à son égard.

Mon ressentiment n'est rien, toutefois, comparé à celui dont Billie fit preuve en la circonstance. Depuis le début du châtiment infligé au seigneur qu'elle s'était choisi, elle était restée pétrifiée à l'endroit où il l'avait agressée, une main plaquée sur la joue. Pendant que j'abattais la ceinture sur le dos, le crâne et les côtes de cet individu, la dernière chose qui me serait venue à l'esprit aurait été d'observer la petite. Je ne voyais que ma rage, plus sainte à mes yeux que tous les sacrements des églises. J'étais le bras de Dieu. Le bras de tous les dieux de justice, d'amour et de vengeance auxquels les êtres humains ont eu recours depuis le commencement du monde… Alors que son ami tournait les talons, soudain Billie s'ébroua, poussa une longue plainte, la quintessence des plus sombres blues en une seule note modulée, et s'élança à la poursuite du fuyard, ramassant tout ce qui lui tombait sous la main pour l'en bombarder. Dans l'escalier encore, elle lui lançait des mots affreux, essayant en vain de lui cracher sur la tête par-dessus la rampe.

J'ai vu tout cela. J'étais sortie sur le palier. Elle remonta les marches en titubant, la figure inondée de larmes. Je l'ai ramenée dans l'appartement, pressée contre moi. Elle pleura jusqu'au matin, le visage niché entre mes seins. Elle jouissait d'un regain d'enfance. Elle hoquetait : « Je le déteste ! Je le déteste ! » Je comprends aujourd'hui que ce n'était pas pour le mal qu'il lui avait fait, mais pour le mal qu'il s'était laissé faire.

En une seule autre circonstance, je me suis immiscée dans ses affaires. J'avais répondu à une invitation de la mairie, qui célébrait je ne sais plus quel événement. Mon salon avait ouvert ses portes en mon absence. J'interdisais à mes filles d'aguicher nos invités. Je leur conseillais de décourager les gestes déplacés, hors de l'intimité des chambres. Mon établissement devait à tout prix conserver une certaine tenue. Billie représentait un cas à part. La distinction, ne fût-ce qu'à cause de sa voix, n'était pas son point fort. Elle avait assez le sens du raffinement, cependant, pour être consciente de cette carence et vouloir y remédier. Ses efforts en ce domaine étaient méritoires. Hélas, leur efficacité paraissait discutable. Quand elle mimait la distinction, en ce temps-là, il n'y avait pas pire comédienne dans tout Harlem. Le plus souvent, ses maladresses étonnaient jusqu'à la soubrette, qui pourtant se montrait elle-même assez gauche. La fille de Sadie Fagan ne savait être que trop timide ou trop farouche, trop directe ou trop fuyante. Les habitués le toléraient dans la mesure où elle les amusait. Elle apportait dans mon salon, non seulement un élément de nouveauté, mais une nuance de fraîcheur. Comme on était gentil avec elle, elle s'imaginait irrésistible, ce qui, naturellement, agaçait les anciennes. J'ai noté à cette occasion qu'elle ne détestait pas entrer en rivalité avec d'autres femmes. Elle aurait aimé leur faire la pige à toutes, rêvant de se conduire avec elles comme se conduisaient les types qui lui tapaient dans l'œil. Si quelque chose ne m'a pas surprise, ce fut d'apprendre quelques années plus tard, par un faisceau d'indiscrétions, qu'elle séduisait les filles autant que les garçons et adoptait avec elles des manières si viriles qu'on l'avait surnommée « Mister Holiday ». Elle aurait adoré, j'en suis certaine, que le monde entier fût mis dans la confidence et sût que, pour la plupart, les filles en question étaient blanches. Chez moi, il lui arrivait de faire preuve d'une familiarité excessive, voire d'une certaine impudeur. Jamais cependant par calcul, pose ou provocation. Je me disais alors : « Baltimore remonte à la surface. »

Revenant de l'hôtel de ville, je pousse la porte de l'appartement et assiste à une scène où Baltimore était remonté si fort que jamais, sous les lustres vénitiens de mon salon, on n'avait vu chose pareille. Billie, de trois quarts, était assise sur les genoux d'un personnage dont le fauteuil me tournait le dos. Elle avait croisé les doigts derrière sa nuque et riait aux éclats. Ce genre d'exhibition n'avait pas droit de cité chez moi. Pas dans une des rares maisons de Harlem où l'on avait renoncé à des privautés qui, ailleurs, semblaient aller de soi.

J'ai marché droit sur elle. Tournant la tête pour lancer un nouvel éclat de rire, elle me vit débouler, mais n'en parut guère émue. J'entrouvrais les lèvres pour l'apostropher quand, arrivée à hauteur du fauteuil, je reconnus dans son partenaire une vieille connaissance : Clarence Holiday, l'un des très rares musiciens du quartier qui ne fréquentaient pas mon salon. Il faut dire que j'étais une amie de sa femme. Je venais de le surprendre dans une posture plutôt délicate, pourtant il en paraissait ravi. S'il semblait vaguement gêné aux entournures, de toute évidence il n'aurait pas cédé sa place pour un empire.

« Miss Weston, s'écria Billie d'un air crâne, je vous présente papa ! »

Dix questions me brûlaient les lèvres. J'ai préféré en rester là. Quelque chose me disait que le lien qu'ils avaient tissé entre eux était fragile. Un rien pouvait le rompre. Certains printemps magnifiques sont des printemps d'une seule hirondelle. Ils ne sont pas là pour rester. Parfois, le bonheur vous rend visite, mais n'enlève pas son manteau. On s'efforce de ne pas l'effaroucher. On a peur qu'il prétexte d'une obligation quelconque pour se lever et qu'ensuite il soit impossible de le retenir. Alors on lui parle à voix basse. On ne lui pose pas de questions gênantes. On a mal au cou, à force de ne pas regarder du côté de la pendule. On a des soupirs coincés au fond de la gorge, des soupirs et des élans. Les mots ont du mal à se frayer un passage. Si le silence s'installe, on sait qu'il engloutira tout.

Clarence jouissait d'une réputation de coureur invétéré. Je l'imaginais très bien abandonnant derrière lui un sillage d'enfants illégitimes. Qu'il eût une gamine de cet âge, en revanche, me sidérait. Billie aurait très bien pu être l'une de ces filles en fleur dont il était friand…

Fletcher « Smack » Henderson était le Noir le plus rose de Harlem et le chef du plus fameux de ses grands orchestres, avant que Duke Ellington puis Chick Webb ne lui fissent concurrence. Il avait pour cousin germain un certain Alonzo, si sûr de m'épouser un jour que j'avais failli y croire, moi aussi. Entraînée par lui, je m'étais découvert une passion pour la danse que je ne me connaissais pas. Cela se passait pendant l'automne 1928. Depuis plusieurs années déjà, le fief du big band de Fletcher était le Roseland Ballroom de Broadway, l'un des plus vastes et prestigieux dancings du pays. J'y avais découvert un soir le dieu vivant de Billie, Louis Armstrong, que Smack était allé débaucher à Chicago. Il m'avait impressionnée. Ce garçon était capable de grimper dans l'aigu, de se tenir là-haut, en équilibre sur un pied au sommet d'un mât dans la tempête, et de paraître aussi à l'aise qu'au fond d'un hamac… Alonzo m'avait présenté Fletcher. Nous recevions régulièrement des invitations pour le Roseland, où une table bien placée nous attendait. On nous y faisait porter nos boissons favorites, avant même que nous n'ayons eu l'occasion de passer commande. Pendant la pause, nous allions en coulisse remercier notre bienfaiteur, lequel, modeste et timide comme bien peu de gens, s'empressait de détourner la conversation. Il avait tenu à me faire rencontrer les membres de son orchestre. Ainsi avais-je eu le privilège d'échanger quelques mots avec Coleman Hawkins (on ne le surnommait pas encore « Le Faucon », mais il donnait déjà l'impression d'être obligé de baisser les yeux pour regarder les autres musiciens), puis avec Benny Carter, Rex Stewart, Charlie Green, Buster Bailey, le batteur Kaiser Marshall (il deviendrait plus tard l'un de mes habitués). Enfin, je m'étais retrouvée face à Clarence Holiday, à qui je ne savais trop quoi raconter. Il jouait du banjo, l'instrument qui avait le moins retenu mon attention. Pourtant, nous sommes devenus amis, le banjoïste et moi. J'ai rompu avec Alonzo, d'une manière assez brutale au demeurant. Je n'ai plus remis les pieds au Roseland, qui se dressait trop loin de mes bases. En revanche, je n'ai coupé les ponts ni avec Clarence, ni avec Fanny, son épouse, une personne plutôt vive d'esprit et d'un heureux caractère. Si j'avais un reproche à lui adresser, ce serait qu'elle n'a guère plus de distinction que Sadie Fagan. Et de charme, pas davantage, surtout comparée à Billie dans ses moments de grâce. La séduction, dans le couple, c'est l'affaire de Clarence. Ne prétend-on pas que la fonction crée l'organe ? Son besoin de conquête avait doté cet homme de facultés qu'il ne possédait pas à sa naissance. Il s'était dégrossi dans l'effort qu'il faisait pour se hisser à la hauteur de ses ambitions. Je comprenais assez mal que Fanny eût un jour nourri l'espoir de mettre la corde au cou d'un tel homme, mais ce qui me semblait tout à fait obscur, c'était la raison pour laquelle il l'avait laissée faire. Il avait certes déjà épousé quelqu'un, une Helen Tartempion, mais, fidèle à son personnage, s'était empressé de l'abandonner. Billie m'a fourni la solution de l'énigme, cinq ou six ans après, le jour où nous avons porté Clarence en terre. Du menton, elle m'a désigné Fanny qui nous tournait le dos. « Elle s'imagine qu'il l'a choisie ! a-t-elle lâché d'une voix méprisante. Tout ce qu'il voulait, le pauvre, c'était décourager la grosse Sadie, – et la décrocher, celle-là, ce n'est jamais une petite affaire… » Quand elle était malheureuse, Billie pouvait se montrer impitoyable. Et même fort injuste. Ne fût-ce que pour décourager ceux qui auraient été tentés d'avoir pitié d'elle.

Ce même soir, son père et moi, nous sommes allés l'entendre chanter à L'Aube Grise, un cabaret plus ou moins mal famé de Jamaica Avenue, dans le Queens. Clarence y connaissait quelqu'un qui avait accepté de la laisser monter sur l'estrade, à condition que ce fût très tard dans la nuit et qu'elle évitât de s'y attarder. Cette libéralité, soit dit en passant, ne lui coûtait pas cher. L'endroit était de ceux où, chanteuses ou danseuses, les artistes recevaient pour unique salaire les pièces de monnaie que la clientèle lançait à leurs pieds. Pour l'essentiel, ce pourboire rendait hommage au galbe de leurs jambes, largement découvertes. Si elles n'étaient pas sottes, elles comprenaient vite qu'en dévoilant un peu plus largement encore leur anatomie, sous prétexte de collecter les oboles, elles encourageaient la générosité des donateurs. Quitte à se sentir souillées par leurs regards.

Billie n'avait jamais essayé de chanter dans mon salon. L'y aurais-je autorisée ? Je lui prédisais un bel avenir sur les planches, mais je croyais en son sourire, en cette grâce qui sommeillait en elle, davantage qu'en ses cordes vocales. Avant notre départ pour L'Aube Grise, elle était allée chercher quelque chose dans l'autre appartement. J'en ai profité pour cuisiner Clarence.

« En somme, tu es son imprésario. Ça me laisse supposer qu'elle a certains dons… »

Il a froncé le sourcil. S'est mordu l'intérieur des joues en fixant le parquet, avant de bougonner sans relever les yeux :

« Oh ! tu sais, des dons, tout le monde en a. Plus ou moins. Le minimum, c'est toujours le mieux. Tiens, moi, j'en étais pourri, paraît-il, quand j'avais son âge. En définitive, ça ne m'aura servi qu'à perdre du temps.

— Le temps de les faire fructifier, tu veux dire ? D'après moi, ce n'est pas du temps perdu.

— Le temps de les faire crever, Clara ! Le temps de les faire crever comme du chiendent ! Toutes les facilités qu'ils ont mises à ta disposition, il faut t'en débarrasser une à une. C'est une besogne interminable. Pas loin de quinze ans dans mon cas. Et fastidieuse, tu peux me croire. Pénible. Douloureuse, car c'est tout une souffrance que de dire adieu à ce qui a été une bonne excuse pour se laisser aller. Tout ce que tu sais sans avoir eu besoin de l'apprendre, à partir d'un certain moment non seulement il te faudra l'apprendre quand même, si tu veux accomplir le moindre progrès, mais tu devras charcuter dans le vif, dans *ton* vif, afin d'arracher de toi l'ancien savoir, qui te cloue au sol… Billie, elle en sait déjà trop. Et pour ce que je connais d'elle, je la vois mal se saisir du bistouri, ni maintenant, ni plus tard.

— Pourtant, ai-je protesté, tu lui mets le pied à l'étrier ! Serais-tu un si mauvais père que tu n'éviterais pas une déconvenue à ton enfant ?

— Je lui donne sa chance, au contraire. Je lui donne sa chance d'être dégoûtée de la chanson par des auditeurs un peu plus avertis que les bouseux de Baltimore. »

Nous n'en avons pas dit plus. La petite se dirigeait vers nous.

Je n'ai rien à ajouter sur L'Aube Grise. Simplement, elle était encore plus grise que je ne l'avais imaginé. Le patron ne s'est guère décarcassé pour faire passer Billie. J'imagine qu'il avait reçu des consignes de la part de Clarence. La petite, toutefois, ne semblait ni impatiente de se produire, ni anxieuse à l'idée de l'épreuve qui l'attendait. En l'observant, je me suis demandé si son père ne l'imaginait pas plus crédule qu'elle n'était. S'il ne se faisait pas, lui, des illusions sur l'opinion qu'elle avait de ses capacités. Selon moi, elle n'ignorait pas plus l'étendue de ses lacunes que l'étendue de ses pouvoirs. Elle savait qu'elle n'offrirait au mieux qu'une pâle copie des enregistrements dont elle s'était imprégnée. Elle savait aussi que, avec cet apport dérisoire, elle mettrait dans sa poche un public pourtant peu conciliant. Et ce fut très précisément ce qui se passa : une prestation selon moi quelconque, suivie d'une ovation exceptionnelle en ces lieux.

Nous nous sommes regardés, Clarence Holiday et moi. Nous nous sommes regardés d'une certaine façon quand elle a chanté deux airs de Fats Waller que tout Harlem avait sur les lèvres : *Honeysuckle Rose* et *My Fate Is in Your Hands*. Puis d'une tout autre façon lorsque les gens ont commencé à tirer de leurs poches des pièces que, de toute évidence, ils n'avaient pas destinées à l'estrade de L'Aube Grise. Et je crois que, bien qu'appréciant par-dessus tout la chair fraîche, ils se fichaient pas mal des hanches ou du corsage de Billie, laquelle était montée sur scène dans cette robe de soie, ou de simili-soie que je lui avais toujours connue. Pour l'une des rares fois de leur existence, ils ressentaient de la gratitude envers quelqu'un d'autre qu'eux-mêmes. Aucun, je pense, n'aurait su dire pourquoi.

Nous n'étions pas au bout de nos surprises, son père et moi. Tandis que pleuvait la monnaie, la petite, immobile, comme indifférente à ce prodige, comme résolue à laisser cet argent rouler ou bon lui semblait, s'égarer sous le piano, dans les coins sombres, entre les lattes du parquet, la petite toisait son public et c'était elle, oui, c'était elle qui arborait un air goguenard. Debout, la salle n'en perdait pas une miette et redoublait d'applaudissements.

Fanny

Une fille devrait se méfier d'un type qui apprend plusieurs instruments de musique à la fois. Moi, je dis, Clarence Holiday, c'est le gars qu'il vaut mieux avoir dans le dos plutôt qu'à son bras, si on veut le surveiller. Tant qu'il te cavale après, tu es à peu près sûre de rester dans sa ligne de mire. Dès qu'il parvient à ta hauteur, il a les yeux qui fichent le camp dans tous les sens. Cent vingt-cinq nénettes : ils ne savent pas sur laquelle s'arrêter. Il ne s'agit pas de lui lâcher la bride un seul instant. Je me suis accrochée tant que j'en ai eu la force. Puis, du jour au lendemain, l'envie m'a passé. Que Clarence Holiday fasse les yeux doux à Suzy pendant qu'il roucoulait sous le balcon de Janet, agrippé au décolleté de Beulah, tout à coup je n'avais plus envie de m'embêter avec ça. Ce mec n'était pas et ne serait jamais l'homme que j'avais cru.

À la fin des années 20, cependant, j'étais encore loin d'avoir sauté le pas. Je le couvais, mon beau ! Dans son sillage, vingt-quatre heures sur vingt-quatre. Rien d'étonnant à ce que je me sois trouvée là le jour où Billie l'a coincé devant l'entrée des artistes, au Roseland. Le bal fermait ses portes. On se dirigeait vers la boîte où Clarence, comme chaque nuit, allait jouer avec des copains jusqu'à l'aube, pour le plaisir (tant qu'il avait les doigts entortillés dans les fils de son banjo, je me disais, il ne pensait pas à les mettre ailleurs). La gosse s'était planquée dans un trou d'ombre. Elle en a bondi dès qu'il a mis le pied dehors. Sur le moment, je n'ai pas douté qu'il s'agissait d'une de ses innombrables conquêtes, devenue dingue parce qu'il se pavanait avec une autre fille (moi, en l'occurrence). Elle semblait bien jeune, mais plus ça allait, plus il les prenait au berceau… Elle lui a sauté au cou, cette garce ! Lui, ne sachant que faire de ses mains, pour une fois, restait là comme un imbécile, son étui dans une, et l'autre pendant à son côté, plus raide qu'une jambe de bois.

« Hé, Bill ! a-t-il marmonné pendant qu'elle le pourléchait. Mais qu'est-ce que tu fiches là, bon sang ? Tu sais qu'on est à New York ? »

J'allais leur tomber sur le poil. Je me suis souvenue à temps que, Bill, c'était le nom qu'il donnait à sa fille. Une gamine qu'il avait eue quand il n'était pas plus âgé qu'elle ne l'était alors.

« P'pa ! elle s'est écriée. T'imaginais te défiler jusqu'à la saint-glinglin, bordel ? »

Clarence ne savait pas comment dire à sa fille de ne pas l'appeler « p'pa » devant tout le monde. Il avait peur que les gamins, tout à coup, s'avisent de l'âge qu'il avait. Il se tortillait comme un ver, espérant que Billie allait comprendre la situation sans qu'il ait besoin de lui mettre les points sur les *i*. Mais la môme était à cent lieues de ses préoccupations. Elle prenait tout ça par-dessous la jambe, compromettait les coucheries de son paternel en toute innocence. On se serait cru au burlesque ! Elle se voyait chanteuse. Pour l'amadouer, il lui cherchait des endroits où, parce qu'on l'avait, lui, à la bonne, on la tolérerait cinq minutes sur l'estrade. Pourtant, lui-même n'aurait pas traversé la rue pour l'entendre. Il lui répétait sans cesse : « Si tu ne fais pas d'effort pour la musique, au nom de quoi donc la musique en ferait-elle pour toi ? » D'après moi, elle ne marquait pas si mal, cette poulette. Pourquoi tout le monde, à commencer par son père, avait-il l'air de s'attendre au pire en la voyant débarquer ? Elle, apparemment, ça ne lui faisait ni chaud ni froid. En équilibre instable sur des talons à flanquer le vertige, elle enchaînait deux ou trois trucs, sans attendre les réactions du public à la fin des morceaux. Son répertoire, elle en avait piqué les trois quarts à Louis Armstrong – *When You're Smiling, Sweethearts on Parade*, des trucs comme ça. Son style, c'était la même provenance. On ne peut pas dire qu'avec ça, elle avait inventé l'eau tiède. Néanmoins, les gens semblaient contents. Et moi aussi, je dois l'avouer, je me sentais mieux quand je l'avais entendue. Il ne restait que Clarence à bouder dans son coin, pendant que les autres applaudissaient à tout rompre.

D'après lui, sa gamine ne faisait aucun progrès. Partie comme elle était, elle n'en ferait jamais aucun. Pour la musique, elle était de la revue avant même d'avoir commencé. En se calant sur les disques de Louis, en s'arc-boutant là-contre un peu plus chaque jour, elle avait creusé sa tombe. En avril 32, on a fêté les dix-sept ans de Billie. Aux yeux de son père, comme chanteuse elle était aussi morte, à ce moment-là, que le cheval du général Custer. Ça m'intriguait, toutes ces prophéties de malheur. La catastrophe qu'il promettait à Billie, est-ce qu'il la redoutait ou est-ce qu'il l'appelait de ses vœux ? Une ou deux fois, je me suis demandé si, par hasard, il n'aurait pas été jaloux de la petite.

Pourtant, parmi les musiciens, personne n'avait meilleure réputation que mon bonhomme. Son tempo, chacun pouvait s'y fier, comme à l'aiguille d'une boussole. Clarence Holiday incarnait le salut du voyageur. Sa bonne étoile. Quand il intervenait, c'était pour apporter des réponses aux problèmes, jamais pour en poser. Cependant, comme il restait assis près du piano et ne s'attribuait de solo sous aucun prétexte (si Fletcher l'y avait forcé, je parie qu'il aurait préféré remettre sa démission), aux yeux du public il comptait pour du beurre. Je reconnais qu'il y avait de quoi l'avoir saumâtre. Pas besoin de chercher la petite bête, en revanche, pour trouver des défauts à Billie. Pas juste, pas en place, pas en mesure, je ne sais quoi, toute la panoplie, les intérêts et le reste ! Mais elle, voilà, le public l'acclamait. Ça devait lui porter sur le système, à Clarence. La pénombre, rien à dire, il l'avait choisie. De là à voir le projecteur s'arrêter, comme en pâmoison, sur une gamine sans expérience ! Sur une bidonneuse qui se bornait à se parer des plumes du paon en copiant effrontément Pierre, Paul, Jacques !

Entre elle et la discipline, c'était la guerre ouverte. Une lutte à mort. Les conseils de son père, elle s'en tamponnait le coquillard. Les remarques de sa mère ? Avant que la grosse ait fait mine d'ouvrir la bouche, Billie lui avait déjà sauté à la gorge. Elle s'empressait de prendre le contre-pied de tout ce qu'on lui disait à l'école ou à l'église, quitte à se faire surtout du tort à elle-même. Pendant ce temps, elle recherchait la compagnie des brutes et des types qui, détenant un pouvoir quelconque, n'avaient même pas besoin de se montrer méchants pour lui imposer leur volonté. Mais elle ne venait pas à eux pour se prosterner. Elle adorait les défier, pousser le bouchon trop loin. Elle adorait les voir sortir de leurs gonds. Elle les asticotait jusqu'à ce qu'ils lui montrent, manu militari, qui était le patron. Voilà ce qui la faisait courir. Son truc, c'était l'esprit de contradiction. Jusqu'à la gauche. Jusqu'à se faire tuer sur place.

Dans les beuglants où, de guerre lasse, on acceptait

de la prendre à l'essai, elle ne trouvait rien de plus pressé que de se mettre à dos le manager. Bille en tête, elle lui rentrait dans le chou, sachant pourtant qu'il la faisait bénéficier d'un passe-droit. La première chose qui lui venait à l'esprit, c'était de critiquer les usages de la maison, en gueulant assez fort pour être entendue de la salle. N'importe quelle habitude, n'importe quelle convention, n'importe quel règlement, elle refusait d'en entendre parler. Quelqu'un aurait eu la malencontreuse idée de lui recommander de chanter face au public, sûr et certain qu'elle aurait tourné le dos. Les gérants verdissaient. Tu avais beau avoir derrière toi toute la mafia de la Petite Italie ou le gang des Juifs du Bronx, cette pisseuse à peine sortie des langes, pas moyen d'en faire façon ! Ils en auraient bouffé leur chapeau. Dans ce genre de bouge, l'usage était de lancer des pièces sur l'estrade, quand un numéro avait plu. Souvent, ces pourboires servaient de cachet. La môme, je ne sais pas comment elle s'était débrouillée, mais, dans toutes les boîtes où j'ai eu l'occasion de l'entendre, c'était un des musiciens qui s'accroupissait à sa place. Pour un peu, elle aurait refilé la corvée au patron en personne !

Au Nest Club, un endroit un peu plus huppé que les autres, où la clientèle était bicolore, le grand chic pour les chanteuses consistait à récupérer entre leurs cuisses les billets de banque, pliés dans le sens de la longueur, que les habitués disposaient au bord des tables en guise de pourboires. Cette gymnastique vous obligeait à tortiller du croupion. Elle supposait aussi que vous ayez les jambes nues et que vous vous rendiez à chaque table l'une après l'autre, de manière que les connaisseurs puissent prendre vos mesures sans avoir besoin d'une longue-vue. Ces biftons débordant à moitié de la table, j'en ai vu deux ou trois de cinq dollars, le soir où la môme a débuté là-bas. Attends ! Qu'est-ce que je raconte ? J'en ai repéré un de dix ! Une petite fortune pour la fille de Sadie Fagan… Ce coup-là, en dépit de tous ses principes, la tentation était trop forte pour elle. Ça jouait trop gros jeu, elle n'allait pas rester en dehors du coup. Alors, elle s'est appliquée. Même son père admettait qu'il n'avait jamais vu ça.

Elle s'est appliquée à chanter juste et dans le rythme, suivant docilement le piano, sans doute pour la première fois de sa vie. Elle s'est appliquée à mettre ses formes en valeur devant un tas de vieux cochons (plus vieux le goret, plus rempli le gousset). Et, à la vue des coupures qu'on lui destinait, elle s'est appliquée à imiter le jeu de jambes des anciennes. Hélas ! elle n'avait pas voulu s'entraîner, comme l'une d'elles le lui avait conseillé : en fait de contorsions érotiques, elle offrait plutôt le spectacle du singe qui gaule les noix. Sauf qu'elle, c'était avec ses cannes. Tout le monde se tire-bouchonnait. Au début, elle s'est marré aussi. Mais ça ne faisait pas avancer ses affaires. Le billet tombait sur le sol. Elle le ramassait. Le client avait droit aux yeux doux. Ce n'était pas pour autant qu'il lui disait de le garder. Pas si bête ! Un fafiot à cinq pions, imagine ! Il voulait en avoir pour son paquet, le prodigue. D'un geste, il lui intimait de se remettre à l'ouvrage, et que ça saute ! Puis il la laissait patauger. Boire la tasse. Pour ça, il s'en payait une tranche ! Il était Néron et Ponce Pilate dans un seul pantalon. Sa tête enflée touchait le plafond et les murs. Il s'agrippait à la nappe pour ne pas pisser sous lui. Ou pour ne pas balancer son jus contre les abat-jour, la nuque à la renverse, en montrant le blanc de ses yeux.

Il s'en est fallu, si j'ose dire, d'un poil, mais elle se l'est tout de même approprié, son petit cadeau. Pas de la façon la plus gracieuse – personne n'aurait pu lui reprocher ça ! Uniquement avec sa rage. La rage, non plus de le fourrer dans son corsage, à ce moment-là, mais de l'arracher à ce salopard. La rage de leur enfoncer à tous leurs rires dans la gorge… Je commençais à la deviner un peu. Elle avait dépassé le bout de ses forces, pour ce qui était de serrer les dents. Elle regagnait l'estrade. Un simple regard narquois aurait suffi pour qu'elle explose, un simple regard qu'elle aurait cru sentir dans son dos… Et voilà que, à la dernière table devant laquelle il lui fallait défiler, une espèce de nabab à la manque, un de ces nouveaux riches, sans doute, tire ostensiblement de sa veste un portefeuille de maquignon, d'où il détache une coupure de vingt. Les mains à hauteur du visage, afin que nul ne perde une miette de la scène, il plie le billet en deux. Du coup, le connard qui manipule le projecteur trouve malin de braquer sa marmite sur son manège. Dans le rond de lumière, l'autre dépose son talbin au bord du guéridon. Billie, ça lui faisait obstacle. Elle n'avait d'autre choix que de le rafler ou de l'envoyer au tapis. Elle a continué d'avancer, comme si elle n'avait rien remarqué. À la dernière seconde, d'une pichenette, elle a catapulté le billet dans les moustaches du type.

« Mon gros, a-t-elle lancé, faut pas laisser traîner tes torche-cul ! »

Le gars frisait l'apoplexie. Il bredouillait :

« Mais qu'est-ce que c'est que cette… ? Mais qu'est-ce que c'est que cette… ? »

D'abord, il y a eu un silence de mort dans la salle, puis, comme un seul homme, les gens se sont levés pour applaudir. Le gros sac s'est enfui en abandonnant sa mise sur la table. On l'a hué. J'ai entendu l'une des danseuses grincer, les coins de la bouche tirés sous le menton : « Tu te prends pour une lady, ou quoi ? » Billie a répliqué : « Il est à toi, si t'aimes mettre les mains dans la merde. » Quand on est partis, les vingt dollars étaient toujours à leur place. La môme, on ne l'a pas foutue à la porte. Le lendemain, ses pourboires, ils l'attendaient sur une assiette, là où on ne pouvait les ramasser qu'avec les doigts.

Trois chanteuses se relayaient au Nest. La petite y a tenu l'affiche près d'un an. Ça lui a laissé tout le temps de renouveler son répertoire. Ce n'est pas qu'elle traînait les pieds, mais elle ne modifiait son programme qu'au rythme où paraissaient les enregistrements de Louis Armstrong. C'était la seule chose dont elle n'était jamais dégoûtée, et même jamais repue. Elle fredonnait dessus. Phrasé pour phrasé. Intonation pour intonation. Clarence haussait les épaules et bougonnait dans son coin. Jusqu'au jour où il a bondi comme s'il venait de s'asseoir sur un nid de guêpes :

« Mais qu'est-ce que tu t'imagines, à la fin, bordel de Dieu ? Qu'ils vont payer longtemps pour entendre la copie de Louis par sa petite sœur, alors qu'ils peuvent avoir le modèle original pour quasiment le même prix ? T'as toujours envie de faire ce putain de métier ? Au moins, tu diras pas que c'est moi qui t'ai poussée. Je t'aurai prévenue, t'es bien d'accord ? Bon. T'insistes. Qu'est-ce que j'y peux ? Mais secoue-toi, alors, bonté divine ! Merde ! Demande à tout le monde… Demande à Rex, demande à Buster… Même Hawk, qui a quasiment écrit le mode d'emploi du saxophone, il en a sacrément bavé… C'est déjà difficile de leur vendre ton propre style quand t'es un crack. Qu'est-ce qu'ils ont à foutre, tu veux me dire, d'une illustre inconnue qui n'a que le style d'un autre à leur servir ? L'avenir que tu te prépares, ma pauvre fille, Sacco et Vanzetti, la chaise lumineuse, ils auraient trouvé ça plus confortable. Et tu crois que c'est Louis qui viendra te tirer du pétrin, quand t'en auras jusqu'aux yeux ? Tu rêves ! Tu te caresses la nuit toute seule ! »

Là, j'ai vu qu'elle marquait le coup. Elle baissait le nez. Elle dansait d'un pied sur l'autre. Les gamineries lui étaient passées du jour au lendemain, comme vous passe l'idée que la vie sert à être heureux. Elle ne le faisait pas voir, mais, question musique, à présent, elle prenait son père tout à fait au sérieux. Ce qui la tracassait, quand il râlait à propos de Louis Armstrong, c'était moins la perspective de finir dans le ruisseau qu'une trouille bleue de ne pas être à la hauteur. De se voir un beau matin dans la peau d'une de ces filles que les instrumentistes accablent d'un souverain mépris, traitant certaines de « braillardes », les autres de « canaris »,. et les considérant toutes comme des torchons égarés au milieu des serviettes. S'il y avait une chose qui, pour Billie, aurait été pire que la mort, c'était que des types comme son père ne la tolèrent pas dans leur cercle. Elle s'en fichait assez, à l'époque, des humiliations que les Blancs nous faisaient avaler. Elle devait se consoler en se disant que d'autres Blancs lui laissaient de bons pourboires ; que sa louche de merde était moins copieuse que celles des voisines. Le mépris des joueurs de jazz, c'était au-dessus de ses forces. Normal : négresse pour des gens de couleur, tu l'es deux fois.

L'effet de son coup de sang sur sa gamine, ça l'a ému, Clarence. Il n'était pas préparé à ça. Il a eu peur d'y être allé trop fort. Pour la consoler, il lui a sorti un compliment, c'était bien la première fois. Il était debout devant la fenêtre, mais, dans sa voix, il y avait comme l'image d'un homme qui traverse la pièce pour te mettre la main sur l'épaule. Il lui a dit :

« Écoute, p'tit gars… Crois pas que je sois aveugle ou quoi que ce soit. Il y a un truc que j'ai repéré et dont tu peux être fière. Au moins tu n'es pas la petite sœur d'Ethel Waters, c'est déjà beaucoup. Pour ce qui est d'imiter Louis, ce sont pas les gusses qui manquent, mais, des filles, à part toi, j'en ai jamais rencontré. Ethel, par contre, putain je sais pas ce que vous avez toutes à lui filer le train !… Enfin, non, pas toi, justement. Ethel Waters, t'en aurais jamais entendu parler que ce serait la même chose. Et là, tu vois, je dis bravo. Pas bravo parce que Ethel serait à mettre au panier : bravo parce que toutes les nanas qui chantent meurent d'envie d'être comme elle, et que toi, tu t'en fous. Ça, je te tire mon chapeau… Maintenant, tu veux singer Louis alors que, lui et toi, c'est le cheval et l'alouette. Regardons les choses en face, hein, Bill ? Où ça te mène ? Aussi loin que t'ailles, tu seras jamais que la queue du cheval. Réfléchis un peu. Est-ce que tu préférerais pas être la tête d'un âne ? »

La môme ne réagissait pas. Elle contemplait toujours le bout de ses souliers. Puis elle a fait d'une voix sourde :

« Je vais pas y arriver, p'pa. J'aime trop ça, tu comprends ? Si je faisais pas comme Louis, comment je pourrais aimer ce que je fais ? »

Mon homme a hoché la tête. Il avait l'air de mordre à l'hameçon.

« T'as entendu ce qui se raconte partout ? Louis, il chante comme il joue… Eh ben, t'as qu'à faire la même chose… Toi, tu voudrais chanter comme il chante et, avec la voix que t'as, avec le fait que tu sois une fille de Baltimore et pas un homme de La Nouvelle-Orléans qui se bourre de haricots rouges depuis sa naissance, avec toutes ces choses auxquelles on peut rien, ni toi ni moi, avec tout ça sur le dos, t'es pas arrivée, c'est sûr. En fait, c'est pas prévu nulle part que t'arrives un jour… Bon, on va pas se suicider pour ça. T'es comme le Bon Dieu t'a faite et, que je sache, personne s'en plaint. Mais tu tiens quand même à imiter Louis. Alors, moi, je vois qu'une solution : imite sa trompette, plutôt que d'imiter sa voix. Pas le son, bien sûr, mais la façon de lier les notes, de placer les accents, de faire semblant de jouer la mélodie de la partition tout en fabriquant sa propre mélodie… Sa façon d'exposer un air que tout le monde connaît par cœur, tiens, rien que ça. Concentre-toi là-dessus, pour commencer. C'est pas moi qui t'en empêcherai, bien au contraire. N'importe qui, même un batteur, ça lui profiterait. Quand tu as chopé ce truc-là, qui est du Louis pur sucre, t'as plus qu'à te laisser aller. En voiture ! Ta voix, tu t'en occupes plus. Tu l'embarques dans l'aventure et tu l'oublies, comme tu as oublié celle de Louis. Je te fiche mon billet que personne ne te reprochera plus de faire les poches d'un homme pour trouver de quoi bouffer. »

Croyez-moi si vous voulez : ce conseil-là, elle l'a écouté.

Ce qui m'amuse, quand je repense à tout ça, c'est la façon dont Billie s'en tartinait, d'Ethel Waters. Elles ne s'étaient encore pas rencontrées. La môme ne pouvait pas deviner à quel point l'autre lui taperait sur le système à la seconde même où elle l'aurait en face d'elle. Ethel ne soupçonnait pas qu'il existait en ce bas monde une greluche susceptible de lui faire tourner son lait. Au début des années 30, côté femmes, chez les Noirs, Ethel, c'était la très immense vedette. Depuis dix ans au moins. D'autant plus appréciée que, le blues et le jazz, ça n'était pas vraiment son truc. Y tremper l'orteil de temps à autre, pourquoi pas ? Mais, ses bains, elle les prenait dans des eaux moins troubles. Elle souhaitait rester bien propre sur elle. Et elle avait cent fois raison : ça lui avait valu de faire son trou sur les scènes de Broadway, en dépit de la couleur de sa peau, et aussi de percer dans les studios de radio. Miss Waters, c'était l'honneur du ghetto. Les Blancs avaient le droit de la détester, puisqu'elle leur damait le pion, mais nous ? Si on ne portait pas quelqu'un comme elle en triomphe, on se faisait du tort à nous-mêmes. Billie, pourtant, s'intéressait à sa façon de chanter comme une tuile à un fraisier. Ça n'était ni bien ni mal, à son avis. Ça n'était rien du tout. Un pet sur une toile cirée. Si vous êtes assez verni pour disposer d'une Bessie Smith, à quoi bon vous encombrer d'une Ethel Waters ? Voilà ce qu'elle pensait.

La môme n'appréciait guère les filles qui chantent en général. Je crois qu'on pourrait commencer par là. Sauf Bessie, bien sûr. Mais Bessie, avec ses pendeloques d'abat-jour en guise de voilette, ça n'était plus une femme. C'était la voix qui monte des profondeurs de la terre. C'était le ventre des ghettos. C'étaient toutes les femmes à la fois. Toutes les femmes de l'exil. Toutes celles qui cherchaient dans le noir le noir de l'Afrique, ou alors un matin tout neuf. Qui cherchaient une espèce de commencement – elles qui ne faisaient que finir depuis le jour où elles étaient sorties, non du ventre de leur mère, mais du ventre de l'esclavage. C'étaient toutes les filles perdues, que personne ne réclame aux objets trouvés. C'étaient les terres inondées par le fleuve, à perte de vue. C'étaient des corps qui flottent avec les vaches et les armoires. C'étaient les trains de l'Amérique, lancés à toute allure, hurlant au milieu de la nuit… Une fille qui chante tout simplement, ça met un pied devant l'autre dans une jupe trop serrée… Pour chanter, Billie se perchait sur des talons comme des échasses. Mais, dans son rêve, Bessie chantait les pieds nus, enfoncés jusqu'aux chevilles dans les planches. Le reste, c'étaient des simagrées, des mines, des conneries de gonzesses… Elle voulait l'oublier. Elle ne permettait pas que les autres l'oublient. Ethel Waters était quelqu'un qui te faisait perdre la mémoire. La mémoire s'était réfugiée dans les instruments de musique. Les trompettes, les saxos, les trombones, la batterie se souvenaient de la mémoire. Billie aurait tout donné pour les rejoindre, pour qu'ils lui fassent une petite place parmi eux. Elle frappait à la porte. Dans leur tintamarre, est-ce qu'ils allaient l'entendre ? Est-ce qu'une main, un jour, entrouvrirait le judas ? Est-ce qu'on finirait par lui dire : « Entre. On t'attendait » ? Aucun instrument n'attendait Ethel. Aucun instrument n'attendait des filles qui gazouillent en remuant le popotin. Mais qui attend d'une fille autre chose que ses fesses, des talons aiguilles, un peu de dentelle qui dépasse ? Qui a besoin d'entendre ses quatre vérités ?

Quelques demi-vedettes et une petite bande, plutôt agitée, d'étoiles montantes auxquelles personne n'aurait prédit un très brillant avenir venaient s'encanailler au Nest, où il était de bon ton de s'envoyer à la figure – pour rire, paraît-il – des mots doux du genre de « garce » pour s'adresser à une dame ou d'« enfoiré » si l'on avait affaire à un homme. Billie manœuvrait là-dedans comme un poisson dans l'eau. Elle adorait prononcer des saloperies. Elle adorait s'en mettre plein la bouche et s'en gargariser avant de les expulser bien droit, bien haut et bien clair, d'un bon coup de gosier… Parmi les habitués, je me souviens de l'acteur Franchot Tone. Il avait un air fragile et réservé qui pouvait plaire. Moi, je préférais Burgess Meredith, qui débarquait quasiment tous les soirs.

Billie aimait prendre son temps quand elle chantait. En l'écoutant, vous ne ressentiez pas le besoin de vous trémousser ni même forcément de battre de la patte comme un lapin. Pour un morceau enlevé comme *Them There Eyes*, elle en avait dix autres qui se répartissaient entre lents, superlents et plus que lents. Plus tard, le slow est devenu à la mode, ce qui a semé la panique chez les éjaculateurs précoces. Mais, vers 1931-32, cependant, on essayait encore, malgré la crise (ou à cause d'elle), de retenir les années folles. Et un aspect de cette folie, c'était le rythme. Le rythme endiablé. Syncopé, comme on disait. Charleston. Shimmy. N'importe quoi pourvu que ça bouge, que ça saute, que ça secoue, que ça frétille, que ça gicle et que ça tremblote de partout. Tu aurais cru que les filles sautaient à la corde, tels des boxeurs, par-dessus leurs colliers de perles qui rayaient le parquet… Sur les pistes, les amoureux transis ne trouvaient rien de mieux à faire que de se planter l'un en face de l'autre et de se lancer dans un concours de marteaux-piqueurs. On dansait comme on claque des dents par moins 40. Et si l'on voulait faire un tabac en tant que chanteuse, en tout cas auprès des Blancs, il fallait se mettre au diapason. Pour ça, Billie Fagan souffrait d'un lourd handicap. Question rythme, elle ne faisait pas dans l'ouragan. La houle sur mer d'huile, le tangage patient d'un lourd navire à l'ancre, roulant des hanches avec… avec onctuosité, je dirais : telle était sa spécialité. Elle avait retenu ça de Bessie, c'est probable. Il y a de la musique pour se détendre ou pour se dépenser : ce n'était pas la sienne. Rien ne t'y forçait, mais, si tu entrais dans sa combine, elle glissait le pied dans l'entrebâillement de la porte, et des ombres se faufilaient chez toi. Elle n'était pas là pour te faciliter les choses. Pas là pour te faire passer le temps. Pas là pour te faire oublier. Au contraire ! Les machins, les merveilles à quoi tu avais dû renoncer dans ton existence, et toutes les belles choses, toutes les belles gens qui avaient préféré prendre les devants et se séparer de toi, ce tas de cendres que tu ne souhaitais pas voir, elle te plongeait le nez dedans. D'un geste lent, puisque c'était un geste grave. D'un geste sûr. Et tu n'avais plus le choix. Ou tu respirais à pleins poumons les fumées de ton propre bûcher, ou tu reniais le meilleur de ton passage sur cette terre et te rangeais parmi ceux qui mourraient dans leur lit. Qui mourraient comme ils avaient vécu, un drap blanc tiré jusqu'au menton. Un drap qui, le premier jour où on l'a sorti de l'armoire, puait déjà la naphtaline.

Les trois chanteuses du Nest se relayaient. La môme faisait la fermeture. Il y avait une bonne raison à ça. Elle finissait sur un truc si bleu, si lourd, si oppressant, qu'ensuite il n'y avait plus qu'à rentrer se coucher, perdu dans des pensées qu'on serait mieux de ne pas connaître. Billie servait à pousser tout le monde dehors sans que ça se voie trop, quand le patron était impatient de compter sa recette… Clara Weston avait demandé qu'on l'installe à une table où Billie ne pouvait manquer de la voir pendant son numéro. Clara lui souriait d'une certaine façon. La môme, ça la prenait sous les aisselles, ça la soulevait tout doucement. Ses talons quittaient les planches. Elle était aspirée par sa propre voix, qui s'élevait comme une fumée. Avant, c'était encore du spectacle. À partir de là, ça devenait la messe. Pas une messe de chrétiens, toutefois. Plutôt une messe de mangeurs d'hommes au milieu de la nuit. Je veux dire une messe qui avait la nuit pour église : des crépuscules, des ténèbres, des assassinats de velours, des cauchemars muets, des enterrements furtifs… J'ai vu les semelles de la môme décoller du sol pour de bon. Je l'ai vue s'envoler comme les chagrins, quand ils vont se poser quelque part chez quelqu'un.

Clara Weston n'applaudissait jamais que du bout des doigts, en général à travers ses gants. La grosse

Sadie, c'était un autre genre. Elle menait la brigade des acclamations. Elle était la claque incarnée. Et elle ne s'en tenait pas là. Après chacun de ses tours aux tables, Billie lui donnait sa moisson à garder. Grâce à cette provision, Sadie amorçait la pompe en hélant l'artiste à tue-tête et en agitant deux ou trois coupures à bout de bras. Je n'ai jamais pu savoir ce que Billie pensait de ce cirque. Elle souriait. Elle disait, avec l'air du chat qui vient d'avaler une souris : « M'man fait monter les enchères. » L'argent, j'ai idée que c'était son veau d'or. Elle jouait à la fois Moïse et les Hébreux dans le désert. Tantôt elle accablait le fric de son mépris, tantôt elle tombait à genoux devant.

Clara avait dû se séparer de ses locataires quand la gamine avait déniché un job régulier au Nest. Billie se levait trop tard pour passer le plumeau au salon et Sadie ne faisait plus que de se traîner d'une maladie à l'autre. Les deux femmes étaient retournées poser leur barda dans je ne sais quel taudis. Chaque fois que Billie trouvait un avis d'expulsion dans la boîte aux lettres, elle rappliquait dare-dare pour taper mon Clarence. « Hé ! Je suis pas marié avec ta mère, moi ! » qu'il protestait. Il aurait tout aussi bien pu souffler dans son banjo. « Hé ! répliquait-elle. C'est pas la Vierge Marie non plus ! Je suis pas née par l'opération du Saint-Esprit. Aboule, coco ! »

Sadie a fini par guérir. Clarence lui a obtenu quelque part une place de sous-cuistote. Il ne s'en est jamais vanté auprès de moi. Il a bien fait. Tout ce que la grosse méritait de sa part, à mon avis, c'était une bonne paire de baffes. Devant lui, et en ma présence, elle ne se gênait pas pour monter la môme contre lui. De l'avoir grimpée entre deux portes près de vingt ans plus tôt, d'après cette femme-là, c'était plus grave que le péché originel. Il faudrait que le pauvre gars le paie jusqu'à son dernier souffle. « Le préjudice », qu'elle appelait ce petit coup vite fait. Elle ne se mouchait pas du coude ! Elle était complètement abrutie ou elle jouait l'andouille exprès ? Les deux, je crois. Toute sa couenne se mettait à trembler lorsqu'elle pleurnichait à l'adresse de Billie, tout en louchant du côté de son père : « Y a rien d'pire que d'être abandonnée ! » Je la trouvais écœurante, dans ces moments-là. Je veux dire : encore plus que d'habitude (quand elle se ramenait du boulot, tu parvenais presque à distinguer le nuage de graillon autour d'elle...). Rien que du cinéma, ses jérémiades, en réalité. Clarence Holiday, d'après moi, elle n'avait peut-être pas tout à fait tracé une croix dessus, mais elle n'en avait plus grand-chose à faire. La cible visée, ce n'était pas le père, mais la fille. Sadie crevait tout bonnement de trouille à l'idée que Billie, si jamais elle devenait la coqueluche de Harlem, lui colle un matin une bise sur le front et se barre en la plantant là, adieu, je t'ai vue ! pour ne plus reparaître qu'à Thanksgiving, les bonnes années seulement, avec une dinde sous le bras que tu dirais du carton mâché. Elle se disait : « J'ai accouché de la huitième merveille du monde. Par quel miracle la huitième merveille du monde s'encombrerait-elle d'une Sadie Fagan ? Une femme avec de jolis cheveux, certes, mais qui a tendance à profiter, question poids, qui a curé les bidets d'autrui et qui ne sait même pas épeler son nom ? »

Son plan était tout simple. Il s'agissait que la môme se sente coupable par avance, au cas où il lui prendrait fantaisie de se défiler. Le message, c'était : « Poulette, les personnes qui me laissent tomber, comme ton père, ce maltraiteur des dames, c'est le pire ramassis. La semence à chagrins. De la pourriture gluante, qui colle au râteau… Va pas, je t'en supplie, petite, te commettre avec cette engeance ! » Rien ne l'aura plus rapprochée de son père, croyez-moi, que les prêches et les sermons, les paraboles, les plaintes, les antiennes, toute la mauvaise musique que Sadie lui cornait aux oreilles. Par solidarité avec mon bonhomme, Billie aurait bien été capable de la larguer sans avertissement. Comme ça au coin de la rue. Moi, je traverse ; toi, tu restes là ; bon vent ! Plus d'une fois, ç'a dû être moins une.

Rien n'est éternel, pour un artiste. L'idylle de Billie avec le Nest n'allait pas se prolonger mille ans. Mais, le temps de voir un peu si la vache enragée avait toujours le même goût, elle retrouvait une bonne planque au Log Cabin, dans la 133e Ouest (enfin, au Pod's and Jerry's, comme on disait encore à ce moment-là, mais plus pour très longtemps). Ici entre en scène le dénommé Bobby Henderson. Jerry (du Pod's) avait la réputation d'être plus difficile qu'un chien de curé, quand il s'agissait de choisir son personnel. Tout le monde lui donnait raison : il avait à faire tourner un établissement d'un certain standing. On filtrait le client à travers une meurtrière. Pour un peu, les candidats auraient entendu l'huile bouillante grésiller dans la gouttière au-dessus de leur tête. Ça n'était pas pour laisser n'importe qui se pavaner sur l'estrade. Lorsque Jerry a décidé que la gamine était O.K., celle-ci a décrété sans ambages que Fagan, pour un nom de scène, ça faisait tarte. Elle allait changer pour Holiday, un vrai nom qui en jetait presque autant qu'un faux. La grosse a dû en avaler son sifflet. Clarence n'était pas chaud non plus. Avec Billie, ils ont eu des discussions de marchands de tapis. Des mégotages à n'en plus finir. Ils ont transigé, mais, à mon humble avis, mon homme s'est fait emmancher dans les grandes largeurs. De Holiday, la gamine avait reculé – péniblement ! – jusqu'à Haliday et ne voulait plus en rabattre. (Elle était raide de la caboche à un point !) Son père courait en rond comme un poulet sans tête. Il grimpait aux rideaux, il marchait au plafond, il s'arrachait les cheveux par poignées, hurlant qu'elle se foutait de sa gueule. Cinq ou six heures plus tard, à bout de souffle, couverts de sueur, ils en étaient arrivés, avec autant de répugnance l'un que l'autre, à Halliday…

Bobby Henderson, le pianiste du Pod's and Jerry's, tout Harlem a bien cru qu'avec Billie, ils étaient fiancés. Lui aussi, je suppose. Et elle ? Difficile à dire. Voilà une souris qui n'arrêtait pas de donner le change. Et le change du change, pour tout arranger. Elle n'arrivait pas à choisir entre vider le fond de son cœur et faire du vent. Elle se jetait de la poudre aux yeux. Elle était la dernière personne à qui vous adresser pour savoir où Billie en était. En ce qui me concerne, j'aurais tendance à croire qu'elle a aimé ce garçon. Pas comme on est censé aimer à dix-sept ans. Pas dans le style peau douce, ç'aurait été trop beau. Mais tout de même : bien prise, tout comme il faut. J'ai même peur qu'elle l'ait trouvé trop bien pour elle, Bobby Henderson.

Au physique, il n'était pas mal du tout, quand on aime les airs sérieux, les types qui ont un peu de bouteille (il ne devait pas être beaucoup plus jeune que Clarence) et les grands garçons qui vivent avec leur maman. Mais ce n'est pas de ça qu'il s'agit. Elle le trouvait trop bien, je dirais, comme mentalité. Comme vocabulaire. Comme façons. Comme manières avec les femmes, par exemple : cette impression qu'il cachait toujours un bouquet de violettes derrière son dos… Question sexe, Billie s'en donnait à cœur joie. Elle se faisait même d'autres filles, à ce qu'on prétendait. Je ne vois d'ailleurs pas pourquoi elle s'en serait privée. Toutes ces espèces d'amour qui ne demandent pas d'effort – et pas d'amour, en définitive –, elle en avait eu plus que sa claque. Jusqu'au tournis. Jusqu'à tirer la sonnette du couvent… Bobby se pointe là au milieu, le petit doigt en l'air. Ce gusse, c'est le premier qui va lui faire la cour. Elle pensait que ça n'existait que dans des romans de merde et des chansons pour les Blancs. C'est le premier qui prend le temps. Le premier qui ne prend pas avant de demander et qui ne demande pas avant de savoir ton nom. Elle n'en revenait pas.

Elle ne se disait pas : « Enfin un homme qui me respecte ! » ; elle se demandait : « Mais d'où il sort, celui-là ? Où est-ce qu'il m'embarque ? » Bobby, l'envie de forniquer ne le travaillait pas comme Clarence, mais il n'était pas de bois non plus, j'ai bien confiance. Hélas pour lui, maman lui avait inculqué les bonnes manières, à ce garçon. Les attentions, les bouquets, les billets doux, les gentillesses, la panoplie complète. Et puis, pour couronner le tout, la patience. L'engin de Bobby attendait son heure sans broncher. Et ça, dans la vision que la môme avait des rapports entre les hommes et les femmes, ça n'avait tout bonnement aucun sens… Elle aimait ce garçon, a-t-elle avoué à son père, comme elle n'avait jamais aimé personne. Mais, quand elle lui a confié ça, leur rupture avait eu lieu des années plus tôt. Elle avait ajouté, dans un murmure : « Comme je n'avais jamais aimé personne auparavant, p'pa, et comme je n'ai plus jamais aimé personne depuis. »

Avant de fréquenter Bobby, elle n'aurait pas distingué une clé de sol d'une clé à sardines. Grâce à lui, elle avait appris à écouter. Elle ne se laissait plus intimider quand il était question de musique. Même par son père. Bobby était un pianiste formidable, et les sentiments de Billie n'avaient rien à voir là-dedans. Pendant la pause, il allait voir ce qui se passait dans les autres boîtes de la 133ᵉ. Il avait désormais ses entrées partout. Le pianiste maison lui abandonnait son tabouret. C'était ainsi qu'au Clam House ou au Brownie's, je ne sais plus, il avait accompagné Billie. Il la voyait pour la première fois de sa vie. Ils se sont attaqués à *Sweet Sue*, un air très en vogue à l'époque, et tout de suite, ils se sont entendus comme larrons en foire. Lequel a suivi l'autre dans la boîte d'à côté, puis dans la suivante ? Je n'étais pas là pour tenir la chandelle. Ce que je sais, c'est qu'ils ont atterri au Pod's. Bobby tenait Billie par la main, m'a-t-on dit. Elle ne savait plus où se mettre. « Regardez qui je vous amène ! pavoisait-il. Je vous présente Miss Fagan ! »

Que Bobby se ramasse une miquette sur le bitume, se sont dit les patrons, c'est son affaire, mais on n'a pas demandé qu'il nous la colle sur les bras. Pod, en train de farfouiller dans sa caisse enregistreuse, jetait à la gamine des regards par en dessous. Jerry, lui, faisait carrément la gueule. Mais le pianiste ne voyait rien ; il naviguait sur son nuage.

« Tous vos clients seront fous amoureux d'elle ! s'est-il écrié.

— On n'organise pas des partouzes », a grincé Pod dans son coin.

Pendant ce temps, son partenaire, la tête inclinée sur l'épaule, les paupières mi-closes, détaillait la môme de la tête aux pieds. Allez savoir pourquoi, une petite flamme avait brillé au fond de ses yeux.

« Une seule chanson, alors ! avait-il décidé. Mais si je fais signe, Miss Machin, tu t'arrêtes aussi sec, compris ? Attends pas que je vienne te chercher avec pertes et fracas. Bon. Maintenant, question bakchichs, rappelle-toi que t'es pas de la maison. Tu t'occupes de rien, je suis là pour relever les compteurs. On t'accueille : on va pas te nourrir, en plus ! »

Elle a entamé *When You're Smiling.* Vingt minutes après, elle était toujours là-haut. C'était Jerry qui ne voulait plus la laisser descendre. Ça s'est prolongé jusqu'à la pause suivante. Une heure de rang. À la fin, Jerry a ramassé les pourboires, comme il l'avait annoncé. Il y en avait pour quarante et un dollars. Du jamais vu dans sa taule. Il a tout empoché, puis, tirant de sa poche arrière son morlingue en peau de serpent, il a compté cinq billets de dix, verts comme le printemps (ils craquaient encore sous ses doigts). Il a plaqué la main de la môme sur une table, la paume vers le haut, il lui a fourré les images dedans et lui a replié les doigts par-dessus. Il a déclaré (Pod branlait du chef dans son coin, pour montrer qu'il était d'accord) :

« On te prend, fillette ! Si t'es déjà retenue par un concurrent, dis-le. Ce gars-là, putain, je lui donne pas longtemps à vivre ! »

Au contact des musiciens de New York, Billie avait corrigé la plupart de ses défauts. Sa voix ne battait plus la campagne que les très mauvais jours, et elle la ramenait au bercail en deux temps, trois mouvements. Question mise en place, même son père, à présent, la citait en exemple. Son tempo ? « La meilleure rythmique de Harlem pourrait se caler sur elle ! » jubilait-il. C'était une façon de reconnaître qu'elle était sa fille. La môme, elle ne s'y trompait pas. Elle était encore plus fière de ça que du reste. Mais il n'avait guère le choix, Clarence Holiday. À quoi bon chercher la petite bête si tu sais d'avance que tu ne la trouveras pas ? La petite bête était morte le même jour que la petite sœur de Louis Armstrong. Celle-là, Billie avait fini par l'étrangler de ses propres mains. De sa parenté avec Louis, elle n'avait conservé que des traits qui ne se voyaient pas à l'œil nu. Des trucs d'initiés. Des trucs de musiciens. Et ça, c'était un hommage à son père.

En l'espace de deux ans, le chemin qu'elle avait parcouru, vous n'arriviez pas à y croire. Les progrès, c'est une chose. Mais, avec elle, il s'agissait d'un total chambardement. La meilleure image, ce serait celle d'une de ces usines où tu mets une vieille vache à un bout, il sort à l'autre des pompes toutes neuves, des valises de luxe, des nécessaires pour blondes platine. J'exagère à peine. Transfigurée, elle a été, en tant que chanteuse. Au départ, certes, elle avait ce pouvoir d'en imposer au public. Ce truc de serpent à sonnette. D'aucuns vous diront que c'est le don des dons, le gros lot distribué avant le tirage. Il faut tout de même que le talent suive derrière un minimum. Tout de suite, elle avait rendu les gens gagas. Deux ans après, ils étaient fin givrés à cause d'elle, mais, cette fois, ils avaient une bonne excuse. Que s'était-il passé dans l'intervalle ? Clarence avait donné un méchant coup de pouce, mais il n'était pas de taille à faire tomber la neige au mois d'août. Le bon génie de Billie, ç'avait été Bobby Henderson. Bobby s'est pointé sur le tard, vers la fin du troisième acte, mais il a obligé l'auteur à revoir tout son dénouement. Il a révélé à la gamine les ultimes secrets et, quasiment d'un jour à l'autre, juste avant d'adopter ce nom à l'Apollo, elle est devenue la Billie Holiday que tout le monde connaît à présent. Quand elle a vu ça, elle a éclaté de rire. L'écho de ce rire n'en finissait plus. Ç'a été le clou de sa métamorphose. Des années durant, avec des hauts et des bas comme chacun, elle est restée gaie comme un pinson. Tu n'aurais pas rencontré une fille plus enjouée, plus insouciante dans tout Harlem. Et ça durerait comme ça jusqu'à ce qu'elle touche *Strange Fruit*, le fruit défendu qui l'a fait dégringoler de son paradis.

Billie et Bobby ne se quittaient plus. Leur numéro était si au point que ça les bluffait eux-mêmes. Ils voulaient en prendre à témoin la terre entière. Dès la fin de leur boulot au Pod's, ils se précipitaient dans les autres boîtes avec leur marchandise à déballer. Quelqu'un m'a juré qu'ils s'étaient mariés en secret. Ça les aidait pour la publicité. Partout où ils se pointaient, ils cassaient la baraque… Jamais Bobby n'en aurait espéré autant pour lui-même. Harlem, en ce temps-là, était le royaume des pianistes. Tu en avais tout un tas, et chacun d'eux était un peu plus roi que le voisin : le Lion, James P. Johnson, Luckey Roberts, Fats Waller, faites vos jeux. Si ça n'était pas un de ceux que je viens de citer, c'était Duke Ellington, c'était Art Tatum, qui venait d'arriver en ville avec la chanteuse Adelaïde Hall, ou encore ce petit gars du Texas qui avait des airs anglais, une épouse bien mignonne et du charme à revendre dans sa musique : Teddy Wilson. De son propre aveu, Bobby n'avait pas leur classe. Billie, c'était une autre paire de manches. Ce qu'elle avait à offrir, c'était une chose unique. Elle soutenait la comparaison avec n'importe qui, pour la bonne raison qu'on ne pouvait la comparer à personne. Les autres chanteuses ont réalisé tout à coup qu'elles avaient des cheveux à se faire. Elles se sont mises à lui en vouloir. Beaucoup auraient donné gros pour avoir trouvé la vanne que l'une d'elles avait sortie un jour : « Billie Holiday ? Elle chante comme si elle portait des souliers trop petits. »

Elles étaient je ne sais combien à se battre pour être jalouses d'elle. Lee Wiley avait exactement l'âge de notre môme. En 33, une armée de fans la portaient aux nues. Son disque le plus récent, *I Gotta Right to Sing the Blues*, les Visages pâles s'en pourléchaient les babines. Avec eux, c'est ce qui n'ira jamais : il y a le soleil quelque part, et ils sont tous les yeux en l'air, la mâchoire qui pend, à contempler un réverbère. Lee, justement, comme elle était blanche (à part trois gouttes de sang indien dont Sherlock Holmes n'aurait pas suivi la trace avec sa loupe), ce qu'elle a pu déblatérer à droite et à gauche, nous autres on s'en cognait assez. Ethel Waters était nettement plus à craindre. Sa plus féroce rivale, Mildred Bailey, il fallait s'en méfier encore pire. Mildred avait tout de la bonne grosse – sauf qu'elle n'était pas bonne du tout. La gale lui cédait le trottoir. Les vipères lui mangeaient dans la main. Cette bonne femme était si méchante qu'elle trouvait du mal à dire de sa propre méchanceté. Elle avait entamé sa carrière chez le soi-disant « Roi du jazz » Paul Whiteman. C'était le lard et le cochon en une seule personne. Pour moitié, elle imitait Ethel, pour moitié Bessie. L'Impératrice ne s'en formalisait pas. Elle ignorait alors la dégringolade qui l'attendait et à laquelle l'ascension de Mildred ne serait pas étrangère. Bessie était allée jusqu'à prendre Mildred pour copine. Elles papotaient. Elles s'échangeaient des frusques. Une malheureuse réparait les coutures qui avaient craqué. Elles se mijotaient des bons petits plats à quatre heures de l'après-midi, telles deux mémères à madras dans la banlieue de Baton Rouge, et, à elles deux, bouffaient comme huit. Elles s'empiffraient de la manière que les mecs se saoulent : sans un mot, en regardant le mur droit dans les yeux.

Cependant, nous ne pouvions reprocher à Bessie de trahir la race. Mildred ne passait pour blanche qu'à ses propres yeux. Et à ceux des lois blanches, conçues dans un asile de dingues un jour où le soleil cognait trop fort. À l'image de Lee Wiley, elle possédait des ancêtres à plumes. Mais, elle, ça te sautait aux yeux. Sa mère était une Cherokee et, pour la ressemblance, son père n'avait pas dû peser lourd : à part les cheveux, cette femme avait l'air deux fois plus mal blanchie que, réunis, Fletcher Henderson, le nègre rose, Teddy Wilson, le milord un peu hâlé, Lester Young avec ses cheveux rouges et son regard de Chinois, et Buck Clayton, le trompettiste aux yeux verts. Entre Sadie et Mildred, la seule différence indéniable résidait dans le fait que celle-ci allait devenir encore deux fois plus large que celle-là, avec un dernier menton pour lui battre le nombril, et qu'elle aurait ainsi davantage de peau jaune à fourrer sous le nez des curieux, si toutefois ils n'étaient pas trop dégoûtés.

Ethel Waters, Lee Wiley, leur plan de bataille, c'était de raconter partout que Billie chantait comme une seringue rouillée, de manière que ça soit un bruit qui coure, qu'il leur revienne aux oreilles et qu'elles puissent le répéter en toute innocence. Le problème, c'est qu'elles n'arrivaient pas à y croire. Elles étaient obligées de mentir en flagrant délit. On se contentait de les fixer tranquillement : elles filaient sous le tapis. L'autre coupeuse de scalps, ça n'était pas la même pointure. Elle avait de la santé, Jésus-Christ ! Tu croyais la prendre à revers ? Elle te fonçait dans le tas. Elle n'allait pas chercher midi à quatorze heures. Elle appelait un chat un chat. Elle étalait ses cartes sur la table. Elle te déclarait tout à trac : « Billie ? Je vais te dire un truc : elle est formidable. Et je vais t'en dire un autre : je le supporte pas, ça me rend malade. On devrait la tuer. Je comprends pas pourquoi c'est pas permis. Ça serait que justice. En attendant, elle peut compter sur moi pour en baver des ronds de chapeau ! » Vite dit… Pour se donner du cœur au ventre, elle se fourrait dans le crâne que son homme, Red Norvo, le vibraphoniste rouquin, faisait les yeux doux à la môme. Une nuit au Pod's, elle l'a giflé pour ça – il a même pas compris d'où ça tombait… Mildred attisait la flamme sous la casserole. Le lait allait déborder. Elle contemplait les bulles en poussant les hauts cris. Elle n'attendrait pas que ça refroidisse pour se venger. Ce qu'elle a inventé pour embrouiller la petite, c'est à mettre dans un roman. La mule du pape était plus franche du collier, je vous jure ! Vous ne savez pas ce qu'elle a fait ? Tenez-vous bien ! Elle a pris Sadie à son service.

J'ai dit que, avec Bobby Henderson, Billie avait du succès. Je n'ai pas dit qu'elle roulait sur l'or. Elle roulait sur la jante, par le fait. Dans le jazz, tu réussis à t'entretenir toi-même, plus ou moins, mais si tu as maman sur les bras… Cette gosse, il ne faut pas lui enlever ça : sa mère, qui perdait toutes ses places l'une après l'autre, elle lui tenait la tête hors de l'eau. Les stars, dans ce milieu, on les comptait sur les doigts de la main, et Mildred faisait partie du lot. Devenir sa boniche, c'était avaler un peu d'air quand tu étais en train de crever la gueule ouverte… Elle a engagé la grosse pour le ménage et la cuisine. (Je me dis des fois que, si elles avaient dû passer la porte ensemble, elles y seraient encore !) Après quoi, elle s'est répandue partout pour raconter que Sadie était la dernière des souillons. Qu'elle déboulait le matin avec dix livres de minons planqués sous ses jupes et qu'elle les déversait jusque dans la baignoire. À travers toute la baraque, depuis qu'elle opérait, il n'y avait plus que la poubelle et le ventre de l'aspirateur d'un peu propres. Quant à sa bouffe, ce que tu avais digéré la veille, c'était du nanan à côté de ce que tu allais avaler le lendemain. Rien qu'à regarder ton assiette, les toilettes te tendaient les bras.

Bobby Henderson consacrait à l'étude la plus grande partie de son temps. L'étude de Billie. Il observait la môme au microscope. Ça lui valait des exaltations. Des espèces de fourmis tout partout. Il me racontait :

« Tu sais, Fanny ? Tu sais ce qui est vraiment merveilleux ? Elle redevient une petite enfant, parfois. Ça ne prévient pas. Tout à coup, son visage s'éclaire. Sa voix s'éclaire. On dirait qu'un nuage s'éloigne d'elle. Et soudain, ce n'est plus la même personne qui te parle. C'est quelqu'un à qui jamais rien de mal ne serait arrivé… Cette Billie existe, mais elle est comme enfermée dans l'autre, comme incarcérée. Elle reste coincée là. Un trésor enfoui. Un secret pas divulgué… Tu entrevois quelque chose qui brille et tu sais que c'est une des choses les plus rares qu'il te sera donné de croiser sur ta route… »

À moi aussi, à Clarence, à tout le monde, elle pouvait faire cet effet-là. Elle avait ses moments princiers, Billie, déjà. Et toi tu n'étais rien que le bas peuple qui lève sa casquette au passage du carrosse et contemple, bouche bée, la tête pleine de coton, un profil de médaille mêlé au reflet du soleil sur la vitre… Mais cette vision fantastique finissait toujours par se dérober. Ça rendait le garçon plus malheureux que les pierres, avec son carrosse tout vide, couché dans le fossé… Il s'était embarqué dans une drôle d'histoire. Tu aimes une fille, mais à force de l'aimer, d'aller voir en elle de plus en plus loin, de plus en plus profond, tu deviens dingue – plus que de son visage, de son corps, de son caractère, de tout ce que tu veux de normal entre les gens –, tu deviens dingue d'un machin bizarre, un fantôme qui fait des apparitions de temps en temps, sans prévenir. C'est ce truc-là que tu désires par-dessus tout. Pourquoi pas ? Il en faut pour tous les goûts. Mais comment vas-tu t'y prendre, dis-moi ? Mettre les mains là-dessus, ce n'est pas comme les refermer – pardon si je dis les choses – sur de la chair humaine. Désirer, c'est bien joli, mais si tu désires une ombre – une ombre, en plus, qui flotte par intermittence dans un endroit inaccessible… ? Tu raffoles des pieds de cochon grillés, mettons. Est-ce que tu poses ton rond de serviette dans une gargote où ils n'en servent que le 29 février des années bissextiles ? Billy Henderson en était rendu au point d'aimer à quatre-vingt-dix-neuf pour cent un pour cent de Billie, et à un pour cent seulement tout le reste ! Ça ne pouvait pas durer longtemps.

Il s'est défilé le premier, du reste. Comme on prend la foudre sur la tête, il avait réalisé que, à force d'être précieuse, la femme qu'il aimait n'était même plus dans ses prix.

Sadie a fini par le rencontrer dans les boîtes où la gamine se produisait. C'est elle qui l'a invité à la maison. Elle adorait se trouver de nouvelles connaissances, afin de leur faire goûter sa cuisine. À part tenir la jambe à sa fille, cette dondon n'avait qu'un rêve : ouvrir une cantine à Harlem. Cependant, Bobby l'avait à la bonne. Ce qu'il lui trouvait, ne me le demandez pas. Il est venu m'endoctriner, soi-disant que c'était une femme de cœur, très simple et, je cite, « très vraie ». Pour ça, elle ne l'était que trop à mon goût ! Le pauvre vieux ne se doutait même pas qu'il ne frappait pas à la bonne porte.

Encore maintenant, j'ai du mal à l'avaler, mais le fait est qu'une des principales raisons qui ont éloigné Bobby de Billie, ç'a été que Billie et Sadie étaient incapables d'échanger deux mots sans se sauter au visage. Je veux dire que la fille volait dans les plumes de la mère au moindre prétexte. Croyant se rattraper, la grosse, bête comme elle était, jetait de l'huile sur le feu. Billie, alors, partait en vrille. Sadie débitait des tas d'insanités, avec l'espoir de lui faire entendre raison. C'était le pandémonium… Effaré, Bobby assistait à la scène. Il n'arrivait pas à décider qui avait raison. Pour ce qu'il croyait saisir de la discussion, chacune avait un peu plus tort que l'autre. Ça le rendait fou à son tour. Mais, lui, il gardait ça à l'intérieur. Il n'osait pas hurler : « Pour l'amour du Ciel ? Mais sur quoi vous vous battez, à la fin ? » Il avait trop peur d'entendre : « Sur rien ! On se bat pour se battre. On rêve que de s'égorger tout le temps ! » Au fond de lui, il pressentait que c'était pourtant le seul motif. L'une ne songeait qu'à se secouer pour faire tomber l'autre qui s'était accrochée à son dos. Un matin, il a pris la poudre d'escampette. Je suis sûre que, même aujourd'hui, dès qu'il avise une fille qui lui plaît, il se remet à courir. Il court comme dans les rêves, tu sais, où tu tricotes des plombes et où tu restes sur place.

On peut dire sans se tromper que, dans les premiers mois de l'année 1933, Billie avait réalisé au moins l'un de ses rêves : elle était devenue un musicien de jazz parmi les musiciens de jazz. Vous lui auriez taillé sa statue sur les genoux de Lincoln, au Memorial de Washington, elle n'aurait pas été plus fière. La plupart des chanteuses iront bouffer les pissenlits par la racine sans en avoir obtenu le tiers du quart du vingtième, et elle n'avait même pas dix-huit ans… Elle était « l'un des gars de l'orchestre ». Ça impliquait certains devoirs. Le jazz, c'est comme les Amishs : il y a des rites et des coutumes. Tu n'as pas envie que les autres te tournent le dos. C'est comme ça qu'elle a pris l'habitude de lever le coude et de griller de l'herbe. Elle se laisserait glisser sur cette pente. Avec volupté ? La volupté n'avait rien à voir là-dedans. C'était comme ça. Si tu pensais qu'il pouvait en aller autrement, tu ramassais tes billes et tu partais faire vendeuse au Monoprix, ou boniche comme ta mère. Il n'y avait pas de milieu : ou la merde que tu avais choisie, ou celle qu'on choisissait à ta place.

Billie et Bobby avaient quitté le Pod's and Jerry's pour l'Alhambra Grill, sur la 7e Avenue, passant du poulet frit au T-bone steak. Bobby avait une bonne copine, une chanteuse du nom de Monette Moore, qui ramassait un paquet de fric à Broadway, mais, question talent, ne se comparait pas à la petite. Chanter, même danser, jouer la comédie, de toute façon elle songeait depuis pas mal de temps à laisser ça aux autres, elle-même se contentant de tenir la boutique. Elle venait de sauter le pas. Elle avait jeté son dévolu sur un établissement aux dimensions plutôt modestes, qu'elle avait retapé à son goût. Les canards annonçaient déjà l'ouverture du Monette's Supper Club.

Billie avait eu l'honneur d'animer, avec d'autres, la soirée d'inauguration. Parmi les invités, triés sur le volet, il y avait un peu de tout, y compris des gens du monde. Il y avait même un gars de la haute. Un jeune gars qui aurait pu n'être là que pour faire des ronds de jambe et siffler des flûtes de champagne le petit doigt en l'air, mais qui, en fait, était, de toute l'assemblée, le plus intéressé par ce qui se passait sur l'estrade.

Dans ce genre de pince-fesses, musiciens et chanteurs sont censés fournir un bruit de fond aux papotages des personnalités, lesquelles, étant venues se faire voir et entendre, pensent de bonne foi être la principale attraction. Le gars en question, lui, c'était tout le contraire. Les mondanités, il en avait été gavé depuis le berceau. Ça le barbait. La gaudriole, il jugeait ça déplacé en public. Quant aux affaires, il en tirait le bénéfice sans avoir besoin de lever le petit doigt. Les dividendes l'atteignaient par ricochet. Par alliance, dans le cas précis. C'était sa famille qui montait au créneau. Lui, il attendait en bas les alouettes rôties qui, par escadrilles complètes, trouvaient le chemin de son bec. En réalité, il n'attendait même pas. Ça l'aurait fatigué. C'était un notaire, ou quelqu'un du style, qui allait ramasser la manne à sa place, courant dans tous les coins en tendant son chapeau sous l'averse. Cela laissait d'autant plus de loisirs à notre jeune homme pour s'adonner à son unique et dévorante passion : le jazz. Le jazz, le jazz, le jazz ! Le jazz avant la gnôle, le jazz avant les filles, le jazz avant tout. Du matin au soir, il n'avait que ça en tête. Il en rêvait la nuit. C'était pire qu'une obsession. Ses parents se rassuraient comme ils pouvaient : une toquade, ma chère ; ça lui passera avant que ça me reprenne… Une toquade, tu parles ! Sur le fond de son cercueil, son pied marquerait encore la mesure.

Le jour de la bringue à Monette Moore, frais émoulu de l'université de Yale, s'il vous plaît, il allait sur ses vingt-trois ans. Mais il avait déjà fait parler de lui dans le milieu. Tous les musiciens de Fletcher Henderson le connaissaient par cœur. Ils auraient volontiers brûlé de l'encens devant son portrait. Lui, il les prenait pour des surhommes. Il ne leur parlait qu'avec des prévenances. Parce qu'ils jouaient cette musique plutôt mieux que beaucoup d'autres, il les croyait sortis de la cuisse de Jupiter. Y compris le banjoïste du groupe, que pas un clampin jusque-là n'avait jamais remarqué. Quand il vous avait à la bonne, il vous soignait aux petits oignons. Il vous portait sur ses épaules. Il était capable de remuer ciel et terre pour qu'on vous écoute. Il s'appelait, cet original, John Hammond.

Du jazz, il en aurait bouffé sur la tête d'un galeux. Il serait allé tendre son assiette au milieu des anthropophages. Fils de bonne famille, tout ce qu'il connaissait de la vie, c'était ce que les domestiques lui en laissaient entrevoir chaque matin, en ouvrant avec mille précautions les rideaux de brocart de sa piaule. Cependant, le dernier des assommoirs, le pire des coupe-gorge, les ruines de la cabane bambou au fin fond du Mississippi, jamais il n'hésitait à en franchir le seuil si quelqu'un lui avait mis dans le crâne qu'il pouvait trouver là, dans les vapeurs d'abattoir et de dessous de bras, à la lueur des couteaux, le moindre aveugle unijambiste, grattant avec un tesson de bouteille une guitare fabriquée de ses mains et maudissant l'Homme blanc sur tous les tons. Il applaudissait plus fort que tout le monde. Il intimait aux terreurs du coin de fermer leurs gueules, qu'on apprécie l'artiste. Prônant l'égalité des Noirs et des Blancs, il s'imaginait mériter le respect de ces brutes. Sa candeur le sauvait. Si on avait dû élire le blaireau de l'année, il aurait eu sa chance. Même en rase campagne, avec la concurrence des idiots de village.

Question musique, on était obligé d'admettre qu'il possédait un sacré flair. Je n'emploie pas ce mot au hasard. À cent pas, je suis sûre, il aurait reconnu à l'odeur – à quelque chose d'aussi volatil qu'un parfum, en tout cas – un futur jazzman dans un type qui n'avait pas encore mis la main sur une baguette, une corde, un archet, une clé, un piston, une touche, une coulisse, un chevalet. En transe, il n'arrêtait plus de foncer à droite et à gauche, dans l'espoir de découvrir de nouveaux talents. Les disques Columbia lui versaient un salaire. Pourtant, il les aurait conduits à la faillite sans sourciller. John n'enregistrait que ce qui lui plaisait. Fletcher, bien sûr, et son frère Horace. Benny Carter. Spike Hughes. Joe Sullivan. Coleman Hawkins. Les Chocolate Dandies. Teddy Wilson. Benny Goodman, qui n'était pas encore une immense vedette à l'époque et qui deviendrait son beau-frère par la suite. Il écrivait sur eux dans *Melody Maker.* Il leur trouvait des jobs. Pour beaucoup de musiciens, c'était un bienfaiteur de l'humanité. Grâce à John Hammond, Bessie Smith, dont personne ne voulait plus, graverait ses dernières faces, avant de rejoindre au fond du trou les bouteilles vides de ses innombrables bitures.

On a raconté que le charleston avait raccourci les jupes et émancipé celles qui se trouvaient dessous. Néanmoins, les bonshommes seuls décidaient du succès d'un *speakeasy*[1] comme le Supper Club. En conséquence, c'était à eux d'abord que s'adressaient les chanteuses, avec ce que cela supposait d'ondulations de croupe, de sourires égrillards et d'œillades assassines. Comme les serveuses, elles circulaient de table en table, servant leur numéro à domicile. Un tour de chant, dans un *speakeasy*, c'était un tour de salle. À l'origine, il s'agissait d'éviter les micros. Ces boutiques avaient intérêt à ne pas se faire trop remarquer. Quel fêtard en smoking, arborant l'œillet à la boutonnière, aurait encore cru, autrement, fréquenter

1. Bar clandestin, mais, souvent, associé à un cabaret qui, lui, avait pignon sur rue.

un clandé où il risquait à tout moment d'être embarqué dans le panier à salade pour finir la nuit au quart ?

Le jour de l'ouverture, Monette a réuni ses filles : « Secouez-les-moi, ces pique-assiettes ! Je veux qu'ils se souviennent de nous. Celle que je prends à enfiler des perles ne fera pas long feu chez moi. » Billie a mis les bouchées doubles : l'endroit lui plaisait, elle tenait à y rester. Elle a sélectionné la chanson la plus salée de son répertoire. Rien que le titre, je n'oserais pas le répéter. Les sous-entendus l'étaient si peu que même la grosse Sadie, avec son air con et sa vue basse, aurait fini par se douter de quelque chose.

La gamine s'est amenée vers John Hammond, œil de biche, œil de braise, avec ses hanches qui balançaient d'un mur à l'autre, et elle lui a sorti sans crier gare sa sombre histoire – pardonnez-moi, c'est dans le texte – de « noix brûlantes ». On peut dire que l'air lui a manqué, à notre bon jeune homme. Il était trop près d'elle pour rester sourd. Il a ouvert des yeux comme des soucoupes. Il a agrippé la nappe d'une main et son col amidonné de l'autre. Il avait tout du poisson expirant sur l'évier. Il a fallu qu'il sorte de toute urgence. Il titubait. Pour un peu, il renversait sa chaise… Billie regrettait seulement sa petite récompense, qu'il n'avait pas eu le temps d'abandonner dans sa fuite. À part ça, elle en pissait de rire que ça existe encore, des grands flandrins qui se mettent dans tous leurs états pour trois mots un peu cochons. Elle s'est dépêchée de conter ça aux copines. À la fleuriste. À la fille des cigarettes, déguisée en lapin. À celle du vestiaire. Même en cuisine, ils y ont eu droit. Les oignons, paraît-il, en pleuraient.

À chaque table la même chanson, dans les *speakeasies*. Comme ça, pas de jaloux. Au Pod's, déjà, Billie avait contourné la règle. Une seule et unique chanson, d'accord, mais, avec la complicité du pianiste, elle l'interprétait chaque fois d'une façon différente. C'était surtout pour son confort personnel. Elle se serait vite lassée, si elle avait dû se recopier… À son deuxième passage, une heure plus tard, ignorant que John était revenu et qu'il avait eu une petite conversation avec Monette à son sujet, elle l'a retrouvé installé à sa table, tout fringant, tout sourire. À une raideur dans sa nuque, on devinait qu'il s'était cuirassé de l'intérieur et qu'une quadruple salve d'obscénités, ce coup-ci, ne l'aurait pas ébranlé. Retrouvant son souffle sur le trottoir, il s'était ravisé. Sa vocation avait repris le dessus. Si l'on oubliait le texte, ce que cette petite délurée lui avait déversé dans les oreilles, c'était de l'or pur. C'était mieux qu'Ethel, facile ! C'était mieux que Mildred. C'était aussi bien que Bessie Smith. Pourtant, lui-même n'avait-il pas écrit, plus de vingt fois, que personne n'arrivait à la cheville de Bessie ? Devant l'évidence, à quoi bon s'obstiner ? En prime, le style de cette inconnue différait de tout ce qu'il avait entendu jusqu'ici. Et quel charme ! Plus tard, il ne cesserait de vanter « son port de reine », « son visage sculptural », « son regard plein de mystère » et je ne sais quoi encore. Et voilà que ça lui revenait, la manière dont elle s'était renouvelée à chacune de ses stations. Jamais il n'avait été le témoin d'une prouesse pareille. Sous un réverbère, devant le club, il s'était immobilisé, un pied en l'air : « Mais qu'est-ce que tu fabriques ? Tu viens de découvrir la future plus grande chanteuse de jazz du monde et tu te défiles ! »

La môme, désormais, il en ferait l'article à tous ceux qui lui tombaient entre les pattes. Il les saoulait avec ça. Il te chopait dans un coin. Il ne te lâchait pas avant d'avoir obtenu l'assurance, quasiment la promesse écrite, que tu irais applaudir en vitesse cette merveille des merveilles baptisée Billie Halliday (c'était avant son passage à l'Apollo : elle n'avait pas encore adopté son nom définitif). Lui-même se rendait au Supper Club tous les soirs. On lui réservait sa table. Billie, en accord avec Monette, l'attendait pour commencer. Soir après soir, il allait kidnapper aux quatre coins de la ville quelques infortunés qui ne connaissaient pas encore l'oiseau rare. Il a ainsi forcé la main de Charles Laughton et de sa bonne femme, Elsa Lanchester (elle n'était pas encore la Fiancée de Frankenstein, mais, ont affirmé les mauvaises langues, avec Charles elle avait pris de l'avance). Il a mis le grappin sur Joseph Losey et, bien entendu, sur Burgess Meredith.

Les ravages qu'elle se payait, ma Billie ! Les plus ardents de ses adorateurs se recrutaient parmi les musiciens. Et les Blancs, croyez-moi, n'étaient pas les derniers : Hammond avait traîné chez Monette, entre autres, le chef anglais Spike Hughes, dont le Tout-New York s'était entiché, le contrebassiste Artie Bernstein, qui ferait bientôt carrière auprès de Benny Goodman, et Benny en personne. Une rumeur courut, selon laquelle le futur King était tombé amoureux d'elle au premier regard. Pour sa part, m'a-t-elle avoué, elle avait été impressionnée par son air sérieux. Elle le trouvait même joli garçon (ça, je lui en laisse l'entière responsabilité).

Et alors, les fédéraux se sont payé le Supper, le dernier endroit de New York à tomber pour vente illicite d'alcool. La môme a repris son bâton de pèlerin, cherchant fortune de boîte en boîte, posant son sac partout où on voulait bien l'héberger, ne fût-ce que pour une nuit. Hammond ne l'a pas lâchée d'une semelle. Au Hot Cha, au Clam House, au Yeah Man, partout il répondait présent. Mais ce n'était pas tout. Il causait de Billie dans le poste. Il tartinait sur elle dans *Melody Maker*. Et ci et ça. Il gonflait les patrons des clubs, afin qu'ils l'embauchent séance tenante. Il soufflait à Goodman de la réclamer pour un de ses disques. Associer sous leur bannière un Juif et une moricaude, les pontes de la Columbia en faisaient dans leurs frocs. C'était Charybde et Scylla dans le même bateau. John a ouvert les yeux, pour une fois. Il a vu que la pilule ne passerait pas. Alors, il a imaginé un subterfuge. Il leur a fait miroiter une séance avec Ethel Waters, accompagnée par Benny. Ethel n'était pas plus blanche que Billie, tu me diras, mais, en tant que star, elle jouissait d'un statut particulier. Les gens lui passaient davantage de choses, du fait qu'ils l'appréciaient trop pour se priver d'elle. Et puis, elle et Benny avaient déjà collaboré dans plusieurs disques. Maintenant, comment John et le clarinettiste se sont-ils débrouillés pour substituer Billie à Ethel au dernier moment, sans que personne dans les bureaux ne crie au loup ? Franchement, je n'en ai pas la moindre idée. John a dû persuader tout le monde qu'on allait simplement faire un petit essai pour voir, avant de replier le barda. En tout cas, la môme m'a raconté que, lorsqu'elle a fait son entrée dans le studio, morte de trouille comme il se doit, la Waters, qui avait pourtant gravé ses deux chansons, y traînait encore. On imagine l'ambiance entre elles deux... Ethel n'a pas décarré de là, cette salope ! Tout le temps que ça a pris pour louper deux ou trois fois un premier morceau, elle a fusillé Billie du regard. Plantée comme un piquet, ses renards bleus autour du cou, elle l'a tenue à distance avec ses yeux, comme tu tiens à bout de bras un rat crevé par la queue, en te bouchant le nez de l'autre main. Dans de telles conditions, qui s'étonnera que la môme n'ait pas fait d'étincelles ? John Hammond a dû l'avoir mauvaise, mais il n'a pas moufté. On était en novembre. Il a bien noué son écharpe, il a mis ses gants, il a coiffé son chapeau, il a dit : « C'est bon, les gars. On va prendre un café ? » Personne n'avait envie d'un café. Tout le monde y est allé quand même. On s'est dépêché de parler d'autre chose.

Tu veux faire l'artiste : personne ne t'a supplié ; si ça foire, c'est pour tes pieds. N'empêche ! La peau dont s'habillent les rêves, cette gosse-là, elle n'en avait plus lourd sur le dos. Le 27 novembre 1933, selon toute évidence, ce n'était pas son jour. Oublions les embarras de la maison de disques, les réticences de Goodman, la gueule de raie d'Ethel et les sourires en coin du mec qui tripote les petites manettes. Oublions tout ça. Faisons comme si ça n'avait jamais existé. Restait le fait que, entre un studio d'enregistrement et un *speakeasy*, il y avait la mer à boire. Qu'avoir serré la pince à Benny, à Artie Bernstein, et avoir levé le coude en leur compagnie, ce n'était pas tout à fait la même chose que d'avoir à compter sur eux devant un micro, comme tu pouvais compter naguère sur un Bobby Henderson. Restait aussi le fait que John – pour amadouer sa direction, je présume – lui avait confié une chanson débile, et je suis indulgente. Une chanson qui lui allait à peu près aussi bien qu'une paire de cervelas en guise de boucles d'oreilles.

Tu n'as pas besoin de rêver
D'être agent de change ou bien banquier.
Bien sûr que non ! Sois tout bonnement
Le gendre de ma maman…

Le romantique, le cafardeux, le désespéré, le salace, les coups plein la tronche, les trains qui sifflent, les couteaux qui sortent, les filles qui errent dans le petit matin, le suicide au gaz, les carreaux de faïence de la morgue, comme chanteuse elle connaissait ses classiques. Rien de tout cela ne pouvait la prendre au dépourvu. Il n'y avait guère que la connerie pure. Elle n'était pas préparée. La connerie pure, que voulez-vous que je vous dise ? ça n'était pas dans ses moyens. Il n'y aurait pas eu un des nôtres, le trompettiste Shirley Clay, pour lui souffler dans le cou : « Hé, ma grande, tu vas pas les laisser te bouffer toute crue, tout de même ? », elle se serait barrée de là vite fait.

La galette est sortie. On l'a écoutée ensemble. Elle a demandé à son père : « Comment tu trouves ? »

Clarence était assis dans son fauteuil, les jambes écartées, la pipe au bec. Il était le type qui avait cent mille ans, qui regardait le monde du sommet de la montagne en se curant les ongles. Il a écarté le tuyau de ses dents. Il a répondu :

« Je vais te dire un bon truc, cocotte. Quand t'as peur de ne pas avoir été trop bien, n'écoute pas ce qu'on te raconte. Ni personne, ni moi. Tu as peur, alors tu as raison d'avoir peur. Neuf fois sur dix, t'as été au moins aussi mauvaise que tu crois. »

Elle a soupiré.

« Tu débloques, vieux. J'ai été bien pire que ça. »

III

(1934-1939)

Ethel

Il a été long, le chemin qui nous a conduits du West Side de Chicago, cette réserve pour rescapés des pogroms, aux théâtres, aux studios, aux salles de bal des grands hôtels new-yorkais… Je dis et je répète à Benny que, s'il veut s'amuser, ce ne sont pas les filles qui manquent par ici. Je ne l'oblige pas à fricoter avec une Juive comme nous, ce qui serait pourtant le plus sage. Au moins, qu'il fréquente quelqu'un de sa couleur ! Comme de juste, il fait sa tête de mule. Il me demande de quoi je me mêle. Si j'insiste, il me lance ce fameux regard censé vous faire rentrer sous terre. Le « rayon de la mort », comme disent ses musiciens. Il n'oublie qu'une chose. Je suis sa sœur, et depuis longtemps. Il n'a aucune chance de m'impressionner avec ses grimaces. Et c'est bien parce que je suis sa sœur que je ne tiens pas à le voir compromettre sa carrière au moment où, enfin, les sacrifices de la famille semblent porter leurs fruits.

Depuis qu'il a quitté Red Nichols pour voler de ses propres ailes, il paraît en bonne voie, le petit génie des Goodman. Que John Hammond se soit entiché de son style aura sans doute été la meilleure chose qui lui soit arrivée, après que la synagogue du quartier eut décidé de lui prêter une clarinette. (Dans une famille de douze enfants dirigée par un tailleur qui ne travaillait même pas à son compte, on n'aurait pas pu envisager l'achat, ne fût-ce que d'un instrument d'occasion.) Papa et maman s'étaient saignés aux quatre veines pour que trois des garçons apprennent la musique. Freddy n'était pas trop doué. Les choses s'annonçaient plutôt bien pour Harry. À dix ans, Benny ramenait son premier cachet, gagné en singeant Ted Lewis, sa première idole. Il irait tout gâcher pour le simple plaisir de se frotter à de la peau brune ? De la peau de chanteuse, par surcroît ? Une telle liaison, si on devait en arriver là, ne pourrait qu'indisposer la presse et le public. Aux yeux de beaucoup de gens, ces femmes-là ne sont guère plus que des entraîneuses. J'ajoute que je suis son imprésario, jusqu'à plus ample informé : il m'appartient de veiller sur sa réputation.

À en croire la rumeur, Billie serait une étoile en pleine ascension. Permettez-moi de sourire. Quel accomplissement, en effet, que d'apparaître en silhouette (méconnaissable) derrière Paul Robeson, dans un film[1] tourné quand elle n'était encore personne, ou d'ânonner « bonjour, bonsoir » dans un feuilleton radiophonique pour concierges que patronne une marque de lessive[2] ! Quelle promotion fulgurante, on en a le frisson, que de dégringoler d'un *speakeasy* plutôt luxueux dans les troubles profondeurs du Big John's Café et d'endroits plus ignobles encore ! Quelle brillante destinée que d'être contrainte, après avoir enregistré aux côtés de Benny Goodman et de Jack Teagarden, de se commettre pour gagner son pain avec des apprentis bouffons et des danseurs de claquettes à la petite semaine ! J'apprends maintenant qu'elle serait plus ou moins la coqueluche du Daisy Chain, une sorte de bobi-

1. *The Emperor Jones*, de Dudley Murphy.
2. *Love Story*, produit par Sheldon Brooks.

nard-concert de Harlem (on dit bien « café-concert », après tout). Elle y évoluerait tel un poisson dans l'eau. Grand bien lui fasse ! Mais je ne vois toujours pas ce qui, dans ce palmarès, justifierait la fascination de mon frère.

J'ai appris que, après son travail (quand on lui en a offert un, ce qui semble loin d'être toujours le cas), elle se rend dans une de ces boîtes où sont organisées à la bonne franquette des joutes entre musiciens. C'est une occasion de l'observer à son insu. Et en gardant l'incognito (j'aimerais autant que Benny ne soit pas informé de ma démarche). Par chance, personne ne me prête attention quand je pénètre dans la salle. Il est vrai que j'arrive au beau milieu d'un chorus de saxophone. Même si toute l'assistance n'était pas suspendue aux lèvres du soliste, je m'apercevrais que son style sort pour le moins de l'ordinaire. J'ai un phénomène en face de moi. Comment se fait-il que son visage ne me dise rien ? Il vient d'une autre ville, sans doute. Washington ? Chicago ? Saint Louis ? De se retrouver à New York ne l'intimide pas le moins du monde, en tout cas. Il balance son pavillon avec toute la nonchalance d'un homme qui s'étire dans son propre lit. Le bout de son pied marque les temps ; au-dessus de la cheville, le mollet, le genou, la cuisse ondulent en un mouvement alangui, comme plongés dans un bain de glycérine. Je n'ai jamais vu faire ça. À quel genre d'oiseau ai-je donc affaire ? D'où je me trouve, je n'arrive même pas à déterminer la couleur de son plumage. Noir ? Blanc ? Il a les cheveux crépus, mais ils sont roux. Les yeux fendus pourraient appartenir à un Asiatique. Certaines rides d'expression font songer à un Indien… Même hésitation en ce qui concerne son instrument. Cela ressemble à un ténor en tout point, mais c'est une sonorité d'alto qui s'échappe du pavillon.

La bouche contre mon oreille, quelqu'un répond à la question que je n'ai pourtant pas posée à voix haute :

« Lester Young. La nouvelle recrue de Fletcher Henderson. Il arrive tout droit de Kansas City, ma chère. »

Je reconnais la voix de John Hammond. Me voilà prise la main dans le sac. Heureusement, j'ai une excuse pour garder le silence. Ce Lester Young paraît avoir oublié comment on détache un bec de ses lèvres. Le corps toujours aussi relâché, les gestes toujours aussi nonchalants, il enchaîne chorus sur chorus, chacun exposant une histoire différente du précédent. Cette imagination inépuisable, portée par un swing d'un genre inédit, ravageur et désinvolte à la fois, surexcite le public. On le sent prêt à bondir au plafond, à rugir de plaisir ou à sangloter de gratitude. S'il se contient, c'est dans la crainte qu'une seule nuance de ce chef-d'œuvre impromptu lui échappe. Il y a tant d'électricité dans l'air qu'on allumerait une ampoule électrique sans avoir besoin de la brancher.

« Si tu veux savoir à quoi ressemble la fille de Clarence Holiday, poursuit John, regarde au premier rang, devant l'estrade, juste aux pieds de Lester. »

Je ne découvre en elle ni une beauté fatale, ni la goule que je redoutais. Je suis saisie malgré tout. Le buste projeté en avant, le visage levé, offert comme en extase, elle suit le solo comme on suit sur un écran de cinéma une intrigue à suspense. Elle est entrée dans la peau de tous les personnages à la fois. On jurerait qu'elle a appris toutes leurs répliques par cœur : je vois ses lèvres remuer à l'unisson. Quant à ses yeux… Je ne savais pas que l'on pouvait fixer un homme de cette façon sans se faire embarquer pour outrage aux bonnes mœurs…

« À la place de Benny, ne puis-je m'empêcher de murmurer, j'aurais du souci à me faire.

— Tu crois cela ? Examine plutôt le petit groupe qui se tient dans l'aile droite de la scène, entre les rideaux. Les choses qui brillent dans l'ombre, tu vois ? Ce sont des verres de lunettes. Eh bien, la figure de ton frère se trouve autour. »

Si facilement jaloux des musiciens pour lesquels il éprouve une admiration sincère, Benny contemple ce Lester avec les yeux de l'amour. Je m'aperçois qu'il a sa clarinette à la main. Il a donc l'intention de se jeter dans la mêlée. Mon frère déteste avoir des rivaux, mais, c'est son bon côté, il adore se mesurer aux solistes qui l'impressionnent. Je trouve cela très touchant, de la part de quelqu'un qui aurait tout avantage à se préserver. Chaque fois qu'il cavale aux trousses d'un type comme Lester Young, il risque de recevoir la mer Rouge sur la tête.

Le soliste plonge soudain dans le grave. Sur une longue note tenue, il lève le genou, jusqu'à détacher le pied du parquet. Il conclut sur une phrase hors tempo. Une écharpe de gaze, qu'il laisserait flotter derrière lui… Tandis qu'elle s'envole à regret, Benny surgit de la coulisse. Il s'apprête à prendre le relais, dans une tempête d'applaudissements, et puis, quelle mouche le pique ? il éloigne la clarinette de ses lèvres et, en un geste presque timide, il la tend à Lester. Il affiche un sourire béat. Il ne prononce pas une parole. Je vois ses yeux qui clignotent derrière ses lunettes. Où veut-il en venir ? L'autre saisit l'instrument en hochant la tête. Il se penche pour confier son ténor à Billie. Tandis qu'elle le couche en travers de ses genoux, il embouche la clarinette et répète la phrase sur laquelle il vient de s'arrêter, avant de se lancer dans un nouveau chorus. À cet instant, mon frère – j'ai appris à le connaître – pourrait aussi bien tomber à ses genoux.

J'écoute Benny depuis que je suis toute petite. J'ai entendu sur disque ou à la radio, grâce à lui, à peu près tous les clarinettistes de la terre : les klezmorim, les concertistes classiques et bien sûr les jazzmen. À Chicago puis à New York, j'ai assisté de la coulisse à des soirées dansantes et à des spectacles de cabaret. J'ai été conviée à des *after hours*[1] où je me trouvais quelquefois à moins de dix pieds de Johnny Dodds, Jimmie Noone, Leon Roppolo, Larry Shields, Omer Simeon, Frank Teschemacher, Pee Wee Russell, Buster Bailey, Don Murray ou Jimmy Dorsey. Entre les mains de ce Young, on jurerait que la clarinette n'est pas faite du même bois que celle de tous ces virtuoses. Si je ne le voyais de mes yeux, j'aurais du mal à admettre qu'il joue sur l'instrument de mon frère. Que les phrases diffèrent, rien de plus normal (encore que les siennes se distinguent de toutes celles que mes oreilles ont captées pendant plus de vingt ans). Mais il y a aussi la sonorité. Je ne vois guère que celle de Pee Wee qui, fugitivement, dans certains passages, par certaines intonations, s'en rapproche. Et Pee Wee, comme par hasard, est le clarinettiste le plus inclassable que je connaisse. Le plus imprévisible aussi. Ses solos semblent suivre une certaine idée et, soudain, voilà qu'ils dérapent, bifurquent ou se mettent à courir plusieurs lièvres à la fois. Ils tracent des arabesques, mais avec des lignes anguleuses. Lester Young, c'est autre chose. Lui, il ne se met pas à battre la campagne au beau

1. Jam sessions réunissant les musiciens et leurs amis « après les heures », c'est-à-dire après leur travail et après la fermeture au public des lieux où ils exerçaient leur métier.

milieu de ses discours. Il s'exprime d'emblée dans une langue étrangère que personne ne parle et que chacun comprend : c'est le plus mystérieux de l'affaire.

Le voilà qui module et passe à un autre morceau. Une chanson dont j'ai oublié le titre, mais que je connais sur le bout du doigt. Je ne suis pas la seule. Je vois, au mouvement de ses lèvres, que Billie la fredonne à l'unisson. Lester s'en est aperçu, lui aussi. Il lui adresse un signe de tête. Avec précaution, elle remet à son voisin le ténor (une vieille seringue décatie, rafistolée de partout) et, aidée par un autre homme, se hisse sur les planches. Au pont, elle entre dans la danse. Est-ce qu'elle chante ? Est-ce qu'il faut appeler ça « chanter » ? Est-ce que, en usant de cette commodité de langage, on ne passe pas à côté de l'essentiel ?... Ce qui m'a frappée, dès les premières syllabes qu'elle a articulées, c'est une impression de *ton sur ton*. Y a-t-il un rapport entre le timbre de sa voix et celui de la clarinette telle que Lester en joue ? J'ai peine à imaginer alliage plus homogène. Pour peu qu'on ferme les paupières, on a l'illusion que c'est le souffle passant dans le tuyau d'ébène, et non celui de la chanteuse, qui engendre les mots et les porte jusqu'à nous. À l'inverse, il arrive que les phrases les plus banales de la chanson perdent leur sens, ou en prennent un autre, tout simplement parce qu'on n'écoute plus cette voix comme une voix, mais comme un instrument de musique. Si cette substitution n'avait pas lieu, pourrais-je percevoir dans un texte cousu de clichés des propos qui me concernent intimement ? Or, j'entends entre les lignes, j'entends derrière les mots des secrets que je n'ai confiés à personne. Plus encore : on me souffle à l'oreille des révélations sur moi-même.

Sa voix, associée à la musique de Lester Young, m'a emportée – simple poignée de poussière dans la bourrasque. Elle m'a soulevée au-dessus de ces contingences. Toutes les questions qui m'obsédaient m'apparaissent à présent dérisoires. Un misérable étalage de frivolité. À la hauteur où je me trouve, ni les bagatelles, ni *la* bagatelle n'ont plus cours. Il s'agit seulement d'échapper au vertige. De ne pas se laisser asphyxier par la pureté de l'air.

Quel est donc ce gouffre que ces gens creusent sous vos pieds ? Et s'ils complotent votre destruction, pourquoi montrent-ils tant de compassion, pourquoi manœuvrent-ils avec tant de grâce et de subtilité ? Sont-ils en train de nous promettre que notre mort sera suave ? De quelles angoisses nous libèrent-ils ? De quelles réconfortantes illusions sommes-nous dépouillés à cause d'eux ? Quelle révélation ont-ils eue, nous concernant, qu'ils essaient de nous transmettre, mais que nous restons incapables de déchiffrer ? En me posant ces questions, je crois comprendre ce qui, chez Billie, a bouleversé mon frère. Je veux bien couvrir cette fille d'éloges, je veux bien faire ses quatre volontés, si elle accepte en retour de me dévoiler ne serait-ce qu'une infime partie de l'énigme que je suis pour moi-même. Oubliant les innombrables affronts que m'ont valus mes origines (et qu'elles me valent toujours quand les gens les devinent), aveugle par principe aux écriteaux « Interdit aux Juifs et aux chiens » placardés à l'entrée de certains hôtels, de certains clubs sélects, peut-être ai-je fini par imaginer qu'à cause de mon teint pâle j'étais à peu près partout chez moi en Amérique. Je rêvais debout ! J'ignore où est ma place, pour la raison qu'aucune place n'a été retenue pour moi. Je n'ai reçu de mes ancêtres que l'exil en héritage. Avec mes frères et sœurs, aujourd'hui que les descendants des Hébreux possèdent ici, à défaut de patrie, une nationalité, voire un domicile fixe pour les plus chanceux, je maintiens à mon corps défendant une antique tradition d'errance. Les autres s'obstinent à nous voir comme d'éternels vadrouilleurs. Ce qui a changé avec les siècles est que cette bougeotte dont ils nous accusent n'a plus besoin d'être confirmée par des mouvements de population, ni même par des pérégrinations individuelles. Ils se disent assez perspicaces pour en détecter les ferments dans la vie la plus sédentaire. C'est *par nature* désormais, et non plus en raison de nos actes, que nous sommes des personnes déplacées. Inutile de nous rendre ne serait-ce qu'au coin de la rue pour justifier notre réputation. Elle s'accommoderait de la paralysie complète. Nous transpirons le nomadisme jusque dans notre sommeil, jusque dans la tombe. Les observateurs les plus impartiaux peuvent bien constater notre enracinement dans ce pays, jamais la foule ne reconnaîtra les faits, au sens juridique de l'expression. J'entends bien sûr la foule des *goyim*, eux-mêmes pourtant, trois fois sur quatre, rescapés du bannissement et résidus de la déportation. Tel est le genre de vérité brutale que me jette au visage le chant de Billie Halliday. Il me plonge dans un infini de solitude, celle-ci serait-elle partagée par plusieurs millions de Levin et de Goldberg.

Durant son séjour dans la Grosse Pomme, Lester avait participé en l'espace de quelques mois à un nombre incalculable de jams, parfois plusieurs dans la même nuit, dans le haut comme dans le bas de Manhattan. Les derniers temps, il ne manquait jamais d'inviter Billie à monter sur scène. Leur numéro, jamais ils n'avaient pris la peine de le mettre au point. Malgré cela, les connaisseurs s'étaient passé le mot. Billie n'imaginait pas un instant que l'assistance pouvait s'intéresser à elle. Elle-même n'avait d'yeux que pour le saxophoniste. À son contact, elle estimait recevoir des leçons qui n'avaient pas de prix. Elle se concentrait pour apprendre à phraser, comme lui, à la paresseuse. Elle y mettait, quel paradoxe ! toute son application. Elle s'entraînait à accentuer certaines notes de la mélodie plutôt que d'autres – et, comme par enchantement, cela faisait toute la différence avec ses rivales. Elle s'entraînait à survoler la musique au lieu de la porter sur son dos comme un ciel d'orage. On comprend qu'elle ait suivi cet homme à la trace, de club en club. Est-ce cette passion pour Lester Young qui finit par refroidir mon frère ? Toujours est-il qu'il prit ses distances avec elle. Ils se rencontraient encore, ils passaient parfois une nuit entière à la même table, mais ils ne se présentaient plus ensemble à la porte des clubs.

Benny avait renoncé à lui arracher son secret. Moi pas.

La rencontrer n'a pas été très difficile. Son goût des femmes commence à faire jaser. Je dirais, moi, qu'elle a le *sens* des femmes. L'intelligence des femmes. Billie adopte envers elles une attitude que la société, certes, réserve aux hommes, mais dont fort peu de ces derniers, hélas, se montrent capables : le genre de comportement qu'elle-même ne tolère que des personnes de son sexe. On jurerait que, à ses yeux, les hommes, ayant failli à leur mission, ont perdu le privilège de la remplir… Je n'en touche pas mot à mon frère, mais je suis devenue assez intime avec Billie pour que nous nous donnions rendez-vous en dehors des clubs. Nous allons au cinéma. Nous faisons du shopping. Elle adore chaparder dans les grands magasins. Je devrais m'en indigner : cela m'amuse plutôt. Elle commet ses larcins dans la bonne humeur. Elle aurait même le vol folâtre.

Lorsqu'elle dévalise les rayons de parfumerie et d'accessoires féminins, un ultime verrou cède. Elle qui se montre toujours extraordinairement gaie semble connaître quelques instants de pure félicité. Pareille métamorphose, à mon sens, vaut bien quelques tubes de rouges.

Jusqu'ici, elle ne m'a fait aucune confidence. Peut-être n'en fait-elle à personne ? Ou alors seulement à des filles de sa race… On dirait pourtant qu'elle méprise ces questions de couleur. Qu'elle ignore cette réalité au point de ne plus la voir. Qu'elle la rend transparente et en profite pour passer à travers. L'exploit serait à sa portée. Nous sommes dans une ville du nord des États-Unis. La plus vaste de toutes par-dessus le marché. Les gens n'ont pas les yeux fixés sur vous en permanence. Billie se hasarde rarement hors du milieu bohème. Les spécimens de cette faune, j'en sais quelque chose, peuvent cultiver autant de préjugés que les autres, mais ils se précipiteraient du haut de l'Empire State Building plutôt que de l'admettre. Sur le plan racial, ma relation avec Billie est saine, en apparence. Éprouverais-je le besoin de l'affirmer, cependant, si le ver n'était pas dans le fruit ?

Le 12 mars 1935, elle me prie de l'accompagner aux studios Paramount. Depuis quelque temps, elle fait fureur au Hot Cha Bar and Gril. Alors que John tente de convaincre la Columbia de lui accorder une seconde chance, en dépit du coup d'épée dans l'eau de *Your Mother's Son-in-Law* et *Riffin'the Scotch*, elle a été pressentie pour tenir un rôle dans un court métrage qui met en scène la formation de Duke Ellington. Elle appréhende cette épreuve. Elle s'imagine jouer une partie cruciale, ayant calculé que, si le film était projeté en première partie d'un succès comparable à celui des *Quatre Lanciers du Bengale* ou de *Notre pain quotidien*, il serait vu par des centaines de milliers de personnes à travers le monde. Parmi lesquelles, pourquoi pas ? deux ou trois des grossiums qui font la pluie et le beau temps à Hollywood…

On l'a engagée pour chanter, mais elle rêve de crever l'écran grâce à ses talents de comédienne, dont elle paraît ne pas douter. L'univers du cinéma l'attire comme un aimant. Elle envie le culte dont les stars font l'objet, l'argent qu'elles jettent par les fenêtres, les fourrures et les automobiles qu'elles entassent dans les propriétés qu'elles acquièrent, les gravures de mode qu'elles épousent, les atteintes aux bonnes mœurs qu'elles peuvent commettre dans l'impunité, toute cette atmosphère de sainte ferveur et de luxueux scandale qui règne autour d'elles. Son rêve le plus cher n'est pas de détrôner Mildred Bailey, mais d'appartenir à cette nouvelle aristocratie. Elle voudrait se persuader qu'un bout de pellicule destiné à servir de prélude à la vente des paquets de pop-corn est de nature à lui ouvrir les portes d'un monde merveilleux. Une autre planète, où l'on reçoit en guise de pourboires des contrats à six chiffres, présentés, avec des courbettes, sur des plateaux d'argent.

En feuilletant le script de *Symphony in Black*[1] dans un coin de la salle de maquillage, j'ai le cœur qui se serre. L'histoire tient en quelques mots. Au détour d'une rue, une fille noire tombe sur son homme au bras d'une autre femme. Elle se précipite vers lui, espérant ranimer sa flamme. Cette brute la repousse si violemment qu'elle s'étale sur le bitume. Allongée par terre, elle en profite pour entonner le *Big City Blues* que Duke vient de composer. Ce n'est pas simplement consternant : il y a là une complaisance envers l'igno-

1. De Fred Waller (9 minutes).

minie qui est elle-même ignominieuse. L'abjection du personnage masculin, qui pourrait bien être proxénète par surcroît, n'est pas à proprement parler célébrée, mais la résignation de la victime la rend tolérable. Voire fatale. « C'est la vie ! » : on connaît le refrain. Billie Halliday complice d'un outrage envers son propre sexe, voilà bien la dernière chose à laquelle je me serais attendue de sa part.

Nous retrouvons enfin l'air libre. L'air pur, en comparaison de l'atmosphère méphitique de *Symphony in Black*. Elle s'inquiète de sa performance, mais ne cache pas sa fierté de figurer dans cette abomination. Se sentir humiliée, ou même salie si peu que ce soit ? Elle tombe des nues. Elle ne comprend pas mes réticences. Elle me demande si je connais *Saint Louis Blues,* un autre film, avec Bessie Smith, où, là aussi, une fille se fait maltraiter par l'homme qu'elle aime. Billie ne veut retenir qu'une chose : elle succède sur l'écran à l'idole de son enfance. Pour le reste, il n'y aurait vraiment pas de quoi fouetter un chat ! On assiste tous les jours à des scènes comparables. « Ça peut vous arriver, ces choses-là. Ça *vous* arrive ! » me sort-elle d'un air de triomphe. Je finis par balbutier : « Mais enfin, Billie ! Qu'y a-t-il de si exaltant à se faire jeter par terre ? ! » Elle m'éclate de rire au nez : « Chérie ! Tu as quel âge, dis-moi ? Tu crois encore aux contes de fées ? Écoute-moi, mon chou : tu n'y es pas du tout. La fille du film, si elle ne comptait pas pour son homme, tu penses qu'il aurait pris la peine de l'envoyer au tapis ? Tu te dégotes un beau mec, admettons. Tu en es folle. Et voilà qu'il te trompe. Il te trompe, mais il te cogne. Qu'est-ce que ça prouve ? Qu'il t'aime encore, pardi ! Que tu es plus forte, au bout du compte, que lui et sa pute… Il y a plusieurs façons de compter les points, tu sais. Il y a plusieurs façons pour un homme de tenir à toi… »

Un music-hall de deux mille places à double balcon s'est ouvert à Harlem l'année dernière au mois de janvier : l'Apollo Theater. Il existait depuis des années, en fait, mais, restauré de fond en comble, il a retrouvé l'attrait de la nouveauté. En peu de temps, il est même devenu une sorte de sanctuaire. Les gens de jazz y reçoivent – ou n'y reçoivent pas, et dans ce cas il ne leur reste guère qu'à changer de métier – la consécration d'un public turbulent, parfois houleux, presque exclusivement formé de Noirs. Ces passionnés savent ce qu'ils veulent. Beaucoup, livreurs ou plâtriers de leur état, en savent plus long qu'un John Hammond en matière de musique. Puisqu'ils ont payé leur place, ils ne craignent pas de livrer à voix haute leur opinion sur les artistes qui se risquent devant eux. Aucun jury de conservatoire n'est plus impitoyable. Comme me l'a dit un jour Clarence, le père de Billie, « là-bas, tu es toujours en train de passer un concours ». Aussi l'Apollo est-il l'empire du trac. Frank Schiffman, le propriétaire, engage les artistes pour une semaine. Il vient de faire savoir à Billie qu'il aimerait la voir débuter le 19 avril. Elle n'a pas le temps de pleurer de joie : déjà, elle est morte de peur.

C'est Ralph Cooper, le maître de cérémonie de l'établissement, qui a tanné Schiffman jusqu'à ce qu'il l'inscrive à son programme. Sans l'avoir auditionnée, étrangement. Mais Ralph paraissait si sûr de son fait… Chef d'orchestre de l'ancien Apollo, celui-ci va d'ailleurs prendre les choses en main. Il supervise les répétitions de l'ensemble qui doit accompagner Billie. Il lui suggère son répertoire. Il l'aide à choisir ses tempos. Pour finir, il lui paie de ses propres deniers la robe et les chaussures qui, selon son expérience, produiront sur les habitués de l'établissement l'impression la plus favorable. Si elle avait été trop grassouillette à son goût, j'imagine qu'il l'aurait attelée à une carriole et lui aurait fait faire au petit trot le tour de Central Park… Par chance, Billie, sujette à des variations de poids assez spectaculaires, affiche la ligne mannequin. Je ne crois pas, au vrai, qu'elle ait jamais arboré une silhouette aussi élégante.

Sa plastique n'empêchera pas que Frank Schiffman la soumette au même régime que tous ceux et toutes celles qui débutent chez lui. Elle affrontera le public à une heure creuse (ce n'est pas tout à fait le mot : l'Apollo, qui pourrait presque se transformer en théâtre permanent, ne manque jamais de clientèle). Quoi qu'il arrive, Frank tient à limiter les dégâts. Il est sûr que, à dix heures du matin, les risques sont moindres qu'à dix heures du soir. Si l'artiste à l'essai se fait huer, sa déconfiture restera relativement confidentielle, et par conséquent la réputation de l'enseigne n'en souffrira pas trop.

Partie sans m'attendre de chez sa mère, où j'étais censée venir la chercher, Billie s'est présentée là-bas avec plus d'une demi-heure d'avance. Lorsque je l'ai rejointe dans les loges, elle tremblait comme une feuille et ne cessait de se précipiter aux toilettes. La première fois, m'avoua-t-elle, elle y avait restitué son petit déjeuner, craignant même, tant le spasme avait été violent, que son estomac ne prenne le même chemin. Au cours du numéro qui précédait le sien, on l'a conduite jusqu'à l'une des ailes de la scène.

Au moment de se lancer à son tour, elle était bien trop pétrifiée pour claquer des dents. Il a fallu que quelqu'un la pousse sur la scène. Le régisseur du théâtre, je suppose. Il n'y est pas allé de main morte. Je l'ai vue partir en toupie et traverser le plateau en patinant sur un pied. Cette glissade n'a pas freiné son élan.

Elle aurait culbuté par-dessus la rampe si le micro n'avait arrêté sa course. Elle s'y est agrippée. On ne pouvait rêver préambule plus burlesque : pourquoi avais-je envie de pleurer ?

Billie reste là, raide comme un piquet. Plus raide que le pied du micro. Sait-elle encore où elle se trouve ? Sait-elle ce qu'elle fabrique là ? Je serre les dents. Mes ongles sont plantés dans mes paumes. Il ne se passe toujours rien. Elle continue de jouer les statues de sel… Dans la salle, les quolibets commencent à fuser. Un plaisantin a déclenché les rires en lâchant du deuxième balcon, pour saluer son entrée : « Hé ! la môme, qu'est-ce que tu vas nous danser, maintenant ? » D'autres ont à cœur de lui donner la réplique. À côté de moi, Ralph Cooper se met à applaudir avec frénésie. Cette initiative désespérée n'a aucun sens et pourtant, dans la lumière aveuglante des sunlights, Billie sursaute, comme tirée de sa léthargie. Elle trouve assez de présence d'esprit pour adresser aux musiciens le signal convenu et, après une introduction de trompette éthérée, entame l'un des morceaux que Ralph lui a fait apprendre, celui que j'ai toujours préféré dans ses tours de chant : *If the Moon Turns Green.*

Un silence de mort s'est abattu sur l'immense salle. Dans tous les clubs où Billie s'est produite jusqu'ici, pas une seule fois je n'ai vu le public retenir son enthousiasme. Il y avait toujours quelqu'un pour lancer un encouragement, une louange, un cri d'extase. Or, de notoriété publique, les habitués de l'Apollo se comptent parmi les citoyens les plus extravertis de Harlem. De toute évidence, la nouvelle chanteuse les laisse de marbre. Mais pourquoi ne le lui font-ils pas savoir ? La patience n'est pas leur point fort. Que mijotent-ils ? J'imagine qu'ils se réservent jusqu'à la fin du morceau. Là, elle comprendra à ses dépens qu'elle ne perdait rien pour attendre. À mesure que l'orchestre se rapproche du point d'orgue, je me recroqueville sur moi-même. Mes épaules seront bientôt à la hauteur de mes oreilles. Mes yeux ne voient plus rien. Sauf Billie. Billie dans ce scintillement de lumière qui la met à nu et fait d'elle une cible facile, affreusement tentante.

If the Moon Turns Green s'achève. Mangeant la consigne, au lieu de laisser au public le loisir d'exprimer son opinion, la voilà qui se précipite sur *Them There Eyes* comme sur un cheval de rodéo auquel elle s'accrocherait par la crinière. Elle cavale, elle cravache. Les instrumentistes n'ont d'autre choix que de s'élancer à sa poursuite.

Le public ne bronche toujours pas. Et puis tout à coup, alors qu'elle attaque les dernière lignes de son texte, sans avertissement cette petite masse de gens *explose.* J'emploie ce mot parce que, non contente d'entendre la formidable clameur expulsée des poitrines, je vois, moi qui suis éblouie par le reflet des projecteurs sur la robe de satin blanc de Billie, je vois dans un poudroiement étincelant des corps soulevés, catapultés de leurs sièges, projetés vers le plafond au milieu d'un envol de chapeaux.

De nouveau interdite, Billie salue avec une gaucherie que je ne lui connaissais pas. Au bout de deux chansons, pour un premier passage à l'Apollo, il ne vous reste qu'à tirer votre révérence. Mais la salle déchaînée refuse de la laisser partir. Elle jette des coups d'œil implorants de mon côté. Ce n'est pas à moi qu'ils s'adressent : c'est au régisseur, qui me souffle dans le cou et que Frank Schiffman, alerté par le vacarme, vient de rejoindre. Pour finir, Ralph Cooper s'autorise à lui faire signe de poursuivre. Trop ému, trop excité, trop euphorique, il en a oublié l'étiquette, qui ne lui confère pas ce pouvoir. Le maître des lieux, toutefois, ne paraît pas s'en formaliser. Et même, un large sourire lui fend le visage alors que l'orchestre négocie les premières mesures de *The Man I Love*, accompagné par un profond soupir de la salle, évoquant le ronronnement du lion qui se met à table. Encore que ce soit lui, en l'occurrence, qui s'apprête à se faire dévorer tout cru et qui s'en pourlèche par avance.

Ralph m'a confié que plusieurs personnes étaient revenues tous les matins de la semaine, sans exception, après avoir reçu au guichet l'assurance que Billie figurait bien au programme. Chaque fois, ces mordus s'étaient livrés aux mêmes démonstrations spectaculaires. Sur-le-champ, Frank avait fait signer à la chanteuse un nouveau contrat, déplorant que les engagements déjà pris envers d'autres l'empêchent de la remettre à l'affiche avant le 2 août, trois mois plus tard. Elle est retournée au Hot Cha, auréolée de sa gloire.

Le club ne peut pas accueillir tous ceux qui, ayant appris ce qui s'est passé à l'Apollo, se précipitent pour l'entendre. Deux ou trois patrons de boîtes concurrentes ont tenté, c'est de bonne guerre, de l'attirer chez eux en faisant monter les enchères. Mais elle n'est pas fille à céder au chant des sirènes. Du moment que la direction du Hot Cha lui marque une certaine déférence, du moment que la clientèle ne lui ménage pas les bravos, elle ne voit aucune raison de déserter. Son père, qui ne travaille plus pour Fletcher Henderson depuis un certain temps, s'est rendu chez Frank Schiffman le dernier jour de son passage, afin de la féliciter. C'est lui désormais qui s'empresse de la présenter en disant « ma fille », et pas du bout des lèvres. Cette victoire l'enivre, autant que son succès. Elle obtient son accord pour que, en août, on puisse lire sur la marquise de l'Apollo : Billie *Holiday.*

Ce que je suis allée chercher auprès de cette fille, je n'aurai pas mis la main dessus. Au contraire, à mesure que nous devenions plus intimes, ce but reculait devant moi. Au point que, aujourd'hui, il est si loin que je ne le distingue plus. De quoi s'agissait-il au juste ?... Pourquoi me le demander ? Cela ne m'inquiète pas. Cela ne m'inquiétera plus, je pense. Il était question d'une énigme, non ? D'un mystère ? Si Billie a un secret, en ce qui me concerne elle peut bien l'emporter dans la tombe. Si elle en a mille, je ne lèverai pas le petit doigt pour lui en arracher un seul... On dirait qu'elle s'applique à ne rien se rappeler : comment pourrait-elle héberger la mémoire de qui que ce soit ? Billie n'est pas un peuple. Billie n'est pas une histoire. Elle refuse même d'être l'histoire de la seule et unique Billie... Elle a traversé mon ciel telle une comète. Elle poursuit sa route. De tout mon cœur, j'espère que cette route sera longue. Je forme des vœux pour que ce voyage continue de lui réserver de magnifiques surprises. Je ne crois pas cependant qu'il sera heureux, du moins au sens où l'entendent les gens ordinaires. Il y a tant de choses que je ne crois plus. Par exemple qu'il y ait absolument besoin d'être juif pour avoir le bonheur triste (ou la tristesse consolante)... Quoi d'autre ? Quand j'essaie de mettre de l'ordre dans mes propres souvenirs, touchant à cette époque irréelle, je n'arrive pas à décider si, pour finir, je suis tombée amoureuse de cette fille. J'ai la certitude, néanmoins, qu'il ne saurait y avoir de relation authentique avec elle – avec la femme, avec la chanteuse – que si l'amour est en jeu. Tout l'amour du monde. L'amour des rêves, l'amour de l'âme, et l'amour de la chair, l'amour à pleine peau. Toutes les passions contradictoires de l'amour. L'amour jusqu'à la haine. Et vice-versa.

Sans doute est-ce trop pour moi. C'était trop pour mon frère. Un mois, jour pour jour, après le deuxième passage de Billie à l'Apollo (il y en aurait bien d'autres), Benny est retourné en studio avec elle, sous la direction de Teddy Wilson, un jeune et brillant pianiste de couleur que lui-même allait bientôt engager. Assistés par d'autres Noirs, dont Roy Eldridge et Ben Webster, ils ont gravé quatre titres. Dans le troisième, *Miss Brown to You* (une chanson d'homme, soit dit en passant), Benny s'adjuge un solo que beaucoup considèrent comme l'un de ses plus réussis. C'est possible. C'est probable. Là n'est pas l'important à mes yeux. Ce que j'y entends, moi, c'est le chant d'un homme de vingt-six ans qui, à son insu, est en train de découvrir ce qu'est pour de bon, pour l'éternité, l'amour auquel il vient de renoncer à jamais.

Irene

J'aime beaucoup cette phrase d'un poète, frappé d'un mal qui avait fini par le rendre aveugle : « C'est venu comme un lent crépuscule. » Progressive elle aussi, ma propre cécité aura quand même été plus soudaine et plus expéditive. Mais ce n'est pas à elle que je songe. C'est ma vie, en fait, qui aura été à partir d'un certain moment « comme un lent crépuscule ». J'ai eu vingt ans, puis vingt-cinq. Je n'ai jamais atteint mes trente ans. Mon existence a bifurqué. Elle a quitté le côté ensoleillé de la rue pour pénétrer dans une nuit sans aurore, sans âge pour celui sur qui elle se referme. On croit au début qu'on finira par toucher l'autre rive. On attend que la brume se lève. On attend que la fumée se dissipe. On ne veut pas voir que la brume s'installe et que la fumée non seulement s'épaissit, mais se solidifie peu à peu. Il n'y a pas lieu de s'en étonner. Qui aurait le courage d'admettre que l'unique alternative à la nuit noire n'est pas le jour, mais la nuit blanche, encore plus terrifiante que l'autre ? Bien heureux, dans une telle situation, quand une éclaircie qu'on croyait passagère ne se révèle pas illusoire au surplus. Ayant épousé Elden Kitchings en 1946, j'avais compris assez de choses pour savoir, le matin des noces, que cette union ne serait au mieux qu'une éclaircie. Le soir, il n'en restait déjà plus qu'un reflet. Précieux, bien sûr, infiniment. Magnifique. Le reflet d'un reflet, cependant. L'ombre d'une ombre, en négatif.

Que restera-t-il de moi ? Même pas un nom. J'en ai porté plusieurs : Armstrong, Eadie, Wilson et pour finir Kitchings. Aucun ne figure dans le moindre dictionnaire. L'annuaire des auteurs-compositeurs de l'ASCAP[1], bien qu'il ne prétende pas établir de palmarès, oublie de faire mention de ceux sous lesquels ont été publiées des mélodies de mon cru, interprétées pourtant par des artistes connus dans le monde entier. Ayant refermé mon piano et jeté la clé aux orties, avec mon crayon et mes feuilles de papier à musique encore vierges, je ne vois pas comment la situation pourrait s'améliorer. D'ailleurs, je ne le souhaite plus, et depuis bien longtemps. Mes désirs sont restés en arrière eux aussi, dans le très vague souvenir que j'ai conservé de New York. Je veux dire de la réalité physique de cette ville. Mais ne soyons pas timide, ma fille ! Posons-nous, les yeux dans les yeux, les questions qui fâchent, les questions qui dévastent. Que reste-t-il, *d'ores et déjà*, de la belle Irene de Chicago, qui avait tapé dans l'œil d'Al Capone ? Que reste-t-il de la première femme dans le jazz à avoir tenu la dragée haute aux hommes ? Que reste-t-il de la première femme, avec Lil Hardin, à avoir dirigé un ensemble de mâles dont plusieurs, à commencer par Budd Johnson et Sidney Catlett, étaient de futurs grands fauves ? Que reste-t-il de la créatrice des Three Classy Misses, déterminée à imposer un trio féminin en un temps où ce genre d'entreprise, au mieux, faisait ricaner ?

Que reste-t-il de toi ici, à Cleveland, dans cette nuit intérieure qui fait de l'univers entier la banlieue de

1. Société américaine pour l'essentiel équivalente de notre SACEM.

n'importe où ? Je te repose la question, vieille femme sans miroir, et par conséquent sans visage. Que reste-t-il de ce qui arrachait au Balafré[1] quelquefois, entre deux carnages, un soupir d'enfant ? « À tout casser », comme Billie aimait dire, il reste un autre sourire. Un sourire tremblé qui n'est au mieux que la caricature, la grimace du précédent. Une exagération peu élégante. Ou alors au contraire une esquisse trop timide. Trop honteuse. Un brouillon inacceptable, vous êtes la première à l'admettre, mais que vous hésitez à jeter, parce que, vous le savez de source sûre, jamais vous ne réussirez mieux.

Si imparfaites soient-elles à mon gré, mes chansons seront avec mes cendres le peu de moi-même qui me survivra, au moins un certain temps. Pas toutes, de surcroît. Une seule, si j'ai de la chance. Une seule pour me crucifier à jamais. *Some Other Spring.* Non parce qu'elle aura été la plus célèbre, mais parce qu'elle fut en son temps la plus sincère et qu'elle est devenue à son corps défendant, à *mon* corps défendant (encore qu'il ne se soit pas très bien défendu), la plus fallacieuse… À moins que vous ne soyez une fleur de serre, ou mieux : une fleur de plastique, il n'y a pas d'« autre printemps » dans une existence. Un seul est déjà plus que le cœur n'en saurait supporter. Il n'y a pas de seconde chance. Arthur[2] a trouvé les mots qu'il fallait. Je veux dire : les seuls que le public était alors et sera jamais capable d'entendre. « Un autre printemps, j'essaierai d'aimer/Pour l'instant, je me cramponne encore aux fleurs fanées… Un autre printemps, à la tombée des ombres/Les nuits m'amèneront quelqu'un

1. Al Capone.

2. Arthur Herzog, le parolier de *Some Other Spring* et de plusieurs des compositions d'Irene Kitchings Wilson.

d'autre que toi… Tout autour de moi, le soleil brille/Mais le fond de mon cœur est froid comme la glace… » Comment avait-il découvert que ces mots étaient ceux que je me chantais à moi-même jusque dans mon sommeil ? J'espère en tout cas qu'il n'en a pas été dupe. Pas autant que moi qui, en dénonçant leur mensonge, les prononce encore.

Ils prétendent que je suis dans ma musique, même sans les mots d'Arthur, la grande spécialiste des peines de cœur. Comment cela serait-il possible ? Contrairement à Billie qui les collectionnait avec gourmandise, je n'en ai connu qu'une. Je suppose qu'une seule suffit, quand elle est de qualité. Sans vouloir me vanter, la mienne était la perfection même. De Teddy, je n'ai jamais reçu que des choses impeccables… Beaucoup plus tard, à Cleveland, en tripotant les boutons de la radio, je suis tombée par hasard sur un entretien avec John Hammond. Il était question de Teddy. Soudain, il s'est mis à parler de moi :

« Il est sûr qu'il doit une fière chandelle à sa femme !

— Pourtant, lui a fait observer son interlocuteur, ils ne sont pas restés mariés très longtemps, si ma mémoire est bonne. Savez-vous pourquoi ? »

John a hésité un instant.

« Elle l'aimait tellement plus que lui… a-t-il fini par laisser tomber. Même civilisée, même contenue, la passion ne pouvait qu'effrayer un homme de son espèce. Il a toujours eu un besoin vital d'équilibre et de mesure. Quand nous réalisions ces formidables disques avec Lady Day, entre 35 et 39, il n'était pas de ses inconditionnels, le saviez-vous ? Il me l'a confié plus d'une fois : il préférait de loin Johnny Hodges. Rien ne le rassurait autant que la perfection. Avec Billie, même avant qu'elle se drogue, on pouvait s'attendre à tout.

Attention, ne vous méprenez pas : Teddy lui accordait, comme à tout artiste, la liberté de créer à sa façon. C'était uniquement *pour lui-même* qu'il supportait mal l'instabilité… Vous me demandez pourquoi il a quitté Irene ? Elle l'aimait d'un amour fou : il avait trop honte de ne pas pouvoir le lui rendre. »

Et dire que je n'ai jamais pu faire avaler à Billie que John Hammond était autre chose qu'un grand benêt à figure de cheval ! Sur ce point, je crois que sa mère s'est montrée plus perspicace.

J'imagine que vous connaissez *Good Morning, Heartache* ? L'année où j'ai laissé New York derrière mon épaule, Billie en a gravé avec l'orchestre de Bill Stegmeyer une version inoubliable. Cette chanson semblait avoir été écrite pour elle, tout autant que *Some Other Spring*, *Ghost of Yesterday* ou *I'm Pulling Through* qui pourtant ne s'adressaient qu'à moi-même, Arthur ayant été comme toujours l'interprète de mes silences. Je ne pensais pas à ma meilleure amie en composant ces thèmes. C'était un luxe que ma précieuse douleur ne m'autorisait pas. En revanche, c'était bien à Billie que je les destinais, n'ayant jamais eu l'intention de les chanter moi-même, fût-ce à bouche fermée… Dans son interprétation de *Good Morning, Heartache*, elle souhaite vraiment la bienvenue au chagrin d'amour. C'est toute la différence entre nous. Elle comptait sur les peines de cœur pour rompre la monotonie de l'existence. Pour pimenter son ordinaire. Elle y goûtait chaque fois comme au fruit défendu. Voilà pourquoi nous nous sommes si bien entendues. Nous ne chassions pas sur les mêmes terres. Nous n'avions pas le même envers et le même endroit. Son inaltérable allégresse lui pesait parfois. Je ne la comprenais que trop bien. Je crois que je l'enviais.

Je l'enviais déjà quand nous avons fait connaissance, et pourtant, à ce moment-là, j'étais encore persuadée que mon histoire avec Teddy n'aurait jamais de fin. John Hammond souhaitait qu'elle enregistre avec lui. Il nous avait entraînés dans un club où elle se produisait. Entre Teddy et Billie, ça ne s'était pas très bien passé. Probablement parce qu'ils étaient ce qu'ils étaient et que, aussi timides l'un que l'autre, ils s'étaient enfermés dans leurs personnages respectifs. John avait dû insister auprès de mon mari pour qu'elle soit invitée chez nous le lendemain. Là, nous avons eu tout le temps de bavarder. Elle était arrivée en avance. J'étais seule. Teddy avait eu un contretemps. Quand il nous a rejointes, nous avions déjà noué, elle et moi, une relation que même sa mort tragique, en 1959, n'a interrompue qu'en apparence.

Ce jour-là, ils n'ont rien « répété », à proprement parler. Je ne me souviens même pas si Teddy s'est assis au piano. Mais ils ont mis au point certains détails de la séance qui devait avoir lieu quelques jours plus tard, le 2 juillet.

La nomenclature des artistes impliqués dans les productions de John Hammond se lit comme un gotha du jazz classique. En plus de Benny Goodman, très bientôt couronné « King of Swing », il n'avait invité à ses séances que des valeurs sûres ou des étoiles montantes (comme Roy Eldridge, Ben Webster ou John Kirby, le contrebassiste du Fletcher Henderson Orchestra). Avant que Lester Young et les autres gars de Count Basie n'entrent dans la danse, il associerait au tandem Billie-Teddy des personnalités aussi prestigieuses que Johnny Hodges, Harry Carney, Chu Berry, Jonah Jones ou Gene Krupa. Dans les années 30, engager les meilleurs plutôt que les pires ne posait aucun problème de budget : tout le monde était payé au tarif syndical. De surcroît, tout le monde était mal payé. Moins mal, toutefois, qu'au sein d'une formation constituée, fût-elle de grand renom.

En studio, Billie donnait tout ce qu'elle avait. Dans un seul but : obtenir l'approbation de ses partenaires. Un sourire entendu, un hochement de tête – rien de plus. Personne n'allait s'appesantir sur une prise réussie. En ce temps-là, même s'ils venaient d'accomplir des miracles, les musiciens préféraient parler d'autre chose. Leur contrat rempli, ils remballaient leurs affaires et se séparaient sur le trottoir, ayant tiré dans leur tête un trait définitif sur la séance. On aurait cru qu'ils se dépêchaient de tout oublier, comme on se dépêche d'enlever ses chaussures une fois rentré à la maison.

Billie avait eu avec Benny Goodman une histoire qui s'était mal terminée (comment aurait-il pu en être autrement ?). Une histoire qui, je l'apprendrais plus tard, ne s'était pas terminée du tout, Benny s'étant dérobé, ce qui lui ressemblait bien. Sur ses liaisons, ma nouvelle amie n'était guère portée aux confidences. J'aurais été bien en peine de tenir le compte de ses amants. De ses flirts, n'en parlons pas ! Entre 1935 et 1939, c'était dans le vivier des musiciens qu'elle pêchait le plus souvent. On lui faisait la réputation de courir plusieurs aventures à la fois ? Le fait est qu'elle éprouvait un brûlant désir d'être désirée. Deux besoins contradictoires la dominaient tout entière. Celui d'être la proie des « vrais » hommes et celui de leur faire tirer la langue. De toute évidence, elle ne pouvait qu'être perdante à ce jeu. Bientôt, elle dut porter des lunettes de soleil par n'importe quel temps, et même certaines nuits, afin de masquer ses coquards. Les garçons fréquentables, quant à eux, se voyaient impitoyablement repoussés s'ils avaient de la chance, piétinés et tournés en dérision quand, pour une raison ou une autre, elle perdait patience. Elle ne pouvait s'empêcher de maltraiter quiconque lui semblait incapable de mauvais traitement à son égard. C'était comme une seconde nature. Elle se sentait irrésistiblement attirée par les rustres et les violents, plus encore par les lâches qui se donnent des airs bravaches. Soit dit en passant, elle était encore la vedette du Hot Cha Bar and Grill quand sa route a coupé celle du détestable Louis McKay, qui deviendrait en 1956 son deuxième et dernier époux. Il s'était assoupi au bar, son bras étalé sur le zinc lui servant d'oreiller. Une prostituée avait entrepris de le soulager de son portefeuille. Billie s'était interposée en prétendant que le pigeon vivait avec elle.

J'en reviens aux séances Columbia. Faute d'un budget adéquat, les répétitions n'étaient pas à l'ordre du jour. Teddy et Billie convenaient à l'avance d'une vague stratégie pour chaque interprétation. Encore trouvait-elle assez souvent un prétexte pour couper à la corvée. Plus d'une fois, je l'ai vue confrontée, au moment de les enregistrer, à des mélodies qu'elle entendait pour la première fois. Par bonheur, elle était pourvue d'une oreille qui compensait ce handicap. En partie seulement, mais sa façon de paraphraser les thèmes, faute de bien les connaître, présentait un énorme avantage : lorsqu'elle tournait autour d'un air qui ne lui était pas familier, chacun avait le sentiment que c'était un effet de l'art. Plus elle s'écartait de la composition originale, plus elle semblait la dominer. Ainsi, tout ce qu'elle chantait devenait instantanément du Billie Holiday, même une création de Duke Ellington. John Hammond ajoutait : « Avec elle, tout se transforme en une sorte de blues. À ceci près que, de vrais blues, elle n'en chante presque jamais... » Chacun avait son idée sur la question. Le pianiste Jimmy Rowles résumait les débats d'une formule qui, en soi, n'a l'air de rien, mais qui peut donner le vertige, quand on y réfléchit : « Billie, ce n'était pas une voix, c'était un son. »

Il faut qu'une porte soit ouverte ou fermée. Ou bien un musicien improvise, ou bien il n'improvise pas. Par bonheur, c'est un peu plus compliqué que cela. Avec Billie, vous êtes en permanence dans l'entre-deux. Si Frank Sinatra enviait sa manière, ce que beaucoup de gens n'arrivent pas à comprendre, c'était parce qu'elle soumettait d'emblée les chansons à son alchimie personnelle, *sans avoir l'air d'y toucher*. L'homme de la rue reconnaît sans peine la mélodie. Pourtant, grâce à une série de retouches imperceptibles, elle l'a métamorphosée. Nombre de compositeurs ne reconnaissent plus leur enfant. Pour parvenir à ce résultat, Billie n'a aucun besoin de prendre la clé des champs, comme Ella Fitzgerald lorsqu'elle se met à scater. Billie n'utilise presque jamais ce procédé. Et pourtant son attitude est la plus radicale. Chez Ella, les mélodies ne deviennent des prétextes qu'après avoir été révérées, encensées, caressées dans le sens du poil. Chez Billie, le prétexte se limite souvent à l'énoncé du titre. Une seule note, quelquefois, et la voilà passée dans une autre dimension.

Après les deux séances de juillet 35, on peut considérer qu'elle était lancée. Cela ne signifiait nullement qu'elle se trouvait tirée d'affaire. À la possible exception de Benny Goodman, aucun jazzman ne l'était jamais. Même pas Louis Armstrong. Je ne fais pas allusion seulement aux aléas du marché, maladie endémique, aggravée dans les périodes de crise (l'activité frénétique des boîtes de Kansas City dans les années 30 ayant fourni l'exception à la règle). Il faut aussi prendre en compte le fait que le succès oblige un artiste à viser de plus en plus haut, et donc à se mettre en danger. Billie était plus exposée que d'autres, pour la bonne raison qu'elle avait l'échine moins souple et surtout que, en ce temps-là, l'expression « rançon de la gloire » sonnait à ses oreilles comme une incongruité. Un prix à payer ? Elle estimait avoir déjà versé plus que son dû. Et puis, elle ne songeait qu'à s'amuser. La notion de travail lui était étrangère. La vache enragée était pour elle un animal familier. Insouciante, cette fille ? Elle s'était convertie à l'insouciance, bien plus tôt. Comme tant d'autres, si elle n'avait pas cru que demain était un autre jour, jamais elle n'aurait franchi le cap du jour même.

Mon mari et moi, nous avions débarqué à New York juste à temps pour assister à la migration du jazz vers le bas de l'île, une fois levée la prohibition. Plus précisément, vers un quartier à prédominance blanche, situé entre la 5e et la 6e Avenue : la 52e Rue et ses environs immédiats. À la suite de l'Onyx Club, de nombreux établissements restés légendaires y avaient ouvert leurs portes. Le Famous Door, le Hickory House, le Three Deuces, le Kelly's Stable, le Spotlite, le Downbeat, le Jimmy Ryan's… Au milieu des années 50, presque tous auraient été convertis en boîtes de strip-tease. Mais, entre 1935 et la fin de la décennie suivante, notre musique y tenait le haut du pavé. Les éclats du bebop eux-mêmes n'avaient pas découragé les bambocheurs et c'était un thème écrit par Thelonious Monk que certains de ces clubs avaient choisi comme indicatif[1] après la Deuxième Guerre mondiale.

« La Mecque du jazz sur le vif », « le Montmartre new-yorkais » : à travers ces définitions, on peut se faire une idée de ce que représentait alors cet endroit. Les chauffeurs de taxi ne le connaissaient plus que sous le nom de « la Rue ». Quand un péquenot demandait : « Laquelle ? », dix voix lui répondaient en chœur : « Celle qui ne dort jamais ! » La 52e tout entière s'était mise à l'heure des musiciens, dont beaucoup ne rejoignaient pas leur lit avant que le soleil soit déjà haut dans le ciel. On n'y engageait pas que des artistes prestigieux. Néanmoins, la compétition était acharnée pour figurer au programme du Three Deuces ou de l'Onyx. Art Tatum ne s'était-il pas manifesté à ces deux adresses, auréolé de toute sa gloire ? S'asseoir sur le même tabouret que lui – ainsi que le ferait un jour, arrivant de Pittsburgh, le jeune Erroll Garner – ne pouvait pas nuire à votre réputation. S'en faire éjecter, au contraire… Sauf à Kansas City, les jazzmen ne pouvaient se sentir davantage chez eux en aucun autre point de la planète. Balise du succès ou miroir aux alouettes, ils n'avaient guère la liberté d'en détourner les yeux.

La direction du Famous Door sollicita Billie en septembre 1935, le baptême de l'établissement ayant été célébré en février. Un petit comité de musicien, parmi lesquels le tromboniste Glenn Miller, présidait aux destinées de la maison. Drainant jusqu'à lui un public considérable, le trompettiste et chanteur Louis Prima

---

1. L'historien, critique, pianiste, compositeur, parolier, producteur et promoteur d'origine anglaise Leonard Feather l'avait intitulé *52nd Street*. Monk lui-même, qui en avait fait cadeau à son très cher ami Bud Powell, maître du piano bop, s'était interdit de l'enregistrer.

en avait été la première vedette. À la suite de quoi, c'est de bonne guerre, il avait réclamé une augmentation substantielle qui, c'est de bonne guerre, lui avait été refusée. En catastrophe, le club avait dû lui trouver un remplaçant, mais il risquait fort de perdre au change. Grâce à des enregistrements largement diffusés sur les ondes et distribués dans les juke-boxes, Prima et son New Orleans Gang, avec Pee Wee Russell à la clarinette, jouissaient d'un crédit exceptionnel, tant auprès des habitués de la Rue que des visiteurs de passage. Louis était né à La Nouvelle-Orléans et ne jurait que par Louis Armstrong. Par dévotion, il lui avait emprunté beaucoup de choses. Comme souvent, la copie – édulcorée – avait été préférée à l'original par toutes les personnes qui, elles-mêmes, ne sont dans la vie que des fac-similés. Pour le reste, ce garçon n'était pas un mauvais trompettiste, pas un mauvais chanteur, pas un mauvais bougre et, parmi les amuseurs, il comptait parmi les rares susceptibles de divertir des gens sobres, les autres étant secoués d'une telle hilarité qu'ils devaient se tenir aux murs. Après son départ, l'armée de ses admirateurs se montrait inconsolable. C'était à elle que l'on envisageait de jeter Billie en pâture.

Au Famous Door, il n'était pas permis à une chanteuse noire de se mêler à la clientèle. Encore moins de s'asseoir à une table, même si on l'y invitait. Elle n'avait pas le droit non plus de s'installer seule au bar. Entre ses passages sur scène, il ne lui restait qu'à errer comme une âme en peine dans une petite pièce située à l'étage, près des toilettes, et pompeusement baptisée « foyer des artistes ». Elle y rongeait son frein pendant que Teddy, qu'elle avait pris pour accompagnateur, allait gratter un semblant de cachet dans les boîtes environnantes. Cette liberté était accordée aux seconds rôles par les gérants de club, tout heureux d'avoir cette excuse pour maintenir les salaires au plus bas. Dizzy Gillespie a déclaré un jour : « La Rue a tellement été une *mother* pour nous qu'elle s'est faite aussi, dans la foulée, *motherfucker* ! »... Dès qu'une idole du jazz descendait de scène, elle redevenait un nègre comme les autres. Face à l'exploitation systématique des gens de spectacle par ceux dont elle justifiait l'existence, elle restait, malgré la vigilance des syndicats, pratiquement sans recours. La mésaventure de Louis Prima en offrait l'illustration.

Obligée de faire antichambre, Billie souffrait du désœuvrement. L'ennui s'ajoutait à la vague d'amertume qui menaçait de la submerger. Voilà une fille qui avait eu toute une semaine l'Apollo à ses pieds. Qui venait de réaliser avec la nouvelle élite du jazz new-yorkais des enregistrements portés aux nues par les connaisseurs. On était venu la chercher, alors qu'elle évoluait loin de la 52e Rue, et maintenant elle avait l'impression d'y être de trop. Sur scène, elle n'était pas indispensable (on verra pourquoi) ; hors de scène, elle encombrait. Elle est supposée avoir tenu quatre jours à ce régime. Qu'elle n'ait pas franchi le cap des deux semaines, ça, je peux le confirmer. Le manager la vit partir avec soulagement, trop content de pouvoir déchirer son contrat.

Les habitués du Famous Door avaient détesté Billie au premier regard. Son orgueil et sa timidité lui interdisaient de se vautrer aux pieds d'un auditoire pour le forcer à lui manger dans la main. Louis Prima excellait dans ces contorsions. Billie, elle, n'avait pas l'échine assez souple. D'une artiste de couleur, cette attitude était jugée scandaleuse. Plus on la lui reprochait, plus elle se cabrait. Je reste persuadée que, en grande partie, l'image de Lady Day, la Dame aux gardénias, s'est formée, dans sa propre tête, à la suite des déboires qu'elle a connus pendant cette période de sa vie. En particulier les réactions hostiles à sa façon de chanter. Elle n'y avait jamais été confrontée jusque-là. Les choses se sont envenimées après *Strange Fruit*. Elle a voulu ressembler à l'image que lui renvoyait la presse. Au désespoir de John Hammond, elle deviendrait cette « tragédienne de la chanson » célébrée par maint article. J'ignore si ce fut une bonne initiative de sa part. Ce que je sais de source sûre, c'est que Billie devint ipso facto, et tout d'abord à son corps défendant, la façade distinguée, l'élégante vitrine d'une colère sans mesure. La représentation immobile de notre vertige, sur papier glacé. Une vision impitoyable, destinée à crever les yeux de cette Amérique où les Noirs étaient enfermés, mais où ils n'avaient pas leur place.

C'est plusieurs années après sa mort qu'elle fut embrigadée au service d'une autre cause, celle des femmes, par des amazones dont certaines se servaient du mythe sans vergogne, tout en méprisant la personne sans retenue. S'être attendrie dans ses chansons sur la tyrannie masculine était plus qu'elles n'en pouvaient supporter. Ces militantes farouches n'allaient pas lui pardonner de si tôt la dernière phrase de son livre : « Mais tout ça, je vais l'oublier, avec mon homme… » Je leur pardonne, moi, leur candeur. Elle n'est jamais que la rançon de leur jeunesse. La plupart d'entre elles n'étaient pas nées quand Billie chantait *My Man*. En ce temps-là – à tort, sans doute, mais c'est une autre question –, personne n'y voyait malice. Il est parfaitement exact que Billie s'est délectée à interpréter ce genre de texte et n'a pas hésité à sacrifier au masochisme ambiant en improvisant les strophes de son *Billie's Blues*, en 1936. Elle était ce que le monde avait fait d'elle. Peut-être commit-elle la faute de trop bien s'en arranger. Cependant, elle n'aura pas montré que des signes de faiblesse, loin s'en faut. Alors même que, avec un plaisir certes malsain, elle se livrait *en paroles* à l'autoflagellation, elle offrait *dans les faits*, à toute une communauté, l'exemple d'un intransigeant respect de soi.

Sa vie privée n'était pas un modèle ; elle était la première à l'admettre et, plus souvent qu'à son tour, à le déplorer. En revanche, sa vie publique malgré la drogue, malgré la boisson, malgré les fréquentations désastreuses, malgré les scandales, les procès, les séjours à l'hôpital et les séjours en prison, offre le spectacle d'un combat magnifique. Je dis souvent que, dans la conscience des Noirs américains, « Black is beautiful » a surgi du néant en même temps que Billie – outragée, mais décidée à n'en rien laisser paraître – se matérialisait dans la lumière des projecteurs, sous le regard embué de haine et d'alcool des agités du Famous Door.

Billie s'était forgé un style qui, en dépit de sa dette envers Louis Armstrong, n'avait aucun équivalent à New York. Elle l'avait fignolé dans les moindres détails. Personne n'avait eu besoin de lui expliquer que l'essentiel est moins d'accomplir certaines prouesses que de ne pas tomber dans certains travers. D'elle-même, elle avait pris conscience que ce qui détermine la force d'un art, c'est une cohérence interne qui se maintient quand, autour de lui, tout se transforme. Elle avait reçu à la naissance moins de dispositions que beaucoup ; elle n'avait eu ni la chance ni le désir de suivre une formation académique. En revanche, elle disposait d'atouts inappréciables. Ainsi avait-elle compris d'emblée que, son approche étant fondée sur le « naturel » (un naturel acquis, entendons-nous bien, comme le naturel de théâtre) et visant à l'intimisme, l'une des premières choses dont elle devait se défaire était le vibrato appuyé, que les chanteurs populaires avaient hérité du bel canto et d'un temps, pas si lointain où, pour tout microphone, ils devaient se satisfaire d'un porte-voix. Tirant sur leurs cordes vocales, ils abusaient de ce que Billie nommait, le terme m'avait frappée, « ce tremblement[1] ». Le public, la presse, les agents, les producteurs, les patrons de club, les directeurs de théâtre, les promoteurs de tournée, y étaient si habitués qu'ils ne pouvaient plus s'en passer. Comme elle le déclarera plus tard à un journaliste : « Si vous n'aviez pas ça à leur offrir, vous étiez morte, professionnellement parlant. » Dans ce domaine encore, Billie a défié la norme, sauté une frontière réputée infranchissable et ouvert une piste.

Sa déroute au Famous Door ne fut pas la seule gifle qu'elle reçut dans le 52e Rue, au cours de ces années-là. Je ne vais pas en dresser la liste, mais je me souviens de son engagement à l'Onyx, en septembre ou en octobre 1936. Elle avait dû fuir le Door parce qu'elle déplaisait : un an plus tard, elle serait mise à la porte de l'Onyx parce qu'elle plaisait trop. L'Onyx était la chasse gardée du violoniste Stuff Smith. Celui-ci avait encore plus fait pour la renommée de cette boîte que Louis Prima pour la précédente. À la tête d'une troupe d'enragés (Jonah Jones et Cozy Cole en faisaient partie), il en portait l'atmosphère à l'incandescence. On entrait en frénésie dès qu'on franchissait le seuil de la maison. Un petit singe sur l'épaule, un chapeau ridicule sur le crâne, Stuff apostrophait son public, débitait des

1. « *That shake* ».

blagues et des histoires salaces. Il haranguait et entraînait dans des courses folles ses musiciens, qu'il mettait à l'amende si d'aventure ils se présentaient sur scène sans un solide coup dans l'aile. On accourait pour être témoin de telles extravagances et, si possible, attirer sur soi les lazzis de l'énergumène. Les Blancs espéraient de lui ce qu'ils n'auraient toléré d'aucun autre. Les Noirs, de leur côté, se sentaient un peu plus fiers d'eux-mêmes à travers l'image flamboyante que Stuff donnait de la communauté. Joe Helbock, le manager, ne pouvait rien lui refuser. Autant se faire hara-kiri. Hezekiah Leroy Gordon Smith n'avait qu'un seul défaut : il se montrait d'une jalousie féroce.

Recrutée pour faire patienter l'assistance entre les sets du violoniste, Billie avait eu la malencontreuse idée de captiver un public persuadé qu'il allait s'ennuyer avec elle. Stuff n'avait pas apprécié la chose. Il recevait comme un affront personnel les rappels, chaque soir un peu plus pressants, auxquels Billie devait satisfaire. Il exigea son renvoi. Que Joe Glaser – l'agent de Louis Armstrong, devenu celui de Billie – ne parvint pas à empêcher, en dépit de sa pugnacité proverbiale. J'ignore, à propos, pourquoi elle s'était acoquinée avec Joe. Peut-être pour la simple raison que le personnage ressemblait à ces truands qui n'avaient jamais cessé de l'attirer. Ancien manager de boxe, mêlé aux milieux interlopes de Chicago, Joe collectionnait les petites amies, avait trempé dans des trafics d'alcool, fumé l'opium et s'était vu contraint de quitter le pays toutes affaires cessantes quand de pires gredins que lui-même l'avaient pris en grippe. Il tirait vanité de sa rustrerie et ne se privait pas d'exploiter ses clients. Ces derniers recevaient de sa main un salaire pour solde de tout compte, après quoi il empochait l'excédent sans sourciller. Comme il n'avait aucun respect pour leurs facultés créatrices, il les appelait, en prime, « mes négros », réservant ses salamalecs aux gangsters susceptibles de lui tenir la dragée haute. En le fréquentant, Billie ne risquait guère de voir pâlir la réputation d'affranchie qui lui tenait à cœur.

En septembre 1935, après son échec retentissant au Famous Door, quelqu'un avait décroché pour elle un contrat d'une semaine avec un club de Montréal. À son retour du Canada, Glaser la mit en demeure de maigrir. Ayant obtenu satisfaction sur ce point, il n'eut qu'à lever le petit doigt pour la faire engager dans la troupe de *Stars of Broadway*, une revue dont Louis Armstrong était une des têtes d'affiche. Sa contribution se limitait à interpréter chaque soir *You Let Me Down*, qu'elle venait d'enregistrer avec Teddy. Au moins s'agissait-il d'un emploi stable, qu'elle n'aurait pas lâché si elle n'avait été victime d'une intoxication alimentaire assez grave pour l'obliger à s'aliter quelque temps. Le public du Connie's Inn, où se donnait le spectacle, l'avait fort bien accueillie, preuve que l'on commençait à se faire au style, alors si déroutant, qu'elle proposait et dont elle fournissait la définition suivante : « Je veux "sonner" comme un saxophone ténor. » À moi, elle précisa que c'était à Lester Young qu'elle songeait, un musicien que je n'avais pas encore eu l'occasion d'apprécier. Lester était devenu son nouveau maître à penser. Elle n'en continuait pas moins de vénérer Louis. Lequel, lorsqu'il la découvrit sur le plateau de *Stars of Broadway*, le lui rendit aussitôt. Dès le premier instant, ils formèrent une société d'admiration mutuelle et se lièrent d'une amitié qui ne se démentirait plus.

L'abolition de la prohibition avait calmé la soif d'un grand nombre de gens, mais attisé celle des musiciens.

L'ivresse était devenue l'état naturel d'une majorité d'entre eux. Jamais ils ne prenaient le temps de cuver, passant d'une cuite à l'autre à un train d'enfer. À treize ans, Pee Wee Russell souffrait déjà d'une cirrhose du foie. Il expliquait préférer les nausées permanentes engendrées par l'abus d'alcool aux sensations qu'il éprouvait chaque fois qu'il essayait de rester sobre. Eddie Condon, le célèbre guitariste, chef d'orchestre et maître de cérémonie à nœud papillon, était de ceux qui savaient passer sans encombre *à travers* l'intoxication éthylique. Il aurait été capable de discuter avec Albert Einstein après une bonne vingtaine de verres. Il passait en outre pour la figure la plus spirituelle de la Rue, plusieurs de ses reparties ayant été élevées au rang d'aphorismes. De bonne foi, bien des noctambules de passage le croyaient plus sobre qu'un chameau.

Eddie venait d'obtenir de la direction du Famous Door son feu vert pour organiser des jam-sessions le dimanche après-midi. Billie fut la première vocaliste vers laquelle il se tourna. Elle n'allait pas lui dire non. Les artistes de couleur gagnaient toujours à frayer avec les Visages pâles : cela leur conférait une légitimité aux yeux des autres Blancs. Pour elle, de surcroît, revenir au Door représentait une forme de revanche.

À la fin de l'hiver ou au début du printemps 1936, Joe Glaser persuada Jimmie Lunceford, le chef d'un des meilleurs big bands du pays après celui de Duke Ellington, de la prendre à son service. Après quelques tentatives dans la grande banlieue de New York, l'aventure tourna court. Plus fructueuse serait, quatre mois plus tard, l'association entre Billie et le trompettiste Bunny Berigan. Grâce à ce dernier, le 11 juillet 1936, un samedi (j'ai noté tout cela dans le semblant de journal que je tenais à l'époque), mon amie fit ses débuts dans « Saturday Night Swing Club », un programme de la station de radio CBS, qui avait un certain écho. La veille, Bunny avait participé avec Artie Shaw à la première des séances proposées au public sous la signature *Billie Holiday and her Orchestra*. C'est ce jour-là que fut enregistrée la version originale de *Billie's Blues*, après trois autres morceaux qui méritaient eux aussi de passer à la postérité. *Did I Remember ?*, *No Regrets*, *Summertime*, *Billie's Blues* témoignent d'un moment de grâce comme il en existe toujours trop peu dans la carrière d'un artiste, fût-il d'exception.

J'espère que ces réussites ont pu consoler mon amie d'un camouflet essuyé le mois précédent, à Chicago. Sous la pression de John Hammond, Glaser l'avait fait entrer dans la formation de Fletcher Henderson. Cet ensemble devait relayer celui d'Earl Hines dans un établissement que je connaissais bien : le Grand Terrace, dont Al Capone en personne avait engrangé l'essentiel des bénéfices avant d'être incarcéré pour fraude fiscale. D'autres gangsters avaient pris la suite. Toutefois, ce n'est pas avec eux qu'elle eut maille à partir, mais avec un dénommé Ed Fox. Scandalisé par l'attitude sacrilège de Billie à l'égard du vibrato, il s'imposait chaque soir de venir lui rappeler dans sa loge à quel point son style était en dessous de tout. Jusqu'au jour où, ayant ruminé l'offense quelques instants, elle se dressa d'un bond, se mit en marche et fit irruption dans la pièce où Fox, le cigare aux dents, s'imaginait à l'abri. Commençant par l'encrier, elle entreprit de lancer dans sa direction tout ce qui se trouvait sur le bureau. Après quoi, soucieuse de mettre les points sur les *i*, elle se pencha vers lui, recroquevillé sous son fauteuil à vis, et le gratifia du discours suivant : « Tu as raison, Ed Fox. Planque-toi bien, parce que je ne te raterai pas toujours. Recommence une seule fois, et je jure devant Dieu que je te fais la peau. À ta place, vois-tu, j'irais dare-dare me choisir un garde du corps. Deux, de préférence. » Elle avait mis un point d'honneur à ne pas élever la voix. On la congédia sur-le-champ.

Informé de l'incident, Joe Glaser donna raison à Fox. S'il avait admis Billie dans son écurie, ce n'était nullement parce qu'il lui accordait un quelconque mérite en tant qu'artiste, mais pour la raison qu'elle était, de tous ses « négros », hommes ou femmes, l'unique spécimen à lui avoir jamais répliqué dans son propre langage. Il se sentait moins seul. Convoquée par lui dès son retour de Chicago, elle le trouva les chevilles croisées sur le bord de sa table. Sans prendre la peine de la saluer, il lui enjoignit d'interpréter à l'avenir des choses un peu plus guillerettes et surtout un peu plus, comment dire ?... suggestives. Tous ces caves ne se déplaçaient tout de même pas pour entendre le kaddish, sacré nom de Dieu ! Et tant qu'on y était, puisqu'elle avait ce qu'il faut aux endroits qu'il faut, qu'est-ce qu'elle attendait pour faire grimper le mercure dans le thermomètre ? Se tortiller un minimum, c'était au-dessus de ses compétences ? Merde, alors ! Sa mère ne lui avait donc rien appris ?

Elle l'écouta jusqu'au bout. Dressée de toute sa taille sur ses talons aiguilles, elle laissait tomber sur lui, filtré entre ses cils, ce qu'elle appelait son « regard de poisson mort ». Puis elle déclara en détachant ses mots, de sa voix la plus râpeuse : « Écoute, fils de pute, surtout ne te gêne pas pour moi. Tu n'as qu'à chanter à ta façon, en ondulant des fesses à t'en déboîter le coccyx. Moi, je chanterai à la mienne. Vu ? »

Sadie l'avait accompagnée à Chicago. Quand elle était sans emploi, Billie la prenait comme habilleuse.

Cette femme l'aurait suivie au fond de l'enfer pour ne pas rompre le contact avec elle. Aussi longtemps qu'elle ne se retrouvait pas sur la touche, Sadie pouvait supporter n'importe quelle rebuffade. L'idée d'être un jour abandonnée l'obsédait en permanence. Elle avait renoncé, non sans amertume, à reconquérir Clarence, après qu'il eut quitté Fanny pour une certaine Atlanta, laquelle lui avait donné deux enfants, un garçon et une fille. Billie restait la seule personne qu'elle pouvait encore perdre. Les relations pour le moins houleuses qu'elles entretenaient lui faisaient redouter le pire. Chaque matin en se levant, elle se jurait de ne pas la contrarier. Mais, devant les libertés que s'autorisait sa fille, son éducation catholique reprenait le dessus. Remarques, reproches, réprimandes s'échappaient de ses lèvres, jusqu'à ce que Billie l'envoyât promener avec un manque d'égards qui, personnellement, me heurtait. Je déplorais l'esprit obtus de la première, qui semblait jouer contre son camp, sans pouvoir approuver pour autant la brutalité de la seconde. Billie s'en rendait compte. Elle m'avait surnommée Renie. « Renie, sifflait-elle entre ses dents, le regard noir, vous êtes bien les deux mêmes, Mom et toi. Vous ne pourriez pas poser vos valises, de temps en temps ? » Je répliquais : « Elle réagit comme une mère, c'est tout. » Elle tranchait : « Pour elle, c'est bien trop ! »

Pourtant, en certaines circonstances, nul ne montrait plus de tact qu'elle dans ses relations avec autrui. Je suis bien placée pour le savoir. Quand Teddy s'est séparé de moi, je devins une écorchée vive. Billie fut la seule personne qui pouvait s'approcher de moi sans que je me crispe. Dans son livre, elle écrit en toutes lettres qu'elle pouvait être garce. Elle a toujours avoué ce travers, non sans une certaine arrogance. Or, sa mère avait le don de l'excéder. Billie la jugeait collante, prêchi-prêcha, bêtasse et bécasse, et surtout plus naïve qu'il n'est permis. Elle ne savait par quel bout prendre une femme partagée entre un optimisme digne du catéchisme à l'usage des tout-petits et une peur irraisonnée du lendemain, pour elle-même et pour sa fille. Désireuse de mettre le Ciel dans sa poche, maman Holiday trouait ses bas sur les bancs de l'église. Elle brûlait des cierges devant les autels, asséchait les bénitiers l'un après l'autre et hantait le confessionnal avec une assiduité qui obligeait le prêtre lui-même à demander pardon à Dieu de la tentation qu'il éprouvait de lui claquer le guichet au nez chaque fois qu'il reconnaissait sa voix. Elle craignait le diable, la mort, la faim. Et la solitude, alors même que la solitude, d'ores et déjà, était son lot en ce bas monde. Pour sauver son âme, elle s'acharnait à faire le bien à tout prix. Les trois quarts des gens, il va de soi, l'exploitaient sans vergogne. Mais son indulgence à l'égard des turpitudes de ses contemporains frisait l'abnégation. La générosité de Sadie était une maladie à laquelle il n'existait pas de remède. L'aisance avec laquelle elle se défaisait de ses maigres biens au profit de ceux qui les convoitaient, ou bien la rapprochait de la sainteté, ou bien la faisait pencher du côté de l'idiotie congénitale. Billie, qui en grinçait des dents, raconte dans ses souvenirs : « Non seulement elle aimait les êtres, mais elle croyait en eux : c'étaient des créatures du Seigneur, il y avait donc du bon en chacun d'eux… Une putain pouvait faire quinze passes par jour, si elle venait raconter ses ennuis à maman, celle-ci lui était tout acquise, disant : “C'est une brave petite, si on va bien chercher, et c'est ça qui compte”… Le pire bandit doublé de la plus fieffée crapule que la terre ait porté n'avait qu'à raconter qu'il était musicien et lui servir sa petite histoire, elle lui aurait donné tout ce qu'il y avait dans la maison, sauf ce qui ne lui appartenait pas… » Cependant, on lit aussi quelques lignes plus haut cette remarque qui, soudain, confère un sens à cette débauche de niaiserie, à cette crédulité désarmante, et qui vous incite à ravaler votre sourire : « Elle se figurait que, si elle pratiquait le bien sans récompense sur cette terre, elle s'assurait un placement dans quelque banque céleste et que, plus tard, je pourrais y tirer des chèques. Ainsi les gens avec qui elle s'était montrée charitable, espérait-elle, me le rendraient. »

Avec des hauts et des bas, Billie s'en sortait assez bien. Elle avait signé chez Columbia, à l'initiative de John Hammond, un contrat qui lui assurait un revenu de cent dollars par semaine. Elle en avait profité pour emménager avec sa mère dans un appartement de la 99e Rue, à l'ouest de Central Park. Ce n'était certes pas le comble du luxe, mais l'endroit offrait à Sadie l'occasion de réaliser son rêve le plus cher : tenir un restaurant. Cette femme d'une profonde humilité se tenait pour le plus fin cordon bleu de la planète. Lorsque les musiciens rentraient des jams après l'aube, titubants de sommeil, beaucoup prenaient le temps de s'arrêter chez elle pour siffler un coup de whisky et avaler une portion de son poulet frit. Rien n'était meilleur marché dans toute la ville. Souvent, les visiteurs s'endormaient sur place, à l'issue d'interminables palabres auxquelles elle présidait sans en saisir la moitié. Ils lui confiaient leur linge sale. Ils entassaient leurs instruments dans le couloir. Ils l'étouffaient de compliments dans l'espérance, toujours récompensée, qu'elle étoufferait leurs dettes. Billie fronçait le sourcil, mais laissait faire. Elle ne souhaitait pas lui gâcher son plaisir. En échange, Sadie fermait les yeux sur les visites de sa fille. Et ce fut heureux pour elle, car c'est ainsi qu'« une riche héritière de la 5e Avenue » (je cite une nouvelle fois *Lady Sings the Blues*), quelque temps plus tard, débarqua dans son existence et s'institua sa bonne fée. J'ai oublié son nom. Billie l'appelle Brenda, afin de préserver son incognito. Cette fille, en tout cas, finança pour l'essentiel Chez Maman Holiday, la gargote que Sadie ouvrit près de Columbus Avenue.

Quand Billie et Teddy s'étaient produits ensemble, ou après les séances d'enregistrement qui avaient lieu de nuit, nous nous retrouvions eux et moi dans la cuisine de Sadie. C'est même là que, pour la première fois, l'homme qui était encore mon mari m'apparut pensif. J'imagine que prendre un air absent lui semblait un bon moyen de me préparer au sort qu'il me réservait. Il m'accoutumait le plus doucement possible à une rupture déjà prononcée dans sa tête. Sans doute se comporta-t-il avec trop de subtilité : je n'ai rien senti venir. N'importe quelle fille se serait dit en le voyant rêvasser, en voyant ce nuage transparent passer et repasser devant ses yeux, cette espèce de sourire flotter autour de ses lèvres, qu'il y avait anguille sous roche, que cet homme-là était en train de songer à une autre femme. C'était ce qu'il voulait me faire soupçonner. Il ne s'était pas douté que j'avais en lui une confiance aveugle. Je suis tombée directement des nues au fond d'un grand trou noir, lorsque, impatienté par mon absence de réaction, un beau matin il a vidé son sac. Nous n'avions ni l'un ni l'autre l'expérience des scènes. Il s'y est pris d'une manière qui ne lui ressemblait pas, plus froide, plus sèche et plus expéditive sans doute qu'il ne l'avait envisagé. Toutes ses manœuvres d'approche n'avaient servi à rien : trancher dans le vif lui apparaissait l'ultime recours. De surcroît, il ne devait pas être très fier de lui et tenait à écourter l'épreuve. À son insu, il donnait le sentiment d'un homme en train d'expédier une corvée.

En octobre, Billie chanta au Renaissance Casino de Harlem, soutenue par l'orchestre du trompettiste Louis Metcalf auquel, simple coïncidence, appartenait alors Clarence Holiday. C'est à cette occasion que j'ai entendu pour la première fois un échange musical entre mon amie et ce Lester Young dont elle nous rebattait les oreilles depuis le jour où nous nous étions rencontrées. « Pres », comme ils l'avaient baptisé à Kansas City, avait mis à profit un trou dans l'agenda des Barons of Rhythm de Count Basie pour sauter dans un wagon de marchandises et la rejoindre à New York. Il était aussi sensationnel qu'elle le prétendait, et pas seulement comme saxophoniste. Je me suis demandé pourquoi elle ne s'était pas encore mise avec lui. À voir les regards qu'ils échangeaient sur une scène, on éprouvait une irrépressible envie – même moi, la femme trahie, toute à son amertume – de les pousser dans les bras l'un de l'autre. En décembre, les Barons au grand complet sont venus s'établir dans la Grosse Pomme, où le fameux Roseland Ballroom avait accepté de les inscrire à son programme. Quelques jours après leur arrivée, Lester, étant tombé nez à nez avec un rat dans sa chambre, quittait l'hôtel Theresa et posait sa valise chez Sadie.

Margaret

Mes proches, les amis de la famille, les personnes que je fréquente dans la journée ne rencontreront jamais mes relations nocturnes, lesquelles ne risquent guère, en retour, d'être présentées à ces gens. Puisque j'ai deux vies, il m'a semblé judicieux d'adopter deux prénoms. Le jour, je porte celui de mon baptême, Margaret. La nuit – même si cela n'amuse que moi, la seule jusqu'ici à être dans la confidence –, j'adopte celui d'une de nos caméristes. Je deviens Brenda. De cette manière, lorsque je me rends dans les cabarets de Harlem ou de la 52e Rue, je ne suis pas de ces grandes bourgeoises qui vont s'encanailler : je ne fais que me conformer à mon personnage. J'y conforme de la même façon, non pas ma démarche, mon costume, mon langage (cela me serait trop pénible), mais mes goûts. Je ne déteste ni le jazz ni le gin. Simplement, je les méprise. Je les méprise moins pour ce qu'ils sont que pour ce qu'ils représentent. Je les méprise en particulier pour l'irrésistible attrait qu'ils exercent sur des êtres sans grandeur. Sans ambition. Sans idéaux. Le gin est une boisson qui livre ses secrets dès la première gorgée. Ce que je reproche au jazz qui, en soi, ne me déplaît pas plus que bien d'autres musiques présentées aujourd'hui à Carnegie Hall, c'est sa facilité. Je veux dire cette bonne conscience avec laquelle il se contente de peu. Il prétendait affronter l'inconnu et, en quelques années, il s'est créé des ornières où il se complaît chaque jour davantage, avec la bruyante approbation d'un public qui, j'en fais le pari, se retournerait contre lui s'il tentait de s'en extraire.

Je me prive pour sortir de mes « meilleures heures de sommeil », comme dit Mère. Elle ignore que s'adonner à des plaisirs qui n'exigent rien de vous a quelque chose d'infiniment reposant. Le jazz, comme on dit, m'entre par une oreille et me sort par l'autre. Son passage ne laisse aucune trace. Il n'est pas de musique plus volatile au monde. On comprend pourquoi ses créateurs ont rarement pris la peine de le coucher sur partition. Ce qu'on préfère en lui est qu'il ne s'attarde pas. Ils l'ont pressenti. On peut se demander, en fait, s'ils n'ont pas été les premiers à en tirer les conséquences. Leur fameuse « improvisation », dès lors, ne serait pas un défi, mais au contraire une forme de résignation. « Il n'y a pas d'art sans une idée de l'infini », disait l'un des rares professeurs à qui j'aie prêté attention durant de fastidieuses études universitaires, uniquement destinées, selon Père, à « rencontrer des gens intéressants » et à me conférer « le vernis aujourd'hui nécessaire aux futures maîtresses de maison ». Les jazzmen sont privés d'infini, comme d'autres sont privés de fortune. Un art digne de ce nom ne peut pas se résumer à une collection de commencements interrompus, d'essors inaboutis et de conclusions qui seraient admirables si, ne débouchant pas du néant, elles concluaient quoi que ce fût. Dans cette musique, vous n'attachez aucun prix aux beautés qui viennent à vous, pour l'excellente raison que ce sont des beautés gratuites. Ce qui tombe le mieux, tombe en général comme les cheveux sur la soupe. Beaucoup plus qu'importun, le jazz est inopportun.

Je me distrais. Je me détourne de ce qui me pend

au nez : des fiançailles très comme il faut, prélude à l'interminable ennui de cohabiter avec un homme qui me fera regretter Père à chaque seconde. Mère s'impatiente un peu. À mon âge, elle avait trouvé chaussure à son pied. Père, c'est une autre histoire. Je le devine plutôt satisfait du peu de cas que je fais des « beaux partis » qui défilent chez nous à l'heure du thé. Il a compris que je les comparais à lui. Il sourit dans sa moustache. C'est un homme conscient de sa valeur. Mon intransigeance lui paraît de bon aloi. Je ne pense pas non plus qu'il soit très pressé de me voir quitter la maison. Il préfère encore que je découche.

Autant faire durer le plaisir. J'accorde à Brenda le sursis auquel Margaret n'a pas accès. La première venge la seconde d'un mal qu'on ne lui a pas encore fait, mais qu'elle ne saurait éviter. À moins que je ne rue dans les brancards… J'en serais la première surprise. Le jazz et le gin sont mes seules entorses à l'observance des règles en vigueur dans la 5e Avenue. Et ils ne le resteront pas indéfiniment. Selon toute probabilité, je me laisserai peu à peu envahir par mon rôle, comme la plupart d'entre nous. Les bonnes mœurs m'auront transformée en une illusion respectable. Pour l'heure, on ne m'abuse pas si facilement. « Pas assez », selon Père, qui a prononcé ce verdict dans un soupir, comme s'il pensait que la lucidité devait ajouter à mon malheur. Voilà bien pourquoi je n'ai pas honte de Brenda. Si différente soit-elle de moi, elle me reste moins étrangère que le personnage avec lequel on m'impose de me confondre. Reprocher à Margaret de se dissimuler derrière Brenda, c'est assez gênant, ne pensez-vous pas ? quand on exige d'elle qu'elle s'efface derrière un genre de femme qui n'est que la reproduction d'un archétype.

Pense-t-elle vraiment que je l'admire ? Cette idée me serait désagréable. Une petite chanteuse de jazz ! Quelqu'un qui, je m'en suis vite rendu compte, ne possède même pas les connaissances rudimentaires des instrumentistes qui l'entourent. Pourtant, j'ai tout mis en œuvre pour qu'elle m'imagine toquée de son « art ». Comment attirer son attention sans cette feinte ? J'ai réservé, moyennant gratification, une table en bord de scène, devant l'endroit où elle a l'habitude de se poser. J'arrive avant sa première interprétation, je ne me retire qu'après le dernier bis. Elle donne chaque soir trois récitals, en alternance avec un petit ensemble des plus sonores. Elle-même opérant avec le seul concours d'un pianiste, au surplus d'une rare discrétion, on ne saurait rêver programme plus contrasté. J'ignorais jusque-là qu'il y eût au monde une vocaliste noire appelée Billie Holiday. Ce qui m'a poussée vers elle fut une rumeur sans rapport avec la musique : elle exerçait en tant que femme, disait-on, une irrésistible attraction sur les personnes de son sexe, les blanches en particulier. Leurs dévotions, ces privilégiées allaient les rendre à leur idole en tête à tête, tous volets clos, dans la position horizontale. Chez la mère de l'intéressée, au surplus. Comment ne pas céder à la curiosité ?

Mon amie Daisy a peut-être raison de me qualifier de « glaçon ». Si les écarts de conduite n'ont jamais été mon fort, pourtant, je n'ai rien d'une oie blanche. Le lesbianisme ne risque pas de me prendre au dépourvu. À Vassar, j'ai pu observer que ce phénomène est moins exceptionnel qu'on ne l'imagine dans les salons. Je ne me sens pas attirée par la chose, n'ayant pas plus envie d'être touchée par une autre femme que par un homme, mais le sujet m'intrigue. Succomber à la fascination de Billie Holiday (que les mauvaises langues ont baptisée « Mr Holiday »), je m'y refuse. J'aurais honte d'endosser un rôle passif (celui que, dans mon milieu, la tradition impose aux femmes au sein des couples, qui plus est). Quelle victoire, en revanche, si, *moi*, je réussissais à troubler cette fille ! Quel coup d'éclat si j'obtenais – sans coup férir – la préséance sur les favorites en place, sur les candidates dont on raconte qu'elles se bousculent, disposées à toutes les soumissions !

Suis-je devenue présomptueuse à ce point ? Père s'est donné beaucoup de mal pour que je ne me voie pas telle que je suis, mais à travers ses yeux à lui. Et il m'a enseigné le pouvoir de l'argent. Le pouvoir *magique* de l'argent, distinct de sa valeur mesurable, et qui consiste à hypnotiser ceux qui n'en ont pas (moins cependant que ceux qui en ont – c'est toute l'ironie de la chose). Voilà sur quelle arme je compte pour conquérir Billie. Ou plutôt pour me faire conquérir par elle. Ce que j'envisage, c'est de l'attirer à moi. Même si je me borne à laisser miroiter mon or, j'aurai pris l'initiative. En tentant de séduire une petite chanteuse de couleur et de bastringue, apparemment prête à tomber dans les bras de la première venue, j'éprouverais un sentiment de déchéance. Mais je me cabrerais encore plus à l'idée d'être une de ses proies. Je suis incapable de nommer ce que je veux. Mon désir n'en a pas moins de force. Il s'agit de finir en beauté. De mettre un terme flamboyant à ce que mon mariage, très bientôt, va « enterrer ». Fille unique, j'hériterai de Père jusqu'à son dernier sou. Je ne lui succéderai pourtant en aucune manière. Sa perspicacité, sa subtilité, sa délicatesse, son sens de l'humour et son implacable ironie, tout cela me fait défaut. Comment procéderait-il, s'il lui prenait fantaisie d'ajouter Miss Holiday à son tableau de chasse (car il a un tableau de chasse, j'en suis sûre, et, j'ignore pourquoi, j'en suis fière) ?

Bien sûr, il n'irait pas la courtiser. Il ne la forcerait pas non plus, comme un gibier. Je ne doute pas cependant qu'il parviendrait à ses fins. En amour, il doit être aussi efficace qu'en affaires.

Billie n'a pas mis longtemps à me repérer. Les choses sont allées plus vite que je ne l'avais espéré. Bien trop vite pour que je ne me sente pas débordée par les événements. Dès le troisième soir, après son ultime passage sur scène, elle m'a invitée dans sa loge. Seule. Pour autant, sauf erreur de ma part (je connais mal la signalétique en vigueur dans son milieu), elle ne m'a fait aucune avance d'aucune sorte. Certes, elle a échangé devant moi sa robe de scène contre son costume de ville, mais avec un parfait naturel. J'en avais vu d'autres à Vassar. Nous sommes sorties par la porte de derrière. Cette issue donnait sur une impasse qui n'était rien d'autre qu'une décharge publique. Une fois dans la rue, je me suis dirigée vers l'endroit où mon chauffeur m'attendait. J'ai surpris le regard de Billie lorsqu'elle a découvert la voiture. Non pas un regard d'envie : un regard rescapé du naufrage qu'avait dû être son enfance. Il m'a désarçonnée. Dans mon embarras, je n'ai pas osé lui proposer de la raccompagner chez elle ou la déposer quelque part.

Le lendemain soir, on fêtait mon anniversaire. Père avait fait venir un orchestre. On avait aménagé le salon de réception pour la danse. J'ai envoyé le chauffeur et Brenda, la vraie, occuper ma table au club. Le surlendemain (c'était hier), j'ai repris ma place au pied de l'estrade et tout s'est passé comme si Billie ne m'avait pas reconnue. Ou comme si elle ne me voyait pas. Elle a profité de sa position sur l'estrade pour maintenir en permanence son regard au-dessus de ma tête. À sa deuxième sortie, j'ai applaudi très fort et me suis agitée sur ma chaise, dans l'espoir d'attirer son attention. Bien entendu, je suis restée dans les limites de la décence, quand on se répandait autour de moi en vociférations, en gesticulations de toute sorte, voire, au fond de la pièce, en sifflets admiratifs. Des manifestations d'autant plus déplacées qu'elle-même se retirait dans la plus grande dignité, absorbée par l'obscurité où l'on avait plongé la scène après sa dernière chanson. Lorsque la lumière est revenue peu à peu, tout se trouvait à la même place, y compris son pianiste, qui participait au numéro suivant. Elle seule avait disparu.

Me faisait-elle payer pour l'avoir plantée au bord du trottoir ? Elle n'est pas idiote. Elle a bien dû voir que l'idée de l'humilier ne m'avait pas effleurée. D'ailleurs, elle n'avait ni sourcillé, ni pâli, ni rougi. Elle avait seulement eu cet air d'émerveillement candide. Et si, plutôt, elle voulait me punir de mon absence de la veille ? Si elle avait été blessée que je me sois fait représenter par des domestiques, comme s'ils étaient bien assez bons pour elle ?…

J'ai obtenu sans peine son adresse, sur un simple coup de fil au gérant du club. Le chauffeur a emporté les paquets. Il doit déjà être arrivé dans la 99e Rue. Mais qu'est-ce qui m'a pris, franchement ? J'ai fait la seule chose que Père, dans ma situation, n'aurait jamais faite. Qu'il n'aurait même pas *imaginé* de faire. Tu perds la boule, ma pauvre fille ! Tu te conduis comme la riche désœuvrée que les autres voient en toi… L'idée m'était venue de me réconcilier avec elle en lui envoyant un cadeau. Mais lequel ? Pas des fleurs, en tout cas. Les roses ont un langage, pas les briquets. J'avais remarqué, dans sa loge, qu'elle fumait beaucoup, comme si elle voulait rattraper le temps perdu lorsqu'elle était sur scène. Un briquet semblait une bonne idée, mais je manquais de temps pour y faire graver ses initiales. Alors, j'ai longtemps hésité entre une ceinture et un portefeuille. Pour finir, j'ai pris les deux. Une ceinture d'homme, un portefeuille indubitablement masculin. En les désignant à la vendeuse, je me félicitais de mon machiavélisme. D'emblée, je brûlais je ne sais combien d'étapes. Et je me forçais la main, autant qu'à Miss Holiday.

Rien ne me met plus mal à l'aise que la grossièreté. Il est probable que ce qu'on appelle l'amour physique m'attirerait davantage si j'imaginais un seul moyen de le pratiquer sans sombrer dans une vulgarité d'attitude, pire à mes yeux qu'une vulgarité de langage. Les couples, d'ailleurs, le sentent confusément. Dans le cas contraire, pourquoi éteindraient-ils la lumière au moment de s'ébattre ? Il n'y a qu'au bordel qu'ils y renoncent… Je présume qu'une poignée d'êtres d'exception, tels que Père, pratiquent les étreintes amoureuses avec grâce. Je ne demande pas aux autres de s'abstenir. Je souhaiterais simplement qu'ils prennent mieux conscience du spectacle qu'ils offrent durant ces exercices. Leur insensibilité me dépasse. Faut-il qu'ils aient le cœur bien accroché !… Rien ne me met plus mal à l'aise que la grossièreté, disais-je, et pourtant, avec mes présents, c'est d'une grossièreté sans nom que je me suis rendue coupable à l'égard de Billie Holiday. Si elle débarquait ici pour me les jeter au visage, je l'approuverais sans réserve. Seul le besoin de recevoir un châtiment m'a fait retourner au club.

Elle s'est matérialisée dans la lumière du projecteur, les yeux fixés sur moi. Elle cherchait mon regard, qu'elle n'a plus lâché. Pour soutenir le sien, j'ai dû raidir la nuque au point d'en avoir mal au crâne. Son sourire professionnel laissait filtrer un autre sourire, qui s'adressait à moi seule. Était-il ironique, était-il méprisant ? Je devinais que le mien n'était qu'un rictus. Mais que faire ? Cacher mon visage dans mes mains, au risque de la voir éclater de rire au milieu d'un couplet ?

Je ne me possédais plus quand elle s'est éclipsée. J'ai bu d'un trait le verre de gin auquel je n'avais pas touché. Et voilà qu'une des serveuses m'apporte sur un plateau un bout de papier plié en quatre. Billie me demande de la rejoindre dans sa loge.

Elle m'accueille, revêtue d'un déshabillé de satin crème, entrouvert sur ses jambes croisées très haut. L'impudeur n'en reste pas moins de mon côté. Du coin des lèvres, elle souffle vers le plafond la fumée de sa cigarette. Un long moment, elle m'observe dans le miroir de la table de maquillage, entouré d'ampoules électriques. C'est à mon reflet qu'elle déclare enfin : « Alors, mon chou ? On dirait que je t'ai retiré une fameuse épine du pied, hier soir. Est-ce que tu te sens mieux, à présent ? »

Elle me donne rendez-vous, comme trois nuits plus tôt, à la fin de son dernier « set » (ce mot désigne chacun des récitals qu'elle offre au cours de la nuit). Me voilà prise à mon propre piège. J'ai déclenché un processus que je ne contrôle plus. J'espérais que nous n'allions pas tourner autour du pot : en terrain découvert, nous y sommes. Jamais de toute ma vie, je n'ai éprouvé la sensation d'être à ce point *exposée*, victime de mon propre complot.

Certes, rien n'est perdu. Il me suffit de faire machine arrière et de prendre mes jambes à mon cou. Personne ne va pas me poursuivre le long de la 52e Rue avec un filet à papillons ! Je resterai intacte si telle est ma volonté. En revanche, j'aurai raté mon coup. À l'eau, mon beau projet, et sans recours… Je ne suis pas prête à y renoncer aussi vite. Je sais trop que je joue ma dernière carte. Je dois tenir bon. Je *me* le dois. Des occasions de cette nature ne se représenteront plus.

Je m'affiche avec Billie Holiday. Billie Holiday ne s'affiche pas avec moi : elle m'affiche à ses côtés. Voilà où nous en sommes. On dirait que, en quelques jours, des mois, des années se sont écoulés. Mon univers a basculé, en un certain sens, et pourtant, j'ai le sentiment d'avoir davantage les pieds sur terre que je ne les ai jamais eus. Ne partageant ses nuits qu'à la verticale et tout habillée, je n'ai plus vocation à devenir la favorite de « Mrs Holyday ». En revanche, elle n'accorde autant de soi à aucune autre fille de ma couleur. Nous paradons dans les beaux quartiers en plein jour, consacrant des après-midi entiers à faire les boutiques de luxe de la 5e Avenue. Billie prétend que plusieurs de ses amies sont devenues lesbiennes parce que c'était l'unique moyen d'entretenir des relations interraciales sans provoquer une émeute. En bousculant le tabou de la ségrégation, les Blancs de ma caste s'attribuent le beau rôle, non contents d'avoir déjà tiré les bonnes cartes. Donner ne nous coûte pas grand-chose, puisque nous n'avons rien à perdre dans l'affaire. Les Noirs ont-ils, eux, quoi que ce soit à gagner en se mêlant à nous ? Je mesure ce qu'ils encourent et je me dis : à quoi bon prendre de tels risques, quand il leur suffirait de rester entre eux pour s'attirer moins d'ennuis ?

Ai-je acheté l'amitié de Billie ? Elle ne crachait pas sur les cadeaux que je lui faisais à chacun de nos raids sur des magasins où j'étais honorablement connue (je sélectionnais ceux-là de préférence aux autres).

J'épiais ses yeux derrière ma voilette. Ce qui avait suscité son admiration, je le faisais mettre de côté d'un signe discret ; mon chauffeur le déposerait chez elle le lendemain. Elle acceptait ces faveurs avec une grande simplicité, au même titre que les hommages de ses admirateurs. Sans doute pensait-elle recevoir la juste récompense d'un privilège qu'*elle* m'accordait. Lequel ? Celui d'entrer dans mon jeu, je suppose. Celui de laisser planer sur nos rapports une ambiguïté grâce à quoi il n'était interdit à personne de penser ce que j'aurais voulu que tout le monde pensât, à savoir que je lui inspirais du désir. Il était juste que ma folie se payât ; il était juste que son silence se payât. Pour le reste, nous étions quittes. Elle brandissait son trophée sur son territoire : je brandissais le mien là où j'étais le plus sûre qu'il ne passerait pas inaperçu.

À deux ou trois reprises, je l'ai suivie chez elle au petit matin. Elle décrivait le logement qu'elle occupait avec sa mère comme « un vieux wagon de chemin de fer ». L'image me paraît pertinente. Un interminable corridor donnait sur une série de compartiments, représentés par les différentes pièces : chambres, toilettes, salle d'eau, cuisine. Cette dernière servait de living-room. C'est là que j'ai rencontré Sadie. Elle ressemblait à sa fille comme une souche d'arbre à un guéridon Louis XV et s'entêtait à me donner du « Miss Brenda ». J'appréciais davantage les « Lady B. » dont m'honorait le plus fidèle habitué de la maison : un saxophoniste qui semblait y avoir pris racine et déambulait dans le couloir avec, vissé sur le crâne, un chapeau évoquant le couvre-chef des chaisières de l'époque victorienne. Sadie m'avait présenté cet étrange personnage comme « le Président Young ».

Président de quoi ? Mystère… D'une voix très douce, où pointait un reste d'accent sudiste, il m'avait adressé quelques mots. Je suis incapable de me remémorer sa réplique, et pourtant je m'étais esclaffée de bon cœur. J'avais ri comme seul Père, jusque-là, avait su me faire rire…

Entre Billie et moi, l'histoire avait commencé de façon plutôt abrupte et s'était poursuivie sur les chapeaux de roues. Elle s'est terminée en un clin d'œil. Nous jouions au poker dans la cuisine, Sadie, le Président, un inconnu plus noir que le charbon et moi. En me rendant aux toilettes, je suis passée devant la chambre de mon amie à l'instant précis où un homme que je n'avais jamais vu, un grand flandrin jaunâtre aux cheveux gominés, en sortait, dansant d'un pied sur l'autre pour rajuster son pantalon. Tout aurait encore pu s'arranger s'il n'avait cru bon de me lancer pardessus son épaule : « C'est libre ! », en m'indiquant d'un revers du pouce la pièce qu'il venait de quitter. J'ai rebroussé chemin afin de me réfugier dans la cuisine. Sadie a deviné qu'il s'était passé quelque chose.

« Vous savez, Miss Brenda, m'a-t-elle chuchoté à l'oreille, ce qu'il y a de bien avec ma Billie, c'est qu'elle est pas rancunière avec les personnes qu'elle aime bien. J'ai pas raison, Président ?… Demain, vous verrez, elle aura tout oublié.

— C'est déjà fait », ai-je répondu, plus sèchement sans doute que je ne l'aurais souhaité.

J'ai attrapé mon sac. J'ai tiré mon carnet de chèques. J'ai inscrit la somme que je savais nécessaire au lancement de « Chez Maman Holiday. » Je l'ai tendu à la pauvre femme sans un mot. J'ai filé comme une flèche. J'ai descendu l'escalier quatre à quatre. J'ai réveillé mon chauffeur assoupi au volant et je suis rentrée à la maison. Père doit me présenter demain un jeune homme qui a remporté les dernières régates de Newport. Ne comptez pas sur moi pour vous indiquer le chemin de la 52e Rue : j'ignore où elle se trouve. En fait, je ne jurerais pas qu'elle existe.

Sadie

Les gens, c'est pas toujours écrit sur leur figure s'ils sont des crapules ou du monde bien. À part que les gens vraiment bien, ça se voit toujours du premier coup. Je devrais pas dire « les gens bien », peut-être, mais les bonnes personnes. Ici, dans cette ville de New York, États-Unis, il suffit que vous ayez un air comme il faut, un chapeau neuf et les poches bien garnies pour être classé parmi les gens bien. Êtes-vous une bonne personne pour autant ? Je demande qu'à le croire, mais je suis pas née dans les choux : en réalité, rien n'est moins sûr. Tandis qu'une personne avec un bon fond, une bonne tête, de bons yeux, de bonnes mains douces et sèches, même si elle manque l'office et porte un habit élimé aux manches, vous savez de suite à qui vous avez affaire. C'est comme si le Bon Dieu Lui-même vous l'avait soufflé dans le tuyau de l'oreille.

J'avais aucun mérite quand je me suis exclamée en moi-même, la toute première fois qu'elle m'a ramené ce Lester : « En voilà un ! En voilà un encore plus bon que le bon pain… » Et le plus drôle, c'est que j'ai lu dans ses yeux, à cet instant précis, qu'il pensait exactement la même chose de moi. Il était aussi fort pour distinguer les belles choses dans l'âme des gens que pour jouer du saxophone. Les beautés cachées, c'était son rayon. Elles avaient beau se cacher, il finissait toujours par les découvrir. L'humanité, des fois ça l'arrange bien de faire l'aveugle. Lester, on aurait cru qu'il avait jamais appris. Quand quelque chose ou quelqu'un y plaisait, il murmurait : « Jolis yeux ! » Je vais vous dire : c'était des siens qu'il parlait. Et ce qu'il leur trouvait de joli, en fait, c'était les images qu'il y avait dessus. Il voulait dire que ce qu'il regardait, la chose ou la personne, en valait vraiment la peine. Quand il s'agissait de moi, j'allais pas m'en plaindre. Ce garçon m'a rendu mon amour-propre, que je croyais enfoui depuis bien longtemps quelque part, sous des couches et des couches. Il a tout de suite su où il fallait creuser.

Billie m'a dit : « M'man, voilà Lester Young. C'est le Président. » J'ai pas discuté. Il était là depuis trois secondes, j'avais compris à qui j'avais affaire. « Bonjour, Président », j'ai fait comme ça. Il m'a répondu du tac au tac : « Bonjour, Duchesse. » Et, depuis ce temps-là, j'ai été Duchesse pour tous ceux qui entraient chez nous. Ils ont commencé à me regarder d'une autre manière. Certains, qui l'avaient jamais fait, ont même commencé à me regarder pour de bon. J'étais plus transparente, tout à coup. Je disparaissais plus dans la fumée du poulet frit. Soudain, c'était comme si on allait plus mourir, que ça en valait plus la peine. Si ça avait pu durer tout le temps… Jamais plus je m'amuserai autant qu'à cette époque, même en me chatouillant sous les bras. Lester riait de tout, mais il riait jamais contre vous. Ou alors il fallait que vous soyez un sacré mauvais musicien… Il vous offrait des tas de choses. À commencer par un nouveau nom. J'étais un cas à part. Pour les hommes comme pour les femmes, c'était toujours « Lady ». Lady Ceci, Lady Cela… « Et quel genre de lady je suis pour toi, Pres ? » elle y a demandé, Nora. Il l'a regardée au fond des yeux. Il a tout vu ce qu'elle avait en elle, ce que personne pourrait y prendre. « Toi, il a dit, tu es ma Lady Day. » On a trinqué à ça. Mine de rien, elle en menait pas large. Ça donne des responsabilités, un nom pareil.

On se connaissait depuis moins de quarante-huit heures. Il débarque un après-midi. Bizarrement, j'étais seule. En plus de son étui, il avait une valise. Il venait de l'hôtel Theresa, dans Harlem. Les garçons de Count Basie y logeaient tous, arrivant du Grand Terrace de Chicago où, paraît-il, ils avaient fait forte impression, mais dans le mauvais sens. Au Terrace, c'était seulement le public qu'ils devaient affronter. Au Theresa, d'après Lester, c'étaient des monstres vomis de l'enfer. Il prétendait avoir passé des heures à courser un rat si énorme qu'il soulevait le lit lorsqu'il filait dessous. Ayant élu domicile dans cette chambre en particulier, c'te saleté considérait Pres comme un intrus. Et elle y envoyait pas dire ! Elle se perchait sur le haut de la commode, ouvrait les tiroirs avec sa queue et faisait ses besoins sur le linge de mon Lester, accroupie au-dessus du vide comme dans des cabinets à la turque, ce qui l'empêchait pas non plus d'y boulotter ses costards à temps perdu. Armé d'un manche à balai, un couvercle de poubelle en guise de bouclier, Pres avait mené un combat mortel contre la créature. Seul, puis avec deux-trois copains qu'il avait appelés à la rescousse. Non sans peine, ils avaient fini par avoir le dessus. Ils avaient alors enfermé ce qui restait du maudit rat dans la commode, sous bonne garde, et convoqué le directeur qui, depuis le début, jurait ses grands dieux qu'y avait jamais eu aucun rat, souris, cafard, punaise, ver de terre ou moustique dans son palace. Ils avaient ouvert la commode afin d'y mettre ses raves dans son panier et, du dernier tiroir en bas, le cadavre leur avait giclé par-dessus la tête, puis, retombant sur ses pattes, s'était esbigné par la porte qu'ils avaient oublié de refermer derrière eux. Et l'autre, la bouche en cœur, en examinant sur toutes les coutures le tiroir vide : « Quel rat, messieurs ? L'un d'entre vous peut me montrer un rat ? »

Pour Lester, c'en était trop. Il a plié son barda, ou du moins ce que la bête y en avait laissé, et il est sorti, très digne, sans passer par la caisse (et puis encore quoi ?). « Voyez-vous, Duchesse, m'expliqua-t-il, pour un jeune homme de la campagne, la grande ville est un endroit semé d'embûches. Dieu sait le genre de rencontre qu'on peut y faire, surtout si on se maquille trop les yeux… Je me sens un peu comme une biche aux abois, à cette différence qu'à cause de mon bagage je ne pourrais pas détaler aussi vite et tomberais bientôt sous les griffes de mes poursuivants. J'ai cru comprendre que vous étiez une bonne chrétienne, qui jamais ne laisserait la brebis pure et sans tache devenir la proie des loups rôdant à la faveur de l'ombre… En d'autres termes, Duchesse, permettriez-vous à une brebis égarée, aux fards très discrets, de s'abriter chez vous quelque temps ? »

Jamais j'aurais osé y proposer de ma propre initiative. Et pourtant, je souhaitais ça du plus profond de mon cœur parce que, depuis le jour où Mr Fagan m'avait offert en douce un beau ruban bleu en me faisant croire que c'était un cadeau de Mattie, depuis ce jour-là, je m'étais jamais sentie aussi bien avec un homme (je veux dire un homme qu'on pense pas à coucher avec). Et j'en rêvais parce que je me disais à part moi : « Il veut se rapprocher de Nora, voilà ce qu'il a derrière la tête. » Il était pas le seul, c'est vrai, et elle était pas trop farouche non plus, Seigneur ayez pitié ! Mais justement. Mon idée, c'était que Lester était un garçon si bien, une si bonne personne, un si grand musicien, et qu'on se sentait si confortable avec lui, que, si cette fille avait pour deux sous de jugeote, deux sous de jugeote et de sentiment, elle y tomberait dans les bras en moins de deux et qu'enfin je pourrais aller m'asseoir dans ma cuisine et déposer par terre entre mes jambes un soupir que, cette fois, j'aurais pas besoin de reprendre en partant. J'éteindrais la lumière et, par la fenêtre, je regarderais filer une étoile. Ma petite étoile à moi, qui aurait fini par briller, au bout d'un peu plus de quarante ans.

Je devrais pas l'avouer, je devrais même pas avoir eu des idées aussi inconvenantes, mais, le fait est, jamais je me suis demandé : « Qu'est-ce qu'il fricote avec ma fille ? », quand par exemple ils fermaient la porte, étant à discuter dans la chambre de l'un ou de l'autre, ou quand ils allaient sur le toit, au milieu des cheminées et des cages de pigeons voyageurs, emportant un verre de leur mixture. Quand ils montaient voir, qu'ils disaient, le soleil se lever de dessous les ponts. Non, monsieur, toute mère poule que j'étais (on me le reprochait assez !), jamais je me suis posé cette question-là. Ce que je me disais, si vous voulez tout savoir, j'ai un peu honte, mais c'était : « Seigneur Jésus ! Faites qu'ils aillent ensemble, ces deux-là ! Qu'ils marchent sur les toits autant qu'ils veulent, pourvu qu'ils marchent bras dessus, bras dessous ! Faites qu'ils roucoulent avec les pigeons et qu'ils se comptent les étoiles dans les yeux comme dans les feuilletons à la radio ! Faites qu'ils se soûlent l'un de l'autre ! Debout, assis, couchés, je m'en fiche, je suis pas tombée de la dernière averse, et j'en suis plus là, de toute façon ! Qu'ils s'en paient, au point où on en est ! Qu'ils se tiennent chaud, je me comprends, et tout ce qui leur plaira et le reste, et qu'ils en inventent au besoin ! En un mot, faites, mon Dieu que ça prenne entre eux, faites que ça colle ! Faites qu'ils s'aiment à la folie et qu'ils se quittent plus ! Et qu'ils me quittent plus, s'il Vous plaît, dans les siècles des siècles, amen. »

Je voulais tellement le croire, qu'il la marierait... J'étais pas aveugle, non plus ! La façon qu'elle le regardait, rien que ça. Des regards fondants, je dirais. Elle aurait vu un miracle, elle aurait pas eu plus de lumière sur sa figure, venant du dedans. Et lui... Et lui ! Toutes les gentillesses. Toutes les tendresses. Comment il la gâtait, ma biche, avec des sourires, des paroles, des petits gestes... Il avançait les mains vers elle, il avait pas besoin d'un bouquet de fleurs dedans, je vous prie de croire. Voilà un homme, il aurait pu être laid comme trois poux, ses gestes étaient magnifiques, tu te rends compte ? Et c'était bien assez pour tomber raide amoureuse de lui. Il levait le petit doigt, il posait le poignet sur le genou : c'était de la beauté à n'en plus finir. Il allait vers la fenêtre : c'était une merveille. Il posait ses mains sur l'évier : c'était une merveille. Il restait assis au bout de la table sans rien faire : c'était une merveille. On vivait tous les pieds sur terre, autant qu'on était capables. Lui, il nageait dans l'eau, il flottait dans l'huile, je sais pas. Y avait plus rien de dur, plus rien qui blesse : tout s'arrondissait autour de lui. Mais qu'est-ce qu'elle attendait, bon sang, qu'est-ce qu'elle attendait ? Les nôtres, que je sache, ils se fiançaillent pas cent sept ans ! Je tâtais le terrain. « Comment tu le trouves, Lester ? » je faisais à Nora. Elle haussait les épaules, cette folle : « Je l'ai trouvé, non ? » Et moi (j'insinuais toujours, j'avançais à pas de loup) : « Tu rencontreras jamais mieux, sais-tu ? » Elle reniflait. Elle se limait les ongles d'un air garce, perchée sur le coin de la table, les genoux croisés jusqu'au menton. « Je te vois venir, Sadie Fagan ! » Je me renfrognais. « Qu'est-ce que tu vois ? Tu vois rien du tout, c'est bien ça qui cloche avec toi… » Il fallait que je me lève pour essuyer une casserole ou quelque chose. J'en pouvais plus. Elle allait me rendre chèvre. Ça me sautait tout seul de la langue : « Quel âge tu as ? Tu vas bien te caser un jour, quand même ! Il est pas encore assez bien pour toi, le Président ? » Elle levait même pas les yeux de sa lime. « T'en as croisé beaucoup, dis-moi, des hommes bien ? » Elle haussait une épaule. « On n'épouse pas les hommes bien, elle grognait. Ça servirait à quoi ? Ce serait gâcher. » Servirait à quoi ? Gâcher !! ! Elle était tombée sur la tête. Je te l'aurais étranglée de mes propres mains !

Vous connaissez la chanson *C'est dur de se dénicher un type bien*[1] ? Bessie Smith a enregistré ça il y a une dizaine d'années, quand elle était la plus grande. Miss Lu m'a raconté que la petite adorait cette chanson. À douze ans ! Eh ben, il nous manquait plus que ça ! J'aurais pu me méfier dès cette époque qu'elle serait pas commode avec les hommes. Et pas bien fine mouche non plus, au bout du compte et en dépit de ce qu'elle imagine… Si elle faisait moins sa maligne, aussi ! Si elle était un peu plus raisonnable, un peu plus la tête sur les épaules ! Elle se souviendrait de cette chose-là, puisqu'elle la connaissait par cœur, il paraît : un homme qui vaut la peine, ça se trouve pas, comme on dit, sous le pas d'un cheval. Et peut-être elle irait plus, cette évaporée, chercher de l'autre côté de la lune ce qui fait le pied de grue juste sous son nez, en attendant son bon vouloir…

---

1. *A Good Man Is Hard to Find* (E. Green).

Je sais ce que je sais. J'ai pas survécu aussi longtemps (et mes jambes lourdes et toute la sacrée musique) pour des prunes ! En face de chaque femme, je dis, le Bon Dieu a pas posé sur la terre trente-six hommes, mais un seul. Il y a plus qu'à se mettre en chasse. Où il est niché, l'oiseau rare, par contre, va savoir ! Le Bon Dieu s'occupe pas du détail. Il voit en grand. Il compte par milliards. À sa montre, il y a que les siècles qui marquent. Cet homme qu'il te réserve, il peut gambader en Chine, si ça se trouve, et alors salut ! t'as pas fini. Mais il peut tout aussi bien loger au coin de ta rue et, dans ce cas, si tu le loupes, tu pourras t'en prendre qu'à toi-même, ma fille ! Ou à la poisse, au mauvais œil et aux allumeuses, comme pour Clarence et moi. Nora, son garçon sur mesure, il vivait sous son propre toit, il passait même peut-être par son propre lit, je veux pas le savoir, et ça l'aurait défrisée de tendre le bras pour l'attraper…

Je me mordais les dents. Je me tordais les mains sous mon tablier. J'arrivais toujours pas à faire le poing dans la poche. Il fallait que je me soulage. C'était ça ou éclater en sanglots. « T'es pas heureuse, avec Lester ? je gémissais. – Oh ! M'man, allez ! » Elle levait les yeux au ciel. Une fois, tout de même elle a vu le chagrin que j'avais. Elle s'est ravisée. J'étais sur mon tabouret habituel, plus pratique qu'une chaise quand il s'agit d'aller touiller une gamelle, baisser le feu, ranger une chose ou l'autre. Elle a posé la main sur mon épaule. Elle se tenait debout derrière moi, je voyais pas sa figure. Elle a dit (sa voix me passait au-dessus de la tête ; sa voix allait se coller au mur d'en face ; j'avais l'impression de voir des traces sur la peinture, comme du rimmel qui coule) : « Écoute, ma petite mère : on n'épouse pas le bonheur. C'est quand même pas toi qui vas prétendre le contraire, non ? On n'épouse pas le Bon Dieu. On n'épouse pas son père. On n'épouse pas ce qu'on a déjà… La vie peut pas s'arrêter. Il faut que ça parte. Il faut que ça aille dans un certain sens, même si c'est pas le bon. Tu comprends ça ? »

Non. Je comprends pas. Je comprends rien. Je suis bête, moi. Et parfois, je préfère.

Tout ce qui est arrivé à ma Nora, j'avais qu'à l'empêcher. J'avais qu'à être là, d'abord. Sa mère toujours par les quatre chemins, pour une gosse ça peut pas être ni le bon exemple ni la bonne solution. Elle est comme elle est, elle s'égare, elle dérape : je dois m'en prendre qu'à moi. D'un autre côté, est-ce que j'avais le choix ? D'une manière ou d'une autre, il fallait bien faire bouillir la marmite. Et puis, si le Seigneur me l'avait poussé dans les bras, est-ce que j'avais le droit de renoncer à mon Clarence ? J'ai mal au crâne d'y songer. Il y a pas qu'un chemin qui mène à Rome, d'accord, mais on peut pas tous les suivre en même temps. Ça serait trop beau, si on pouvait accomplir tous ses devoirs à la fois. Il y en a toujours un qui vous oblige à faire le contraire des autres. On est jamais sorti de l'auberge. C'est ainsi que le Seigneur vous éprouve. Il veut pas qu'un chrétien s'endorme sur ses lauriers… En tout cas, si elle a du mal à trouver la bonne direction, Nora, elle serait sûre de s'en sortir en s'appuyant sur quelqu'un de fort. Sur quelqu'un de bien plus fort que moi. Quelqu'un qui connaît même pas sa force. « Le Seigneur est mon rocher. » Seulement, le Seigneur peut pas s'occuper des petites affaires de chacun. Il a que deux bras comme tout le monde. En attendant de Le rencontrer, il faut se reposer sur des simples créatures, mais qui sont solides. C'est prévu. Il en a disséminé ici et là sur cette terre. Des hommes qui ressemblent à Lester. Eh oui, vous pouvez bien soupirer : on y revient toujours, au Président.

C'était une de ces nuits. Le 1er mars 37, si ça intéresse quelqu'un. Il vivait chez nous depuis un bon mois, voire six semaines. Avec Nora et Benny Goodman, ils avaient fait des disques fin janvier. Vous connaissez *I Must Have That Man* ? Vous connaissez *This Year's Kisses* ? Teddy, le mari d'Irene, dirigeait les opérations ; il est pianiste. Ma fille travaillait à l'Uptown House. Je faisais sa coiffeuse, comme parfois. Et je vais pas m'en plaindre : le plus souvent c'était, le mieux je me portais. J'y sortais sa robe de la penderie. J'y passais la houppette. Je la poursuivais dans le couloir, au dernier moment, avec la brosse à cheveux. Entre nous, je servais à rien. Mais c'était seulement là que je me sentais utile. Utile à notre avenir à toutes les deux, c'est ce que je veux dire. Autrement, on faisait chacune que le mettre en danger. On devenait comme chien et chat, sitôt qu'on se retrouvait, n'étant plus dans les jambes l'une de l'autre. Contrairement à la plupart des gens, la promiscuité nous rapprochait. À partir du moment où elle tenait la vedette et que j'étais plus là que pour lisser ses plumes de paon, je commençais à respirer. Non, je vais pas me plaindre d'avoir fait la boniche pour ma fille. J'ai jamais rien su faire d'autre pour personne. La faire pour elle, au moins, c'était une satisfaction. Je regrette qu'une chose, au bout du compte, c'est de pas avoir pu la faire pour moi. Ça m'aurait reposée, de temps en temps…

Entre deux sets, elle a reçu un appel longue distance. Louis Armstrong ? Fletcher Henderson ? Duke Ellington ? Tommy Dorsey ? Non. Rien de tout ça. Rien qu'une voix anonyme. Une voix de ces inconnus qui prennent plus la peine de se présenter parce que, de toute façon, leur nom dit jamais rien à personne. Ils traversent l'existence avec comme un sac sur la tête.

« Vous vous appelez Eleanora Billie Holiday ?

— Oui.

— C'est bien vous la fille à un dénommé Clarence Holiday ?

— Oui.

— Tant mieux, parce que ça vous concerne. Voilà : il est mort, vot'papa, faites excuse. Il est décédé la semaine passée à Dallas, d'un genre de refroidissement, pneumonie à la clé. Au moins, lui, il aura pas traîné. Nous, on cherche les proches depuis tout ce temps, une vraie comédie ! On savait pas où vous toucher. Écoutez, c'est un vrai soulagement de vous entendre. On se demandait vraiment quoi faire, je vous jure ! Là, faudrait venir prendre le corps, mademoiselle, et faudrait pas tarder. Il se trouve au dispensaire des vétérans. C'est qu'on a pas trop la place, vous comprenez ? Pardonnez-moi, mais on peut quand même pas creuser un trou dans la cour, vous êtes bien d'accord ?

— Donnez-moi l'adresse.

— Vous en faites pas. C'est facile à trouver, quand on connaît. »

Il avait du sang plein sa chemise, plein son plastron de musicien. Du sang rouillé, le seul homme de ma vie… Ils ont dit que ça avait débordé. Je me suis agenouillée et j'ai prié pour lui. On pouvait plus m'arrêter. J'y serais encore. Où aller, après ça ? Quel endroit il me restait sur cette terre ? Nora disait : « Elle a bon dos, la pneumonie ! C'est Dallas qui l'a tué. C'est ce putain de Sud ! » Elle en a jamais démordu. Elle avait son idée : à cause de sa couleur, tous les hôpitaux y avaient claqué la porte au nez. Quand il avait frappé chez les vétérans, c'était trop tard. Ils l'ont mis dans un lit, plutôt que dans un cercueil, parce qu'il bougeait encore. Et qu'il puait le gin, si j'ai bien compris. Mais tout était déjà pesé plié. Si ç'aurait pas été le froid, ç'aurait été le chaud. Si ç'aurait pas été la couleur, ç'auraient été les femmes. Si ç'aurait pas été le Sud, ç'aurait été la vie. Il serait mort quand même. Et moi, les ombres m'entoureraient tout pareil… Le Seigneur donne et le Seigneur reprend, c'est écrit. Pourquoi chercher plus loin ? Ma fille me dit que je suis restée là plus de quatre heures. Elle a l'air de me le reprocher. Est-ce que j'essayais de battre un record, d'après elle ? Clarence Holiday était venu, Clarence Holiday était reparti : est-ce que j'étais pas celle qui continuerait de l'attendre ? Dans la vallée de la mort, on a jamais vu aucune femme danser. On marche devant soi mais, je le répéterai jamais assez, on a plus nulle part où aller. C'est tout. Et c'est bien suffisant, à mon humble avis.

Pour l'enterrement, Mr Clarke Monroe, le patron de l'Uptown, il avait prêté sa Cadillac à Nora. Elle avait pris les choses en main. Elle s'occupait de tout. À la foire et au moulin pendant toute l'expédition… La colère y donnait des forces. Elle commandait à un ramassis de bras cassés, qui s'intitulaient pompes funèbres comme moi je serais le pape. Elle te les faisait sauter, misère ! Moi aussi, mon sang a fait qu'un tour quand il a fallu organiser le cortège et qu'ils ont voulu mettre la Fanny Taylor, cette Jézabel, à côté de moi. Nora nous a dit, et il valait mieux pas discuter, que la première voiture de la file – ce serait la Cadillac –, on mettait toujours la plus proche famille dedans. Il y avait pas de plus proche famille que moi, et je détenais en plus l'ancienneté. Près de vingt-cinq ans que le Bon Dieu m'avait confié Clarence à m'occuper… Je me suis mise à grimper dans l'auto. Et voilà cette putain, je peux pas dire autrement, qui fait (elle avait pas dû digérer un fameux coup de pébroque que j'y avais collé sur le crâne un soir), la voilà qui fait : « Hé ! toi, gros tas, où que tu crois que tu vas comme ça ? Qu'est-ce que t'es d'autre en fait de proche parente qu'une marie-couche-toi-là dont mon pauvre défunt a pas voulu, espèce ? Voyez la dégueulasse ! Ça sent le vieux beignet et la friture de couenne ! Moi, madame, je suis la veuve. J'ai tous les papiers là dans mon sac – tu veux les lire, ignorante ? Et toi t'es qu'un mauvais souvenir, même pour un mort qui a plus à s'en faire de rien ! » Là-dessus, elle m'empoigne pour me tirer en arrière, et alors Nora hurle (j'en ai encore des frissons) que ça suffit, le cirque, et qu'un peu de décence, et qu'un peu de respect à la fin, et qu'on se croit où ? Et comme elle a mille fois raison, il faut bien que chacune se calme et file doux. Cependant, si on moufte plus et si on regarde par terre dans le gravier, la question est pas réglée pour autant. Et c'est le moment que choisit pour faire son entrée, traînant deux petits gosses (une fille et un garçon), une troisième femme. Oh ! c'était pas besoin que quiconque fasse les présentations. Même cette Fanny, elle était pas assez crétine pour pas voir au premier coup d'œil que le gamin, s'il était pas le portrait craché de Clarence, alors un carillon ressemble à une courge ! Vous auriez juré que cet enfant, il se l'était fait à lui-même.

Elle s'en était pas vantée, Fanny Taylor. Mon Clarence, il en avait vite soupé de ses grands airs, de ses médisances et tout. Il l'avait plaquée, oui ! Moi, avec la petite, il était jeune, à l'époque, et on l'intimidait, c'était surtout ça. Mais elle, ce guichet à véroles, il l'avait bel et bien oubliée sur le quai de la gare, comme une vieille valise déchirée où il y a que des loques dedans. Cette autre femme qui déboulait, je le savais pas, mais Clarence était avec depuis pas mal de temps déjà. Ça se remarquait à la taille des loupiots. Elle avait la peau plus claire que moi et prétendait s'appeler Alberta. Elle, au moins, elle avait de la tenue. Elle réclamait pas une place dans la voiture de tête. Elle venait seulement rendre ses derniers devoirs au disparu, et que les gosses demandent plus où il était passé. Plus tard, faisant semblant de croire une chose qu'elle pensait pas, Nora est allée raconter partout que son père avait semé deux enfants dans le ventre d'une Blanche. Elle montrait une photo si floue de cette femme que ça semblait possible. J'espère que Dieu y pardonnera. Ce mensonge, c'était pas pour le plaisir de commettre un péché. En un certain sens, ça partait d'un bon sentiment. C'était pour se venger de Dallas et du Sud, je crois. C'était pour que son père dorme en paix. Cette Alberta qui tombait comme les cheveux sur la soupe, elle aurait au moins servi à ça.

Nora a bien tenté de m'expliquer que Fanny avait le droit de trôner dans cette Cadillac, que mon Clarence avait marié que deux femmes devant la loi : Helen Bouldin et Fannie Lee Taylor, dite Fanny. C'étaient des erreurs aussi bien l'une que l'autre, mais la loi voulait pas le savoir. La loi lit pas dans les cœurs et les âmes, elle me disait. La loi lit que des bouts de papier, avec des dates et des tampons. « Et le fait est que des papiers, m'man, t'en as pas. T'en as qu'un seul – jettes-y donc un œil un de ces jours –, où c'est écrit Frank DeViese. Jamais tu feras lire Clarence Holiday à la loi, si y a marqué Frank DeViese. » J'ai rien voulu savoir. Au jeu de la tête de cochon, avec moi, la loi, elle était pas près de gagner. Comment je la leur ai laissée, leur sale bagnole ! Qu'ils se la bouffent en salade ! J'ai demandé un peu d'argent à Nora et je suis partie m'en louer une à l'agence. Dommage que j'aie pas pris la peine de me renseigner sur la route à prendre pour le cimetière, parce que j'ai bien failli jamais trouver l'endroit. Je pilais à hauteur des gens pour leur crier par la vitre qu'ils me disent où c'était : ils me regardaient comme si j'étais folle. Même un agent de police, un Noir pourtant, il a froncé le sourcil, prenant l'air soupçonneux, et les informations qu'il m'a données, cet ahuri, elles ont réussi qu'à m'égarer davantage. J'ai dû faire dix fois le tour de la ville… Faut être des drôles de chrétiens, pour dissimuler son cimetière. Faut avoir des choses sur la conscience, rapport aux gens qui sont allongés là… Je suis arrivée quand même, mais tout était fini… Nora aurait bien forcé les autres à m'attendre. Malheureusement, les croque-morts et le prêtre, ils avaient pas qu'un macchabée sur le feu. L'ordonnateur a mis le holà. Il y a dit, à Nora, que si ça continuait comme ça, on y prêterait une pelle et elle se débrouillerait toute seule.

Je me suis encore perdue dans le cimetière, à cause des indications du gardien. Ils s'étaient tous donné le mot ! J'ai failli partir dans les pommes, quand j'ai aperçu la tombe. Pour le cortège, on était deux pelés trois tondus, faut bien reconnaître. Mais, sur cette sacrée tombe, les fleuristes de l'endroit avaient bazardé tous leurs invendus de la semaine. Ils avaient reçu commande de la loge (parce qu'il était devenu franc-maçon, en prime, mon défunt !). Les Élans[1] avaient pas regardé à la dépense non plus et leur nom s'étalait sur je sais pas combien de rubans. Le Syndicat s'était fendu de quatre ou cinq gerbes supplémentaires. J'ai

1. *The Elks* : un compagnonnage constituant lui-même une sorte de franc-maçonnerie.

pas pu m'empêcher de me dire que, dans ce pays, un musicien est mieux mort que vivant. En tout cas, il fait plus riche.

Qu'est-ce qu'ils ont fourré dans le trou ce jour-là ? L'amour de ma vie. Tout l'amour que je pouvais et que je pourrai jamais offrir à un homme. Et c'était une chose que ma propre fille semblait pas en état de comprendre… Elle avait même l'air de croire que ça pouvait pas exister pour de bon. Et elle avait l'air de m'en vouloir parce que, d'après elle, il avait beau être son père et avoir connu le martyre au Texas, tout ce qu'il avait fait, à part m'aider pour le loyer chaque fois qu'il y tombait un œil, ç'avait été de me plonger la tête dans l'eau sale et de vérifier de temps en temps que je continuais à boire la tasse. C'était ça, les hommes, d'après elle. Il fallait que toutes les femmes y passent d'une manière ou d'une autre. Il y avait pas de quoi en faire un plat. Il y avait surtout pas de quoi se vanter. Mais où elle avait été chercher ça ? Comment elle pouvait se farcir le crâne avec des horreurs pareilles ? « L'homme est méchant, elle me répétait, ou bien c'est une chiffe. » Je pleurais comme une madeleine à chaque fois. Ça la refroidissait pas. Au contraire. Elle lançait les bras au ciel. Elle tournait autour de la table, une vraie lionne en cage ! Et pour finir, elle me grondait deux fois plus. « Et Lester, alors ? » j'ai osé y dire un soir. Ça m'avait pas quittée, pas plus que mes histoires de restaurant, l'idée qu'ils devraient vivre ensemble, et pas seulement dans les studios, pas seulement dans les bastringues où ils ont leurs jams, pas seulement sur les toits au petit matin. Elle s'est radoucie tout d'un coup. « Lester ? elle a fait. Aucune femme pourrait rien y apprendre. »

Franchement, je vois pas le rapport. Je sais même pas ce que ça veut dire.

Je crois en Dieu. Donc, je voulais me persuader que tout s'arrangerait, qu'il y avait pas de raison. Si ma fille comprenait pas où était son bien, Lester, lui, avait les yeux en face des trous. Pour qu'il voie comment elle était belle (je suis sa mère, d'accord, mais j'ai des yeux moi aussi), il y avait pas besoin d'y faire un dessin. Il était pas de ces hommes qu'il faut leur mettre les points sur les *i*, question femmes. Il avait pas la prunelle baladeuse comme certains, mais c'était parce qu'au premier regard, déjà, rien de rien y avait échappé. Clic-clac, la photo était prise. Inutile qu'il s'y reprenne à deux fois. Il avait le compas dans l'œil. Des gars de ce tonneau, en général, c'est libidinage et compagnie. Ils te lorgnent : t'as envie de t'essuyer. Pres, c'était pas du tout du tout pareil. Il appréciait, disons, les bonnes choses que le Bon Dieu avait mises sur son chemin. En quelque sorte, il rendait grâce. Il voulait rien laisser perdre. Le Seigneur dit : ce qu'on te donne, c'est pas pour que tu t'asseyes dessus à t'en user les pantalons et que ça moisisse sous tes fesses. C'est péché que de se détourner des bienfaits du Tout-Puissant. Ce qui est là, éparpillé dans le monde, tu dois le faire fructifier. Lester faisait fructifier l'admiration que les belles petites y inspiraient. Quel mal y aurait-il à ça ?

Maintenant, la beauté, comme on dit, se mange pas en salade. Ce qu'il y trouvait, le Président, à sa Lady, c'étaient pas que des formes harmonieuses, des yeux de biche et tout le tremblement. Il regardait plus loin que ce qui crève les yeux. Nora aurait pu lire son avenir dans les yeux de cet homme, mieux que dans des boules de cristal. C'était pourquoi on m'aurait pas fait admettre qu'ils allaient se frôler et qu'ensuite chacun repartirait tranquillement dans son coin. Un tel gâchis, ç'aurait pas eu le moindre maudit bon sens ! Non, je vous dis. Un beau matin, sans crier gare, il se déclarerait d'une telle façon qu'elle pourrait pas se défiler et débiter pour s'en sortir la première sottise qui y passerait par la tête, comme elle avait l'habitude avec moi. Et ce jour-là, je sais pas quelle fête on ferait, mais les voisins s'en souviendraient longtemps ! Je boirais de leur satanée mixture, à mes tourtereaux, *top and bottom* qu'ils l'appellent, moitié gin, moitié porto. J'en liquiderais des pintes et des gallons, à plus voir clair ! Et je serais heureuse ! Pour le coup, je serais vraiment à la noce. Je la tiendrais, ma revanche, sur les Mattie, Fanny et consorts ! Et que je l'ouvre ou pas, mon restaurant à pieds de cochon, à poulet frit, désormais ç'aurait plus aucune importance, parce que je serais tout à fait rassurée et que j'aurais le droit d'écouter ma fatigue, mes vieilles jambes et mes reins en compote, et que je pourrais aller m'étendre enfin auprès de mon Clarence – depuis le temps que ça m'est pas arrivé ! Jamais plus je me casserais la nénette à propos de ma solitude. Envolés mes tracas, mes frayeurs de la nuit, à en claquer des dents… Du coup, Mr Charlie, lui aussi, pourrait pousser un ouf de soulagement au fond de son cercueil et souffler un peu, le cher homme. Finalement – qui l'aurait cru ? – sa petite Sadie serait arrivée à bon port.

Je me surprenais à fredonner, en épluchant les patates. Maintenant, ils étaient ensemble chez Count Basie. Je me frottais les mains d'autant plus. Pour qu'ils se quittent, il aurait fallu que l'un des deux démissionne. Nora avait rejoint l'orchestre à Scanton, en Pennsylvanie, peu après les obsèques de son père. Et puis le Président s'est amené un soir, avant le travail.

Il avait l'air du chat qui vient d'avaler une souris. Il s'est caressé les moustaches. « Voilà, tiens ! qu'il nous a dit. Ce matin, je savais pas quoi faire, alors je me suis marié. »

Nora a éclaté de rire. Lui aussi. Il a continué :

« J'ai épousé une infirmière. D'ailleurs, je me sens déjà mieux. »

Elle se tordait. Elle m'a donné un coup de coude dans le bras.

« M'man, tu le crois ? Avec toutes ces greluches qui lui courent après, Pres est allé s'en lever une qui lui demandait rien.

— Une espèce d'Italienne, il a précisé, avec une tête comme s'il en revenait pas lui-même.

— Une Blanche ? Une Blanche ! T'es vraiment un enfoiré de première ! »

Elle y a sauté au cou. Elle l'a embrassé comme du bon pain.

« Tu l'appelles comment ?

— Mary. C'est le nom qu'elle a donné au pasteur, si je me souviens bien.

— J'aurais quand même voulu voir ça !

— Moi aussi. D'où j'étais, j'étais mal placé. Mais ça m'a fait bonne impression… Et vous, Duchesse, qu'est-ce que vous en dites ? »

J'ai cherché. J'ai cherché longtemps. Ma tête, c'était plus qu'une botte de foin.

Cette Mary, je sais pas quelle femme c'est. Je sais pas si elle me fait honte ou pitié. Elle a manœuvré dans l'ombre, elle a mis le grappin sur Lester, et elle remuerait pas un cil pour le garder. Une perle d'homme comme celui-là ! C'est de la feignasserie que j'aurais même pas imaginée. Ou c'est son orgueil de Blanche qui l'aveugle. Elle se croit à l'abri, rien qu'à cause de sa peau ? Elle croit qu'un musicien, les tentations de la chair, ça le travaille pas ? Alors que ça se tortille devant lui du matin au soir et du soir au matin ! Une célébrité dans Harlem, comme le Président, il doit regarder sous son lit chaque soir s'il veut dormir tranquille. Y en a bien trois ou quatre qui pourraient s'être cachées là-dessous. C'est pas les occasions qui manquent aux jazzmen : c'est le temps de leur sauter dessus à toutes !... Et cette fille ? Non, non, tout va bien, elle est persuadée que l'affaire est dans le sac une bonne fois ! Mais d'où qu'elle sort, celle-là, donc ? Ses parents, ils y ont rien dit de l'existence ? Lester l'aurait trouvée dans une boîte neuve, sous du papier de soie ? Ce serait une poupée qui parle, mais qui a que de la sciure dans le ciboulot ? Non, je vous jure, ça me la coupe pour de bon ! En voilà une qui ferre le gros poisson avec un simple fil d'araignée, et elle sait même pas quoi faire de sa prise ! Encore heureux qu'elle l'ait pas rejetée à l'eau ! Enfin, « heureux », je m'entends. Heureux pour elle, oui ! Heureux pour elle qui connaît pas son bonheur... Mais pour moi ? Pour toi, ma vieille Sara, tristesse et désolation, comme d'habitude... Hier, je perds mon homme : aujourd'hui, celui de ma fille. Le mien, au moins, je peux me dire que Dieu sait où le trouver. Mais Lester ? Celle qui nous l'a ôté, elle se baisserait pas pour le ramasser. Et c'est ça, le plus terrible, voyez-vous. Lester, la femme qui nous le prend, la tête sur le billot elle saurait même pas dire pourquoi.

Des pareilles qu'elle, jamais j'en avais connu. Un moment, j'ai cru que le Président nous faisait marcher. Qu'il s'était payé une alliance pour blaguer, mais qu'il avait marié personne. Est-ce que c'était pour que cette Italienne y accroche pas un anneau dans le nez, qu'il semblait la fuir comme la peste ? Parce qu'on avait cette impression. Moi, en tout cas. Et comment j'aurais pu l'éviter ? Depuis qu'il habitait plus chez nous, il y était à peine moins fourré qu'avant. Il se donnait seulement la peine de venir du haut de Harlem, au lieu d'être déjà sur place. Et il se gênait pas pour reprendre son ancienne chambre et dormir là un jour ou deux. Seul ? Si, moi, je pouvais pas le certifier, comment elle aurait pu en être sûre, sa femme ? C'est à cause de ça que j'avais fini par le soupçonner de nous en conter. Lui qui se faufilait dehors à la moindre occasion, elle que ça défrisait pas le moins du monde (sinon, on l'aurait vu sonner à notre porte, la fumée y sortant des oreilles !) : où était la décence là-dedans, voulez-vous me le dire ? Est-ce qu'on joue au garçon le lendemain de ses noces ? Est-ce que c'est la nouvelle mode ? Est-ce qu'on épouse quelqu'un le lundi pour se conduire le mardi comme un veuf ? Est-ce qu'il avait l'intention, s'étant marié sur un claquement de doigts, de divorcer tout pareil ?

Hélas, je me montais la tête toute seule. Il a fini par nous la présenter, sa Mary. « Présenter », si j'ose dire… C'était dans les coulisses de l'Apollo. Elle avait l'air amoureuse pour de bon, on peut pas dire, cette Italienne qui laissait son homme y filer entre les doigts comme une poignée de vent. Lui… Lui, il avait son air habituel. Jusqu'au moment où le Count a donné le signal de *I Can't Get Started.* C'était un morceau exprès pour eux – j'entends : pour Lester et la petite. Ils l'avaient pas encore enregistré, mais c'était leur chanson au sein de l'orchestre. Vingt fois, je les avais vus faire. Pres commençait tout seul, la tête penchée d'un côté, le saxophone incliné de l'autre, et à la troisième note, déjà, vous sentiez plus le sol sous vos pieds. Là, c'est dès la première, de note, qu'il a expédié tout le monde sur une autre planète. Et pas uniquement le public : les musiciens, les machinistes, les ouvreuses, la fille du vestiaire, les traîne-coulisses qui vont encombrer d'un théâtre à l'autre, plus Frank Schiffman et ses assistants, la patrouille du commissariat qui faisait sa ronde, et j'en oublie sûrement… Sur cette planète-ci, il restait plus que deux personnes. Lester et Billie ? Enfoncez pas le couteau dans la plaie : Lester et Mary Young. Pendant les trois, quatre minutes que dure une chanson, cet homme a pas quitté cette femme des yeux. Quand Nora s'est mise à chanter, on aurait dit qu'elle chantait à la place de l'autre. Qu'elle était seulement là pour traduire en bon américain, à voix haute, des choses qui peuvent pas se dire en aucune des langues de Babel, et que l'Italienne était en train de dire avec les yeux à l'oreille du jeune marié. Là, je me suis murmuré : « Bon. Voilà. C'est ainsi. Le paradis peut attendre. Est-ce qu'on a le choix ? »

Lester

À Kansas City, j'avais un chien. Tonics. Il me suivait partout. On entrait quelque part : il repérait le piano et il allait s'asseoir dessous... Quand nous étions seuls, je lui tenais de beaux discours. À voix haute. Il n'y avait qu'à lui que je pouvais confier certaines choses. Lui seul était susceptible de les comprendre.

Je me lançais devant mon chien dans de grandes comparaisons entre l'amour propre à toutes les créatures vivantes et celui que pratiquent en exclusivité les humains. Je lui expliquais que, si le premier ne connaît pas les mots, le second ne connaît rien d'autre. Les mots ne lui servent qu'à s'étrangler lui-même, mais il ne réussit pas à se passer d'eux. Allez dire aux hommes qu'il ne faut pas parler aux personnes qu'on aime, en tout cas avec des mots... L'amour des chiens, les hommes s'en accommodent. L'amour des hommes, qui n'est pas fait pour les chiens, n'est pas fait non plus pour les hommes. La plupart d'entre eux n'ont jamais su quoi faire avec.

J'ai appris quelque chose : aucun amour ne peut aller plus vite que la musique. À Kay Cee, je ne jouais que pour elle, mais je n'entendais que moi. Je la regardais venir et je savais que, en réalité, elle s'en allait. Elle s'éloignait puisque moi, j'avais déjà pris la route. Comment aurais-je pu retenir une femme ? Ma chanson m'emportait.

La première fois que nous avons joué ensemble, ma Lady Day et moi, j'ai compris que je n'allais pas tomber amoureux d'elle. Étant musicien, je ne pouvais pas me le permettre. La musique s'était éprise de cette fille. Un amour comme celui-là ne se trouve pas sous le pas d'un cheval, et moi, Lester Willis Young, j'aurais prétendu me faire le rival de la musique ? La musique avait besoin de tout l'amour de ma Lady. Quelle catastrophe si, tombant amoureux d'elle, je détournais à mon profit un seul atome de la précieuse substance !... Les gens supposent volontiers que les musiciens mettent dans leur musique les sentiments qu'ils éprouvent pour d'autres personnes. Jouer, à leur idée, ce serait un peu comme d'envoyer des fleurs ou d'écrire des lettres d'injures. Trop facile ! Le rôle de la musique ne peut pas se borner à servir des intérêts qui ne sont pas les siens. À amplifier des phénomènes qui se déroulent en dehors d'elle. Non. Les musiciens tentent de féconder leur musique avec les sentiments qu'ils éprouvent pour leur musique. Ils n'y parviennent que si eux-mêmes, par miracle, ne la laissent pas indifférente. Hélas, ils ont la plupart du temps d'autres passions en tête. La passion de la musique est une chose très éprouvante pour la plupart d'entre nous. Ceux-là se rabattent sur un simple flirt et s'en satisfont. Mais c'est un jeu dont la musique, elle, se fatigue toujours très vite.

D'emblée, j'ai senti quel danger nous guettait, ma Lady et moi. J'avais compris au premier coup d'œil que nous étions capables de tomber amoureux l'un de l'autre. Je n'étais pas assez rêveur pour ne pas voir à quel point nous étions faits l'un pour l'autre. Je veux dire nos musiques. La première précaution à prendre pour favoriser cette union était de ne pas laisser les mots installer leur foutoir. Les mots d'amour, je ne connais rien de tel pour effaroucher la musique. J'ai ma petite recette pour régler son compte au langage : je parle par énigmes. J'entasse les codes secrets. J'amuse la galerie avec mon vocabulaire. Quoi de mieux pour détourner l'attention ? Tout de suite, j'ai fait rire ma Lady. C'était dans mes cordes. J'avais de l'entraînement, depuis les folles nuits du Reno Club. Jusqu'ici, j'ai réussi à ne jamais lui dire un seul mot doux qu'elle puisse prendre au sérieux. Pas un seul qui l'incite à se compromettre. J'ai tout chiffré, tout cadenassé. J'ai truqué toutes les cartes du jeu. Un poète, moi, comme ils disent ? J'ai le sens pratique très aiguisé. Je n'ai jamais rencontré personne qui soit plus réaliste que moi. Il fallait que je le sois pour deux, étant donné que Billie, pour sa part, ne l'était pas du tout. Par chance, elle était persuadée du contraire. Ça m'a bien facilité les choses. J'ai pu la mener par le bout du nez. Je la protégeais de tentations qu'elle n'avait pas encore éprouvées. Par le rire, je me suis rendu inaccessible. Si j'avais permis que nous nous aimions, nous aurions consumé dans cet amour tout l'amour que la musique exigeait de nous. Ce que nous avons accompli ensemble serait resté lettre morte. Quand on me demandera là-haut ce que j'ai fait de bien dans ma vie, je répondrai : « Une seule chose. Vous savez combien j'aimais ma Lady ? Eh bien, je n'ai jamais couru après elle et j'ai empêché qu'elle coure après moi. »

J'ai beau jeu, cela dit, de décortiquer aujourd'hui ce qui se passait alors en moi. De m'éplucher comme un oignon, sans risque de me tirer des larmes. Sur le moment, j'y voyais beaucoup moins clair. Ce qui me retenait de serrer ma Lady contre moi, certains matins, sur la terrasse où nous nous rendions avant de regagner nos chambres respectives, j'aurais été alors bien en peine de mettre un nom dessus. Je bénissais la musique de m'avoir rendu plus proche d'elle que je ne l'avais jamais été d'aucune femme – en comptant ma mère, ma sœur Irma, ma première épouse blanche Bess Cooper[1] et Lady Margaret, laquelle m'aura sans doute inspiré plus de désir que n'importe qui. J'étais heureux que mon vieux ténor, Lady Violet, m'ait servi de boussole pour croiser la route de Billie. En revanche, j'étais à cent lieues de me demander si ma vocation, en venant au monde, était de sacrifier la musique à cette fille, ou cette fille à la musique.

Depuis le temps maudit où, obligé de replier ma batterie[2] pendant que les autres avaient déjà sauté de l'estrade, je regardais s'envoler avec eux les petites mignonnes que j'avais reluquées de là-haut, je suis extraordinairement sensible à la compagnie des femmes. S'il me fallait choisir entre des ébats sans prélude et un tête-à-tête sans ébats, ce n'est pas la première solution que je retiendrais, bien que je ne sois pas un ange. Ce goût prononcé que j'ai de leur présence, j'ai l'impression que les femmes me le rendent bien. Entre celles qui, en tournée, se proposent d'être ma partenaire d'un soir, je n'ai jamais eu que l'embarras du choix. Même Buck Clayton, avec son magnifique regard vert, doit s'incliner. Les femmes me jugent « délicat ». N'est-ce pas plutôt moi qui, depuis toujours, suis entiché de leur délicatesse ? Rien, en elles, ne m'intimide davantage. Les hanches étroites, les peaux transparentes… Il

1. Épousée à Minneapolis en 1930.

2. Lester Young prétendit toujours être passé au saxophone pour cette seule raison (vers 1922, pense-t-on ; il était né en 1909).

m'arrive de me dire que, si j'ai épousé des Blanches, c'était parce que leur pâleur les rendait plus fragiles à mes yeux. Quand je songe à ma Lady, ce n'est jamais à la fille bien en chair qu'elle devenait parfois. J'ai toujours laissé l'opulence à Hawkins. À part ça, quoi qu'ils disent, j'aurai été un jazzman comme un autre. C'est-à-dire un solitaire couvert de femmes. Elles faisaient barrage entre Billie et moi. De son côté, ma Lady harponnait tout ce qui passait à sa portée, tant mieux. Les Blanches l'attiraient autant que moi. Et pourquoi non ? À mon avis, il n'y a pas un tel gouffre entre les sexes.

Je l'avais rencontrée en 1934 à New York, pendant mon séjour chez Fletcher Henderson. Deux ans plus tard, alors que je regagnais la Grosse Pomme avec Basie, elle était devenue un véritable corps d'artichaut. Et pour le cœur ? Le cœur, c'est ce qu'on trouve de moins original chez quelqu'un. Videz-le sur la table : son contenu et les paroles des chansons tristes se ressemblent comme deux gouttes d'eau. Le sien ressemblait à bien des cœurs en pénitence dans la grande ville. Bien accroché, mais au bord des lèvres. À moitié cœur à prendre et à moitié cœur de pierre… Si elle tombait amoureuse (elle adorait ça, plus que l'amour lui-même), elle avait pourtant besoin de croire qu'il y en aurait pour toute la vie. Avant de s'enticher de Freddie Green, notre guitariste, elle n'avait pas de compagnon attitré. J'avançais à découvert, comptant énormément, pour détourner son attention de moi, sur les yeux de Buck ou sur la prestance d'un autre trompettiste, blanc celui-là, Harry James, l'une des stars du Benny Goodman Orchestra. Elle n'était insensible au charme ni de l'un ni de l'autre. Lady Day n'était pas insensible au charme, point final. Eût-elle succombé à celui qu'on me prête, peut-être aurions-nous connu des instants parfaits. Je n'en ai jamais douté. C'est même pour ça que j'ai freiné des quatre fers.

Jamais je n'ai fait d'avances à ma Lady. Ne pas la désirer, ce fut un commencement. Mais je restais incapable de me tenir longtemps loin d'elle. En tournée, cela me rendait infiniment mélancolique. J'ai failli pleurer de gratitude quand j'ai su que le gérant du Basie Orchestra s'était décidé à l'engager. À contre-cœur, disait-on. Je ne voulais voir que le résultat. Avec l'« ère du swing » était née la mode des *canaris*. Le public ne leur demandait que d'être assises dans un coin de la scène, leurs jupes en corolle autour d'elles, et d'exhiber l'émail de leurs dents. Billie ne correspondait guère à cet idéal. Par chance, John Hammond poussait à la roue. Le Count lui-même était tout disposé à se faire violence. Il l'adorait. Elle lui serait si proche que, pendant tout son séjour parmi nous, il la désignerait par son propre prénom, William. Grand amateur de femmes pourtant (ce qui suffisait à leur faire oublier qu'il était petit, aussi large que haut, et arborait un sourire de gargouille), Jimmy Rushing était le seul de notre bande à considérer son arrivée d'un mauvais œil. Peut-être enviait-il son succès. Peut-être lui reprochait-il d'interpréter des romances sentimentales, un rêve auquel il avait dû renoncer le jour où Kansas City avait décrété qu'il était le plus grand hurleur de blues de la planète. « Rush » avait beaucoup d'influence sur Basie. Avant de devenir son employé, il avait été son patron. C'était lui qui, à Kay Cee, l'avait imposé dans les cercles musicaux et auprès des gangsters qui tiraient les ficelles. En tournée, les deux compères jouaient au poker contre des types qui n'appartenaient pas à l'orchestre. Ils tapaient le carton dès la fin du dernier set, jusqu'à l'heure de remonter dans le bus. Si, de notoriété publique, le Count les lâchait avec un élastique, Jimmy, lui, passait pour un radin de la pire espèce. Sa réputation lui venait pour l'essentiel du fait qu'il refusait obstinément de jouer aux *craps* dans notre bus, *L'Oie bleue*, cette ruine dont les banquettes de bois semblaient s'être juré de nous casser les reins avant la fin de la tournée. À quatre pattes dans l'allée, nous roulions les dés comme des échappés de l'asile, vautrés dans la crasse, les genoux griffés par les échardes du plancher. Ma Lady, à qui les bobs mangeaient dans la main, y trouerait je ne sais combien de paires de bas.

Sans elle, l'univers n'avait ni queue ni tête. Elle paraissait, et chaque chose reprenait par magie la place qui lui avait été assignée de toute éternité. J'ai pris le premier prétexte venu pour m'installer chez sa mère. Je pouvais jouer à Washington, à Chicago, à Philadelphie : les affaires que j'avais laissées à New York étaient imprégnées de son parfum. Les chiens, dit-on, n'ont qu'un logement : ils habitent l'odeur de leur maître. J'avais été un chien errant toute ma vie. À présent, je ne le supportais plus. En tournée, mon existence se déroulait entre les parenthèses de l'existence. Cent fois, j'ai failli remettre ma démission à Basie. Je l'aurais fait si je n'avais appris qu'il songeait à l'engager. Faire de la musique, à quoi bon, si ce n'était pas pour elle, ou du moins avec elle ? On dirait des paroles de chanson. Cette chanson-là, je l'ai jouée sur tous les thèmes de notre répertoire. C'est ce qui m'a permis de tenir le coup. J'accompagnais Billie dans ma tête. J'écoutais au fond de moi la musique des femmes. J'ai conservé cette habitude. Coleman Hawkins et ses disciples n'y entendent rien. Ils campent sur une seule rive du fleuve. Ceux qui me suivront devront traverser à la nage. La plupart, le courant les emportera. Il faut avoir une vraie raison de quitter sa tente, ses feux, la protection des sentinelles.

Lorsqu'elle avait abusé du « moitié-moitié » (un cocktail de notre invention, ravageur parce qu'il descendait tout seul, mais contenait cinquante pour cent de gin), Billie pouvait dévier de la tonalité. Mais, la plupart du temps, elle entendait juste et elle entendait loin, qualités indispensables pour s'accorder, en tout sens du terme, avec ses partenaires. Il lui suffisait de suivre son instinct. Avec moi, cependant, la connivence était à la fois d'une autre intensité et d'une autre nature. Dès que j'entamais un chorus, son comportement changeait. Parfois de façon spectaculaire. Elle en devenait méconnaissable. Comme transfigurée. Soudain, elle commençait d'osciller. Elle inclinait la tête sur l'épaule, ainsi que je le faisais moi-même. Tout ce que les années avaient gravé sur son visage s'en détachait alors et s'évaporait d'un coup, délayé puis balayé par un air d'enfance qui, pour moi, n'avait pas de prix : puisqu'elle était mon miroir, il témoignait de la fraîcheur de mon inspiration. Son regard, surtout, se métamorphosait. Elle m'écoutait avec les yeux. Une gamme d'expressions infiniment variées, mobilisant jusqu'aux cils et aux sourcils, lui permettait de raconter en même temps que moi l'histoire que j'étais en train d'inventer. Ses yeux lisaient dans ma musique comme on lit sur les lèvres (je voyais, à travers mes paupières mi-closes, les siennes remuer à l'unisson). Ses yeux dansaient avec mes notes. J'avais devant moi une incarnation de ce que je jouais, et ce que je jouais n'était plus, j'espère, qu'une émanation de son âme.

La seule chose que je n'aie pas révélée à Mary avant les noces, c'était la place exacte que Lady tenait dans ma vie. Outre le fait que les confidences n'étaient pas mon style (un critique voulait-il savoir ce que j'avais en tête au moment d'improviser ? J'avais coutume de répondre : « Je ne discute pas de ma vie sexuelle en public »), les mots m'auraient manqué pour décrire notre relation dans sa complexité. Le vocabulaire que je m'étais forgé pour amuser (abuser ?) la galerie ne m'aurait été d'aucun secours. Ajoutons qu'informer Mary de certaines choses m'aurait contraint à me les avouer à moi-même : je n'y étais pas prêt. Néanmoins, elle a su dès le premier jour que j'habitais chez la mère de Billie et que j'avais la ferme intention d'y garder un pied-à-terre après notre mariage. Une garçonnière dans la 99e Rue m'éviterait de trop longs trajets entre les clubs où se déroulaient les jams de l'aube et notre domicile : tel fut son unique commentaire. J'aurai eu beaucoup de tendresse pour Mary. Elle le méritait.

Ma Lady avait rejoint le Basie band à Scranton, en Pennsylvanie, à la fin de l'hiver 1937. Elle était une des très rares vocalistes du moment que nous n'avions aucune envie de chahuter. Pour la persuader de prendre la route avec nous, le Count lui avait accordé un salaire plus élevé que les nôtres. La suite des événements montra qu'elle ne l'avait pas volé. Hélas, il n'existe aucun disque pour en témoigner[1]. Billie et l'orchestre avaient bien signé des contrats d'enregistrements – mais pas pour la même compagnie.

---

1. On dénombre à cette heure trois interprétations (*They Can't Take That Away From Me, Swing, Brother, Swing* et *I Can't Get Started*) captées en 1937 lors d'émissions de radio. Longtemps considérées comme des enregistrements pirates, elles ne furent commercialisées qu'après la mort de la chanteuse.

Parce qu'elles vouent à ma musique un amour sincère, certaines personnes s'imaginent qu'elle subvient à mes besoins. Tout dépend de ce qu'on entend par là. À Kansas City, on se débrouillait toujours. C'était une ville où, à l'intérieur de chacune des communautés, les gens s'entraidaient. Mais, dès que j'ai mis le pied à New York avec Basie, je me suis retrouvé avec le ventre creux plus souvent qu'à mon tour. Ma Lady me disait sur le fameux toit en terrasse, accompagnée en sourdine par le roucoulement des pigeons : « Il y a une chose dont je me souviendrai toujours, Pres : nous aurons eu faim ensemble. » Nous avions pourtant conscience d'être des privilégiés. Notre notoriété nous a permis de subsister sans prendre un second métier. Billie n'a pas fait des ménages, ni le trottoir comme tant d'autres. Je n'ai pas conduit de taxi. Je n'ai actionné ni ascenseur ni monte-charge. Je n'ai pas curé de piscine. Pas ciré les chaussures dans les couloirs du métro. Pas gardé d'entrepôts frigorifiques, une vieille pétoire à portée de main. Je n'ai pas collé d'affiches. Je n'ai pas livré de plats cuisinés à domicile. Je n'ai pas étalé le goudron sur la chaussée. Je n'ai pas distribué le courrier ni vendu les journaux à Washington Square. Tout au plus, j'ai failli un matin de février décharger à l'aube un cargo sur un port, mais quelqu'un m'a tiré de là in extremis en me refilant un billet de cinq. Comparés à la plupart des copains, nous n'avions pas à nous plaindre, même si nous nous contentions de survivre.

Nous étions pauvres comme Job, et pourtant Billie mettait chaque jour un peu d'argent de côté. Voilà pourquoi elle s'engageait dans toutes les parties de *craps*. Elle ne songeait qu'à rire, mais, lorsqu'elle lançait les dés, c'était rarement pour s'amuser. S'il ne s'était agi que de passer le temps, elle aurait été mieux inspirée de dormir un peu. Ou du moins d'essayer. En tournée, le moment arrive vite où la fatigue accumulée vous empêche de trouver le repos. Son rêve était de réunir assez d'argent pour réaliser celui de sa mère : ouvrir un petit restaurant, où les musiciens se donneraient rendez-vous. Elle a prétendu par la suite avoir gagné mille dollars au jeu, dans le couloir central du bus. Une chose est sûre : Sadie l'a eue, sa guitoune. Cette femme avait le cœur sur la main. Être bénévole dans une soupe populaire lui aurait rapporté davantage que ce commerce. En cachette de sa fille, c'est tout juste si, à la fin des repas, ce n'était pas elle qui réglait ses clients, pour peu qu'ils lui aient glissé un compliment sur sa cuisine, assorti d'une confidence sur leurs difficultés financières. Mais ma Lady n'avait nul besoin d'assister à la scène pour deviner ce qui se passait. L'attendrissement qu'inspiraient à Sadie des pique-assiettes ne songeant qu'à profiter d'elle la rendait folle furieuse. Et comme elle ne pouvait pas s'en prendre à tous ces gens à la fois, c'était contre leur victime qu'elle se retournait, avec un peu plus d'exaspération chaque fois. Et je n'étais pas toujours là pour recoller les pots cassés.

Je suis né dans le Mississippi. Tous ceux qui ont vécu sous la Ligne[1] savent d'expérience que ni la lâcheté ni la mauvaise conscience ne rendent l'homme plus miséricordieux. Il n'y a pas plus à craindre qu'un

1. *The Line.* « Originellement la ligne Mason-Dixon. Elle séparait les États confédérés des autres États de l'Union. Symbole de la ligne de démarcation raciale » (Jean-Paul Levet. *Talkin'That Talk. Le langage du blues et du jazz.* Nouvelle mouture. Éditions Kargo, 2003).

type qui enfile une cagoule pour rendre ce qu'il appelle sa justice. Aucun orchestre noir n'a envie de descendre dans le Sud, mais tous presque s'y voient contraints un jour ou l'autre. Dans *L'Oie bleue*, les plaisanteries allaient bon train. Le lynchage en inspirait de bien grasses. En réalité, nous étions tous plus tendus que des cordes de violon. Les peaux noires se mettaient à transpirer sombre. Chez certains, de vieilles peurs remontaient de l'enfance. Un voile tombait sur leur visage. Un filtre de la couleur et de la consistance du blanc d'œuf enrobait leurs yeux. Leurs regards étaient fixes, ternes et lointains. Ils fumaient en silence, la tête rentrée dans les épaules, le dos collé à la banquette, pour ne pas voir ce qui défilait derrière la vitre du car. On songeait à ces papillons cloués sur des panneaux de liège. Plusieurs avaient enfoncé leur chapeau sur leur tête et retroussaient le col de leur veste. Je me sentais aussi mal à l'aise qu'eux, mais je ne voulais pas faire à l'Homme blanc le cadeau de ma frousse. Au moins, je n'aurais pas renoncé à ce que j'étais. On ne m'aurait pas obligé à avoir peur de mon ombre.

Certains types n'avaient aucune idée de ce qui les attendait au pays de Dixie. « Autant passer les portes de l'enfer, a déclaré ma Lady en soufflant la fumée de sa cigarette vers le plafond. Là, au moins, tu sais d'avance comment ça finira. »

Il existe un péché plus grave que d'être trop noir, dans le *Deep South* : c'est de ne pas l'être assez. On vous soupçonne de vouloir tricher sur vos origines. Billie allait perdre, à cause de son teint, le peu de confiance qu'elle accordait encore à l'humanité. Quand nous avons quitté la Grosse Pomme, elle était ravie de voir du pays. Ravie de vivre sa première tournée. Par sa gaieté, elle aurait remonté le moral d'un régiment. À nous deux, nous aurions entretenu celui d'une armée en déroute. Toutefois, nous n'étions pas sur un pied d'égalité, elle et moi. La carapace que je m'étais formée au fil des ans avait eu le temps de se renforcer, depuis l'époque où je sillonnais les campagnes avec mon père et son orchestre de cirque. Ma Lady se croyait en acier trempé, parce que l'existence ne l'avait jamais ménagée et qu'elle avait traversé l'orage saine et sauve. Parce qu'elle était capable, en robe de soie, hauts talons et gants longs, d'articuler des expressions à faire rougir un singe et, si les choses se gâtaient, de faire le coup de poing avec à peu près n'importe quel permissionnaire en ribote, dans un coin sombre de la 52e Rue. Elle allait apprendre qu'elle restait, entre certaines mains, plus fragile qu'une rose de verre filé.

Le coup le plus cruel ne lui fut pas porté chez les nostalgiques de l'esclavage, mais à Detroit. Au Fox Theater, bien loin des hameaux de l'Alabama. Aux yeux des anciens Confédérés, une seule goutte de sang noir suffit à faire de vous un mal-blanchi. Aucun de ces types n'aurait été tenté de la prendre pour autre chose qu'une négresse. Il fallait avoir l'esprit aussi tordu qu'un raciste contrarié ou un raciste honteux, bref : un raciste du Nord comme le directeur du Fox, pour lui interdire d'entrer en scène si elle ne se passait pas sur le visage, sur le décolleté, sur les mains et les bras, un fond de teint qui n'était guère mieux qu'une sorte de brou de noix. Elle sauta au plafond en entendant ça. L'orchestre, comme un seul homme, décida de foutre le feu à la baraque. Je ne sais pas comment le Count, qui n'était pas le moins furibard, parvint à calmer les esprits.

Lorsque Billie a quitté sa loge, tartinée d'une pommade tirant sur l'acajou, la tension était si grande que quelqu'un – Harry Edison, je crois –, fatigué de grincer des dents, a éclaté de rire. Sauf moi, tout le monde l'a imité. L'écume aux lèvres, elle leur a lancé tout ce qui lui tombait sous la main. Même folle de rage, elle visait juste. Ils se sont tous enfuis. Nous nous sommes retrouvés face à face dans un recoin encombré de vieux morceaux de décor. J'ai vu avec soulagement que ses yeux étaient secs et que je n'aurais pas besoin de la serrer dans mes bras. Un sourire qui ne cessait plus de s'élargir est même apparu sur ses lèvres. J'ai avancé d'un pas vers elle – d'un seul, parce que, à ce moment-là, Dieu sait de quoi j'aurais été capable – et j'ai pris cet air d'épagneul qui l'amusait tant. Elle m'a observé un bon moment, penchant la tête sur le côté comme je venais de le faire. Puis elle s'est mise à trembler et j'ai senti quelque chose se déchirer en moi. Le geste que je m'apprêtais à faire, je ne l'ai pas esquissé. Les mots qui m'ont traversé l'esprit, je ne les ai prononcés que dans ma tête. J'ai eu tort. Comment aurais-je pu deviner qu'ensuite il serait trop tard – trop tard pour toujours ?

Elle a quitté l'orchestre le 3 mars 1938, après un dernier concert à l'Apollo. J'ignore pourquoi. On a dit qu'elle avait réclamé une augmentation exorbitante. On a dit que les commanditaires de l'orchestre lui reprochaient de chanter seulement quand elle en avait envie (ce qui n'était pas faux). On a dit qu'elle s'obstinait à ne pas interpréter de blues, et que John Hammond avait pensé que c'était dommageable au Basie band, dont le blues avait fait la réputation. En même temps, on affirmait que, sans John, elle aurait été mise à la porte des mois plus tôt par le manager. Beaucoup supposaient encore qu'elle souhaitait tirer un trait sur l'incident de Detroit et, pour cela, éprouvait le besoin de rompre avec les personnes qui en avaient été les témoins… Ce qui est sûr, c'est qu'on m'a privé de ma Lady. Pourtant, j'ai continué de m'entretenir avec elle dans mes chorus. À ceci près que c'était maintenant avec son absence que je dialoguais. Je n'ai pas l'intention de m'arrêter. Rien ne me délivrera de Billie Holiday, de l'autre partie de moi-même. Je ne le souhaite pas. Elle m'oubliera peut-être : qu'elle le veuille ou non, elle restera mon ange gardien. Helen Humes a pris sa place. Il n'y a pas de fille plus brave que celle-là. J'ai joué, à ses côtés, des choses que ma Lady a dû entendre dans ses rêves. Des choses qu'on ne lirait pas sur les lèvres des plus tendres amants.

Lady est repartie sur la route avec Artie Shaw. Je suis retourné vivre avec Mary et nous avons été aussi heureux qu'on peut l'être dans un couple où la femme ne croit plus au bonheur et où l'homme n'y a jamais cru. La Duchesse tournait autour de moi, tandis que je rassemblais mes affaires. De son pas traînant, elle m'a suivi jusqu'à la porte du palier, tout le long de ce couloir qui n'en finit pas. Elle ne disait pas un mot, elle poussait des soupirs à fendre l'âme. Sadie m'arrive à la poitrine. Je me penchais pour l'embrasser quand elle m'a empoigné par les épaules et attiré vers elle, de manière à plonger ses yeux dans les miens.

« Lester ! (Elle ne m'appelait plus ainsi depuis des mois. Ses joues et sa bouche tremblaient. Ses yeux étaient pleins de larmes prêtes à déborder.) Lester, m'a-t-elle dit, est-ce que vous n'étiez pas destinés l'un à l'autre, vous et Nora ? »

À mon tour, j'ai refermé mes bras sur elle.

« Duchesse, ai-je répondu, je le crois aussi. Il n'y a rien au monde que je veuille croire autant. Alors je tiens à ce que ça reste comme ça, vous comprenez ? »

Elle a essayé de dire non, mais ça n'est pas sorti. Elle a seulement secoué la tête, avec le regard buté d'une enfant. Elle a laissé ses mains glisser sur mes bras et s'est dégagée avec une grande douceur. Elle fixait maintenant le paillasson, les sourcils froncés.

« Moi non plus, ai-je murmuré, je ne comprends pas. »

Je n'ai rien trouvé de mieux pour la consoler. Au bout d'un instant, je me suis rendu compte que je contemplais le chambranle au-dessus de sa tête. Je n'arrivais pas à m'en aller.

Mae

Comme cadeau de mariage, Mr Weiss nous a offert une auto. Un grand modèle. C'était sans doute sa façon de nous dire qu'il comptait sur nous pour fonder une famille nombreuse. « Ça le consolerait d'avoir un fils contrebassiste de jazz », m'a dit Sid avec un clin d'œil. Il avait à peine vingt-trois ans le jour de la cérémonie ; moi, tout juste dix-huit. Mais il était musicien professionnel depuis une demi-douzaine d'années déjà, embauché, tour à tour, par des gens aussi importants que Louis Prima, Wingy Manone, Charlie Barnet et maintenant Artie Shaw. Artie est un drôle de type. Il méprise l'argent des autres, alors qu'il ne cracherait pas sur une fortune personnelle. Il supporte la contradiction plus mal que tout le monde, mais il est connu pour avoir les idées plus larges que n'importe qui. Le terme de « libéral » semble avoir été inventé pour lui. Beaucoup de personnes le haïssent à cause de cela. Il en est très fier. Il ne se gêne pas pour le rappeler aux gens que cela défrise, toujours prêt à chercher querelle aux crétins, comme il les appelle. À l'entendre, le monde en regorgerait. Il ne voit aucun avenir au genre humain

La voiture de papa Weiss nous servait de cocon toute la journée. On nous fichait la paix. Personne ne se serait permis d'occuper la banquette arrière, quand, du jour au lendemain, nous avons hérité de Billie Holiday. Elle s'est retrouvée là un beau matin et n'a plus démarré de ce siège.

Partout, chaque soir, c'est la même routine. Dès que notre chef embouche sa clarinette pour un premier chorus sur *Begin the Biguine*, la piste se transforme en asile de fous. D'abord les couples se pétrifient ; on dirait qu'ils ont touché une ligne à haute tension. Puis les filles, reprenant leurs esprits, se décrochent de leur cavalier et se précipitent vers l'estrade. Le temps qu'elles y parviennent, leurs piaillements se sont transformés en cris d'écorchées. Elles s'écrasent contre le bord de la scène. Serrées comme des sardines, à la limite de l'asphyxie, elles trouvent assez d'énergie pour sautiller sur place, les bras levés. Elles tendent vers notre chef des mains implorantes, dans l'espoir de toucher du bout des doigts le pli de son pantalon. Mais il a appris la méfiance et reste hors de portée. Sans quoi, ces hystériques n'hésiteraient pas à lui arracher ses vêtements, voire des lambeaux de peau, à les emporter en guise de reliques. Pendant ce temps-là, les garçons les ont rejointes et rattrapent leur retard du mieux qu'ils peuvent.

Quand les *jitterbugs* fondent sur lui, Artie Shaw ne bombe pas le torse. Il ne se rengorge pas. Il n'esquisse pas le moindre sourire. Ses yeux lancent des éclairs. Il donne l'impression de vouloir tuer quelqu'un. Son solo bouclé, au lieu de s'offrir à la contemplation de ses adorateurs, il leur tourne le dos sous prétexte de diriger l'orchestre. Tout de suite après l'exposé de l'indicatif de fin, il se rend en coulisse, comme pour aller boire un verre d'eau, et file à l'anglaise. Sa Rolls l'attend tous feux éteints devant l'entrée des artistes. Le jour où le stratagème sera éventé, je me demande comment il s'y prendra pour quitter le dancing en un seul morceau.

Ce cirque l'exaspère au-delà de toute expression. Il y a quelques années de cela, il a déjà mis la clé sous la porte, refusant d'être plus longtemps l'otage des fanatiques qui collectionnent ses disques et envahissent les salles où il se produit. Il s'était acheté une ferme et avait essayé d'écrire un livre. Selon lui, comparée à la littérature, la musique, en particulier la sienne, n'est qu'une sorte de passe-temps pour demeurés. Ce n'est pas tant qu'il méprise les *jitterbugs* qui se roulent à ses pieds, c'est qu'il se sent méprisé par eux : « Tu penses que ma musique m'a rendu populaire, c'est bien ça ? Tu penses que tous ces abrutis en sont dingues ? Alors explique-moi pourquoi ils s'ingénient à la couvrir de leurs vagissements ! Ils n'ont qu'une seule idée en tête : que je la boucle ! Ils feraient n'importe quoi pour ne plus m'entendre. La bonne musique leur est plus pénible qu'un lavement ! Je leur souhaite de crever la gueule ouverte, tous autant qu'ils sont ! » En scène, profitant du vacarme, il s'est mis à vomir des torrents d'injures par-dessus son épaule, en direction des collégiennes qui lui hurlent leur passion.

Je ne vous conseille pas d'évoquer devant lui la « rançon de la gloire ». À peine entend-il ces mots, il donne l'impression de sauter sur une mine. « Je ne dois rien à la gloire ! Je n'ai pas besoin de la gloire pour savoir ce que je vaux, et ce n'est pas elle qui m'empêchera de savoir ce que je ne vaux pas ! Elle ne m'a pas aidé à devenir meilleur, au contraire ! Et il faudrait que je m'aplatisse devant elle, pour l'unique motif qu'elle m'a procuré une Rolls d'occasion et deux ou trois bricoles ? Quel genre d'arithmétique est-ce là ?… » Et ainsi de suite.

Billie avait entendu une bonne demi-douzaine de fois la fameuse diatribe quand elle est intervenue.

« Artie, a-t-elle déclaré, tu as fait des dettes qu'il te

faudra rembourser un jour, et tu t'inquiètes de savoir si c'est celui-ci ou celui-là qui touchera ton chèque ? Dis-toi que tu as bien de la chance, vieux. Nous, les Noirs, on doit payer nos dettes avant de pouvoir les contracter. On commence par là. On arrive au monde : on a déjà une ardoise à flanquer le vertige. »

Plutôt que d'obliger Billie à interpréter les succès du jour, qui la défrisent, Artie a fini par engager une deuxième fille. Blanche, celle-là. Helen Forrest. Elle n'a que dix-neuf ans. Je suis prête à parier qu'il a choisi une débutante afin que Billie n'ait pas le sentiment qu'il lui lançait une rivale dans les jambes. De toute façon, il a besoin de quelqu'un pour assurer les parties vocales des enregistrements. Billie ne peut pas y participer : elle est sous contrat avec une autre compagnie. Sur la route, il prend son parti contre tous ceux qui lui cherchent des noises, et Dieu sait que ce ne sont pas les bouffeurs de nègres qui manquent. Billie insinue que Helen est plus ou moins de leur bord, mais j'ai le sentiment qu'elle tente surtout de s'en convaincre elle-même. Si intelligent soit-il, Artie n'a pas prévu que Billie serait vexée de partager son poste avec quelqu'un qui ne la vaut pas.

Pendant les neuf mois passés en notre compagnie, elle n'a pas connu que des déboires. Du coup, elle s'est mise à rêver. Dans l'auto, un beau jour, elle nous confie tout à trac son ambition secrète : de devenir la plus grande star de couleur des États-Unis. La première et la seule à signer les mêmes contrats, à jouir des mêmes privilèges, à faire l'objet du même culte que les reines de Hollywood. Elle n'attend d'ailleurs qu'une occasion d'abandonner la musique pour le cinéma. « Chanter fait de toi une boniche ! siffle-t-elle entre ses dents. Ça suffit d'une dans la famille. » Nous la plaignons de tout notre cœur, Sid et moi. Parce que cet idéal est inaccessible à une personne comme elle, mais, plus encore, parce qu'il a quelque chose de morbide. Comment peut-elle se gargariser d'un tel vitriol ?

J'imagine qu'elle souffre plus qu'elle ne veut bien le laisser paraître de l'hostilité à laquelle elle est en butte. Il n'y a pas de jour où quelqu'un n'essaie pas de lui faire sentir – quand il ne le lui aboie pas en pleine figure – qu'elle n'est pas à sa place avec des Blancs. Depuis que nous voyageons dans le Sud, il lui faut un garde du corps en permanence : Artie, Tony Pastor ou le trompettiste Chuck Peterson. La semaine dernière encore, celui-ci a été proprement passé à tabac, dans un bar, par une bande d'énergumènes qui ne se cachaient pas de viser ses lèvres et ses dents, autrement dit son outil de travail, sous prétexte qu'il se « coltinait une négresse ». Or, nous nous trouvions à Detroit, la ville la plus au Nord que nous ayons traversée ! Si j'ai bien compris, Billie y avait laissé de mauvais souvenirs, datant d'un passage avec le big band de Count Basie. Cet incident n'a pu que les raviver. Nous avons passé la frontière du Kentucky, et c'est elle qui nous a prévenus que, désormais, les choses allaient prendre une autre tournure.

C'est ce que j'ai pu constater. Toute cette méchanceté, toute cette bassesse, tous ces affronts, toute cette rancune… Avant qu'Artie ne monte sur ses grands chevaux et ne fasse un foin de tous les diables, on la refoulait des hôtels où nous descendions, des restaurants où nous pensions nous attabler, des saloons où nous espérions nous détendre, et ainsi de suite. On ne l'autorisait même pas toujours à dormir sous les combles avec les femmes de ménage (pourtant noires comme elle), à manger dans un coin des cuisines ou simplement à utiliser trois minutes les toilettes (ce qui, pardon d'être si directe, finirait par lui valoir une inflammation de la vessie). Comprenez-vous ce que cela signifie ? On ne lui reconnaissait même pas les besoins les plus élémentaires d'un être humain. Il aurait fallu qu'elle se soulage dans la rue, comme les chiens. Mais que pouvions-nous faire pour lui témoigner notre sympathie ? Renoncer à notre propre pudeur et à notre propre dignité ?

J'admirerai toujours le courage dont elle a fait preuve. Elle prenait des paris sur les ignominies que ne manquerait pas de lui servir tel ou tel type qu'elle avait repéré dans l'assistance, sur la querelle qu'allait lui chercher le shérif du coin, qui s'approchait d'elle en se dandinant, les pouces dans sa cartouchière. Ce qu'elle avait prédit advenait, ça ne ratait pas, et elle raflait les mises en riant aux éclats. Au premier coup d'œil qu'il lui avait jeté, le propriétaire d'un hôtel où l'orchestre devait se produire, une relique de la guerre de Sécession (je parle du type), recroquevillé sur une chaise roulante, s'était mis à hennir : « Qu'est-ce qu'al'fout là, c'te bronzée ? J'ai pas d'mandé personne pour nettoyer eul'parquet ! » Artie voyait rouge, mais il n'était pas suicidaire. Avec les gens qui réglaient ses cachets, il faisait le poing dans la poche et, quitte à trembler de tous ses membres, se comportait comme s'il y avait encore un moyen de « dissiper le malentendu ». Peine perdue, faut-il le préciser ? D'une part, ces personnes-là n'avaient pas la moindre intention d'en rabattre. D'autre part, Billie s'ingéniait à jeter de l'huile sur le feu. Dans ce combat perdu d'avance, elle rendait coup pour coup, au moins sur le terrain verbal. Pour le reste, elle n'avait aucune prise sur les événements. Ce qui lui avait été refusé d'emblée, jamais on ne finissait par le lui accorder. Bien souvent, on ne lui permettait même pas de s'asseoir sur scène entre ses chansons, comme il était d'usage pour les vocalistes des big bands. Dans je ne sais plus quel endroit, elle dut s'éclaircir le teint avant d'apparaître au côté des musiciens. Elle avait affronté des épreuves plus terribles, mais là, pour une raison que j'ignore, je la sentis à bout. Elle puisa dans ses ultimes ressources la force de tourner la situation à son avantage. Le maquillage spécial que l'on avait mis à sa disposition devait avoir été conçu pour les clowns blancs. Elle s'en étala une telle couche qu'elle aurait rendu des points à une statue de plâtre. Du coup, c'était l'orchestre qui avait l'air d'un ramassis de métèques et de sang-mêlé !

Tant que dura cet abominable périple, Billie parut s'accommoder de son sort vaille que vaille. Les trois quarts du temps, j'étais plus malheureuse qu'elle, parce qu'à la tristesse, au dégoût, à l'indignation, aux sentiments d'injustice et d'impuissance, s'ajoutait chez moi la honte d'appartenir à la même communauté que ces gens qui la torturaient. Plus d'une fois, elle me serra contre elle et me chuchota des douceurs à l'oreille pour me remonter le moral. Mais dès que nous fûmes de retour à New York, fin octobre, elle prit feu et flamme à la première étincelle.

L'hôtel Lincoln (du nom de l'homme qui a prononcé l'abolition de l'esclavage, je le rappelle à toutes fins utiles) se situe dans la 43e Rue. Artie avait signé un contrat avec Maria Kramer, sa propriétaire et directrice. L'orchestre devait faire danser la clientèle du Blue Room, la boîte de nuit de l'établissement. Billie était très excitée par cette nouvelle : deux fois par semaine, la musique jouée dans cet endroit alimentait une émission de radio commanditée par les cigarettes Old Gold. Diverses stations relayaient ce programme à travers tout le pays, de la Côte est aux rivages du Pacifique. Sur les ondes, les chanteuses n'ont pas de couleur. Notre amie voyait là une occasion de se forger une réputation à l'échelon national. Pendant la tournée qui, commercialement, s'était soldée par un bilan plus que positif, les disques de l'orchestre s'étaient vendus comme des petits pains. Cette fois, Artie Shaw mordait les talons de Benny Goodman. Billie comptait bien tirer quelques-uns des marrons du feu. Si tout s'était déroulé comme elle l'espérait, serait-elle devenue en quelques semaines aussi célèbre que Lena Horne, qu'Ella Fitzgerald chez Chick Webb ? Nous aurait-elle quittés pour prendre la direction de son propre groupe, ainsi qu'elle l'envisageait parfois ? La réponse à ces questions, nous ne la connaîtrons jamais : Billie n'a figuré dans aucune des transmissions du Blue Room.

À l'hôtel, des clients se seraient plaints d'avoir dû côtoyer une femme de couleur dans l'ascenseur. Maria Kramer en personne aurait ordonné à Billie d'emprunter le monte-charge, comme le personnel de l'hôtel, les fournisseurs, les ouvriers travaillant à l'entretien de la toiture et le liftier lui-même quand il n'était pas de service. Billie aurait attendu d'Artie une protestation qui n'était pas venue. Elle aurait remâché sa déconvenue des jours et des jours, six semaines durant, avant de rendre son tablier, le 10 décembre 1938.

J'ai du mal à avaler cette version des faits. Même s'il ne tenait pas à compromettre un contrat portant sur 25 000 dollars par semaine, et qu'une clause permettait de renouveler à l'envi, Artie n'était pas du genre à laisser passer l'affaire du monte-charge sans réagir. Et je voyais mal quelqu'un comme Billie garder longtemps sur le cœur quelque chose d'aussi lourd. Peut-être espérait-elle un coup de théâtre. Peut-être Artie lui avait-il donné des assurances. Il devait se sentir frustré, lui aussi. Il avait toujours affirmé que Billie était son plus sûr rempart contre la tentation du « commercialisme » (sa hantise !). Sid m'a rapporté que, aux yeux de nombreux jazzmen de couleur, Billie était « l'alibi » de Shaw. « Ces gars-là n'ont pas tout à fait tort, a-t-il poursuivi. Mais ils se trompent sur un point. Capital. Elle n'est pas son alibi pour vendre de la soupe : elle est son alibi pour fourrer dans le potage le plus d'épices possible. »

Billie envolée, le boss nous a fait ses confidences. À l'en croire, les pontes des cigarettes Old Gold avaient été bien plus effrayés par sa façon de chanter que par la pigmentation de sa peau. Il nous a révélé que plusieurs des compositeurs dont elle interprétait les airs s'étaient plaints à leurs éditeurs. Ils s'estimaient poignardés dans le dos par une artiste qui « dénaturait » (c'était leur mot) leurs créations immortelles. Artie s'était retrouvé entre le marteau et l'enclume. Pour qu'ils envisagent de revenir sur leur décision, il fallait que Billie mette de l'eau dans son vin. C'était la dernière chose à lui demander. D'ailleurs, notre chef aurait été terriblement déçu si elle s'était laissé faire. Il ne souhaitait pas la perdre, mais il ne voulait pas qu'elle change d'un cil. Ces deux aspirations étant incompatibles, il avait laissé pourrir la situation, sans douter de l'issue.

« Elle ne songe qu'à devenir une star, a-t-il conclu, alors que, moi qui en suis une, je donnerais cher pour être dispensé de la corvée… Je ne sais foutre pas ce qu'est le génie, mais je vous fiche mon billet que, quoi que ce soit, elle en a à revendre. C'est rédhibitoire. Un jour elle en crèvera, vous verrez. Ça ne peut pas se terminer autrement. C'est "Lady Death", qu'ils auraient dû la baptiser. Elle en crèvera parce que c'est elle qui a raison. Dans la musique, ou tu te choisis, envers et contre tout, ou tu choisis *Begin the Biguine*… »

Billie est partie sans même nous dire adieu. Je préfère ne rien ajouter. Je préfère repasser dans ma tête tous les fous rires que nous avons partagés sur la route… Sid me semble moins amoureux, ces temps-ci. Une impression passagère ? Je le souhaite de tout mon cœur. J'essaie de ne pas trop y penser. Les fatigues des tournées finissent par me tirer le coin des lèvres vers le bas. J'évite de me plaindre. Grâce à cette femme, nous aurons eu vingt ans plus longtemps que la plupart des gens. Maintenant qu'elle n'est plus là, l'âge nous rattrape petit à petit. Sous les trente ans, il ne se presse pas trop, mais nous ne rajeunissons pas – comment voudriez-vous ?

Je crois que je vais laisser Sid continuer tout seul avec l'orchestre. Voilà un moment que la route me pèse. Quelque chose me dit qu'il protestera pour la forme, parce qu'il reste un mari attentionné. Mais pour la forme seulement. Je ne veux pas être un boulet pour lui. Hier, dans un bar de Tallahassee, quelqu'un racontait que, pendant tout son séjour au sein du Shaw Orchestra, Billie Holiday avait voyagé dans la Rolls-Royce d'Artie. Il prétendait tenir l'information de l'intéressée elle-même.

Billie

J'y ai mis le temps, mais je suis arrivée à cette conclusion : ma belle, ne compte que sur toi-même. Méfie-toi des gens qui te veulent du bien. J'ignore jusqu'à quel point je peux me faire confiance. Il est inutile de me rappeler qu'en tant que femelle et en tant que bamboula, ma marge de manœuvre est pour le moins limitée. Je ne vais pas faire de miracle, c'est certain. Au moins, je n'en attendrai pas de mes bienfaiteurs. Une bonne femme dans mon genre ne doit rien espérer de John Hammond, ni de ce gros porc de Joe Glaser, ni de Benny Goodman rougissant jusqu'aux oreilles lorsqu'il joue pour moi l'un de ses plus beaux solos de clarinette. N'attends rien, fillette, de Count Basie qui t'a placée sur un piédestal, et t'y oubliera au premier coup dur. N'attends rien d'Artie Shaw, même si ce gars croit dur comme fer que tu possèdes quelque chose d'inestimable, qu'il n'a pas et qu'il n'aura jamais. N'attends rien de Lester. Lester a tant de musique à offrir qu'il ne lui reste rien d'autre en magasin, à part quelques sourires, un peu de silence et de paix, un peu de compassion sous forme de grimaces, de blagues et de bons mots. Et, pendant que j'y suis, tiens, n'attends rien non plus de ta propre mère.

J'ai la ferme intention, désormais, de me prendre en main. Artie Shaw sera le dernier à m'avoir lâchée au moment crucial (et Dieu sait que je ne lui en veux pas :

très peu d'hommes, même parmi les Noirs, sont allés aussi loin pour moi). Je vais faire cavalier seul. Je vais profiter des autres sans vergogne, moi aussi. Qu'est-ce que ça donnera ? Sans doute pas grand-chose, mais j'aurai l'impression de mener ma barque. Je ne veux plus être ballottée au gré des caprices de celui-ci ou de celui-là. Pour autant, je ne vais pas refuser les coups de pouce. Si les gens vous les proposent, c'est ou bien qu'ils n'ont rien à y perdre, ou bien qu'ils y trouvent un avantage. Ainsi, depuis une demi-douzaine d'années, John Hammond se décarcasse pour me faire connaître. O.K., j'apprécie. Mais s'il réussit à me rendre célèbre, sa propre réputation n'en sera que meilleure. En fait, il n'aura que plus de raisons de s'admirer lui-même, ce qui est vital pour un type dans son genre : un type à genoux devant l'art, mais auquel aucun talent artistique n'a été accordé. Je pense que, parfois, son cœur est plus amer que le mien. Ça ne me rend pas son obligée pour autant. Ingrate, dites-vous ? Mais *la vie* est ingrate. Vous lui offrez ce que vous avez de mieux : elle vous rend le pire. Vous l'aimez plus que tout et elle vous écrabouille sans remords. N'exigez pas de moi que je sois meilleure que la vie. Je n'ai pas sauté au cou de John Hammond lorsqu'il m'a annoncé qu'il m'avait obtenu un engagement – à durée indéterminée qui plus est, ce qu'on ne m'avait jamais proposé – dans une nouvelle boîte qui devait ouvrir à Sheridan Square, dans le Village[1] : il ne faisait que respecter le pacte conclu entre nous.

Chaque fois que j'attaque une mélodie, je me demande si ce qui va jaillir de mes lèvres sera ou pas

1. Greenwich Village, le quartier bohème de New York.

la fidèle reproduction de ce que j'entends dans ma tête. Quand mon instinct ferme le guichet, je ne sais même plus ce que je *devrais* entendre. Je nage. Je vadrouille au milieu des accords du pianiste comme si je me faufilais en territoire ennemi… Crapahutant ainsi à l'aveuglette, je me suis souvent étonnée. Pas en bien, la plupart du temps. Mes musiciens n'appréciaient guère. Ça se voyait à la façon dont ils se mettaient à fixer le plancher. Toute garce que je sois à mes heures, je suis une petite sainte comparée à ma voix. Celle-là, elle est capable des pires vacheries.

Le club où je suis engagée grâce à John s'appellera le Café Society. J'y serai moins payée qu'à Harlem, mais en excellente compagnie : Big Joe Turner, le fameux *blues shouter*, naguère barman au Sunset Crystal Palace de Kansas City, et son grand copain le pianiste Pete Johnson ; Albert Ammons et Meade Lux Lewis, des sommités du boogie-woogie comme Pete ; le trompettiste Frankie Newton, qui a enregistré en compagnie de l'Impératrice, et sa formation du moment, avec entre autres Sonny White au piano et le saxophoniste Kenneth Hollon, que je connais depuis mon arrivée à New York, ou presque.

Deux jours avant l'inauguration, John tient à me faire visiter les lieux et rencontrer le patron, un dénommé Barney Josephson. Nous tombons en plein chantier. Impossible de croire que tout sera prêt à temps. D'autant que l'établissement vient d'obtenir le matin même sa licence pour vendre de l'alcool, mais n'a toujours pas récupéré sa licence de cabaret. Barney ne paraît pas s'en inquiéter outre mesure. À ce qu'on m'a dit, il a mis de l'oseille à gauche en vendant des piles de godasses pour le compte de son frangin, dans le New Jersey. Il a l'air d'un brave type et sa femme (j'ai son nom sur le bout de la langue) d'une chic fille.

Alors je ne leur en veux pas trop d'essayer de me persuader que, dans leur cambuse, les Noirs seront traités à égalité avec les Blancs, y compris les artistes et le personnel de service. Ils insistent. Ils s'acharnent à me vendre leur conte à dormir debout. Ils sont trop mignons, vraiment ! Ils sortent de l'œuf, ou quoi ? Barney bombe le torse : « Vous voyez cette porte là-bas ? Tous les préjugés raciaux resteront sur le seuil et n'importe quelle personne de couleur pourra le franchir la tête haute. » Je me tiens à quatre pour ne pas lui balancer dans les gencives : « C'est sans doute la signification de votre slogan : *L'endroit qu'il faut pour les gens pas comme il faut*[1] ? »

En ce début d'année 1939, bien des boîtes à New York pratiquent encore la ségrégation. Sur la scène. Dans la salle. Entre celle-ci et celle-là. Il est pétri de bonnes intentions, ce Josephson, je ne vais pas dire le contraire. La merde, avec le problème racial, c'est que vous ne pouvez pas mettre le sujet sur le tapis sans appuyer là où ça fait mal. Au moment où il condamne la ségrégation, le Blanc le plus sincère a beau faire : il est en train de vous la jeter à la figure. Rien qu'en prononçant le mot, il s'est placé de l'autre côté de la barrière. Il en fabrique, de la ségrégation, alors même qu'il tire dessus à boulets rouges. Quand il proclame qu'il ne devrait pas y avoir de races, ça veut dire qu'il devrait n'y en avoir qu'une. À partir de là, on voit bien

1. Les sources divergent radicalement sur ce point, comme sur beaucoup d'autres. Pour Donald Clarke (*Wishing on the Moon - The Life and Times of Billie Holiday*), le slogan de l'établissement était *The right place for the wrong people* ; pour John Chilton (*Billie's Blues - The True Story of the Immortal Billie Holiday*) : *The wrong place for the right people*.

que, en dernier ressort, c'est toujours nous qui foutons le bordel en n'étant pas comme tout le monde. Et c'est vrai que nous sommes très différents de lui : il défend une idée ; nous, on encaisse les coups. Ces gars-là sont convaincus qu'on peut fourrer dans les grandes phrases tous les malheurs du monde, tel un corniaud dans l'épuisette de l'attrapeur de chiens. Ils pensent tous qu'au fond ce n'est qu'une affaire de mots. Rêve toujours ! Comme si une malheureuse insulte avait déjà tué quelqu'un… Comme si une parole aimable avait déjà ressuscité quelqu'un… Comme si, depuis Abraham Lincoln, un seul texte de loi avait apporté le plus petit commencement de solution… Pratiquement rien n'a changé dans le Sud depuis l'esclavage (ou alors, pas en bien – exemple : le Ku-Klux-Klan). Dans le Nord, ça n'a fait qu'empirer à mesure que les nôtres, qui n'avaient longtemps été qu'une vague image, une vague idée pour les Blancs, devenaient bien réels. Barney est un cœur pur, je veux bien l'admettre, autant que peut l'être un marchand de grolles. Mais il n'ignore pas qu'un léger parfum de scandale n'a jamais nui aux affaires. Le premier soir, d'ailleurs, on se bouscule au Café Society. Six cents personnes. Le gratin. Célébrités de ceci, gloires de cela, légendes vivantes à gogo. Et puis, pour allonger la sauce, propriétaires de théâtres et de cinémas, de fabriques et d'entrepôts, d'hôtels de luxe sur Central Park ou de claques à tapis rouge dans le bas de Broadway, preneurs de paris clandestins que leur fortune a rendus fréquentables, journaleux en service commandé ou venus là en pique-assiette. Bref : grandes gueules et gros bonnets, flanqués de nanas en carton-pâte, mais dorées sur tranche (telle mon amie Brenda, que j'avais un peu perdue de vue). Ni Artie, ni Benny ne sont de la partie, mais je reconnais un ou deux chefs d'orchestre à la mode, de ceux qui peuvent se permettre de porter dans les soirées un smoking différent de celui qui leur sert de bleu de travail. S'ajoute à la cohue, comme dans toute manifestation new-yorkaise qui se respecte, une faune qu'on ne repère pas forcément, mais qu'on renifle à plein nez. S'y mêlent les agents électoraux de la mairie, les pick-pockets et les inspecteurs en civil qui les surveillent, les types des Narcotiques, les mouchards du F.B.I. et ceux de la C.I.A., prenant un pied d'enfer à s'espionner les uns les autres. Pas de doute, on est bien protégés. Personne ne va venir nous prendre ! Ça n'a quand même pas dissuadé les flics en bleu de se pointer en masse. Ils sont dehors, ils sont dedans. J'en distingue même une paire sur l'estrade, un à droite, un à gauche, à moitié cachés par les rideaux. Ils semblent prêts à bloquer les issues à la moindre alerte. Je suppose que d'autres patrouillent en coulisse, font le pet derrière les paravents, dans les loges. Ils sont là pour quoi, au juste ? On leur a envoyé des lettres anonymes ? Une huile quelconque doit se faire buter ce soir au Café Society ?

C'est la femme de Barney qui éclaire ma lanterne. La fameuse licence de cabaret est restée en rade. Or, il est près de vingt-trois heures. On ne va pas éternellement repasser le champagne et les petits-fours. Il serait temps que le spectacle commence. C'est ce qu'attendent les uniformes pour gâcher la fête. Si l'un d'entre nous fait mine de grimper sur ce fichu podium, ils nous fourrent tous au bloc. Le bout de papier qui nous manque, je ne serais pas étonnée que l'un d'eux se soit assis dessus comme par inadvertance. Ils adorent faire des histoires pour rien. Je me demande de quoi ça les console. Je me le demande sans me le demander. C'est le genre de problème qu'aucun Noir, passé douze ans, ne cherche plus à résoudre. Ils ont toujours une dent contre les gens sur qui ils cognent. Plus ils cognent fort, moins ils réussissent à les encadrer.

Il n'y a pas que le plaisir de cogner, cependant, dans leur vie. Les enveloppes, ça compte aussi. On aurait tendance à se dire : une boîte qui ouvre, pour eux c'est une promesse de bakchich qui se précise ; dès lors quel intérêt auraient-ils à mettre des bâtons dans les roues ? Il faut être un peu plus futé que ça. Si ça se trouve, leur attitude est une façon de montrer de quoi ils sont capables, au cas où la direction songerait à lésiner sur leur petite commission. À force de les fréquenter, ils ont appris leur leçon des as du racket. Même s'ils comptent s'entendre en douce avec Barney demain matin, ils n'ont rien à perdre à l'emmerder cette nuit devant tout le monde. Bien au contraire.

Dans le fond, j'aimerais assez voir ça. Peut-être que certains des grossiums invités à l'inauguration ne seraient pas d'accord… Peut-être que ça sèmerait un souk pas croyable… Peut-être que ça virerait à l'émeute… Franchement, je suis prête à passer une nuit au violon si c'est le prix à payer pour un tel carnaval ! Barney se montre réticent, mais on le travaille au corps, les musiciens et moi, afin d'investir la scène à la demie, quoi qu'il arrive. Nous sommes plus exposés que lui. Il n'osera pas se dégonfler, lui, l'ami des opprimés. À mesure que l'heure tourne, il blêmit. Vingt-cinq : il est prêt à tourner de l'œil. Vingt-six : on songe à appeler le toubib…

À vingt-neuf, un petit mec débarque tout essoufflé, brandissant l'autorisation au-dessus de sa tête. Les flics soupirent. Ils lâchent la poignée de leur matraque. Ils ont du vague à l'âme au fond des yeux. Mais ils ne sont pas rancuniers, on doit leur laisser ça. Le capitaine décide qu'ils ne sont plus de service, et la plupart restent s'amuser avec nous.

Chaque soir, je file sur les talons de ma dernière chanson. Je saute dans un taxi. Pas n'importe lequel. Toujours le même, qui m'attend devant la porte. Le chauffeur est un frère. On a conclu un marché. Je lui garantis deux ou trois belles courses, moyennant quoi il m'autorise à fumer autant que je veux dans sa caisse. En plus du pourliche, il profite de ma précieuse fumée. Je viens de découvrir une herbe de première. Une herbe à planer debout. De la sénégalaise, à ce qu'on prétend. Elle est chère ? D'accord, d'après moi, mais elle vaut deux fois son prix. Ce n'est pas un truc pour enfants de chœur, par contre. Kenneth Hollon a voulu essayer : de retour au club, il n'a pas pu trouver une seule des clés de son ténor ! Pendant quatre ou cinq jours, il est resté comme suspendu au lustre. Avec cette marchandise, je suis capable de décoller pour de bon. Ma voix ne me réserve plus de mauvaises surprises.

Il connaît les usages, mon taxi. Il n'essaie pas de me surveiller dans le rétroviseur. Si je fredonne un air qu'il connaît, parfois il m'accompagne à bouche fermée, marquant le rythme de la nuque et des épaules. On se dirige sur Central Park et on roule au pas dans les allées, jusqu'à ce qu'il soit temps pour moi de regagner le Society. Personne ne me voit, affalée sur cette banquette, les doigts de pied en éventail. Je suis comme chez moi, accueillie par les branches des arbres, par le vent dans les buissons, par les jeux de lumière sur le lac, par les nuages défilant contre la lune, par toutes les choses qui s'agitent, qui rampent, qui glissent, qui s'estompent sous les bancs et par les ombres des clodos à la recherche d'un abri pour cuver et pour finir la nuit… Il n'y a que les étoiles qui se foutent de tout. Tu les regardes glisser sur le ciel et tu te dis : pourquoi la vie ne ferait-elle pas un miracle pour toi ? Un seul suffit. Même un petit. Qu'est-ce qui t'empêcherait de tirer le bon numéro, pour une fois ?

Je sens qu'après toutes ces années, après tout ce que j'ai enduré en pure perte ici et là, l'instant est venu. Quelque chose de bon va m'arriver bientôt. Je ne l'ai pas mérité peut-être ? Combien y a-t-il de gens qui ne m'ont pas méritée, moi ?... Tout le monde parle de justice avec des trémolos dans la voix. Mais la justice, on s'en fout ! Ça fait bander qui, la justice, dites-moi ? Ne me faites pas rigoler ! La seule chose qui compte ici-bas, c'est ce qu'on carotte à droite et à gauche. Ce qu'on fauche à l'étalage. Ce qu'on ramasse dans la poche des morts. C'est des robes de soie trop longues, des souliers à talons quand on ne sait pas marcher avec. C'est de jeter en vitesse, à n'importe qui, la première pierre qu'une bonne âme préparait à votre intention.

Désormais, je ne suis plus seule à l'arrière du taxi. Tous les types (et pas seulement les types) qui me font envie, je me les paye ; il n'y a que Sadie pour imaginer le contraire. Question sexe, je suis connue comme le loup blanc, dans la 52e, à Harlem et maintenant du côté de Washington Square. Ils peuvent raconter tout ce qu'ils veulent, et même en rajouter. Passer pour une mante religieuse, je n'ai rien contre. Mais qu'on n'aille pas insinuer que je suis une fille facile. Ça ne se drague pas, les pépées dans mon genre. Le garçon que je sors, je ne lui demande pas la lune. Il me suffit qu'il soit bien élevé, gentil, discret, agréable à vivre et qu'il sache à peu près s'y prendre au lit. Un second Bobby Henderson ? Peut-être pas. Bobby est le seul homme qui m'ait laissé des remords. Et pourtant, nous n'avons jamais couché ensemble. Jamais jusqu'au bout. C'est peut-être à cause de ça. Il m'intimidait. D'autant plus qu'il me « respectait ». Avons-nous raté le coche ? Aurais-je dû m'accrocher à lui jusqu'à m'en arracher les ongles ? Aurait-il fait de moi une femme différente ? Me serais-je réincarnée grâce à lui en une vraie dame, une vraie comme l'était sa mère – une dame sans grand rapport avec une Lady Day fabriquée par Pres d'un coup de baguette magique, une lady semblable au jour : belle comme lui et, comme lui, sans avenir ?… Passons.

Sonny White est mon accompagnateur, comme l'était Bobby il n'y a pas si longtemps. Comme Bobby le fut dans une autre existence. À son image, il vit avec sa mère et, lui non plus, il ne parle pas pour ne rien dire. Il est « effacé ». Mais ce ne sont pas les autres qui le gomment du paysage : c'est lui qui se retire sur la pointe des pieds. Il est moins grand que moi. Il a deux ans de moins. Je le trouve assez joli. C'est un homme doux et délicat. Il ferait un mari excellent, pour qui a plus besoin d'un mari que d'un homme. Il plaît beaucoup à Irene. Il ferait presque oublier à ma mère son Pres adoré. Ça me tente assez, de vivre avec Sonny, mais je ne peux pas céder à toutes les tentations à la fois.

Quand il a rassemblé, musicien par musicien, l'orchestre de Frankie Newton, John Hammond a jeté son dévolu sur Sonny pour la raison qu'il était un peu, au piano, le reflet de Teddy Wilson. Et Sonny ne peut plus s'arrêter de boire pour la raison que, à ses propres yeux, il n'en est et n'en sera jamais que l'ombre. Toujours la même vieille histoire, il n'y a rien d'autre à ajouter. Au Society, la patronne, c'est moi. Je leur en fais baver, à mes musiciens. Uniquement pour qu'ils se rappellent qui tient la laisse. Lester demanderait à entrer dans cette formation, je l'enverrais sur les roses.

Il y a une seule place en haut de l'affiche. Au point où j'en suis, je tuerais pour la prendre. Après, il sera toujours temps de me battre avec moi-même pour la mériter.

Exception faite de mes passages à l'Apollo, du succès, je n'en ai jamais eu autant qu'au Café Society. Je parle de succès auprès des gens comme tout le monde. Auprès de noctambules qu'on n'a pas initiés au jazz et qui n'ont aucune raison de venir à vous plutôt qu'à n'importe quelle autre nénette un peu bien foutue. Je parle de succès qui rapporte. Barney a le cœur sur la main, mais l'autre main tient serrés les cordons de la bourse, je vous jure ! J'ai lu dans un canard ce qu'ils avaient proposé à Judy Garland pour *Le Magicien d'Oz*. Par rapport à elle, je n'en suis même pas à ramasser les miettes. Cela dit, je n'ai jamais eu les poches aussi bien garnies. Je peux faire à Sonny des cadeaux princiers. Je peux inviter Irene à la tournée des grands ducs, en espérant sans y croire que ça la distraira de son chagrin. Je peux éponger les dettes de Duchesse, laquelle n'aura pas mis longtemps, après l'ouverture de Chez Maman Holiday, à transformer son bouiboui en gouffre financier. « Chez l'Armée du Salut », voilà ce qu'elle aurait dû mettre sur l'enseigne ! Je serai bientôt la seule cliente payante. Les autres ont des ardoises qui tournent le coin du bloc, mais elle s'excuse encore de ne pas avoir les moyens de leur payer les cigarettes, le journal, le cireur, le taxi et des fleurs pour madame ! Et à la fin du mois, qui casque pour toutes ses conneries, d'après vous ?

Le 20 janvier, j'ai enregistré sous mon nom ; Sonny était de la partie, ainsi que John Williams, le contrebassiste de Frankie Newton. Le 30, je suis retournée en studio avec Teddy. Hélas, Lester n'avait pas pu se rendre libre. C'était la deuxième fois de suite qu'il nous faisait faux bond. En mars, pour *Long Gone Blues*, dont j'avais écrit les paroles, « Lèvres chaudes[1] » m'a donné la réplique. Nous voici en avril. Je continue de faire un malheur chez Barney. Ils sont tous de plus en plus fous de moi ; j'ai Manhattan dans le creux de la main. Un soir, un prof de collège m'apporte une chanson qu'il a composée, paroles et musique. Il en a aussi trouvé le titre : *Strange Fruit*.

1. Le trompettiste et chanteur Oran Page, dit « Hot Lips » (1908-1954).

IV
(1939-1945)

Mrs White

Ellerton me l'avait apporté, ouvert à la bonne page. J'ai conservé ce numéro de *Melody Maker*. Ainsi donc, ils avaient annoncé leurs fiançailles. *Elle*, plutôt. C'était elle, bien sûr, qui avait pris cette initiative. *Lady* Holiday, excusez du peu… Je me demande encore comment elle pouvait se satisfaire de ce titre. Le roi n'était pas son cousin, à cette femme. Il faut dire que, si sa souillon de mère était la « duchesse » que les musiciens saluaient en elle, cette fille pouvait aisément prétendre au trône de Nefertiti… Quand mon fils me l'a présentée, on pouvait encore espérer que le succès ne lui monterait pas la tête au point lui faire perdre le sens commun. Hélas ! il a fallu qu'elle tombe sur cette affreuse chanson. Il a fallu que ce soit dans le dernier endroit où l'événement avait quelque chance de passer inaperçu : ce Café Society qui, en tant que « rendez-vous de l'élite », se voulait un repaire de gens assez intelligents, à leur propre estime, pour commettre n'importe quelle sottise sous couvert de non-conformisme.

Cette chanson, pour eux, c'était pain bénit. Il n'existait dans le domaine, Dieu merci, rien de semblable. Au départ, selon Ellerton, Billie ne voulait pas en entendre parler. Je le crois volontiers. Elle avait dû jeter un coup d'œil à la partition qu'on lui tendait et, futile comme elle était, ou trop occupée à s'admirer dans le miroir de sa loge, ne s'était sans doute pas donné la peine de déchiffrer plus d'un mot sur deux. Il était normal, dans ces conditions, qu'elle n'ait compris qu'à moitié de quoi il s'agissait. Mr Josephson, hélas, s'est employé à le lui expliquer. Dès qu'il est question de rappeler que certains Noirs, aux États-Unis d'Amérique, sont moins bien traités que des animaux, les « radicaux » de son espèce sortent leurs habits du dimanche !

Mr Josephson, comme de juste, avait mis les petits mots dans les grands et mademoiselle, n'y ayant vu que du feu, s'était entichée de cette maudite complainte. *Strange Fruit* lui allait pourtant comme un tablier à une vache. Pas un artiste de couleur, au demeurant, n'aurait dû avoir l'impudeur – j'appelle ça de l'impudeur – de chanter des horreurs pareilles. Une femme encore moins. Miss Holiday, pourtant, n'a pas hésité. Un régiment de cavalerie n'aurait pu l'arrêter dans sa course… En avril, elle avait trouvé un autre radical pour imprimer cette honte dans la cire. Elle a cru faire une grâce à Ellerton en lui accordant deux solos. Par chance, l'étiquette ne mentionne pas sa participation : le nom de son père, au moins, ne sera pas mélangé à cette boue. Les exemplaires du disque se sont vendus comme des petits pains.

Une certaine éthique se maintient encore dans ce pays, on se demande par quel miracle : aucune station de radio n'avait accepté de diffuser *Strange Fruit*. J'en éprouvai un soulagement considérable. En entretenant le mystère, toutefois, n'allait-on pas favoriser la vente des disques ? Mr Hammond a tout fait pour qu'on n'en arrive pas là. Au début, je le prenais pour un radical, lui aussi. Peut-être l'est-il par certains côtés, mais il a bénéficié d'une éducation qui lui permet de raison garder et de se tenir dans les limites de la décence. J'ai admiré son courage. Il a précisé à cette fille ce qu'elle risquait avec une chanson de cette espèce. Il lui a dit que le texte ne répondait ni à son style, ni à l'attente de son public, ni à ses propres ambitions. Il a tenté en vain de lui faire comprendre que, en plus de tout, ce n'était même pas de la très bonne musique. Mademoiselle n'avait plus qu'à lever le petit doigt pour se tirer du guêpier où elle était allée se fourrer. Mais pensez donc !

Quelqu'un l'a mise en relation avec ce Milt Gabler, ce marchand de disques de la 52e Rue qui a fondé sa propre compagnie, Commodore, et qui se proclame son admirateur le plus éperdu… Le jour viendra, vous verrez, où elle ne supportera plus autour d'elle que des béni-oui-oui. Grand seigneur, Mr Hammond a laissé Nefertiti rompre son contrat avec la Columbia, le temps d'une séance au cours de laquelle on graverait *Strange Fruit* et trois autres morceaux.

Après *Strange Fruit*, elle est devenue imbuvable. *Time/Life* était passé par là. Rendez-vous compte ! Un magazine qui, selon toute apparence, s'était fait un point d'honneur de ne jamais publier, même pas en dernière page, la photographie d'un Noir – et voilà qu'il étalait le portrait de mademoiselle, en regard du texte de la chanson ! Mettez-vous à la place de cette écervelée. Elle était si éblouie par les feux de la gloire et les flashes des photographes, si enivrée de ses prétendus mérites, qu'elle se croyait invincible. Elle ne devinait pas ce qu'il y avait d'éphémère dans un succès reposant, tout bien considéré, sur un scandale.

Les Blancs tournent tout à leur avantage. D'après eux, un des leurs a donné (« donné » ou « rendu », selon les versions) la parole aux Noirs. Un Blanc s'est dressé en notre nom. Louez le Seigneur sur les cymbales éclatantes ! Que serions-nous devenus sans cet homme providentiel ? Le langage articulé n'est pas notre fort ; il n'a pas été conçu pour nous. Et puis, le fait est notoire, nous sommes paresseux. Jamais nous n'aurions eu le cran de nous lever les fesses de nos hamacs. Il a fallu que ce pauvre Mr Lewis Allan s'appuie la corvée à notre place… Eh bien je dis, moi, qu'aucun homme de couleur n'aurait proféré de telles insanités. D'abord parce que les Blancs ne l'auraient pas laissé faire ; même les « radicaux » le lui auraient déconseillé pour son bien (et avec raison, d'ailleurs, je ne les chicanerai pas sur ce point). Ensuite parce que nul être soucieux de sa dignité ne ressent le besoin de mettre en chanson ce qui crie, ce qui hurle au fond de lui depuis sa naissance. Que les Blancs parlent pour les Blancs, s'ils ne sont pas submergés de honte ! Qu'ils disent, *en leur propre nom*, le mal qu'ils nous ont fait et s'obstinent à nous faire ! Qu'ils reconnaissent aux Noirs, pour commencer, le droit de ne pas étaler sur la place publique, tels leurs ancêtres exposés à demi nus sur les tréteaux du marché aux esclaves, les ignominies dont ils sont victimes, les tourments qui ravagent leurs chairs et les humiliations qui consument leurs âmes ! Je sais les souffrances et les outrages que j'ai subis. Je ne risque pas, hélas ! d'oublier la moindre de ces blessures. Mais je ne veux pas être, en plus, réduite à l'état de victime. Ils peuvent me détruire à tout moment. Néanmoins, je refuse d'être un mouton qu'on égorge. Je suis *moi*. Je ne suis le symbole de rien : je suis la réalité de moi-même. Je ne suis pas un spectacle, serait-il édifiant. Comment font-ils leur compte, tous, pour ne pas voir que *Strange Fruit* n'est guère autre chose qu'un numéro de *minstrels*[1] qui a viré au grand-guignol ?

---

1. « Forme de spectacle apparue vers le milieu du XIXe siècle, dans lequel les acteurs blancs s'efforcent d'imiter les représenta-

Si aucun homme de couleur n'a encore écrit *Strange Fruit*, c'est qu'aucun n'éprouvait la tentation d'exhiber ses plaies devant ceux qui avaient pris tant de plaisir à les lui infliger. Le jour où nous coucherons ces choses sur le papier, le jour où nous dépeindrons des scènes insoutenables, nous nous y prendrons à notre manière. Pas pour qu'on nous plaigne : pour que les coupables soient surpris en pleine action. Pour qu'ils n'aient plus le loisir de diluer leurs crimes dans l'interminable inventaire des lubies et des excès de l'humanité, de ses errements et de ses incartades.

Lewis Allan serait « un type bien », d'une sincérité à toute épreuve (encore qu'il cache sa véritable identité, Abel Meeropol[1], sous un pseudonyme). Je ne doute pas qu'il ait de bonnes intentions. Elles pourraient lui coûter cher, d'accord, mais, en tant que Blanc, c'est un luxe qu'il peut se permettre. Je dis simplement qu'il n'a pas à me faire porter *à moi* sa culpabilité *à lui*. Je dis que rien ne lui donne le droit de *me* représenter dans *sa* chanson. Qui plus est dans une posture abjecte.

Mon propre fils a du mal à saisir mon point de vue. Pour la nième fois, il entreprend de me raconter com-

tions données par les esclaves pour leurs maîtres… Ces imitations grossières ont contribué à véhiculer les stéréotypes communs ("les *darkies* sont instables, irresponsables, voleurs, sans souci", Eileen Southern) et ont gommé tout ce qu'il pouvait y avoir de revendicatif dans les pièces noires originelles. Apparus au moment où la société américaine était violemment ébranlée par le débat sur l'esclavage, les "ménestrels" apparaissent aujourd'hui comme un vecteur de diffusion idéologique au service du clan pro-esclavagiste. » (Jean-Paul Levet, *op. cit.*)

1. Il signera le texte d'une autre chanson, sur la tolérance : *The House I Live In*, enregistrée par Frank Sinatra qui l'interprète dans un court métrage « engagé », de même titre, en 1945. Après l'exécution des époux Rosenberg, en 1953, Allan-Meeropol adoptera leurs enfants.

ment, pressentie par le compositeur, Nefertiti a daigné inscrire *Strange Fruit* à son répertoire. Lewis Allan le lui avait fredonné en s'accompagnant sur le piano du club, celui qu'utilise mon garçon. Elle avait l'air… disons perplexe, pour ne blesser personne. Mais elle était troublée, du fait qu'Allan lui avait révélé qu'il l'avait composé en pensant à elle. Elle avait regagné sa loge sans avoir dit ni oui ni non. Elle s'était enfermée avec le texte. En tombant sur Frank Newton dans le couloir, alors qu'elle gagnait la scène pour son premier tour de chant, elle avait lâché, comme si elle se faisait violence à elle-même : « Je vais l'essayer, leur maudite chanson. On s'y colle demain : répétition pour tout le monde, une heure avant l'ouverture. On verra bien ce qui en sort. » Puis elle avait prié Mr Josephson de lui expliquer certaines des métaphores du texte.

Le lendemain, tout le monde avait apporté son grain de sel. Non seulement les membres de l'orchestre, mais le propriétaire des lieux, son épouse, leur assistant Robert Gordon, chargé de la programmation, les proches des musiciens. Seul Mr Hammond, qui se trouvait là par hasard, ignorant tout de ce qui se préparait, avait marqué sa réprobation en levant le camp au beau milieu de la chanson. « *Du sang sur les feuilles et du sang aux racines*... ! s'était-il écrié. Tu vas réellement chanter ça dans un club de jazz ?… Oui ? Eh bien d'accord ! D'accord ! Excellent ! Superbe ! Magnifique ! Regarde-toi, sacré nom ! Tu viens d'articuler trois phrases de ce mélo et l'on dirait que tu as vieilli de dix ans… Ce sont tes admirateurs qui vont pavoiser ! Vas-y ! Ne te gêne pas pour eux, ne te gêne pas pour moi ! Pourquoi ne ficherais-tu pas en l'air ce que nous avons mis toutes ces années à bâtir, si cela t'amuse ? Hier, c'était « Embrassons-nous quand nous avons envie de nous embrasser, profitons bien de l'existence[1] », et aujourd'hui nous voilà rendus à « l'odeur de la viande rôtie » !… Lester trouverait cette évolution du dernier chic ! Ne t'arrête pas en si bon chemin, surtout ! Fonce tête baissée ! Fonce dans le brouillard ! Préviens-moi seulement quand tu en seras à *L'Internationale* et à *La Sonnerie aux morts* : je ne voudrais pas manquer l'événement ! »

Jamais il ne s'était montré aussi dur avec elle. Il m'arrive de me dire que c'est en repensant à cette sortie de John, au moins autant qu'au décès de son père (lequel n'avait nullement été lynché – je me suis renseigné depuis), qu'elle s'était mise à pleurer sur le dernier accord de cette fichue chanson, la première fois qu'elle l'avait interprétée au Café Society.

Je ne me trouvais pas au Café Society, la nuit où Miss Holiday leur a servi son premier *Strange Fruit*. Mais, bien sûr, mon garçon m'a tout rapporté. Elle s'est décidée au dernier instant. À la fin d'un morceau, elle a jeté un regard par-dessus son épaule. « Un regard traqué », pour citer Ellerton. Elle arborait un teint de cendre, qui perçait son maquillage. Ses genoux s'étaient mis à trembler. Les hauts talons de ses chaussures clapotaient sur les planches. Elle répétait telle une somnambule, d'une voix balbutiante qu'elle-même ne semblait pas entendre : « On y va… On va y aller… On y va… On va y aller… » Mon fils ignorait, en plaquant le premier accord du morceau, s'il la sauvait ou s'il lui assenait le coup de grâce. Frank et lui ont dû exposer l'introduction à deux reprises avant qu'elle n'articule, d'une voix méconnaissable, qui filtrait de sa gorge comme si les paroles de Lewis Allan l'avaient

1. Allusion à la chanson *Getting Some Fun out of Life*, enregistrée par Billie Holiday en septembre 1937, avec Lester Young au saxophone ténor.

égorgée de l'intérieur : *Southern trees bear a strange fruit*...

Phrase après phrase, elle avait obligé l'orchestre à baisser le ton. Lorsque les corbeaux de la fin entraient dans la danse, *Strange Fruit* n'était plus qu'un murmure funèbre. Pour saisir encore les paroles, l'assistance devait tendre l'oreille. Chacun retenait son souffle. Elle avait alors lâché le dernier mot, *crop*, et, en même temps, la première larme. Elle avait ployé la nuque, laissant son menton tomber sur sa poitrine. Ce geste théâtral surprit les musiciens. Ellerton se demanda si elle essayait de ressembler aux pendus de la chanson. Il restait mon garçon : une telle faute de goût l'aurait mis mal à l'aise. Dans le public, médusé par ce qu'il avait saisi du texte, la gêne était palpable. On ne savait comment réagir. La chanteuse gardait la pose. Ses accompagnateurs, n'ayant reçu aucune consigne, ne remuaient pas un cil. Pétrifiés à leur tour, les gens n'osaient pas quitter la scène des yeux. Ils s'arrangeaient seulement pour fixer autre chose que Billie : l'angle du piano, le nœud de cravate de Frank, n'importe quoi. Ils avaient surtout peur de se regarder entre eux. Chacun se retrouvait au milieu de tous avec sa honte – comment appeler cela autrement ? Sa honte toute nue. Celle du Noir incompatible avec celle du Blanc. Barney Josephson avait supprimé la ségrégation dans son établissement, Miss Holiday venait de la rétablir. Lorsqu'elle releva enfin son visage inondé de larmes, elle fut saluée par un tonnerre d'acclamations. Les gens étaient soulagés : ils savaient enfin quoi faire de leur corps.

De retour en coulisse, où Mr Josephson la serra sur son cœur, elle déclara d'une voix sonore : « Dorénavant ce sera ma chanson. Je n'irai plus sur scène sans qu'ils l'entendent. » Les musiciens et le personnel en prirent bonne note. Dès le lendemain, tous se battaient les flancs pour mettre au point les simagrées qui allaient tant contrarier Mr Hammond. C'est désormais tout un rituel mélodramatique, un cérémonial passablement ridicule qui, à la fin de chaque set, entoure l'interprétation de *Strange Fruit*. Au moins offre-t-il l'attrait de la nouveauté. Quelle autre explication fournir au succès qu'il rencontre ? Nefertiti s'immobilise soudain, les bras collés le long du corps, le visage tourné vers le plafond, les paupières closes, la bouche amère. C'est le signal. Eddie Dougherty repose ses baguettes et se croise les bras avec ostentation, l'air plus grave que si un malheur venait d'arriver, Ellerton entame une interminable introduction sur le mode lugubre. On éteint toutes les lumières, à l'exception d'un unique projecteur, braqué sur le visage de la vedette. Jusqu'à l'accord final sur *crop*, sonnant comme le glas, le personnel a reçu l'ordre de ne plus ni servir ni desservir. De ne plus évoluer entre les tables. De ne plus faire fonctionner la caisse enregistreuse. De ne plus tousser. De respirer à peine. Un touriste s'est permis de marmonner un jour, à deux pas de moi : « Bon Dieu ! On enterre quelqu'un ? » Mr Hammond, debout contre le mur à mes côtés, lui a répondu : « Oui. Une certaine Billie Holiday. »

Un peu plus tard dans la soirée, il me confiait : « Voyez-vous, Mrs White, jamais je n'aurais cru que quelqu'un en ce bas monde était de taille à transformer une fille aussi nature en une cabotine à ce point maniérée… Elle n'a pas vingt-cinq ans et elle renonce à ce qu'elle a de plus précieux : sa fraîcheur. Quel gâchis ! Pour l'instant, la curiosité joue en sa faveur. Ça ne durera pas éternellement. Et quand elle voudra revenir en arrière, ce sera bien difficile. Elle a mis le doigt dans un engrenage. Il va falloir qu'elle joue les tragédiennes jusqu'à la fin de ses jours. Si elle aime tant la tragédie, qu'elle se réjouisse ! Ce ne va pas être une partie de plaisir... »

Je n'ai pas dit « amen », mais le mot me brûlait les lèvres.

Les mines et les grimaces de Nefertiti seraient, paraît-il, l'expression de la dignité même. À mes yeux, si elles sont dignes d'une chose, c'est des pitreries de la malheureuse domestique que des cinéastes blancs ont inventée pour servir de repoussoir à Miss Scarlett O'Hara dans *Autant en emporte le vent*. Elles inspirent la même indignation aux personnes lucides. J'ai toujours estimé que Miss Holiday s'écoutait chanter. Maintenant, en plus, elle se regarde. Le tableau est complet ! Martyre à la scène, Miss Holiday devient matamore à la ville. Le peu de cas que la presse a fait de l'enregistrement de *Strange Fruit* aurait pu lui rabattre son caquet. Hélas, la conspiration du silence n'a pas découragé le bouche-à-oreille. On se l'est arrachée, cette maudite cire ! En commerçant avisé, Milt Gabler avait eu l'intelligence de proposer sur l'autre face un *Fine and Mellow* très réussi.

Au Café Society, Nefertiti a eu de sévères prises de bec avec des racistes venus spécialement pour l'asticoter. Une fois, elle a répondu à l'un d'eux, dans le micro, de parler plutôt à ses fesses (elle a employé un autre mot). Une autre fois, à une femme qui l'avait interpellée en la traitant de « négresse », elle avait donné le même conseil et, joignant le geste à la parole, pointé de l'index l'endroit en question. Mr Josephson était aux anges. Sa maison était en passe de devenir l'un des bastions du radicalisme sur la Côte est. Le numéro de Miss Holiday faisait couler de l'encre. Pour être juste, c'était surtout le texte de Lewis Allan qui suscitait des commentaires, mais le journaliste oubliait rarement de mentionner le nom de l'interprète.

Le hasard avait mis un royaume à ses pieds : au lieu d'en jouir, mademoiselle bâtissait d'autres châteaux en Espagne. Si, pour Mr Hammond, *Strange Fruit* représentait une impasse, pour elle ce n'était qu'un tremplin. Elle aurait marché sur la tête de sa propre mère pour s'élever davantage. D'ailleurs, elle l'a fait. J'ai vu de quelle manière elle traitait la pauvre femme. *Strange Fruit* ? Elle n'avait qu'à se regarder dans la glace ! Elle était le fruit, moins étrange que monstrueux, des entrailles de cette femme. Ce titre de chanson, on aurait dû le lui clouer entre les épaules ainsi qu'une marque d'infamie.

Mon garçon avait commencé à boire avant de la connaître, c'est un fait. Il avait ses raisons. Comme j'avais les miennes de fermer les yeux. Cependant, ayant rencontré Miss Holiday, mon Ellerton se mit à boire *autrement*. Dans une intention toute différente, je veux dire. Non pour se hisser au niveau des autres jazzmen, mais pour se cacher que cette fille-là le ravalait au-dessous de lui-même. Plus il l'admirait, moins il s'accordait de talent. Il se fâchait si j'avais le malheur d'insinuer que son accompagnement n'était pas pour rien dans les victoires qu'elle remportait. Elle était en train de le détruire. Voilà pourquoi j'ai haï Billie Holiday comme jamais je n'avais haï quelqu'un, lorsqu'elle lui a fait miroiter ces absurdes fiançailles.

Une nuit, au Café Society, ses dévots lui avaient fait un tel triomphe que, perdant toute mesure, elle s'était précipitée sur moi, m'avait embrassée comme du bon pain et m'avait entraînée dans sa loge. Pendant un bon quart d'heure, au comble de l'exaltation – tout en se déshabillant devant moi comme si je n'existais pas –, elle avait énuméré d'une voix haletante, entrecoupée d'éclats de rire, les fabuleux présents qu'elle avait l'intention d'offrir à mon fils, à commencer par un enfant (j'ai failli suffoquer). Elle n'en finissait plus de détailler les bontés et les grâces dont elle comptait l'accabler. Et je lui apporterai ceci, et je lui apporterai cela… J'ai mis un terme à ce déballage en demandant posément, après avoir capté son regard : « Et à toi, ma fille, que va-t-il t'apporter, mon Ellerton ? Qu'espères-tu de lui ? Lequel de tes désirs pourra-t-il combler ? »

Elle en est restée bouche bée, clouée sur place. Elle ne comprenait encore ni comment ni pourquoi, mais elle se sentait démasquée. Prise en flagrant délit, elle n'était même pas capable d'inventer un mensonge. Tout son vernis s'effritait devant moi, par plaques entières. Et il était trop tard, désormais, pour qu'elle aille se réfugier derrière le paravent. Moi, je me suis contentée d'attendre sans la lâcher des yeux, sans ciller une seule fois, cette réponse qui ne viendrait pas. *Melody Maker* n'en a pas parlé ; néanmoins, quelque chose me dit que, si les fiançailles de mon garçon ont tourné court, je n'y suis pas tout à fait pour rien.

Irene

Périodiquement, je rencontre de bonnes âmes déplorant que Lady Day ne se soit pas montrée aussi intransigeante dans sa vie que dans son art. Les uns lui reprochent ses faiblesses, ses complaisances, sa fascination pour les miroirs aux alouettes (et les paradis artificiels, faut-il le préciser ?). Les autres s'étonnent qu'une femme comblée de dons si extraordinaires se soit laissé dévorer par des ambitions à la fois vertigineuses et très communes, pour ne pas dire vulgaires. La mère du pianiste Sonny White, avec lequel elle faillit se marier, fut l'une des premières à la considérer sous ce jour. Cette attitude me paraît aussi peu fondée que l'obstination de certains à voir en elle, sous prétexte qu'elle souffrit le martyre, une sorte de sainte. Qu'on se le dise une bonne fois : la question de « l'art pour l'art » était un luxe très au-dessus de ses moyens. Le succès joue les mécènes de bonne grâce : la beauté, jamais. N'ayant elle-même ni faim ni soif, la beauté ne veut pas entendre parler de vos prétendus besoins, à vous qui accouchez d'elle. Hélas, cela ne dispense personne d'avoir à les satisfaire, les cadavres ayant une fâcheuse propension à ne plus enfanter du tout.

Entre le jazz et la variété, la frontière était alors des plus incertaines. Le succès populaire de Benny Goodman, d'Artie Shaw, de Tommy Dorsey ou de Glenn Miller avait brouillé les cartes. Noir ou blanc, tout un chacun, à commencer par Louis Armstrong, ne rêvait que de séduire un public débordant le cercle étroit des connaisseurs (Nat King Cole serait le premier à y parvenir). Les deux tiers de ce que Billie a enregistré s'appuient sur un répertoire commun aux deux domaines. La belle affaire ! Elle aurait pu chanter des choses différentes ; elle ne les aurait pas chantées différemment. N'ayant pas reçu de formation académique, n'ayant jamais travaillé son instrument, s'étant fabriqué tout un faisceau de réflexes qu'elle ne commandait plus, elle ne disposait, *en pratique*, d'aucune liberté de manœuvre. La « trahison » dont certains la suspectaient était vouée à l'échec. À moins que le fermier de l'Oregon ne fût disposé à tomber sous le charme de sa voix. Compte tenu de l'âpreté de celle-ci, le risque semblait assez limité.

Quant à ses chimères hollywoodiennes… Si c'est une faute contre la morale, elle fut punie par où elle avait péché. Quand il s'avéra que *Strange Fruit* resterait, comparé à ce qu'elle en avait espéré, un fruit sec, qu'il ne lui servirait pas de sésame pour les plateaux de cinéma, Billie vécut, des années durant, un cauchemar éveillé. Elle vécut comme prise en tenaille entre le dépit et le remords. Car elle ne se tenait pas quitte de son échec. Par la suite, ce sentiment de culpabilité prit de telles proportions qu'elle ne put se pardonner davantage le reniement dont elle se *serait* rendue coupable si les choses avaient bien tourné. 1939 marqua, non pas la fin de ses espérances, mais la fin de sa foi aveugle en sa bonne étoile. C'est-à-dire en elle-même. Les circonstances lui avaient laissé entrevoir un nouveau genre d'existence. Une vie peut-être factice, peut-être creuse et frivole, mais une vie – enfin ! – plus grande que la vie. Le mirage une fois dissipé, c'était la réalité elle-même qui avait perdu de sa consistance. Il lui manquait cette épaisseur paradoxale : l'enchantement.

Avant de pouvoir se payer ce que *Strange Fruit* agitait sous son nez – les robes en lamé, les fourrures blanches, les limousines et le champagne français –, Billie sacrifia deux semaines de cachet au Society pour s'acheter un sac en croco d'un vert peu recommandable et une paire d'escarpins à hauts talons qui, dans le noir, semblaient assortis au sac. Ces chaussures étaient censées l'aider à franchir ses premiers pas de géante. Et puis… Et puis rien. La pendule s'est arrêtée. Rien n'est advenu. Rien de ce qu'elle avait imaginé. Rien de ce qu'elle avait vu chaque fois qu'elle fermait les yeux. Elle n'a pas même vécu, à titre de compensation, un drame retentissant. Non. Rien que l'indifférence du temps qui passe.

À la stérilité de ses « prétentions », de ses rêves de star, de ses songes à dormir debout, répondait celle de ses entrailles. Je n'invente rien : elle-même me l'a dit, presque en ces termes. Elle faisait voracement l'amour. À jet continu, si vous me pardonnez l'expression. Et, là non plus, strictement rien ne se passait. Tout au début, elle s'en était félicitée. Puis le désir d'être mère lui était venu, peu après son séjour chez Artie Shaw. Bientôt, il l'obséderait, et d'autant plus qu'elle se découvrirait incapable de l'assouvir. Elle voulait à toute force un fils. À partir d'un certain moment, sa frénésie sexuelle traduisit-elle autre chose que sa fringale de grossesse ? À leur insu à tous deux, Sonny White, qui prenait un si vif plaisir à se faire tout petit devant elle, ne remplaçait-il pas l'enfant qu'elle n'avait pas mis au monde ? Sonny n'a été qu'un de ses nombreux petits amis, mais il fut peut-être son unique grand garçon.

Ce qui gênait Billie, c'est qu'elle mesurait la précarité de leur union. En lui parlant de fiançailles, elle était consciente de mentir à cet homme qui, pour elle, aurait consenti à tout. Elle se savait incapable d'aimer d'amour un type qui lui portait ce genre de sentiment. Les adorateurs-nés, les chevaliers servants dans l'âme, tout ce monde-là l'effrayait : elle ne parvenait pas à le comprendre. Au surplus, *Strange Fruit* s'obstinant à ne pas l'élever au firmament, elle se sentait indigne de faire l'objet d'un tel culte. Elle éprouvait un désir de plus en plus taraudant d'être châtiée de cet échec. Punie pour ne pas avoir su échapper à la pesanteur. Punie pour les ailes qui n'avaient pas poussé sur son dos. Punie pour l'auréole qui n'était pas venue se placer d'elle-même au-dessus de sa tête.

De toute façon, à Hollywood, Sonny White lui aurait fait de l'ombre. De l'ombre à force d'être un personnage obscur ! Ce qu'il fallait à une artiste noire pour couper court aux ricanements, c'était de s'afficher au bras d'un Cary Grant, d'un Spencer Tracy, d'un Clark Gable. Mon amie acceptait très bien de réussir *par* quelqu'un, fût-il blanc. Le problème, c'est qu'elle ne supportait pas l'idée qu'on la considérât, elle, comme un faire-valoir. Cruel dilemme ! Un protecteur qui ne soit pas plus riche, plus puissant ou plus brillant que vous, c'est une contradiction dans les termes. L'unique solution est de profiter de ce qu'il vous accueille dans sa lumière pour l'éclipser le plus vite possible. Mais si vous y parvenez, qui désormais, à Beverly Hills, se dressera entre vous – la fille d'une femme de ménage et d'un banjoïste mort – et ceux qui espèrent votre chute ?

Depuis longtemps, Billie ne se faisait plus d'illusions sur personne. Même pas sur Lester Young, la personne à qui elle portait l'admiration la plus sincère. Le Président, pour reprendre la formule consacrée, n'était pas de ce monde, poussé dans le vide par une force qu'il avait déchaînée, mais contre laquelle il ne pouvait plus rien. Billie aurait voulu s'envoler, mais elle gardait les deux pieds bien posés sur le sol. Comment a-t-elle pu se monter la tête au sujet d'un Jimmy Monroe ? Dès la fin de l'année 1936, elle avait travaillé pour son frère, lequel venait d'ouvrir l'Uptown House dans la 134e Rue ouest. À la mort de Clarence, Clark Monroe avait été là pour elle. Il était aussi généreux que bel homme. Entre Buck Clayton et lui, de ce point de vue, on ne savait à qui accorder la palme. Au physique, Jimmy soutenait la comparaison. Pour le reste, il était le portrait craché d'un bon à rien – sinon à fumer l'opium. Billie décréta un beau matin qu'elle allait tomber amoureuse et de la gravure de mode et de ce produit exotique. Elle s'en promettait de plus fortes sensations encore que de son herbe sénégalaise. Jimmy, c'est vrai, semblait remplir toutes les conditions pour entrer dans sa vie et s'y incruster. Il faisait grosse impression sur les autres femmes et il avait le don de déplaire souverainement aux trois personnes qui se permettaient encore de mettre des bâtons dans les roues de Billie : sa mère, John Hammond et son impresario Joe Glaser. Pour couronner le tout, il semblait en mesure de lui rendre l'existence impossible. Quelle aubaine, quand on appelle le châtiment de ses vœux !

Monroe fut le premier d'une espèce qui allait croître et multiplier autour d'elle jusqu'à ses derniers jours. Contrairement à Bobby Henderson, Freddie Green ou

Sonny White, cet homme-là exerçait sur elle un ascendant que traduisaient des gestes et des paroles sans ambiguïté. Sans états d'âme, il usait et abusait de sa supériorité physique. Sans vergogne, il vivait à ses crochets. Tel un vulgaire souteneur, il raflait l'argent qu'elle gardait dans son sac. Néanmoins, il avait en permanence une épée de Damoclès sur la tête. Du jour au lendemain, elle pouvait se lasser d'un jeu qui, pour l'heure, ne semblait pas lui déplaire. Si elle le quittait, comme l'avait quitté Nina Mae McKinney (une autre chanteuse, pas de jazz mais célèbre, qui avait joué dans *Hallelujah !*[1]), sans doute réussirait-il à ne pas crever de faim, mais pourrait-il encore se payer le superflu, tout ce grâce à quoi il passait pour un seigneur dans Harlem ? Peut-être n'a-t-il poussé Billie au mariage qu'avec l'arrière-pensée de retarder leur rupture. En attendant, sa nouvelle position sociale lui permit de rendre au pavot un culte plus empressé. De son côté, elle ne se fit pas prier pour embrasser cette religion, au grand effroi de John Hammond. L'opium, au même titre que la cocaïne et la morphine, était alors considéré comme une drogue aristocratique, réservée aux poètes, aux esthètes, à des excentriques d'un grand raffinement. Se singulariser de cette façon apparaissait la marque d'un esprit libre et distingué. Billie était assez novice en la matière pour faire étalage de ce qu'elle tenait pour une sorte de promotion. Mais elle ne commit pas cette erreur une seconde fois. Dans son entourage le plus proche, personne n'a su à quel moment elle glissa de l'opium à l'héroïne, ni comment s'effectua l'opération. Certains prétendent que, là encore,

1. Célèbre film de King Vidor, révolutionnaire en son temps (il fut réalisé en 1929), où tous les principaux rôles étaient interprétés par des Noirs.

Monroe endossa le rôle du démon tentateur. Ils n'en savent pas plus que moi. C'est ce qu'elle laisse entendre dans son livre, tout en feignant d'en rejeter l'hypothèse : « Alors il m'a entraînée avec lui dans la drogue. Notre amour s'effritait. C'est durant cette période que je suis devenue "accro". Mais, en fait, ça n'a rien à voir avec ce que je viens de dire, et Jimmy n'en est pas plus responsable que ma mère. » Suivent trois lignes si allusives qu'elles resteront énigmatiques pour la plupart des lecteurs, mais que j'estime être parmi les plus révélatrices et finalement les plus poignantes de *Lady Sings the Blues*, parce qu'elles résument tout le drame *intérieur* dans lequel cette femme fut plongée : « En réalité, c'est lié à tous les hommes que j'ai connus. J'étais aussi forte, sinon plus, qu'eux tous ; et quand il vous arrive ça, vous ne pouvez vous en prendre qu'à vous-même. »

J'aurais tendance à dire, en ce qui me concerne, qu'elle a rencontré les drogues dures à un point de sa trajectoire où elles étaient susceptibles de satisfaire deux de ses plus profondes aspirations. D'une part, le besoin, fort banal mais pas moins impérieux pour cela, d'oublier sa déconvenue, et de l'oublier de façon plus radicale qu'avec la boisson (dont, à cette époque déjà, elle n'attendait plus de miracles). D'autre part, le désir contradictoire de payer sa désillusion au prix fort. Qui a placé au creux de sa main le premier sachet de poudre ? En vérité, quelle importance ? Cette main était tendue, ainsi qu'elle le reconnaît elle-même à demi-mot dans le passage que je viens de citer. L'héroïne ne circulait pas encore dans les milieux du jazz comme ce serait le cas quelques années plus tard, après que Charlie Parker l'aurait mise à la mode. Cependant, s'il y avait un endroit aux États-Unis où s'en procurer plus aisément qu'ailleurs et où trouver des compagnons de seringue, c'était bien là où évoluait ce genre de faune. En particulier la 52e Rue, vers laquelle Billie, engagée au Kelly's Stable, émigra en décembre, une fois terminé son premier séjour de neuf mois au Café, le lundi 11 septembre 1939.

Ce que la presse baptise avec pudeur « mauvaises habitudes » ou « problèmes personnels » aurait été à l'origine de sa métamorphose. Une fille pleine d'insouciance et de gaieté, primesautière, franche comme l'or, se serait transformée en une de ces artistes capricieuses, vaniteuses, susceptibles, revendicatrices, difficiles à vivre et à qui, par-dessus le marché, ni le public ni ses employeurs ne peuvent accorder leur confiance. D'abord, je répondrai que le tableau d'une Billie savourant avec appétit, en toute béatitude, les menus plaisirs de l'existence me paraît pour le moins idyllique. Un Noir n'est pas obligé de brandir le poing à tout bout de champ pour être averti de sa condition, en particulier s'il compte assurer sa subsistance au moyen de ses talents artistiques. Rieuse, aimant le rire comme on aime le gin et les pieds de cochon, ça oui ! elle l'avait été, je m'en porte garante. Mais, « insouciante », voilà un avantage qui n'était même pas à sa portée.

La toxicomanie de Billie ne saurait répondre de l'évolution de son caractère. Les deux phénomènes sont les symptômes d'un seul et même mal. Je sais de quoi je parle. Ces sentiments extrêmes, en bataille les uns avec les autres, ce furent les miens lorsque j'ai perdu Teddy. Après son mariage avec Jimmy Monroe, le 25 août 1941, si Billie devint impossible, ce fut aussi pour se faciliter la vie. L'Amérique blanche n'avait pas voulu faire d'elle une star ? Eh bien, elle se chargerait elle-même de la besogne. Dans la mesure de ses moyens. Elle adopterait, à défaut du reste, les signes extérieurs de la fonction : argent facile et caprices. Hélas ! la rapacité de son mari et les tarifs de ses fournisseurs ne lui laissaient pas grand-chose à dépenser. Il ne lui restait plus qu'à singer le comportement de ces infernales madones de l'écran qui font la fortune des commères de Hollywood. Elle s'y est appliquée. Je l'ai vue chanter sans accorder à ses accompagnateurs la moindre attention. Elle ignorait les rappels. Si elle ne se présentait pas en retard sur scène c'était parce qu'elle avait oublié de venir ou préféré à la dernière minute d'autres occupations. On l'accuserait bientôt de rompre ses contrats pour un oui, pour un non. Elle y perdrait l'estime de personnes tout acquises à sa cause, et, plus secrètement, la sienne propre. Dans l'état d'esprit où elle se trouvait alors, c'était tout bénéfice : Lady Day souhaitait déchoir aux yeux de la petite Billie qui avait tant misé sur elle en pure perte.

Fin septembre 1940, après l'un de ses derniers enregistrements avec Teddy sous les auspices de John Hammond, elle était retournée à l'Apollo. Le public américain dans son ensemble eût-il été à l'image des habitués de l'endroit, on aurait canonisé Billie de son vivant. Et si, pour le même cachet, sans amélioration notable de son statut, elle avait pu entendre chaque soir les ovations qu'elle recueillait dans ce théâtre, elle aurait renoncé de bonne grâce à ses rêves hollywoodiens, devenus inutiles et même, d'une certaine façon, plutôt dérisoires. À quoi bon noircir le trait, comme tant de gens se sont empressés de le faire après sa mort ? Il y eut des nuits où les vertigineuses promesses de *Strange Fruit* furent tenues, au-delà de toute espérance, par des morceaux sans prétention qu'elle interprétait depuis ses débuts dans les *speakeasies*. Tenues à titre provisoire, j'entends bien. Mais c'est la règle dans ce métier.

Elle fut engagée à l'Apollo pour une semaine, à dater du vendredi 27. Le mardi 1er octobre, elle devait retrouver le chemin du Café Society, après un peu moins d'un an d'absence. Son retour s'annonçait triomphal : il se solda par un fiasco. Le bruit a couru qu'elle aurait dissimulé à Barney le fait qu'elle était encore à l'affiche du célèbre théâtre au moment où elle reprenait sa place chez lui, et qu'il avait cru à une manipulation. Sa réaction explique peut-être leur premier accrochage, mais pas leur séparation deux mois plus tard. Il me paraît plus probable que Barney ait été exaspéré par les manières de mon amie. Elle commença, le soir de l'ouverture, par ne pas se montrer. Après quoi, faire poireauter l'assistance et les musiciens une bonne demi-heure avant d'entrer en scène apparut une habitude bien ancrée chez elle.

Il y avait les soirs où elle courait après sa dose. Il y avait les soirs où elle pensait que son agressivité la protégerait d'éventuelles offenses. Il y avait ceux où elle cédait avec soulagement à la tentation d'être détestée. Dans sa version de l'histoire, elle ne se donnait pas le beau rôle, mais se déchargeait du mauvais sur John Hammond. Ce dernier aurait révélé à Josephson, très puritain sur ces questions, qu'elle fumait de l'opium. Dans ses mémoires, elle se borne à noter : « Je suis restée deux ans au Café Society, sans en bouger, sept soirs par semaine, sans répit, pour soixante-quinze dollars la semaine. » Cette phrase est l'une des plus anodines de l'ouvrage. Tout y paraît plausible : rien n'y est vrai. Je sais de source sûre, par exemple, que Barney la payait au moins le double de ce qu'elle prétend. Elle le dépeint comme un hypocrite, proclamant qu'il proscrivait toute ségrégation dans son établissement alors qu'il refusait d'engager Hazel Scott sous prétexte, je cite *Lady Sings the Blues*, qu'elle « n'était pas assez mignonne… et trop noire. » Barney dut mettre les choses au point. « Delores Williams avait chanté pour moi, rappela-t-il aux journalistes, et il n'y a pas plus noir qu'elle. » Hazel, d'ailleurs, s'est produite au Society plus de sept ans d'affilée, il ne faudrait pas l'oublier non plus.

Entre ses deux séjours là-bas, Billie avait travaillé au Kelly's Stable de la 52e Rue, où l'accueil de la clientèle la vengea des affronts subis au Famous Door et à l'Onyx. Elle s'entendait à merveille avec Ralph Watkins, l'un des deux anciens saxophonistes qui présidaient à la destinée des lieux. Quand on suggérait devant Ralph que gérer une artiste aussi peu coopérative n'avait pas dû être une partie de plaisir tous les soirs, il s'esclaffait. « Lady Day ? Vous rigolez ! C'était un amour. Jamais je n'ai eu une simple prise de bec avec elle. À quoi bon ? J'étais un de ses fans et elle comblait tous mes vœux. Si l'on veut chercher la petite bête, c'est vrai qu'elle passait son temps à taper les uns et les autres (inutile de préciser pourquoi) et que je n'aimais pas trop ça. Pour le reste, jamais elle ne m'a causé le moindre embêtement. Et entre nous, ç'aura bien été la seule, avec King Cole… J'étais prêt à lui accorder un traitement de faveur. Elle s'en était rendu compte, mais pas une seule fois elle n'a tiré sur la ficelle. Il fallait savoir la prendre, voilà tout. »

Au Stable, elle a peaufiné son image de diva du jazz. Je n'en jurerais pas, mais c'est là-bas[1], me sem-

1. Cet incident se déroula plus probablement dans un autre club, des années plus tard.

ble-t-il, que, son habilleuse lui ayant appliqué un fer trop chaud, elle s'était roussi la tempe gauche et n'avait rien trouvé de mieux pour masquer les dégâts que des fleurs, déposées dans sa loge par un de ses admirateurs. Ainsi devint-elle pour les poètes de la presse à potins « la Dame aux gardénias ». Lorsqu'elle voulait bluffer son auditoire, elle remplaçait les gardénias par des orchidées. Entre nous, elle aurait bien pu s'avancer emmaillotée dans un sac à pommes de terre, pas maquillée et coiffée avec un pétard, elle n'en serait pas moins apparue comme la grâce incarnée. Il lui arriverait, certes, de remplir par-dessous la jambe tel ou tel contrat, voire de saboter carrément le travail, par masochisme ou sous l'effet d'un de ses poisons favoris. Mais, le plus souvent, jusqu'aux funérailles de Lester, elle resterait quelqu'un de magique. « La seule vocaliste de jazz – a déclaré un jour je ne sais plus qui (Stan Getz ? Miles Davis ? John Coltrane ?) –, la seule peut-être qui ait touché au sublime. » Je ne partage pas le point de vue de John Hammond lorsqu'il insinue, en se fondant sur *Strange Fruit*, que son sublime à elle avait quelque chose d'affecté, sinon de frelaté. Et je ne pense pas davantage que *Strange Fruit* ait annoncé, comme il le croyait, une mutation radicale – et radicalement regrettable – de son style.

Billie n'avait pas attendu le 20 avril 1939 pour faire une place dans son art au drame et à la mélancolie. À qui fera-t-on croire que le *These Foolish Things* gravé avec Teddy trois ans plus tôt était, pour ne prendre que cet exemple, d'une gaieté folle ? John aurait mieux fait de reconnaître que, venant d'où il venait, ayant reçu l'éducation qui avait été la sienne et habité de préjugés qu'il ne serait jamais libre de renier, il s'était formé d'elle une image sans grand rapport avec la Billie réelle. Le jour où il s'en était aperçu, il n'avait pas supporté le choc. Tout comme moi avec Teddy, il avait perdu un être qui n'était qu'un leurre, mais qu'il avait aimé à la folie. On aurait pu en faire une chanson. Lady Day l'aurait interprétée avec une parfaite dignité, j'en suis certaine : beaucoup de cœur, un minimum de gestes.

Lady Day

J'aimerais savoir écrire. Je n'en serais pas réduite, quand je m'y mets, à accommoder les phrases des autres à ma sauce. Le plus souvent des phrases de blues. Des espèces de clichés. J'en pique à droite et à gauche, et je recolle tous ces morceaux plus ou moins dans le désordre. C'est comme ça que j'ai improvisé *Billie's Blues.* Sur le tas. Je me décrochais les mots de la tête en même temps que je les enregistrais. Pour *Fine and Mellow*, une commande de Milt Gabler (il était fou de *Billie's Blues* et voulait à tout prix publier quelque chose du même tonneau à son catalogue), je me suis installée avec lui à une table, dans un coin du Society, la veille de la séance, et nous nous sommes battus les flancs pour bâtir une histoire qui tienne à peu près debout. Il a eu l'idée du mec qui n'aime pas plus que ça sa gonzesse, mais qui lui fait l'amour comme si c'était dimanche. J'ai brodé là-dessus. Du gâteau. La suite, il n'y a pas une seule fille noire en Amérique qui ne la connaisse par cœur. Milt m'a aidée pour les rimes et ses trucs-là. Dans *Long Gone Blues*, un mois plus tôt, je m'étais lâchée. Les hommes, je leur étais rentrée dans le chou bille en tête !

J'ai été ton esclave
Depuis que je suis ta gosse

Mais avant de devenir ton chien
Je te verrai dans ton linceul

Les paroles dont je suis vraiment fière, cependant, ce sont celles de *God Bless the Child*, même si Arthur les a signées. (Moi, j'ai signé la musique qui était de lui aux trois quarts : échange de bons procédés.) Cette chanson est lourde d'un poids que j'avais sur le cœur. La mode ne peut pas la disperser aux quatre vents. Un peu plus tard, il y aurait *Don't Explain*, à cause de Jimmy, Jimmy et ses merdiques histoires de fesses caressées dans les coins, son vaudeville de quat'sous… En écrivant ces deux-là, je ne me suis pas planquée derrière le petit doigt des autres. J'ai vidé mon sac. J'ai secoué jusqu'à ce que dégringole sur la table le fond du fond, le fin du fin de ma peine et de ma honte. Si vous ne vivez pas vos chansons, ce que les gens applaudissent, c'est une chanteuse morte. Vous n'êtes plus qu'un passe-temps. Lors des jams du J.A.T.P.[1], si Lester voyait un autre ténor hennir, couiner et tortiller des aigus pour se mettre la salle dans la poche, il lui soufflait à l'oreille : « Ça te botte tant que ça, Lady Machinchose, de leur servir de pissotière ? »

Avec *Strange Fruit*, je n'étais pas en train de brandir une pancarte dans un défilé de radicaux à la con. Je me fichais pas mal de faire passer à des Blancs le message bien senti d'un autre Blanc. Je n'arpentais que mon enfer à moi. Je becquetais mes propres fruits ensanglantés. Je me pendais à la plus haute branche de mon peuplier personnel, au beau milieu de mon verger privé. Ma propre viande était en train de cramer et de m'empuantir. Je revivais le martyre de Clarence Holi-

1. Jazz At The Philharmonic (cf. plus loin, page 408).

day dans le « valeureux Sud ». Et c'était cela que le public ressentait. Si fort que, dans la salle, les clients qui n'avaient pas envie de se jeter à genoux ne rêvaient que d'aller m'accrocher au premier réverbère. *Strange Fruit*, il faut lui laisser ce mérite, c'est la nouvelle ligne Mason-Dixon[1] : elle sépare les gens bien des autres. Mais si elle les met tous dans des états pareils, c'est parce que j'ai ajouté aux paroles de Lewis un cri qui n'appartient qu'à moi, un cri qui déchire *mes* entrailles, un cri qui mord *ma* langue et *mes* lèvres jusqu'au sang. Et puis un silence, encore plus féroce, qui me crève les tympans.

« Un tournant dans ma carrière » : voilà ce que *Strange Fruit* aurait représenté, d'après les journalistes. Quelle carrière ? Qui peut se targuer de faire carrière dans le jazz ? Même pas Duke, même pas Pops[2]. Je ne suis pas pressée de crever, si c'est ça qu'ils insinuent. J'aurais « amorcé un virage à 180° ». Pour quoi faire ? Retourner sur mes pas ? Tourner le dos à mon avenir, comme une conne ? Un avenir, tout d'abord, il faudrait en avoir un. La question ne me préoccupait pas à l'époque où j'assistais avec Lester au lever du soleil sur Central Park. Je vivais au jour le jour. J'étais contente de me réveiller vivante, la tête un peu lourde, mais apparemment en bon état… C'est le succès de *Strange Fruit*, justement, qui m'a amenée à voir plus loin que le bout de mon nez. Bien sûr, comme toutes les gamines, je ne m'étais pas privée de tirer des plans sur la comète. En fréquentant Artie Shaw et les coussins de sa Rolls, j'avais fini par me dire qu'il n'était peut-être pas complètement exclu de

1. Cf. la note de la page 328.
2. Un des surnoms de Louis.

récupérer un morceau de la grosse galette. Tout ça restait une vue de l'esprit. C'est tout le foin qu'il y a eu autour de cette chanson, c'est tout ce cirque qui a changé la donne. À partir de là, je me suis fixé un but, je me suis prise en main. À la veille de mes vingt-cinq ans, il était grand temps. On évolue, encore heureux. Ce n'est pas pour ça qu'on change. Et encore moins qu'on se renie.

Les gens sont persuadés que je prenais des risques avec *Strange Fruit*. Lesquels, franchement, à part me faire traiter de négresse par des gens qui, de toute façon, avaient ce mot sur le bout de la langue chaque fois qu'ils m'apercevaient ? Non, c'est avec *God Bless the Child* que je me suis mise dans un mauvais cas. Personnellement. Ni au nom d'une communauté, ni au nom d'une race, ni même au nom de mon père. Derrière *God Bless*, il n'y avait aucun syndicat, aucun lobby, aucun fantôme. Il n'y avait que moi. D'ailleurs, je n'étais pas derrière : j'étais devant, prête à prendre tous les coups. Et pour les faire pleuvoir sur ma tête, je n'avais pas de meilleur ennemi que moi-même. Pour ça, j'ai dégusté ! J'avais misé gros dans l'affaire : j'ai tout perdu. *Strange Fruit* ne m'a pas rapporté grand-chose. De ce point de vue, John Hammond n'avait pas tout à fait tort. *God Bless*, j'y ai laissé ma chemise. Et ce qu'il y avait dedans. Je ne me suis pas supprimée. L'idée ne m'en a même pas effleurée. À part ça, je n'y suis pas allée de main morte. J'ai supprimé en moi ce que j'avais sans doute de plus précieux. J'ai tué ma propre mère. Elle me tapait sur le système. J'ai voulu lui apprendre à vivre. Elle en a perdu le goût de respirer. Ma pauvre petite mère est morte de voir ce que j'étais devenue : une junkie et la femme d'un beau salaud nommé Jimmy Monroe. Elle est morte de la honte causée par *God Bless the Child*. Morte de cet affront que je lui ai réservé presque à chacun de mes tours de chant, n'ayant même pas la décence d'arrêter les frais après ses obsèques. Toute Sadie Harris, boule de graisse illettrée qu'elle était, elle avait plus de dignité que moi. Jamais elle n'a fait le moindre commentaire sur cette chanson.

Sa lubie avait viré au cauchemar. Un cauchemar pour moi. Là, je parle de son restau. Elle flottait sur son petit nuage. Pendant ce temps, si la salle était pleine, le tiroir-caisse restait vide. Les dettes s'accumulaient. Les fournisseurs se précipitaient dès l'ouverture pour gémir, menacer et tendre la main à la queue leu leu. Les services d'hygiène de la ville de New York avaient pris Mom pour vache à lait. Lui promettant de colossales amendes si elle n'obtempérait pas, ils n'arrêtaient pas de la faire casquer pour ci ou pour ça. Par exemple, tout le monde dans cette ville avait le droit de servir à peu près n'importe quelle tambouille, préparée dans des conditions qui lui convenaient. Miss Sadie Fagan, pas question. Miss Sadie Fagan devait utiliser tel truc, tel machin, tel autre zinzin. Ils en auraient inventé exprès pour elle, des bitoniaux, si on n'en avait pas trouvé assez sur les rayons des bazars. Elle avait un gril rond : ils en exigeaient un carré. Le sort du monde en dépendait, à les entendre. Je m'étonne qu'ils ne lui aient pas réclamé des fourchettes sans dents, des couteaux en pâte à modeler, des cuillers à trous et des chaises à deux pieds. Rien que pour la voir tourner chèvre. En prime, ils se faisaient arroser : un petit verre par-ci, un dîner à l'œil par-là, avec madame et les gosses… C'était une vérole que cette engeance. Ces putains de ronds-de-cuir se morfondaient dans leur nid à poussière tant qu'ils n'avaient pas extirpé d'un repli de leur cerveau une bonne excuse pour l'obliger à mettre la main au porte-monnaie. L'ennui, en l'occurrence, c'est qu'il s'agissait du mien.

Elle, à vrai dire, ça ne la gênait pas beaucoup. Elle avait tant de fois répété qu'elle me rembourserait jusqu'au dernier cent qu'elle avait fini par le croire. Mais je ne vivais pas dans un conte de fées, moi. J'avais mes propres investissements. La came ne se trouve pas dans les pochettes-surprises. Je voulais bien lui donner un coup de pouce, mais pas question de me sacrifier pour ses beaux yeux. Quand s'était-elle sacrifiée pour moi ? Néanmoins, s'il me restait un seul dollar dans mon sac après avoir fait mes provisions, que je tombe raide si je le lui ai jamais refusé. Je me sentais très à l'aise, le jour où, fauchée comme les blés et ayant appris de sa bouche qu'elle avait eu une rentrée imprévue, je suis allée la tirer par la manche à mon tour. Après tout, j'étais son associée dans l'affaire et, jusque-là, je n'avais fait que mettre la main à la poche. Elle est montée sur ses grands chevaux, la voix perçante, les yeux comme des soucoupes, les narines en ébullition, dressée de toute sa taille devant son fourneau, les bras écartés comme si j'avais l'intention d'embarquer l'engin sur mon dos… « Pas un sou, tu m'entends ! Tu n'auras pas un sou ! Pour ce que tu en ferais, je préférerais me gaver de pieds de cochon jusqu'à m'en claquer le ventre ! »

Je lui ai sorti ses quatre vérités. Elle m'a sorti les miennes. On n'était pas plus avancées, ni l'une ni l'autre. Par contre, on n'a jamais pu revenir en arrière. Ce n'était pas entièrement ma faute, n'empêche que, ce soir-là, je me suis damnée. Je regretterai en enfer la panade que j'ai connue ici-bas. Pour Sadie, où qu'elle aille, rien ne sera plus moche que ce qu'elle a enduré sur cette terre à cause de moi. Après notre engueulade, la barque l'a emportée vers l'autre rive. Moi, je me dirigeais déjà vers les lueurs pourpres.

Depuis un bon bout de temps, Arthur Herzog me bassinait pour que je lui refile une expression méridionale bien savoureuse dont il pourrait se servir dans un titre. Il m'agaçait, avec ça. Les Blancs ne peuvent pas s'ôter de la tête qu'on déboule tout droit des profondeurs du Mississippi, tous autant que nous sommes. Baltimore, d'accord, ça n'est pas la frontière canadienne, mais qu'est-ce que j'y connaissais, moi, en « expressions méridionales » ? Je savais trop bien ce qu'il avait en tête : du charabia de négros. Seulement, il n'osait pas me le dire comme ça. Pauvre Arthur ! Je n'allais pas me vexer pour si peu, allez !… Quand Mom m'a fait le coup de la cigale et de la fourmi, une vieille réplique des rues chaudes de Baltimore m'est remontée aux lèvres : « Dieu bénisse l'enfant qui rafle son dû[1] ! » Ces mots faisaient le manège dans mon crâne. Je suis allée trouver Arthur dans sa tanière et je lui ai annoncé : « Je le tiens, ton putain de titre ! » Je lui ai dit comment ça m'était venu. Il a couru à son piano, une partition vierge sous le nez et un crayon entre les dents. Je lui soufflais certaines notes, il me proposait certains mots. On a bouclé notre affaire en un tournemain. C'est ainsi que *God Bless the Child* a vu le jour. Je jubilais. Sur le coup de six heures du matin, j'ai gueulé par la fenêtre : « Tu peux ouvrir ton pébroque, Duchesse. Ça va tomber dru ! »

Quand le fric est là
Toutes sortes d'amis

---

1. *God bless the child that's got his own !*

Campent devant ta porte
Mais quand tu n'as plus rien
Tes réserves épuisées
Tu ne vois plus personne
Tes riches relations
Te donnent un vieux croûton
Sers-toi, n'en prends pas trop
Ça c'est à maman
Ça c'est à papa
Mais que Dieu protège l'enfant
Qui prend ce qui est à lui
Ce qui est à lui[1]

Son riflard, Sadie, elle a dû le bouffer. Seulement c'est moi qui ne l'ai jamais digéré… Pour commencer, au lieu de prendre mes distances avec Jimmy Monroe, comme mon instinct me disait de le faire, je me suis jetée à sa tête. Je l'ai fait tourner en bourrique jusqu'à ce qu'il m'épouse, trois mois plus tard. Tout ce que j'avais fait subir à Mom depuis ma naissance, ça passerait pour une partie de plaisir à côté de ce que je lui réservais maintenant. Jimmy, donc, elle l'avait reçu une fois, une seule, tout au début. Quand il a essayé de revenir, elle s'est plantée devant lui, les poings sur les hanches, et elle lui a lâché en pleine figure : « Je veux pas de toi, sale moineau ! T'es grand et t'es fort, je sais. Mais si tu entres, c'est elle qui sort d'ici, et pour toujours ! » Ça lui arrachait le cœur, j'en suis sûre. Ce qu'elle a dit, pourtant, elle le pensait. Elle pensait, c'est-à-dire, qu'elle n'avait pas le droit de penser autre chose. Elle croyait remplir coûte que coûte

1. Texte reproduit dans *Lady Sings the Blues*, traduction de Danièle Robert.

son devoir de bonne chrétienne. Il aurait fallu lui passer sur le corps.

Cette fois, je n'ai pas moufté. Un sacré poison, le silence. Dans le silence, mon cœur s'est assombri. Je m'imaginais être en colère contre elle. C'était plus grave que ça. Sans prévenir personne, on a sauté dans la bagnole de Jimmy, une nuit après mon boulot, et on a foncé sur Baltimore (une idée à moi, je présume). On s'est arrêtés à Elkton pour établir un certificat de mariage. À notre retour, la première chose que j'aie faite, ç'a été de le lui balancer à travers la figure. Je ricanais comme une folle, je m'entends encore. Je me suis penchée sur elle. Je lui ai craché dans les yeux, un vrai cobra : « Et alors, il a le droit d'entrer, à présent ? » Puis j'ai couru chez cet enfoiré de Joe Glaser. Il avait Jimmy dans le nez, lui aussi. J'ai rejoué la même scène. Mais là, ça n'était plus que du cinéma. C'était déjà pour oublier le regard de Mom. Pour peupler cette saloperie de silence qui venait de tomber comme un couperet.

Jimmy était beau. D'après moi, autant que son frère, surnommé dans tout Harlem le « Clark Gable noir ». Avec, en plus, un air fragile. Là-devant, elles craquaient toutes. Il l'avait vite compris. Il jouait de ça. D'une manière générale, il vivait sur l'impression qu'il donnait aux filles. Jimmy était bel homme comme on est cordonnier ou dentiste. Il ne fichait absolument rien d'autre sur cette planète, sinon aspirer sa fumée de Chinois à s'en rendre vert pomme. Il était beau et attendait qu'une des femmes qui mouraient d'envie de se l'envoyer le prenne sous sa protection. Il n'attendait jamais longtemps. Il galopait de l'une à l'autre, afin d'en avoir toujours une fraîche sous la main. Jimmy était un homme de goût. Il avait de la classe. C'était son fonds de commerce, et il veillait jalousement dessus. Dès que sa copine du moment commençait à présenter des signes de lassitude, il se dépêchait de la larguer le premier afin de garder le beau rôle. Toutefois, si c'était une personne qui avait vraiment les moyens, il mettait les voiles en douceur, de manière à ne pas couper les ponts avec elle. Il assurait ses arrières.

Que je sois arrivée à prendre ce gars-là dans mes filets, c'est une chose qui m'épate. Depuis que sa première épouse officielle, l'actrice Nina Mae McKinney s'était séparée de lui, il avait juré qu'on ne l'y reprendrait plus, à convoler. C'était même l'une des principales raisons pour lesquelles Sadie ne pouvait pas le voir en peinture. Elle était persuadée qu'il me menait en bateau et que je ne deviendrais jamais Mrs Jimmy Monroe. Malheureuse ! Lorsque j'ai commencé à sortir avec lui, j'avais bien d'autres soucis en tête. Mom ne voulait pas comprendre ce qui se passait depuis des années sous ses yeux. Les filles qui prenaient le petit déjeuner chez nous, les types qui se relayaient à mon bras, elle avait décidé de les compter pour du beurre. Si on s'est mariés, Jimmy et moi, ç'a d'abord été, en ce qui me concerne, pour qu'elle se prenne une bonne leçon. Et puis, si je devais jamais avoir un enfant, je préférerais à tout prendre qu'il soit le fils d'un type plein d'allure. Comme étalon, au moins, Jimmy Monroe faisait le poids. Son air vulnérable, moi, me gênait un peu, mais il s'est vite révélé que, en privé, il n'était pas si fragile qu'il en avait l'air. En particulier sa main droite. Je vais choquer, je le dis quand même : ça m'a rassurée. Avec un père de ce style et une mère comme moi, mon gosse ne se laisserait pas marcher sur les pieds. Dans la vie, c'est plus important que tout.

Un mec, il faut toujours le dominer dans un domaine au moins. Dans mon cas, il y en avait plusieurs où je battais Jimmy à plate couture. Surtout, je savais gagner ma croûte : pas simplement soulever le fric d'autrui. Et encore ! Jimmy n'aurait jamais su faire un voleur convenable. C'était trop dur pour lui, d'aller piller des banques. Pêcher dans le sac à main d'une fille, il trouvait ça plus reposant. Les seuls risques qu'il ait jamais pris, c'était avec l'opium. Il se gavait de ça à en crever. Il se payait des tremblotes à décrocher les lustres, des espèces de malarias à la chaîne. Mais pas une seule fois, dans ses pires crises, il n'a parlé de renoncer à son poison. Il essayait plutôt de me refiler sa marotte. Des fois, je me demande si, la dope, ça ne l'excitait pas davantage que la bagatelle. C'est qu'il en avait beaucoup vu, aussi. De la fesse à tire-larigot, depuis qu'il était en âge. Rien que du premier choix. Et rien que de la fesse blanche, une fois bouclé le chapitre McKinney. En 38, il était parti pour l'Europe avec elle. Il en était revenu avec une Londonienne. Une grande perche pas mal foutue, je reconnais. Entre-temps, il s'en était payé jusqu'à plus soif. À Paris, il avait ouvert un club. Les nénettes de là-bas prenaient un numéro pour passer à la casserole. Il ne s'en vantait pas. Pas la peine ! Jimmy était ce genre d'homme dont il se trouve toujours quelqu'un pour chanter les exploits. Il se monterait un harem au fond du Sahara, comme par hasard un gars de New York passerait dans le coin et, de retour au pays, n'aurait rien de plus pressé que de raconter à tout le monde la dernière du chéri de ces dames.

Ça a été le déclic, je crois, son prétendu dédain pour la chair noire. J'aurais réussi un trop joli coup, si je le faisais revenir sur ses préjugés. À ma grande surprise, je n'ai pas dû beaucoup insister pour emporter le morceau. *Strange Fruit* et le succès phénoménal de Billie Holiday au Café Society, on ne parlait que de ça dans tout Harlem. J'avais peut-être la peau moins claire que son Anglaise, mais, grâce à ma notoriété, j'étais autrement plus décorative. Sans compter qu'une belle réputation, dans le showbiz, ça se traduit en général par de jolis cachets. Il était ferré, mon gigolo… Maintenant, pourquoi m'épouser, alors qu'il m'avait eue pour rien et pourrait encore m'avoir de la même façon, chaque fois qu'il claquerait des doigts ? Moi, je savais pourquoi je courais après un homme dont, à part un bel enfant, je n'espérais rien de bien formidable. Mais lui, qu'espérait-il de cette union ? Je n'ai jamais trouvé la réponse. À moins de supposer que, le matin où nous avons filé sur Elkton, il m'ait aimée pour de bon…

Nous n'avons pas mis longtemps à nous chamailler. De là à nous déchirer, il n'y eut qu'un pas, vite franchi. Après deux ou trois semaines de vie commune, nous sortions déjà nos griffes pour un oui pour un non. Ces prises de bec me requinquaient. Je les voyais arriver avec une sorte de soulagement. J'ai dû en provoquer une bonne partie. Avec nos mauvaises habitudes, on n'avait jamais un flèche de côté. Tout partait en fumée, littéralement. Quand on m'embauchait quelque part, avant même de discuter le cachet, j'exigeais une avance. Sans ça, on ne s'en serait pas sortis. Monroe devenait nerveux dès que les engagements se faisaient rares. Il voyait déjà s'envoler sa vie de coq en pâte. Du coup, il se bougeait un peu les fesses, prêt à payer de sa personne pour que le fric rentre. Il allait tirer quelques sonnettes à droite, à gauche. Il pleurait dans le gilet de son frère, qui avait des relations et me tenait à la bonne. Dans ces moments-là, mon Jimmy devait se dire qu'il avait misé sur le mauvais cheval. Je n'étais pas une valeur sûre. Ma cote pouvait chuter aussi vite qu'elle avait grimpé. Un beau matin, je perdrais mon auréole et lui, il lui resterait quoi ? Une négresse à se coltiner, voilà tout.

D'abord, on avait vécu à l'hôtel. Sadie nous aurait accueillis, en dépit de tout, mais mon mari se sentait pousser des boutons, rien qu'à la pensée de frayer avec cette bonne femme sans éducation, sans charme, sans vocabulaire. Sans autre ambition que d'être emportée dans son sommeil en douceur. En août 41, elle avait tout juste quarante-cinq ans. Elle s'était fixé une limite : « Seigneur, elle répétait, me laissez pas souffler mes cinquante bougies ! »... L'hôtel où nous avions échoué n'était pas assez chic pour Jimmy. Nous nous sommes repliés sur un garni qui ne valait guère mieux. Mal éclairé. Minuscule. Fichu comme l'as de pique. Les rideaux, le tapis, les meubles et le papier à la dernière mode de la présidence Lincoln : il n'y avait rien à sauver. Et ça puait le vieux. Cette odeur vous piquait les yeux. Elle vous prenait à la gorge dès l'entrée. Elle se collait à vos narines. L'unique fauteuil, quelqu'un avait dû agoniser dedans des années entières. Il y avait partout, jusqu'au plafond, des espèces de traces. De différentes couleurs, mais toutes plus suspectes les unes que les autres. La fenêtre de la chambre donnait sur le mur aveugle d'un entrepôt : une paroi de brique noircie, tout aspergée de pisse de chien, de fiente de mouette et je ne sais quoi. Ça gluait dès que le temps se mettait à la pluie. Bref, c'était la place idéale pour se crier dessus et s'accuser de tous les maux. On y revenait dare-dare après le boulot, rien que pour ça. Et se réconcilier sur l'oreiller – on n'était pas faits autrement que tout le monde. Et pour se défoncer tranquille, n'oublions pas ça non plus.

Soudain, j'ai réalisé que mon Brummel avait de plus

en plus tendance à se faufiler dehors. Sûr qu'il s'était dégoté une poule quelque part. Je me frottais les mains : c'était de la bigorne en perspective. Les hommes, ou bien ils vous plaquent, comme Clarence Holiday avait plaqué ma mère, ou bien ils courent se distraire de vous en compagnie d'une autre. Je ne dis pas que ça m'enchante : c'est dans l'ordre des choses. Moi aussi, du reste, à ce jeu-là, je me débrouillais assez bien. Est-ce que j'en étais si toquée, de cabrioles ? Je crois surtout que je voulais lui tenir la dragée haute. Me comporter comme les mecs. Si, à une certaine époque, j'ai levé autant de filles, voilà peut-être l'explication. J'étais jalouse malgré tout. Je n'allais pas m'abaisser à faire les poches de mon bonhomme ou à lui coller un détective au train. Lester avait fait de moi une lady. En même temps, ça n'aurait pas été dans mon style, de jouer l'idiote qu'on mène en bateau. Il savait qu'il n'avait pas intérêt à pousser le bouchon trop loin. C'est pourtant ce qu'il a fait.

La vérité lui apparaissait peu à peu, et elle n'était vraiment pas belle à voir : il pouvait me frapper, il ne pouvait pas m'atteindre, alors que, moi, il me suffisait d'une pichenette pour le renvoyer dans le ruisseau. Ses gifles, à présent, même quand il les distribuait en repliant les doigts, ça n'était plus que de l'opérette. Il commençait à mesurer l'étendue du désastre. Ça lui flanquait le tournis. Je n'étais plus sa femme : j'étais son vertige. Mais je restais sa vache à lait. C'était toujours ça de gagné ! Il veillait à ce que je broute mon content. Je ne parle pas seulement de l'herbe et du reste. C'est lui, et non pas Joe Glaser, qui a calculé que, pour élargir mon public, le plus simple était d'aller me faire admirer dans d'autres villes que New York, où, après de nouveaux passages au Kelly's Stable, à l'Uptown House, à l'Apollo et au Famous Door, je n'avais plus grand-chose à prouver. Nous n'étions pas encore mariés qu'il me pressait déjà d'accepter un engagement à Washington. Quatre jours après la cérémonie (bien peu cérémonieuse, à vrai dire), on avait mis le cap sur Chicago. Il m'avait décroché un contrat de quatre semaines à l'hôtel Sherman, en attraction avec Lionel Hampton, lequel venait de monter un big band où ça crépitait de partout. Des Grands Lacs, on s'est laissés glisser jusqu'en Californie.

À L.A. venait de s'ouvrir une boîte baptisée, elle aussi, Café Society. Barney Josephson n'était pour rien dans l'histoire. Une fois au courant, il a poussé les hauts cris. Ça n'a pas aidé. De toute manière, je ne sais pas quoi, mais il y avait quelque chose de tordu dès le départ, dans cette combine. J'ai fait l'inauguration le 1er octobre[1] ; le 21, ils mettaient la clé sous la porte. Dommage : c'était la première fois qu'on m'offrait un engagement à durée illimitée. À deux pas des studios de cinéma, en plus. Comme tremplin, je n'aurais pu rêver mieux. Sauf que c'était une planche pourrie qu'on m'avait collée sous les semelles. Je n'avais rien vu venir. Jimmy non plus. On se retrouvait le bec dans l'eau. Pas une seule nuit je n'avais attiré la grande foule dans cette turne. Le seul bouche-à-oreille, à mon propos, ç'avait été le genre : « Pas la peine de vous déplacer. C'est surfait, Billie Holiday. Tout juste bon pour ces prétentiards de l'Est ! »

On s'est tellement accrochés, à Los Angeles, Jimmy et moi, que je suis rentrée seule par le train. Les États-Unis d'une côte à l'autre. J'ai cru que ce putain de convoi n'arriverait jamais. Je bouffais de la fumée, des escarbilles. Les fils électriques me sciaient les

1. 1941.

yeux. Je m'assoupissais deux minutes, ma montre en profitait pour tourner à reculons. Pourtant, chaque mile qui m'éloignait de mon homme me rendait si heureuse que j'avais envie de danser sur la banquette. J'aurais eu un revolver, à L.A., le cadet des fils Monroe reposerait dans un cimetière de la ville, sa pochette de soie étalée de façon à masquer le joli trou rond dans son costard, au niveau du cœur.

On ne sait jamais. Comme meurtrière, j'aurais peut-être attiré l'attention d'un ou deux pisse-copies. La musique, ils sont blasés. Une chanteuse de jazz ? Tu tapes du pied, il en dégringole de toutes les poubelles. Le sang, par contre, ah ! le sang, le public ne s'en lassera jamais. J'aurais fait la une, pour une fois. J'ai raté ma vocation… Jimmy a fini par me rejoindre à New York. Je ne vais pas mentir : je bichais. Je restais sensible à son charme. Je l'aimais comme beaucoup de types aiment les femmes. Il jugeait avantageux de m'exhiber ? Je le lui rendais bien. Peut-on rester entichée d'un beau masque, une fois qu'on a compris que ce n'était qu'un masque ? Dans mon cas, la réponse est oui. Je perdais la tête en contemplant mon homme, flattée de lui appartenir. Après quoi nous sommes allés de rupture de rupture. De réconciliation en réconciliation. Je m'agrippais à mon rêve. Lui au sien. Il me trompait, et il ne se détachait pas de moi. Ça ne m'avait pas frappée, à l'époque, et pourtant ça se voyait comme le nez au milieu de la figure : on s'incrustait, l'un comme l'autre. En mai 42, il était retourné seul (en tout cas pas avec moi) en Californie. J'étais à l'affiche du Boogie Woogie de Cleveland, engagée pour deux mois. Encore un coup foireux. Au bout de quinze jours, ils ont résilié mon contrat sans sourciller : là non plus, je ne rabattais pas assez de pigeons. Après mon dernier set, j'ai reçu un coup de téléphone d'un copain qui résidait sur la côte. Mon bonhomme s'était fait arrêter pour trafic de stupéfiants. Ça ne m'a guère étonnée. Quand je n'étais plus là pour lui lâcher mon fric, il fallait bien qu'il se débrouille tout seul. La drogue, c'était encore le domaine qu'il connaissait le mieux. Je n'ai fait ni une, ni deux. Je suis allée ramasser mes affaires à l'hôtel et j'ai pris le premier train pour L.A.

Quelqu'un m'a dégoté du travail au Trouville Club, avec la formation que venaient de monter Pres et son frère Lee. C'est dans cette boîte que j'ai fait la connaissance de Jimmy Rowles. J'ai enregistré là-bas *Trav'lin'Light*, invitée par le gros Paul Whiteman. Je reparlerai de ce séjour, il a compté dans ma vie. Pourtant, il a été bref : un mois environ. Tu pourrais être la reine d'Angleterre, aucun dealer ne te ferait crédit, à moins d'obtenir de sérieuses garanties. Moi, je n'avais rien à proposer. Quand je me suis retrouvée sans un rond, à la fin de mon engagement au Trouville, Lester m'a prêté de quoi expédier un télégramme à Sadie. J'ai reçu le mandat par retour. Elle avait dû gratter les fonds de tiroir. Il y avait tout juste de quoi regagner la Grosse Pomme en car. Trummy Young, le compositeur de *Trav'lin'Light*, m'accompagnait. Dans le big band de Jimmie Lunceford, comme tromboniste et chanteur, il en avait mis plein la vue à tout le monde. Résultat, il était encore plus fauché que moi, si possible. Quant à Jimmy Monroe, on le laissait derrière nous : fin mai, le tribunal l'avait collé au trou pour un an.

À part ça, ce qui nous attendait n'était pas de nature à nous redonner du cœur au ventre, à Trummy et à moi. L'été précédent, j'avais gravé en compagnie de Teddy Wilson une chanson intitulée *Jim*, dont un des auteurs était un dénommé James Caesar Petrillo. Entretemps, ce gusse avait été bombardé président du syndicat des musiciens[1]. Le 1er août 42, il est entré dans l'histoire en décrétant une grève illimitée des enregistrements destinés aux boutiques (ça nous laissait la possibilité de nous faire entendre à la radio – encore une veine !). Je n'ai plus mis les pieds dans un studio avant mars 44. On s'en doute, ça ne l'a pas fait avancer, ma foutue carrière.

Quand Jimmy est sorti de taule, on n'en menait pas large. C'était la perpétuelle course aux cachets. Et, ce coup-ci, pas pour frimer, pas pour s'acheter des limaces de soie et des bitos dernier cri. Simplement pour bouffer et payer le terme. Même la dope, c'était devenu un luxe dont, bon gré mal gré, on devait s'en passer plus souvent qu'à notre tour. Il y avait les jours avec, il y avait les semaines sans. J'ai appris à faire l'aller-retour entre les nuages et le fond du puits. De plus en plus souvent, je lui disputais mes sous, à mon homme. J'aimerais croire que, s'il est allé chercher fortune ailleurs, c'est au sens propre : je veux dire pour régler ses problèmes de cash. Son Anglaise portait un rouge à lèvres spécial, qu'elle devait se faire venir de Londres, parce que je n'ai jamais vu la moindre poule se barbouiller avec ça. Une nuance sombre, une espèce de couleur rouille, dégueulasse, à mon avis, mais qu'on reconnaissait entre mille. Jimmy Monroe se pointe un soir : il a une trace de cette saleté sur le col de sa chemise. Lui, il ne peut pas la voir. Moi, c'est la première chose qui me saute aux yeux. Il file en direction des toilettes, mais je lui barre le passage.

« Dis donc ! Elles te sautent toutes au cou, à présent. Tu dois avoir une vie passionnante. Raconte-moi un peu… »

---

1. La Fédération américaine des musiciens.

Pas besoin de lui faire un dessin. C'est tout juste s'il n'a pas porté sa main à son visage, du côté où la fille lui avait léché la pomme. Tout était dit. Il avait le choix entre me demander pardon (ç'aurait été la première fois, mais il y a un commencement à tout, paraît-il), ou bien me cogner dessus pour m'écarter de son chemin. Il a choisi la troisième solution. La pire de toutes. Suant à grosses gouttes, il s'est embarqué dans des explications à la gomme, alambiquées, merdiques au possible, et, en deux temps trois mouvements, il s'est pris les pieds dans le tapis. Il se pissait dessus, il n'y a pas d'autre mot. Le rouge m'avait foutue en rogne, mais, sa conduite de gamin pris la main dans le pot de confiture, ça me levait le cœur. Pour de bon. J'aurais pu me vider les tripes sur ses godasses. J'ai seulement laissé tomber : « Arrête la musique ! T'enfonce pas dans ta merde, s'il te plaît. Va plutôt te laver. » Il s'est rendu dans la salle de bains sans un mot, en se plaquant au papier peint pour passer à côté de moi dans le couloir. À partir de cet instant, et jusqu'à notre séparation, ç'a été une pure jouissance, que de mépriser Jimmy Monroe. Une sensation si intense que j'ai eu besoin d'en faire une chanson. J'ai intitulé ce nouveau truc, qui me collerait à la peau autant, sinon plus, que *God Bless the Child* : *Don't Explain*[1].

Une fois de plus, je me suis précipitée chez Arthur Herzog au Village. On s'est mis au boulot sur-le-champ. En une nuit, on en a vu la farce. À cause de cet enfoiré de Petrillo, cependant, je n'ai pas pu graver *Don't Explain* avant novembre 44. John Hammond

1. Dans le contexte : « Ne te justifie pas », « Ne raconte pas d'histoires ».

ayant finalement jeté l'éponge (il m'avait bien aidée à une époque, mais bon débarras !), Milt Gabler, pour qui j'avais enregistré *Strange Fruit* et *Fine and Mellow*, m'avait déjà organisé plusieurs séances au cours des mois précédents, à paraître sur son label Commodore. Il ne roulait pas sur l'or et, comme il voulait le mieux pour moi, il était en pourparlers avec une grosse boîte, Decca. L'idée générale était qu'ils me prendraient chez eux et lui confieraient la direction des opérations à titre de producteur indépendant. J'avais une exigence, une sacrée, et Milt, placé entre le marteau et l'enclume, était chargé de leur faire avaler la pilule. Je désirais, en plus d'une formation étoffée (disons une petite dizaine de bonshommes), une section de cordes : violons, altos, violoncelles, un peu de tout. En jazz, ce n'était pas dans les mœurs à cette époque. Les maisons de disques se plaignaient que ça leur revenait trop cher. De leur côté, les amateurs poussaient les hauts cris, comme quoi on allait noyer le swing dans la soupe et le sirop d'orgeat. Jusqu'à un certain point, ils n'avaient pas tout à fait tort. Mais je savais ce que je faisais. Qui était la coqueluche du moment, dans la profession ? « The Voice » ! Mr Francis Albert Sinatra. Or, depuis qu'il faisait cavalier seul, Frankie avait obtenu des pontes de la Columbia non seulement des violons, mais parfois des chœurs. Si j'arrachais la même faveur à Decca, aux yeux de la presse et du public je me retrouverais, moi, une fille de couleur, sur un pied d'égalité avec lui. Le jeu en valait la chandelle. Ce qui m'était passé sous le nez après la chanson des pendus, grâce aux cordes je pouvais peut-être le récupérer. Milt bataillait ferme. Je lui remontais la pendule, si je le voyais sur le point de flancher. Et j'ai eu ce que je voulais. Le 4 octobre, on a mis en boîte, avec le genre d'orchestre dont je rêvais,

Lover Man et *No More*, deux ballades. Un mois plus tard, ç'a été le tour de *Don't Explain*, que je m'étais gardé au chaud.

Je n'avais pas épargné ma mère dans *God Bless the Child* : pourquoi les paroles de *Don't Explain* ont-elles tourné à l'avantage de Monroe ? Oh, je ne dis pas que l'homme de la chanson ait le beau rôle. Pour autant, c'est la fille qui se traîne à ses pieds. Ce n'est même pas qu'elle consent à lui pardonner (seuls trois petits mots y font allusion, d'ailleurs[1]) : elle est carrément prête à avaler d'autres couleuvres, pour peu que son mec n'oublie pas tout à fait le chemin de son lit. Comment ai-je pu écrire, moi, des salades pareilles ? Ma colère, là-dedans, où était ma colère contre Monroe ?... Il faut croire qu'il y avait une Billie qui le regardait comme une flaque de bière et une Billie encore capable de se mettre à genoux devant lui. Je ne m'obstinerais pas à interpréter *Don't Explain* soir après soir, dans le cas contraire. Je ne ressentirais pas à chaque fois la même tempête se déchaîner en moi. J'ai besoin de rouvrir sans cesse cette vieille plaie. Besoin d'avoir mérité mon sort, peut-être aussi.

Quand est sortie la deuxième version de *Don't Explain*, à l'automne 45, tout était réglé. J'ai revu Jimmy par la suite, en diverses circonstances. Presque toujours avec plaisir. Un de ces plaisirs qui ne tirent pas à conséquence et sont, du coup, sans arrière-pensée (sauf une fois, où on a failli se remettre ensemble, mais ça n'a pas duré). Il m'a dépannée à l'occasion, quand c'était dans ses moyens. Dès qu'il n'a plus été mon

1. *Skip that lipstick* (« laisse tomber ce *(cette histoire de)* rouge à lèvres »).

homme, pour un peu j'aurais pu compter sur lui. Dès qu'il n'a plus eu besoin de moi. Dès qu'il a cessé de me faire envie… L'amour, est-ce que ça ne sert qu'à se foutre en l'air les uns les autres ? Il faudrait pouvoir s'aimer de loin, garder ses distances, reprendre ses billes de temps en temps… À Los Angeles, pendant mon engagement au Trouville, je n'ai jamais été aussi amoureuse de Jimmy Monroe. Et pour quelle raison ? Aujourd'hui, je le sais. Il était en cabane. Je le sentais tout près, mais voilà, il n'était pas sur mon dos. Il ne risquait pas de me renvoyer la balle. Je pouvais souffler. Aimer à mon rythme. En toute impunité. Je le désirais sans que son désir à lui vienne foutre le bordel.

J'avais un problème, cependant. À New York, Jimmy me procurait ma poudre. Il était plus introduit que moi auprès des fournisseurs, il obtenait de meilleurs prix. En Californie, je devais faire mes courses moi-même. Ça n'allait pas du tout de soi. Dans l'Ouest, à l'époque, on était bien plus puritain que sur l'autre côte. Trop souvent, je me retrouvais en manque. Se rabattre sur le sexe et sur l'alcool ne remplace pas. On est malade quand même. Simplement, on a moins le temps de pleurer sur son sort. Pleurer, de toute manière, n'était pas de saison. La crème des studios défilait au club, et ces gens m'adoraient. Dès le premier soir, ils m'avaient adoptée. Judy Garland, Bette Davis, Lana Turner (elle aurait été capable d'entendre *Strange Fruit* vingt fois de suite). Bogart et sa femme de l'époque… Bob Hope a fait rentrer sous terre le raciste de service qui – la force de l'habitude – me cherchait des crosses. Ce con avait un frère jumeau que Clark Gable, cette fois, a étendu pour le compte (en 39, quand il était chez Harry James, Frank Sinatra m'avait rendu le même service). On ne s'était pas encore parlé, Clark et moi. Il a eu la délicatesse de se présenter, comme si je pouvais le confondre avec un autre. J'ai répondu : « J'avais reconnu le coup de poing. » Orson Welles a pris le relais. C'était moi qui le sortais, par le fait. Je l'ai transbahuté dans tous les endroits louches du ghetto. Il adorait ça. Plus ça craignait, plus il était heureux. Orson venait d'achever *Citizen Kane*. Il n'avait peur de rien ni de personne. Au milieu des cannibales, il aurait allumé son cigare sans broncher.

C'est au Trouville, enfin, que j'ai rencontré Norman Granz. Le seul type, dans la salle, qui crevait autant de faim que nous autres, sur la scène. Il n'avait qu'une idée en tête : devenir John Hammond, en mieux. Il voulait consacrer sa vie aux musiciens de jazz. Aux noirs en particulier. C'était un pari de givré : il l'a gagné haut la main. Il est devenu l'un des plus grands producteurs du pays, organisant des concerts à tour de bras, créant des compagnies de disques, et tout. On aurait gravé un million de galettes ensemble, si ça n'avait dépendu que de lui. On en a déjà empilé une sacrée montagne. On ne se doit rien, c'est ce que j'apprécie. Chacun a fait pour l'autre ce qui, à soi, lui plaisait le mieux. Je ne connais pas de meilleur moyen pour rester amis.

Peu après mon départ pour New York en compagnie de Trummy Young, Norman, qui payait ses études à l'université en travaillant dans une salle de montage de la MGM, s'est mis à organiser des jams le dimanche après-midi, une idée que Milt Gabler avait déjà eue à New York. J'ai regretté d'avoir manqué ça, ne serait-ce que parce que, dans une jam, Lester se déchaîne. C'est une habitude qu'il a prise dans les big bands. Quand il joue pour gagner sa croûte, en quelque sorte il s'économise. Il prend le temps, entre deux chorus, d'épousseter l'épaulette gauche de son veston au moyen d'une petite brosse, achetée spécialement, chaque fois qu'il estime s'être surpassé. Avec un cachet à la clé, il ne joue pas moins bien (ça, il ne saurait pas comment s'y prendre) : il joue moins fou. Il peut vous émouvoir aux larmes, il peut faire danser vos jambes malgré vous, forcer votre gorge à pousser des cris, mais il ne vous fait pas peur (sauf, j'imagine, si vous êtes saxophoniste). Après le boulot, c'est une autre histoire. En l'invitant à souffler avec vous pour le plaisir, vous prenez un fameux risque. Je l'ai vu faire en 34. À l'époque déjà, il n'en était plus à son coup d'essai. Lâché dans une jam, Lester devient l'ennemi public. Sa carcasse continue d'évoluer au ralenti, ses paupières continuent de s'alourdir, mais ce n'est qu'une ruse. Dans sa musique, le gars le plus cool de la planète, le type si drôle et si affable, qui rend Sadie toute chose, a laissé la place au tigre mangeur d'hommes. Il charge tout ce qui bouge. Il saute à la gorge de tout ce qui respire. Le brouillard qui monte de son pavillon a pris feu et flamme. La pipe du souffleur de verre s'est métamorphosée en chalumeau, en canon de mitrailleuse. La brume ne se lève pas, mais soudain elle est traversée d'éclairs, de lueurs pourpres. Elle se charge d'un tournis d'étincelles. On distingue un essaim d'abeilles incandescentes, qui crament mais font leur miel au milieu d'un bourdonnement torride, d'une sourde agitation mêlant des esquilles de glace à des flocons de neige, des éclats d'obus à des pétales de rose. On aurait tort de croire que cet homme vit la tête dans les nuages. Il donne le change. Il guette ses proies. Lester ne se shoote pas : sa défonce à lui, c'est de tuer des gens. Tout doucement parfois, pour que ça dure. Je l'envie.

Ce que j'ai regretté aussi, plus encore que les jams, c'est de ne pas m'être trouvée en Californie deux ans plus tard, lorsque Norman, qui avait fait son chemin (le premier concert du Jazz At The Philharmonic eut lieu à la même époque[1]), a produit le court métrage de Gjon Mili, *Jammin'the Blues*. Un film qui se met dans la peau de la musique, au lieu de l'observer à la jumelle. Lester avait la chance d'être sur place, avec l'orchestre de Basie en tournée (il avait repris son ancien pupitre). Il a été le premier musicien pressenti par Norman. Plus de cent fois, celui-ci m'a répété à quel point il avait été consterné de ne pouvoir réunir les fonds pour me faire venir de New York au triple galop. Il s'était rabattu sur une fille qui avait un peu la même silhouette que moi : Marie Bryant. Sans essayer de m'imiter, elle ne se cachait pas de marcher sur mes traces, racontant à qui voulait l'entendre que le jazz vocal reposait sur deux piliers : Louis Armstrong et moi. Elle me bottait bien. Avec Sinatra, Marie fait partie des quelques chanteurs assez modestes pour m'avoir demandé des conseils, et de ceux, moins nombreux encore, que j'estimais assez pour leur en avoir donné.

En 39, Frankie était encore avec Harry James. On s'est trouvés ensemble à Chicago. Il est venu m'écouter au Three Deuces, installé au premier rang, les sabords grands ouverts. Il m'a déclaré en coulisse, après le set, que, dans son style à lui, quelque chose clochait. Est-ce que je pouvais lui dire ce que c'était ? Lui, il y perdait son latin. Merde alors ! Il me prenait pour le Bon Dieu, ou quoi ? Eh bien, oui, justement : il me prenait pour le Bon Dieu. Et il continue. L'hypocrisie, surtout venant d'un Blanc, je la reniflerais de loin. Il n'y en a pas la moindre dans les déclarations qu'il multiplie à

1. La musique du film fut enregistrée à Los Angeles en août 1944. Le concert en question avait été donné au Philharmonic Auditorium de cette ville le 2 du même mois.

mon sujet. Ce qu'il raconte à la télé, il le pense quand il est tout seul dans sa baignoire. Dans notre métier, ça n'arrive pour ainsi dire jamais. Je n'avais aucune raison de ne pas me montrer aussi sincère que lui. J'ai répondu : « Ce qui cloche ? Ton phrasé. Tu devrais surveiller ton phrasé. Et puis, tu fais trop confiance aux mecs qui écrivent les mélodies… Leurs notes, tu n'es pas obligé de toutes les respecter à la lettre. Il y en a même certaines que tu es mieux de bousculer un peu. Tu les plies, tu les tords mine de rien vers la droite ou vers la gauche, vers le bas ou vers le haut, par-ci, par-là. Chaque chanson que tu adoptes, il faut que ça devienne pour de bon la tienne, comprends-tu ? Oh ! les gens, on les connaît, ils râlent s'ils ne reconnaissent pas du premier coup l'air qu'ils ont entendu à la radio (en particulier quand c'est une scie dont ils devraient s'être lassés depuis longtemps). Mais, réfléchis un peu : s'ils ne te reconnaissent pas, *toi*, tu seras bien avancé ! »

Il a ruminé tout ça bien comme il faut. N'importe qui peut s'en apercevoir en écoutant ses disques. Devenu plus célèbre que la Joconde, avec des gamines en socquettes blanches qui s'évanouissaient dès qu'on prononçait son nom, « The Voice » a toujours affirmé que j'étais sa chanteuse préférée. Il a insinué que, sans mon aide, il ne s'en serait pas aussi bien sorti. Là, il attige. Mais je ne peux pas lui en vouloir : c'est pour me faire plaisir, au cas où ça me reviendrait aux oreilles. La semaine dernière encore, il a déclaré au reporter d'un canard que je restais sa « principale source d'inspiration ». Rien d'étonnant : nous abordons nos chansons dans le même esprit. À première vue, lui comme moi, nous n'improvisons presque jamais. En réalité, on met notre grain de sel un peu partout. On fait notre petite cuisine. On enlève ceci, on rajoute cela. On déplace un accent. Tantôt on glisse, tantôt on s'attarde. Ça n'a l'air de rien. La sentinelle n'a pas bronché, mais on a pris la clé des champs. Essayez seulement de nous suivre, et vous comprendrez… Voilà. Tout le monde est fou de Frankie, mais Frankie est fou de moi. Autrefois, pour autant que je me souvienne, il n'était pas fou que de ma voix. En plus de tout, on aura bien rigolé.

Mieux chanter, il y a des professeurs pour ça. Comme je n'ai pas l'intention de me produire à l'opéra, je ne vois pas ce que j'irais foutre chez eux. Je réécouterais plutôt un disque de Louis. N'importe lequel. Louis non plus n'est pas près de chanter *La Traviata*, mais, dans *Just a Gigolo*, aucun Caruso, même monté sur échasses, ne lui arrive à la cheville. Je le cuisinerais, si j'avais encore besoin de conseils en la matière. Lester, aussi. Pour l'amener à parler musique, celui-là, il faut se lever matin. Parfois, cependant, il lui arrive de lâcher trois mots qui, si vous les entendez comme il faut, vont vous donner du grain à moudre pour trois ans. Ou trente. La troisième personne que je consulterais, c'est Orson. Des gens qui vous dépassent de la tête et des épaules, j'en ai connu dans ma vie. Orson les enfonce tous. Son génie, il ne le laisse pas au vestiaire du studio quand il a fini de tourner. C'est comme son ombre : un truc qui ne le lâche pas d'une semelle. Admettons que vous soyez jockey, tapissier, géomètre, fildeferiste, gardien de zoo, homme-médecine chez les Bantous : si vous tombez sur un os dans votre partie, appelez Orson. Il y a au moins une chose là-dedans qu'il connaît mieux que vous. Un truc auquel vous n'aviez pas pensé. Lui, non plus d'ailleurs, mais ça lui sort comme ça. Il ne prétend pas tout connaître. Ce qu'il y a, c'est que l'ignorance ne l'empêche pas d'être intelligent. Intelligent à faire peur, sauf qu'intelligent n'est pas le mot. On dirait que les réponses lui viennent avant même qu'il se soit posé les questions. Orson n'est jamais là à se gratter le crâne. Il parle de ceci et de cela, comme on parle de la pluie et du beau temps, et, tout à coup, ça part tout seul. Il n'y fait même pas attention. Mais tendez l'oreille : vous allez apprendre quelque chose qui va vous laisser baba...

Vous vous sentez toujours minuscule à côté de lui. Il n'y a que des gens pleins de bassesse pour s'en formaliser. S'il vous apprécie, il s'évertue à vous mettre en valeur à vos propres yeux. J'étais au septième ciel quand il m'emmenait aux studios visionner des scènes de *Citizen Kane* qui ne se trouvent pas dans le film. Rien que nous deux dans une minuscule salle de projection où chaque fauteuil était une sorte de divan... Je ne me disais pas qu'il essayait de m'en coller plein la vue : il me mettait dans le secret des dieux, grosse différence ! Des compliments, ce n'était pas non plus ce qu'il attendait de moi. « J'ai trop d'orgueil pour être vaniteux, disait-il souvent. Ce que j'aime le plus en moi, c'est ce que je n'aurai jamais le temps de devenir. » Il m'expliquait le pourquoi de certaines choses qu'il avait faites avec sa caméra. Il comparait son travail avec le mien, et la comparaison tournait toujours à mon avantage.

J'ai fini par lui demander : « Mais qu'est-ce que tu aimes tant, dans ma façon de chanter ? » Comme à sa bonne habitude, il n'a pas pris le temps de la réflexion. « J'aime que ça me donne envie de l'aimer davantage, m'a-t-il répondu. Je ne risque pas de m'en lasser, et pourtant tu n'imagines pas le nombre de choses dont je me lasse vite ! Mais ce qui me fascine encore le plus, c'est que *toi*, tu ne t'en lasses pas. Je t'ai bien observée. Tu ne te fatigues d'aucune de tes chansons, même de celles que tu interprètes parce qu'on te les réclame.

— Qu'en sais-tu, grand sorcier ?

— Si c'était le cas, tu les chanterais toujours de la même façon.

— Mais c'est ce que je fais ! Ça s'appelle le métier, vieux.

— Le métier ? J'ai appris le mien en quarante-huit heures, et il y a des tas de connaissances techniques à assimiler, à ce qu'il paraît. Le métier, les médiocres font avec : les bons font contre.

— Pas si vite ! Écoute un peu… Je n'ai jamais appris à chanter, c'est vrai. En revanche, j'ai appris à me tenir en scène. À faire illusion les nuits où je ne suis pas dans mon assiette. Il m'a fallu beaucoup plus de quarante-huit heures, crois-moi, et je crains que l'apprentissage ne soit pas terminé, s'il a la moindre chance de l'être un jour… Sans ce bagage, penses-tu que je pourrais leur servir *Strange Fruit* sans regarder les mouches voler ?

— Ton bagage, tu ne le laisses jamais chanter *Strange Fruit* à ta place, voilà l'explication. Cette chanson, comme toutes les autres, tu la chantes toujours pour la première fois.

— Tu te fais des idées.

— Toi, tu ne t'en fais aucune ! Et c'est justement pour ça que ça marche. Tu pourrais te permettre de chanter toute ta vie une seule et même chanson.

— *Je chante* toujours la même chanson ! On me l'a assez reproché.

— C'est un des deux côtés de la médaille, en effet. L'autre, c'est que tu es incapable de te répéter. Je suis terriblement jaloux de toi. À mon avis, tout artiste qui ne partagerait pas ce point de vue serait un fameux crétin. »

Je ne savais plus quoi dire. « Tu te fous de moi ! » ai-je fini par ronchonner. Mais je savais parfaitement que j'étais à côté de la plaque. Nous roulions vers Malibu, dans sa décapotable. J'avais le profil d'Orson Welles pour moi toute seule. Si on vous pose la question, le génie de ce gars-là réside dans son profil, en particulier dans sa mâchoire et dans son front. Avant qu'il ait ouvert la bouche, avant qu'il ait souri, avant que son regard ait croisé le vôtre, son profil l'a trahi. C'est à moitié le profil d'un homme et à moitié celui d'une créature fantastique. Je me suis souvent dit que personne au monde ne ressemblait davantage qu'Orson à un monstre sacré. Il possède un genre de beauté qui, à l'échelle humaine, pourrait passer pour de la laideur. C'est qu'il s'agit d'une beauté extraterrestre. Quand on a commencé à se fréquenter, je n'ai pas pu m'empêcher de le charrier là-dessus : « Tu tombes de quelle planète, exactement ? » Il n'a pas ri du tout.

« J'essaie de m'arracher de celle-ci, mais tomber de la Terre n'est pas facile. La pesanteur n'est pas une chose dont on peut s'abstraire sur commande. Je me demande parfois si la solution n'est pas d'en rajouter…

— Comment ça ?

— De prendre du poids. De devenir aussi lourd que la Terre elle-même… »

Il a des phrases qui vous filent au-dessus de la crinière. Je pense qu'il se parlait à lui-même à voix haute. Il a laissé filer deux ou trois miles sous les roues, le regard fixé sur l'horizon, puis il m'a dit :

« Écoute. J'ai cent films dans la tête. Même si on me les laissait tourner, ma vie entière n'y suffirait pas… Mais j'ai aussi cent *Citizen Kane* à côté desquels je suis passé pendant que je m'escrimais sur celui que les gens ont vu. J'en ai cent autres qui me restent sur le cœur, et autant sur l'estomac. Je ne dormirais tranquille que si je pouvais accoucher d'une version qui me guérirait à la fois de toutes ces frustrations et de tous ces remords. Peut-être se trouve-t-elle quelque part dans toute cette pellicule que tu as vue. Mais comment s'y retrouver dans un tel torrent d'images ? La tâche est surhumaine. Non seulement aucun studio ne m'en accorderait les moyens, mais, moi-même, je n'aurais ni le courage, ni la patience, ni même le désintéressement nécessaire pour m'y attaquer. Tandis que, toi, il n'est pas du tout exclu que tu proposes, si ce n'est déjà fait, la version définitive d'une de tes chansons. Chacune d'entre elles, tu peux la remettre sur le métier jusqu'à trois fois par nuit. Voilà de quoi je suis jaloux. Dans le jazz, l'éphémère, ce n'est pour vous qu'un alibi : en réalité, vous êtes une belle bande d'obsédés !

— Si tu t'imagines, ai-je soupiré, que mon sommeil est meilleur que le tien ! Je suis toujours en train de me demander ce qui va m'arriver.

— Les insomnies provoquées par l'avenir sont excusables, d'après moi.

— Il y a quand même des gens qui se contentent tout simplement de dormir, baby ! Il y en a des tas.

— Oui. Et ceux-là n'ont même pas besoin de s'allonger pour ça. »

J'ai su longtemps après qu'à l'époque, Orson songeait à faire un film sur le jazz. Si ce projet avait vu le jour, j'aurais sans doute décroché un rôle. Je préfère ne pas trop y penser… J'ai revu Marie Bryant, chaque fois que je suis retournée à Hollywood. Notamment après *Jammin'the Blues*, quand, Louis et moi, nous avons eu le malheur d'être mêlés à cette catastrophe baptisée *New Orleans*. Elle a toujours soutenu que j'étais prête à tout pour ne pas réaliser mes rêves, que rien dans l'existence ne me terrifiait autant… Drôle de fille, Marie Bryant. Et qui se fait de drôles d'idées à mon propos. Et à propos de Lester, et à propos de

Norman, et à propos de Jimmy, et sans doute à propos d'elle-même. Marie se fait de drôles d'idées en général. Je crois savoir pourquoi. Elle veut expliquer trop de choses, alors qu'elle n'en comprend pas assez. Tout le contraire d'Orson. Elle se fait des nœuds au cerveau, à force d'échafauder de grandes théories, toutes plus emberlificotées les unes que les autres. Quand elle a terminé, elle est allée si loin qu'elle se retrouve en plein désert. Ou en plein cliché. C'est ce qui lui est arrivé avec Lester. Elle est passée par Vladivostok, elle s'est paumée dans les glaces au milieu des pingouins, tout ça pour émerger d'une bouche de métro à l'heure de pointe et se livrer à des « révélations » reprenant mot pour mot la prose des pisse-copies. Comme quoi, en l'occurrence, Pres serait une âme trop pure pour vivre dans ce monde de merde, et patati et patata. D'après elle, à peu de chose près, je serais à mettre dans le même sac. Elle ne m'a jamais regardée ! Elle nous a pris pour idoles : il faudrait qu'en plus on soit des petits saints ?

Marie ne juge pas les gens sur la mine. Elle devrait peut-être essayer une fois… La vision qu'elle avait de Jimmy Monroe pendant l'été 42, c'était un poème. Quand ils l'ont fourré derrière les barreaux et que je me suis mise à draguer à tout-va, Marie a pris son air de chien battu. Pour la nième fois, elle m'a répété que mon plus grand pied était de casser mes jouets. Qu'aucun mâle ici-bas ne pouvait mieux me convenir que celui-là. Je le savais, a-t-elle ajouté, et c'était parce que j'en étais consciente que, fidèle à mes principes, j'allais tout gâcher. Je me foutais d'elle : « Tu veux ma place ? Est-ce que tu as un bon compte en banque, au moins ? » Elle marmonnait, toute dépitée : « Je ne parle pas pour moi ! Tu n'as pas entendu dire que chacun d'entre nous a sur terre son exact complément ? » Et moi, dans un éclat de rire : « Oh ! pour ça, je suis le complément de Jimmy Monroe ! Son complément “exact”, comme tu dis. Si exact que je pourrais te citer le chiffre au dollar près ! Le problème, c’est que, lui, il n’est le mien que dans une certaine position, tu me suis ? J’imagine que d’autres pourraient remplir le même usage… » Elle se renfrognait un peu plus : « Le cynisme te va mal ! » lâchait-elle. Alors je répliquais : « La naïveté, ma fille, ne va à personne. Et certainement pas à une chanteuse de jazz, à moins qu’elle s’appelle Ella Fitzgerald. »

Je n’avais pas l’intention de blesser Marie. Mais c’était ainsi : elle ne percerait jamais, elle resterait éternellement un second couteau, une solution de rechange, si elle s’obstinait à croire que la vie a été inventée pour arranger les gens. D’ailleurs, elle a décroché son bâton de maréchal avec *Jammin’*(et uniquement parce que je n’étais pas disponible, Norman ne le lui avait pas envoyé dire). Une trace de rouge à lèvres a suffi pour que mon exact complément ne s’adapte plus à moi. La vérité, c’est que rien n’est écrit, sauf la fin de l’histoire. Je veux dire la fin de la fin. Moi, par exemple, je serai damnée, ça ne fait pas un pli. Je le suis déjà. Autant que j’en profite.

Sadie

Ils l'ont remis au cachot. Il était reparti dans le Sud, faire de la contrebande avec les Mexicains. Il passait de la marijuana. Toutes les mauvaises herbes du monde qu'il arrive pas à s'enfiler lui-même, il les revend aux autres. Cette fois, Nora y a dit, au parloir : « Écoute. Reviens pas, c'est plus la peine. Moi, je reviendrai pas. Allez, mon cher, adieu donc ! Merci pour le voyage. On est arrivés au terminus et on va pas dans la même direction. » Il a seulement hoché la tête. Il savait déjà. Il avait deviné que ses micmacs, ses petites saloperies, ça pouvait plus durer. Une fille comme la mienne, elle a rien à gagner avec des Jimmy Monroe. Même lui, ça finissait par y entrer dans la caboche. Ça faisait son chemin, malgré les couches, les épaisseurs. Petit à petit, il s'avisait qu'ils s'étaient trompés tous les deux. Que tout était parti de travers. Qu'on pouvait plus rattraper. Dans ces cas-là, chacun abat son jeu. Y a plus de main gagnante. Tout le monde est lessivé. On rouvre les fenêtres pour faire partir les odeurs de tabac. On remet son chapeau. On s'en va. Même sous la pluie, on s'en va. On n'attend pas que ça se calme, à l'abri d'une marquise ou dans une encoignure.

Ce qu'il deviendra sans elle, Jimmy Monroe ? J'ai pas peur pour lui : ce qu'il a toujours été. Je parie qu'il fera de vieux os. Quelles plumes il aura laissées dans l'histoire, somme toute ? La prison ? Ça y pendait au nez de toute manière. C'est tout Nora qui aura écopé… Pour effacer une telle ardoise, je sais pas quelle éponge il faudrait. Quand elle est allée raconter qu'ils avaient divorcé en secret, Monroe a pas pipé. À quoi bon ? Il savait que c'était fichu. Est-ce qu'il vendra la mèche un jour ? Je crois pas. Lui aussi, cette rumeur, c'est son intérêt. Il a les mains libres. Il peut harponner la première qui se présente. Il va pas se gêner. Il a ça dans le sang, sauter sur des femmes et vivre sur leur dos.

Nora était très entourée, mais, bizarrement, cette affluence faisait comme un vide autour d'elle. Ayant rompu avec Count Basie, le Président était parti à l'autre bout du pays. Rejoindre son frère, soi-disant. Mr Hammond, c'est carrément elle qui l'a fait fuir. Il a résisté autant qu'il a pu. Presque trois ans. Il venait causer à la maison, quand elle était pas là, ou bien au restaurant après le service. Aucun Blanc m'a jamais traitée d'une manière si correcte. Il me faisait ses confidences. Il la voyait filer sur la pente savonneuse. On essayait d'y tendre la main : elle la mordait. J'étais bien d'accord. Autour d'elle, qu'il disait, c'était plus que mauvaises fréquentations, mauvaises influences, mauvais calculs et compagnie. Une Billie Holiday, il me serinait, est pas sur terre pour chanter la romance en robe longue sur les écrans de cinéma, dans des navets à grand spectacle. Il voulait que j'y interdise de vouloir être ce qu'elle était pas. Je demandais pas mieux, mais comment on fait ?… J'y préparais un bon café ou un lait de poule, pendant qu'il continuait de ruminer tout haut. Il m'expliquait : à force de rêver à des choses inaccessibles, elle aurait plus rien du tout, c'te pauvre gamine. Ni ce qu'elle espérait, ni ce qu'elle avait obtenu jusqu'ici, grâce aux disques qu'il y avait fait faire. Elle se ferait plumer. Elle perdrait tout à la fois : et l'ombre, et la proie. Elle les retrouverait jamais plus, même à l'aide d'une loupe et d'un chien policier.

En février 42, il l'a emmenée en studio avec Teddy. Pour la dernière fois. J'ignore comment il y a présenté la chose. Avec moi, il a eu, comme toujours, toutes les délicatesses. Il s'est pointé au restaurant. Un bouquet de fleurs à la main, s'il vous plaît. Il m'a dit : « Mrs Fagan, je veux pas vous raconter des blagues. On se connaît trop. Je sais pas ce qu'ils feront, chez Columbia, mais, moi, je jette l'éponge. Complice d'un désastre, c'est au-dessus de mes forces, vous comprenez ? Je suis tellement désolé, Mrs Fagan, si vous saviez, tellement désolé ! Qu'est-ce que je pourrais y souhaiter ? Elle écoute plus que le chant des sirènes, comment voulez-vous que ça se termine ?… On va même pas se quitter bons amis, après tout ce que j'ai fait pour elle. Ça me rend malade, Mrs Fagan, ça me rend malade. »

Aussitôt que le moindre Blanc se mêle de vos affaires, l'est et l'ouest, le haut et le bas, le Bien et le Mal, la tête vous tourne et tout s'embrouille comme au fond d'un cornet à dés. Ce qui va en sortir, personne peut le prévoir. Il en sort jamais la moindre solution, en tout cas : rien que des problèmes. Devoir un avantage quelconque à un Blanc, c'est une chose terrible. Que vous le vouliez ou pas, c'est encore une humiliation. Un passe-droit qu'il vous accorde pour se faire plaisir à lui, qu'il le veuille ou non. Mr John avait beau être sincère, il avait beau être juste et généreux, ça lui ôtait pas sa couleur de peau. Chaque fois qu'il levait le petit doigt en faveur de Billie, vu de sa fenêtre à elle, il aurait aussi bien pu y flanquer sa main en travers de la figure. Peut-être qu'il aurait dû…

Milt Gabler, c'est l'exception. D'ailleurs, je l'appelle pas Mr Milt, et encore moins Mr Gabler. Ça le gênerait.

Il dit lui-même : « Je suis le pire des racistes, mais moi, la ségrégation que je fais, c'est pas entre les couleurs, c'est entre les gens qui sont fous de musique et les autres. » S'ils ont pas la passion du jazz, et de ma fille en particulier, pour lui aucun Blanc a pas plus de valeur que n'importe quel Noir, et vice-versa. Il les regarde de tellement haut qu'il distingue plus le premier du second : c'est sa race inférieure à lui. Si la tête d'un homme y revient pas, c'est à cause de ce qu'il y a dedans, pas à cause de la teinte qu'il y a dessus. Milt Gabler aime ce qu'il aime, point à la ligne. Si c'est Cootie Williams, c'est Cootie Williams ; si c'est Bobby Hackett, c'est Bobby Hackett[1]. Si c'est les deux, il est au septième ciel. Plus ça court les rues, les bons musiciens, plus il est content. Et quand Milt Gabler est content, il ne peut pas le cacher à personne. Sa couleur de peau, le Bon Dieu l'a voulue telle qu'elle est pour une bonne raison : pour que la lumière passe à travers – la lumière que la musique allume dans son cœur. Sa figure de chérubin devient pareille à un lampion, autour de ses yeux bleus. Y a rien qui le rende plus heureux au monde que le bonheur. Pas une seule fois j'ai vu ma fille approcher de Milt sans qu'il s'illumine. Pour elle, il poussait l'électricité à fond. Il craignait pas de me dire : « Mom, vous savez, quand Billie est pas en ville, y a plus de ville du tout, y a plus rien. Les murs de ma boutique me tiennent debout. Sinon, je m'endormirais et je mourrais jusqu'à ce qu'elle revienne. Voyez : j'ai pas besoin d'avoir de la chance avec les femmes, j'ai même plus besoin de tomber amoureux. Votre fille, ça sera mon éternel amour. Qu'est-ce que j'en aurais à faire de courir le guilledou et de jouer la bête à deux

1. Le premier fut un célèbre trompettiste noir ; le second, un célèbre cornettiste blanc.

dos tous les samedis soirs ? » Il rougissait, mais il rougissait à cause de son lampion, pas d'être embarrassé. Il était fier de m'avouer tout ça.

Cette lumière qui jaillissait de sa poitrine et y montait à la tête le remboursait du temps qu'il passait à se décarcasser pour la petite. Des fois, je comprends plus ma fille. Des fois, j'ose pas le dire trop fort, elle me fait honte. Ce Blanc dépose mers et mondes à ses pieds : elle le prend comme un dû. Quand elle l'accuse pas, à propos de ses sacrés violons, de lambiner, de faire traîner les choses en longueur. Et lui, il se couvre la tête de cendres. Il repart ventre à terre y décrocher la lune, songeant qu'il a bien de la chance, parce qu'elle aurait pu, dans sa grande bonté, y réclamer Mars ou Neptune ! Pour sa Lady Day, il serait capable de marcher au plafond. On s'en est bien aperçu, le jour où il a fait cracher aux vieux renards de chez Decca un contrat à mille dollars la séance. *Plus*, tenez-vous bien, cinq pour cent de droits. Et ça, c'était quasiment du jamais vu pour une artiste de jazz (une Noire, n'en parlons pas !). Et quand, à peine revenu vers elle avec cette fortune sous le bras, il a fallu qu'il retourne les trouver pour leur arracher de quoi y payer encore les violons, il a fait ni une ni deux. Il a galopé je sais pas quoi leur dire. Il leur a fait la danse du ventre, ou je ne sais quelle folie. En tout cas, il les a mis dans sa poche une fois de plus. Il était aux anges. Nora a seulement grommelé : « Dis-donc, c'est pas trop tôt ! »

Bien évidemment, un homme comme ça pouvait pas attendre la fin de la grève des enregistrements pour y faire graver des disques. Ça le démangeait trop. Elle aussi. Y avait tellement longtemps. Depuis son fameux *Trav'lin'Light*, en fait, elle avait pas revu la couleur d'un studio. Dès le mois de mars 44, elle était en studio avec les musiciens d'Eddie Heywood, un sacré bon pianiste. Au restaurant, je passe presque tous les soirs *How Am I to Know ?*, *My Old Flame*, ou bien les nouvelles versions d'*I'll Get By* (l'ancienne, c'était avec Teddy, Lester et Johnny Hodges) et d'*I Cover the Waterfront.* Nora raffole de ces disques, comme si une autre les avait faits. Elle me dit : « Autrefois, tu te rappelles ? je me bagarrais pour devenir un des gars de l'orchestre. À présent, Mom, la roue a tourné. L'orchestre, il est à moi, Milt l'a bien dit. J'ai été leur faire-valoir à tous ? Eh bien, la fête est finie ! C'est de l'histoire ancienne. Maintenant, ils filent doux, tu peux me croire ! Ils ont plus voix au chapitre. T'as entendu *My Old Flame* ? T'as entendu *I Cover* ? T'as entendu *How Am I* ? C'est que moi du début à la fin ! Je suis le premier soliste, le deuxième soliste, le troisième et celui qui ferme la porte en sortant ! J'ai plus besoin de personne. Même pas de Pres ! » Et Milt : « Tout ce qu'il reste à faire, c'est de trouver à Billie la bonne chanson. Celle qui la fera décoller, comme *Sweet Lorraine* pour King Cole. » Il aura pas eu à fouiner beaucoup. Un soldat s'est pointé un soir, un dénommé Jimmy Davis. Il voulait montrer à Nora des paroles qu'il avait écrites, en pensant à elle comme interprète, sur un air d'un autre type (je sais plus le nom). Un air aussi joli que celui de *Sweet Lorraine* et qu'on pouvait chanter encore plus lentement si on voulait, à la façon des blues à ras de terre. Grâce à Nora et à Milt, tout le monde connaît *Lover Man*[1], aujourd'hui. Ce Davis,

1. Cette vision des faits est, pour l'essentiel, celle que colporte *Lady Sings the Blues*. En réalité, *Lover Man*, composé par le pianiste Ram Ramirez, fut déposé pour la première fois au copyright en 1941. Le chanteur Willie Dukes l'avait inscrit à son répertoire avant Billie. Dès février 1944, Eddie Heywood, qui allait bientôt devenir son partenaire dans les enregistrements produits par

il a plu à ma fille. Elle s'entend bien avec les militaires. De ce temps-ci, elle en voit des tas, c'est forcé. Elle part chanter dans des camps, sur des bases. Des fois même en avion, pendant l'orage. Elle le fait à l'œil, pour l'effort de guerre. Ceux qui vont partir en Europe ou dans le Pacifique, ils auraient beau être nés en Alabama, ils y demandent des pétales de sa fleur, qu'ils rangent dans leur portefeuille. Un simple bégonia qu'elle aurait touché, ça ferait pas de différence. Certains, ils voudraient un morceau de ses bas. Sachant qu'ils seront morts bientôt, peut-être, sachant que tout un chacun les voit déjà à moitié dans la tombe (s'ils ont la veine d'en avoir une), ils ont plus que ça à perdre, la vie. Ils se gênent plus. Ils osent demander à voix haute. Ils avouent que c'est pour garder sur eux une odeur de femme. Après, ceux qui savent écrire y expédient des lettres de Guadalcanal et tout ça. Elle a peur de les jeter. Elle en a toute une collection. Une, je le verrai toujours, était aspergée d'une espèce de rouille. Seigneur, ayez pitié !… Marraine de guerre, elle est devenue. Si une lettre y fait trop mal au cœur, elle répond à l'expéditeur, dans un gros paquet, par un gramophone à vingt dollars et une pile de disques. Des sous, elle en a jamais d'avance, mais elle en trouve toujours pour ça.

Ils auraient reçu *Lover Man*, ces pauvres soldats, ça leur aurait changé les idées. Hélas, le morceau était pas encore sorti. Seulement au mois d'octobre. D'ici-là, Milt y ferait enregistrer une dizaine de faces, tou-

---

Gabler, en avait gravé une version pour Commodore, la compagnie de ce dernier. Il est hors de question que le parolier Jimmy Davis lui ait fait personnellement découvrir son œuvre, ou alors ce fut des années avant qu'elle ne l'interprète au bénéfice de la compagnie Decca. Et il est assuré qu'il ne l'a pas écrite pour elle.

jours avec Eddie Heywood. Écoutez comme elle fait exprès de traîner dans *As Time Goes By,* dans *Embraceable You,* dans *I'm Yours.* Elle perd pas de vue ce que Milt y a fait miroiter. Elle a retenu la leçon. Et partout, elle se réserve le plus beau rôle. Sauf Eddie ici ou là, par exemple dans *Sunny Side of the Street*, les musiciens, c'est plus que des figurants.

Lover Man, chez Decca, elle avait à peine franchi le seuil de leurs studios qu'ils étaient tous à y réclamer. C'est le premier disque qu'elle a fait pour eux. Milt Gabler s'était pas trompé. Elle a escaladé le hit-parade, avec cette chanson. Mieux qu'avec *Strange Fruit.* Dans la catégorie « artistes de couleur », au *Billboard*, elle est allée jusqu'à n° 5 des « disques les plus joués dans les juke-boxes ». Pourtant, elle avait failli tout laisser tomber au dernier moment. Elle était arrivée là-bas. Elle avait aperçu ces violons. Ça y avait coupé les jambes. Le chat qu'elle avait dans la gorge, tout à coup, c'était au moins un persan bleu ! Pour le faire glisser, il a fallu que le chef d'orchestre commande un grand flacon de cherry brandy au bar du coin. Il y a rempli son verre, jusqu'à ce qu'elle arrête de trembler comme une feuille. Il en avait vu d'autres. Il connaissait le remède. C'était comme scientifique. Les vedettes qui perdaient les pédales, il leur murmurait des trucs à l'oreille, en les arrosant de liqueur.

Les violons, Nora leur a tourné le dos. Le micro était accroché au plafond. Elle avait rien pour se retenir. Elle a fixé Milt à travers la vitre. Elle s'est regardée dans ses yeux bleus. Elle a commencé tout doucement : *« I don't know why, but I'm feeling so sad... »* Quand elle a vu sa figure s'éclairer, elle a cessé d'avoir peur. Elle a oublié où elle était. Qui elle était. Qui elle avait été. Elle s'est laissé conduire par la chanson, vers cette lanterne. Elle pouvait plus s'égarer. Tout à coup, les derniers mots résonnaient derrière elle : *« Lover man, where can you be ? »* Elle s'est pas retournée pour voir les violons disparaître dans la brume. Ils ont fait qu'une prise. Le silence qu'il y a eu, Milt m'a dit : « Si vous saviez, maman Holiday ! Ils auraient dû le mettre dans le disque… »

Les critiques de *Metronome* distribuaient des prix, pour la deuxième année. Elle a reçu le « Gold Award ». Le soir de la cérémonie, au Philharmonic Hall de Los Angeles, elle a chanté *Lover Man* avec l'orchestre de Duke Ellington. Tout aurait été parfait, mais vous empêcherez pas qu'il y ait des jaloux. Les gens de *Down Beat*, c'étaient pas eux qui lui avaient donné une récompense. Alors ils ont écrit sur le disque rien que des méchancetés. Ils avaient pas le cran de s'en prendre à elle. Ils ont tapé sur la chanson, ils ont tapé sur l'orchestre. Je l'ai, l'article. Je le brûlerai avant de mourir, si c'est la dernière chose que je dois faire. Je sais qu'elle a pleuré en le voyant. Je l'avais caché sous le sucre. On parlait d'autre chose et tout à coup elle m'a sorti : « Mom, je vais pas lire toutes leurs conneries. Ils seraient bien trop contents ! » Il fallait qu'elle en ait gros sur le cœur.

Régulièrement, je brûle un cierge pour Milt. Il a besoin de rien en ce moment, je crois pas, mais c'est pour plus tard, au cas où. « Seigneur Dieu, pardonnez mon toupet, mais c'est pas pour moi que je viens encore Vous embêter. S'il Vous plaît, accordez à Milton Gabler, Votre serviteur, de conserver jusqu'à la mort la lumière que Vous avez mise en lui. Elle nous éclaire tous, qui avons la bonne fortune d'être autour de lui. Cet homme s'occupe tellement de nous qu'il aurait pas le temps de faire le mal. Par pitié, qu'il tombe pas malade ! Qu'il ait pas un accident ! Qu'il soye pas paralysé ou chez les fous, comme certains ! L'amour de Dieu est sans limite. Écartez de lui les mauvaises choses et les mauvaises gens ! Que Vos anges le protègent, puisqu'il est désormais, lui, l'ange gardien de ma petite fille ! Je Vous ai déjà parlé d'elle : Vous savez combien elle a besoin. Et Vous savez comment, moi, j'ai tout fait de travers… Alors bénissez les Disques Commodore, je Vous en prie ! Bénissez *Lover Man* et la maison Decca ! Étendez Votre main secourable sur Milton Gabler et puisse-t-il Vous en rendre grâce bien après que cette bougie sera étreinte et dans les siècles des siècles, amen ! »

Je parle pour Nora, puisqu'au lieu d'y rendre grâce, à ce brave Milt Gabler, elle fait rien qu'à se lamenter en comptant ses plaies et bosses. Alors qu'elle y doit tant. Même de s'être tirée des griffes de Jimmy Monroe. Il l'a pas fait exprès, je veux bien, mais qu'est-ce que ça change au résultat ? Milt a engagé Eddie Heywood. Eddie Heywood a engagé John Jacob Simmons. Et finalement, alors que personne pouvait s'y attendre, John Jacob Simmons a débarqué dans la vie de Nora et, en deux temps trois mouvements, a fait passer Jimmy Monroe du cachot aux oubliettes. Un bonheur pareil, douze cierges de Pâques gros comme ma cuisse me l'auraient pas garanti.

D'une certaine façon, John Simmons est un type solide. Il faut bien. Un contrebassiste peut guère se payer le luxe de faire des simagrées. À tirer comme ça sur la corde, quatre fois par mesure, il en a guère le temps non plus, dès que ça va un peu vite. Tout le monde compte sur lui – ou bien c'est qu'il est aussi utile à l'orchestre qu'une jambe de bois à un coureur à pied. Même les batteurs qui veulent jamais avoir besoin de personne, eh ben, s'il leur reste un petit quelque chose dans le crâne, ils poussent un ouf quand ils voient approcher un bon bassiste. Clarence m'a enseigné tout ça. Les musiciens jouent pour nous, mais le bassiste, lui, c'est un cas à part : il joue pour les musiciens. Souvent, du reste, il y a qu'eux qui l'écoutent. Parfois, dans les grandes salles, il y a qu'eux qui l'entendent. Or, John est très respecté dans sa partie. Très demandé. Il se pousse pas du col pour autant. Il s'est jamais pris pour le moutardier du pape. Dans tous les disques qu'ils ont faits avec Nora pour Milt Gabler, vous l'entendrez pas accaparer la moindre mesure d'un seul des morceaux. Il a aucune prétention pour lui-même, il espère pas aucun bravo, mais, son rôle, il le prend très au sérieux. Faut pas essayer de le chipoter sur son tempo. Mille grosses caisses à l'unisson y feraient pas peur. Elles auraient beau tirer à hue et à dia avec tout un vacarme, elles y feraient pas bouger son tempo d'un millionième de pouce. Un homme comme ça est indestructible : sa force y vient pas de l'opinion des gens.

Nora et John se sont mis en ménage. Je les rencontrais dans la rue. On se retrouvait dans les loges. Ils débarquaient, tard au restaurant, ou chez moi le dimanche à midi, avec un gâteau et une bouteille de vin. Ils marchaient sur un nuage. Ils flottaient presque. Ce Simmons paraît si calme : du simple fait de sa présence, vous ressentez vous-même un apaisement. Ça monte, ça monte, ça fleurit. Quelque chose se dénoue au fond de vous. Vous êtes pleine de bulles de savon. Soudain, vous comprenez même plus cette nécessité qu'ont tous les gens de combler les trous de la conversation, d'entasser des mots et des mots, de causer avec un œil fixé sur la pendule. Ça vous fait plus du tout peur, de rester avec vos visites, à se regarder, à se sourire. Ma fille elle-même était capable de fumer en silence dans ma cuisine, perchée de travers sur la cuisse de cet homme, oubliant même de chercher un sujet pour qu'on se crêpe le chignon, elle et moi, comme au bon vieux temps.

Je dansais sur les murs. Je dansais au fond de mon lit. Mais qu'est-ce que j'avais dans les yeux ? Ça se voyait pas gros comme le nez sur la figure qu'ils étaient tout le temps à moitié dans les vapes, mes tourtereaux ? Ils flottaient pas, Sadie Fagan, grosse tourte : ils planaient, nuance ! Ils causaient pas ? Pardi ! Ils étaient tout ankylosés de la langue et de la cervelle ! Je l'ai vite appris. John Simmons vivait que pour deux choses au monde. Une : garder le tempo contre vents et marées. La seconde : se camer jusqu'aux os. De ce point de vue aussi, il valait bien dix Monroe. Et moi, je cajolais mes pieds de cochon et j'allumais des feux de Bengale...

Oh ! j'en veux pas à John. Et, ma gamine, j'en aurais pas la force. À lui, je peux pas y en vouloir parce que, d'après Milt, c'est elle qui est venue le chercher, et pas l'inverse. Et qu'il soit un fameux junkie, c'était peut-être pas écrit sur sa figure comme pour d'autres, mais il s'en cachait pas non plus. Sauf moi, la reine des pommes, tout le monde était prévenu. Ça me fait du mal d'avouer ça, pourtant on me l'ôtera pas de l'idée : c'est davantage pour sa belle poudre que pour ses beaux yeux qu'elle y est tombée dans les bras. Ce qu'elle a vu, c'est qu'il connaissait sur le bout du doigt les bonnes provenances. Il savait où trouver des revendeurs à la coule. Et tous les revendeurs savaient où le trouver. Gros client. Régulier. Réglo nickel, en plus. Pas une seule fois à pousser la vieille rengaine : qu'il est raide pour l'instant, qu'il va falloir y faire crédit jusqu'à la fin de la semaine. On aurait eu à traiter que des camés comme lui, c'était plus la peine d'engager des gros bras pour caresser à coups de batte les mauvais payeurs, ou des coiffeurs du clair de lune pour leur raser la pomme d'Adam.

Il l'aurait entraînée, Nora, John Simmons, j'aurais le droit d'y faire la tête. La vraie vérité, hélas, c'est que, à cause de ce Monroe, elle était la plus enragée des deux, question drogue. Quand j'ai plus vu autant John dans ma cuisine et Chez Maman Holiday, j'ai pensé que c'était parce qu'elle se partageait entre lui et sa nouvelle connaissance, encore un sale type, le dénommé Joe Guy. À la place de John, j'en aurais pas toléré le tiers du quart. Mais il s'était jamais fait d'illusions. Il savait qu'elle était comme ça. Ils le savaient tous. Ils allaient pas se rouler par terre quand Billie Holiday s'envoyait un homme de plus. Cependant, y a des limites à tout. Être un calme, ça n'oblige pas à être un abruti. John m'a tout expliqué. Vous devineriez jamais. C'est pas la faute à Joe Guy, s'il est parti, mais parce qu'elle y avait fichu la frousse. Il la regardait faire avec ses produits : il avait une boule au fond de la gorge. La sueur y roulait le long du dos. Il se sentait tout crispé, avec une grosse pierre froide qui poussait dans ses entrailles. Les derniers temps, il avait peur d'une bête qu'elle avait à l'intérieur. Peur de cet appétit de bête féroce qu'elle avait non seulement pour toutes les poudres et toutes les herbes de la création, mais pour tout ce qui était susceptible d'y faire perdre les pédales. Elle cessait de s'injecter une saleté que pour en avaler une autre, tout en s'en collant une troisième derrière les naseaux. À la maison, ils avaient un grand bocal d'apothicaire, posé près du téléphone. Plein de médicaments sortis de leurs boîtes. Ce que chacun soignait, elle l'avait jamais demandé. Elle s'en fichait pas mal. Tout était mélangé. Pour elle, c'étaient que des espèces de bonbons de toutes les formes et de toutes les couleurs. Elle en ramassait une poignée, allez donc ! juste assez pour pas s'étouffer du premier coup, et, si y avait plus de gin, elle s'envoyait ça en poussant avec un scotch à ras bord, servi dans un verre à moutarde. Ça la délassait, qu'elle disait, de ce qu'elle avait pris avant : une pipe d'opium, deux joints, trois ou quatre bières… John Simmons, la tête y tournait. Pour se bourrer le nez et se remplir les veines, il était pas le dernier. Il fallait pas y en promettre. Mais là, il criait grâce. Il pouvait plus suivre. Ses cheveux se hérissaient sur sa tête. Et alors, elle y assenait le coup de merlin : « Je vais me refaire une beauté, baby… » À des six, sept heures du matin ! Elle s'enfermait dans la salle de bains. « Et je vous jure, m'man, qu'il me faisait, les yeux hors la tête, elle se piquait si fort qu'à travers la porte, putain, *je l'entendais* ! »

J'ai dit que j'étais égoïste. Personne se doute seulement à quel point. Quand je m'avoue tous mes péchés, je serais le prêtre, je m'en tirerais pas avec la moitié d'un chapelet. Qu'ils arrêtent un peu de me pardonner mes fautes. Je suis plus une môme de cinq ans. J'ai pas la moindre excuse. Je sais ce que j'ai à faire et, soit j'en fais qu'à ma tête, soit je fais rien. J'ai rien fait quand j'ai appris que ma gamine, elle se droguait plus pour le plaisir, désormais, mais uniquement pour pas souffrir davantage. Souffrir à cause de la drogue. À cause de la vie. À cause de l'amour qu'elle avait pas trouvé dans toutes ses galipettes. Et pourquoi j'ai pas bougé un cil, pourquoi j'ai fait semblant que tout était normal ? Pour mon petit plaisir à moi. Pour qu'elle se r'en aille pas. Pour qu'elle me dise plus des mots durs. Je préférais tout, pourvu qu'elle laisse pas sa mère au bord de la route. Même qu'elle vive avec des Joe Guy. Et je préfère toujours. C'est pas joli joli. Ah ! ils se régalent, Méphisto et Belzébuth ! Ils se poussent du coude. Ils se pourlèchent. Ils soufflent sur les braises à qui mieux mieux.

John Jacob Simmons sera pardonné, j'espère. Avec elle, il s'est jamais montré méchant. Avec personne. Ses grands excès ont jamais fait de mal qu'à lui-même. Lui, Bobby Henderson, Sonny White, ils avaient pas de mauvaises intentions. Mais moi ? Ma seule intention, ç'aura été que Sadie Fagan s'endorme tranquille, les doigts de pied en bouquet de violettes... Au Ciel, ils aiment pas ça. Ils t'ont mise sur terre pour que t'en baves un vieux coup. C'est écrit noir sur blanc dans le Livre. Y a qu'à voir Job. Y a qu'à voir Jésus.

Je sais à peine compter. Nora me le répète assez, à cause du restaurant. Pourtant, je suis la femme la plus calculatrice de New York. Je sais mettre dans un plateau de la balance ce que Joe Guy (Joseph Luke Guy, s'il vous plaît !) coûte à ma gosse et, dans l'autre, ce qu'il me rapporte à moi. Y a des séducteurs-nés. Ce bonhomme-là, il a le don de déplaire. S'il dégage des ondes ou quoi, je pourrais pas dire, mais, au premier abord déjà, il vous inspire que du mauvais. Comment il s'y prend ? Mystère. Des pires trompettistes que lui, on en trouve à la pelle, plein Harlem, Brooklyn et le Bronx. Mais c'est le seul que personne du tout l'apprécie. Jamais vous surprendrez quelqu'un à dire le moindre bien de lui. C'est encore une veine qu'il travaille de temps à autre. En tant qu'homme, il est pas plus populaire. Le bruit court pourtant qu'il aurait été très agréable autrefois, avant de marier l'héroïne. Cette chose l'a rendu méchant. Plutôt, ça lui a rendu l'air méchant. Alors les gens se sont méfiés de lui... Nora, elle l'avait rencontré, au Uptown House de Clark Monroe, l'année où son père est mort. Elle l'avait vu mal tourner. Pensez-vous qu'elle l'aurait évité ? Elle l'a brandi comme un drapeau, ce chiffon à poussière. Qu'elle couchaille avec cet individu et que toute la ville soit au courant, c'était pas encore assez de honte à son goût. Il a fallu qu'elle raconte à John, à Jack, à tout le régiment, qu'ils s'étaient mariés incognito, alors qu'aucun juge leur aurait jamais accordé la licence, tant qu'elle avait pas divorcé de Monroe. Et moi, pauvre imbécile, je pavoisais ! Je faisais dans mon lit des prières sacrilèges, que la rumeur se propage vite. Je pensais qu'à une seule chose : la tête de l'autre, au fond de sa geôle, lorsqu'il apprendrait la nouvelle. J'aurais payé cher pour avoir une photo. Je me gobergeais de ça. Je m'en barbouillais jusqu'aux oreilles. J'en avais plein sur moi. Le démon avait posé son chapeau dans mon vestibule. Pour ma peine, il me lançait double dose de poudre aux yeux. Je devenais plus miraude qu'un miroir, qui sait même pas ce qu'il regarde, qui vous laisse le soin de déchiffrer par vous-même. La grimace à Monroe, je voyais plus rien d'autre. Monroe, Monroe, Monroe ! Je réalisais pas du tout que Guy, au fond, c'était quoi ? Un autre Monroe. Un Monroe en second. Un Monroe au petit pied. Le même parasite. La même mouche à dollars. Le même profiteur de femmes, en nettement moins joli garçon. Un trois fois pire enchnoufé, en prime. Et un joueur de trompette à la noix pour couronner le tout. Monroe, tout de même, il avait la décence de pas vous casser les oreilles.

Ce type m'a eue par les sentiments, on peut le dire. La petite s'est mise avec lui quand John Simmons a posé son jeu sur la table. Tout de suite, il m'a fait des salamalecs. Il a imaginé un arrangement comme quoi elle habiterait trois jours avec lui, dans son logement à elle, et trois jours avec moi. Pourquoi je mentirais ? Ç'a été le dernier plus beau jour de ma vie. J'en ai pas eu tellement, je risque guère de me tromper. Nora, elle a entendu ça, elle a retrouvé ses huit ans. Elle a battu des mains. J'aurais eu le cœur d'y refuser ça ?… Plus personne d'autre descendait chez moi. C'était fini depuis Monroe, les allées et venues, le branle-bas, les nuits blanches jusqu'à des midi. La chambre à Lester, je fourrais dedans tout ce que j'osais pas jeter, au cas où il me faudrait des souvenirs. On sait jamais. À moins d'aller se foutre sous le train tout de suite (j'y ai songé plus d'une fois), on sait jamais si on se survivra pas.

Pour que je reste pas toute seule, quand elle partait sur les routes avec Joe, elle m'a confié un cabot que Doc Carrington y avait donné. Elle était presque aussi folle de chiens que d'enfants. Rajah Ravoy, elle l'avait baptisé. C'était une bête pas ordinaire, malgré son air de loque. Une intelligence ! Tout juste s'il récitait pas la table de multiplication avec sa queue. Un peu plus, il aurait répondu au téléphone… Il me mordait le bas de la robe, certains soirs, pour m'empêcher de sortir. Si je l'écoutais pas, j'étais sûre de trouver les services de santé au restaurant, à remuer le nez au-dessus de mes casseroles, à ramper sous les buffets après un malheureux cafard qu'ils voulaient prendre en photo… Rajah m'accompagnait à l'arrêt du bus. Quand je descendais à l'arrivée, il était là sur le trottoir à m'attendre, assis sur son derrière. Il penchait la tête, étonné que j'aie mis si longtemps. « C'est rien, ça ! rigolait Nora. Si t'avais les bonnes lunettes, tu verrais qu'il a des ailes dans le dos. »

Les histoires, y a une fin. La vraie vie, la différence, c'est que ça continue. Quand c'est fini, ça recommence… Nous sommes en mai 45. Nora vient d'avoir trente ans. Elle a tout misé, d'abord sur *Strange Fruit,* puis sur *Lover Man* et sur *Don't Explain.* À chaque fois, merci mon Dieu ! son numéro est sorti. Comme elle, on s'est tous imaginé qu'elle avait fait sauter la banque. À chaque fois, la fumée s'est dissipée et la banque était toujours debout. La petite restait plantée devant la porte, avec ses yeux pour pleurer. À quoi bon insister ? Elle avait plus qu'à se le tenir pour dit. C'est ce que j'aurais fait à sa place… Là-dessus, elle se pointe un dimanche, en grand tralala, ses jupes claquant autour d'elle comme des oriflammes. Seule. Remontée comme une douzaines de pendules. Elle retrousse ses manches. Elle va plus bras nus, à cause des gars des Stups et de leurs mouchards. Au Downbeat où elle travaille, ils s'entassent au promenoir, ils s'infiltrent en coulisse, ils soulèvent les pots de fleurs en douce, ils passent la main dans les toilettes, ils vendraient leur mère pour coincer ma gamine. Elle me colle ses veines sous le nez. Elle s'accroche une cheville au coin de la table. Elle me fait : « Tu vois ? Y a plus de place. Y a plus que des trous. Je te dirais où je me pique maintenant, tu voudrais pas me croire. T'aurais les cheveux hérissés sur le crâne ! Une pelote d'épingles, elle a la belle vie à côté de moi. Et puis, regarde mes pieds qui gonflent. Mes hauts talons, ils en ont marre, ils se couchent tous l'un après l'autre. Les aiguilles, si ça continue, elles finiront par casser pareil… Cette fois, Mom, ça suffit. Je vais pas chanter en savates, non ? Je vais pas me noyer dans cette merde ? Écoute, c'est dit. J'irais pas te mentir à toi, tu sais bien. J'arrête tout. On arrête tout, Joe et moi. On en discute depuis des semaines. Ce matin, on a décidé. Voilà. C'est pas des conneries, je t'assure. On trouve le fric, on monte un orchestre. On part sur la route. On leur montre de quoi on est capables. Y a pas un bled au fond du Wisconsin où ils se souviendront pas de nous. Qu'est-ce que t'en penses ? »

Elle a réussi. On a réussi toutes les deux. Quatre nuits et trois jours, elle s'est enfermée dans l'ancienne chambre de Lester. C'était moi qui gardais la clé. Je répondais ni à la sonnette, ni au téléphone. Le chien mouftait pas, lui non plus. Il bougeait plus la queue. Il faisait la sentinelle devant sa porte. Il avait jugé la situation au premier coup d'œil. Nora, j'y portais de l'eau, des bouillons de poule. Je pouvais pas l'aider pour de bon. Dans ce genre de cure, qu'ils appellent « la dinde froide[1] », les camés ont rien d'autre à faire qu'à souffrir. J'aurais bien voulu, mais je pouvais pas endurer à sa place. C'était comme un accouchement : y a qu'une seule personne sur la sellette. Ça me rappelait tout à fait le mien à Philly. Moi aussi, j'avais dégusté, on peut le dire. J'avais serré les dents. Par fierté. Et aussi parce que je croyais que cette souffrance, c'était le prix à payer pour ma faute. J'allais pas faire le cochon qu'on égorge quand le Seigneur m'envoyait sa pénitence. Le temps avait passé plus vite que mon âge. C'est ce qui arrive aux personnes de couleur. Elles se dépêchent parce qu'elles sont presque sûres de pas faire de vieux os. Pour la plupart, d'ailleurs, c'est mieux comme ça. Je sais de quoi je parle. J'ai été une mère avant même d'être une femme. Après seulement, j'ai vu qu'en gros, c'était le même tarif pour nous toutes. La douleur, aucune passe à travers. Si c'est pas la chair, c'est le cœur. Et si t'as pas de cœur, tu te dessèches. Tu te gerces du dedans. Ton âme est devenue un tel morceau d'amadou que, rien qu'à

1. *Cold turkey.*

songer à l'enfer qui t'attend, tu commences à sentir le roussi…

Personne l'avait obligée à faire dinde froide. Ni moi, ni Irene, ni Milt Gabler, ni Joe Glaser, ni personne. Et sûrement pas Joe Guy, qui avait tout à y perdre, et qui a dû venir cent fois tambouriner à la porte pendant qu'elle était à l'agonie… Parce qu'on tuait quelqu'un, dans cette chambre, il faut pas croire. Et ça prenait des heures ! Et ça prenait des jours ! Des jours, qu'est-ce que dis ? Un siècle pour chaque minute d'horloge ! Des litres et des litres de grosse sueur trouble qui tache le linge… On empoisonnait quelqu'un avec ses propres écoulements. Nora était la victime et aussi l'assassin. Elle s'exterminait au fond de ce lit souillé, afin de renaître toute désinfectée, toute fraîche, toute propre comme un sou neuf. De remettre au monde une ancienne Billie qui serait plus neuve que celle d'aujourd'hui… Je sais pas dire ces choses. Mais je sais lire dans les yeux. Je comprends les gestes et les expressions. J'ai vu l'empoignade qui se déroulait entre toutes ces Nora qui tantôt parvenaient à se désemmêler les unes des autres, tantôt redevenaient une seule figure déformée, ravagée par la souffrance.

Les bêtes qui changent de peau, c'est la nature qui s'occupe de tout. Elles se mettent dans un coin, elles repartent quand c'est terminé en abandonnant un vieux corps qui se met à sentir, ressemblant à n'importe quelle ordure, et je sais même pas si ça leur a fait mal. Ma gamine, la nature allait pas lever le petit doigt pour elle. Il fallait qu'elle s'occupe de tout elle-même. Et c'était pas de carapace qu'elle changeait, c'était de ce qu'y a dedans. Même les trous dans ses veines, les échelles sur ses bras, les marques entre ses doigts de pied, elle s'en débarrasserait pas avant un certain temps. Les Narcotiques continueraient d'être après elle. Les *pushers* également. À la fois, elle resterait enveloppée dans sa vieille mue, la transpiration saine passerait par les mêmes endroits que les suintements du poison et elle aurait cureté à fond, à vif, tout l'envers, tout ce qui se voit pas chez la personne. De l'intérieur, bien sûr, on cicatrise encore moins vite. Quand une fille renaît d'elle-même, y a pas de jalouse : celle qui en sort déguste pas moins que celle qui a le ventre. Le Bon Dieu a pas de cadeau à vous faire. Le cadeau, c'est moi qui l'ai eu : la renaissance de ma fille, ça s'est déroulé dans ma maison, dans mes bras.

Elle a quitté la chambre. Elle a mis le nez dehors. Les gens en revenaient pas. Même dans les journaux, ils l'ont écrit, qu'elle était comme au sortir de son œuf. Pour celui qui avait un peu l'habitude, c'était pas un mystère non plus, ce qui s'était passé. Simplement, à part nous deux et le chien, personne savait que ç'avait eu lieu chez moi, entre nous, derrière les volets clos, en se mordant les lèvres. Avec pour nous aider, uniquement cette brave bête et les bonnes vibrations que Lester avait laissées dans la pièce... C'était notre secret. Moi aussi, après tout, je l'avais mise au monde pour la deuxième fois... On la reconnaissait plus, ma fille. On y faisait la fête partout. Au Ruban Bleu, dans l'East Side, elle a reçu un tel accueil que, si la boîte avait pas dû fermer pour l'été, elle s'y trouverait encore... Hélas, on lui a proposé ces trois semaines à Chicago, au Grand Terrace (et aussi au Regal : elle avait trop de succès pour un seul endroit). Elle y est allée seule. C'était l'erreur. D'un côté, Joe Guy pouvait plus la tenter. De l'autre côté, sans lui, elle a dû se languir. S'il y avait une seule chose à mettre à son actif, c'était qu'il la rassurait. À propos de son chant, je veux dire. Le public, les journalistes avaient beau y tresser des couronnes, elle doutait. Et de plus en plus. Elle avait jamais été trop contente de sa voix. On l'accablait de fausses promesses. On y faisait miroiter des trucs qui étaient pas pour du monde comme nous. Et elle, au lieu d'en vouloir à tous ces hypocrites, à tous ces fourbes, elle en voulait à sa façon de chanter. Elle se jetait la première pierre, hardi donc… Les mauvais jours, elle finissait par se dire que, tous ces applaudissements, c'étaient des mensonges aussi. Que c'était pour se moquer d'elle, d'une certaine façon.

Ma fille continue de courir à droite, à gauche avec Joe Guy. Ils se sont rendus à Los Angeles. Un juge mexicain y aurait accordé le divorce et elle aurait marié Joe. Elle le clame sur les toits pire que si c'était vrai. La dernière chose que j'aurais eu envie, ç'aurait bien été d'être invitée à des noces avec c't'oiseau. Entre l'enfer sur la terre et l'enfer des cieux, on a encore le droit de souffler deux minutes. Le Seigneur en est plus à ça près. Vous perdez rien pour attendre. Il sourit dans Sa barbe comme un instituteur…

Joe et Nora ont idée de tourner dans tout le pays avec un orchestre à eux. Un big band. Autant dire les petits plats dans les grands. Seulement, ils joignent pas les deux bouts, à cause de leur poudre. Ce qu'ils servent à leur cabot, je pense qu'ils le volent dans les magasins. À mille dollars la semaine, qu'elle se fait maintenant, ma fille pourrait tendre la main à la bouche du métro. Son Joe, il a qu'un manteau, avec des coudes qu'on lirait le journal à travers. Il le garde jusqu'au milieu du mois de juillet, pour cacher les trous de son veston, qui cache les ravaudages de sa chemise. Et son feutre aussi, il le garde : y a tout son matériel dedans. Par les grosses chaleurs, le cuir y donne des sueurs au front, aux tempes, à la nuque. Ça le démange. Il est tout le temps en train de se gratter. Il attrape sur le pourtour des espèces d'eczémas… Joe Glaser les prévient : « Achtung ! C'est plus la mode, le big band, mes enfants ! Bientôt, vous verrez si j'ai pas raison, ce sera même plus la mode pour Benny Goodman. On les a trop vues, ces grosses machines. On a trop dansé dessus. Maintenant que Glenn Miller est tombé dans le Channel, que les bridés se sont pris la pile à Okinawa et qu'on a débarqué en Normandie, on est bons pour tourner la page. Cette musique-là, c'est déjà de l'histoire ancienne. Le public a toujours besoin de nouveaux trucs. Regardons les choses en face : de ce temps-ci, vous êtes seulement du réchauffé. Avec un grand orchestre, vous deviendriez carrément des momies. »

Pendant ce temps, comme toujours, Milt Gabler pousse Nora à en faire qu'à sa tête. Grâce à lui, le projet est resté à l'ordre du jour. D'où est tombé l'argent ? Me demandez pas. Quel ange de Dieu a volé à leur secours ? Qui a eu les nerfs de leur prêter les mille et les cents dont ils avaient besoin pour commencer ? Les musiciens à engager. Les uniformes pour leur coller sur le dos. Le car qui les transporterait avec armes et bagages… Ils ont eu tout ce qu'ils désiraient. Après Hiroshima et Nagasaki, ils ont enregistré un disque pour Decca, le 14 août, et ils sont partis pour l'Ohio avec toute l'armada. Ils sont passés exprès par la 99e, seulement eux deux et le chauffeur. Ils voulaient me faire voir le car. Ils l'ont arrêté juste en bas de chez moi. J'attendais à la fenêtre de la cuisine depuis au moins une heure. Je tenais plus. Je m'étais levée et débarbouillée en pleine nuit. J'avais enfilé ma robe jaune, mes habits du dimanche. C'était l'aurore. Les bruits étaient bizarres, ils sonnaient le creux, sauf les chants d'oiseaux, stridents à rendre vos dents sensibles.

Y avait pas un chat dans la rue. Le goudron par terre avait encore pas eu le temps de fondre. Quand le chauffeur m'a klaxonnée, je descendais déjà l'escalier quatre à quatre. J'apportais des petits rideaux brodés que j'ai installés sur les vitres du fond.

S'il était pas sensationnel, ce car, Jésus Marie Joseph ! avec les premiers rayons du soleil couchés dessus, tapant dans les chromes et les rétroviseurs ! Ils l'avaient fait peindre tout en blanc (couleur gardénia, ils m'ont dit). Vous aviez peur de le salir rien qu'à le regarder. Sur les côtés de la carlingue, en bleu, on pouvait lire de l'autre bout de la rue *Billie Holiday and her Orchestra*... J'ai posé mes rideaux. J'avais les larmes aux yeux. Vieille bête, va !... C'était il y a quoi ? Quatre, cinq semaines ? Même pas, si ça se trouve. À travers mes paupières de plus en plus lourdes de grosse femme de sable et de plomb, je me représente ce matin-là loin comme l'Afrique, loin comme tout. Un pays qu'on a quitté depuis longtemps... C'est le dernier bonheur de là-bas que je me rappelle. Je me gronde, quand ça va trop mal. Je me fais la leçon. Je me remets les idées en place. « Sadie Fagan ! je me dis. La gosse, quoi qu'elle ait pu subir, par ta faute ou non, quoi qu'il y arrive désormais, elle aura au moins eu ça : un magnifique autocar qu'on entend pas rouler, avec son nom dessus et la lumière de Dieu tout autour, la lumière de Dieu comme une aura, une auréole... »

Ils m'ont promis des cartes postales de tous les endroits possibles et imaginables où on devait les recevoir comme le Messie. J'en ai pas vu la queue d'une. J'en attendais pas trop, pour dire la vérité. Oh ! de l'espoir, j'en avais. J'en étouffais. Mais c'était pas du bon espoir, je le sentais bien. C'était le genre qui se fait tout petit dans un placard, qui claque des dents et se protège la figure avec ses coudes… J'y connaissais rien de rien, en big band, mais je devinais que Joe Glaser avait cent fois raison. Il m'est revenu des bruits. Leur maudite tournée, elle avait eu vite fait de plus tourner rond. À moins d'un miracle, y a pas de miracle dans la vie. Ç'a été une vraie catastrophe, leur affaire. Je sais pas comment ils auraient reçu Benny Goodman, en Ohio, en Virginie, en Caroline du Sud, mais à Billie Holiday et son orchestre, ils leur ont fait voir les pierres. Ils les auraient trouvés sur leur véranda, à vendre des aspirateurs et des crèmes à guérir les chauves, ça se serait pas plus mal passé.

Une connaissance qu'elle avait pas croisée depuis longtemps tombe sur ma Nora. Qui lance, sans songer à mal : « Alors, Billie, qu'est-ce que tu deviens ? » Elle y aurait répondu du tac au tac : « Comme tu vois : toujours négresse. » Elle est vraie, cette histoire. Elle serait vraie même si quelqu'un l'avait inventée. Elle aurait pas tant souffert, ma petite, si elle avait pas écouté ce démon qui y avait soufflé un jour de sortir de sa peau. Y a des tas de choses qu'on peut pas réussir dans son existence. À part Judy Garland, on devient pas Judy Garland. Mais ça reste possible, en principe. Tandis que changer de couleur, pas du tout. On peut pas s'ôter sa peau comme un habit qui plaît pas. Les chats font pas des chiens. Et, le plus sûr de tout, c'est qu'aucun chat fera jamais un chien de soi-même. Si on commence par demander ce qu'on pourra jamais obtenir, les forces des Ténèbres se tiennent les côtes. Nora, elle a jamais aimé sa voix, je disais. Ce que j'ai peur, maintenant, c'est qu'elle ait jamais trop aimé le reste non plus. Devenir l'égale des grandes vedettes blanches ? Si seulement ! Mais c'était pas ça du tout. J'en ai mis du temps, à comprendre. Ça me vient aujourd'hui, quand c'est passé l'heure. On voit toujours que ce qui vous arrange. Le fond des choses, c'est qu'elle voulait devenir leur pareille. Elle voulait corriger les plans du Créateur. Ça se peut pas ! Tuer quelqu'un, tiens, tuer un innocent, ç'aurait été moins grave. Qu'est-ce qu'elle faisait d'autre, d'ailleurs ? Elle était en train d'assassiner ma petite Nora. Elle l'étranglait dans ses rêves. Elle l'étouffait à petit feu, à force de la tremper dans la poudre blanche pour qu'elle déteigne.

Toute mon existence, j'ai été la dernière informée de tout. J'aurais préféré rester une andouille jusqu'au bout. Est-ce que c'est à des femmes comme moi, si seules et si lasses, qui ont vécu avec un voile sur les yeux, de recevoir soudain toute la lumière en pleine face ? Je me sens pas bien. Pas bien du tout. Je vais pas supporter cette vérité. Y en a trop à la fois, y en a trop d'un seul coup. J'ai commis faute sur faute depuis mes dix-sept, pourtant je suis pas le mauvais cheval, Seigneur, Vous savez bien. Mais un tel fardeau, là, non, ça sera pas possible. J'ai plus l'allant. J'ai plus mes nerfs d'autrefois. Mon corps m'obéit plus. Il se rebiffe parfois avant que j'y donne des ordres. Il se rebiffe quand je demande rien à personne au fond de mon lit. Soulever ce poids et le mettre sur mes épaules ? Prendre sur moi les péchés de mon enfant ? Je voudrais bien ! J'espère que ça ! J'essaie, je vous jure ! J'essaie ! Regardez-moi, je Vous en supplie, voyez par Vous-même : j'essaie de toutes mes forces ! Mais c'est trop dur. Ça me tire, oh ! comme ça me tire dans le bras ! Ça le perce, mon Dieu ! Un vrai coup de poignard ! Faudrait que je sois debout pour marcher un peu autour de la table, ou allongée en attendant que ça passe. Seulement, je suis assise dans ma cuisine. Tout ce que je peux faire, c'est dégringoler de ma chaise. Ce bras, c'est lui qui me tire, à présent. Vous allez voir que je vais me retrouver les quatre fers en l'air… Le froid du carrelage contre ma joue… Je savais pas que ça pouvait être aussi agréable…

« Tout va bien – j'entends. Je suis votre médecin, le docteur Vernick. Vous avez fait un léger malaise. Mrs… euh, où est la fiche ? Bon. Il n'y a pas le feu, on verra ça… Un léger malaise, disais-je. Ça vous la coupe, hein ? On s'en paie, pas vrai ? Bon, les pompiers vous ont transportée au Wadsworth Hospital. Nous allons pratiquer quelques examens. De routine, rassurez-vous. Ça ne fait même pas mal. Tout va bien se passer, n'est-ce pas ? Un peu de bon temps, vous n'êtes pas contre ? Dites-vous que vous êtes ici pour vous prélasser, d'accord ? Tout va marcher comme sur des roulettes, allez zou ! Bientôt, vous galoperez dans le parc… Euh, Miss Simpson, pendant que vous y êtes, vous m'établissez une fiche, s'il vous plaît ? Je ne trouve pas celle des ambulanciers… »

Cette Simpson, est-ce qu'elle pense m'engager à son service ? Elle veut tout savoir de moi, pour gribouiller sa maudite fiche en long en large. Nom, prénom, adresse, profession, date de naissance, prénom du père, prénom de la mère, je vous demande un peu !… J'étais encore dans le brouillard, mais j'ai pas laissé passer ma chance. J'ai dit pour commencer : « Holiday Sadie, femme au foyer » (restaurateuse, j'avais peur qu'elle m'embauche à l'office). J'ai ajouté : « veuve de Holiday Clarence, artiste musical ». Voilà, je l'ai dit, y a plus à y revenir. C'est fait. Emballé pesé, marqué sur la feuille. Et je me moque pas mal d'avoir menti à la face de Dieu. Ce que je ressens, ça vaut bien une ou deux éternités. « Le Ciel peut attendre » ! Qui donc chantait cette rengaine ? C'est drôle, je me rappelle même plus…

Seigneur, ils sont tous endormis… J'en profite. Chaque nuit, je tente ma chance. Ça me bourdonne aux tempes. Toutes les églises me chantent dans le crâne. Je descends vers la rivière. Comme dans le spiritual[1], je vais déposer au bord de l'eau mon sabre et mon bouclier… Maintenant, je sais pas si Ton doux chariot[2] m'attendra jamais sous les saules. À tout hasard, je reprends le chemin du baptême. J'ai nulle part d'autre où aller. Si je berce pas mon âme dans le sein d'Abraham[3], où j'irais la bercer ? Ce qui m'attend sans doute, c'est d'être une âme en peine. Une âme errante, courant après son salut dans les siècles des siècles, comme j'ai couru après mon Clarence. Je cours toujours trop tard : ça devrait changer parce que j'ai les siècles devant moi ? Cours toujours !

C'est toujours la même nuit. Et pourtant, depuis combien de nuits je marche ? Combien de nuits et de nuits pour gagner ce rivage ? Mon Dieu ! Depuis combien de veilles je vois l'eau miroiter entre les branches, j'entends là-bas des cris d'enfants, je respire le parfum des roses lointaines ?… Si ça se trouve, je rêve. Je prétends pas le contraire. Le plus sûr de tout, c'est que, même en songe, j'avance pas. On progresse pas vite, les pieds nus dans ces sables de la nuit. On enfonce un peu plus à chaque pas, comme s'il y avait rien que du sable sous le sable, et encore du sable, à plus soif… En même temps, cette rivière, elle fait pas de bruit, mais elle se déplace. Elle se retire, on dirait la mer. Comment arriver jusqu'à elle, puisqu'on circule dans le noir et qu'elle coule, elle, dans un jardin radieux, entre des

1. Sadie fait allusion à *Down By the Riverside.*
2. Allusion à *Swing Low, Sweet Chariot.*
3. Allusion à *Rock My Soul.*

parterres arrosés de perles et d'argent, d'or et de diamants ? Comment on passe de cette nuit profonde à ce jour éblouissant ? Où se trouve la porte entre l'ombre et la lumière ? Tout ce soleil qui scintille sur l'eau, ça vous aimante le regard, mais ça le blesse. Ça vous empêche de bien profiter du spectacle. C'est fait exprès, parce que personne vous a remis un ticket d'entrée, un mot de passe ou quelque chose. Plutôt que de vous laisser entrer à l'œil, ça vous crèvera les deux yeux.

À force de déambuler dans ce décor, je commence à m'y reconnaître. De ce côté-ci, c'est en quelque sorte l'envers du paradis. Cherchez pas aucun bouton pour éclairer… Regardez pas votre montre non plus. Les aiguilles vont plus dans le même sens que le temps. Il fallait pas fauter, voilà tout ! Il fallait pas glisser le doigt dans l'engrenage, on vous avait assez prévenue. Il fallait pas risquer le pied sur les mauvais chemins. Mais je me suis mise en route, Seigneur[1]. Y a plus d'arrière où me réfugier. C'est tout vide. Y a même plus mon ombre derrière mon dos. Côté pile, je suis plus nue que nue. Et de quoi j'irais me plaindre ? Je récolte ce que j'ai semé. C'était pas écrit, peut-être ? Alors, je vais pas flancher maintenant. Mes jambes, après tout, sont pas plus lourdes à marcher qu'à rester posée sur mon derrière. J'ai pas où arriver, peut-être. Mais j'ai pas eu de point de départ non plus. Je l'ai manqué une bonne fois. Je l'ai manqué deux fois : une pour moi, une pour ma fille. Et quand j'ajoute Clarence… Car, si c'était pas à moi de le retenir, le grand cher amour de ma vie, si c'était pas à moi seule, ayant alors une beauté, tous les atouts de la jeunesse des femmes, c'était à qui ? À Franklin Roosevelt ?

1. Allusion à *On My Way*.

M'embêtez plus avec vos histoires ! Je vais tout droit, c'est tout, y a plus rien à discuter. Gâchez pas votre salive. J'écoute pas, de toute manière. J'en ai déjà trop entendu d'une nommée Sadie Fagan. Pour faire de la fumée, celle-là, oh ! Dieu, elle avait pas sa langue dans sa poche… Moi, je descends vers cette eau resplendissante. Plus personne se mettra en travers. Sur le ventre, j'y marcherais…

Je suis à un endroit, tout à coup, derrière des arbres. Mais les branches se lèvent. Elles s'envolent. Elles disparaissent. La lumière me rentre dans la figure. Et j'aperçois… Oui ! Comment, c'est possible, doux Jésus ? J'aperçois Miss Mattie… Elle me tend les bras, je crois bien. Elle me tend les bras avec un sourire. Elle a tous ses cheveux dénoués… Elle est là à m'accueillir dans la lumière et, plus loin, je distingue mon papa. Il regarde quelque chose par terre. On dirait qu'il fait le jardin… Miss Mattie ouvre la bouche. J'ai trop de soleil dans l'œil, c'est dommage. Je vois plus les couleurs et les formes. Mon papa, je distingue seulement une trace sur cet éblouissement, une chose qui tremble. Comment je vais le serrer sur mon cœur, si ça continue ? J'entends la voix de Mattie qui m'appelle. Mais c'est qu'une voix sans rien dedans. Qu'est-ce qu'elle me dit au juste ? Qu'est-ce qu'elle me dit ? Seigneur Dieu, s'il Vous plaît ! qu'est-ce qu'elle me dit ?

V
(1945-1950)

Melissa

À toutes les autobiographies manque la partie essentielle : le dénouement. L'auteur omet la fin. Sa fin. Il ne réunit pas les protagonistes dans le fumoir pour démasquer l'assassin. « Donner la parole aux femmes noires », pour moi ce n'était plus désormais qu'interroger cette femme-là sur son destin tragique. Presque aussitôt, j'ai compris que ce n'était pas à elle d'en rendre compte. Elle était le mystère : elle n'était pas sa dissipation. Moi, je n'étais pas admise dans ce sanctuaire. Il me fallait un témoin privilégié. Un témoin *innocent*. C'est ainsi que, en relisant ses mémoires une fois de plus, j'ai deviné – ou décidé ? – que sa mère était la clé de tout.

Mes premières recherches m'ont lancée sur la piste du Wadsworth Hospital de Manhattan, que Billie ne cite pas dans son livre. J'ai fini par apprendre que sa mère était morte dans cet établissement, au début de l'automne 1945. Je me suis arrangée pour consulter le certificat de décès, établi au nom de Holiday. Erreur grossière, mais qui ne laissait aucun doute sur l'identité de la défunte. De toute manière, les mots *Billie Holiday*, parfaitement lisibles, figuraient sous la mention « Signature du déclarant ». Le degré de parenté – « fille » – avait été consigné par le fonctionnaire. Nom du père, tapé à la machine : Julian Fagan. Nom de la mère, manuscrit : Julia. Aujourd'hui encore, je me demande qui peut bien être cette personne. Une invention de Sadie, comme son statut de veuve ? Qui a rajouté ce prénom ? Billie ? Dans quelle intention ? Je plains les historiens… Une chose au moins paraît certaine : « maman Holiday » a rendu le dernier soupir le 6 octobre à 5 h 15 du matin, après treize jours d'hospitalisation. Étrangement, sur la moitié droite du certificat, le Dr Samuel Vernick lui attribue « l'âge approximatif » de 47 ans, alors qu'à la même hauteur exactement, sur la partie gauche, sont indiqués la date de naissance de l'intéressée (16 août 1896) et le temps qu'elle a passé sur cette terre : quarante-neuf ans, un mois et vingt jours. Ayant eu connaissance de ce document, pourquoi Billie s'évertue-t-elle à brouiller les cartes dans ses souvenirs ? Je cite le passage incriminé : « Maman allait avoir trente-huit ans, et j'en avais vingt-cinq. Elle n'aurait pas aimé avoir plus de quatre bougies sur son gâteau d'anniversaire, et elle est morte à trente-huit ans. Pour moi ce sera pareil. Je ne bougerai pas de trente-huit ans, quarante à la rigueur. »

Pourquoi ces mensonges, articulés en pleine connaissance de cause ? Par coquetterie ? Je n'en crois rien, mais je veux bien l'admettre. Il resterait cependant à m'expliquer à la suite de quel calcul Billie, se rajeunissant elle-même de cinq ans, a éprouvé le besoin d'en retirer plus du double à sa mère, laquelle aurait ainsi accouché à treize ans. Essayait-elle simplement de justifier la première phrase de son bouquin (« Papa et maman étaient mômes à leur mariage… », etc.), qui fit et fera couler tant d'encre, mais où, je le rappelle, *tout* est apocryphe. Continuons. Pourquoi fallait-il que Sadie meure jeune ? Pourquoi fallait-il réduire à toute force la différence d'âge entre elle et sa progéniture ? Jusqu'à quel point celle-ci aurait-elle voulu voir – *au-delà de la métaphore* – une sœur en sa mère ? Mais aussi, quelle interprétation donner au juste à une confidence telle que : « J'étais tout pour elle, elle était tout pour moi » (au chapitre IV, elle aussi) ?

Il est remarquable que la plus jeune parle souvent de l'aînée comme d'une enfant, si ce n'est de *son* enfant. Toujours dans le même chapitre, je pense à cette scène (sans doute inventée de toutes pièces, mais elle n'en est que plus révélatrice) où Billie est censée enseigner à sa mère les rudiments de l'écriture et de la lecture. À travers le renversement des rôles, ne faut-il pas voir une négation de la chronologie, une abolition de la hiérarchie naturelle ?… J'ai conscience d'avancer en terrain glissant. Mes connaissances en psychanalyse sont des plus sommaires. Cependant, ai-je besoin d'une justification plus ou moins scientifique pour penser ce que je pense, ou plutôt pour ressentir ce que je ressens ? Je prétends être une sorte d'artiste. Au nom de quoi faudrait-il que je justifie mes intuitions ? D'instinct, je crois deviner que ces femmes si différentes, voire si inconciliables, avaient chacune la passion de se confondre avec l'autre. J'ignore ce que cela peut bien traduire chez elles. Ce que cela peut bien impliquer. La vérité est qu'il m'indiffère de l'apprendre. Avéré ou non, ce fait me fascine et j'ai envie de faire partager mon émotion.

Le certificat que j'ai eu sous les yeux ne précisait pas la cause du décès : uniquement les circonstances qu'il convenait d'écarter (accident, homicide, suicide, empoisonnement, etc.). J'ai bien le droit d'imaginer que Sadie *n'est morte de rien*. Qu'elle est morte à la place de sa fille, afin que cette dernière continue à vivre. Qu'elle expiait en son nom je ne sais quelle faute (ce ne sont pas les hypothèses qui manquent). Cependant, j'imagine aussi qu'une part de Billie est morte de la mort de sa mère. Qu'il ne lui restait plus alors qu'à ressusciter (elle ne s'y est manifestement pas résolue) ou à *se* vivre, d'une certaine façon, comme déjà morte, c'est-à-dire hors du temps. Et si le seul remède de Billie contre l'effacement, ç'avait été la grâce – une grâce que Sadie aurait payée de sa vie ?

J'ai interviewé à New York quantité de personnes : tout le monde semble attacher un grand prix au fait qu'il se serait produit, à un certain moment, un bouleversement dans l'art de la chanteuse. Quant à définir ce qui sépare l'avant de l'après, le moins qu'on puisse dire est que les opinions divergent. Pour les uns, ce qui a déterminé cette cassure est la fin de sa collaboration avec Lester Young. Pour les autres, les plus nombreux, c'est le retentissement de *Strange Fruit*, péripétie imprévisible mais lourde de conséquences. Les troisièmes optent en faveur de son mariage avec Jimmy Monroe. Chacune de ces trois hypothèses est plausible. Mon intuition m'en souffle une quatrième qui, jusqu'à plus ample information, n'a été émise que par moi. Le point de non-retour serait la disparition de Sadie Harris. À la suite de ce drame, après une cérémonie funèbre des plus traumatisantes, la route de Billie n'a pas seulement bifurqué : elle est allée se perdre dans un no man's land indifférencié, un terrain vague sans limites, un espace échappant à toute orientation. À partir de cet instant, elle ne se rend plus nulle part. On peut dire que sa vie n'a plus de *sens*, dans l'acception géographique du terme. Voilà pourquoi, entre autres, elle peut s'attribuer aussi bien deux cents ans que vingt.

Partenaire de ses conquêtes, témoin de ses échecs, juge intraitable de ses fautes mais fidèle complice de ses méfaits, associée d'une façon ou d'une autre à tous ses égarements, sa mère avait été tout à la fois sa bonne et sa mauvaise conscience, son péché originel son rêve d'innocence, sa mouche du coche et son souffre-douleur. Cette fausse jumelle avait incarné son double idéal en même temps que son moi haïssable. La brave fille pleine de zèle et d'abnégation, appréciée de tous, aimée du Ciel, qu'elle ne réussirait jamais à devenir, aussi bien que le modèle de femme auquel elle ne voulait se conformer sous aucun prétexte. En s'esquivant, Sadie la laissait sans repères. Et sans son interlocutrice privilégiée, le seul être avec lequel la communication, quoique orageuse, avait pu être franche et désintéressée.

Avec Lester Young, si j'en crois les dépositions recueillies auprès de leurs amis communs, l'entente était parfaite, jusqu'à l'osmose. Cependant, c'était tout le paradoxe, à cause de cette réciprocité miraculeuse, ils en étaient vite arrivés à ne plus rien avoir à échanger, hormis l'assurance d'une totale compréhension et d'une adhésion indéfectible. Ils n'avaient plus rien à se prouver l'un à l'autre. Dans cette mesure, ils n'avaient plus rien à se dire. Ils trinquaient ensemble. Le Président racontait ou faisait des blagues : Lady Day riait. Jamais il ne participait plus aux discussions dans lesquelles son amie s'était engagée. En somme, chacun ne s'exprimait plus que dans le silence de l'autre. Ils étaient incapables d'un vrai dialogue. Il suffisait qu'ils commettent un jour l'erreur de se parler *pour de bon* : le moindre désaccord ébranlerait d'un coup leur citadelle, leur muraille de certitudes.

Relations faussées, relations truquées… Même Milt Gabler, que j'ai rencontré à New York, n'a pas entretenu avec elle un rapport qu'on pourrait qualifier de normal. Avec lui, les relations se sont développées sur des bases plus saines qu'avec John Hammond ou Joe Glaser, pour ne rien dire de Monroe, de Guy et de McKay. Toutefois, la place infime qu'elle lui accorde dans ses mémoires prouve assez que, entre elle et le fondateur de Commodore Records, le jeu n'était pas égal. Non seulement il n'a droit qu'à la portion congrue, mais ce qu'elle fait écrire à son propos, sans être cruel, n'apparaît pas spécialement flatteur. Iniquité frappante, au détriment d'un homme qui s'était mis en quatre pour elle. On a le sentiment, assez désagréable, qu'elle tente de minimiser sa dette en avilissant son créancier. Gabler ne comprenait pas l'angoisse qui était la sienne lorsqu'on *ne* lui opposait *pas* de menaces et d'interdits, toute une résistance contre laquelle elle pouvait éprouver la force de ses désirs. Quelqu'un m'a confié, en m'engageant à prendre ses paroles à la lettre : « Billie ne connaissait qu'une seule façon d'avancer : aller au-devant des coups. Si rien ne venait la frapper, elle avait la sensation de ne pas exister. »

On peut en sourire, mais Sadie la bonne pâte, Sadie la faible, la naïve, l'impuissante, Sadie l'éternelle dupe avait incarné aux yeux de la chanteuse cette opposition qui, pour elle, était vitale. Tout ce qu'elle avait fait, quand on va y regarder de près, elle l'avait l'accompli soit pour sa mère, soit contre elle. Sa mère disparue, Billie Holiday n'avait plus personne à épater, plus personne qui tremblerait pour elle. Plus personne non plus qui lui mettrait des bâtons dans les roues, et plus personne à écraser. Elle redoutait ce moment depuis qu'elles s'étaient réconciliées. Elle en était obsédée. Je veux dire *cliniquement* obsédée. À preuve la prémonition exposée dans son livre :

« La dernière séance au Howard Theater venait de se terminer et nous étions rentrés avec Joe à notre hôtel. À peine nous étions-nous assis que j'ai senti la présence de ma mère derrière mon dos et le poids de sa main sur mon épaule. J'ai compris qu'elle était morte. Je me suis tournée vers Joe et lui ai dit :

» – Maman vient de nous quitter, elle est morte.

» – Tu es folle, s'est-il écrié, tu travailles du chapeau.

» J'ai répondu :

» – Je sais parfaitement ce que je dis, et il faut que tu sois sacrément gentil avec moi parce que, maintenant, tu es tout ce qu'il me reste au monde. »

Adressé à Joe Guy, cet aveu semble deux fois plus pathétique. Tous les gens que j'ai interrogés se demandent encore pourquoi une femme d'exception, visant les cimes du show-business, était allée s'encombrer d'un pauvre type qui ne pouvait lui être d'aucun secours dans cette quête. Ma conviction profonde est qu'elle avait déjà renoncé à ses châteaux en Espagne, lorsqu'elle s'était mise en ménage avec le trompettiste. Elle s'efforçait de donner le change. Dans ses bons jours, elle parvenait à s'abuser elle-même. Mais elle avait jeté l'éponge. Et Sadie, l'idiote de la famille, avait percé ce lugubre secret… Billie n'a pas choisi Guy en dépit de sa réputation exécrable : elle avait jeté son dévolu sur lui *pour cette raison même*. Était-elle entichée de canards boiteux à ce point ? Il le fallait bien, puisqu'elle avait le sentiment d'en être un elle-même. Le monde lui refusait la satisfaction de ses plus chers désirs. Elle était donc, elle aussi, une personne que la communauté rejetait de son sein. Une personne dont, au surplus, l'éternité n'avait que faire. Il est clair que la disparition de sa mère n'a pas arrangé les choses. Cette observation de *Lady Sings the Blues* me poursuit – celle, entre toutes, que William Dufty n'aurait jamais tirée de son chapeau : « Lorsque je mourrai, les gens auront peut-être raison de pleurer sur moi parce qu'ils sauront que je suis damnée et que je vais vers quelque chose de pire que ma vie terrestre. » Elle s'est rapprochée de Joe Guy tel un exilé d'un autre exilé. Leurs malédictions respectives les ont réunis. Leur avenir à tous deux était de ne pas en avoir. Au moins chacun pouvait-il se consoler un peu avec le désespoir de l'autre.

De cette femme extraordinairement volage, Guy fut le compagnon le plus assidu. Pour Billie, il était plus facile à vivre que Monroe, parce que moins narcissique et moins possessif. L'héroïne mobilisant l'essentiel de son énergie, il manquait du ressort nécessaire pour dominer quelqu'un. On ne maîtrisait Billie qu'en lui faisant violence. Guy en était peut-être capable, mais il avait d'autres chats à fouetter. Quand on y songe, ils auraient très bien pu conclure une sorte de pacte : l'union lorsqu'ils en tiraient avantage, chacun pour soi si l'un ou l'autre y avait intérêt. On est sûr au moins que Billie continua de collectionner les aventures avec des partenaires de tout sexe et de toutes couleurs. L'immense majorité devait se contenter d'étreintes sans lendemain, beaucoup de mâles ayant été sélectionnés sur des critères physiques, pour ne pas dire anatomiques. Un ou deux, toutefois, se montrèrent avec elle plusieurs semaines, voire plusieurs mois d'affilée, mais sans le moindre espoir de détrôner Joe Guy pour autant et sans aucune chance que Billie leur reste fidèle durant cette période.

C'est ainsi que, dès 1946, elle se prit d'affection pour un tout jeune batteur blanc, plein d'enthousiasme, qu'elle avait remarqué dans les clubs de la 52e Rue et dont elle avait dû apprendre qu'il était hanté par une double obsession : jouer, ne fût-ce qu'un seul morceau, en compagnie de ses idoles (elle en faisait partie) et connaître à la façon biblique une fille de couleur. Ou plutôt, la nuance n'est pas mince, une *femme* noire : une partenaire qui, elle, n'en serait pas à son coup d'essai. Cet homme est toujours en vie. Il s'appelle

Roy Harte. Il a tenu, à l'enseigne de Drum City, un célèbre magasin de matériel de percussion sur Santa Monica Boulevard, à Los Angeles. Prendre en charge la partie la plus technique de son éducation sentimentale n'était pas pour déplaire à Billie. L'initiation d'un jeune Blanc à des gestes et des pratiques qu'il n'avait pas osé imaginer, elle devait même s'en frotter les mains.

Ils furent assez proches pour passer ensemble quelques jours de vacances sur les plages de Cuba. Une rumeur insistante veut que Harte ait remboursé Billie en lui faisant connaître un produit, disponible sous forme de cubes, qui venait à peine d'apparaître sur le marché : l'« acide », le L.S.D… Cette substance avait été mise au point en Suisse trois ans plus tôt et synthétisée à New York dans les laboratoires de l'université de Columbia, grâce – m'a-t-on affirmé – à des fonds alloués par la C.I.A… Roy parvint à y avoir accès, et Billie fut la première à profiter de l'aubaine. Plusieurs personnes m'ont raconté qu'une de leurs blagues favorites était de faire avaler un ou deux cubes aux chevaux de fiacre de Central Park, avant de s'installer sur la banquette comme si de rien n'était, afin d'assister aux excentricités de l'animal et de savourer l'affolement du cocher.

Après la mort de Sadie, le fiasco du big band mis sur pied avec Joe s'accordait au sentiment de fin de partie qui allait l'accompagner en sourdine, jusqu'à sa propre fin. De là à supposer qu'elle fut relativement indifférente à ses échecs et moyennement intéressée par ses triomphes… Il est patent qu'aucun des succès remportés dans les mois qui suivirent l'enterrement de sa mère ne l'a portée à l'optimisme. Je pense par exemple à sa victoire au référendum de la revue *Metronome*, devant Anita O'Day, en janvier 1946 (dans *Down Beat*, en revanche, elle n'arrivait que deuxième, précédée par la blonde Jo Stafford). Je pense à la formidable ovation qui, le mois suivant, salua sa prestation au Town Hall de New York, plein à craquer (un journal avait titré son reportage sur l'événement « Le concert de Billie Holiday écrit l'histoire du jazz »). Je pense à ses nombreuses apparitions sur la scène du Carnegie Hall cette année-là, parfois en brillante compagnie. Je pense à son nouveau séjour d'une semaine à l'Apollo de Harlem, au même programme que son idole Louis Armstrong. Je pense à cet article de l'illustre *New Yorker*, qui faisait d'elle la reine incontestée de la 52e Rue. Je pense au destin de ses enregistrements Decca : si toute la critique ne les avait pas encensés, ils s'étaient plutôt bien vendus et, le 19 août 1946, l'éditeur lui renouvellerait son contrat.

L'ultime déconvenue majeure de sa carrière avait-elle éclipsé tous ces bonheurs ? Je fais allusion à l'espoir qu'avait fait renaître en elle sa contribution, avec Louis Armstrong, au film d'Arthur Lubin, *New Orleans*. L'affaire s'était soldée par une débâcle. On deviendrait paranoïaque à moins. Pourtant, la plupart de mes interlocuteurs ont insisté sur le fait que, à l'époque où on la voyait avec Roy Harte, Billie offrait l'image de la plus insouciante gaieté. Elle chantonnait en permanence. Cette année 1946 fut pour Lady Day celle des fêtes. Jamais, cependant, elle ne célébrait les bonnes fortunes de sa vie professionnelle. À l'inverse, aucun revers ne semblait de nature à entamer sa bonne humeur lorsqu'elle avait décidé de s'amuser. Joe Guy disparaissait des semaines entières du décor. En revanche, elle ne se séparait plus de Mister, son boxer, élevé au rang de garde du corps, bien qu'elle fût assez grande pour se défendre toute seule. On m'a juré qu'elle s'était un jour battue avec des matelots et les avait mis en déroute. Est-il vrai qu'elle ne sortait jamais sans glisser un rasoir entre sa peau et le haut de son bas ? Elle restait sur ses gardes. Gaie ? Peut-être, après tout, si tant elle qu'il existe des gaietés amères. Insouciante : sûrement pas.

Quelle fut la nature exacte des rapports entre Billie Holiday et son agent, Joe Glaser ? Pourquoi, à la mort de Sadie, cet homme – qui ne semblait pas avoir le cœur sur la main ni être un grand sentimental, et encore moins un négrophile à tout crin – a-t-il fait le geste de prendre les obsèques à sa charge ? Sa rapacité était la fable de la ville. Or, il s'était « occupé de toutes les formalités » et il avait réglé toutes les factures. Une générosité qui, du reste, ne réussit qu'à froisser la susceptibilité de celle qui en bénéficiait. Billie s'était sentie comme dépossédée de cette mort. Ses propos se partagent entre sarcasme et ressentiment : « [Il] avait payé très cher pour faire embaumer et enterrer maman, et il voulait me faire voir combien ça avait coûté et comme il avait bien fait les choses. [...] Alors, j'ai vu ce qui m'a révoltée : elle qui était toujours bien habillée, ils l'avaient enveloppée dans une espèce d'affreux linceul en dentelle rose bonbon, au lieu de lui enfiler un de ses tailleurs élégants. J'ai tout fait changer, je ne pouvais pas faire autrement. » Elle ne pouvait pas faire moins que de reprendre l'initiative, en effet : c'était elle-même qui allait mettre dans la tombe, non pas seulement un pied, mais la jambe tout entière, et un large morceau de son âme pour faire bonne mesure.

Je suis prête à parier que le choc le plus violent pour elle fut de constater qu'on avait apprêté Sadie pour une longue conservation. « Je ne voulais pas voir maman dans son cercueil. Joe a insisté... Ils m'ont bel et bien obligée à regarder ce que je ne voulais pas voir. » Tout est dit dans ces quelques mots : Sadie embaumée, sa jumelle n'avait plus aucune chance de nier cette mort dont elle se sentait responsable et qui, de surcroît, était en partie la sienne. Rien n'effacerait plus de la terre la trace de cette honteuse honte qu'elle avait eue de sa mère. Il y aurait là, à quelques pieds de la surface, une effigie incorruptible qui, tout ensemble, la montrerait du doigt et voudrait la serrer sur son cœur de glace. Un totem barbare, moins figure votive que poupée vaudou, percée de pointes invisibles que chacun verrait s'enfoncer dans sa chair à elle, Lady Day.

Et si je composais plutôt une pièce de théâtre ? Sadie en serait à la fois la narratrice et l'héroïne, tantôt racontant et commentant son histoire, tantôt se mettant en scène… Quand le rideau s'ouvrirait sur elle, on la découvrirait dans un compartiment de chemin de fer. Au bout d'un instant, elle tournerait la tête vers le public et lui parlerait de son père, cet homme plein de rigueur morale et de charité chrétienne, qui n'avait pas eu le courage de la reconnaître. Cela donnerait à peu près ceci :

« Mr Fagan, il est venu à la gare. Il a fait un saut pendant son service. J'ai bien vu, parce qu'il avait gardé son uniforme, avec l'épaulette d'un seul côté. Peut-être qu'il avait même pas le droit d'être là. Il arrêtait par de jeter des regards par en dessous, tout autour de lui. Il me parlait dans un chuchotement. "Tiens, ma Sadie !" qu'il m'a dit. Il m'a glissé des billets dans le creux de la main, comme il le faisait parfois… »

Miss Welsh

Au collège, j'étais, sans me vanter, la plus douée du groupe théâtral. J'avais compris sans qu'on me l'explique l'importance de l'articulation et de la respiration. Une mémoire auditive très affûtée me permettait à la fois de retenir mon texte au fil des répétitions, c'est-à-dire à peu de frais, et, le cas échéant, d'« attraper les accents », pour reprendre l'expression du professeur qui nous dirigeait. Le trac m'était étranger. Ce qui me manquait, je pense, était une irrépressible envie de brûler les planches. J'ai vaguement caressé le projet de tenter ma chance à Broadway, entre dix-huit et vingt ans, mais j'ai ressenti un profond soulagement le jour où j'y ai renoncé. Je suis née près de Boston. J'ai enseigné l'histoire dans divers collèges de la Nouvelle-Angleterre, en particulier à Springfield (Massachussetts) et à Burlington (Vermont). J'ai tout abandonné pour suivre mon mari en Louisiane. Me faire employer dans un établissement scolaire de Baton Rouge n'aurait pas soulevé de grands problèmes, mais j'avais découvert que la fréquentation des adolescents m'ennuyait à mourir. Quoique modeste, la fortune de mon mari m'offrit l'occasion de m'y soustraire. Il s'est éteint brusquement, victime d'un anévrisme, et ce qui m'est apparu alors, c'est que je ne m'étais guère amusée non plus en sa compagnie. Le veuvage me convient à la perfection. Je jouis d'une rente jusqu'à la fin de mes jours. Si je me suis rendue en Californie, c'est pour échapper à la fastidieuse compassion de sa mère et de ses sœurs. Comment suis-je devenue professeur de diction ? Par hasard et par désœuvrement. J'ai repris mon nom de jeune fille. Pour les particuliers qui sonnent à ma porte et pour les studios Hal Roach de Culver City, où l'on fait régulièrement appel à mes services, je suis Miss Welsh. Je fais répéter leurs rôles à des starlettes dont les intonations, si je n'y mettais bon ordre, feraient éclater de rire des salles entières. Ces filles n'ont souvent que leur plastique pour elles. Leur apprendre à marcher, déjà, est toute une affaire. Dès qu'elles ouvrent la bouche, on a envie de leur jeter des cacahuètes.

Nous sommes en septembre 1946. J'officie depuis quatre ans. Un réalisateur du nom d'Arthur Lubin vient de m'adresser l'interprète d'une soubrette noire de La Nouvelle-Orléans dans la nouvelle sottise qu'il s'apprête à commettre. La confiance que des hommes d'argent accordent à ce médiocre artisan n'est plus un mystère pour moi. Le prétendu « septième art » a remis son sort entre les mains des plus abrutis de nos concitoyens. Soucieux de ne prêcher que des convaincus, il les évangélise à coups de crétineries… Mon élève, pour une fois, ne sera pas une comédienne débutante, mais une chanteuse de jazz d'un certain renom : Billie Holiday. N'ayant pas la radio et n'appréciant que l'opéra, je ne pense pas en avoir jamais entendu parler.

« Écoutez, Miss Welsh, poursuit-il, je ne voudrais pas vous effrayer, mais il faut que je vous informe de la situation. Elle n'a jamais vécu dans le Sud profond. Elle arrive de Harlem et cela s'entend, vous verrez. Vous avez du pain sur la planche, ma pauvre, je ne vous le cache pas. Faites-lui surtout travailler ses répliques avec le personnage de la jeune maîtresse, Marylee. Si elle devait les dire comme elle s'exprime dans la vie, le film provoquerait une émeute chez les Confédérés ! »

Je n'ai aucun mal à me faire respecter des filles que m'envoient les studios. Elles ont besoin de moi et elles sentent que leur statut d'hypothétiques futures vedettes ne m'impressionne en rien. Outre que c'est la première Noire que je reçois, celle-ci tranche sur ma clientèle ordinaire. Je ne dirais pas qu'elle exerce un ascendant naturel par sa prestance ou son comportement : c'est plutôt qu'elle vous prive d'entrée de vos propres avantages. Il est évident que vous ne l'intimiderez d'aucune façon. La position de force dont vous faisaient bénéficier votre statut, votre fonction, éventuellement la couleur de votre peau, il vous faut y renoncer, et de toute urgence, si vous voulez éviter l'affrontement. C'est un aspect des choses. D'un autre côté, il y a loin entre l'allure de cette femme et celle d'une Garbo, par exemple. De même que son incontestable beauté a quelque chose d'un peu canaille, l'aristocratie, en elle, se nuance d'une touche de vulgarité. Il me coûte d'employer ce mot ; hélas, je n'en vois pas de plus pertinent. Sa *présence*, bien sûr, n'en est que plus saisissante. En contrepartie, cette aura met en exergue son manque d'éducation. Plus manifeste encore lorsqu'elle commence à parler. La nasalisation excessive, la métallisation de certaines syllabes, une pointe de grasseyement, une articulation qui tend à se relâcher, à s'avachir, des intonations un peu veules à mon goût, pour ne rien dire de la syntaxe approximative et du vocabulaire de corps de garde, tout cela dénonce une fille du petit peuple. Miss Holiday est une personne déplacée. Un transfuge qui n'a pas rejoint son nouveau camp. Les circonstances, je suppose, plus que sa volonté propre, lui ont fait accomplir des progrès spectaculaires. Puis quelque chose, semble-t-il, a brisé son élan. Elle se retrouve à égale distance de la distinction, à laquelle elle n'a pas accédé, et du manque de classe, où elle ne pourrait plus retomber désormais.

A-t-elle pris la juste mesure de ses capacités ? Sait-elle quelle femme extraordinaire sommeille en elle ? J'aimerais être celle qui réveillera la belle au bois dormant. Hélas, ce n'est pas ce qu'on me demande. Je dois me borner à lui faire imiter les bonnes attachées à la famille de mon défunt mari. Deux fois sur trois, ses répliques se réduisent à des « Oui, Miss Marylee », « Non, Miss Marylee ». Ce n'est pas la mer à boire. J'arriverai sans aucun doute à transformer Miss Holiday en une Sudiste acceptable. En revanche, je ne promets pas qu'elle adoptera jamais un ton suffisamment servile. Elle se rebiffe là contre de tout son être. La bataille est rude, aucune de nous deux n'étant disposée à céder un pouce de terrain. Dans ce corps à corps, bientôt ma peau me gêne. J'ai mauvaise conscience. Son rôle a beau être celui d'une domestique « futée », comme elle l'a souligné elle-même, il n'en offre pas moins une caricature de femme asservie. Mon élève refuse de compromettre sa personne avec son personnage. J'apprécie cette rébellion donquichottesque. Néanmoins, c'est sur moi que s'abat l'orage.

« Écoute-moi, cocotte ! s'écrie-t-elle soudain. Ôte-moi d'un doute : c'est vraiment toi, là, qui es en train de m'apprendre, à moi, comment jactent les négros ? »

En présence des petites grues qu'on m'expédie d'ordinaire, je me serais montrée cinglante. Pour être franche, je ne sais plus ce que je lui ai sorti. Je me souviens seulement d'avoir répondu du tac au tac, en usant de son langage à elle et en imitant ses intonations. Elle a écarquillé les yeux, bouchée bée. Puis elle est partie d'un fou rire si sincère que je n'ai pu m'empêcher de m'y joindre. Et nous voilà toutes deux sur le divan à hoqueter, à nous tenir les côtes et à éponger nos larmes. Je ne pense pas m'être amusée de si bon cœur depuis les obsèques de mon époux. Je ne prétendrai pas que nous sommes devenues bonnes amies après cela. Au moins la glace a-t-elle été rompue. Du coup, il a fallu moins de vingt minutes pour qu'elle prononce ses « Miss Marylee » comme si, de toute son existence, elle n'avait pas quitté Baton Rouge. La leçon à peine terminée, elle a couru chez Arthur Lubin pour exiger que je l'accompagne sur le plateau, lorsque le tournage aura commencé.

De quoi me venge-t-elle ? Par chacune de ses sorties, je me sens lavée d'une offense. Ce sont moins ses innombrables prises de bec avec Arthur Lubin et les représentants de la production qui me font boire du petit lait, que ses altercations, de plus en plus violentes, avec la vedette en titre : l'interprète de Marylee, qu'elle baptise, sans parvenir à me choquer, « la blondasse », « l'épouvantail à bamboulas » ou encore – avec une indéniable force poétique – « l'ombre blanche ». Elle sous-entend par là, je présume, que la précieuse carnation de Dorothy Patrick ne saurait la sauver de l'insignifiance. C'est la stricte vérité. Où sont-ils encore allés la chercher, celle-là ? Les pin-up de contreplaqué vantant les mérites de l'huile solaire ont un visage plus expressif et des attitudes plus gracieuses. Rien ne la distingue des infortunées qui frappent à ma porte. Elle est inodore et sans saveur. D'une parfaite incompétence dans sa spécialité. Et d'une fatuité incommensurable, comme si Garbo elle-même, et Dietrich, et Garland, et Hayworth et toutes les autres n'avaient plus qu'à tirer leur révérence. Mr Lubin la ménage. Il a reçu des ordres, c'est l'évidence. Il voudrait persuader mon élève d'être plus souple avec Miss Patrick. Peine perdue. Elle a découvert que celle-ci avait été élevée dans le mépris des Noirs. Ce que « la blondasse » lui reproche avant tout, c'est d'être venue au monde. Aussi prend-elle un malin plaisir à lui rappeler sans cesse son existence. Entre les prises, elle s'arrange pour se fourrer dans ses jambes, jusqu'à la faire blêmir sous son épais maquillage. Dès qu'elles se retrouvent ensemble sous l'œil de la caméra, la Noire n'a pas beaucoup d'efforts à faire pour éclipser la Blanche. À Miss Holiday qui demandait ce que lui reprochait au juste « l'autre négrière », le metteur en scène a répondu : « De lui voler ses scènes. » Elle a ricané. « Je ne suis pas stupide au point de voler à quelqu'un ce qu'il ne possède pas ! s'est-elle écriée. Cette salope n'a pas plus de talent qu'elle n'a de couleur, c'est pas la vérité ? » Lubin a soupiré. « La vérité, ma chère, c'est que, dès que vous intervenez, s'il y avait un trou dans l'écran à la place de la paraît-il charmante silhouette de votre partenaire, mon film semblerait un peu moins creux… » Il m'a plu, ce jour-là. J'ai même failli le plaindre. J'ai glissé à mon élève : « On eût été mieux inspiré de vous faire rédiger le script de *New Orleans* que de vous le faire apprendre. » Elle m'a lancé par-dessus son épaule : « Tė bile pas, ma vieille ! Ce qui sort de ma bouche, ils auront toujours du mal à l'avaler. Si je suis utile à quelque chose ici-bas, c'est à ça que je sers… »

Miss Holiday n'a pas sa pareille pour fourrer les gens dans sa poche. Elle a pris soin de se lier avec les opérateurs, les éclairagistes, l'ingénieur du son, la scripte, les assistants, les machinistes. À leur corps défendant, tous se retrouvent, comme moi, complices de ses extravagances. Souvent, lorsqu'elle débarque, ayant mis tout le monde sur les nerfs, elle adresse des clins d'œil à la ronde. Hier, elle a tenu à justifier sa conduite devant moi.

« Tu connais le Pres ? » m'a-t-elle demandé à brûle pourpoint. Et, sans attendre la réponse : « C'est un bon professeur, lui aussi. Il m'a enseigné que, dans le show-biz, ton talent, tu le donnes. C'est un truc qui n'a pas de valeur marchande. Ce que tu vends, c'est ce qu'on fait ici, c'est du cinéma. Mais le cinéma qui paie, ce n'est pas celui qui est sur l'écran : c'est celui qui a lieu dans ce hangar. Tu es une star parce que tu te conduis comme une star, point à la ligne. Cette pauvre Miss Marylee de mes fesses, elle est si tarte que, même un caprice, elle ne peut pas faire ça convenablement ! »

Qu'aurais-je pu dire ? Elle alluma deux cigarettes, m'en tendit une et, après avoir soufflé la fumée par les narines, poursuivit :

« Tu sais ce qu'ils magouillent dans leur salle de projection, Welsh, ces deux Blancs, profitant que je n'y suis pas ? Ils s'entendent avec la production sur les scènes qu'ils vont faire sauter au montage. Lesquelles ? Hmm ! Celles où j'ai donné le maximum – tu veux parier ? Et qui va les en empêcher ? Seulement il y a des scènes qu'ils ne peuvent pas jeter aux ordures, poulette, parce qu'elles sont gravées non sur de la pellicule, mais dans la mémoire des gens qui y ont assisté : celles que je leur ai servies sur ce plateau. Si Sadie me regarde de là-haut, je te jure qu'elle n'a pas envie de se foutre par la fenêtre, pour le coup… »

Qui est cette Sadie ? Je regrette de ne pas avoir posé la question.

Plusieurs séquences du film exigent la participation d'un orchestre. Il s'agit d'une petite formation de jazz dirigée par l'unique spécialiste du genre que je connaisse : Louis Armstrong. Une heureuse nature.

Toujours disposé à prêter une oreille attentive aux personnes qui l'entourent ou à les gratifier d'une anecdote irrésistible. S'évertuant à arrondir les angles entre les gens. Sa bonne humeur et son bon sens auront désamorcé je ne sais combien de conflits pendant ces quelque cinq semaines de tournage. Ses musiciens le traitent avec la plus grande familiarité, ils n'hésitent pas à ratisser son argent au poker ou à le chiner sur son embonpoint, mais ils lui portent, de toute évidence, un respect et une tendresse infinis.

Miss Holiday célèbre ce culte avec une ferveur encore plus spectaculaire. J'imagine entre eux une sorte de lien filial, que ne compromettent pas, étrangement, les allusions sexuelles, pour ne pas dire pornographiques, dont ils émaillent volontiers leur conversation. Mon étude des pratiques dialectales m'a peu à peu amenée à en saisir le sens, ce qui me distingue des autres personnes de ma race déambulant sur le plateau 12. On n'a pas le sentiment que, en tenant des propos d'une telle crudité au milieu d'un groupe d'hommes, cette jeune femme éminemment désirable joue avec le feu. J'aimerais comprendre par quel miracle. Pourtant, ces musiciens ne sont pas de bois. J'ai vu comment certains me suivaient du regard. En particulier le clarinettiste, un petit bonhomme chauve un peu rondouillard en qui, au premier abord, on ne soupçonnerait pas un Don Juan. Je fais celle qui ne se rend compte de rien. Venant de ses partenaires, les hommages les plus égrillards ne font pas peur à Miss Holiday. Par toute son attitude, elle applaudit à leur manège. Elle traverse le miroir et devient l'un d'eux. Dans la cour du studio, je l'ai vue un jour porter deux doigts à sa bouche et siffler de bon cœur une troupe de girls qui se baguenaudaient à demi dévêtues.

Mr Lubin ne croit déjà plus à son film, j'en mettrais

ma main au feu. Sa vedette le harcèle, exigeant qu'il mette sa partenaire au pas. Elle a fini par hurler au visage de Miss Holiday : « Ce qu'il vous faudrait, c'est un collier et une laisse ! » À ma grande stupéfaction, mon élève a éclaté en sanglots. J'ai vu Louis Armstrong froncer le sourcil. Je me tenais à la gauche du fauteuil où Mr Lubin contemplait le bout de ses chaussures. Le trompettiste était à sa droite. Il s'est penché à son oreille et il lui a murmuré : « Écoutez, chef. Je connais Lady Day depuis des années. Faites gaffe, cette fois. Quand elle pleure, on n'est pas loin d'entendre la sirène de l'ambulance… ! » J'ignore ce que Miss Patrick a lu dans les yeux de Miss Holiday à ce moment-là, mais elle a tourné les talons et s'est enfuie à toutes jambes. Réunis en cercle à quelques pas de là, les membres de l'orchestre, le visage grave, hochaient la tête d'un air entendu. Leur patron a encore laissé tomber : « Nous naissons avec trop de souvenirs, Mr Lubin. C'est ce qui ne va pas avec nous, en Amérique… »

Miss Holiday m'a demandé d'aller lui chercher une bricole dans sa loge. De temps en temps, elle aime bien me faire sauter. Les loges donnent sur un couloir que garde à l'autre extrémité une porte métallique. D'ordinaire, celle-ci est verrouillée. Aujourd'hui, quelqu'un l'a entrouverte. La nuit tombe, on vient d'allumer les lampes. Dans l'entrebâillement, j'aperçois de profil, sur le perron éclairé par une ampoule blafarde, la silhouette de Louis Armstrong. Il ne m'a pas entendue. Il fume une cigarette, les yeux mi-clos. Il est seul, perdu dans ses pensées. On peut lire sur son visage une immense lassitude. Et l'on dirait vraiment quelqu'un qui, se croyant à l'abri des regards, vient de tomber le masque. De son visage a disparu toute trace d'enjouement, d'entrain, d'allégresse, et jusqu'à cette mobilité qui le rend si ouvert. Un voile d'ombre flotte devant son front, autour de ses tempes. Le poids des années tire sur ses paupières, sur les commissures de ses lèvres. Immobile, le trompettiste scrute le ciel. Sa bouche est dure. D'où lui viennent cet épuisement, ce ressentiment, ce renoncement, cette amertume ? Il ne saurait pas plus le dire que moi, j'en ai l'intuition. Ces crises de mélancolie, de tranquille désespoir, je les connais aussi. On ne peut pas du tout les comprendre, mais elles vous rendent limpide l'absurdité même : l'absurdité de votre propre existence. Quand on en a traversé une, on en garde les stigmates jusqu'à la mort. D'ailleurs, on meurt en elles, même si c'est à un âge tendre, même si ce n'est que provisoire. Votre innocence meurt de manière irrémédiable. Une main a semé la mort dans votre cœur. Vous ne parvenez plus à croire au père Noël. Vous entrez en agonie. C'est l'élan de la vie qui s'est lassé en vous. Tout ce que vous pourrez faire désormais est de donner le change. De fuir les perrons solitaires sous des ampoules neurasthéniques, quand le soir descend. Certains jours, pourtant, ils exerceront sur vous un irrésistible attrait, et vous irez mourir un peu plus fort que d'habitude en laissant se consumer à vos lèvres une cigarette qui, quoi qu'il advienne par la suite, aura eu le goût de la dernière.

En regagnant mon domicile, je passe par une boutique de disques que je fréquente à l'occasion. Elle est tenue par un vieillard à l'air rébarbatif et aux manières exquises, qui souvent reste à son comptoir jusqu'après minuit. Il berce ses insomnies d'enregistrements de bel canto. Je lui achète le dernier enregistrement de Miss Holiday arrivé à Los Angeles. Il trône sur un présentoir. L'un des deux titres me paraît résumer en trois mots ce que je viens d'exprimer de façon si emberlificotée : *Good Morning Heartache.* Le casier Louis Armstrong est très fourni. Je demande conseil au propriétaire. Il tire de la pile trois 78-tours. « Voici ce que me réclament le plus souvent les passionnés de cette musique ces derniers temps, Miss Welsh. Connaîtriez-vous donc quelqu'un qui apprécie le jazz ? » Il en a l'air surpris, voire un peu chagriné. « Non, non, Mr Goodwind, dis-je. C'est pour moi. » Il détourne le regard en hochant tristement la tête. Pour le consoler, je prends les trois disques sans même les regarder. J'ai juste le temps d'apercevoir le titre figurant sur l'étiquette de celui qui se trouve au-dessus du lot : *Back O'Town Blues.*

Chez moi, je n'attends pas d'avoir retiré l'épingle de mon bibi pour placer une de mes emplettes sur le plateau du pick-up. À deux semaines de mon trente-sixième anniversaire, je n'ai déjà perdu que trop de temps. Ce que je sais de la musique noire américaine tiendrait au large dans un dé à coudre ! Lambiner n'est plus de saison. Et puis, à part dormir, qui n'a rien de très exaltant, qu'aurais-je d'urgent à faire ? « Lady Day », comme l'appellent les musiciens, chante le morceau couplé avec *Good Morning Heartache.* J'étais si pressée que je n'ai même pas consulté l'étiquette. De quoi est-il question au juste ? Je m'intéresse *à ce que me dit la voix*, et non à ce que me raconte le texte. On sonne à la porte. Il est plus de minuit. Je ne me souviens pas avoir jamais reçu de visite aussi tardive.

Je vais ouvrir : c'est Miss Holiday. Elle ne s'excuse pas de son irruption. L'idée qu'elle aurait pu me tirer du sommeil ne lui a pas traversé l'esprit. Elle me donne l'impression d'être assez nerveuse. Toutefois, elle se détend à la seconde où elle reconnaît sa voix. Son regard s'éclaire, son visage resplendit. Puis elle fronce le sourcil et me lance d'une voix inquiète : « Tu as écouté l'autre face, au moins ? C'est *Good Morning* qui vaut le coup. Certaines de ces galettes, tu sais, seraient plus savoureuses si elles n'avaient qu'un seul côté… » Un instant, elle paraît hésiter à me confier ce qu'elle espère de moi. Elle détourne les yeux, presque embarrassée. Mais elle se ravise aussitôt, et c'est sur un ton de défi qu'elle poursuit : « Dis-donc, cocotte, si tu m'apprenais à parler comme une Blanche ? »

Elle ne me donne aucun motif. Elle n'ajoute pas un seul mot. Les poings sur les hanches, elle attend ma réponse. Le bout de son pied droit commence à battre sur le tapis. Je me sens perdre contenance à mon tour.

« Tout de suite ?

— Pourquoi ? Tu as un rendez-vous ?

— Mais c'est que je ne sais pas si…

— Tu ne sais pas quoi, ma grande ?

— Si j'en serais capable ! »

Elle plisse les paupières.

« Je vois. J'oubliais que, vous autres, bien sûr, vous êtes inimitables !

— Ce n'est pas ce que je veux dire, voyons, Miss Holiday ! balbutié-je.

— Tu veux dire que tu peux m'imiter, moi, au débotté, mais que, pour une fille de couleur, imiter Miss Welsh est une gageure ? C'est ça ?

— Mais non ! Pas du tout. Qu'allez-vous chercher ? Il faudrait que je sache d'abord comment m'imiter moi-même. Réfléchissez ! Qui en serait capable ? Franchement, ça ne tient pas debout. Je suis seulement ce que je suis…

— Et ça te suffit bien, n'est-ce pas ? Toi, tu es parfaite. Félicitations ! Ne change rien, surtout ! »

Elle me tourne le dos, rafle son sac sur la table et me plante là.

Je sais que nous ne nous reverrons plus. Je tremble de tous mes membres. C'est sûr, je vais me mettre à pleurer.

Ils m'ont vue, à Hollywood ! Ce n'est pas demain la veille qu'ils me reverront ! Ils pourraient bien se traîner à mes genoux… Quels faux jetons ! Ils vous réclament, ils ne pourraient plus vivre sans vous et, une fois que vous êtes là, c'est à peine s'ils vous prêtent attention. Le lendemain, ils n'ont plus qu'un souci en tête : se débarrasser de vous. Comment m'éliminer de leur maudit navet ? Ils n'en dormaient plus de la nuit. J'avais à peine fini de tourner une scène qu'ils cherchaient déjà un bon prétexte pour ne pas s'en servir. Louis et moi, nous étions pourtant leurs seuls atouts. Mais c'était justement ce qui leur restait en travers de la gorge : tout l'édifice reposait sur les épaules de deux « artistes de couleur »… Je ne veux pas jeter la pierre à Arthur Lubin, le réalisateur (il n'a vraiment pas besoin de ça !). Libéral à ses heures perdues, il faisait ce qu'il pouvait. Hélas, n'ayant ni la réputation, ni l'autorité, ni le quart du millième du talent d'Orson, il ne pouvait pas grand-chose. Là-bas, ce genre de besogneux peut se retrouver à la rue du jour au lendemain sans que personne fasse mine d'écraser une larme. Trop occupé à sauver sa peau pour songer à sauver son film, il se laissait marcher sur les pieds par la production. Les gros bonnets des studios dépêchaient sur le plateau des porte-cotons qui lui arrachaient le porte-voix des mains, se mêlaient de tout, faisaient battre les montagnes, collaient un bintz pas croyable et tiraient les ficelles aussi allègrement que si ce pauvre Arthur n'avait pas été là.

Ces types-là, bien entendu, m'avaient prise en grippe au premier regard. J'étais la bête noire toute trouvée. J'avais même pris de l'avance ! Pour accentuer le contraste, d'ailleurs, ils pâlissaient dès que je faisais mon entrée. Au moins, je ne les ai pas déçus. Ils en ont eu pour leur argent. Avant la fin de la première semaine de tournage, j'étais devenue leur cauchemar. La face de craie qui leur servait de vedette, et qu'un des pontes, j'imagine, se farcissait entre deux portes, je lui faisais de l'ombre, à ce qu'il paraît. Je ne prétendrai pas le contraire. Pour qu'on la distingue, elle, à la jumelle, il fallait d'abord me pousser, moi, hors du cadre. Ils n'arrivaient pas à me pardonner la médiocrité de cette pétasse. Je ne serais pas étonnée qu'ils aient donné des ordres en douce afin que la pellicule aille directement du magasin de la caméra à la boîte à ordures si par inadvertance mon image s'était imprimée dessus. C'est l'impression que j'ai eue en découvrant *New Orleans*. Ils auraient mieux fait d'intituler cette merde *Comment ne pas filmer une négresse trop voyante, en dix leçons*. Ça aurait peut-être eu du succès… Car ce nanar s'est fait esquinter par les critiques. Par chance, on m'a épargnée. Je me demande encore pourquoi.

J'ai connu des gens qui ont abandonné leur rêve. Ils l'ont jeté aux orties. Il était devenu trop lourd. Au lieu de les tirer vers l'avant, il les clouait sur place. Quand il ne les entraînait pas vers le fond… Mais renoncer à son rêve est une chose ; s'en faire expulser, une autre… Mon rêve de cinéma, de grandes premières au Théâtre chinois, fourrures, diamants, champagne et limousine, j'aurais peut-être fini par l'abandonner dans une chambre d'hôtel. Par lui tourner le dos sans drame et sans regret. Par l'oublier dans un de ces lits aux draps douteux, où ceux qui taillent la route se glissent peu avant l'aube, comme une lettre à la poste, le temps de pouvoir dire qu'ils ont dormi. Ou de croire qu'on les a aimés. J'aurais peut-être fini par l'oublier sur la tablette vide au verre fendu, accrochée au-dessus du lavabo dans une salle de bains sans chauffage, en plein hiver à Milwaukee. Ou au greffe de la maison d'arrêt. Ou sur un parking de supermarché. Avec les reliefs d'un pique-nique où l'on regrette d'être allé. Au pied d'un panneau publicitaire tout décati, vantant au milieu du désert, sous un cercle de busards, les mérites d'un produit disparu. Contre les cailloux rouillés du ballast, dans la courbe où tu peux sauter dans un wagon de marchandises, entre chien et loup, sans te faire repérer du serre-frein. Parmi les herbes folles de toutes les voies sans issue. Dans toutes les ruines de l'Amérique future. Partout où personne ne devrait avoir besoin d'aller… J'ai composé dans ma tête cent mille chansons sur le sujet. Il n'y a pas besoin d'être poète pour ça. Il faut seulement s'être sentie seule parmi la foule solitaire.

Ils ne m'ont pas permis de lâcher ce poids mort. Ils l'ont ôté de mes épaules, mais en m'arrachant la peau du dos par la même occasion. Ils m'ont écorchée vive. Je ne cicatriserai pas de sitôt. Je suis une plaie. Ils ne me l'envoient pas dire. Ils la frottent avec des cristaux de sel, les débris de mon rêve cassé en mille morceaux. Ils me conservent dans ma souffrance. J'envie les poissons morts, qui n'ont même plus un vague souvenir des rivières.

Pendant ce temps, mon ardoise s'allonge. C'est la première pensée qui me vient à l'esprit quand je pénètre dans ma loge. Désormais, en mémoire de Sadie, je m'habille et je me maquille seule. Depuis le temps, je fais partie des meubles au Downbeat, comme autrefois au Society. Morris Levy m'engage dès que je suis libre. Je lui ai demandé de poser un verrou intérieur. De cette manière, on ne risque pas de me surprendre et personne – pas même lui – n'a les moyens de me tirer de là si je n'ai pas envie de me montrer. À moins de briser la porte avec la hache d'incendie à manche rouge, exposée dans une niche vitrée au fond du couloir. J'arrive au club quand je devrais déjà me trouver sur le podium. Je file tout droit dans mon refuge. Je fais celle qui ne voit personne ; chacun prend soin de ne pas croiser mon regard. Ils ont vite appris à jouer le jeu. Demandez-leur à tous : ils ne savent pas où je suis passée. Ils ne savent rien de mes allées et venues. Rien de la bouteille de gin qui gonfle mon sac. Rien de ce que je fabrique derrière cette porte close.

Est-ce aujourd'hui que je vais recevoir mon juste châtiment ? Si je le traite avec arrogance, si je me refuse à lui, peut-être mon public se révoltera-t-il enfin. Quelle chance, s'il se mettait à réclamer ma tête, là tout de suite, pendant que je suis terrée dans mon trou, plutôt que lorsque je comparaîtrai devant lui. Ici, cernée de faux-semblants, de mirages, de miroirs, d'ampoules brillantes, de reflets de verre et de satin, de nuages de poudre, de paravents japonais, je demeure inaccessible. Mais je serai plus nue que nue lorsque la lumière du projecteur, fouillant l'obscurité de la salle, m'aura repérée, cravatée, épinglée sur les planches.

Un verrou, ce n'est qu'un leurre. Dès demain, j'exigerai qu'on mure cette porte. Pendant la guerre du Pacifique, plusieurs de mes correspondants m'ont raconté l'effet que ça faisait, d'être bouclé dans un blockhaus au sommet d'une colline. Si les Japs parviennent jusqu'à vous, ils ne s'escrimeront pas à vous en déloger. Même à la guerre, on a des paresses, on prend des raccourcis. La baïonnette vous démange, mais on pare au plus pressé. Les Japs vous feront hacher menu par les mitrailleuses de leurs Zéros[1]. Ce qu'il restera de vous, ils le trufferont d'éclats de grenades, lancées par les meurtrières. Si d'aventure votre cadavre bouge encore, soulevé comme une moutarde sauteuse par l'éclatement de vos tripes à l'intérieur de votre pantalon, ils le feront tenir tranquille à grands jets de lance-flammes… À chacun ses lubies. Il n'y a sans doute rien de pire que de griller dans un sarcophage de béton, au fin fond d'une jungle où l'on n'aurait jamais dû mettre les pieds. Cependant, parce qu'elle se déroule loin de tout, je préfère encore cette fin à un lynchage en musique, sur un échafaud destiné à des apothéoses.

Dans ma loge, avant d'être rattrapée par la meute, j'aurai largement le temps, pour peu que le panneau résiste quelques secondes, de me faire un dernier fixe. En plein cœur – l'endroit que je vise depuis le premier jour, et celui que j'évite avec le plus grand soin. Ils me trouveront en extase, collée au plafond. Ça ne vaudra même plus la peine de me pendre. Ou alors à l'envers : le cou dans le nœud, mais les cheveux traînant par terre et les pieds pointant vers le ciel. Ça ne vaudra plus le coup de me mettre le feu. Je crépiterai du dedans. Je serai la fille de Bengale. Je ferai la toupie, le soleil, lançant des étincelles dans tous les coins. Et quand je m'arrêterai, on ne ramassera plus sur le parquet qu'un chiffon de papier noirci, pas plus épais que

1. Les appareils de la chasse impériale, pendant la Deuxième Guerre mondiale.

du vent. Vous essayez de le saisir : un peu de poussière s'envole entre vos doigts.

L'heure tourne. Je dévisage dans le miroir la femme qui me reniera au chant du coq, mais qui soutient mon regard. C'est moi qui dois crisper les paupières pour ne pas ciller, jusqu'à me retrouver au bord des larmes. J'ai caché des bouteilles à l'intérieur d'un vieux poêle rendu inutile par l'installation du chauffage central. Ma seringue, mes aiguilles, ma cuiller, le reste de mon matériel sont dispersés dans mes vêtements, dans mon sac, dans diverses planques susceptibles d'échapper à une fouille superficielle. C'est-à-dire à des fédéraux pas très zélés ou à des agents des Stups pas très aguerris (voire pas trop décidés à m'agrafer ; ça arrive : ils ont leurs tactiques et leurs priorités). Ce risque-là, il faut bien que je le prenne. Pour le reste, Joe veille à tout. Il contacte les bonnes personnes et n'a pas son pareil pour passer entre les mailles du filet. C'est le fournisseur idéal. J'ai décidé de le faire bénéficier de mon fric, exactement comme je profite de ses relations. Nous échangeons nos bonnes fortunes. Ça nous laisse loin du grand amour, je sais. N'empêche que bien des couples ne pourraient pas en dire autant… Joe et moi, nous ne nous aimons pas comme des fous : au moins, nous aimons comme des fous le même truc. Et chacun entretient la folie de l'autre.

Avec nous, les types des Narcotiques jouent au chat et à la souris. Ils n'ont pas besoin de nous filer le train pour savoir où nous sommes. On ne perd rien pour attendre. Ils nous ont sous la main. Ils nous gardent au frais. Ils nous coinceront dès qu'ils n'auront rien de mieux à faire. Le jour où ils l'auront décidé. Au moment précis et à l'endroit exact. Nous ne nous faisons aucune illusion là-dessus. Un toxico un peu futé peut passer des tas de trucs sous le nez des gabelous. Il y a quand même quelque chose de trop gros pour qu'il espère le planquer où que ce soit : sa propre carcasse pleine de creux, d'ornières, de fondrières, d'« échelles » et ainsi de suite. Ça ne se rebouche pas comme ça, les trous d'aiguilles ! Le temps joue en leur faveur. Nous, le temps, on essaie de vivre à côté. Le toxico, c'est à la fois le ver de terre et l'hameçon. Les Stups vous laissent vous enferrer, c'est le cas de le dire, avec votre putain d'attirail.

Pendant que je me livre à mon commerce, le verrou tiré, Bobby patrouille dans le couloir. Il fait les cent pas. Il me protège d'éventuels importuns. Je ne connais personne qui soit à moitié aussi patient que ce gars-là. Cela vient peut-être du fait qu'il ne s'est jamais rien enfilé de plus corsé qu'un jus d'orange sans eau gazeuse… Bobby attend le moment où il ne pourra plus s'empêcher de toquer à la porte. En général, il réussit à tenir jusqu'à 22 h 30. Il sait ce qui va se passer. D'ailleurs, il ne dit rien. Il frappe, c'est le rite. Et moi, toujours le rite, je lui réponds : « J'arrive, vieux ! Une minute. » Et je ne bouge pas d'un pouce. Il ne nous reste jamais plus qu'une heure ou deux à vivre sur les nerfs, lui et moi, en poursuivant… Morris Levy pourrait aussi bien me programmer à minuit, mais il doit craindre qu'alors je ne me montre pas avant l'heure de la fermeture ! Malgré tout, les habitués s'installent dès 21 h 30. Plusieurs se pointent même en avance. À chacun son truc. À chacun son boulet.

Je me chauffe la voix. À ma manière. Sans ouvrir la bouche. Bobby le sait très bien. Il ne s'énerve jamais. Il ne m'engueule pas. Il en aurait le droit, pourtant. Mais ce n'est pas son genre. Il laisse passer vingt minutes d'horloge, et il frappe de nouveau. Et moi :

« Une minute ! Rien qu'une minute ! » À quoi songe-t-il ? Est-ce qu'il téléphone à sa mère, pour tuer le temps ? C'est bizarre : en dehors de Teddy Wilson, et de Jimmy Rowles à L.A., j'ai eu principalement trois pianistes (Eddie Heywood, je le compte pour du beurre : nous n'avons jamais été proches). Tous les trois étaient des fils à maman. Je suis tombée amoureuse de Bobby Henderson et de Sonny White. Bobby, je ne peux pas lui jouer ce coup-là. Il me connaît trop bien. Il ne me connaît pas mieux que les deux autres, en fait, mais il connaît celle que je suis devenue. La fille à la seringue. Sonny et mon premier Bobby, ils ne savaient pas plus que moi comment les choses allaient tourner. On avait des projets ensemble. Ils se faisaient de belles idées sur moi. Bobby Tucker, je suis sa chanteuse préférée. Et sans doute sa femme préférée, après sa mère. La préférée parmi toutes les femmes qui ne vous ont pas mis au monde et ne vous donneront pas d'enfants. Il m'aime à sa façon, mais il me voit comme je suis. Il me voit comme je serai. J'ai toute la place que je veux dans son cœur. Dans sa tête, il ne me fait pas de cadeau. Il sait que je suis un furoncle mal placé. Il me situe plus haut que n'importe qui, sans me surestimer si peu que ce soit. Comme accompagnateur, il est fantastique. Aucune des erreurs que je commets sur scène ne lui échappe. Il se borne à les réparer, autant que possible. Si je déraille trop, il noie le poisson. Les gens peuvent bien penser que c'est lui qui s'est foutu dedans, ça ne lui fait ni chaud ni froid.

Ce qui m'a toujours remonté le moral, depuis le jour où je suis parvenue à arracher un semblant de compliment à mon père, c'est l'approbation des musiciens. J'ai une veine de pendue : proportionnellement, je compte plus de partisans chez eux que chez les amateurs. Lester a montré l'exemple. Louis, Duke, Basie, Tatum, Nat King Cole, citez le nom qui vous passe par la tête, ils se battent pour me tresser des couronnes. Chez les jeunes qui montent, par exemple, il y a ce petit mec de Saint-Louis, joli comme un cœur, crevant de timidité, Miles Davis, qui aimerait rouler des mécaniques sur la 52e, mais à qui trois choses flanquent une trouille de tous les diables. Sa trompette, parce qu'elle en sait plus long sur lui que lui sur elle. Son ombre, parce qu'elle le suit jusque dans ses rêves. Et moi, parce que j'ai au bord des lèvres une chose qu'il cherche en vain au fond de ses tripes… Il y a aussi cet allumé de clarinettiste italien, le petit protégé de Ben Webster, Tony Scott (un nom qu'il aurait pris pour faire américain). Tony est pire que Miles. Si je lui demandais de se jeter dans le feu pour moi, il commencerait par balancer une jarre d'huile sur les braises, de crainte qu'on l'accuse de faire les choses à moitié. C'est lui qui m'a réquisitionné Bobby, un soir de grabuge, sur le trottoir du Downbeat.

C'était la soirée d'ouverture. Il était prévu qu'Eddie Heywood et son orchestre me tiendraient la main. On avait fait quelques jolis disques ensemble, chez Commodore. Tout se serait très bien passé si Eddie n'avait repris sous cette étiquette le *Begin'the Biguine* de Shaw, réchauffé à sa petite sauce personnelle. Il avait vendu plus de copies de ce machin qu'il n'aurait osé en rêver un soir de malaria. En conséquence ; il exigeait de Morris Levy que *Eddie Heywood* figure sur la marquise au même niveau que *Billie Holiday* et en lettres aussi hautes. Faute de quoi je pourrais toujours m'accompagner moi-même au sifflet à roulette. Entendant ça, Morris avait hurlé à la mort, pendant que John Simmons, indigné qu'on me prenne en otage, collait son poing dans l'œil d'Eddie sans autre forme de procès. Tout le monde s'était braqué. Par miracle, Tony Scott était passé par là.

Il avait été élevé à Morristown, dans le New Jersey. Ses parents ne devaient pas être des Blancs très fortunés, puisqu'ils avaient pour voisine une fermière de couleur, Ma Tucker. Tony et Bobby, le fils de Ma, avaient le même âge, à quelques mois près. Les gamins n'utilisaient pas le même fond de teint, mais ils partageaient la même passion pour le jazz. Tony a fini par se faire embaucher par Ben Webster. Après l'armée, Bobby est devenu l'accompagnateur de Mildred Bailey. J'ai appris par la suite que la squaw l'avait accusé devant tout le monde de s'être trompé d'accords, alors que l'erreur venait d'elle. Il avait pris ses cliques et ses claques, la plantant là devant le micro. Un peu plus tard, elle avait tenté de le récupérer, mais il avait répondu : « Une place dans ton zoo, merci bien ! » La fameuse nuit du Dowbeat, il se trimballait dans le coin. Et Tony, informé de mes problèmes, l'avait aperçu tout à coup, flânant de l'autre côté de la rue. Il l'avait attrapé par la peau du cou et traîné à l'intérieur de la boîte. Et de me raconter ses ennuis avec Mildred. Bobby se secouait dans tous les sens pour lui échapper. « Ne l'écoutez pas ! gémissait-il. Il est dingue. Tout le monde sait que Tonio Sciacca a un grain. » J'ai dit : « Je sais deux choses, vieux. Tony est bien plus fêlé que tu ne l'imagines, et d'une. Mais ça n'est rien à côté de moi, et de deux. Quant à la troisième, c'est à toi qu'elle s'adresse : je t'adore déjà. Alors, qu'est-ce qu'on attend ? Les clients vont foutre le feu à la baraque, si ça continue ! » Il a encore bredouillé : « J'ai même pas un costume convenable ! » Tony a grondé : « C'est pas un défilé de mode ! » J'ai éclaté de rire. « T'en fais pas, ai-je conclu. Je suis la bonne femme :

ils n'ont d'yeux que pour mes jambes ! » Après le set, Tony s'est précipité sur moi : « Alors, qu'est-ce que t'en penses ? C'est pas un bon pianiste, peut-être ? » Je l'ai regardé droit dans les yeux : « Non, pas du tout ! Lui, c'est rien qu'un *putain* de pianiste ! »

Et mon Bobby qui marmonnait dans son coin : « Si j'avais su, j'aurais au moins mis ma cravate de soie… »

Quand un client du Downbeat ou un musicien venu nous entendre le félicite, il répond toujours la même chose : « Tout vient de Lady. Tout arrive grâce à elle. » Je suis ravie de l'entendre. J'ai besoin de l'entendre, chaque jour davantage. Mais je ne suis pas de cet avis. Je n'ai jamais été de ces chanteurs qui laissent leurs musiciens les escorter, leur passer le sel et les abriter sous le parapluie sans se préoccuper de leur présence. J'écoute ce qui se passe derrière moi. J'essaie d'en tenir compte. Si je peux prendre une bonne leçon au passage, je ne vais pas me gêner. J'essaie d'entendre ce que les instrumentistes se racontent entre eux. J'essaie de comprendre ce qui se mijote derrière les notes. J'ai beau être, sur l'étiquette du disque, celle qui dirige l'orchestre, je n'oublie jamais que c'est une faveur qu'ils me font. Avec eux, rien n'est jamais gagné pour une fille qui pousse la chansonnette. Jusqu'à la fin de mes jours, je devrai faire mes preuves.

Ces derniers temps, dans mes disques, dans certains concerts comme ceux du Jazz At The Philharmonic, je ne leur laisse pourtant que la portion congrue. Je n'ai guère le choix. C'est dans l'air du temps. Aujourd'hui, une vraie star déçoit ses fans si elle partage le gâteau. Milt a fini par me convaincre que j'avais intérêt à faire cavalier seul. Norman est assez d'accord. Pourtant, on peut dire que, grâce à lui, j'ai du beau linge à ma disposition. Vous connaissez Norman : il ne lésine pas.

Les brochettes qu'il aligne, c'est un catalogue de pointures. Mais, aujourd'hui, ils sont là pour la décoration, ou peu s'en faut. Il est préférable pour moi, paraît-il, que je relègue tous ces géants dans des tâches subalternes. Plus tu occupes de place, plus les gens s'imaginent que tu as de surface. C'est une sorte d'illusion d'optique. L'argument se tient, je ne prétends pas le contraire. Le succès, je n'ai jamais craché dessus (si l'un de nous deux avait plutôt craché sur l'autre...). Bon gré, mal gré, je prends mes responsabilités. D'ailleurs, personne ne me le reproche. Les instrumentistes en ont trop bavé pour se permettre d'être susceptibles. Chacun d'eux sait à peu près ce qu'il vaut, c'est ce qui compte. La place que jugent bon de lui attribuer les blaireaux, il s'en tape. Du moins s'en taperait-il si elle ne conditionnait, comme son classement aux référendums des magazines, le montant de son cachet... La compétition, il faut bien faire avec, puisqu'on ne vous laisse pas le loisir de faire sans. Chacun pour soi, c'est la réalité que le métier nous impose. Alors, haut les cœurs ! À tous ceux qui réclament du Lady Day, c'est du Lady Day que je dois vendre.

Quand je suis seule en piste avec Bobby, il s'autorise parfois quelques mesures d'introduction (pas toujours), mais il ne prend jamais de chorus. Ce n'est pas une idée de moi. Il préfère me mettre en valeur, tenir le même rôle que le type qui manipule le projecteur. La discrétion, c'est là qu'il prend ses aises. Et c'est parce qu'on ne l'entend presque pas, de la salle, qu'il n'arrête pas de jouer des trucs incroyables. Bobby est seul, cloué à son tabouret, mais il me cerne de toute part. On m'a montré l'article d'un anonyme, publié dans un journal d'étudiants quelconque. Cela disait : « Autour du petit monde de Billie Holiday, le pianiste Bobby Tucker a su créer un univers qui est à la fois son écrin, son décor, son horizon, son paysage changeant. Mais aussi, et c'est là que nous avons affaire à un accompagnateur d'exception, sa doublure (autre couleur, autre matière, autre texture) et, d'une certaine façon, son envers. » Je n'aurais pas trouvé les mots pour le dire, mais c'est exactement ainsi que je ressens les choses. Il se produit autour de mon chant toutes sortes d'événements qui me cueillent à froid, allant jusqu'à me prendre à contre-pied. Et cependant, aucun accompagnement ne me correspond mieux. J'ai parfois du mal à me reconnaître dans ce que Bobby joue, mais sa musique, elle, ne connaît que moi. Sa musique est le secret de la mienne. Si je veux savoir comment je sonne pour de vrai, il vaut mieux que je l'écoute, lui, plutôt que moi-même.

Morristown, ce n'est pas le bout du monde. Bobby habite chez sa mère. Il préfère ne rien changer à cet arrangement et prendre chaque soir le train dans son bled, changer pour le *path*[1] de Hoboken, puis, une fois à Manhattan, emprunter la ligne D qui part de la 34e ; après quoi, il n'a plus qu'à rejoindre le club à pied. Lui, pourtant, n'est jamais à la bourre. Mother Tucker, comme je l'appelle, ne le lui permettrait pas. C'est le genre de femme qui ne s'en laisse pas conter. Elle est tout étroite, sèche comme un coup de trique, mais avec des tendons pareils à des câbles métalliques. Vous feriez un sacré chemin avant de tomber sur plus coriace. On dirait que sa peau a été tannée. Par les quatre vents. Par les canicules et les froidures. Le gel et les tempêtes, le grésil, les tonnerres, les tornades, les embruns de toute espèce. Et puis par les déboires, et puis par les efforts.

1. Un métro rapide.

Le sang d'encre qu'on se fait, entre deux gros soucis. Elle a marché dans la terre. Elle a mis des linges humides sur ses jambes, en écoutant la radio. Elle a marché dans la nuit, quand son fils était militaire, pour entendre des pas autour d'elle. Pour ne pas céder à la tentation d'être morte. Elle s'est payé des bleus, des œdèmes, des entorses, des foulures, des bosses de graisse, des boules pleines d'eau. Elle conserve pourtant des attaches étrangement fines. Sous sa vieille écorce, les travaux des champs lui ont sculpté des muscles qu'elle peut encore bander comme des arbalètes. Des muscles d'acier bleu. La lame d'un couteau riperait dessus… Cela posé, ce qu'elle a de mieux trempé, c'est le caractère. Une demi-seconde lui suffit pour jauger quelqu'un. Inutile de finasser ou de jouer la comédie avec elle : elle vous a catalogué d'emblée. Elle ne se trompe jamais – on ne la trompe jamais. Elle lit dans les pensées. Sorcière dans le Mississippi, elle ferait un malheur.

Bobby a voulu me présenter. À cause de la trotte jusqu'à Morristown, je n'y tenais pas plus que cela. Mais il ne m'a pas lâchée. Le métro, pas question pour moi. Le taxi, on se serait ruinés. Finalement, Joe nous a dégoté une bagnole pour la journée. On s'est rendus là-bas un dimanche après-midi. On s'est arrêtés dans la dernière station d'essence avant la bifurcation – le chemin de terre qui mène de Cleveland Avenue à sa maison natale. Lui, pour acheter des cigarettes. Moi, pour me faire un fixe dans les toilettes. En dépit de tout ce qu'il avait pu me raconter, elle ne me faisait pas peur, sa mère. C'étaient les mères en général qui me donnaient du fil à retordre, depuis que j'avais poussé la mienne dans la tombe.

Je n'avais encore qu'un pied à l'intérieur de sa maison, quand elle m'a déclaré : « Vous m'avez l'air d'une brave fille, Miss Holiday. Je sais que vous prenez soin de Robert, et je vous en remercie. » Avec ces femmes-là, vous évitez les rires bêtes, même si vous planez doucement et que vous ne voyez pas trop quoi répondre. « C'est surtout lui qui prend soin de moi, Mrs Tucker. » Elle lui a jeté un regard pénétrant, comme pour vérifier que je ne racontais pas de blague. « Les hommes sont faits pour ça, non ? » a-t-elle lancé, sur la défensive. « La plupart le cachent bien », ai-je observé. Bobby ne savait où se mettre. Elle m'a souri. « J'ai préparé de la limonade. De la vraie comme dans le temps. » Je ne pouvais pas dire non. « Elle est dans le frigo. Tu trouveras le chemin, Robert Tucker ? » Il a filé sans demander son reste. Elle a cessé de se balancer sur son rocking-chair. Elle s'est penchée en avant et a posé le bout de ses doigts sur mon genou. « Vous savez, m'a-t-elle confié à voix basse, avant de vous rencontrer, il avait déjà tous vos disques. Moi aussi, je les connais par cœur. Il y a toute ma vie, là-dedans. Pas dans les paroles : dans votre voix. Comment vous faites ?… Il y a toutes nos vies à nous autres, n'est-ce pas ? Pas besoin d'aller à l'école. Pas besoin d'aller à la guerre… S'il vous plaît, ma fille, ne lui en apprenez pas trop quand même. J'aimerais tant qu'il ne sache pas tout ce que nous savons, vous et moi. Les femmes, elles ont l'habitude ; les hommes, ce n'est pas pareil. Il faut qu'ils s'imaginent des choses. Un garçon qui comprend les femmes, voilà le pire de tout : qu'est-ce qu'il lui reste ? » Elle me tapotait le genou. Je hochais la tête. Le jour avait baissé. On était là comme des fantômes.

Aussi longtemps que je reste barricadée dans ma loge, avec ma dope, mon antigel et Bobby Tucker montant la garde devant la porte, rien ne peut m'arriver. Je savoure ces instants où mon public m'aime encore : ce seront peut-être les derniers. Tant que je n'ai pas remis mon titre en jeu, je reste Lady Day. Jusqu'où sont-ils capables d'aller, mes fidèles, avant de jeter l'éponge et de se retourner contre moi ? Je suis curieuse de le savoir. Vraiment curieuse. Jusqu'où puis-je tirer sur la laisse ? Et, d'ailleurs, qui la tient, cette foutue laisse ? Mes admirateurs, ou bien moi ? Je les fais valser, et de la belle manière, mais ce sont eux qui mènent la danse malgré tout. Ce soir, supporteront-ils l'épreuve dix minutes de plus ? La supporteront-ils vingt ? Une demi-heure ? Moi, j'aurai prolongé mon sursis d'autant. J'aurai eu la certitude d'être aimée tout ce temps-là.

Dans le jazz encore plus qu'ailleurs, j'ignore pourquoi, le début de quelque chose – ou de quelqu'un –, c'est presque toujours le commencement de la fin. Le jazz avait pris son essor dans le 52e Rue vers 1935-1936 : une dizaine d'années plus tard, il y battait déjà de l'aile. Les clubs qui ne mettaient pas la clé sous le paillasson lui fermaient la porte au nez, proposant désormais d'autres formes de réjouissance. Ainsi le Kelly's Stable et le Spotlite s'étaient-ils métamorphosés en boîtes de strip-tease. Dès janvier 47, *Down Beat* n'y allait pas de main morte : « Le jazz rend son dernier soupir sur la 52e. » Le fait est qu'il ne semblait pas à la veille d'y trouver un second souffle. La Rue-qui-ne-dort-jamais avait fini par se réveiller. Dans une grisaille de mois de novembre. Nous, les maîtres du jazz, nous serions bientôt des rois sans royaume. De vulgaires romanichels. Comme nous l'avions été avant de poser nos valises dans ce petit bout de New York, à peine plus gros qu'un confetti. Au Downbeat Club, les dévots ne rataient pas une messe ; seulement, il n'y avait plus qu'eux dans l'église, et ça faisait comme un grand vide.

Morris Levy y est d'abord allé sur la pointe des pieds, avec Tatum et avec moi. Il nous a proposé de raccourcir nos salaires de moitié. On ne pouvait pas jouer les vierges effarouchées. Miraud comme il était, Art voyait bien toutes ces chaises vides sans personne dessus. Bons princes, on a calfaté le *Titanic* avec nos petites mains et, pour finir, le rafiot a coulé quand même. J'ai replongé dans la schnouf la tête la première. Jusqu'aux épaules, cette fois. Ça n'a pas arrangé mon caractère. Au bout de quelques semaines, mon nom s'est retrouvé sur la liste noire. Il n'y avait plus de boulot pour tout le monde et, moi, maintenant, les gens se battaient pour ne pas m'engager. Joe Glaser s'est déplacé spécialement pour me secouer les puces. Il pleuvait des cordes, ce jour-là. J'ai bien cru qu'il allait sortir une chicote de son imperméable. Mais c'est une poignée de billets qu'il m'a brandie sous le nez.

« Cette fois, a-t-il hurlé, tu me les brises, avec toutes tes conneries ! Tu vois ça ? C'est le prix d'une cure en clinique privée, au Park West Hospital de Manhattan – à croire qu'on vous y soigne à l'or fin ! Tu as trois semaines pour décrocher. Les fouille-merde n'iront pas te chercher là-bas. Allez hop ! Qu'est-ce que tu traînes encore ? Ta piaule est déjà retenue. Le compteur tourne. Hop ! Hop, bonté divine ! Tu me prends pour Rockefeller ? »

La désintoxication « accélérée »... Il y a des fortunes à se faire là-dedans, croyez-moi. Le traitement, ça se résume en gros à ne pas te donner de drogue. Il faut admettre que ça n'est pas sorcier. Tu enfermes ton client et tu attends que ça se passe en fumant dans le couloir et en faisant du gringue aux infirmières... Avec trois ou quatre tonneaux de glucose à te farcir, c'est la dinde froide, ni plus ni moins, mais au prix du caviar. Ce qu'ils te font payer, ce n'est pas tant les « soins » et l'occupation de ton lit que l'incognito garanti sur facture. Pour la facture, il n'y a vraiment pas à se plaindre. Pour l'incognito, c'est une autre chanson… La loi devrait adorer les cures, puisqu'elle fait la chasse aux junkies. Mais, comme elle fait la chasse aux junkies, elle guette les gogos qui se désintoxiquent. À tout coup, ce sont des intoxiqués. Lumineux ! La loi adore bel et bien les cures, parce qu'on ne rêve pas mieux pour gauler du toxico. Il faut donc se faire vidanger en cachette. Pas mal de cliniques ont flairé le filon. La parfaite embrouille. D'abord, on vend de la discrétion très cher ; ensuite, on négocie de l'indiscrétion avec les Stups. Le secret médical rapporte deux fois. Tu touches pour le garder, tu touches pour le trahir. Tout le monde ne se fait pas piéger, mais aucun patient n'est à l'abri. Bien entendu, il a fallu que ça tombe sur moi. Un docteur qui avait besoin d'argent de poche, sans doute. Ou qu'on avait voulu écarter du circuit et qui opérait en franc-tireur… Dans une combine pareille, les salopards jouent sur le velours. Et la machine fonctionne dans les deux sens. Les gars des narcos peuvent vous mettre la main au paletot et vous proposer le marché suivant : la taule, ou la cure accélérée dans un établissement tranquille, avec des hauts murs et des grands arbres autour d'un grand parc. Ce qui n'est pas précisé dans le contrat, c'est que la maison leur reversera une ristourne sur la note. Pas du tout symbolique. De symbolique, en tout et pour tout, il n'y aura eu que votre décrochage. C'est conçu de telle manière, en effet, que, neuf fois sur dix, vous repiquez au truc avant même d'avoir perdu la clinique de vue. Il suffit que quelqu'un soit venu vous prendre à la sortie avec, bien planqué sous le tableau de bord, une double dose dans du papier de soie, histoire de fêter votre guérison. Ça non plus, ça n'a pas loupé. En deux temps, trois mouvements, mon homme, ce vieux Joseph Luke Guy de Birmingham (Alabama), réapparu comme par miracle, souriant jusqu'aux oreilles, m'a remise dans le circuit. En moins de deux, le premier shoot m'a fait oublier le goût de la dinde. Une fameuse secousse, je vous promets ! Rien que pour rechuter, ça vaudrait le coup d'être clean, de temps en temps.

Mother Tucker m'a invitée à venir passer chez elle, à Morristown, quelques jours de convalescence. Comme tout le monde, elle croyait que je m'étais payé une dépression nerveuse. Mon imprésario et Bobby avaient fait courir le bruit. Ça commençait à beaucoup se porter, la dépression, aux États-Unis. C'était la maladie en vogue. Celle qui posait son homme. Bobby a dansé la gigue quand les docteurs m'ont relâchée. Il s'était mis dans le crâne que la surveillante de nuit, à la clinique, était une vieille salope qui me secouait dans mon sommeil pour me refiler des doses de cheval. Si seulement ! J'aurais moins perdu mon temps là-bas.

Parfois, je me dis que la distance est aussi infranchissable entre les toxicos et les autres qu'entre les Noirs et les Blancs. J'avais les veines à sec : Bobby suspectait le personnel de me fournir en douce. Mon homme m'avait chargée à bloc : Bobby estimait que je récupérais à vue d'œil (c'était son mot, « récupérer »). Il immortalisait l'événement avec sa putain de boîte à savon et menaçait de tuer le veau gras.

Mother Tucker, je ne me prononcerais pas. Même dans le New Jersey, la profession de bouseuse, ça ne prédispose pas une femme à comprendre la moindre chose aux histoires de came. Je parie pourtant qu'elle se doutait de quelque chose. Mais, de quoi, là elle calait. Elle voyait une fille qui se faisait du lard dans sa maison et qui, apparemment, ne s'en plaignait pas trop. Ce qui clochait dans cette image idyllique, comment l'aurait-elle repéré ? Elle reniflait pourtant qu'il y avait un truc pas net là-dessous. Quand elle se figurait que je m'étais endormie, elle se ramenait sur la pointe des pieds, passait la tête par l'entrebâillement de la porte et m'auscultait du regard, cherchant l'entourloupe, pendant que moi, imitant une respiration régulière, imitant fort et large les grosses endormies, je l'observais entre mes cils. Ça pouvait durer des heures. (Enfin, disons qu'elle ne renonçait pas vite.) J'étais heureuse de la baiser, cette vieille pie, je le reconnais. Et pourtant je l'aimais bien. Je ne lui jetterai pas la pierre. Elle m'agaçait. Elle m'attendrissait aussi. Elle n'essayait pas de me coincer, j'avais compris ça. Elle cherchait un moyen de m'aider, au cas où j'aurais eu des problèmes. Cette femme d'acier, elle aurait voulu être une mère pour moi. Je la chérissais comme j'avais pu chérir jadis Ethel Moore, Miss Alice ou Miss Clara. J'aurais voulu pouvoir tout lui déballer et qu'elle me pose les doigts sur le genou, et qu'elle me dise dans le jour qui tombe : « On est ensemble, allez ! ne vous en faites pas. »

Je me suis payé une bonne semaine de doigts de pied en bouquet de violettes chez Mother Tucker. Le 26 avril 47, j'ai repris le collier en participant à un concert au Town Hall de New York avec la formation de Bobby Hackett[1]. Ce même soir, à La Nouvelle-Orléans, c'était la première du film d'Arthur Lubin.

1. Dès 1938, John Hammond l'avait invité à l'une des séances de Teddy Wilson auxquelles Billie participait elle aussi.

Pas question que je m'y rende. D'ailleurs, personne ne m'avait invitée. Ce qui m'a fait chaud au cœur, c'est que Louis Armstrong n'a pas pris la peine de se déplacer non plus. Le lendemain, on a gagné le Colosimo's de Chicago, mon pianiste et moi. L'endroit était historique : Al Capone y avait fait descendre un ponte de la pègre dont il visait la place. On est restés là-bas jusqu'au 6 mai. Nous sommes le 12 et nous revoilà sur les routes. Direction Philadelphie. Je l'avais dit, avec le déclin de la 52e Rue, ça nous pendait au nez, la vie de camp volant. J'ai décroché une semaine à l'Earle Theater. Chaque soir, en alternance avec Louis – quel bol ! On est descendus là-bas en force. Une vraie smala, répartie dans deux bagnoles. Bobby. Joe Guy, qui veillerait à ce que je ne me retrouve pas à marée basse. Mon chien Mister. Un chauffeur qu'on avait loué pour faire chic. Et Jimmy Ascendio, le *road manager*. Si Joe tombe malade ou se met dans l'ennui, Jimmy reprendra le flambeau, question dope. Il connaît plein de monde un peu partout, et dans tous les milieux, ayant, comme Joe Glaser, organisé jadis des matchs de boxe. Par la suite, il s'est reconverti en trafiquant. Il fait la navette entre Philly et la Grosse Pomme avec tellement de came planquée dans sa bagnole qu'il vaut mieux se retenir d'éternuer. C'est un type précieux. À condition bien sûr que les Stups ne soient pas après lui. Ça nous ferait tous repérer. Joe et moi, nous sommes déjà suffisamment voyants. Joe parce qu'ils doivent avoir sur lui un dossier qui tient à peine entre le plafond et le plancher. Moi, parce que je suis moi et que, les célébrités de couleur, c'est une engeance qui leur sort par les trous de nez. On n'est pas à notre place, d'après eux.

Je n'ai aucune raison de me méfier davantage de Philadelphie que de n'importe quel autre endroit. Pourtant, cette bordée, je la sens mal. Et ce, malgré la présence de Louis qui me requinque chaque fois que je l'aperçois. Nous sommes descendus à l'Attucks. Là aussi, ça ne vibre pas droit. Cet hôtel, en soi, n'est ni mieux ni pire que trente-six mille autres où je me suis posée en sillonant le pays, mais quand on rentre se shooter tranquille après le dernier set, je ne sais pas… j'ai l'impression qu'il nous regarde de travers. C'est peut-être Mom qui voit tout de là-haut et qui essaie de me faire du pied sous la table pour me prévenir qu'il y a quelque chose qui cloche…

Nous voici dans la nuit du 16 au 17. Notre dernière. Demain, je suis attendue dans la 52e, à l'Onyx transformé, c'est un moindre mal, en Club 18. Dans moins d'une heure, on sera loin. Nos valises sont bouclées. Il ne reste plus qu'à les prendre dans nos chambres. Mes trois hommes sont partis là-bas pendant que je me démaquillais. Je ne sais pas ce qui m'a pris. Je leur ai couru après dans le couloir, pour les supplier d'éviter l'Attucks, d'abandonner tout le barda qu'ils y avaient laissé et de foncer plein nord sur les chapeaux de roues. Ils se sont foutus de moi et de mes intuitions. Il n'y avait que ma bête, pour se sentir aussi nerveuse que moi. Je me tordais les mains, mais ils n'ont rien voulu entendre. Ils m'ont donné rendez-vous à l'hôtel. Ils ont sauté dans une des guindes. Le chauffeur m'attendait dans l'autre.

À trois blocks de l'Attucks, je n'ai plus aucun doute : la poulaille nous a tendu là-bas une embuscade aux petits oignons. En fait, même pas. Ou alors c'est que le sens du mot « guet-apens » vient de changer sans prévenir. En guise de coup tordu, je tombe sur une opération à grand spectacle. Ils sont toute une armée devant l'entrée et dans le hall, à brandir de l'artillerie et à se marcher sur les pieds en prenant des airs importants. Des jeunes du bureau des Narcotiques. Ils arrivent à se rassembler tous, même les Noirs, les Chicanos et les Cherokees. S'ils devaient intervenir contre des mecs vraiment dangereux, ils ne réussiraient qu'à se bousculer les uns les autres et à se foutre leurs mitrailleuses dans l'œil. Ce n'est pas pour autant que je prends la situation à la rigolade. Je n'aperçois mes trois oiseaux nulle part. Est-ce qu'on les a déjà coffrés ? Est-ce qu'ils ont fini par comprendre ce qui les attendait et par se défiler en douce, avant qu'on les repère ?

Je me détourne pour qu'on ne me reconnaisse pas de l'hôtel. J'ordonne au chauffeur de passer son chemin la gueule enfarinée, bien pépère, sans rien faire qui attire l'attention, puis d'enfiler la première à droite. Ce tordu tremble comme une feuille. Comment la bagnole ne dessine pas des huit sur la chaussée, c'est une chose qui me dépasse. Me voilà bien, avec un empoté de ce calibre ! S'il avait pris le volant, Mister me serait plus utile. Une seule solution. Je fais dégager l'autre pantin, en lui demandant de ne pas couper les gaz (c'est une fameuse gymnastique, dans cet habitacle !), et je m'installe aux commandes à sa place.

Là-dessus, un agent du F.B.I. que j'ai déjà rencontré je ne sais plus où avise la bagnole. M'a-t-il retapissée ? Il plonge la main à l'intérieur de son veston et se dirige vers nous en pressant l'allure. Pas le temps de fignoler. Du pied gauche, je m'écrase le droit sur le champignon et je donne un grand coup de volant afin de m'écarter le plus possible du trottoir d'où mon flic est en train de s'envoler, le cap sur notre capot. Un peu brusque, la manœuvre, je dois l'admettre. Cette putain de caisse répond par une embardée et un bond en avant. Ça fait beaucoup. J'ai le sentiment qu'elle s'est déboîtée de son châssis, que les pneus ont sauté des jantes. Au moins, pour l'instant, elle continue de rouler. Je ne vais pas lui laisser l'occasion de numéroter ses abattis. C'est pour mon matricule à moi que ça chauffe ! Le poulet, qui a bien failli y perdre les plumes, qu'a-t-il pensé dans sa tête carrée ? Que je l'avais évité in extremis ou que j'avais bifurqué dans l'intention de le déquiller et de l'envoyer pendre aux fils de tramway ? Il n'aurait pas pirouetté sur le côté au dernier moment, son compte était bon. Apparemment, ça ne l'a pas mis de bonne humeur. Dans le rétroviseur, je le vois pointer son feu droit sur nous… Toutes les glaces sont remontées. De toute manière, le sang à mes tempes et mon cœur cognant dans ma poitrine font trop de raffut pour que j'entende les détonations. Mais j'aperçois la petite languette orange crachée par le canon. D'autres suivent, partant de la droite et de la gauche. Des malades de la gâchette se sont joints à la fête. Ils se croient au stand, ma parole ! D'instinct, je rentre la tête dans les épaules. Ce que je crains le plus, c'est que ma semelle finisse par traverser le plancher. Mais pourquoi cette maudite bagnole colle-t-elle comme ça au bitume ? On n'avance pas ! Je bombe depuis cinq minutes et mes poursuivants, qui sont à pied, ne décarrent toujours pas de mon rétroviseur… Le chauffeur, lui, se fout de tout ça : il est persuadé qu'il est déjà mort. Ça m'arrange, en un sens. Au moins, il n'essaie pas de me donner des conseils…

Le lendemain matin, je compte les petits trous ronds dans la carrosserie. On dirait que mon ange gardien n'a pas chômé. Il a dû se sentir obligé, avec la forêt de cierges que Sadie a brûlée pour sa fille… Joe, Bobby et Ascendio ne m'ont pas rejointe. Je n'ai même pas reçu un coup de fil. À mille contre un, ils sont sous les verrous. À moi de me démener pour les sortir de là. Surtout Bobby. Je ne veux pas que sa mère se tracasse. Sans compter qu'il est… – ça ne prêterait pas à confusion, je dirais « blanc comme neige ». Au bas mot ! S'il s'envoie une limonade de plus que d'habitude, il ne trouve pas le trou de la serrure en rentrant.

J'ai fini par récupérer tout mon petit monde, grâce aux relations de mes relations. Mais les Narcos nous tiennent à l'œil. Il y a eu des indiscrétions dans la presse, à propos de la joyeuse équipée de Philadelphie. Des allusions pas trop respectueuses pour la maréchaussée. Des espèces de sourires en coin. Les petits gars d'Edgar Hoover détestent passer pour des guignols. Ils ne vont plus nous lâcher. Nous sommes les prochains sur la liste, ça ne fait pas un pli. En particulier Joe et moi, parce que nous avons le toupet de nous prendre pour des artistes. Nous ne nous faisons pas d'illusions. Ils ont assez de preuves contre nous pour nous mettre à l'ombre. Dans la chambre de Jimmy, à l'Attucks, ils sont tombés en moins de deux sur le paquet de came qu'ils avaient pris la précaution de fourrer eux-mêmes sous le lit – cette bonne vieille blague qui fait toujours rire. Le jour de notre arrestation, ça fera de nous, non plus seulement des usagers, mais des receleurs. Le tarif n'est pas le même. Il n'y a plus qu'à attendre le moment où ils nous tomberont sur le dos. Ils savent que nous ne pouvons rien faire pour nous en tirer. Ils nous tiennent déjà. Ils s'en délectent. Ils s'astiquent. Ils font exprès de nous laisser mariner dans notre jus.

Ça n'aura duré qu'un week-end, leur petit jeu, mais, dès le dimanche matin, je n'en pouvais déjà plus. On s'était séparés, avec Joe, afin de leur compliquer un peu l'existence. Pour l'honneur. Le lundi, 19 mai, vers sept heures, ils se décident enfin. Ils débarquent à cinq au Marden et me tirent du lit, nantis d'un joli mandat tout neuf qu'ils agitent au-dessus de leurs têtes comme s'ils avaient décroché le pompon sur les chevaux de bois. Ils sont d'excellente humeur, frais comme la rose. Ils puent l'eau de toilette. Je suis rentrée à peine deux heures plus tôt. Mes propres chansons m'ont filé le bourdon. Je me sens trop crevée pour simplement tenter de leur mettre leurs raves dans leur panier, à mes visiteurs. On se rend en procession à Harlem. Presque bras dessus, bras dessous. Joe, lui, est descendu au Grampion, dans St Nicholas Avenue, chambre 12. C'est là qu'ils m'emmènent. Si ça se trouve, mon homme vient de faire le plein avec le fric que je lui ai confié. J'essaie de l'avertir. Je lui crie dans le couloir d'étouffer la marchandise. Raison de plus, bien sûr, pour qu'ils m'embarquent avec lui. Ils nous traînent à leur antenne de Church Street. Ils font venir une femme en uniforme pour la fouille. Ils nous visitent en grand, chacun dans un cagibi. Ils prennent des notes. Ils se frottent les mains. Joe Glaser (qui l'a prévenu ?) se pointe la cravate en bataille, flanqué de deux avocats.

Tout le monde se met à jouer les marchands de tapis. Je me désintéresse de la partie. Mon imprésario m'empoigne par un bras. Je suis relâchée contre une caution de mille dollars. Joe Guy, ils se le gardent au frigidaire. Mon impresario tire sur le bord de son chapeau et déclare qu'on n'a plus qu'à s'en aller. Heureusement que j'ai Bobby, soit dit en passant. Il n'est pas de taille à me protéger de quoi que ce soit, mais, moi, je veille sur lui. C'est le seul truc qui me soulage un peu, de penser que je suis encore capable de cacher à quelqu'un les côtés les plus moches de l'existence, et de rassurer sa mère par la même occasion. Mother Tucker l'a bien compris. C'est la raison pour laquelle, même mes parties de cache-cache avec les fédéraux, sous une grêle de balles, elle arrive à fermer les yeux dessus. Je suis là pour son gamin, c'est tout ce qu'elle voit. J'écarte de lui les mauvaises femmes, et les femmes tout court, en attendant qu'il dégote la perle rare. Je sais m'y prendre. Ça me vient tout naturellement. Une demi-douzaine d'années seulement nous séparent, mais il m'arrive de confondre Bobby avec l'enfant que je n'ai pas eu.

Au Club, cette nuit-là, songeant à mon pauvre Joe en cabane, je conclus tous mes sets avec *Lover Man.* Les gens croient que je parle d'amour. Ils n'ont pas tort. Mais si c'est vraiment ça, l'amour, qu'est-ce qu'on fiche ici bas, franchement ? Est-ce que ça valait le coup de nous tirer de la poussière originelle ? Au Marden, les Stups ont laissé béante la porte de ma piaule, après l'avoir enfoncée (pour avoir, je parie, quelque chance de me reluquer à moitié à poil). La direction s'en est lavé les mains. Disques et gramophone portable, fringues, bijoux, babioles et accessoires, y compris la laisse du chien et son collier des dimanches, sauf le papier peint sur les murs je n'y ai rien retrouvé. On fait toujours des heureux, quand on est dans la merde. Disons que c'est une consolation.

Notre affaire doit se juger à Philly. Ils prennent leur temps. Ce sont des gamins, ils ne se sont toujours pas lassés de me faire lanterner. Ils ne veulent pas me rendre mon homme. Le 24 mai, mon engagement prend fin au Club 18. Je vis sur les charbons ardents. C'est-à-dire que je ne vis plus du tout. Joe Glaser et ses hommes de loi me conseillent de précipiter les choses. Ils me dictent une lettre pour un certain Joseph Hildenberger, assistant du procureur, là-bas en Pennsylvanie. À ma grande surprise, le gars me répond par retour de courrier. Puisque je suis si pressée, il m'invite à me présenter devant le Grand Jury, dès le 27. Je suis accusée d'avoir violé l'article 174, alinéa 21, de la loi fédérale sur les narcotiques. « Pour avoir reçu, dissimulé, facilité le transport et le recel de produits stupéfiants. » J'y cours, mais pas assez vite. Je débarque à l'audience avec une heure de retard. Oops ! Ils me regardent tous comme si je sentais mauvais. J'ai décidé de plaider coupable, mais j'ai compris qu'ils ne vont pas faire de cadeau à une fille qui, d'après eux, les a traités comme des loufiats.

Les États-Unis d'Amérique contre Billie Holiday. Rien qu'à lire l'affiche, on a deviné que je n'allais pas épouser le prince charmant à la fin du film. Ils me demandent si j'ai un avocat : non. Si j'en veux un : non. « Alors, signez là. » Ils en ont de bonnes ! Qu'est-ce que je ficherais d'un avocat ? La messe est dite. Pas besoin de payer quelqu'un pour tenir le sac pendant que la justice vous met dedans. Je suis coincée. Ce coup-ci, mon homme ne va pas m'apporter la délivrance dans un morceau de papier de soie. Quant à mon impresario, il m'a sorti tout net : « La taule, je pense que ça te fera pas de mal, tout compte fait. Là, au moins, on te surveillera et on t'empêchera de crever comme une bête. » Le baveux auquel il s'était adressé à New York pour me tirer des griffes des Narcos a fait savoir au juge que l'histoire ne l'intéressait plus. Je comprends ça. Moi aussi, j'en ai ma claque. Finissons-en. Je suis venue pour tirer un trait. Il paraît que ça ne suffit pas. « Vous renoncez à être entendue par le Grand Jury ? » Tu parles ! Qu'est-ce qu'il peut bien comprendre à tout ça, le Grand Jury ? Qu'il retourne donc se cuire des crêpes ! Ces braves bougres plient bagage, un peu déçus tout de même. Je ne suis guère plus avancée pour ça. La seule chose qui me ferait gagner du terrain, c'est qu'on me débarrasse du singe une bonne fois. Mais de vrais spécialistes, cette fois.

J'y suis prête. Je sais qu'on en bave, en désintox. Plus peut-être qu'au cachot. Alors, ce que je demande, ce n'est pas l'aumône. Et ce n'est pas la lune non plus. Ça doit bien exister quelque part, des cliniques sérieuses.

Le proc, un jeune mec, a l'air de partager mon point de vue. Son speech, il me marque tellement qu'il me restera gravé, j'en suis sûre. Si un jour j'écris mes mémoires…

« Miss Holiday, pour son malheur, s'est toujours entourée de parasites et d'escrocs de la pire espèce. L'enquête a établi que, durant ces trois dernières années, elle a gagné près de deux cent cinquante mille dollars *(autant que ça, sans déconner ?)*, cinquante-six à cinquante-sept mille pour la seule année passée, et il ne lui en reste pas un cent. Ses compagnons de voyage étaient ses pourvoyeurs : ils achetaient la drogue entre cinq et six dollars pour la lui revendre entre cent et deux cents, à quantité égale. À notre avis, la meilleure initiative que l'on puisse prendre en sa faveur est de la faire hospitaliser afin qu'elle soit correctement soignée et, peut-être, désintoxiquée définitivement[1]. »

Entre lui et moi, c'est de la transmission de pensée, ni plus ni moins. Tout est clair comme de l'eau de roche. À la place du juge, je m'en tiendrais là. Au lieu de quoi, il se trémousse dans sa robe et brasse du vent à n'en plus pouvoir. Ce gars adore s'écouter. Et il écoute les autres pour le plaisir de leur répondre et de faire connaître à l'assistance son point de vue sur tout et sur rien. Il flanque un bordel pas croyable en appelant à la barre des experts de ceci, des témoins de cela et en leur posant des questions à se taper le cul par terre, du style : « Si j'absorbais la quantité de substance

1. Propos reproduits, à quelques mots près, dans *Lady Sings the Blues* (*op. cit.*).

que s'injecte cette jeune femme en une seule dose, que se passerait-il ? »

Et le soi-disant spécialiste, un agent fédéral pas plus versé en pharmacie que vous et moi, mais tout fier de faire son petit effet : « Vous tomberiez raide mort, Votre Honneur ! »

Le juge avale sa salive. « Eh bien ! marmonne-t-il, tout pâle. Eh bien ! » Il n'a jamais rien vu. D'où ils me l'ont encore sorti, celui-là ? Un commissaire de police débarque à son tour. Il se colle sa casquette sous un aileron et regrette d'une voix tonitruante qu'on ne puisse pas « remonter la filière » grâce à moi. Du coup, il ne voit pas de quelle utilité je serais en cabane. Je ne suis même pas la cinquième roue du carrosse, dans cette affaire. Rien qu'une pauvre malade. Il conseille qu'on me relâche. Le juge fronce le sourcil. C'est le monde à l'envers ou quoi ? Comme délinquante, je comparais : pas comme victime. De toute façon, estime-t-il, bien trop de gens se bousculent à son audience dans le seul but de me faire une fleur. « Je vois que vous êtes une chanteuse à succès ! » ricane-t-il. Mais il se rembrunit aussitôt. Il se trouve que, les fleurs, ce n'est pas précisément le genre de la maison. Et le glaive de la Justice, ça n'est pas fait pour les chiens ! Il agite ses manches. Je vois bien que son petit marteau le démange.

J'écope d'un an et un jour à la Maison fédérale de redressement pour femmes d'Alderson[1]. Il paraît que ça perche en Virginie.

Pas chien, le gouvernement des États-Unis me paie le voyage en train. Il m'offre aussi de la compagnie sous la forme de deux grosses pouffes aux yeux de

1. Federal Reformatory for Women at Alderson (West Virginia).

bœuf, qui font trois fois mon poids chacune et me dépassent d'une bonne tête, mais qui sursautent et sont à deux doigts de lever un coude devant leur figure chaque fois que je fais mine de leur adresser la parole. Ça n'a pas traîné : trois heures après le verdict, montre en main, je me retrouvais en wagon-lit avec cette paire de baleines. Le plus beau, dans tout ça, c'est que, pour que je ne grimpe pas aux rideaux pendant le trajet, les mecs des Stups m'ont refilé dans l'enceinte même du palais de justice une solide dose de morphine, sur leur réserve personnelle. On se marre, non ?

Helen

Père l'a baptisé le « Réformatoire ». Sans une appellation drolatique, il ne pourrait pas admettre l'existence des choses qu'il préfère ne pas regarder en face… Que les prisons pour hommes soient, comme les libéraux le répètent sur tous les tons, des « écoles du crime », il s'en fiche, du moment que le règlement y est strict, la discipline sévère, et qu'on y a rendu l'évasion impossible. En revanche, les prisons de femmes sont à ses yeux des endroits malsains, creusets pour des bouillons de culture qui lui inspirent plus de dégoût physique que de réprobation morale. Il voue une haine tenace aux résidentes, non pour les fautes qu'elles ont commises, mais pour ne pas avoir tout mis en œuvre afin d'échapper à un univers qui, dans son imagination, tient, en cultivant une promiscuité un peu lourde, un peu moite, un milieu incertain entre le dispensaire de brousse, le harem prolétarien, la buanderie mal tenue et la maison close au milieu des paludes.

Il n'a jamais compris mon choix. Son argent m'aurait permis de ne pas du tout m'engager dans la vie active : de notoriété publique, ma dot est de nature à rendre courage aux prétendants que ma fonction aurait intimidés. La formation universitaire que j'ai reçue – contre son avis, il va de soi – aurait dû m'inciter à ouvrir un cabinet d'avocat ou à briguer un poste auprès du procureur de l'État : j'ai répondu à la vocation de garde-chiourme. Laquelle, selon lui, n'en est pas une pour une personne de ma culture et de ma condition et ne convient de toute façon à aucune femme, moins encore si elle est jeune et jolie comme je suis censée l'être.

Père est raciste. Pardon de fournir, s'agissant d'un ancien sénateur virginien, une précision à ce point superflue. Il est raciste et il l'est, en tout sens du terme, *franchement.* Même en suivant les cours de l'université de Virginie, je n'ai jamais pu me convaincre qu'un groupe ethnique était par nature inférieur à un autre. C'est dire si j'étais réfractaire à ce préjugé. Je ne mérite pas l'absolution pour autant. J'ai mes propres lubies. Ainsi, noires, rouges, jaunes ou blanches, je ne considère pas les hôtes du Réformatoire comme des êtres humains à part entière. Ces spécimens n'en sont qu'une reproduction. Ce sont des artifices, des ersatz, des duplicatas, des représentations stylisées, des créations romanesques. Ces femmes peuvent se révéler épouvantablement grossières, brutales, voire sanglantes : elles ne sont pas réelles à mes yeux. Pour être plus précise, ce qu'on appelle « l'existence » me paraît être chez elles une qualité facultative. Qu'elles la possèdent ou non ne change rien à l'affaire. Elles sont aussi irrécusables et aussi immatérielles que les héroïnes qu'on voit gesticuler sur la toile des écrans…

Qu'on les ait ou non assommées de somnifères, mes filles ont le sommeil fiévreux. La maison bourdonne, la maison ronfle de leurs rêves insalubres. Leur respiration empoisonnée dépose sur leurs lèvres un ourlet de gaz bleu. Ou bien le mal les consume, ou bien il se consume en elles. On ne peut pas leur en vouloir, ce ne sont que des marionnettes. Des fictions incarnées. Des cadavres ranimés pour me donner la comédie d'une humanité sans but, s'avilissant à plaisir, s'embourbant en soi-même au lieu de chercher à se fuir. Cette évasion-là, laquelle de ces femmes la tentera un jour ? Laquelle me fera mentir en cessant d'être sa propre caricature ?

Longtemps à l'avance, je mets au freezer une série de mint juleps dans des gobelets en carton. Cela évite le tintement des glaçons. Je me ficherais bien qu'on me prenne pour l'alcoolique que je suis, si une révélation de cette sorte n'était de nature à briser le cœur de Père (bien que lui-même ne craigne personne pour lever le coude) et à me coûter ma place, en dépit des « amitiés » qu'il continue d'entretenir au Congrès et même, je suppose, à la Maison-Blanche. Ma réputation m'indiffère, comme ma cote auprès des « beaux partis » de la région. En revanche, mon poste me tient à cœur. J'ai grâce à lui le sentiment d'évoluer dans un conte, les yeux grands ouverts. Je ne suis plus « de » ce monde. Je flotte au-dessus. Au-dessus de ses contingences. Au-dessus de ses lois, de son ordre dit « naturel ». Mes pensionnaires sont des personnes fictives, et moi qui veille sur leur sommeil, un gobelet dans une main, un revolver dans l'autre, je suis unc ombre parmi les ombres. Tout se passe comme si j'avais appuyé sur la détente pour de bon, après avoir garni les six alvéoles du magasin. Je suis inaccessible. Invulnérable. J'ai sur le monde le point de vue des revenants. J'en aurais le pouvoir si l'envie me prenait de jouer des tours aux vivants. À tous les gens qui se croient autorisés à dormir sur leurs deux oreilles.

On m'expédie de Philadelphie, par le train de nuit, une célébrité. Billie Holiday, la chanteuse de *Strange Fruit.* J'ai hâte de faire sa connaissance. J'ai hâte de voir si le Réformatoire la délivrera comme les autres de son épaisseur, de sa densité, de cette pesanteur maintenant vaille que vaille, hors ces murs, les femmes d'aplomb sur des certitudes qui n'ont plus cours ici, parce qu'elles ne servent plus à rien. Prison, travaux forcés, chaise électrique, on n'est jamais condamné qu'à une chose : ne plus disposer de soi-même. En voilà une au moins, la première depuis que j'ai pris mes fonctions, qui arrive avec l'illusion d'avoir un minimum gouverné son existence, un tant soit peu forcé la main de sa destinée. L'expérience s'annonce passionnante. Je ne ferai rien pour la briser, ce n'est pas dans mon caractère. Toute la question est de savoir comment et en combien de temps elle va renoncer d'elle-même à sa capacité de résistance, à l'intelligence de sa propre situation. Un an et un jour : c'est dix fois plus qu'il n'en faut pour vous renier, quand vous êtes tout ce qui vous reste.

La politique de la maison impose aux toxicomanes quelques formalités d'entrée, susceptibles de les mettre au pas. Elles connaissent dès leur arrivée une période de quarantaine, durant laquelle elles sont soumises, en guise de cure, à un sevrage pur et simple. Cette méthode (ou cette absence de méthode) peut apparaître primitive, mais elle donne d'aussi bons résultats que des procédés plus civilisés. Pour ce que j'en sais, elle les donne plus rapidement et présente l'avantage d'être moins onéreuse. Au surplus, elle fait vivre à ces filles, d'entrée de jeu, un martyre qui vaut tous les bizutages. Les volontés s'assouplissent au cours de cette épreuve, pour l'excellente raison qu'elles n'ont plus de prise sur les événements. Il est difficile de jouer les fortes têtes quand un groupe de témoins, comprenant d'autres détenues, des surveillantes, du personnel soignant et du personnel administratif, vous a vue réclamer votre mère, vous traîner à plat ventre sur le carrelage de l'infirmerie, vous arroser de vos propres vomissures et vous humilier de cent façons, plusieurs jours et plusieurs nuits d'affilée. Je m'arrange toujours pour assister aux crises les plus violentes et je me comporte de telle manière que la malheureuse se souvienne de moi. Tandis qu'elle se débat dans ses déjections, la bave aux dents, je me plante au pied de son lit, pomponnée, parfumée, poudrée, fardée de frais, les dents éclatantes, le chignon lustré comme si je sortais du salon de coiffure et je l'observe, élégamment campée sur mes talons aiguilles. Je l'observe avec ce qu'on pourrait appeler une hautaine bienveillance. Une distance qui n'exclut pas une certaine forme de compréhension et, en tout cas, une complète absence de mépris ou de désinvolture.

Aucune de celles au chevet desquelles je me suis rendue n'a plus jamais essayé de m'en conter, de me rouler dans la farine ou de me tenir la dragée haute. J'en ai repéré deux ou trois qui sont tombées amoureuses de moi (ce genre d'élan est assez bien porté au Réformatoire ; Père frémirait s'il venait à l'apprendre). Rares sont les nouvelles qui, ayant à subir leur initiation entre les murs de l'infirmerie, ne perdent pas le contrôle d'elles-mêmes à un moment ou à un autre. Rares sont celles auprès desquelles je n'ai pas dû jouer les apparitions célestes. La chanteuse aura fait partie de cette élite. Non par défi, non par orgueil, d'après les rapports qui ont atterri sur mon bureau, mais parce qu'elle savait ce qui l'attendait, n'ayant plus rien à apprendre du manque. Elle avait accepté son sort et s'était préparée à l'inévitable. Souffrance pour souffrance, plutôt se mordre les lèvres que d'ajouter l'avilissement aux tortures physiques. Cette réaction me plaisait. Elle me faisait un peu peur, aussi. Aurais-je eu le cran de faire ce choix si je m'étais trouvée dans sa situation ?

Sans avoir l'air d'y toucher, cette fille m'avait contrainte à lui accorder ce que je refusais à ses camarades : une certaine épaisseur humaine. La détermination dont elle avait fait preuve en affrontant le sevrage maison aurait dû éveiller mon attention. Mais je m'étais laissé abuser par certains éléments de son dossier. Après la fouille intégrale qui sert de cérémonie d'accueil, l'arrivante avait dû se plier à toute une série d'examens médicaux et de tests. Depuis peu, « l'évaluation intellectuelle et psychologique » fait fureur dans les maisons d'arrêt et autres lieux de détention. Les résultats obtenus par la chanteuse n'étaient guère en rapport avec sa position sociale, très supérieure à celle de la moyenne des résidentes, les Blanches comprises. Je n'ai pas été longue à constater que le quotient intellectuel de ces femmes est en rapport direct avec des facteurs qui, a priori, n'ont pas grand-chose à voir avec les facultés mentales : le niveau socio-économique du milieu d'origine et la couleur de la peau. Le simple fait d'être noir paraît constituer un sérieux handicap. Je ne m'inquiète donc plus des performances décevantes accomplies par cette partie de la population. Celles de Billie Holiday, pourtant, avaient de quoi faire froncer le sourcil. Son intelligence serait « située dans la basse moyenne ». Avec 81 de Q.I., en effet, on frôle la débilité clinique. Pourtant, si elle n'a pas une parfaite maîtrise des concepts et manque de certaines connaissances élémentaires, elle manie *son* langage *à elle* en virtuose et montre à travers sa conduite une forme de discernement que bien des gens plus âgés qu'elle et issus de communautés plus favorisées pourraient lui envier… « Raisonnement inconsistant », précisait sa fiche. Mais peut-être n'avait-elle pas *besoin* de raisonner pour parvenir à de justes conclusions ? Loin d'être une entrave, une intelligence instinctive lui assurerait un précieux avantage. Son bagage de connaissances pratiques ayant été jugé « pauvre », l'expert avait mis en question son sens des réalités. Découvrant cela, je me suis lancée dans les spéculations à mon tour. J'ai bâti tout un roman, selon lequel, témoignant d'une faculté d'adaptation à tout le moins inhabituelle, elle avait de sa propre initiative abandonné sur le seuil du Réformatoire les repères qui étaient les siens au-dehors. Ils dormaient au greffe dans l'attente de sa libération, avec les 6 dollars 34 et la flasque de gin qu'on avait trouvés dans son sac… Si j'avais vu juste, il était trop tard pour l'attirer dans mon jeu. En se dépouillant elle-même de sa réalité, elle m'avait coupé l'herbe sous le pied.

J'ai affaire au matricule 8407-W : Billie Holiday m'est inaccessible. À moins que je ne parvienne à lui faire réintégrer l'enveloppe charnelle qu'on a remise entre mes mains. Je dispose pour cela de certains avantages. Alderson est une institution rurale. La réhabilitation implique une contribution quotidienne aux travaux des champs et à l'élevage des animaux de ferme. L'établissement comporte six pavillons. Trois pour les Blanches, trois pour les filles de couleur. Les deux groupes ne se mêlent pas plus au réfectoire que dans les dortoirs, à la chapelle ou au cinéma. Ils se déplacent séparément et ne se retrouvent que dans les ateliers, les potagers, les espaces labourés. On m'a déjà signalé que la nouvelle recrue était citadine jusqu'au bout des ongles. Pour elle, c'est un lourd handicap. Ses codétenues vont la considérer comme une snob, une mijaurée, une étrangère. Elle souffrira plus qu'elles de la fatigue, des intempéries, des bestioles, des odeurs, de la crasse et d'une promiscuité naturelle à des personnes qui ont passé leur vie dans des cabanes surpeuplées. De surcroît, si sa besogne ne donne pas entière satisfaction, elle ne jouira pas des petits bénéfices accordés aux pensionnaires dures à la tâche : le droit de fumer à leur guise et l'accès aux différentes activités éducatives (pour l'essentiel, des cours de langue et de cuisine, une initiation à la poterie, au travail du bois et de la céramique). Loin de ses marques, ainsi qu'elle l'a voulu, supportera-t-elle en outre d'être isolée de ses camarades, à la fois par des attitudes de « dame » qu'elle ne pourra pas contenir, un vocabulaire affreusement nordiste, des incapacités insurmontables et des privations dont elle sera seule à souffrir ? J'ai recommandé à la surveillante en chef de l'affecter au potager. L'ouvrage est facile, mais nécessite de prendre des postures harassantes pour qui n'y est pas accoutumé. J'attends. J'ai confiance. La brillante façon dont elle a surmonté les affres de la désintoxication prouve qu'elle a en elle assez de force pour sortir de ses gonds. En les arrachant au passage.

Qui associerait, d'un mouvement spontané, l'idée de stoïcisme à une chanteuse populaire ? Et pourtant… Le matricule 8407-W manque des aptitudes nécessaires aux travaux de la ferme. Et d'enthousiasme pour les accomplir, très certainement. En revanche, son zèle est manifeste, et son application, sans faille. Billie Holiday accumule les observations flatteuses de la part des gardiennes, ce qui lui donne accès aux privilèges dont j'ai parlé. Elle devient, après le travail, l'une des habituées de l'atelier de céramique, où elle se spécialise dans la confection de bijoux d'un aspect plutôt barbare. Avec une indéniable vaillance, du lundi matin au samedi soir, elle s'expose dans le potager au contact d'une faune grouillante qui, a-t-elle confié, fait l'objet chez elle, depuis l'enfance, d'une phobie incontrôlable.

Elle éprouve la hantise de la vermine, des punaises et des scarabées, et plus encore des lombrics et des larves… Ce n'est pas la fréquentation de ces créatures, toutefois, qui va la rendre malade, mais son assiduité auprès des plants de tomates. Elle perd connaissance. Le médecin de garde diagnostique une insolation. Il prend la peine de m'adresser une note manuscrite, précisant que sa morphologie, sa constitution, ses divers antécédents la rendent particulièrement inadaptée à un genre d'exercice pénible pour tout le monde, mais qui, dans son cas, tourne au supplice. En conclusion de quoi il m'invite à l'en dispenser. Croit-il par hasard m'apprendre quelque chose ? Si je l'ai mise à ce poste, ce n'est pas pour qu'elle s'y épanouisse. Le règlement m'oblige à recueillir les avis médicaux, mais je reste libre de les suivre. Sauf si la vie d'une détenue est menacée (du moins en théorie ; dans la pratique, je ne suis pas comptable des accidents, même consécutifs à mes décisions). Comme je ne me sens pas la conscience tranquille, j'obtempère. Qu'on lui évite donc la canicule, les courbatures et les asticots ! La porcherie lui tend les bras. Si ce n'est pas l'endroit d'une villégiature de rêve, au moins l'investissement physique y reste-t-il mesuré. Pour peu que les gorets s'accommodent de votre odeur, vous pouvez y purger votre peine dans des conditions acceptables.

J'espérais bien qu'elle ne partagerait pas cet optimisme : là encore, j'en suis pour mes frais. Qu'elle juge dégradante sa nouvelle position, cela ne fait aucun doute. Il n'y a qu'à entendre les mots doux dont elle accable les malheureuses bêtes, traitées par elle de « putains de merde d'enculés de cochons ». Mais jamais cette révolte ne se retourne contre la chiourme. Elle m'épate. Elle m'énerve. Jusqu'où est-elle capable de tendre l'autre joue ? Je n'imaginais pas chez elle une telle force d'inertie… Elle m'en fournit un nouvel exemple, cependant, en assistant avec une parfaite indifférence au développement de son affaire devant la justice de Philadelphie. À sa place, je serais folle furieuse. La police vient la chercher le vendredi soir et ne me la ramène parfois que dans la journée du mardi, après l'avoir fait mariner tout le week-end dans une cellule d'isolement. À voir la tournure que prennent les événements, il est probable que tout le monde va s'en sortir, sauf elle. Les avocats de son fournisseur, Mr Ascendio, contre qui un arrêt a déjà été rendu, ont pu établir que les agents fédéraux avaient investi sans mandat la chambre d'hôtel où il dissimulait sa provision de drogue : une ordonnance de non-lieu vient d'être prononcée en sa faveur par la cour de cassation. Pendant ce temps, les deux autres larrons, en particulier son concubin, un nommé Joe Guy, s'évertuent à reporter sur ses seules épaules la responsabilité d'une entreprise où, pour un peu, ils se défendraient d'avoir trempé. Elle-même ne songe pourtant qu'à disculper ce triste sire. Grâce à elle, l'homme qui l'a maintenue des années sous la dépendance de la drogue va bénéficier d'un acquittement. Revenant de l'audience qui consacre cette iniquité, elle déclare à mon assistante : « Comme toujours, c'est moi la pauvre conne. » Elle n'en paraît pas affectée outre mesure. Cette infamie coule sur elle comme tout le reste. Elle ne s'est pas seulement cuirassée contre l'adversité : elle s'est rendue invulnérable en s'absentant de soi-même. Voilà pourquoi elle refuse avec obstination de chanter dans les fêtes organisées par ses camarades. Elle prend le risque de se faire détester. Mais le message est clair : la personne enfermée entre ces murs n'est pas celle qui porte son nom au-dehors.

Je crois avoir percé sa stratégie à jour. Pour bénéficier d'une remise de peine, il ne suffit pas de se tenir à carreau : il faut faire un peu de zèle. Prendre sur soi, et par conséquent faire abstraction de ce qu'on est. On en revient toujours là. Plus les jours passent, plus je la crois capable de tenir cette gageure. À quoi bon lui mettre des bâtons dans les roues ? Serais-je devenue mesquine, en plus de tout ? Cette fille ne joue pas, comme d'autres, à la roulette russe avec une arme vide. Quand j'éclaire le tapis, je ne mise que des haricots. Billie ne met jamais rien de moins sur la table que l'intégrité de son corps et le salut de son âme. Une distance infranchissable me sépare de la femme libre, de l'asociale farouche, de la clandestine que je me flatte d'être, la nuit sur mon balcon. Jusque par mes simulacres pervers au bon ordre du monde, je collabore au rayonnement moral de la Virginie et de tous ses sénateurs passés, présents et à venir. La décadence que j'appelle de mes vœux, je lui fais obstacle bien davantage par mes rêveries stériles et mes cérémonials imaginaires que par mes fonctions officielles. Je me persuade que je sens le soufre, mais j'évite de me mettre en danger si peu que ce soit. J'entends bien ne rien sacrifier. Ni mon poste à ma haine des institutions ; ni mon goût des outrages à mon statut dans la société. Je ne suis pas de celles qui lâchent la proie pour l'ombre. Pour le mirage d'un bonheur éphémère, Billie, elle, serait capable de risquer la divine promesse de l'éternité.

Billie, qui, par un bel après-midi de soleil, est allée s'allonger sur le toit de la porcherie et s'y est endormie, laissant passer l'appel du soir, doit goûter du cachot. Cellule d'isolement et privation de cigarettes : c'est le tarif pour ce genre de faute. La sentence est immédiatement exécutoire. On ne réunit pas le conseil de discipline. Il n'y a aucun débat pour décider de la durée de la punition. Même si j'étais tentée de le faire, je ne pourrais pas intervenir en sa faveur. Une fois de plus, elle est sauvée par le docteur Witherspoon qui, lui rendant visite le quatrième jour, dresse en sa faveur un constat de « névrose claustrophobique ». S'il suffisait de mal supporter l'enfermement pour éviter la prison… « Doc Dick », comme l'appellent entre elles ses infirmières, l'ignore sans doute lui-même, mais il s'est entiché du matricule 8407-W.

Comme dans toutes les collectivités, les solitaires ne sont tolérées que si elles tiennent le pari de leur indépendance. Les individualistes incapables de se tirer d'affaire toutes seules, les misanthropes de pacotille, promptes à crier au loup, le tout-venant des égoïstes, sont traités comme un ramassis de profiteuses. Il faut savoir aussi qu'avec les exploiteuses, les tricheuses, les voleuses, et bien sûr les « donneuses », les « bêcheuses » jouissent d'une popularité très relative. À première vue, Billie avait toutes ses chances d'être cataloguée parmi ces dernières. Elle a fait la une de la presse. Elle a gagné des sommes considérables. Elle a fréquenté les riches et les puissants. Elle ne se mêle guère aux jeux, aux conversations, aux complots, préférant à la vie de groupe le contact privilégié avec une ou deux filles triées sur le volet (sans aucun égard pour la hiérarchie en vigueur dans le pavillon : celles sur qui elle a jeté son dévolu ne sont remarquables que par leur insignifiance). Elle ne fait la cour à personne. Elle ignore toutes les avances. Elle ne montre aucun appétit pour les parties de mains baladeuses qui s'organisent au cinéma. Elle n'aspire pas à tenir un rôle dans *Roméo et Juliette,* le dimanche après-midi. Enfin, elle refuse de chanter pour ses codétenues, comme si c'était donner des perles aux pourceaux. Il semble difficile de réunir autant de conditions pour devenir la bête noire et le souffre-douleur de l'établissement. Mais elle échappe à cette fatalité.

Il émane d'elle une distinction à quoi les plus frustes de ses compagnes sont sensibles. Elle a pris du poids, depuis qu'elle est des nôtres. Une jeune femme rondouillarde à peau jaune répandant autour d'elle une forte odeur de soue ne répond guère à l'idée qu'on se fait d'une Nefertiti négro-américaine, même en maison de redressement. Pour autant, à aucun moment, la noblesse et les privilèges afférents ne lui ont été contestés par qui que ce fût. Chacun lui reconnaît – comme à moi-même – le droit imprescriptible de se montrer distante. Peut-être même les autres seraient-elles moins fières de leur star si cette dernière se montrait moins fière avec elles. « Faire la fière » vous incombe parfois, comme l'un des premiers devoirs de votre charge. Les reines sont dispensées d'obligeance envers leurs sujets. On les accuserait de sortir de leur rôle si elles se répandaient en familiarités et en prévenances. Ce qu'on exige d'elles, c'est de ne pas manquer à la générosité, démonstration de leur magnificence. Pas une seule fois la chanteuse n'aura commis cette erreur. Une telle science de la vie carcérale étonne chez une néophyte (du moins l'est-elle si j'en crois son dossier).

De toute façon, ses camarades ont *décidé* qu'elle était, non pas seulement irréprochable, mais exempte a priori de critique. Elle y échappe de droit divin. Indépendamment des erreurs et des fautes qu'on peut lui imputer. Du coup, il n'est plus nécessaire, ni qu'elle s'adapte aux autres, ni qu'elle les force à s'adapter à elle. Loin de prétendre définir la norme (c'est là son coup de génie), elle en incarne l'exception. Cette exception ne saurait être qu'unique, ce qui renforce ses prérogatives. Ses faiblesses, en somme, lui tiennent lieu de cuirasse et de piédestal.

Elle ne s'implique en rien. Jamais pourtant elle n'hésite à se compromettre. J'ai des espionnes. Des filles que je méprise assez pour prêter l'oreille à leurs commérages. Elles s'appliquent à des trahisons qui, de ma part, ne leur rapportent rien et dont je m'interdis de profiter. Je me borne à parfaire mes connaissances sur l'univers qui m'entoure. J'apprends ainsi que Billie commet des larcins, pillant les provisions de bouche dans le but d'améliorer l'ordinaire de ses camarades. Singulièrement de celles qu'on vient de désintoxiquer, et qui souffrent d'une incontrôlable fringale. La régulation du trafic des cigarettes lui doit beaucoup. Depuis que les surveillantes l'ont élevée au grade de « Cendrillon » du bloc n° 6 (en principe, la bonne à tout faire ; en réalité, l'intendante de l'économie souterraine), elle distille un alcool de contrebande dont elle a mis au point la recette, basée sur la fermentation des épluchures de pommes de terre. Je prie chaque jour que l'odeur de cette décoction ne monte pas au nez des surveillantes. Sirotant mon mint julep, je cherche un moyen de goûter à ce breuvage sans attirer l'attention. Est-ce de l'autosuggestion ? Par beau temps, j'ai l'impression de percevoir des relents d'alambic jusque dans mon bureau. Notre bouilleuse de cru va se faire épingler avant qu'il soit longtemps. Je décide de précipiter cette issue, de manière à en contrôler, et donc à en limiter, les conséquences. Le but de l'opération est de ne pas compromettre l'élargissement anticipé auquel je travaille. Plus tôt sera découvert le pot aux roses, plus maigre sera son contenu, ce qui atténuera la gravité du délit. Si c'est moi qui effectue cette découverte, j'aurai plus de latitude pour prononcer, comme sur l'humeur du moment, une sentence légère.

La fouille se révèle encore plus distrayante que je ne l'imaginais. Je tombe sur toutes sortes de cachettes, destinées à préserver des convoitises ou des confiscations une collection de trésors dérisoires. Mon flair finira-t-il par me conduire jusqu'à un produit dégageant de si puissants effluves ? Tout Alderson m'observe. D'un air de plus en plus goguenard. Ma crédibilité, mon autorité sont en jeu. Hélas, dans le pavillon, la puanteur est partout. On jurerait qu'une colonie de putois en a fait sa nécropole. Du coup, les exhalaisons ne désignent aucun endroit en particulier. Et je devine pourquoi, tout d'un coup : Billie prend soin de déplacer sans cesse l'objet du délit.

Je finis par le dénicher là où je ne regarde que par acquit de conscience : sous le tas de charbon qui occupe le fond de la souillarde. Inutile que j'approfondisse mon enquête : la coupable se dénonce tout de suite. Servi sur un plateau, le prétexte de la claustrophobie m'interdit d'expédier l'intéressée au cachot. Comme à regret, je la laisse s'en tirer avec deux semaines d'interdiction de cigarettes. Et, bien entendu, je confisque son chef-d'œuvre. Y ayant enfin trempé les lèvres, je puis affirmer que c'était un service à rendre aux éventuelles consommatrices : l'alcool à nettoyer les vitres doit paraître un nectar, comparé à ce troue-boyaux.

À l'office, Billie a été cantonnée dans les tâches subalternes par la cuisinière en place, une sorcière à l'hygiène catastrophique qui tyrannise ses aides. Elle habite Alderson depuis plus longtemps que moi. Impossible de s'en débarrasser. Elle prend un malin plaisir à prolonger son séjour parmi nous en crachant au visage d'une gardienne chaque fois qu'on menace de lui rendre sa liberté… De toutes ses charges, c'est celle de gâte-sauce qui, me dit-on, pèse le moins à ma protégée. Celle-ci est ravie quand la vieille lui abandonne la préparation d'un des plats du menu, ne serait-ce que le pot-au-feu de carottes du jardin, qui ne demande pas un grand génie culinaire, ou le bouillon d'os de veau. Elle s'en est donné à cœur joie, le mois dernier, alors que sa redoutable patronne croupissait à l'infirmerie. Mes informatrices prétendent qu'elle rêve de suivre les traces de sa mère, d'après elle remarquable cordon-bleu. On me laisse entendre toutefois que ses pieds de porc au court-bouillon ne valent guère plus cher que son whisky d'épluchures. L'unique supériorité de sa ragougnasse sur celle de la titulaire du poste réside en ceci qu'elle n'y trempe pas, en la servant, des ongles bleus comme l'acier et festonnés de crasse.

Aujourd'hui, la chanteuse, avec nous depuis cinq mois, déménage dans une chambre particulière qu'elle conservera jusqu'à son départ, à condition d'en assurer l'entretien de la manière la plus scrupuleuse. Chaque jour, les surveillantes procèdent à une revue de détail, après avoir enfilé un gant blanc. La plus petite trace coûte un paquet de cigarettes. Cette disposition m'inquiète, car Billie est une fumeuse invétérée, prête à courir de gros risques pour assouvir son vice. Je ne voudrais pas qu'elle mette en péril les projets que j'ai pour elle.

Tous les colis adressés aux détenues sont ouverts et inspectés. On leur distribue ce qui peut l'être, compte tenu de notre politique, c'est-à-dire bien peu de chose. Le reste est renvoyé à l'expéditeur. Billie fait le désespoir du service concerné. Son activité a plus que triplé depuis que les dévots de la star ont appris le lieu de sa villégiature. Ils la bombardent de présents auxquels les usages de la maison ne lui donnent pas droit. En particulier de la nourriture, du champagne, des liqueurs, des flacons de parfums, des fards et jusqu'à des sous-vêtements. Des paquets nous arrivent des quatre coins des États-Unis, parfois d'Europe. Un couple de Suisses lui a fait parvenir un mandat de mille dollars, assorti d'une invitation à venir s'établir dans leur propriété, car, précisaient-ils, elle ne serait plus jamais tranquille dans un pays qui avait eu le front de mettre sous les verrous la plus grande de ses artistes. Encore les colis ne représentent-ils qu'un faible pourcentage des envois. Les lettres et les cartes postales sont vingt fois plus nombreuses. Nous les entassons dans une vaste caisse, en prévision de sa sortie. Le règlement limite la correspondance aux échanges avec des membres de la famille proche. Billie n'a désigné personne. Il s'ensuit que, étant la résidente à qui l'on écrit le plus, elle est aussi l'une de celles à qui l'on remet le moins de courrier. Rien du tout, dans son cas.

Je réunis le conseil de discipline et lui arrache une dérogation : le matricule 8407-W pourra recevoir chaque semaine autant de lettres que de paquets de cigarettes. Je demande qu'elle m'indique trois correspondants éventuels. Après mûre réflexion, elle finit par me confier deux adresses. Celle de son accompagnateur, un certain Bobby Tucker, et celle d'un homme du nom d'Ed Fishman, qui envisage de devenir son imprésario. Elle s'obstine à ne pas chanter, pourtant sa voix ne cesse de retentir dans le Réformatoire, les filles ayant la permission d'écouter des disques avant l'extinction des feux. Billie est inondée de 78-tours par ses correspondants. Comme elle ne s'est pas fait expédier de gramophone, elle partage cette manne entre ses camarades. Lesquelles en sont folles.

Ses compagnes la tiennent pour une reine ? Je m'aperçois que je la situe beaucoup plus haut que cela.

À cette nuance près qu'elle n'est pas ma souveraine à moi. Je veux bien, et même je souhaite, qu'elle porte le plus brillant des diadèmes, mais à condition de l'en avoir coiffée moi-même, et sans autre justification que mon bon plaisir. Chaque jour davantage, cependant, elle colle à ses oripeaux de fille de cuisine. La buée du graillon lui fait économiser la brillantine. Elle ne fréquente pas les pires de ses camarades, ce qui aurait encore un certain panache, mais les plus… – comment les qualifier ? – les plus paisibles. Les plus engourdies. Les plus popote, c'est le mot que je cherchais. Les poireaux-pommes de terre. Les serpillière et balayette… Les imbéciles et les bigotes, elle ne les tolère pas du tout. Non plus que les obèses – j'ignore pourquoi, et en dépit du fait qu'elle-même accuse une sérieuse tendance à l'embonpoint. En revanche, elle fraternise avec celles que j'ai surnommées les tricoteuses : le genre de femme, alourdie de bajoues morales, qui, posée sur un banc de pierre, donnera toujours l'impression d'occuper une chaise à bascule. Je n'en connais pas de plus navrant exemple que Marietta Pidgeon. Comme par hasard, c'est avec celle-là que Billie s'est acoquinée. Marietta est née à San Francisco. Les ploucs du Mississippi la jugeraient pourtant un peu trop « nature » et, comme disent les Noirs, « oncle Tom » au-delà du supportable. La pauvre n'y peut rien. En même temps, et c'est peut-être ce qui amuse notre chanteuse, elle en joue. Avec un certain art, semble-t-il. Un coup d'œil à son dossier me rappelle qu'elle nous honore de sa compagnie pour avoir tapé dans la caisse de son employeur, qui lui aurait donné le Bon Dieu sans confession. Une caricature de trop bonne fille, néanmoins condamnée pour abus de confiance. Cela me la rend un peu plus sympathique.

Billie était-elle obligée, cependant, de lui emboîter le pas dans sa manie des dents-de-chat et du trou-trou ?

Tels les pauvres en esprit de la Bible, il y a des tricoteuses en esprit : cette Pidgeon s'est révélée une tricoteuse en chair et en os. Une fanatique de la pelote et des aiguilles. La figure messianique de la Sainte Maille. Et Billie lui tient lieu d'apôtre. Mes espionnes racontent que, étant enfant, cette dernière s'adonnait à la couture dans une maison de correction de Baltimore. Marietta la renouerait en somme aux fils de son passé… Mais quelle frénésie ! Tous leurs loisirs y passent. Je les soupçonne de tricoter sous leurs draps, lorsqu'on a éteint les lumières. La chanteuse sécrète à jet continu des pulls et des écharpes. Elle excelle dans la torsade, le haut-relief, le motif tourmenté, la fantaisie baroque. Ce phénoménal ouvrage prend le chemin du New Jersey, où habite son pianiste, lequel doit être un homme extraordinairement frileux, locataire d'un igloo. Au moins, je n'aurai pas de peine à faire passer Billie pour une prisonnière modèle devant la commission des libertés conditionnelles.

Le jour venu, ma proposition est acceptée à l'unanimité. Il ne reste qu'une formalité à remplir. Une épreuve réservée par l'administration pénitentiaire aux usagers des stupéfiants. On les expose à la tentation. Vous rêvez de paradis artificiels ? Eh bien, servez-vous ! Voici des herbes, des poudres, des pilules, des mixtures. S'il n'y en a pas assez, on vous en fournira encore. Dans toute la Virginie, on n'en a vu qu'un seul tomber dans le panneau. Il faudrait lui élever un monument, pour avoir fourni un semblant de pertinence à cette machination puérile. Le matricule 8407-W n'aura pas une telle obligeance. Même un bâton de guimauve, elle l'aurait repoussé si c'était une gardienne qui le lui avait tendu.

Billie nous quitte. C'est ma raison de vivre qui s'en va. Ma raison de vivre dans cet asile d'aliénés. Dans ce refuge de gens qui ne s'appartiennent plus. J'en demeure le plus beau fleuron. Le plus pitoyable, sans vouloir me vanter, car le seul qui avait le choix d'échouer ailleurs.

J'ai reçu la chanteuse avant son départ. C'est le rituel. Je lui ai posé les questions de rigueur. Ponctuées de « madame » et de « Miss Hironimus », ses réponses ne furent pas moins conventionnelles. Elle allait regagner New York. Elle allait repartir sur de nouvelles bases. Alderson l'avait guérie de la drogue et des « bêtises » ; elle nous en était infiniment reconnaissante. Allait-elle s'empresser de remonter sur scène, de refaire des disques ? Elle n'avait encore rien décidé. Mr Fishman souhaitait lui organiser un concert à Carnegie Hall. Elle n'avait dit ni oui ni non. « Que feriez-vous à ma place, Miss Hironimus ? » Je me suis levée afin de mettre un terme à cette mascarade. « En tout cas, ai-je soupiré, je ne me tirerais pas une balle dans la tête. » Elle a souri. « Ça, madame, sûrement pas. Moi, ce serait plutôt les balles dans le pied.

— Allongez le pas, ai-je dit. Vous vous raterez peut-être. »

Lady Day

Libérée pour bonne conduite !... J'en ai assez bavé pour ça. Je les ai eus jusqu'au trognon. Ils n'y ont vu que du feu. Mais il a fallu que je me surveille presque en permanence. Une partie de corde raide entre deux précipices : l'hostilité des filles et l'hostilité des matonnes. En cabane, tout se tient. Si les copines se méfient de vous, vous corrigez le tir et ce sont les gaffes que vous avez sur le dos. Les faux pas, je ne les ai pas tous évités, mais j'ai toujours su me rattraper aux branches. L'un dans l'autre, j'ai tenu le cap. Je savais ce que je voulais depuis les premières heures passées dans cette espèce de mouroir à vif qu'ils ont le toupet d'appeler l'« unité de désintoxication ». Quand vous êtes n'importe qui, le plus efficace, c'est de vous raconter comment vous allez vous faire la belle dès que vous serez capable de mettre un pied devant l'autre. Si votre visage est connu dans toute l'Amérique, en revanche, la cavale n'est pas pour vous. Abandonnez tout de suite ce genre de rêve. Votre unique espoir est d'être relâchée avant l'heure. Heureusement, ils ont prévu le cas. Il y a une commission exprès. Mais retenez bien une chose : ce n'est pas la commission qui va vous ouvrir les grilles, c'est vous. Il n'y a que vous pour trouver la clé des champs. Mais il va falloir jouer serré. Sans une certaine expérience de la taule, c'est foutu avant de commencer. J'ai touché en

Virginie les dividendes du Bon Berger, de mon cinéma avec les mecs des Stups et finalement de toute une vie passée à déambuler sur le fil du rasoir. Entrée à Alderson le 28 mai 1947 pour un an et un jour, comme une sorte d'objet trouvé que personne n'allait réclamer, j'en suis éjectée le 16 mars 48. Avec la bénédiction des autorités. Presque vingt-cinq pour cent de ristourne : pas mal ! Ils me croient « guérie », « amendée », je ne sais quoi encore. Et en quel honneur ? Parce que j'ai réussi à me le faire croire à moi-même jusqu'à la seconde précise où j'ai relevé la plume du registre des sorties, après y avoir apposé ma signature. C'est le secret. Il n'y en a pas d'autre. N'essayez pas de jouer au plus fin avec eux. Plus retors, ça n'existe pas. Les femmes comme les hommes, ils ont la perversité dans le sang. Je ne leur en veux pas, en ce qui me concerne. C'est leur façon de tenir le coup au milieu de moitiés de détraqués dont certains vous dévisseraient la tête rien que pour entendre le bruit que ça fait. À Alderson, simple maison de redressement, on n'accueillait pas les assassins. Ça n'empêchait pas les filles d'être toutes plus ou moins tordues, et je me mets dans le même sac. De toute façon, la prison vous rendrait comme ça, si jamais vous ne l'étiez pas au départ.

Ma plus fière chandelle, je la dois à la mère supérieure du couvent : Miss Helen Hironimus, fille de l'ancien sénateur du même nom. Celle-là, elle croisait trop de femelles depuis trop longtemps. Elle n'aurait pas été la première dans le métier à leur sauter dessus, et aucune parmi nous ne lui en aurait tenu rigueur. Mais voilà, cette garce était trop bien élevée. À trente ans passés, elle n'avait toujours pas compris à quel point les femmes lui plaisaient. Alors, elle se conduisait comme une allumeuse, en toute innocence. Elle vous apportait des bouquets à l'hostau. C'est tout juste si elle ne vous déposait pas un baiser sur le front, pendant que vous grelottiez en désintox. Sur quoi, elle vous tournait le dos, vous balançait son joli popotin sous le nez et, à la première incartade, n'oubliait jamais de vous faire déguster. Les taulardes qui ont un peu d'expérience apprécient que chacun reste à sa place. Ce n'est pas plus facile à vivre, mais c'est plus facile de s'y reconnaître. Avec cette Hironimus, vous étiez tout le temps obligée de vous prendre le chou.

Moins qu'elle, cependant. Elle n'a jamais su sur quel pied danser. Pas un seul jour, aussi longtemps que je suis restée là-bas. Celles qui avaient compris le truc la menaient par le bout du nez. Entre les matonnes et nous, c'était une compétition permanente, à qui tirerait les ficelles. J'étais bien placée. Moi, elle n'arrivait pas à décider par quel bout me prendre. Elle me regardait comme une poule qui avait trouvé un couteau. Est-ce que je lui avais tapé dans l'œil ? Est-ce que ça l'impressionnait, ma renommée ? L'idée de se farcir une Blanche, elle ne voulait pas en entendre parler. Une Noire, alors, ça faisait court-circuit sous son crâne : elle fumait de la calotte ! Mais elle me suivait à la trace. Des fleurs, elle ne m'en a apporté qu'une fois, à l'infirmerie, mais elle m'en faisait tout le temps. Ma conditionnelle, elle me l'aurait collée sur les bras si je n'en avais pas voulu.

Je l'ai bien emballée, cette fille-là ! Avec mon tricot, je lui ai donné le coup de grâce. On lirait dans le fond du fond des pensées qu'elle se cachait à elle-même, on verrait sans doute qu'elle m'a flanquée à la porte pour ne plus être tentée de me culbuter sur le tas de charbon… Je me suis bien gardée d'avoir l'air de piger quoi que ce soit à ce qu'elle n'arrivait pas à comprendre toute seule. Autrement, j'étais morte : je prenais du rab. Elle m'aurait inventé tous les péchés du monde.

Rien que pour oublier le sien. Pourtant, comme fille, elle me bottait assez. À ceci près que, jusqu'à mon départ, je n'étais plus branchée gonzesses. Comme je n'étais plus branchée seringue et fumette. Comme je n'étais plus branchée musique. Je me plongeais le nez dans mes pelotes. Dieu merci, j'étais la vraie chaisière.

J'ai promis de me tenir à carreau, rapport à ma conduite une fois dehors. Est-ce qu'on m'avait laissé le choix ? Dans sa dernière lettre, Bobby Tucker me conjure de respecter mon serment. On dirait qu'il ne me fait pas confiance. Pour être franche, moi non plus. Pas trop. Deux mois et quelques à rester peinarde, bien sûr, qu'est-ce que c'est dans une vie ? Eh bien, c'est une paie, quand on n'a pas la vie devant soi. Or, moi, j'ai de qui tenir. Je suis d'une famille où l'on est né pour mourir jeune. Ça vaut toutes les promesses du monde. Qui va me dicter ce que je dois faire de ma vie ? Jusqu'ici, que je sache, personne ne l'a vécue à ma place.

Je suis quand même décidée à mettre de l'eau dans mon vin. Ça ne peut pas me faire de mal, d'être clean et de marcher à peu près droit. Seulement, ça, c'était avant de franchir les grilles… Une fois de l'autre côté, c'est une autre chanson. Il fait beau, comme par hasard, et je n'ai plus du tout envie d'être une brave gosse. Je n'ai plus l'âge. D'ailleurs je ne l'ai jamais eu. Qu'ils aillent tous se faire foutre ! Je saute dans le taxi qui m'attend pour me conduire à la gare. On s'arrête à la première cabine téléphonique. J'appelle Jimmy Ascendio à Philadelphie. Je le réveille, ce con, mais il ne va pas rouscailler : il aime trop ce qu'il entend. On se met d'accord. Philly : dix minutes d'arrêt. Rendez-vous dans la foule, au bout du quai. Il aura la marchandise et le matériel. Je le paierai plus tard. Je ris toute seule.

Je n'ai rien pris depuis des mois, mais, simplement d'en avoir parlé, je sens que ça monte.

Bobby m'attendait à Newark. À peine m'a-t-il aperçue que son sourire s'est effacé. Il tenait Mister en laisse, mais c'était lui qui faisait une tête de chien battu. Le boxer et moi, on avait profité pendant que nous étions loin l'un de l'autre. Encore un peu et j'attrapais le tour de taille de Sadie. Quant à cette bête, je ne sais pas comment Mother Tucker la nourrissait, mais, à coup sûr, elle ne se contentait pas de vieux tibias. Mister avait tellement forci que j'ai hésité à le reconnaître. Notre séparation nous avait beaucoup rapprochés, air connu. Néanmoins, je ne planais pas encore assez haut pour imaginer que, au bout de dix mois et avec toute cette graisse qui me capitonnait, il m'identifierait du premier coup. Même mon odeur avait dû changer pendant que je me languissais à fumer le tabac merdeux du gouvernement, à bouffer les navets du potager et à respirer l'haleine des cochons.

J'étais encore à vingt pas que mon boxer dressait les oreilles, échappait à Bobby, fendait les voyageurs tel un boulet de canon et, s'étant catapulté dans les airs d'un bon coup de jarrets, me retombait dans les bras… Je me suis abattue comme une tour en recevant cette masse de plein fouet. L'animal était monté sur moi et me travaillait de la langue avec une telle ardeur qu'alentour les gens se sont imaginé qu'il me dévorait la figure. Une vieille taupe s'est mise à crier au chien enragé. Bientôt, la garde a déboulé, l'arme au poing. Si je n'avais pas été couchée sous mon chien, pleurant de rire, la pauvre bête y passait. Pendant ce temps, les journaleux en maraude, qui traînent dans les gares avec l'espoir de dégoter la bonne affaire, s'étaient précipités vers nous. Certains m'avaient déjà vue bien en chair.

Une photo était sortie quelque part, prise avec Art Tatum devant le Downbeat : j'arrive à paraître plus large que lui. Percer mon incognito ne leur a pas pris longtemps. Eux et Mister m'ont offert une arrivée en fanfare. Je me demande encore par quel miracle les indics des Stups ne se sont pas pointés. Ils n'auraient pas tardé à repérer que j'étais stone plus qu'à moitié – et alors j'étais bonne pour repartir dans l'autre sens par le premier convoi.

Pourtant, je ne regrettais pas de m'être enfilé dans les toilettes du wagon toute la came que mon organisme me paraissait capable d'encaisser. J'avais dû frôler le rouge. Mais j'avais besoin de ça. Je suis descendue de la voiture : sous mes semelles, je ne sentais rien. Jamais la dope ne m'avait donné la sensation de marcher sur des nuages à ce point-là. Vous déplacer dans ces conditions, c'est comme de boire alors que le dentiste vient de vous insensibiliser les mâchoires. On dit que les amputés souffrent de leur membre absent. Moi, c'était le contraire : j'avais mes deux jambes en bon état de marche, mais elles n'envoyaient plus de signaux au reste de mon corps. Elles se sont débrouillées toutes seules, néanmoins, et je me suis retrouvée plantée sur le quai. Puis Mister m'a aperçue. Avant cela, Bobby Tucker avait réalisé dans quel état je me trouvais. Comment j'avais fait mon compte ? Ça le dépassait. Il réfléchissait. Voyons… Le train était arrivé à l'heure dite. Les dix minutes d'arrêt à Philly constituaient l'unique étape de quelque importance sur le trajet. En si peu de temps, retapisser un dealer parmi les anonymes et s'entendre avec lui dans un coin tranquille, ça tenait du prodige… Cela dit, ce n'était pas ça qui le tracassait, mon petit pianiste. Ce n'était pas ça qui lui brisait le cœur. C'était que j'aie replongé aussi vite, et aussi profond, dès mes premières heures de liberté.

Sur le quai de Newark, où Mister m'avait allongée, la première chose que Bobby m'ait dite, ç'a été : « Comment as-tu pu faire ça ? » Et ça ne signifiait pas : « Comment t'y es-tu prise ? », mais bien : « Comment as-tu osé ? » Il avait l'air si désappointé, il avait l'air si misérable, pendant le trajet jusqu'à la ferme, que j'ai fini par lui dire : « Écoute, Bobby, ne te pose pas de questions. Ne te fatigue pas à comprendre les Chinois si tu n'as pas appris le chinois. Et dis-toi que les Chinetoques eux-mêmes ne l'ont pas appris non plus. Ils le parlent, voilà tout. Tu me suis ?... Pourquoi les gens planent ? Planer est la seule réponse. C'est con, je sais, mais il faut t'y faire, vieux... »

Le concert à Carnegie était prévu pour le 27, un samedi. Ça me laissait à peine dix jours pour me rendre présentable. D'abord, j'avais l'intention de maigrir. Je ne souhaitais pas qu'une de ces tronches molles de reporters me décrive comme la nouvelle Mildred Bailey. Les gens sont comme ça : quitte à vous le reprocher par la suite, ils veulent que vous leur en foutiez plein la vue. J'avais déjà décidé de me changer au milieu de mon numéro, pour frapper les esprits. Comme je devais passer deux fois le même soir, cela exigeait quatre robes, plus celle que je porterais en arrivant au théâtre, et celle dans laquelle il y aurait bien un type pour me photographier à la sortie des artistes. Avais-je tout ça de mettable dans mes réserves ? Bobby a filé sur New York, avec mission de me les rapporter dare-dare. Pendant ce temps, Mother Tucker et moi, nous avons causé. On s'est dit des trucs, toutes les deux, dont on n'aurait pas parlé devant son fils. Elle m'en a confié certains que, par pudeur ou par délicatesse, il aurait préféré me cacher.

J'en ai appris de belles. Je n'avais pas plus tôt eu le dos tourné que toutes les chanteuses du pays, toutes ces greluches qui se prenaient pour mes « rivales », mes « dauphines » (où avaient-elles vu jouer ça ?) s'abattaient sur Bobby tel un vol de sauterelles. Maintenant qu'il était libre, chacune le voulait pour elle seule. Ella Fitzgerald, qui continuait à courir après le succès qu'elle avait eu dix ans plus tôt avec Chick Webb. Sarah Vaughan, qui m'a toujours semblé répandre un parfum d'entourloupe. Et même Dinah Washington, une grande gueule flanquant aux gens une frousse de tous les diables, hommes et femmes confondus. Moi, elle n'ose même pas *songer* à m'impressionner, mais ça ne l'empêche pas de grenouiller comme les autres pour me faucher mon pianiste quand je suis dans le trou. Ce sacré Bobby n'a même pas daigné répondre à leurs propositions. Au lieu de ça, il m'envoyait, à moi, des lettres pour me dire que mes tricots lui allaient comme des gants. On avait de quoi être fières de lui, avec la vieille. Entre femmes, je n'allais pas lui cacher à quel point ça me touchait, cette histoire.

Pas plus que je ne lui ai caché ce qui me tarabustait. Depuis près de dix mois, je n'avais pas chanté une seule note. Ma voix, dans quel état allais-je la retrouver ? Et d'abord, y avait-il encore quelque chose à retrouver au fond de ma gorge, desséchée par la plus longue période d'abstinence que j'avais connue depuis mon premier gin de betterave dans les maisons du bon temps ? Entretenir votre voix, ça ne vous garantit pas de la conserver intacte. Il y a toujours des hauts et des bas, même chez les mieux entraînées, même chez les plus bosseuses. Elles-mêmes vous le diront. Laisser à sa voix la bride sur le cou, en revanche, un jour ou l'autre c'est le pépin assuré. Dans le cas précis, j'avais fait pire. Je l'avais carrément planquée sous le tapis et oubliée là. Je m'étais cousu mon clapet, tout le temps que j'avais passé derrière les grilles. Si je me suis mise au whisky de contrebande, ça n'a pas été dans l'espoir de me huiler les cordes vocales.

Je ne vais pas me répéter à l'infini : ma voix, j'ai beau en vivre, jamais je ne l'ai placée dans un tabernacle. Toute la question est de savoir si quelqu'un en voudra encore, au cas où elle serait rouillée pour de bon. Croyez-moi ou non, ça ne m'inquiète pas pour moi-même, mais pour tous ces inconnus qui persistent à m'adorer. Bobby m'a raconté, dans la voiture, que les tickets pour le concert s'étaient vendus comme des petits pains. Trois mille places : plus une de libre. Un vieux cheval de retour comme moi, j'ai fait aussi bien que Stan Kenton, la sensation du moment ! Mais qu'est-ce qu'ils s'imaginent donc tous ? Ils me prennent pour le Messie ? Je n'ai pas peur de grand-chose – quand on sait ce qui vous attend... –, mais un pareil amour, alors là oui ! ça me donne froid dans le dos.

Mother Tucker a fait venir les peintres pour ravaler la baraque. Ils viennent d'attaquer le salon, virant les meubles dans tous les coins. Dehors, il fait un beau temps sec, alors ils ont garé le piano sur la véranda. Je monte les marches comme on monte à l'échafaud. J'ouvre le couvercle de l'instrument. Je regarde ce putain de clavier ricaner de toutes ses dents. Il se fout de moi, comme toujours... Je me perche à l'endroit où, après l'ouverture du rideau, la salle me découvrirait si j'étais en scène. Et puis j'attends. J'attends le retour de Bobby. Je me fiche pas mal des robes qu'il va rapporter de New York. J'attends qu'il pose ses doigts sur les touches et qu'on voie tous les quatre, lui, moi, sa mère et mon chien, si j'ai ou non de beaux restes. Je n'ai pas l'intention de tricher. Dès qu'il aura posé les fesses sur le tabouret, je lui lancerai : « *Night and*

Day, vieux ! » C'est le test absolu, cette chanson. Une note par syllabe, trois au total, et nous saurons tous à quoi nous en tenir. Même un boxer ne peut pas se tromper. En trois petites notes, ou bien *Night and Day* vous accorde l'absolution, ou bien il vous expédie en enfer, franco de port.

Mother me dit (je ne l'ai pas entendue venir) : « Qu'est-ce que vous attendez là, chérie ? » Je lui réponds : « Ma, demandez-vous plutôt ce qui m'attend. »

Trois petits mots… Le *Night*, personne ne va y faire attention ; les gens seront encore bercés par l'introduction de Bobby. *And*, ça ne mange pas de pain. À peine un mot, en fait. Au pire, je patinerai dessus, mais il ne me fera pas trébucher. Sur le *Day*, en revanche, vous débouchez en terrain découvert, et comme il faut tenir la note, les ennuis ont tout le temps de pleuvoir sur vos épaules. Ceux qui ont entendu mon disque de 1939 savent que *Night and Day* est un des morceaux que j'ai aimés au point de les remodeler à mon image. Je l'ai retapé, recomposé au point que, à partir de la quatrième note, Cole Porter en personne doit s'y reprendre à deux fois pour le reconnaître. Ces trois notes-là, pourtant, ce seront toujours les siennes. Je n'ai jamais voulu y toucher. C'est ma façon de proclamer qu'il reste le légitime propriétaire, en dépit du fait que j'aie abattu des cloisons, posé un nouveau parquet, changé les tapis, les chaises et les fauteuils, les rideaux, les appliques et les boutons de porte, la couleur des murs, la forme des fenêtres. Ces trois notes, je n'ai pas l'intention de passer à travers comme on passe à travers les gouttes. Si je ne franchis pas la chicane, je n'aurai plus qu'à prendre mes jambes à mon cou. Et quand tu arriveras au bord du monde, Lady, surtout n'arrête pas de courir !

Bobby fixe les touches de son clavier comme s'il était surpris de les trouver là. Il n'arrête plus de se laver les mains, sans eau et sans savon. Sa mère s'est retirée sur la pointe des pieds. Elle a senti que son regard serait de trop, maintenant que son garçon n'a plus le courage de croiser le mien. Depuis 39, j'attaque toujours cette maudite rengaine dans la même tonalité. Votre pianiste et vous, ça vous libère de bien des soucis : vous pouvez vous concentrer sur l'essentiel. De plus, je la prends sur un tempo qui m'est propre : beaucoup plus lentement que tout le monde.

Bobby relève la tête et réprime un frisson à l'instant où nos yeux se rencontrent. Je ne souhaite pas savoir ce qu'il a lu dans les miens, mais il se jette sur le premier accord. Il s'y engage de la tête et des épaules, de tout le buste. Quatre mesures d'intro, demandez à tous les chanteurs, ça peut être très court ou très long. Ça peut vous filer entre les doigts comme un torrent de montagne ou étendre un lac sans fin entre le début de l'interprétation et l'endroit où vous devez intervenir. Cette fois-ci, ça ne me procure aucune de ces deux sensations. Il ne se passe rien du tout. Je n'entends même pas Bobby. Mon tour venu, je ne m'entends pas non plus. J'entends une autre fille chanter *Night... and...* Le temps que je me demande si elle passera le *day*, elle se reçoit saine et sauve de l'autre côté.

Sans rire, j'ai peine à admettre qu'il s'agit de moi. Ce *day* résonne encore à mon oreille. Il sonne clair. Il sonne chaud. Il sonne rond. Jamais je ne me serais crue capable de sortir une note aussi pleine à l'époque où, grâce à Lester, rien ne me faisait peur. Là, sur la véranda de Ma Tucker, j'étais morte de trouille. Ça en valait la peine ! Je reviens de loin, mais je reviens dans un carrosse tiré par douze chevaux blancs. Carnegie

Hall, ils en tomberont sur le cul par rangées entières ! Je me suis sacrément bluffée moi-même. Je me suis coupé la chique. Et les trois autres, alors, mieux vaut ne pas en parler !

Bobby a bondi de son tabouret. Il hurle à la mort, les bras en V ; sa figure renvoie les rayons du soleil. Sa mère jaillit de sa maison et plonge sur moi. Mister se met à danser en rond sur ses pattes arrière en miaulant. Quel sabbat ! Neuf mois à l'ombre et je les baise tous ! Neuf mois à l'ombre à glander, faire du tricot, peigner les cochons, fermenter les épluchures, connerie sur connerie – la débile totale dans son grand numéro. À peine le pied dehors : je leur en fous plein la vue ! Avant, je les éblouissais. Là, je vais les rendre aveugles. Ils ne sortiront plus sans leur canne.

Les jours suivants, on a répété. C'est le mot qu'on emploie entre nous. Je veux dire : nous, les gens qui ne répétons jamais. Ça signifie qu'on tue le temps autour d'un piano, plutôt que d'une table de billard. C'est tout à fait sérieux, attention ! Avant un passage à Carnegie, tuer le temps – ou plutôt ne pas se faire tuer par le temps – s'apparente à une tâche écrasante. Le temps ne vous a pas à la bonne. Il vient de loin pour vous engloutir : une vague de cinquante pieds de haut qui s'abat sur vous, et vous n'avez que vos mains pour la contenir. « S'emmerder », ce n'est pas un mot en l'air : c'est se foutre dans la merde, ni plus ni moins. D'aussi loin que vous veniez, chaque seconde qui passe vous rapproche d'un seul endroit : le fond des chiottes.

Une fois sur scène, j'avais un tel trac, tout un nid de hannetons à me chatouiller les entrailles, que j'ai failli demander qu'ils appellent cinq ou six costauds du commissariat pour m'empêcher de filer. J'avais peur aussi de me fuir moi-même par tous mes orifices… J'étais cernée. Pour décevoir le moins de clients possible, ils n'avaient rien inventé de mieux que d'en installer tout un régiment sur la scène. Je n'avais même pas d'intimité avec mes musiciens. Il y avait là, en particulier, Denzil Best, un joueur de balais comme je n'en connais pas deux. Denzil froisse du papier de soie derrière vous : on dirait le froufrou de la Musique en personne, traversant le salon d'apparat, frôlant le marbre de ses jupes empesées…

Vingt ans bientôt que je chantais devant des gens, et tout à coup je ne savais même plus comment on s'y prenait pour ouvrir les lèvres. Je me serais crue à l'Apollo en 36. Au troisième rappel, Bobby et les mecs du théâtre m'ont juré que j'étais tombée dans les pommes.

Le lendemain, un type se serait écrié au micro d'une station de radio : « Lady Day a connu cette nuit, à Carnegie Hall, l'apothéose de sa carrière. » Et dire qu'hier encore, retenue par un fil à la patte, je croupissais au pied de l'échelle, les lèvres scellées ! Après Alderson, Joe Glaser ne me croyait plus trop capable de rebondir. Moi non plus. Et nous n'étions pas les seuls. Par Bobby, j'ai appris que, dans le métier, beaucoup pensaient que j'étais grillée. Les gens faisaient les comptes. Je m'étais payé coup sur coup le flop de *New Orleans*, la débâcle de la 52e, une arrestation qui avait fait la une, puis dix mois d'absence pendant lesquels le jazz, qui est toujours allé plus vite que la musique, avait connu de sacrés bouleversements. Le bebop avait fini par s'imposer. Des tas de trucs nouveaux, ou qui se donnaient le genre de l'être, vous partaient dans les jambes de tous les coins. Comme *has been*, j'étais la candidate idéale. La revenante qui aurait mieux fait de rester là où elle était. Les bonnes âmes se murmuraient que, si j'avais eu pour deux sous de jugeote, j'aurais demandé à rempiler en taule.

Au Carnegie, pendant ce temps, la location battait des records. Pour éviter une émeute aux guichets, on avait dû annoncer en catastrophe un deuxième concert, à minuit. Même comme ça, il faudrait caser du monde sur la scène, quasiment jusque sous le piano. Ce genre de chose, les journalistes, ça les excite. La quantité, en tout, il n'y a que ça qui les intéresse. Combien de clients ? Combien de dollars ? Combien de chansons ? Combien de robes ? Combien de bis ? Et même combien de poids j'avais pu prendre au cours de mes vacances en Virginie-Occidentale… Le type de *Down Beat* a conclu son papier en ces termes (je cite de mémoire) : « Aucune de ses interprétations ne fut accueillie moins que chaleureusement. En fait, il faudrait parler de réaction torride, et même ce terme-là serait en-dessous de la vérité. Lady Day nous est revenue, colossale comme jamais – et ce n'est pas à ces quelques livres en trop que nous faisons allusion. »

Quelle délicatesse ! Et ce sont ces gens-là qui décident de votre sort… Dans ma loge, pendant que je préparais mon entrée, j'étais tellement nerveuse que je m'étais cloué une grande aiguille dans la tête en essayant d'accrocher ma branche de gardénias. Pour arrêter le sang qui me dégoulinait jusque sur les épaules, ç'avait été toute une comédie. Bobby criait à l'assassin. Il me voyait déjà morte. D'une certaine façon, pourtant, l'incident a détendu l'atmosphère. Encore une chance, j'avais prévu d'enfiler ma robe noire en premier. Ça amincit, paraît-il. J'espère en tout cas que, grâce à elle, les taches ne se sont pas trop vues, même des sièges installés derrière mon dos. Après être allée aux bégonias en coulisse, comme je l'ai raconté, la première chose que j'aie vue en rouvrant les yeux a été un contrat qu'il ne me restait plus qu'à signer. L'organisateur m'engageait pour un nouveau tour de manège au même endroit, le 17 avril. Et savez-vous quoi ? À la vente des tickets, cette fois-là, j'ai battu mon propre record.

Me voici de nouveau dans la course. Tout devant. Détachée du peloton. Ce n'est pas forcément un cadeau. Gare aux apothéoses ! À force de grimper plus haut qu'hier, vous finissez par grimper plus haut que demain. Et vous vous retrouvez coincée. Le mur est là, remplaçant l'horizon. Le dernier. Celui qui n'a qu'un seul côté. Ou bien vous vous cassez le nez dessus, ou bien vous vous tapez la tête contre, ou encore vous vous le mettez dans le dos, en attendant ce qui déboule, ce qui vous fonce droit dedans. Quoi que vous fassiez, vous avez perdu. Plus la moindre pièce à glisser dans la fente, la maison ne fait pas crédit et la machine n'accorde pas de partie gratuite…

Joe Glaser a changé d'avis. Il a décrété que, tout bien considéré, je lui appartenais toujours. Qu'un type qui n'était personne, comme Ed Fishman, n'allait pas retirer les marrons du feu à la place du plus grand impresario du pays. Étant de loin le plus calé des deux en matière de coups bas, Joe semblait le plus apte à protéger mes intérêts. De toute manière, je n'avais plus envie de marcher avec Ed. Celui-ci avait réussi à m'embarquer, dix jours après mon troisième triomphe consécutif dans le « Temple new-yorkais de la musique », dans un coup foireux qui aurait pu me coûter mes lauriers tout neufs : une espèce de revue sans queue ni tête, improvisée en toute hâte au Mansfield Theatre et qui promettait au public de ne pas tenir l'affiche plus de cinq jours. Elle arborait, en guise de titre, un jeu de mots merdique : *Holiday on Broadway.*

Ça puait le bouche-trou à plein nez. Le remplacement de dernière minute. Le provisoire, la rafistole. Je me sentais humiliée d'avoir été traînée dans cette galère par un type qui annonçait à tout bout de champ : « J'irai me pendre à un croc de boucher si je ne parviens pas à faire de toi la plus grande ! » La plus grande quoi ? La plus grande poire d'Amérique ? Je suis allée signer avec Joe aussi sec.

« Bravo ! m'a-t-il déclaré à travers ses trois dents en or et son sourire en biais de maquignon. T'es moins bête que t'en as l'air. Bienvenue à la maison ! »

La maison, son écurie ? À quoi ressemble un chez-soi, ce gars-là n'en a aucune idée. C'est peut-être pour ça qu'au fond, si on ne réussit pas à s'aimer, on s'est toujours compris, lui et moi.

En mai et en juin, Joe m'a déniché des engagements à droite et à gauche. Quand je me suis installée pour trois semaines au Blue Note de Chicago, ils ont imprimé noir sur blanc que la ville me mangeait dans la main. À New York, auparavant, j'avais fait sensation à l'Ebony Club de Broadway. Pour l'un, c'était « le retour triomphal de la fille prodigue ». Pour l'autre, devant un auditoire « hautement réceptif », « la chanteuse sépia » avait assuré à l'établissement « ses plus gros bénéfices depuis sa création ». Sur quoi j'ai décroché la timbale : un contrat au Strand Theater de Broadway, pour la sortie de *Key Largo*, le film avec Lauren Bacall, Humphrey Bogart et Edward G. Robinson. J'étais épaulée par Bobby, mais aussi par l'orchestre de Count Basie au grand complet. Retenus pour les six semaines à venir, sept jours sur sept, à raison de cinq shows par jour, on avait décroché le gros lot.

Pres n'était pas de la fête. Il avait définitivement quitté le Basie band en 44, le jour où les M.P. lui étaient tombés dessus dans un bar et l'avaient envoyé faire le pantin dans une caserne, comme si le service militaire était un truc pour des gars de trente-cinq ans, à qui l'on doit quelques-uns des plus beaux solos de ténor du monde… Il a échappé à Okinawa, mais il en a bavé quand même. Lui et l'armée, ils n'étaient pas faits pour s'entendre. Les gradés lui ont tout de suite trouvé un drôle d'air, une drôle de dégaine. En fourrant le nez dans ses affaires, ils sont tombés sur la photo d'une femme blanche. La première Mary, bien entendu. Ça leur est resté en travers de la gorge. Ils lui ont rappelé quelle était sa couleur à lui, si jamais il l'avait oubliée. Ils lui ont foncé la peau à leur manière, avec un traitement qu'ils avaient mis au point… Lester restait planté là, à tout subir. Avec son grand corps et ses cheveux roux, il n'en devenait que plus voyant. Ça n'était pas pour leur plaire. Cet enfoiré leur sortait par les yeux. Ils ont essayé de le guérir d'être Lester Young à coups de matraque. Ils le gardaient au gnouf afin de l'avoir sous la main, quand ils rentraient bourrés à quatre heures du matin et qu'ils avaient envie de se défouler un peu. À la fin – ça, c'est plutôt comique –, comme châtiment suprême, ils n'ont rien imaginé de mieux que de le foutre à la porte. De le priver pour toujours de voir leurs sales gueules et de se faire assommer à tout propos. Ils l'ont pris avec des pincettes et ils l'ont déposé à l'air libre en se bouchant le nez. Chassé de l'armée « avec déshonneur ». J'ai lu le papier. Il me l'a montré pendant un entracte du Jazz At The Philharmonic, en 46. Il regardait dans le vide. Il marmonnait : « Tu ne peux pas savoir, Lady. Tu ne peux pas savoir… » Certains gars disaient : « Ils nous l'ont changé. Ils lui ont pété un ressort. » Wardell Gray, plus long qu'un jour sans pain et planant toujours plus haut que tout le monde, Wardell qui ne se promène jamais sans un bouquin dépassant de sa poche, Jean-Paul Sartre ou autre, répliquait : « Lui, il les a changés, tu veux dire. Il les a rendus encore plus moches qu'ils n'étaient. On y voit plus clair, à présent. Les grands hommes, c'est comme ça, ils font le ménage : la pourriture d'un côté ; ce qui reste à sauver de l'autre. »

Qui attire le public au Strand ? Bogie et Bacall, c'est certain. D'après *Metronome*, j'y serais pour quelque chose, moi aussi. « Comme très peu de vocalistes aujourd'hui, comme aucune autre chanteuse de jazz sans concession, Billie est une attraction cotée au box-office. » Barry Ulanov a écrit ça dans ce canard. Hum ! J'ai ma propre théorie là-dessus. Les gens ont appris que je n'étais pas facile à manœuvrer. Ils espèrent que je vais foutre le bordel. Que je vais me prendre les pieds dans le paillasson. Que toute l'équipe va se retrouver dans la merde à cause de moi. Ils ont reniflé l'odeur du sang. Ils ne paient leur billet qu'avec l'espoir de voir le lion (c'est-à-dire moi) bouffer le dompteur et, avec un peu de bol, se déchirer de ses propres dents. Ils en crèvent d'excitation, ils en vibrent des pieds à la tête, et Dieu sait qu'il m'arrive plus souvent qu'à mon tour d'avoir la tentation de les satisfaire. Ce qu'ils préfèrent en moi, c'est ma mauvaise réputation. Ils attendent qu'elle me retombe sur le coin de la figure. Ils se sentiraient vengés de *Strange Fruit*. Ils se sentiraient vengés du mal qu'on m'a fait, et qui les gêne aux entournures. Ils m'en veulent de mon succès. Ils m'en veulent d'avoir morflé à cause d'eux, en leur nom. Pour ça surtout, ils m'en veulent à mort. Voilà ce qui les fait courir. Plus dure sera la chute, Billie ! Ils ne pensent qu'à ça. Ils s'empressent de me faire la courte échelle. Ils me hissent tout en haut de l'Empire State et ils attendent, les lèvres humides, le souffle court, qu'une saute de vent ou un vertige m'emporte…

C'était un des refrains de Sadie : « À quelque chose malheur est bon. » Je me demande encore sur quoi elle s'appuyait pour nous balancer ça dans les gencives. Ses malheurs à elle n'avaient été bons qu'à lui en attirer d'autres, plus crasseux à chaque fois. Elle ne manquait pas d'air. Elle avait l'humour lugubre, ma petite bonne femme. Et elle appelait ça de la religion… N'empêche que, si j'avais eu ma carte de cabaret, on ne se serait peut-être jamais aimés, John Levy et moi. J'ai interprété ça comme un signe : j'en connaissais déjà un, de John Levy, et c'était un bon contrebassiste. Bobby l'avait pris dans son trio. Il ne la ramenait pas, mais il était un peu là. C'est le gars qui vous donne ce dont vous avez besoin. Juste ce qu'il faut. Une perle, pour une chanteuse. L'autre, John H. Levy, avait des parts dans l'Ebony Club, sur Broadway. Comme le tromboniste Dickie Wells. Mais John, lui, ne se contentait pas de palper à la fin du mois : il gardait la boutique, dès qu'il n'avait rien de mieux à faire.

Je le rencontre, son regard s'allume, il se lisse la gomina au-dessus des oreilles et il me dit : « Fillette, tu peux venir chanter chez moi. Quatre semaines pour commencer, ça te tenterait ? » Je lui explique que je suis tricarde, à cause d'Alderson. Il a un sourire en coin. « J'en ai entendu causer, il me fait. On les emmerde. Jusqu'à ce que ça change, c'est pas ces cons qui tirent les ficelles. Tu peux dormir tranquille. Joe est d'accord. » J'hésitais malgré tout. Bobby faisait la tronche. On nous avait prévenus qu'entre John H. et un gangster, même en plein jour, on voyait mal la différence. À moitié Noir, à moitié Juif, comme il aimait à se présenter lui-même, il bouffait, paraît-il, au râtelier des deux mafias. Un méchant, en plus. Ça n'était pas pour me faire peur. Au contraire. C'était pour faire peur aux autres et, ce charme-là, j'y ai toujours été sensible. À chacun sa chair de poule… Je voulais seulement être certaine qu'il avait le bras aussi long qu'il le prétendait. Il me restait près d'un mois à tirer sur ma conditionnelle. Ce n'était pas le moment de traverser en dehors des clous. Jimmy Monroe, lui aussi, se vantait d'être dans les petits papiers de la poule. On voit où ça l'a mené… Cependant, je résistais mal à la tentation. Aux *trois* tentations. Retrouver l'atmosphère d'une boîte (ça ferait bientôt un an que j'en étais privée). Baiser les tordus qui avaient voulu me refaire. Voir s'il y avait par hasard quelque chose à goupiller avec un homme à qui je faisais visiblement de l'effet et qui ne se laissait pas marcher sur les pieds. Mon genre, en plein.

Il était libre, je le savais. Il venait de divorcer. On racontait sur son mariage des histoires qui me laissaient songeuse. La fille, elle était danseuse. Ça tombait bien : Levy l'avait fait danser. Il l'avait mise au pas en quatrième. Il la couvrait de fourrures et de bijoux. Il lui avait même offert une Cadillac. Elle n'avait pas voix au chapitre pour si peu. Son homme lui filait tout ce qu'*il* voulait pour elle. Ce qu'*elle* voulait, les désirs d'une ancienne emplumée, elle pouvait se les coller derrière l'oreille. Elle avait besoin de téléphoner, elle devait lui mendier le jeton. Lui seul avait accès à la cagnotte. En fait d'argent de poche, il ne lui filait pas un flèche. Cette fille nageait dans le satin et la soie, mais je peux vous citer des clodos qui étaient moins fauchés qu'elle. Il préférait lui balancer un cadeau de trois cents dollars à travers la figure, plutôt que lui lâcher un simple billet de cinq pour qu'elle le dépense à sa guise. Avec lui, le fric, c'était la manne du ciel : il fallait attendre que ça vous tombe d'en haut. *Pennies from Heaven* ! Il te l'avait dressée en un tournemain, la gambilleuse. La seule chose qu'elle possédait en propre, c'était le gosse qu'ils avaient fait ensemble. Ça, il n'allait pas le lui disputer. Pour la mettre dans ses petits souliers, il n'arrêtait pas de dire que son fils ne lui ressemblait pas beaucoup, qu'il se demandait bien pourquoi. À chaque fois, elle rentrait la tête dans les épaules. C'est tout juste si elle ne se cachait pas sous la table. Elle était de ces filles qui ont mis les lunettes noires à la mode en pleine nuit, si vous voyez ce que je veux dire… Le mouflet, Levy s'en battait l'œil. Sur tout le reste, par contre, il étendait son empire. Même les frusques qu'elle avait sur le dos, comme il les avait payées une à une, il considérait que ça lui appartenait. Elle n'en était que l'usufruitière. Ce que je raconte est si vrai que, lorsqu'elle s'est tirée avec son gamin, son bagage se réduisait en tout et pour tout à ce qu'elle portait à l'instant où il l'avait autorisée à franchir la porte. Auparavant, il avait lacéré au cran d'arrêt tout ce qui pendait dans ses armoires, tout ce qui était plié dans les commodes, et elle avait dû assister au massacre sans broncher. Alors que, enfin, elle se retrouvait sur le trottoir en un seul morceau, il avait à moitié arraché la fenêtre pour lui gueuler dessus : « J'aurais dû en réserver autant à ta sale gueule, morue ! »

Cet homme-là ne mangerait dans la main d'aucune femme. Elle n'était pas née, celle qui allait le faire tourner en bourrique. Des mecs de ce calibre, j'en avais connu quelques-uns à Baltimore, autrefois, quand j'étais bien trop jeune pour qu'ils s'intéressent à moi. Les plus moches me semblaient beaux comme des dieux, parce qu'ils avaient la manière. Mais il était loin, ce temps-là. À force de fréquenter des imitations, des contrefaçons de cadors, j'avais fini par penser que le moule était cassé. Les usages se perdent, qu'est-ce qu'on y peut ? J'étais sur le point de conclure qu'il me faudrait rabaisser mes prétentions au niveau des Guy et des Monroe, je m'apprêtais à me faire une raison – et voilà que la destinée glisse un de ces as dans mon jeu… Qu'est-ce que je suis censée faire ? Retourner à mon tricot ? J'espérais un truc comme ça depuis trop longtemps. Et je laisserais l'occasion me filer sous le nez ? Plutôt vendre des crayons devant le Tout-à-dix-cents, avec une paire de fers à repasser en guise de béquilles !

Il a fallu que je me tienne à quatre pour ne pas courir me jeter à sa tête. Mais j'ai été à bonne école quand j'étais petite. Je sais que, avec les caïds, il y a des impairs à ne pas commettre. L'un des pires, pour une fille, est d'essayer de les séduire. Prendre les devants ? Ça, ils détestent. C'est à la femme d'attendre qu'un de ces messieurs veuille bien lui jeter le grappin dessus. Ils sont fiers de vous faire la cour : c'est un moyen d'exhiber leurs gros billets devant tout le monde, de claquer ce fric à des folies, comme s'ils le fabriquaient dans leur cave. Tout ça les pose. La façade, pour un truand, il n'y a que ça.

John adore me montrer à quel point il est important, puissant, protégé en haut lieu. J'admets que ça me flatte d'être assise à côté de lui quand il brûle un feu rouge pour le seul plaisir de tendre au flic qui l'arrête un billet de vingt par la portière et d'obtenir de lui un salut quasi réglementaire, assaisonné de « Mr Levy » longs comme le bras. Parfois même, la patate bleue[1] y ajoute des excuses. Si je suis le gibier, Levy me chasse au canon de marine. Il y met le paquet, on ne peut pas

1. *The blue potato* : un surnom, pas très affectueux, donné aux États-Unis à la police et aux policiers.

lui retirer ça. Ses « petits cadeaux » sont assez gros pour assommer un bœuf. Il tomberait malade si sa générosité ne se voyait pas de l'autre bout de la rue. Robes, gants, sacs et chaussures assorties, tout y passe. Quand je pénètre avec lui dans un magasin de la Ve Avenue, ça ressemble à un hold-up. Je me croirais revenue au bon temps des virées avec Brenda. Des diams et des breloques, il m'en achète à la louche chez le receleur. Le bouchon de carafe, c'est le gabarit qu'il préfère. On est en mai, les beaux jours sont là, l'été s'annonce, le goudron mollit : si vous croyez que ça va le dissuader de me coller un vison sur les épaules. Mon premier. Évidemment, il a choisi le plus cossu de la boutique. Il traîne par terre. Une sacrée pièce ! Les pêcheurs au gros se feraient photographier à côté, s'ils mettaient la main dessus. Ces types-là, ce qu'ils ont escamoté à d'autres, ce qu'ils cachent au fisc, c'est plus fort qu'eux, il faut qu'ils l'étalent.

Je vivais toujours à l'hôtel. Bientôt, ce que Levy m'offrait, je n'ai plus su où le mettre. Il a remédié à la situation en m'installant dans un appartement presque aussi luxueux, les meubles et tout, que celui de Clara Winston. Lorsqu'il m'a sorti : « Voilà, tu es chez toi, ma grande ! », j'ai compris que je tenais le bon bout. Avant qu'on en arrive là, ça n'était pas si évident. Beaucoup de gens, que ça arrange de croire que John n'est pas un homme de couleur, lui trouvent le type italien. Pour ce qui est de la bagatelle, les Ritals jouissent d'une solide réputation. Mais mon nouveau soupirant ne semble pas du genre à brûler les étapes. En guise d'avances, qu'est-ce que j'ai récolté jusqu'ici, à part des présents ? Rien, strictement rien. Rien d'un peu direct. Pas même en paroles. Il me prend parfois le coude, mais comme ça se fait dans le monde avec les dames, par exemple pour les aider à monter en voiture. Levy m'accompagne partout, voilà tout ce qu'on peut dire. Et encore ! Je préfère ne pas me poser la question, mais, si l'on veut en passer par là, qui suit qui, au fait ? Qui est l'ombre de qui ? Ça pourrait durer des siècles, notre histoire. J'évite de l'allumer. Et lui, de son côté, s'il mijote sa déclaration ou quelque chose du même acabit, ça doit être un gars qui tourne sa langue dans sa bouche soixante-dix-sept fois. Ce mec qui, avec les autres filles, aurait plutôt la main leste, en tout sens du terme, avec moi ne s'est pas encore permis le début de l'esquisse d'un geste déplacé. D'un geste normal entre adultes qui connaissent la vie et qui savent ce qu'ils veulent. Et moi, alors, je vais continuer longtemps à jouer celle qui ramasse tout sans rien offrir en échange ? Comme si ça me ressemblait. Comme si j'avais l'habitude, lorsqu'il s'agit de s'envoyer en l'air, de vendre chèrement ma peau. On s'est inscrits à un concours de chasteté, ou quoi ? On a l'air fin, franchement ! Où on va, là, avec des embarras pareils ? On ne couche pas. On ne touche pas, ou seulement du bout des yeux. En revanche, pour ce qui est de sortir ensemble, on sort ! Si on n'a pas trop l'air de tourtereaux, comme inséparables, je vous jure, on mérite la palme. John fait le vide autour de nous. Les grognasses aux cils en ramasse-miettes, il les éloigne à coups de pompe dans le train. Un beau soir, Jimmy Monroe s'est pointé la gueule enfarinée. Il lui a murmuré quelque chose à l'oreille. Trois mots, pas plus. L'autre est devenu tout mou. On lui aurait retiré la moitié des os du corps, il ne se serait pas avachi davantage. Il a filé, vous auriez dit le numéro de la femme-caoutchouc.

Levy se comporte comme s'il voulait que je me sois bien mis dans le crâne qu'il avait le bras long. Il me rend témoin de ses petites affaires avec les flics.

Étrange, non ? C'est censé m'en ficher plein la vue, qu'il en croque ? La plupart des types qui jouent les indics, la plupart des balances et des gouailleurs n'aiment pas trop que ça se sache autour d'eux, leur cuisine. D'abord parce que ça casse le métier. Ensuite parce qu'ils n'en sont pas forcément très fiers. Mon Levy, au contraire, tout porte à croire qu'il s'en gargarise. Pas de faire la mouche, à proprement parler. Mais d'avoir ses petites entrées à la mairie. D'être à tu et à toi avec des galonnés, des gros bonnets, des pontes, des politicards bien connus. Il s'en fiche bien, que certains crachent sur son passage, pourvu qu'ils se disent entre eux, en baissant la voix et en surveillant les alentours par-dessus leur épaule : « Attention à ce gusse-là ! Il fait la pluie et le beau temps. »

Le manque de reconnaissance, c'est de ça qu'il souffre. Comme moi, au fond. Ça explique certaines choses. Ça m'émeut, je n'y peux rien. Je ne crois pas à tout son cinéma. J'en ai trop vu. Ce que je ne vois pas, je le sens. Pour m'en conter, il faut se lever matin. John H. Levy n'est pas de taille. S'il était l'éminence grise pour laquelle il essaie de se faire passer, il n'aurait pas besoin de m'en persuader, et d'une. Et il ferait du gringue à Rita Hayworth plutôt qu'à Billie Holiday, et de deux. Il se contente de moi, c'est bien la preuve qu'il n'est pas si fortiche. Mais je ne le lui reproche pas. Je le comprends. S'il était italien pour de bon, il serait peut-être Lucky Luciano. Ou le maire de New York, pourquoi pas ? Je ne vais pas lui foutre ses rêves en l'air. Je sais ce qu'ils coûtent, mieux que personne. Qu'est-ce qu'on a besoin d'être amoureux, à nos âges ? Qu'est-ce qu'on a besoin de se sauter dessus ? Ça, c'est à la portée du premier clebs venu. Parfois, je m'arrête et je réfléchis. Parfois j'y songe pendant que je suis en train de chanter. Et je me dis que, lui et moi, si chacun y met du sien, on pourrait être vraiment heureux ensemble, après tout.

À l'Ebony, ça ne pourrait pas se passer mieux. Pourtant, je ne suis pas tranquille. Les Stups, Truman en personne leur intimerait l'ordre de me foutre la paix une bonne fois, ils se contenteraient de patienter jusqu'à la fin de son mandat. Et là, ils me feraient trinquer double. Des tiques, voilà ce qu'ils sont ! Pour les décrocher, il faut leur couper la tête. D'une minute à l'autre, je m'attends à les voir débarquer en fanfare. Ou mieux, en catimini, par la porte de derrière. Ils adorent se faufiler. Pourtant, on ne saurait prétendre qu'ils font dans la discrétion. Depuis la fin de la guerre, ils ont adopté en masse la coupe de cheveux des équipages de la flotte. Quand vous apercevez un type en brosse, vous avez neuf chances sur dix que ce soit un guignol du gouvernement.

John H. me répète de ne pas m'en faire. Il arrose large. Il a des obligés partout. Le fait est que, jusqu'ici, personne n'est venu m'emmerder. On doit admettre qu'il est efficace. Tout ce que Joe Glaser ne réussit pas à m'obtenir, il se fait fort de me le servir sur un plateau. John H. Levy, mon agent personnel ? Ce ne serait pas si bête. Je n'ai pas dit oui, mais j'ai dit en toutes lettres que je ne disais pas non. À présent, je ne sais même plus d'où me tombent les propositions qui m'arrivent. Joe reste dans la course ; John fait celui qui connaît le dessous des cartes. Lequel des deux tire les ficelles, en définitive ?

Je termine à l'Ebony le 27 mai. Le 29, le *New York Amsterdam News* révèle à ses lecteurs que j'ai fait mon chemin dans le cœur de John. Au moins, quelqu'un se la sera appuyée, cette putain de déclaration ! À partir du 1er juin, je suis pour une semaine au Frank Palumbo's de Philadelphie. Je grimpe sur le podium, et qui se trouve au premier rang, dans une espèce de robe d'organdi, comme rajeunie de dix ans ? Miss Helen Hieronimus… Vous y croyez, vous ? À la pause, je l'invite dans ma loge. Peu après mon départ, elle a démissionné. Qu'est-ce qu'elle fabrique, à présent ? Elle collectionne mes disques. Le reste, d'après elle, n'aurait pas d'intérêt. « Je dilapide l'héritage paternel ! » s'écrie-t-elle dans un éclat de rire. Mettons. La taulière d'Alderson !… On est là comme deux gourdes, à ne rien se dire, à laisser nos cigarettes se fumer toutes seules… Voilà combien de temps que je n'ai pas eu de femme ? Ça ne signifie pas que celle-ci soit un bon coup, remarquez. J'imagine, du reste, qu'elle en a autant à mon service. Mais quand il faut y passer… C'est ce qu'on a dû se dire toutes les deux.

Mother Tucker

L'argent, ou bien vous lui attribuez plus de valeur qu'il n'en a, ou bien vous oubliez le prix qu'il vous coûte. Tout dépend de ce qu'il y a dans vos poches. Lady a trop connu la misère. Puis les dollars lui sont devenus trop faciles. À présent, elle ne sait plus compter. Au début de leur liaison, ce Levy était son employeur, mais elle ne lui réclamait pas ses cachets. Elle avait peur d'abuser. Elle s'imaginait que les présents dont il la couvrait valaient trois fois ce qu'elle gagnait à l'Ebony. Et ailleurs, car, dans tous les endroits où on embauchait Billie, il passait à la caisse avant elle. Il continue aujourd'hui. Il appelle ça être son imprésario… En apparence, elle ne manque de rien : des bagues, des fourrures, des montres hors de prix, des porte-cigarettes en plaqué or et même une Cadillac vert petit pois. Lui, cependant, ça ne risque pas de le ruiner. Tout ce fourniment provient des saisies de la police. Des flics pas regardants le prélèvent pour lui dans les scellés, en échange de gracieusetés qu'il leur fait. Ce sont des choses cambriolées à Toronto ou du côté d'Atlanta, extorquées à la frontière mexicaine par des kidnappeurs, en guise de rançon, et recelées dans l'État de New York. D'autres lui sont revendues trois fois rien par des types en dette avec lui. Ou qu'il tient par le chantage. Ou auxquels il promet d'arranger le profil. Le numéraire, il le récolte sans se baisser en organisant des parties illégales dans des chambres d'hôtel. Il prend son pourcentage sur tout ce qui circule aux tables. Plus une généreuse pincée sur les gains des tricheurs professionnels qu'il fait inviter. Bref : Lady rachète en monnaie sonnante et trébuchante ce que Levy a réglé en monnaie de singe. Et elle se croit encore redevable !

Personne n'a osé lui ouvrir les yeux, mais elle a fini par se dégriser toute seule. Trop tard. Elle en est rendue au point où, si elle veut avoir en réserve, au cas où, un billet de cinq plié dans son bas, à côté du rasoir, elle doit le voler sur ce que Levy lui vole. Au risque de se faire frapper s'il s'aperçoit de quelque chose. De toute façon, avec cinq dollars, de nos jours, vous n'allez pas très loin. Ah ! il l'avait attachée court à son piquet, Mr John H. Levy, sa vache à lait… Ce n'est guère son genre, mais, un jour, elle m'a fait des confidences. Je ne sais plus à propos de quoi nous bavardions. « Mother, a-t-elle soupiré soudain, en plus d'avoir été en taule, il aura fallu que je connaisse les travaux forcés. Cette espèce de maquereau me presse pire qu'un citron… » Voilà où ça vous mène, à force, les *Don't Explain*, les *My Man*, les *Fine and Mellow*. Il ne faut pas tenter le diable, non plus…

Pourquoi n'envoie-t-elle pas tout balader, aussi ? Bobby m'explique que tout le monde a une peur bleue de ce Levy, paraît-il. En même temps, d'après Bobby, elle est la seule à lui tenir tête. Elle en paie le prix. Il menace tout le monde, mais pas elle : il se contente de lui annoncer ce qui lui pend au nez. Juste à temps pour qu'elle voie venir le coup, mais trop tard pour qu'elle puisse se garer. « Ça va partir ! » Hop ! c'est parti. Elle déguste. Il faut dire qu'il la soigne. Sa grande spécialité, c'est le coup de poing à l'estomac. Pour le cocard à l'œil, aussi, il manifeste de grandes dispositions.

C'est tout un art. Pas facile, quand on est sorti de ses gonds, de viser assez juste pour ne pas trop abîmer l'arcade et la pommette. Il faut que rien ne déborde des lunettes de soleil. Je suppose que son ancienne femme lui a servi de cobaye. Et puis il se flatte de savoir ce qu'il fait. John H. Levy se voudrait un cogneur à froid, convaincu de rendre la justice, d'appliquer le tarif en toute impartialité. Oh ! il a bonne conscience, je n'ai pas peur pour ça.

Lady a compris où était le défaut de la cuirasse. Elle l'oblige à descendre de son piédestal pour se colleter avec elle. Elle le fait rouler dans la poussière. Elle doit s'y traîner aussi : ça ne l'arrête pas. Elle juge que ça en vaut la peine. Du reste, elle le provoque. Elle le chatouille jusqu'à ce qu'il perde le contrôle. Par exemple, elle lui demande quelque chose. Il l'envoie promener. Elle repose la question. Il tape du poing sur la table. Elle recommence. Et encore. Et encore… Il lui vole dans les plumes. Elle lui éclate de rire au nez. Il voit rouge. Il pourrait la tuer. Il s'en rend compte. Il ne sait plus où il en est. Il hésite. Naguère, elle revenait à la charge. Rien que pour le rendre fou. Quand il est fou, il a l'air du pauvre type qu'il est. Ça, c'était hier. Aujourd'hui, elle profite de la situation pour lui en coller une à son tour. Une ou deux, et elle n'y va pas de main morte. Bobby l'a vue un jour, dans une chambre d'hôtel, empoigner le téléviseur et le lui abattre sur le crâne. Elle s'est mise à lui lancer toutes sortes de choses. Des couteaux, des fourchettes. Avec un morceau de miroir brisé, elle a essayé de lui ouvrir la gorge. À Washington D. C., elle l'a poursuivi avec un hachoir à saucisses. Il piaillait comme un gamin. Pour un oui ou un non, elle lui fait briller son rasoir sous le nez. Je ne dis pas que les rôles sont inversés, parce qu'il la frappe de plus belle, dès qu'il en a l'occasion, et qu'elle s'acharne à prendre ça du bon côté. Elle y a pris goût, même, c'est malheureux à dire. Mais cet homme-là ne se sent plus en sécurité. Il l'envoie au tapis. Il ne peut pas s'en empêcher, vu les états où elle le met. Néanmoins, il commence à se demander lequel des deux va rester les bras en croix, à la fin du match. Ils ne se réconcilient pas sur l'oreiller. Ils restent pourtant ce que mon défunt mari nommait des « bêtes de sommier ». Allez y comprendre quelque chose…

Leurs perpétuelles bagarres dans les clubs, dans les hôtels et les restaurants… Le parfum de scandale qui les accompagne partout… Ils se sont fait remarquer, c'était couru. À New York, Levy bénéficierait de certaines faveurs, politiques et autres. Je veux bien le croire : il est assez pourri pour avoir des supporters chez ces gens-là. Passé les frontières de l'État, cependant, il redevient un simple quidam. La police n'a aucune raison de le ménager. D'autant que, en plus d'avoir une sale tête et une mauvaise réputation, il fume le pavot. Ça n'aide pas à passer inaperçu. Quant à Lady, le Bureau des narcotiques n'a pas l'intention de la lâcher d'une semelle. Son dossier la suit partout. Je suis même persuadée qu'il voyage plus vite qu'elle. Il doit l'attendre aux étapes. Elle a de la chance qu'on n'envoie pas un comité de réception à sa rencontre dans chaque gare où elle descend. Au total, avec le foin qu'il fait, le couple a toujours la patrouille dans les jambes. C'est réglé comme du papier à musique. Ils éternuent : le shérif enfonce la porte.

À Los Angeles, ils ont été mouillés dans une histoire qui aurait pu leur coûter vraiment cher. Si j'ai bien compris, un cuistot s'est retrouvé par mégarde sur la trajectoire d'un couteau de boucher destiné à Levy. Touché à l'épaule, il arrosait les murs de son sang.

Pour être autorisés à reprendre la route, ils ont dû lâcher une jolie caution. Cinq grands billets. Un peu plus tard, à San Francisco, les flics opèrent une descente dans leur chambre. Ils auraient moins fait de tralala pour Bonnie et Clyde. Ils mettent la pièce sens dessus dessous. Ils ramassent une vieille pipe d'opium dans un coin. Quelques miettes de produit dans la cuvette de la salle de bains. Nouvelle arrestation. Nouvelle caution. Lady se retrouve inculpée. Pour Levy, c'est un non-lieu en bonne et due forme. À peine si les journaux citent son nom. On le déclare innocent ? Il n'en demande pas plus et la laisse se dépatouiller toute seule. Il remonte sur New York sans un regard en arrière. Dans l'orchestre, chacun pense qu'il s'agit d'un coup monté. Monté par lui, s'entend. Un bon moyen d'écarter pour un petit bout de temps cette fille qui commence à lui courir sur le haricot (et qui va se présenter à l'audience avec un œil au beurre noir). Pas de chance pour Mr John H. ! L'avocat retourne le Grand Jury et décroche un acquittement. De justesse. À grands frais. Mais il la tire du pétrin. Après quoi… ? Devinez !… Après quoi, elle n'a rien de plus pressé que de « retrouver les bras de son homme » (je la cite en toutes lettres). Ça me dépasse. Là, franchement, je n'y suis plus du tout. J'abandonne.

Le 10 décembre[1], juste avant de partir pour la Californie, Lady a gravé quatre faces pour Decca. Ça ne lui était pas arrivé depuis près de deux ans. Sur les disques, ils ont écrit « Billie Holiday accompagnée par Bobby Tucker et son trio ». J'aurais aimé qu'on y entende davantage mon garçon. Autrefois, elle avait à

1. 1948.

cœur de mettre en valeur ses musiciens. Aujourd'hui, elle se comporte comme si elle en était jalouse… À San Francisco, ils l'ont acquittée le 3 juin. Le 4 août, elle est engagée au Bop City de New York. Au même programme que Count Basie. Mais cet établissement est un club. Elle n'a toujours pas récupéré sa carte de cabaret, son appel à ce propos ayant été rejeté. Par un certain Levy (Aaron J.) – il y a de ces coïncidences… Elle doit donc reprendre ses billes. Le 17, elle retourne en studio. Toujours à l'initiative de Decca. Son grand ami Lester Young fait partie de l'orchestre. Il joue néanmoins les faire-valoir, comme les autres. Il joue les anonymes avec discrétion. Au piano : Horace Henderson. Bobby avait quitté le navire. Sans lui, elle enregistre encore à plusieurs reprises, jusqu'au 8 mars 50. Une douzaine de morceaux en cinq ou six séances. Dont une avec Louis Armstrong. L'épisode s'achève sur une nouvelle version de *God Bless the Child* et un *This Is Heaven to Me*, avec Gordon Jenkins et ses chœurs. C'est une affaire qui s'est montée à Hollywood en trois coups de cuiller à pot. Milt Gabler n'était même pas dans le coup. A-t-il seulement été prévenu ? Chez Decca, de moins en moins de gens le reconnaissaient dans les couloirs. Milt avait eu le tort de défendre Lady contre vents et marées, alors que les gros bonnets de la compagnie, exaspérés par les frasques de leur vedette, déçus par ses performances commerciales après *Don't Explain*, cherchaient un prétexte pour se débarrasser d'elle. Le disque avec ce Jenkins n'ayant pas du tout marché, ils ont déclaré à Billie qu'ils ne renouvelleraient pas son contrat. Sans prendre de gants, d'après ce qu'on m'a dit.

Sur la route, quand ils étaient encore ensemble, mon Bobby voyait la situation se dégrader de soir en soir.

Elle arrivait en retard. Ou pas du tout. Elle déguerpissait au bout d'un quart d'heure. Il avait beau être habitué à ses fantaisies, là il n'y comprenait plus rien. Il me demandait, en se collant les poings sur les tempes : « Mais qu'est-ce qu'elle cherche, qu'est-ce qu'elle cherche ? » Un jour, j'ai répondu : « Des verges pour se faire battre. » Bobby m'a regardée comme si j'avais perdu la raison. Puis il a hoché la tête. Peut-être pleurait-il, je n'en suis pas certaine. Je préfère ne pas savoir. Mon propre enfant ! Il pensait à elle, et je voyais remuer sa pomme d'Adam. Il s'écriait : « M'man, comment peut-on être la plus grande et croire que tout le monde veut vous piétiner, et se dire par-dessus le marché que tout le monde a raison ? » Il en faisait des cauchemars. Il ne me l'avouait pas. Mais, lorsqu'il couchait à la ferme, une fois tous les 36 du mois, je l'entendais divaguer dans son sommeil. Parfois, il se mettait à hurler. Je venais le consoler, comme autrefois, en prenant bien soin de ne pas le réveiller. Cette maladie, il n'en guérirait même pas le jour où il se résoudrait, la mort dans l'âme, à rendre son tablier, ayant réalisé que c'était Billie Holiday ou lui. S'il n'avait pas pris ses jambes à son cou à ce moment-là, ou bien il aurait vu John Levy la tailler en pièces, ou bien il se serait pendu pour ne pas le voir.

Le vrai commencement de la fin, ç'a été quand elle s'est mise à comparer son physique avec ce qu'il avait été quelques années plus tôt. Pour une femme de 34 ans, ça peut être la mort du petit cheval. Racheter les négatifs de toutes les photos qu'on avait prises d'elle autrefois et de les brûler jusqu'au dernier, voilà ce qu'elle mijotait. Une idée fixe. Elle a jeté son gardénia aux ordures. Que se réserve-t-elle d'autre encore ? J'aime mieux ne pas y songer. Elle n'est jamais avare d'idées, quand il s'agit de se faire du mal. Là-dessus, elle peut en remontrer à Mr Levy en personne.

Les journalistes ne la ratent pas. Elle ne les a jamais épargnés, ils se vengent. « Un concours international de bâclage serait-il organisé, Miss Holiday aurait toutes ses chances. » « À défaut d'autre chose, il reste à Miss Holiday, dont les débuts ne datent pas d'hier, un certain métier. Elle a traversé tout le pays pour donner aux débutantes une leçon dans l'art de se rabattre sur les vieilles ficelles, celles qui montrent la corde. » « Elle chante du bout des lèvres, comme on se débarrasse d'un pensum. Après quoi, elle coupe court à son récital, de plus en plus tôt, afin d'être bien certaine que ses admirateurs seront frustrés et que la déception sera grande, chez les gens qui l'ont engagée à prix d'or. » J'arrête. Ces coupures assassines gonflent le portefeuille de mon fils. Il les met là comme s'il voulait être plus sûr qu'elles lui pèseront sur le cœur. Mais la charge est trop lourde. Il va craquer, je le sens. Billy Eckstine, où qu'il se trouve, doit le deviner aussi, car il le bombarde de propositions. Et voilà… Bobby est allé donner ses quinze jours à Levy, censé être encore le manager de Lady. Tout ce qu'il lui a répondu, l'autre crapule, ç'a été : « Ah oui ? T'auras la visite de quelques amis, connard ! T'étonnes pas si, après, t'éprouves un peu de mal à taper sur un piano pendant quelque temps. Disons vingt-cinq ou trente ans… »

Le petit a fait sa valise le 1er ou le 2 mai[1]. Ils venaient de se produire à Milwaukee. Elle lui a seulement dit, en le voyant partir du club avant elle : « Alors, c'est ici que tu me quittes ? » Il a répondu : « Pas si tu viens avec moi. J'ai réservé une place dans un avion. Il est

1. 1949.

presque vide. S'il te plaît, Lady. » Et elle : « Non. Mon bonhomme m'attend à Chicago. » Elle n'a pas tenté de le retenir. Pourtant, je pense qu'il n'aurait pas pu lui résister. Je pense qu'elle le savait aussi. Nous avons appris plus tard, par des indiscrétions, qu'elle avait tout fait pour qu'il revienne. Sans s'adresser directement à lui. J'ai gardé la lettre, datée du 8 juin et expédiée à mon adresse, que Joe Glaser a écrite à Bobby. Je peux en réciter par cœur les principaux passages. « J'ai essayé de t'avoir au téléphone, mais ta mère m'a informé que tu travaillais au Bop City… Billie et John ne sont plus ensemble depuis quinze jours. Elle m'a laissé entendre, et cela confirme mon impression personnelle, que leur histoire est désormais du passé… Mon bureau lui a obtenu un engagement au Million Dollar Theatre de Los Angeles, à compter du 15 juin. Si tu es disposé à la rejoindre, il faudrait te mettre en route sur-le-champ. Alors, s'il te plaît, contacte-moi. Ce sera un plaisir, je t'assure, de te compter de nouveau parmi les membres de la famille… »

À la même époque, mon fils recevait chaque soir au Bop City un appel longue distance. De Washington. À l'autre bout du fil : John H. Levy. La canaille ne savait plus comment amadouer mon gamin. Il en arrivait à présenter des excuses, c'est dire ! Pas des excuses pour lui-même, restons modestes ! Mais des excuses *pour elle*. Elle ne se droguait plus (c'était juste avant qu'ils ne l'arrêtent à San Francisco pour détention de stupéfiants). Elle était devenue raisonnable. Il souhaitait la récompenser de ses efforts en lui ramenant son pianiste favori. À n'importe quel prix. C'est bien simple, quel que soit le salaire que Mr B[1] offrait à Bobby, il lui

1. Le sobriquet du chanteur et chef d'orchestre Billy Eckstine.

accorderait le double… Étant l'homme qu'il était, cependant, à un moment donné de son baratin, il ne pouvait plus se contenir. Il fallait qu'il profère une menace ou crache une insulte. Au début d'une phrase, il pouvait susurrer : « Tu es le meilleur, vieux, tout le monde sait ça », et beugler à la fin : « Dis-toi que, des pianoteux comme toi, on en trouve treize à la douzaine ! » Bref, Levy a tant et si bien fait son Levy qu'il a récolté ce qu'il cherchait. « On en reparlera, a lâché Bobby. – Quand ça ? – Quand les poules auront des dents. » Et, clac ! il lui avait raccroché au nez sans dire bonsoir.

Une chose m'étonne. C'est qu'elle ait fini par rompre avec cet homme. Et lui ? Elle lui sortait par les yeux : pourquoi n'avait-il pas coupé les ponts le premier ? Le bruit courait qu'ils faisaient chambre à part depuis le procès où on l'avait acquittée, sur la côte. Quand son agenda était vide, ce qui arrivait de plus en plus souvent, elle s'enfermait à clé. Passait ses journées à boire du gin et faire du tricot. Du crochet aussi, aux dernières nouvelles. Même un mauvais garçon ne peut pas s'accommoder d'une femme pareille. Pourquoi Levy s'était-il incrusté ? J'imagine qu'il n'était pas du genre à tuer la poule aux œufs d'or. Avec lui, inutile de chercher une explication plus subtile.

La poule, cependant, n'était plus la pondeuse qu'elle avait été. Son comportement à l'égard des patrons de club, des directeurs de théâtre et des promoteurs de concerts lui coûtait de plus en plus cher. Les journalistes, elle était parvenue à se les mettre presque tous à dos. On devinait que certains, après s'être évertués à la porter au pinacle, éprouvaient une véritable jouissance à la faire dégringoler de son piédestal. Le faible qu'ils avaient eu pour elle leur était resté sur l'estomac. L'heure des représailles avait sonné. Commettre des injustices à son égard leur rendait l'estime d'eux-mêmes. Sinon, comment auraient-ils perdu la mesure au point d'éreinter dans *Down Beat* un disque tel que *Porgy* ? Je suppose qu'ils sont allés fêter ça au bistrot en se disant que, cette fois, ils lui avaient réglé son compte. L'article est très court. Il se termine par quelque chose comme : « Autant voir les choses en face : ce qui fut un style vocal admirable s'est dégradé jusqu'à n'être plus que sentimentalisme rococo[1]. »

Quant au public, on pouvait prévoir qu'il ne se laisserait pas éternellement traiter par-dessous la jambe. Pour la punir de sa désinvolture, les gens sont devenus aussi frivoles qu'elle. Ils lui ont fait l'affront de lui préférer des chanteuses qui lui devaient tout, quand elles n'étaient pas ses pâles imitatrices. C'était lui ouvrir les portes de l'enfer.

Elle avait franchi une ligne de trop. Même si elle cherchait encore à donner le change, elle avait compris ça depuis longtemps. Son gin et son héroïne, quelque chose en elle, à présent, les désirait plus que sa propre volonté. « Tu sais, vieux, glissait-elle à Bobby, il n'y a que ça pour que ma vie ait encore un peu l'air d'une vie. » La seule réaction dont elle était encore capable, c'était d'épargner ces tentations aux autres. La drogue, surtout, elle n'arrêtait plus de prêcher contre. Le bruit courait qu'elle avait donné de sa poudre à son chien. Qu'on l'avait surprise, dans une chambre d'hôtel, à faire une injection à une gamine à nattes qui avait son cartable à côté d'elle… Ce que j'ai *vu*, moi, c'est comment elle se mettait en quatre pour dissuader les candidats à la défonce. Ils étaient de plus en plus nombreux dans

1. « *Over-ornate sloppiness* ».

le jazz, depuis que ce nouveau saxophoniste qu'ils voulaient tous imiter avait été surnommé « L'Oiseau », tellement il passait de temps à planer dans les airs[1].

John Levy, il faut lui laisser ça, a tout tenté pour qu'elle décroche de l'héroïne. Mais ses intentions n'étaient pas vertueuses. Ce qu'il souhaitait, c'était uniquement qu'elle passe à l'opium. À la rigueur à la cocaïne. Chez les gangsters, on professe un mépris sans borne à l'égard des gens qui enfourchent le cheval. Un individu naviguant dans la fumée de pavot jusqu'à en perdre le nord, d'après eux ce serait un prince en voyage. Un initié, un fin gourmet, le cousin des mandarins chinois. En quel honneur ? C'est simple à comprendre. L'opium coûte chaud. L'opium est le caviar des drogues. L'héroïne, à côté : à peine de la mélasse. Je trouve que ça ne manque pas de sel, que Levy, en même temps qu'il lui fauche tout son argent, se ronge les sangs sous prétexte qu'elle ne consomme pas une marchandise assez onéreuse… Ajoutez à cela qu'avec de la poudre il courait autrement plus de risques qu'avec son goudron. S'il n'avait pas craint qu'on se paie sa tête, il se serait promené avec les manches retroussées jusqu'aux coudes, de manière que le premier agent des stups venu note que ses veines étaient intactes. En attendant, il s'efforçait de la rationner. Seulement voilà, il n'était pas de taille. Contre elle, bien sûr, il faisait largement le poids : contre son « habitude », il n'était qu'un nain armé d'une épée en carton. Ça l'humiliait. Il la tabassait de plus belle. S'étant proclamé manager, il détournait les avances destinées à la promotion de son artiste. Lady chantait devant des salles aux trois quarts vides. Ce qu'il grattait

1. *To be high* : atteindre un état second, grâce à un produit stupéfiant.

d'un côté, il le perdait vingt fois de l'autre. Le pauvre type, trop bête pour faire le calcul, s'arrachait les cheveux.

Dans cette histoire, on s'attendait à tout, sauf à un miracle. Il se produisit néanmoins. À Washington, ils étaient descendus au Charles Hotel. Levy a dû faire un saut à New York. Elle a eu comme une illumination. Il n'était pas tombé de la dernière pluie. Avant de partir, il avait caché son vison sous le lit, persuadé qu'elle ne se sauverait pas sans lui. Elle a fini par le trouver. Ainsi qu'une grosse somme qui lui appartenait. Dix-sept mille dollars, je crois. Alors, elle a pris son chien sous le bras et, sans prendre le temps d'enfiler ses chaussures, comme si elle avait la mort aux trousses, elle a filé par l'escalier d'incendie. Elle a rejoint New York à son tour. Par le chemin des écoliers. Elle s'est installée dans un hôtel de la 44e Rue. Elle nous a téléphoné pour annoncer la nouvelle. Elle m'a dit : « Mother, tu sais, pour moi, les hommes, c'est bien fini. Et le reste. Demain, j'arrête avec tout ça. »

VI

(1951-1959)

Lester

Son visage, son corps donnent le change. Je connais ça mieux que personne. Chaque scène doit être un théâtre. Votre vie en dépend. Votre survie sur ces planches, en tout cas. Planches de salut, on peut le dire… Je m'y suis accroché de cette façon-là. Ma musique, toute seule, en aurait été incapable. Elle n'a pas les doigts assez crochus. Bec et ongles, ce n'est pas son genre de beauté. Je ne suis pas un Faucon. Mais je fais le spectacle. Je le fais à ma façon. Les autres saxophonistes offrent tous plus ou moins le même : ils se tortillent en poussant sur leur gorge, ils se balancent ; les plus souples écartent les jambes, plient les genoux et se penchent en arrière comme s'ils voulaient toucher le sol des épaules. Moi, j'ai ma propre gymnastique. J'en ai peaufiné chaque mouvement. Plus de vingt ans que je travaille à cette mise en scène !… Voyez la façon dont je m'avance pour entamer mon chorus. Les gens doivent penser que je ne réussirai pas à rejoindre le micro à temps, m'auraient-ils déjà vu procéder plus de cent fois. Cette démarche est mon chef-d'œuvre. Tout a été calculé au millimètre. S'il s'essaie à la reproduire, le plus doué de mes imitateurs est sûr de sombrer dans le ridicule. Grâce à elle, d'entrée, je mets le public dans ma poche. Simplement parce que j'atteins mon but à la dernière fraction de seconde, en dépit de tous les pronostics.

La plupart des instrumentistes ont intérêt à jouer la comédie. Les vocalistes, eux, n'ont même pas le choix. En particulier les femmes. Et plus encore celles qui, à l'image de ma Lady, n'ont pas une voix qui intimide, comme Mahalia Jackson ou Sarah Vaughan. Au temps où nous étions inséparables, je lui recommandais de soigner ses poses. C'est un effort qu'il est difficile d'accomplir *avec naturel*. Dans les bas quartiers de Baltimore où elle a passé son enfance, elle avait pris pour modèles, à un âge où l'on risque d'en rester marqué toute sa vie, des putes et des maquerelles, des gigolos, des marlous, des caïds, des petites frappes et des gandins de barrière. Il a fallu qu'elle remonte la pente. Mais elle m'écoutait, en ce temps-là. Ses progrès ont été fulgurants. Après *Strange Fruit*, les critiques commencèrent à citer en exemple ses gestes, son maintien. Aujourd'hui, elle a autant de métier que moi. Peut-être davantage, et c'est bien ce qui m'inquiète. Pour elle, j'entends. Elle a juste un peu trop d'expérience pour ne pas en abuser. Elle en profite pour s'absenter de ses chansons. Elle n'est plus à ce qu'elle fait. Son esprit baguenaude. Il n'y a plus que sa voix qui travaille. Ce que perçoit alors son public, c'est au mieux un écho de ses disques. J'aimerais qu'elle se pose une seule fois la question : une musique, à quoi lui sert-il d'être belle, s'il n'y a personne à l'intérieur ?

La complicité d'un public acquis par avance. Heureux d'être traité par-dessous la jambe. Heureux de tout gober. Ma Lady, c'est tout ce qu'il lui reste. C'est plus qu'elle n'espère, je le crains. À chaque ovation, elle respire. Elle soupire. Elle ne fait plus la différence. Pactiser, voilà. Pactiser le temps d'un nouveau couplet, d'une nouvelle chanson, d'un nouveau set. Billie sert un festin et se contente des miettes. Elle le sert avec condescendance, et avec gratitude malgré tout. Ce détail n'échappe pas à l'assistance. Les gens l'écrasent de leur miséricorde, comme elle les écrase de son arrogance. J'ai sacrifié mon amour. J'ai sacrifié le sien. J'ai sacrifié nos désirs, juste avant qu'ils ne se confondent. Je l'ai préservée. J'ai eu cet héroïsme. Je l'ai gardée intacte pour la musique. Et elle, pendant ce temps-là, n'a rien trouvé de mieux que d'échanger ce privilège, si cher payé, contre un plat de lentilles…

Moi-même, je ne me serai privé de rien. Mais j'ai une excuse : je ne me suis dessaisi de rien non plus. Aucune femme ne m'a jamais coûté une seule note de musique. Que certaines, çà et là, m'en aient inspiré une ou deux n'est pas à exclure. Je les en remercie bien volontiers. Sans plus. D'autres l'auraient fait à leur place, si elles s'en étaient abstenues. Ou, sinon des femmes, des paysages. Des couleurs. Des parfums. Des ivresses et des réminiscences. Plus sûrement encore des disques de Frank Sinatra. J'ai gardé la tête froide. J'ai toujours distingué ce qui se voit et ce qui compte. Ce qui ne se voit pas et ce qui est sans conséquence. Parce qu'elle était ma Lady, je la croyais à l'abri des tentations que, moi, je n'éprouvais pas… Elle aimait si mal ! À tort et à travers. En dépit du bon sens. Au petit, tout petit bonheur. On se voit, on s'envoie, on s'envole… Je me persuadais qu'elle avait renoncé à l'amour avant de le connaître. *Pour* ne pas le connaître, avec un peu de chance. Pour passer le plus vite possible aux choses sérieuses. Pour traverser la réalité, quand tant d'autres ne traversent que les apparences. Quelle erreur ! À mon insu, elle s'obstinait à rêver que l'amour serait pour demain. Elle n'a jamais renié ce rêve. D'autant moins, aujourd'hui, que le temps presse.

Il ne se passe jamais longtemps avant qu'elle remette sur le tapis toutes les mauvaises cartes de son jeu. Tous ses valets de cœur fichus comme l'as de pique… Elle ne veut plus entendre parler des hommes, jamais – tous des tordus, racaille et compagnie –, mais elle est incapable de rester une seconde sans me rompre les tympans avec ce qu'elle-même appelle, en fronçant le nez, ses « histoires de mecs ». D'affreux souvenirs qu'elle oubliera, il va de soi, entre les bras d'un autre mec. Mais attention ! Pas n'importe lequel, cette fois. Celui qu'elle espère depuis toujours, lui-même parti à la recherche de Lady Day de l'autre bout de la Terre, son baise-en-ville sous le bras. Le plus beau, le plus fort. Un spécimen. L'« homme de sa vie ». (Vingt fois, elle m'a sorti cette absurdité sans sourciller, l'« homme de sa vie » ! Elle en avait des frissons.) Je le vois d'ici. Un héros de romans-photos, encore plus exécrable que le héros de *Don't Explain*. Encore plus gominé. Encore plus roucoulant. *Fine and Mellow.* On s'en lécherait les cinq doigts et le pouce. Membré comme un âne, c'est la moindre des choses. Bête de sommier. Creux à vous flanquer le vertige. Virtuose de la carotte et du bâton à ses heures perdues. Père Fouettard, papa gâteau. Si sévère, si injuste et puis si tendre, oh là là ! quand le petit oiseau va sortir. Quel manège, alors ! Le champion des montagnes russes n'est pas son cousin. Ni le roi de la douche écossaise. Tête à claques et machine à gifles… Ah ! je le connais comme si je l'avais fait. Rien que de l'imaginer, il me vient des haut-le-cœur. Le primate absolu. L'absolu consolateur. Mais, Seigneur Dieu, nous ne sommes pas là pour être consolés ! Pas nous. Pas toi, ma Lady, ma douce, ma terrible. C'est aux autres de se consoler de nous. S'ils le peuvent. N'as-tu donc rien retenu de ce que je t'ai enseigné ? Pourquoi aimes-tu tellement ma musique ?

À quoi bon ? Et pourquoi aimes-tu si peu la tienne ? Moi, encore, tu as le droit de me trahir, mais toi ! Mais *toi* ?

Il aura fallu que je fourre mon nez dans les oignons de Lady Day. Et – circonstance aggravante – en sachant très bien ce qui allait en résulter. Pour la secouer de la sorte, ou bien je l'aimais plus que je n'imaginais, ou bien elle m'avait déçu plus que je n'osais me l'avouer. Autre alternative : ou bien je souhaitais lui infliger un camouflet, une blessure d'amour-propre, ou bien j'espérais une contre-attaque de sa part. L'un de nous devait souffrir par l'autre, ce qui était la plus sûre garantie que nous souffrions tous les deux… Que lui ai-je dit au juste ? Oh ! rien de bien extraordinaire. Deux mots peuvent résumer mon petit sermon : « Ressaisis-toi ! » D'un revers de main, comme je m'y attendais, elle m'a envoyé sur les roses. Elle a ricané. « Occupe-toi de tes fesses, Lester ! » m'a-t-elle lancé de toute sa hauteur. C'était la première fois qu'elle m'appelait ainsi depuis près de quinze ans. J'étais content. J'avais pris ma dérouillée. Nous aurions pu en rester là. Mais ma Lady ne l'entendait pas de cette oreille.

« Avec toutes ces courbettes qu'ils te font, a-t-elle poursuivi, ma parole, tu te prends vraiment pour une star ! Tu t'imagines peut-être que je vise une place dans ton orchestre. Ça te botterait, hein, avoue donc ? Ou, encore mieux, que je t'invite à me rejoindre pendant mon numéro, afin que tu me voles la vedette, sous prétexte de m'"inspirer", ou je ne sais quoi… Tu rêves debout, mon gars ! Ce temps-là est bien terminé. Tu l'as eue, ton emprise sur Billie Holiday. Tu ne t'en es pas privé. On peut dire que tu ne l'as pas laissé sur la touche, ton faire-valoir préféré ! Et moi, pauvre abrutie, non seulement je te servais la soupe, mais je devenais ton obligée, avant de ne plus être que ton écho… Désolée ! Finie la belle vie ! Viens quand tu veux, Lester, la porte t'est ouverte, mais retiens bien ceci : quand on joue ensemble, je siffle, et toi, tu sautes, O.K. ? Pourquoi crois-tu que je vous tiens tous en laisse, vous, les musiciens, court et serré, que je vous abandonne les chorus au compte-gouttes ? C'est à cause de toi ! On vous donne le petit doigt, vous avalez toute la main ! Voilà ce que j'ai appris grâce à toi. Tu étais le meilleur, et par conséquent tu étais le pire. Le plus dangereux de tous : tu m'aurais bouffée tout entière et recrachée tel un glaviot du grand Lester Young – essaie de dire le contraire. Tu n'es pas mon père, putain ! Tu m'as trouvé un nom, peut-être, mais tu ne m'as pas inventée !! Tu piges, à la fin ? Là, tu te réveilles un peu ? »

Nous aurions dû en rester là, mais j'ai voulu tirer quelque chose au clair.

« Tu leur as dit : “Pres était mon saxophoniste préféré”…

— Mais c'est la vérité ! Qu'est-ce que ça change ?

— Tu as dit *était*, ai-je insisté.

— Ah ! J'y suis. J'ai dit ça, oui. Et tu n'as pas fini de l'entendre. Le monde tourne, vieux ! Si ça ne te suffit pas, comme compliment, adresse-toi à tous ces branleurs qui te cirent les pompes du matin au soir ! Moi aussi, j'ai envie qu'on s'intéresse à moi ! Moi aussi, j'ai besoin de gagner ma croûte ! »

Elle m'a tourné le dos. Ses talons claquaient sur le plancher. Elle n'a pas saisi un traître mot des vœux que je formais pour elle. Notre engagement au Rendezvous prenait fin deux jours plus tard, le 12 février. Elle ne m'a plus adressé la parole ; je n'ai pas tenté de rompre ce silence. Pendant mes sets, elle quittait le club en traversant la salle, son vison jeté sur les épaules, pour que tout le monde la voie me fuir.

Quelques semaines plus tard, à Detroit, elle est tombée par hasard sur un type dont elle avait fait la connaissance, me dit John Levy (l'autre, le contrebassiste), au Hotcha de Harlem, au début des années 30. Il s'appelait Louis McKay. Tout de suite, il lui avait tapé dans l'œil. Elle prétendait s'être interposée pour qu'il ne se fasse pas entôler par une des putes de la boîte. Vingt ans plus tard, il n'avait pas oublié l'incident. Du coup, persuadée d'avoir enfin déniché l'âme sœur, Billie avait éclaté en sanglots sans vergogne devant la clientèle du Juana. Jésus !

John vénère Billie. Il rit jaune. Il faut bien rire, pourtant, si l'on ne veut pas coucher sa tête sur les rails du chemin de fer. Il ajoute :

« Écoute, Pres, je te raconte pas de blagues. Ce gars-là, t'en voudrais pas pour briser une paire de souliers neufs. Tes grolles, après, jamais tu pourrais plus les enfiler, au souvenir du mec qui leur est entré dedans avant toi. Tu me suis ?... Je sais pas... Pour puer, est-ce qu'il est vraiment nécessaire de sentir mauvais ?... Non, je te pose la question. Je suis sérieux, là. Avant qu'un salaud nous invente la puanteur, McKay puait déjà comme le diable. Il pue inodore, comme on lave à sec... Il t'a pas proposé de faire l'imprésario pour toi ?... Non ? Tu m'étonnes. Il nous a tous tannés avec ça. Personne n'en a voulu, tu penses ! C'est rien qu'un barbeau à la gomme. Un éboueur bulgare a plus de classe et, en plus, c'est un crétin fini. Si tarte qu'il sniffe l'héro au lieu de se piquer, je sais pas si tu vois. Il doit saler ses steaks avec et talquer le cul de ses mômes, tout étonné que ça fasse pas l'effet promis ! Dieu tout-puissant ! Mais qu'est-ce qu'elle lui trouve, merde ?

— Rien, Lady Levy, rassure-toi. Elle l'a trouvé, lui, c'est tout. Sauf dans la musique, on trouve ce qu'on cherche. Et c'est uniquement ça qui en fait le prix. »

Il ronchonne.

« Mec, je voudrais pas te froisser. Tu es le Pres, et tout ça. Mais quand tu causes, pour te comprendre, c'est encore pire que quand tu la boucles. »

Quelqu'un m'a mis sous le nez une interview qu'elle a donnée à Nat Hentoff, pour *Down Beat,* en octobre. Elle se trouvait alors à Boston, au Storyville de George Wein, en même temps que le quintette de Stan Getz. McKay avait été élevé au grade de manager personnel et conseiller privé. Elle en avait profité pour l'épouser. Jimmy Monroe jurait ses grands dieux qu'elle n'avait ni demandé, ni obtenu le divorce, mais qui se souciait des jérémiades de Jimmy Monroe ? L'heureux élu avait déjà une femme et deux enfants : ça ne lui faisait ni chaud ni froid, à ma Lady. Elle nageait dans la félicité. Enfin, elle voyait la lumière ! Titre de l'article : « Billie Holiday, à présent remariée, trouve le bonheur et un sentiment de sécurité qu'elle avait perdu. » Tous les espoirs lui étaient donc permis. Elle avait l'intention de se retirer deux ou trois ans de la scène, « afin de tenir son rôle de femme d'intérieur et de prendre soin de Mr McKay ». J'espère que Duchesse, là où elle est, n'en a pas perdu une miette. John a conclu, très ronchon : « Tous ces mélanges auront fini par lui dévisser la cervelle. »

J'ai su qu'au Storyville elle avait appelé Stan à ses côtés et l'avait encouragé à improviser. Je ne peux m'empêcher de me demander si le message ne s'adressait pas à moi : *Tu vois, Pres, il y en a d'autres à qui je laisse la bride sur le cou.* J'espère que c'est de cela qu'il s'agit. Remuer des souvenirs ne rime à rien. La musique se change en statue de sel, dès qu'elle regarde en arrière. La rancune de Billie, sa volonté de me blesser par tous les moyens, ce serait la dernière chose *vivante* entre nous…

L'année suivante, Norman[1] lui fait signer un contrat avec la compagnie de disques qu'il vient de lancer, Clef. Et voilà que la formule est exactement celle de ces séances d'autrefois où, d'après elle, nous, les instrumentistes, nous lui mangions la laine sur le dos… Il n'y a que des bons musiciens autour d'elle (et même quelques pointures, comme Oscar Peterson ou Ray Brown). Les morceaux dans lesquels aucun d'eux n'intervient sont les plus rares. Moi aussi, je suis un artiste Clef, mais on ne m'a pas appelé pour lui donner la réplique. On m'a préféré Flip Phillips, un copain du J.A.T.P., un Blanc qui a joué chez Woody Herman. Il ne jure que par moi, mais, sur scène, il oublie son serment et se démène comme un beau diable. Il « chauffe ». Il plaît aux gens. Norman l'aime bien. Je sais pourtant qu'il ne le juge pas supérieur à moi. L'idée d'engager Flip vient de quelqu'un d'autre. Ma Lady voudrait-elle me faire croire qu'il est devenu son ténor préféré ?

Leur premier enregistrement a eu lieu au printemps En juillet, ils remettent ça et, cette fois, ils choisissent Paul Quinichette. Paul est ce gars qu'ils ont baptisé « Vice-Président », tellement il s'efforce de jouer comme moi.

---

1. Granz.

Deborah

Louis McKay est plus doux qu'un agneau. Il suffit de ne jamais le contrarier. À quinze ans, m'a-t-il dit, il gagnait sa vie comme prédicateur itinérant. Il a pris l'habitude d'apporter la bonne parole aux gens. Ça suppose qu'ils l'écoutent, faute de quoi le Seigneur froncerait le sourcil. Si le Seigneur fronce le sourcil, Louis McKay, homme de foi, s'énerve. Il déteste qu'on pèche contre l'Esprit (le sien surtout). Il sort de ses gonds. Une fois qu'il a perdu patience, il est capable de tout. S'il serre les poings, ce n'est pas pour les fourrer dans ses poches. Encore se contrôle-t-il mieux qu'un autre, grâce à la religion qu'il a eue et qui enseigne la tempérance. La première fois qu'il m'a cogné dessus, il m'a prévenue : « Ne t'en fais pas : avec moi, ça ne laisse pas de trace. » Il est orfèvre en ces choses, je dois l'admettre. Il pourrait donner des cours, écrire des manuels. Et puisque ça ne laisse pas de trace, il n'y a aucune raison de s'en priver. En homme sage, il ne s'en prive pas. J'en ai eu plus que mon compte. C'est la raison pour laquelle, désormais, j'évite d'agacer Louis McKay. Et, pour commencer, de le contredire en quoi que ce soit. Craignant toutefois que ce ne soit pas encore assez méritoire à ses yeux, je fais du zèle, prononçant les mots qu'il souhaite entendre avant même qu'il ait songé à les recueillir de ma bouche. Ainsi ai-je l'air de lui souffler des idées qu'il a déjà.

Il est aux anges. C'est tout de ce qu'il attend des autres, des femmes notamment et de la sienne en particulier. Et voilà comment j'en suis venue à le pousser dans les bras de Billie Holiday.

Je le connais : il y serait allé sans moi. Je me suis seulement débrouillée pour rester dans la course, ne fût-ce qu'à cause des gamins. Je ne me voyais pas nourrir seule trois personnes. Et puis, selon toute apparence, il y avait quelque intérêt matériel à retirer de l'affaire. Je ne pense pas être plus cupide qu'une autre. Grâce à Louis McKay, toutefois, grâce à ses rêves stériles (imprésario, lui ! Il n'a même pas été capable de placer la parole de Dieu, qui ne coûte que la menue monnaie de la quête…), grâce à ses coups foireux et à sa manie de se bourrer le nez de poudre, j'avais fini par avoir une indigestion de vache enragée. Pour faire un dollar, il nous avait toujours manqué 95 cents. Un minimum d'aisance ne me semblait pas superflu, le temps que cette comédie durerait. Quelques semaines ? Quelques mois ? Je ne lui accordais pas un grand avenir. Que Lady Day s'entiche de Louis McKay, je le voulais bien – les femmes sont folles –, mais quel avantage une célébrité comme elle, l'une des plus grandes vedettes noires du moment, aurait-elle eu à s'encombrer d'un illustre inconnu vivant à ses crochets ? Je leur donnais trois mois, tout au plus, et seulement si elle lui trouvait au lit les mêmes capacités que moi. Car c'est un amant sensationnel, Louis McKay, on ne peut pas lui ôter ça. Ses dispositions en la matière valent bien quelques sacrifices. Il vous fait l'amour avec encore plus de talent qu'il ne vous frappe. Parfois, du reste, il mélange les deux ; cela peut plaire à certaines femmes.

Nous étions à Detroit. Au restaurant à prix fixe, il a ouvert un journal que quelqu'un avait abandonné sur la banquette. Il a vu qu'elle passait au club Juana. Il m'a dit qu'il l'avait bien connue autrefois, à New York, quand elle se produisait dans des endroits pouilleux, où quasiment personne ne faisait attention à elle. Les gens n'auraient pas parié un ticket de métro usagé sur Billie Holiday (qui portait du reste un autre nom). Sauf Louis McKay, bien entendu. S'il avait su, s'il n'avait pas été si jeune et inexpérimenté, il lui aurait proposé à l'époque d'être son agent. Elle n'aurait certainement pas refusé et, à présent, il roulerait sur l'or… Je me suis dépêchée d'anticiper sur ce qui allait suivre. « Tout n'est peut-être pas perdu, ai-je dit. Qu'est-ce que tu risques à tenter ta chance aujourd'hui ? » J'ai eu droit à son œil de velours, assorti du sourire qu'il réserve aux minettes croisées dans la rue. Il a vraiment la tête qu'il faut pour embobiner les gens. Je n'arrive pas à comprendre qu'il n'ait pas fait carrière chez les évangélistes. A-t-il jamais prêché, au fait ? Je me le suis demandé plus d'une fois. Il y a belle lurette que je ne prends plus rien de ce que me raconte Louis McKay pour argent comptant. Je n'ai cru qu'à moitié son blabla à propos de cette prétendue rencontre avec Billie Holiday lorsque celle-ci n'avait que quinze ou seize ans. Mais je me serais bien gardée de formuler mes soupçons. Pour ne pas l'irriter, d'abord, et parce qu'il avait promis de m'emmener le soir même écouter Billie dans la boîte où elle se produisait. Je lui étais reconnaissante : j'avais toujours raffolé de cette chanteuse.

Je n'ai pas de honte à le reconnaître, ils m'ont suffoquée, tous les deux. À peine descendue de l'estrade, Billie, comme s'ils venaient de se quitter la veille, s'était précipitée sur mon mari, les bras grands ouverts, la bouche fendue jusqu'aux oreilles, le regard pétillant.

« Louis ! Louis McKay ! » Elle n'en revenait pas. Je voyais bien qu'il n'en avait pas espéré le centième. Du coup, il en paraissait presque gêné. Il cherchait du coin de l'œil un endroit où se mettre. Et du coin de l'autre œil, il essayait de voir comment les autres clients du Juana Club prenaient la chose. Les autres, je dis bien. Moi, il se fichait pas mal de mes réactions. Et Miss Holiday encore plus ! J'étais arrivée au bras de McKay, j'étais assise à la même table que lui, mais je restais transparente à ses yeux. Elle n'était tout bonnement pas consciente de ma présence… Comparée au sien, mon physique est quelconque, je ne prétends pas le contraire. Mais tout de même ! Je n'ai rien de la femme invisible. Elle ne faisait pas exprès de m'ignorer. D'une certaine façon, c'était pire. C'était comme si je ne méritais même pas son dédain. Même pas son indifférence. Comme si j'étais un meuble et ne devais pas espérer une réaction humaine de sa part. Justement parce qu'elle venait de m'ensorceler comme aucun de ses disques n'avait réussi à le faire, d'un seul coup je l'ai haïe comme je n'avais jamais haï personne. J'ai prié le Ciel qu'elle tombe morte à mes pieds, dans sa robe aux épaules dénudées, collée à ses formes, argentée telle une peau de sirène. Si l'on ne tient pas compte de ce sentiment, et de sa brutalité, la suite est inexplicable.

La preuve que je n'existais pas pour elle, c'est qu'elle s'est assise à côté de McKay, quasiment sur ses genoux, et, avant qu'il ait eu le loisir de me présenter, s'est mise à… Je ne trouve pas le mot. L'« entreprendre » ? C'est tout juste si elle n'a pas commencé à dégrafer sa chemise devant tous ces gens !… Ensuite, je ne sais plus trop. Je nous revois dans la voiture de Carl Drinkard, son pianiste. Elle l'appelait « Mr Drinkard » et elle lui parlait comme s'il était son gosse. Un gosse qui ne ferait que des bêtises. Il encaissait tout avec un demi-sourire énigmatique. J'ai compris qu'il était camé jusqu'aux yeux. On m'avait casée à l'avant. Miss Holiday occupait la banquette arrière avec Louis. Le pianiste m'a ramenée à l'hôtel. Seule. Autant qu'il m'en souvienne, je n'ai pas articulé une syllabe durant toute l'équipée. Mes lèvres étaient scellées. Ma langue était de plomb. J'avais oublié jusqu'au b.a.-ba de ma langue maternelle.

Louis McKay me trompe depuis des lunes et des lustres. Il me trompe avec une franchise dont il s'honore. Notamment en compagnie de filles qu'il met sur le trottoir, si elles sont assez gourdes pour se laisser manœuvrer. C'est, m'assure-t-il d'un air important, à seule fin de faire bouillir la marmite du ménage, d'acheter aux gamins des vêtements décents. Il ne reste qu'à se prosterner devant une telle preuve d'abnégation. Pour un peu, il se jugerait héroïque… Habituée depuis longtemps à ses fredaines (qui avaient le mérite de l'éloigner de moi), je n'éprouvais aucune tristesse en retrouvant mes gosses, cette nuit-là. Mais j'étais envahie par des sentiments d'incrédulité, d'indignation, d'humiliation, de rage impuissante. En me démaquillant, je me suis dit : « Ma fille, s'il veut cette Holiday, qu'il la prenne. Elle ne sait pas ce qui l'attend. Monsieur le prédicateur va la punir par où elle a péché. Elle n'aura que ce qu'elle mérite. Avec celle-là, en outre, ou je me trompe fort, ou il risque de sentir sa douleur. »

Les gamins dormaient. À leur âge, quand les parents sont dehors, on fait les fous. Eux, on dirait qu'ils n'ont pas appris.

Songer à me quitter pour Lady Day, Louis McKay n'en a pas eu le temps. Je lui ai coupé l'herbe sous le pied. C'est moi qui l'ai persuadé d'aller vivre avec elle. Mon argument le plus décisif a été que, lorsqu'on vient de rencontrer la poule aux œufs d'or, on ne la lâche pas pour aller se commander une omelette au snack du coin. Il s'agissait de la faire pondre, cette poule. L'opération exigeait non seulement du doigté, mais des efforts soutenus, et par conséquent une présence de chaque instant. Une poule amoureuse, comme celle-ci paraissait l'être, se manipulait avec précaution. La première mesure à prendre était de ne jamais la négliger. Ce qui, soit dit en passant, permettait aussi d'exercer sur elle une étroite surveillance. On pouvait faire confiance à McKay pour veiller au grain. Si cette femme l'admettait dans son intimité, chacun de ses œufs ferait, de la part de mon époux, l'objet d'une sollicitude extrême.

Naturellement, les enfants et moi, nous aurions notre part du gâteau. C'était l'autre aspect du marché. Avec ma bénédiction, Louis McKay jouerait les coqs en pâte : en échange, il subviendrait aux besoins de sa famille. L'affaire promettant d'être juteuse, il m'enverrait régulièrement de l'argent, s'il n'était pas en mesure de me le remettre de la main à la main. Et puisque nous étions devenus, en quelque sorte, associés dans cette affaire, il ne manquerait pas de me tenir au courant de la façon dont la situation évoluait. Du fait que je l'encourageais à en tirer parti pour son compte personnel, le gros faible que la chanteuse montrait pour lui devenait notre investissement commun. Il était impératif de préserver et de faire fructifier ce fonds de commerce. Je craignais un peu la nature impulsive de Louis McKay, dont les effets auraient pu compromettre notre plan. Mais comment remédier à ce handicap ? Ce n'est pas à quarante ans qu'un homme va s'amender. Au surplus, j'étais très remontée contre Billie Holiday. Qu'il lui administre au plus vite, avec tout l'enthousiasme dont il était capable, une trempe dont elle se souviendrait, n'était pas pour me chagriner, même s'il fallait pour cela dire adieu à nos espérances.

Louis McKay est un coureur impénitent que les femmes, au fond, n'intéressent pas. Je m'en suis aperçue à mes dépens, quand il était beaucoup trop tard. Les femmes, il n'en paraît si friand que parce qu'il en a l'usage. En dépit de ses dons exceptionnels, la bagatelle n'est pas son principal mobile, mais un moyen moins pénible qu'un autre de parvenir à ses fins. Grimper sur Billie Holiday l'excitait moins que la perspective de succéder à Joe Glaser auprès d'elle. Il n'allait certes pas cracher sur les bénéfices secondaires, mais ce serait surtout par acquit de conscience. Afin d'être bien sûr que rien de ce qui était à sa portée ne lui avait échappé. Louis McKay est une personne qui n'accepte de voir repartir un plat que si le plongeur peut le ranger tel quel dans le buffet.

Toute à son coup de foudre, Lady Day n'avait pas vu que la foudre n'avait frappé qu'elle. Si le cœur de McKay battait pour elle, c'était du bout des ailes. Qu'il tombe amoureux d'elle, amoureux à perdre le nord, c'était mon rêve le plus cher. Si seulement il pouvait en pincer pour cette femme autant que cette femme en pinçait pour lui ! Je tiendrais enfin ma revanche. Avec une fille comme elle, McKay en baverait autant que j'en ai bavé avec lui. Aucun être au monde n'a comme Miss Holiday les moyens de me venger. Il suffit que Louis succombe. Si ce n'est pas à ses charmes, si ce n'est pas à ses sous, peut-être sera-ce à la fascination qu'on lit dans ses yeux lorsqu'elle le regarde. Personne ne l'a jamais contemplé ainsi, je le parierais. Même pas sa mère le jour de sa naissance. Même pas moi au matin de notre première nuit d'amour. Billie Holiday avait piétiné mon amour-propre. Bon gré mal gré, elle allait devenir ma complice. À elle maintenant de s'appuyer le plus gros du travail. Moi, j'avais fait ma part. Il ne me restait qu'à croiser les doigts pour que le piège se referme sur Louis McKay.

Les années se bousculent et, soudain, ce qui leur donnait leur couleur, à force de pâlir, est devenu transparent. Et que se produit-il alors ? Vous vous apercevez que vous vous en fichez royalement… Au printemps 56, lorsqu'il m'a demandé de divorcer, lorsqu'il a forcé Monroe à faire la même chose, tout cela dans l'intention d'épouser Billie au Mexique, sous l'œil des charognards qui se cachaient le bec sous l'aile afin de ricaner à leur aise, je n'ai pas levé le petit doigt. J'avais d'autres préoccupations. En cinq ans, les enfants, ça grandit. Ils vous occupent. Ils vous envahissent. Qu'est-ce qu'ils vous apportent ? Rien que des ennuis. Néanmoins, c'est ce que l'existence a de meilleur à vous offrir. Et vous le savez. Inutile de pleurer sur votre sort. D'ailleurs, vous n'en avez plus envie. Vaille que vaille, vous essayez de préserver encore un peu votre égoïsme. Vous refusez d'être venue sur terre uniquement pour veiller sur des lardons qui, lorsqu'ils se sentiront assez forts, n'auront rien de plus pressé que de vous fuir. Vous vous arc-boutez contre ce destin imbécile. Alors, vos petites histoires, vous pensez ! Et celle des autres, n'en parlons pas. Voilà, tout est dit : Billie Holiday, Louis McKay, soudain, c'étaient les autres. Ça se passait là-bas, leurs micmacs. Ça se passait loin. Ça ne vous amusait plus. Qu'ils filent le parfait amour ou qu'ils engagent des tueurs à gages, chacun de son côté, pour se dégommer l'un l'autre, aucune de ces péripéties ne m'aurait fait battre un cil. Je ne me sentais plus concernée. Ils voulaient se marier ? Grand bien leur fasse ! J'avais déjà tracé un trait sur Louis McKay. Lady Day, du moment qu'il me restait ses chansons, nous étions quittes. Tournons la page.

Leurs épousailles ? Une anecdote. Une chose m'inquiétait toutefois : McKay n'allait-il pas sauter sur l'occasion pour oublier de mettre à la boîte le chèque trimestriel qu'il m'avait promis, aux termes de notre marché ? Jusque-là, il n'avait pas trahi ma confiance. Il m'avait informée du déroulement de ses affaires. J'avais touché une part des bénéfices. La portion congrue, je ne me fais pas d'illusions. Néanmoins, ces quelques billets avaient suffi pour élever les gamins. Moi, je n'ai pas de si gros besoins ; je me contente d'être une femme libre. Seulement, à cette époque, du point de vue de la loi, j'étais encore sa conjointe. Toute la question était de savoir si, maintenant que rien ne pouvait plus l'y contraindre, il allait encore honorer sa parole. Sa réputation étant ce qu'elle était, je n'y comptais guère. Eh bien, il m'a bluffée, Louis McKay : j'ai perçu mon aumône, assez ponctuellement même, du moins jusqu'à sa rupture avec Billie, en 58.

Dans les premiers temps, toujours aveuglée par la rancœur, je me suis pourléchée au récit des corrections qu'il lui infligeait. Tel que je connaissais mon McKay, ces dégelées en annonçaient d'autres, qui feraient encore plus de dégâts. Il leur a fallu deux ans de vie commune pour qu'il l'amoche tant et si bien qu'elle ne puisse remplir un de ses contrats à l'Apollo. C'est arrivé en août 53. Elle devait figurer au même programme que Duke Ellington. Louis McKay n'y était pas allé de main morte. Il lui avait à moitié déboîté la mâchoire. Cette fois, les lunettes noires ne seraient pas d'un grand secours. Elle a prétendu qu'elle souffrait d'un abcès aux dents. Et son œil, alors ? Il avait attrapé un mauvais rhume ? Bien entendu, personne n'a été dupe. Joe Glaser a été obligé d'appeler une remplaçante en catastrophe.

Je n'ai pu m'empêcher de sourire, quelques années plus tard, quand j'ai mis le nez dans le livre qu'elle a écrit. McKay m'en a envoyé un exemplaire. Je ne suis pas faite autrement que tout le monde : je me suis précipitée sur les chapitres traitant de la période que je connaissais le mieux. Est-ce que j'avais espéré voir mon nom imprimé ? Dans ce cas, j'en ai été pour mes frais. Je n'existe pas plus dans son bouquin que je n'existais dans son regard, la nuit où elle s'est jetée au cou de Louis.

La manière dont elle raconte l'événement, d'ailleurs, c'est tout un poème ! Si tout le livre est du même tonneau, je ne conseille pas d'y accorder plus de crédit qu'aux exploits de Superman. Elle n'a pas froid aux yeux. À quoi bon publier ses mémoires, si c'est pour raconter aux gens des histoires à dormir debout ? Il est vrai qu'elle a laissé à un autre le soin de les rédiger à sa place. Il est vrai aussi que l'idée de ce malheureux bouquin était de Louis McKay, lequel comptait faire un best-seller avec ce monceau de bobards. C'est bien dans son style d'imaginer que, s'il y tenait le beau rôle, les éventuels lecteurs n'en seraient que plus impatients de mettre la main au porte-monnaie. Bref. Vous sautez au chapitre XXII, et que lisez-vous ? « C'est à Detroit, au club Juana, que j'ai revu Louis McKay. Je ne l'avais plus vu depuis le temps où je chantais au Hotcha à Harlem ; j'avais seize ans et lui guère plus *(il est tout de même son aîné de cinq ans, je le signale)*. Au Juana, une nuit, Louis est venu me rejoindre assez tard et j'ai pleuré comme une petite fille. C'est là que j'ai compris que mes résolutions à propos des hommes étaient à l'eau. C'était réglé comme du papier à musique : chaque fois que je renonçais à lui et me mettais à pleurer, il revenait. J'ai cessé de me faire violence, j'ai demandé le divorce et nous nous sommes mariés. » Ma foi, je suis bien contente qu'ils aient vécu un tel conte de fées. On a soi-même du mal à retenir ses larmes… Quelques lignes plus loin, l'auteur de cette prose, quel qu'il soit, s'avise qu'il a poussé le bouchon un peu loin. Une bonne moitié de l'Amérique sait que le prince charmant tabasse la marchande d'allumettes jusqu'à lui éclater le portrait. Aussi, notre poète, pris de remords, prend-il soin d'ajouter : « Je ne dirai pas que nous avons marché main dans la main sur fond de soleil levant, comme dans les romans. » Il est plus sage de s'en abstenir, en effet.

J'ai recueilli les confidences de Louis. Il croyait la faire danser : c'était lui qui tournait en bourrique. Ça le déconcertait tellement qu'il venait mendier auprès de moi un peu de réconfort. Le bâton était dans sa main, mais sa main était dans celle de Billie. Elle le manipulait. Et jamais il n'était autant son pantin que lorsqu'il la rossait. Ces coups qu'il lui assenait, elle les avait cherchés. Je ne veux pas dire qu'elle les avait mérités : elle les avait attirés sur elle, délibérément. Les séances qu'il lui passait, elle les avait elle-même conçues, organisées et mises en scène. À un moment donné, McKay s'est rendu compte que si, par inadvertance, il l'envoyait à l'infirmerie, elle n'en aurait pas moins tiré toutes les ficelles. Il ne pourrait même pas revendiquer la paternité de son acte s'il l'étranglait sous le coup de la colère. L'unique parade dont il disposait, c'est-à-dire s'asseoir sur ses mains pour les empêcher de faire les quatre volontés de Billie Holiday, celle-ci avait le chic pour la neutraliser. Avant qu'il réalise ce qui était en train de se passer, elle avait trouvé le moyen de lui faire perdre les pédales. Il ne se contrôlait plus. Bing ! bang ! son poing était déjà parti… Elle ne lui laissait aucune chance de se contenir. Par exemple, elle lui lançait en présence d'un tiers : « Alors, comment ça va, putain de ta mère ? » Il sautait au plafond, mais il fourrait vite ses mains au fond de ses poches et tentait de les y garder, implorant : « Chérie, s'il te plaît, ne m'appelle pas comme ça ! » Elle se collait à lui, afin de lui offrir une meilleure cible : « Mais bien sûr, fils de pute ! » Et lui, qui essayait de susurrer et de serrer les mâchoires en même temps : « Je t'assure, Billie, tu ne devrais pas… » Elle lui passait la main dans les cheveux (il a toujours détesté ça, à cause de sa brillantine). Elle posait sa bouche contre son oreille et enchaînait insultes et grossièretés jusqu'à ce qu'il lui ait administré sa dose. Les premières fois, il a cru que ça le soulagerait. Au bout de quelques mois, il a compris que, le dindon de la farce, c'était toujours lui. Même et surtout s'il l'expédiait au tapis pour le compte. Il l'étendait à ses pieds, mais c'était toujours elle qui avait le dessus. Je pouvais comprendre son désarroi. Elle le dominait grâce à sa violence à lui. Elle l'écrasait avec ses propres poings. Son idée d'un tête-à-tête dans le soleil levant, c'était cela : un bon swing à la pointe du menton. Elle se relevait, elle était radieuse. Elle s'arrangeait pour qu'il la cogne dans sa loge, quelques instants avant d'entrer en scène, puis elle allait minauder : *My man, he don't love me / Treats me awfull mean*[1]… Un dimanche, au téléphone (face à

1. « Il me traite terriblement mal. »

face, il n'en aurait jamais trouvé le courage), il a fini par m'avouer qu'à présent elle exigeait d'être battue avant l'amour. Je sentais qu'il était terrifié. J'ai lâché sur un ton désinvolte, pour l'enfoncer un peu plus : « Ce que femme veut, mon cher… »

Ce qui l'a perdu, c'est d'avoir été trop douillet. Ayant goûté à un certain confort grâce aux sous qu'il puisait dans la poche de Miss Holiday, grâce aux miettes de sa gloire qui rejaillissaient sur lui, il est devenu frileux. Les tripes lui faisaient défaut pour remettre en jeu le moindre des avantages qu'il avait obtenus. Ça l'a rendu vulnérable. Il a dû avaler toutes les couleuvres qu'elle lui servait, matin, midi et soir. Il avait été prévenu de ce qui l'attendait, au cas où il ne filerait pas doux. Il n'ignorait rien de ce qui était arrivé à Jimmy Monroe, son premier époux, ainsi qu'à John Levy. Elle avait eu l'obligeance de le mettre au courant. Ses genoux s'entrechoquaient, à l'idée qu'elle pouvait à tout instant lui donner son congé, comme à un vulgaire domestique. Sans préavis. À peine s'il aurait le loisir de rafler son chapeau avant de déguerpir. Cette menace le hantait. Le réveillait en plein sommeil. Il ne songeait plus qu'à éviter la disgrâce. Il ne songeait plus qu'à plaire. Sans trop savoir comment s'y prendre, cependant, car, de toute son existence, il n'avait jamais satisfait personne (et lui-même moins que quiconque, c'était bien le drame). Louis McKay craignait en permanence un retour de bâton.

Mais Billie n'était pas seule à menacer sa position. Il y avait encore ces flicaillons en ribambelle, agents des Stups, inspecteurs de ceci et contrôleurs de cela, qui s'accrochaient à la star et l'épiaient de nuit comme de jour, surveillant jusqu'aux toilettes des clubs, dans l'espoir qu'elle allait commettre un faux pas. Avec un dossier comme le sien, elle n'y couperait pas. Ils la renverraient derrière les grilles et mon pauvre McKay aurait perdu son gagne-pain. Elle avait intérêt à se faire toute petite, mais, je t'en fiche ! elle n'arrêtait pas de braver les autorités. On aurait juré que la discrétion était son ennemie personnelle. Si elle avait dû acheter sa drogue elle-même, vous pouvez être certain qu'elle aurait fait passer un avis dans le journal. Ou bien elle aurait organisé une vente aux enchères sur le parvis de l'hôtel de ville, après avoir convoqué la presse. Manquant de produit, elle serait allée en réclamer au bureau d'aide sociale…

Ah ! c'était un beau cirque ! D'un côté – lui-même à moitié dans les vapes, et avec l'aide de Carl Drinkard trop défoncé pour comprendre de quoi on parlait –, McKay lui faisait miroiter je ne sais quel éden de vie saine, de jus d'orange et de draps frais, dans l'espoir qu'elle décroche. De l'autre, il veillait à la fournir en dope au-delà de ses besoins, de crainte que la pénurie ne la pousse à l'irréparable. Où trouvait-il l'argent ? Elle n'en gagnait pas toujours assez, le public ne la rangeant plus parmi ses favorites. McKay parait au plus pressé. Il bazardait sans vergogne les bijoux qu'elle gardait en souvenir de Levy. Il marchandait avec les fourgues. Il n'achetait qu'en gros, par mesure d'économie. Il était le seul usager dans tout l'hémisphère à se faire servir l'héroïne au kilo. On lui consentait des ristournes. La différence, faut-il le préciser ? il se la mettait dans la poche.

Avant leur départ pour le Vieux Continent, Louis McKay s'était pris de passion pour la photographie. Il ne se séparait plus de son appareil. Il n'en aurait pas fallu beaucoup pour qu'il dorme avec. (Il aurait pu montrer ses cauchemars à tout le monde ; ç'aurait été un franc succès.) Dès qu'il ouvrait un œil, il cherchait quelque chose à mitrailler. J'ai souhaité connaître la raison de cette marotte : il est resté sans voix. Ça lui plaisait bien, voilà. Moi, j'ai une explication à proposer. Il s'évertuait à conserver des traces de tout, afin de se prouver plus tard, documents à l'appui, qu'il avait bien été un certain temps le gigolo de la grande Billie Holiday. Je tiens de lui l'anecdote suivante. Dans l'avion, il avait pris des clichés à travers le hublot, alors qu'il n'y avait plus que du bleu alentour, l'appareil venant de traverser les nuages. C'était si beau. Si magique. Ils s'étaient envolés à La Guardia sous une pluie de neige fondue et, là-haut, le soleil brillait comme au mois d'août. Sa voisine lui avait lancé avec mépris : « Tu photographies l'air, hein ? Tout ce qui t'intéresse dans la vie, toi, c'est rien que du vent ! » Il s'interrogeait encore sur le sens de cette remarque.

Ces deux-là étaient sourds l'un à l'autre. Billie n'imaginait pas que McKay s'inquiétait à cause d'elle, qu'il était en train de perdre pied. Quant à lui, ça paraît incroyable, mais il ne mesurait pas à quelle artiste d'exception il avait affaire. Il s'obstinait à voir en elle la gamine qui se produisait jadis au Hotcha de Harlem. Comme chanteuse, à ses yeux, elle n'avait accompli aucun progrès ; elle avait seulement perdu de sa fraîcheur. Elle s'était usée, sans acquérir pour autant l'expérience d'une Ella Fitzgerald, passée de l'état de godiche à celui de grande dame, tandis que Lady Day, n'en déplaise à son surnom, restait une petite fille – une petite fille décatie, aigrie, qui se desséchait dans son statut d'éternelle débutante, d'éternelle diva du dimanche. Pourtant, je l'ai vite deviné, elle aurait mis ses deux mains et sa tête à couper qu'il vouait à son chant une admiration éperdue, ainsi qu'à tout ce qui émanait de sa personne. Ils ne se sont jamais compris, voilà la vérité. Ils n'étaient d'accord que pour se faire vivre l'un à l'autre un enfer.

En Europe, ils vénéraient Billie Holiday avant de l'avoir vue. Il a suffi qu'elle paraisse pour qu'ils se jettent à plat ventre devant elle. Elle se serait présentée avec un chat dans la gorge et un bon rhume de cerveau, ou remplacée par sa sœur, ils l'auraient quand même portée aux nues. Ça l'a requinquée. Tout à coup, elle s'est mise à se dire qu'elle ne chantait pas si mal que ça (cette pensée ne l'avait pas effleurée depuis longtemps). Elle songeait à s'expatrier. Paris l'avait déçue, mais, en Angleterre, paraît-il, ils chouchoutent les toxicomanes. De toute manière, elle envisageait une cure de désintoxication. Définitive, bien sûr. La der des ders, comme d'habitude. Je parierais n'importe quoi qu'elle envisageait aussi, sur sa lancée, d'abandonner un autre de ses vices, qui était de s'encombrer de Louis McKay.

Son retour eut toutes les apparences d'un réveil difficile. Carl Drinkard avait repris ses billes. Première séance d'enregistrement, en avril 54 : tout le monde se saoule pour être au diapason avec elle. Horrifiée par ce qu'elle a entendu dès qu'elle a ouvert la bouche, elle a vidé d'un trait sa topette de gin. Au moins n'y avait-il pas de témoins gênants dans le studio. Concert au Carnegie Hall avec le J.A.T.P. et Ella Fitzgerald, quelque temps plus tard : une débâcle. Elle ne réussit même pas à garder le tempo. Granz n'a d'autre solution que de la harponner par une aile et de la faire sortir de scène avant l'émeute. En coulisse, elle accuse Oscar Peterson d'avoir « bousillé sa musique ». Il a frémi. Il s'est figé (cet homme qui est une montagne, ça lui donnait l'air de toucher le plafond). Il a répliqué : « Lady, je te respecte infiniment. Jamais plus je ne jouerai pour toi, fût-ce pour un million de dollars. » Ça lui a cloué le bec. Et pour le déclouer, il a fallu des mois. Elle ne chantait plus : c'était seulement une machine un peu rouillée qui se mettait en route dans sa gorge, chaque fois qu'elle posait le pied sur des planches. Elle se dépêchait d'en finir pour aller noyer son chagrin.

Irene

Elden est un de ces hommes dont on dit qu'ils ne savent pas comment vous faire plaisir. En général, il faut comprendre qu'ils ont à cœur de subvenir à vos besoins, de combler vos souhaits les plus intimes, de prévenir vos moindres caprices. Chez mon mari, l'expression est à prendre au pied de la lettre. Après huit années de vie commune, si plein de bonne volonté soit-il, il n'a pas une idée très claire de la façon de me satisfaire. Il est vrai que je ne lui mâche pas le travail. Inconsolable, à cause de Teddy, je suis devenue réfractaire à l'enthousiasme, aux inclinations trop fortes, voire à la simple perspective d'une félicité quelconque. Réfractaire à l'*envie*, en somme. Et je m'en veux terriblement pour cela. Mais qu'y puis-je ? Mon chagrin a manqué la bonne sortie et, sur cette route monotone, les demi-tours sont interdits jusqu'au terminus. Jamais je ne ferai le deuil de mon premier amour.

Comme toujours, Elden n'a songé qu'à mon bien en proposant que nous nous rendions au festival que George Wein vient de lancer à Newport, une station balnéaire du Rhode Island, paradis des régatiers et des estivants en casquette d'amiral, blazer bleu et pantalon blanc. Mon mari s'inquiète. J'ai été très malade avant notre mariage : il craint que je ne m'étiole davantage et ne devienne encore plus neurasthénique. Voir du monde, retrouver des visages qui me sont chers, cela lui paraît une bonne thérapie. Il est persuadé que sa compagnie ne saurait me suffire. Je lis dans ses pensées à livre ouvert. Une femme qui a voué toute sa jeunesse à la musique, se dit-il, une femme qui a dirigé des orchestres et écrit des chansons, quoi de mieux que la musique pour la divertir ? L'idée qu'en l'épousant j'aie voulu prendre mes distances avec cet univers ne lui traverse pas l'esprit. De ce séjour sur la côte, parmi les gens qui ont partagé mon ancienne existence, il espère un miracle. S'il avait jeté un coup d'œil au programme, il aurait tout de suite noté que Teddy en était l'une des vedettes avec, entre autres, Billie, Pres, Buck Clayton, Vic Dickenson, Jo Jones, tous des anciens de chez Basie, mais Dizzy Gillespie, Lennie Tristano et de nouvelles stars comme Oscar Peterson, George Shearing, ou Gerry Mulligan. Moi, son nom m'avait sauté au visage. Cependant, je n'ai pas soulevé la moindre objection. Je suis montée faire ma valise. Était-ce pour ne pas causer de peine à mon mari ? Était-ce parce que la douleur finit par aimer la douleur ? Était-ce parce que je ne résistais pas à la tentation de respirer le même air que… ? Assez ! La question restera en suspens. Je suis heureuse qu'Elden, lui, ne se la soit pas posée.

Nous sommes en 1954. Depuis combien de temps n'ai-je pas revu Billie ? J'aurais pu entamer une correspondance avec elle, sachant qu'elle n'en prendrait pas l'initiative. Je me suis contentée de suivre dans la presse les péripéties les plus marquantes de son existence, comme son incarcération en Virginie. Tout le reste m'a échappé. Y compris ce dont on fait encore des gorges chaudes à Newport, bien que l'événement ne date pas d'hier : sa brouille avec Lester. Nul n'en connaît le motif. C'est la première fois depuis des années, me précise-t-on, que leurs deux noms figurent sur une même affiche. À Peabody Park, ils rôdent en essayant de ne pas se croiser. Une question brûle toutes les lèvres : Wein médite-t-il de les rabibocher ? Ses assistants affirment que non. Personne ne veut les croire. Les uns rêvent d'un happy end. Les autres espèrent un esclandre. Avec Billie, ceux-là ont quelque chance d'être servis. Avec Pres, c'est beaucoup moins sûr. Je l'ai toujours connu fuyant les conflits, les complications de toute nature. Il dispose d'un radar qui les détecte à distance. Lui dont la paresse est proverbiale, il se montre capable d'effectuer d'immenses détours afin de les éviter. Si, malgré tout, il se trouve pris dans une controverse, comme on est pris dans un embouteillage, il se réfugie dans le mutisme. Et si l'un des belligérants tente de le prendre à témoin, on entend retentir son « Ding Dong », désormais célèbre sur plusieurs continents.

Pres a énormément changé (dans sa musique aussi, d'ailleurs). Ou alors, il s'est mis à se ressembler plus qu'il n'est concevable. Évoluant sur un autre rythme que tout le monde, il donne l'impression de vivre dans un autre temps. Il plaisante avec vous. Il raconte des histoires. Il tourne en dérision les péripéties de sa propre existence. Il vous fait rire aux larmes, jusqu'à en attraper des crampes d'estomac et à demander grâce. Mais il demeure hors d'atteinte. Pres habite une autre planète. Ses plus fervents disciples ne le savent que trop. Ce qu'ils jouent, c'est une musique qui ne se conçoit pas sans Lester Young, mais dans laquelle lui-même ne trempe jamais. Ils ont beau s'appliquer, ils ratent la cible. Ou bien ils sont trop « lestériens », ou bien ils ne le sont pas assez. En fait, ils ne le sont pas du tout. Lui pourrait tout jouer de travers (c'est de plus en plus souvent le cas, paraît-il), cela n'en resterait pas moins du Lester pur jus. Il prétend n'avoir désormais qu'une seule ambition en musique. « Il faut que cela soit doux », susurre-t-il. Qu'entend-il exactement par là ? Chacun comprend ce qu'il veut. Je présume que chacun met à côté de la plaque, pour la plus grande satisfaction de notre Président…

Billie, je pourrais dire que je ne l'ai pas reconnue. Mais je ne l'ai reconnue que trop. J'aurais tant aimé que ce ne fût pas elle, cette figure de Halloween, ce corps distordu, impitoyable caricature de la déchéance physique, qui vacillait dans ma direction, une embardée après l'autre. Je me souvenais d'une Billie élancée, je me souvenais d'une Billie grassouillette, je me souvenais d'une Billie aux hanches d'amphore et d'une Billie plus souple qu'une liane : celle-ci les trahissait toutes à la fois. C'était une fille bien en chair dont le capiton avait fondu trop vite pour que la peau ait le temps de se retendre sur le squelette. C'était un sac d'os gélatineux, dont le cuir avait pris l'eau, l'eau grasse d'une vaisselle qu'on voulait ignorer, avant de sécher à moitié sous un soleil de plomb. J'ai vu, sur des femmes de tous âges, que la vie n'avait pas épargnées, des enveloppes flasques ou des enveloppes parcheminées : jamais encore ces deux disgrâces à la fois. Lorsque Billie était à New York ma plus proche amie, sa plastique, compte tenu des agressions qu'elle lui faisait subir, avait connu des hauts et des bas : un régime barbare de pleins et déliés plus accusés que des reliefs de montagnes russes. À Newport, ce que je découvrais devant moi, c'était un demi-cadavre.

On essayait de me rassurer. On m'affirmait qu'elle était revenue d'Europe, quelques mois plus tôt, dans une forme éblouissante. On me jurait qu'elle payait pour l'instant l'une de ces désintoxications sauvages auxquelles elle se soumettait de temps à autre et qu'elle supportait grâce à un apport massif d'alcool. Toutes ses tentatives en ce domaine s'étaient soldées par un échec, mais chaque fois, en même temps qu'elle rechutait, elle s'était remplumée vaille que vaille. Dans quelques mois, je pourrais aussi bien la retrouver obèse. Nos amis communs ne semblaient pas comprendre mon inquiétude. Moi, c'était leur sérénité qui me déconcertait. Étaient-ils donc aveugles à ce point ? J'eus soudain l'impression qu'en fait le sort de Billie leur était indifférent. Pour eux, elle ne faisait déjà plus partie des vivants. Elle était passée sur l'autre rive. Dans un endroit où nous nous rendrons tous, mais qu'il valait mieux, de leur point de vue, ignorer le plus longtemps possible. On aurait bien assez le temps d'en parler une fois qu'on y croupirait.

La première chose qu'elle me dit, c'est : « Qu'est-ce qui t'arrive, Renie ? Tu n'as pas l'air dans ton assiette. La vie n'est pas belle, peut-être ? » Elle entreprend de me convertir à sa philosophie. Ce qui me manque, c'est un homme aussi parfait que le sien. Tel est son diagnostic. Le destin, m'explique-t-elle, a prévu un Louis McKay pour chaque femme. Il suffit de mettre la main dessus. Cela peut prendre du temps, elle en sait quelque chose, mais, une fois qu'on l'a déniché, on est tiré d'affaire. C'est le clair de lune à longueur de journée. *What a little moonlight can do ?* Eh bien, il peut tout faire pour vous. Il n'attend que cela. Ce ne seront plus qu'étoles, rivières de diamants, Cadillac neuves et soupers aux chandelles. Elle me prescrit, en guise de cure, une quête opiniâtre de l'oiseau rare. Elle me désigne du menton, avec des sourires d'entremetteuse, des bellâtres qui croisent dans les parages. L'un d'eux est le bon. Ça ne fait pas un pli. « Ne te laisse pas aller, Renie. Ne baisse pas les bras ! » J'essaie de rire. Elle s'insurge. « Mais ce n'est pas une plaisanterie ! On n'a qu'une vie, bon Dieu ! »

Je prends soudain conscience qu'elle m'observe avec une attention soutenue. Presque avec suspicion. Elle s'est penchée vers moi. Elle épie mes réactions. Elle cherche à déchiffrer sur mon visage les réflexions que son prêche m'inspire. Elle ne ressemble plus ni à la Billie de notre jeunesse, ni à la Billie décharnée, un peu titubante, à la Billie au regard épuisé qui, un instant plus tôt, s'est dirigée vers moi. Ses yeux se font inquisiteurs, son expression est tendue. L'examen se prolonge. Je vais finir par perdre contenance.

Lorsqu'elle reprend la parole, le ton n'est plus le même. Il hésite entre l'imploration, le désenchantement et l'ironie.

« Renie, tu ne réponds rien ? »

Répondre ? Elle ne m'a posé aucune question, que je sache.

« Tu ne réponds rien ? » insiste-t-elle.

Puis le ton change encore.

« Tu as raison de ne rien dire. On n'est pas forcé de dire ce qu'on ne pense pas. Les chansons sont là pour le faire à votre place... Et aussi pour dire ce que vous pensez vraiment, si vous n'arrivez pas à le sortir. Pas seulement les paroles des chansons : la musique aussi. La musique surtout... Quand on a composé *Some Other Spring*, on n'a plus jamais besoin d'ouvrir la bouche... *Some Other Spring !* Tu te rends compte ? Ça date de quand ? 38-39, je me trompe ? Quinze ans déjà... Cet air, on dirait qu'il a toujours été là. On dirait qu'il est là pour toujours. Toujours de la rosée du matin... Il y a des printemps dont on ne se débarrasse pas comme ça ! Elle est déjà vieille, cette mélodie, mais ce qu'elle raconte, ça deviendra de plus en plus vrai. Je l'ai remise à mon répertoire, tu étais au courant ?… La plupart de mes chansons, depuis le temps que je les traîne derrière moi, je ne les écoute même pas. Je veux dire que je ne m'écoute pas les chanter. Ça se passe sans moi, ma vieille. J'aurais la nausée, j'aurais la nausée et je me noierais dedans s'il me fallait entendre chaque soir ces *Cried For You* et ces *Nice Work* qui me poursuivent depuis mille millions d'années ! Certains airs, il n'y a qu'au public qu'ils profitent. Certaines autres, comme *Some Other Spring*, je ne les chante que pour moi. Pour moi et peut-être pour Duchesse, certains soirs. Même mon Louis, ça ne le concerne en rien… J'ai découvert ça récemment. Et aussi un autre truc. Ça s'est passé en France. Là-bas, les trois quarts des gens ne comprennent pas une broque de ce que tu racontes. Mais quand je ne chante que pour moi, subitement ils entendent ce que je dis… Je me mets à chanter comme s'ils n'étaient pas là et ils réalisent tous que je suis la plus grande. Qu'ils le veuillent ou non. Que je le veuille ou non. Et à moi aussi, tout d'un coup, ça me crève les yeux. C'est comme ça. C'est une chose qui nous tombe dessus, à moi aussi bien qu'à eux. C'est une chose qui est arrivée, voilà tout… »

Elle a baissé la tête. Maintenant, elle murmure presque.

« Tu sais. Tu n'aurais jamais dû l'achever, *Some Other Spring*. Tu aurais dû le laisser en plan et me le donner comme ça… Je commencerais à le chanter, et je ne trouverais pas la sortie. Je resterais enfermée dedans… Je te jure que je serais bien. Je serais moi. Un moi qui n'aurait besoin de rien ni de personne. Et j'attendrais quelque chose qui m'arriverait pour de bon. Tellement de choses ne me sont pas arrivées… Ou me sont arrivées en trop, comme la mort de Sadie… Tu ne crois pas que j'aurais mieux fait de rester avec

Sadie et Lester, au lieu d'aller traîner avec Jimmy Monroe ? Mais Lester, aussi, pourquoi m'a-t-il abandonnée ? Comme ça, sans avertissement ? Bonjour, bonsoir, je t'ai vue… Est-ce qu'il n'était pas bien avec nous ? Qu'avait-il besoin, lui, d'aller fricoter avec des Blanches dont il n'avait même pas envie ? Pense-t-il vraiment, ce con, que le mariage a été inventé pour des gars comme lui ? Il me fait marrer !… Et puis non, je ne ris pas. Je ne ris pas, pour la bonne raison qu'il n'y aura jamais aucune explication plausible à tout ça, et qu'on en crève néanmoins… Aucune réponse, Renie. Sauf peut-être dans *Some Other Spring*. Mais ça, même toi qui l'a composé, tu ne peux pas me le certifier. Même toi, ta foutue chanson ne t'a pas mise dans la confidence. »

Son regard me traverse et va se perdre vers l'océan qu'on ne voit pas.

« Je vais t'avouer une chose dont je ne suis pas fière. Rien qu'à toi. Pres, tu sais combien il peut être vulnérable ? Un jour, à Philadelphie, je lui ai dit quelque chose qui l'a blessé. Vraiment blessé. Je pourrais dire que ça m'a échappé. La vérité, c'est que je l'avais fait exprès. Il n'a pas de rancune envers les enfoirés qui venaient le matraquer chaque nuit à Fort Je-ne-sais-plus-quoi. Il ne les en juge pas dignes. Pour lui, ce sont des personnages de *comics*. Moi, ce n'est pas du tout pareil. Ça lui est resté sur l'estomac, ma sortie. Et à moi aussi, pour être franche. Lester et moi, nous sommes très remontés contre Lady Day. On dirait même que ça s'aggrave avec les années. Tu sais, je l'ai aperçu tout à l'heure dans le parc : j'ai couru me cacher derrière un arbre. Je lui ai fait de la peine, Renie, et en parfaite connaissance de cause. Mais le moyen de m'excuser ? On a été trop proches, tous les deux… »

Un peu plus tard, le bruit a couru que George Wein

avait pris son courage à deux mains et demandé à Pres s'il accepterait d'accompagner Billie. Teddy lui avait déjà donné son accord. Milt Hinton s'était déclaré solidaire. Buck Clayton et Jo Jones leur avaient emboîté le pas. La réponse de Lester dans son javanais personnel, George était incapable de la citer mot à mot. En tout cas, c'était non.

L'incident serait-il parvenu aux oreilles de Billie ? Pour chanter comme elle chante ce soir, il faut qu'elle ait reçu un choc. Elle ne se mettrait plus dans de tels états pour le public. Elle n'a rien à prouver aux musiciens qui lui donnent la réplique. Wein ? Il n'en exige autant de personne. On dirait pourtant qu'elle désire persuader quelqu'un de quelque chose. De toutes ses forces. Qui, avec une telle énergie ? Je ne vois que Lester. Pres est bien le seul être à la ronde dont elle peut éprouver, en cet instant précis, le besoin de se faire entendre.

Teddy entame l'introduction d'*I'll Get By.* Nous sommes ramenés en mai 1937. J'assistais à la séance. Buck était là, lui aussi. Et Lester. Elle attaque son texte – « *I'll get by, as long as I have you…* » – avec une sorte de tendresse qui ne lui est pas coutumière. Cette douceur incongrue de sa part a quelque chose de bouleversant. En coulisse, Gerry Mulligan, les poings sur les hanches, secoue la tête avec incrédulité. Pres est assis en face de moi. Un sourire naît sur ses lèvres. Flotte jusqu'à ses yeux. « Les yeux doux, hein ? me dit-il. Il me faut les yeux doux. »

La foule acclame Billie, avant même le point d'orgue. On entend les gens se lever de leur siège par rangées entières. Elle enchaîne avec *Some Other Spring.* Là-dessus, Gerry, qui commençait à tourner comme un ours en cage, empoigne son baryton et, sans rien demander à personne, saute sur scène. Il n'est pas arrivé à portée de micro qu'il improvise déjà un contre-chant. George Wein entre dans une colère noire. Il a horreur du désordre. Il a horreur que tout ne se déroule pas selon ses plans. Pourtant, comme nous tous, ce qu'il apprécie le plus chez Gerry, c'est cet appétit de jouer, cet élan juvénile qui le pousserait à marcher sur les eaux pour participer à une jam avec des musiciens qu'il admire. Gerry se moque pas mal d'être moins inspiré qu'eux. Il ne brûle pas de leur en remontrer. Il ne mendie pas les applaudissements. Il accourt pour être de la fête, tout simplement. George tape du pied. « Il n'a rien à faire là ! Il n'a rien à faire là ! » Lester se lève. Il s'adresse à moi, une fois de plus. « À ma Lady aussi, il lui faut les yeux doux. Je crois que je ferais mieux d'aller la rejoindre. »

Après le concert, ils sont tombés dans les bras l'un de l'autre. Ils se sont embrassés comme du bon pain, tremblant de tous leurs membres. Louis McKay demeurait invisible. Elden avait pris ma main. Teddy s'était placé de manière à ne pas croiser mon regard. Nous étions tous rangés en cercle autour de Billie et de Pres. Gerry, ému à la manière irlandaise, était rouge comme un coq. George Wein lui tenait fraternellement l'épaule. Les yeux de Buck Clayton n'avaient jamais été d'un si beau vert. Des reporters s'égosillaient, en sautant sur la pointe des pieds pour voir par-dessus les têtes : « Alors, ça y est ? Vous êtes réconciliés ? On peut écrire ça ? » Qu'écriraient-ils donc ? Un seul d'entre eux se croirait-il capable de rapporter avec des mots ce qui s'est déroulé sur ces planches, ce qui en a fait le caractère sacré ? Le monde recommençait. Notre univers ne repartait pas de zéro, mais il repartait du bon pied. C'était l'été à Newport. Dans quelques heures à peine, le soleil allait avaler les ombres et se dresser sur un paysage où, de nouveau, tous les rêves seraient permis. Chacun d'entre nous en éprouvait l'intime certitude. Même moi, la morte vivante. Qu'espérions-nous au juste, cette nuit-là ? Nul d'entre nous n'en savait rien. Nous étions gonflés d'espérance, c'était déjà magnifique. Espérance de quoi ? Nous ne demandions pas de telles précisions. Si nous avions formulé un souhait, même extravagant, nous aurions eu peur de rêver trop petit.

Rien, pourtant, rien du tout n'a suivi ce prodigieux commencement. Le soleil qui s'était levé ce matin-là n'apporterait ni chaleur, ni lumière. Billie a gravé comme avant des interprétations splendides auxquelles Pres, comme avant, n'a pris aucune part. Lui-même a continué sur sa lancée. Un essor, un déclin ? Bien malin qui aurait pu en décider... Cent de ses plus prestigieux confrères, interrogés par Leonard Feather, déclarèrent qu'il avait été jusque-là le plus admirable saxophoniste ténor de toute l'histoire du jazz (lui-même avait voté pour Coleman Hawkins, Stan Getz et Paul Gonsalves, dans cet ordre). Je crois que c'était en 1957. Cette année-là au mois de décembre, je m'en souviens très bien, j'ai vu à la télévision le programme intitulé « The Sound of Jazz », dans la série « The Seven Lively Arts » que proposait la chaîne CBS. Je me tenais au côté d'Elden, dans notre living-room. Clouée sur mon fauteuil. Incapable d'articuler une parole. Sentant mes cheveux se dresser peu à peu sur ma tête, à mesure que prenait corps le pur mirage de *Fine and Mellow*.

L'exposé du thème par Billie était superbe, mais, pour qui la connaissait aussi bien que moi, il ne remettait rien en question. Ce qui me hantera toujours, c'est ce qui est venu ensuite. Après un chorus de Ben Webster, Pres a pris le relais, et Billie s'est mise, plus de vingt ans après *He Ain't Got Rhythm, This Year's Kisses* et *I Must Have that Man,* à découvrir la musique de Lester Young. Et lui, du coup, qui faisait mine d'être dans les nuages, s'est mis à la réinventer. En quelques secondes, toute leur histoire a défilé, déferlé sur le visage de Billie… Cette vision que mes yeux ont enregistrée demeure si présente en moi que, grâce à elle, ma mémoire me survivra peut-être. Je pourrai enfin croire à la résurrection de la chair (ou l'appeler de mes vœux), si j'ai foi en la permanence du souvenir. Une puissance sur laquelle je ne pouvais mettre aucun nom m'obligeait à regarder en face quelque chose qui avait échappé à ses créateurs, mais qui n'aurait maintenant, pour nous, pour tous les autres, même ceux qui n'étaient pas encore nés, ni commencement ni fin.

Peu après, Lester était admis en urgence au Kings County Hospital de Brooklyn. Cirrhose du foie, malnutrition, dépression nerveuse… On a su par la suite que les médecins lui donnaient au mieux deux ans à vivre. C'était encore trop pour lui. Au printemps, il prit ses quartiers à l'hôtel Alvin. En secret, Max Roach, Miles Davis et Sonny Rollins réglaient la note. Billie n'est jamais venue le voir. Elle prenait de ses nouvelles par une amie commune, Elaine Swain, qui s'était installée avec lui.

Memry

Santa Monica, le 12 septembre 1976

Cher Monsieur Rettenbacher,

C'est bien volontiers que j'essaierai de répondre aux questions que vous me posez, dans le cadre de votre recherche sur « Lady Day ». On n'a que trop écrit sur elle de choses qui ne correspondent pas à la vérité. J'espère de tout cœur que votre ouvrage contribuera à rétablir cette dernière.

Pour commencer, Midgett est bien le nom que je porte à l'état civil. J'avais vingt-trois ans et j'étais pianiste d'entracte au club Down Beat de San Francisco, lorsque Louis McKay m'a engagée pour être l'accompagnatrice de Billie, le 22 août 1954. J'ai suivi le couple à Los Angeles, puis en Alaska, d'où nous avons gagné New York. J'ai démissionné à Philadelphie au début de l'année suivante. Vous me demandez si Mr McKay était à mes yeux « un homme aussi violent qu'on le prétend ». D'après moi, c'était, pour aller droit au but, une brute épaisse, doublée d'un être abject. Plusieurs personnes m'ont assuré que Mr Levy, le précédent compagnon de Billie, valait encore moins cher que lui. Tout ce que je sais, c'est que j'ai abandonné ce travail parce que, après s'être longtemps conduit avec moi d'une horrible façon, McKay menaçait de me compromettre dans une affaire de drogue.

Je confirme les informations qui vous sont parvenues de Londres, comme quoi McKay aurait eu le premier l'idée de lui faire publier un livre de souvenirs. Je l'ai entendu évoquer cette possibilité dès l'été 1954. Ce qu'on a peut-être oublié de vous préciser, c'est qu'à ses yeux *Lady Sings the Blues* ne devait représenter qu'un tremplin vers quelque chose qui ferait plus de bruit et, par conséquent, serait d'un rapport plus juteux. Avec lui, le profit était toujours le moteur de tout. Il ne doutait pas un instant que les mémoires de Billie auraient du succès. Les confessions d'alcooliques célèbres étaient la grande mode aux États-Unis, en ce temps-là. L'idée qu'il avait derrière la tête, c'était d'adapter l'ouvrage, une fois que ce serait un best-seller, afin d'en faire un film. Ce qui vous explique pourquoi cette prétendue « autobiographie » est en grande partie une fable. J'étais présente. J'ai assisté à la scène. J'ai vu Louis McKay encourager le plumitif qu'il avait embauché à « charger la mule », comme il disait lui-même. Il ne s'agissait pas encore de William Dufty, mais d'un journaliste de couleur travaillant pour des magazines réservés aux Noirs, comme *Ebony*. Son nom m'échappe. Il n'a pas fait l'affaire parce qu'il avait tendance à édulcorer les choses et à faire parler Billie comme la reine d'Angleterre. Sa prose suait l'ennui. Le grand mérite de Dufty, c'est qu'on jurerait entendre Billie lorsqu'on le lit. Le ton est si juste qu'une part de vérité colle à la page, même lorsque ce qu'il avance est pure divagation. Elle-même n'avait que trop tendance à enjoliver lorsqu'elle racontait sa vie. Je dirais même qu'elle était incapable de s'en empêcher. Dufty ne gobait pas tout, mais il était là pour recueillir la bonne parole de sa bouche, pas pour discutailler avec elle. Quand il butait sur une contradiction flagrante entre deux confidences qu'elle lui avait faites, il résolvait le problème en inventant de toutes pièces une troisième version. De toute façon, elle s'en fichait. La seule chose qui l'excitait dans cette aventure, c'était la perspective du film.

Vous avez entendu dire qu'elle était blasée, voire dégoûtée de tout, pendant la période où j'ai travaillé pour elle. C'était bien pire que cela ! Elle était si désabusée qu'elle négligeait jusqu'aux obligations de son métier. Elle refusait d'apprendre de nouvelles chansons. Parmi les anciennes, elle évitait soigneusement celles qui posaient des difficultés. Elle pouvait être absente de ce qu'elle faisait au point, parfois, de ne pas reconnaître l'introduction d'un morceau inscrit à son répertoire depuis vingt ans. Elle chuchotait en se tournant vers moi : « Hé ! Memry, qu'est-ce que je suis censée chanter, là ? » Il arrivait que les haut-parleurs diffusent ses paroles dans le public. Les gens n'éclataient pas de rire, comme ils l'auraient fait avec une autre. Ils lui soufflaient la réponse : « *I Wished on the Moon.* » Toute une salle à l'unisson ! Elle traitait ces gens par-dessous la jambe : ils l'adoraient malgré tout. Mais elle ne se rendait pas compte du privilège qui était le sien. De l'amour qu'on lui portait. Quel gâchis ! Ça me brisait le cœur. Pendant son numéro, elle ne songeait qu'à une chose : le moment où, après le bis, elle pourrait enfin aller s'injecter son poison favori. Et je vous prie de croire qu'elle ne perdait pas une seconde !

Pressé par elle, plus encore que par Louis McKay, encouragé par l'éditeur qui, en dépit d'un score relativement modeste dans les librairies, avait vendu plus d'exemplaires qu'il ne l'avait espéré, Dufty se lança, d'après ce qu'on m'a raconté, dans la rédaction d'un script, sans même attendre la signature d'un contrat en bonne et due forme avec l'un des grands studios. Une seule chose rendait Billie malheureuse parmi toute cette effervescence : on lui laissait peu d'espoir de tenir son propre rôle à l'écran. Au mieux interpréterait-elle les chansons du film, mais, si je puis dire, dans la bouche d'une autre. On a d'abord pensé à Dorothy Dandridge. L'idée ne déplaisait pas trop à Lady. Finalement, elle a fait long feu. Le nom d'Ava Gardner est alors sorti du chapeau. Mais Ava est une femme blanche, même si elle a le type mulâtre, ou eurasien. De plus, Billie était beaucoup trop fière pour prêter sa voix à quelqu'un qui bénéficiait d'une popularité supérieure à la sienne. Quand le projet est tombé à l'eau, on parlait de Lana Turner. À tout prendre, je trouve que Diana Ross[1] fait quand même mieux l'affaire.

Lady n'avait plus foi en grand-chose, à l'époque, mais Hollywood la faisait encore rêver comme une adolescente. Pour lire son nom en haut de l'affiche, elle serait allée jusqu'à soigner la cirrhose décelée par les médecins après son arrestation à Philadelphie, et même, au besoin, à rompre avec l'héroïne. Telle est du moins ma conviction. Quand j'ai fait sa connaissance, elle cherchait à se délivrer des stupéfiants avec presque autant d'énergie, certains jours, qu'elle mettait à s'en procurer en d'autres circonstances. (À s'en procurer à la barbe de McKay, soit dit en passant. Lui, à ce moment-là, souhaitait la sevrer afin qu'elle ne tombe pas malade, compte tenu du manque à gagner que cela aurait représenté.) Je persiste et signe : seul le cinéma aurait pu la sauver. J'ai mis quelque temps à compren-

1. Elle interprète le personnage de Billie Holiday dans le médiocre long métrage de Sidney J. Furie réalisé en 1972 et intitulé, lui aussi, *Lady Sings the Blues*.

dre que devenir une star des écrans était la seule illusion qu'elle se refusait à perdre. Peut-être à son insu, d'ailleurs. […]

(On ignore si la lettre de Memry Midgett est parvenue à l'adresse d'Emil Rettenbacher à Zürich. À ce jour, cependant, aucun ouvrage consacré à la chanteuse n'est paru sous la signature de ce dernier.)

Alice

« C'est comment déjà, cocotte, ton petit nom ? »

Elle a pris le disque. Le plus beau fleuron de ma collection. *Music for Torching with Billie Holiday*, sous sa pochette illustrée par David Stone Martin. On y voit une femme noire – noire à peau cuivrée, presque rouge. Elle a les yeux clos. Ses poignets sont croisés devant elle. On remarque tout de suite ses ongles, longs et pointus. L'expression de son visage, basculé en arrière, ne permet pas de dire si elle est en extase ou si elle souffre le martyre. Ses cheveux reposent sur un oreiller de flammes, ou de pétales ensanglantés. Elle pourrait aussi être morte. Billie Holiday en personne contemple cette image, la rapprochant et l'éloignant alternativement de ses yeux, comme si elle ne l'avait jamais vue. Se reconnaît-elle dans ce portrait ? J'étais persuadée qu'elle avait servi de modèle à l'artiste. À présent, j'en suis beaucoup moins certaine.

Elle a ouvert son stylo, pendant que je me hâtais de répondre :

« Alice, Madame.

— “Madame” ! Où t'as vu jouer ça ? Même les flics ne me donnent pas du “madame”. Ça leur écorcherait la bouche ! Les musiciens, eux, m'appellent tous Lady, comme tu sais sans doute. Tu pratiques un instrument, au fait ? Non ? Tu es blanche, c'est tout aussi bien… Pour une gentille fille comme toi, Billie, ça devrait coller, qu'est-ce que t'en dis ? On marche comme ça ?… J'aime vraiment bien Alice. Je suppose qu'on n'est pas tentée de grandir trop vite, avec un prénom comme ça… Et ton nom de famille, alors ?

— Il vaut mieux que je vous l'épelle : V.R. B.S.K… »

Elle m'interrompt, écartant le stylo de la pochette.

« Hé ! Tu me charries, ou quoi ? V.R.B…

— V.R.B.S.K.Y…

— T'es sûre ?

— J'ai eu le temps de l'apprendre. »

Elle rit.

« Et tu viens de quelle planète, Alice ? Ne me dis pas du pays des merveilles : je ne suis pas si demeurée que j'en ai l'air. »

J'ai le toupet de répliquer (moi qui me crois si timide) :

« Je n'en viens pas, mais j'y suis allée. Grâce à la musique. »

Elle s'apprêtait à rédiger la dédicace. Sa main reste en suspens. Elle me jette un regard oblique, le sourcil froncé.

« Attends un peu. Tu ne parles pas de *ma* musique, là, tout de même ? »

Je suis dans mes petits souliers.

« Eh bien… si. De ce disque-là, en particulier…

— Allez !

— Je vous jure.

— Quoi, par exemple ? Quelle chanson ?

— Toutes.

— Allez !

— Mais si. Je les préfère toutes. Ça dépend du moment.

— Tout de suite, admettons, qu'est-ce que tu choisirais ?

— Oh, ça, c'est trop facile ! *Isn't This a Lovely Day ?* »

Elle penche la tête sur le côté pour mieux m'observer.

« T'es une mordue, toi, dis donc… », murmure-t-elle enfin.

Le ton se veut amusé, mais je vois bien que le regard, lui, ne l'est pas du tout. Cette fois, je ne trouve rien à répondre. Elle a un curieux mouvement de tête, comme quelqu'un qui se parle à lui-même. Le stylo entre en action. En me rendant chez elle, je n'espérais qu'une signature. Avec un « Pour Alice », naturellement, ç'aurait été encore mieux : chacun serait forcé de constater que l'autographe m'était bien destiné, que je ne m'étais pas contentée de récupérer le disque chez un soldeur.

« Pour Alice », je devine que c'est ce qu'elle écrit. Bingo ! À présent, elle va signer. Non ! Elle ajoute quelque chose.

Elle me rend l'album. Je bafouille des remerciements. J'ai le sentiment qu'elle m'est reconnaissante de ne pas déchiffrer la dédicace en sa présence. Je m'apprête à prendre congé. Et alors, avant que j'aie ouvert la bouche, elle me demande si je reviendrai la voir.

Il se trouve que j'ai quitté ma place il y a quelques jours. J'ai un peu d'argent de côté. Je ne suis pas trop pressée de trouver un nouvel emploi. Bref, j'ai tout mon temps. Je reviendrai autant qu'elle le souhaitera. Cette réponse ne lui suffit pas.

« Quand ?

— Euh… demain ? »

Je craignais de lui apparaître comme une profiteuse sans scrupule.

« Et pourquoi pas ce soir ? fait-elle. Tu connaîtras Mr McKay. »

Ce n'est pas l'envie qui me fait défaut, mais je ne vais tout de même pas lui sauter au cou. Je m'entends dire :

« Alors, à ce soir.

— Si tu t'amènes vers dix-huit heures, on jouera ensemble à la dînette. »

Heureusement, j'avais mis le disque à l'abri dans un grand sac d'épicerie en papier brun. Sans cela, jamais je n'aurais résisté à la tentation de lire ce qu'elle avait écrit avant d'être de retour chez moi… Au verso de mon exemplaire de *Music for Torching with Billie Holiday*, chacun peut constater (et faire authentifier l'écriture si ça le chiffonne) qu'entre « pour Alice » et la signature (« Billie » tout court), elle a griffonné ces quatre mots : « Merci de m'aimer. »

Quand je les ai découverts, j'ai fondu en larmes. C'était trop d'émotion pour moi. On me poignardait en plein cœur. N'étaient-ce pas plutôt les filles dans mon genre qui avaient besoin que des inconnus les aiment ?

Mon idole a fait de moi son amie la plus proche. Elle m'a ouvert son jardin secret, où Mr McKay n'est pas admis. Il ne faut pas être grand clerc pour deviner que cet homme hait de toute son âme notre complicité, nos apartés et, plus que tout, les fous rires qui nous prennent pour un oui, pour un non. Je ne lui jette pas la pierre. Je me mets à sa place. Il est le mari, il est le manager : tout conspire à ce qu'il se sente exclu. J'ai l'impression qu'il s'est déjà résigné à la perspective d'une rupture. Il voudrait précipiter l'échéance qu'il ne s'y prendrait pas autrement. Devant moi, devant les invités et les visiteurs (à l'exception des reporters), il n'arrête plus de la dénigrer. Ou bien il la traite avec condescendance. Il lui ricane au visage. Il se tape sur les cuisses sans retenue dès qu'elle évoque les deux rêves auxquels elle fait allusion dans son livre : soit ouvrir à Manhattan un petit club intime, où, devant de vrais connaisseurs, elle n'interpréterait que ses chansons favorites ; soit abandonner le métier et diriger à la campagne un refuge pour les chiens perdus, les orphelins et les enfants illégitimes dont personne ne souhaite s'encombrer. Louis McKay lui lance : « Rappelle-moi de te commander une auréole ! » Du tac au tac, elle lui rétorque : « Avec le pognon que tu me piques, prends-en une douzaine : ils te feront des prix. Et, pendant que tu y es, va donc visiter le rayon des cuvettes de chiottes et n'oublie pas de tirer la chasse derrière toi ! » Il sort en trombe, martyrisant les portes, cognant les murs du poing. Billie allume une cigarette et me sourit. Elle m'explique que, il y a quelques mois encore, la scène se serait terminée en pugilat. « Mais aujourd'hui, conclut-elle, c'est du passé. On en a autant marre l'un que l'autre, de tout ce guignol. » Est-ce mon imagination ? Je crois percevoir une pointe de nostalgie dans sa voix.

Elle me dit : « J'avais une accompagnatrice… Tu as entendu parler de Memry Midgett ?… Bref. Nous lui avons foutu les jetons, Louis et moi, quelque chose de soigné ! Devant elle, il me demandait : “Alors, Bill ? Qui va se farcir en premier la petite Memry ? Toi, ou moi ?” Elle prenait ça au sérieux ! Remarque qu'elle n'avait pas tout à fait tort… Encore qu'elle était noire. Moi, entre nous, ce seraient plutôt les petites poulettes blanches qui me mettraient en appétit… Ne te vexe pas, ma vieille Alice-des-merveilles, mais tu es une des rares à être passée au travers. Si tu t'imagines que ça empêchera tous ces cons de jaser, cependant, tu te fourres le doigt dans l'œil ! J'ai une solide réputation. Je me ferais nonne, ils iraient tous raconter que c'est pour m'ébattre au milieu d'un régiment de femelles. »

Je lui réponds : « Ça ne me gêne pas, les cancans. Tous les privilèges se paient d'une façon ou d'une autre. »

Elle médite un instant, allongée sur le sofa du living, les yeux au plafond. Un de mes disques d'opéra passe en sourdine. J'ai fini par lui faire prendre goût à cette musique.

« Tu sais, reprend-elle, il y a quelque chose de drôle dans tout ça… On ne couche pas ensemble, et tu es blanche, et moi pas, et tu ne sers pas à grand-chose dans cette maison, si l'on veut être honnête : pourtant, j'ai sacrément besoin de toi. En Europe, je ne sais pas comment je vais me débrouiller toute seule… Qu'est-ce qu'on est l'une pour l'autre, au juste, Alice ? Qu'est-ce qui nous rapproche ?… À propos, tu es au courant ? Louis t'a dit ce qui tracasse le concierge de l'immeuble ? Cet enfoiré se demande si par hasard tu n'essaierais pas de te faire passer pour une négresse un peu pâlichonne. Celle-là, il me la copiera ! Pour moi, tu es blanche à cent pour cent… En même temps, je dois reconnaître, tout ce blanc que tu as, je n'en tiens aucun compte. C'est la première fois de ma vie, Alice. Et le plus beau : j'oublie aussi ma propre couleur, quand tu es là… Qu'est-ce qui me prend, ma vieille ? Qu'est-ce qui nous arrive ? »

La moquette est épaisse. Je me déplace sur la pointe des pieds. Je vais monter le son du pick-up.

Lady Day

Lady in Satin... Lady au trente-sixième dessous, oui ! Il y a des tas de gens qui vont abominer ce disque. Aucun autant que moi. Cette catastrophe m'est tombée dessus en février 58. Un an après, j'ai envie de courir aux toilettes dès que j'y repense. Une ou deux fois, j'ai vomi pour de bon. Ray Ellis, l'arrangeur qui dirigeait l'orchestre, était aussi écœuré que moi. J'ai su qu'après avoir remis le nez dans les bandes, cependant, il avait changé d'avis sur la question. « Ses fausses notes, tu comprends, rien ne parviendra jamais à les rendre justes. Mais rien non plus ne les empêchera d'être *vraies*. Aussi vraies que la vie… Billie s'est payé 36 000 fausses notes au cours de cette séance, et s'il y en a seulement la moitié d'une qui ment, je veux bien me faire zouave chez le pape ! » Voilà ce qu'il aurait colporté un peu partout. Il ne devait pas être dans son état normal. Ça me donne tout de même le frisson, que quelqu'un m'ait fait un tel compliment. Je n'ai jamais été une bonne chanteuse. Si j'étais sûre d'avoir été une chanteuse honnête, au moins, ça me soulagerait. Ça rassurerait la Duchesse. À défaut de nous rendre plus heureuses toutes les deux.

À propos de bonheur : cet article aurait été plus difficile à trouver que des fraises aux branches d'un poteau télégraphique, dans le studio où l'on tâchait de mettre en boîte *Lady in Satin*. Avec le répertoire, déjà, ils s'en étaient donné à cœur joie. *Glad to Be Unhappy, The End of a Love Affair, I'm a Fool to Want You, You Don't Know What Love Is*... : le hit-parade du club des suicidés. Toutes les chansons du disque n'étaient pas mélancoliques, cela dit : pour apporter un peu de fantaisie, ils en avaient retenu de carrément lugubres. *You've Changed*, c'était le bouquet. « Tu as changé/Dans tes yeux l'étincelle est morte… » J'ai commencé à débiter ces horreurs et, tout à coup, j'ai entendu ce que je racontais. Aussitôt, j'ai tout compris. Dans leur esprit, ce texte m'allait comme un gant. Il me collait à la peau. En l'interprétant, prévoyaient-ils, j'allais me sortir les tripes, parce que je m'adresserais à moi-même. J'ai encore pu articuler « Tes baisers, à présent, sont tellement blasés… », puis j'ai éclaté en sanglots. Dans le micro. Devant tout le monde. Les musiciens, les techniciens, les pontes de la compagnie venus vérifier qu'ils n'avaient pas eu tort de risquer trois sous sur la vieille bique à moitié cuite… C'était donc ça : ils m'avaient invitée pour que je creuse ma tombe. Et ils croyaient, en plus, que je serais trop défoncée pour m'en rendre compte… Ils auraient dû écouter Miles Davis. « Méfiez-vous de Lady, avait-il déclaré. Elle comprend beaucoup de choses sur beaucoup de choses. »

Il faut le reconnaître, Bill Dufty a du nez. Pas seulement pour ce qui est de l'écriture. Au printemps 57, je me trouvais à Philadelphie, privée de partenaire. Il m'a déniché dans une boîte de New York le pianiste avec lequel je suis toujours : Mal Waldron. Un gars dans la petite trentaine (mais il fait plus : il a vécu, si vous voyez ce que je veux dire). Exactement celui qu'il me fallait. Comme pianiste, il est *un peu là*. Expression à prendre au pied de la lettre, dans son cas : il se fait le plus discret possible, mais il ne vous lâche pas d'une semelle. Tout ce dont j'ai besoin, il me l'apporte : tout ce qui va m'empêcher de plier bagage au beau milieu d'un morceau. Ce que j'aurais fait à Newport l'été dernier, s'il n'avait pas été là pour me retenir. Il n'avait pas quitté son tabouret, à dix pieds de moi, mais il ne se serait pas montré plus efficace s'il m'avait agrippée par la ceinture de ma robe. Sans lui, je faisais des bêtises. Mal, je vais te garder autant que je peux. Je vais te garder dans un coffre dernier modèle à vingt-trois serrures !

Jouer pour moi, à ses yeux, est une affaire aussi sérieuse que de dire la messe. Il m'a avoué que, avant de me rejoindre au Pep's de Philly, il avait passé une nuit entière à étudier mes disques, un crayon à la main, notant ce que j'ai l'habitude de faire, à tel ou tel endroit de telle ou telle chanson. Il ne voulait pas risquer que je me tourne vers lui en fronçant les sourcils. Il aurait préféré aller tout droit se pendre. Ce garçon avait sa fierté. Mais surtout, et c'est ce qui m'a touchée, il avait *la mienne* : il ne supportait pas l'idée qu'à cause de lui je puisse donner au public l'impression de perdre les pédales. Son rôle consiste à faire en sorte que j'aie toujours raison devant les gens, quoi qu'il se passe. Bobby pensait la même chose. Quand vous êtes jeune et que tout va bien pour vous, le respect qu'on vous témoigne vous embarrasserait plutôt. Ça donne l'air bête à tout le monde ; on vous colle ça sur les bras et vous ne savez qu'en faire. Puis le jour arrive, plus vite que vous ne vous y attendiez, où le respect vous est mesuré si chichement que vous iriez en bouffer sur la tête d'un galeux.

Mal sait de quoi j'ai besoin, de quoi je manque. En tout domaine. Question dope, il est accro, lui aussi.

Depuis que Bird en est mort, ça se porte de plus en plus, chez les musiciens. Au moment de *Lady in Satin*, je n'avais plus personne pour me rapporter de la marchandise. Si Dufty ne m'avait pas expédié Mal, je me retrouvais dans le pétrin. Cela dit, d'avoir un junkie pour partenaire, ça ne m'aide pas à décrocher quand l'envie m'en prend (c'est de plus en plus souvent, parce que je reste *clean* de moins en moins longtemps). Au moins, Mal ne me pousse pas à la consommation. Ce n'est pas le genre à vouloir enfoncer le nez des autres dans la même merde que le sien. Il s'interdit de se mêler de mes oignons. Quitte à ce que je me sente un peu toute seule, quelquefois. Un peu démunie. Il devine mon état, mais il ne se permettrait pas de me bousculer.

Il a écrit une mélodie pour moi. Je réfléchis à des paroles. Quand elles seront prêtes, on se dépêchera d'enregistrer[1]. On a déjà le titre. C'est lui qui me l'a soufflé : *Left Alone.* Il n'avait pas eu à se creuser beaucoup la cervelle. Il lui avait suffi de me regarder. *Left Alone*, c'est tout moi. Ça ne fait pas un pli. Seule jusqu'à quel point ? Voilà toute la question, à présent… Qui sera le dernier à me tenir la main ? Mal ? Alice ? Pour Lester, en tout cas, il est trop tard. Et c'est entièrement ma faute. Quand il m'est revenu, c'est moi qui me suis défilée. J'avais honte, fin de l'histoire. J'avais trop honte d'avoir fait croire à tout le monde, et d'abord à lui, et d'abord à moi-même, que j'étais assez grande pour me débrouiller sans lui. Alors il ne me restait qu'à m'enferrer un peu plus. C'est de loin la solution la plus facile. C'est de loin la plus féroce. Mais je ne l'ai pas volé. Tu patauges : arrange-toi avec les éclaboussures…

1. Elle n'en eut pas le loisir.

Après *Lady in Satin*, j'ai eu le sentiment de me raccrocher aux branches. Ce qui confirmait ma dégringolade… En octobre, mon pianiste et moi, nous nous sommes envolés pour une tournée européenne. L'Italie et la France. Un désastre partout, et… J'allais dire « et je m'en foutais ». La question n'était pas là. La question, c'était que, pour la première fois de ma vie, justement, je ne savais plus si je m'en foutais ou non. Ils m'avaient virée du Smeraldo de Milan, ils m'avaient virée de l'Olympia de Paris. Je chantais pour des blaireaux qui découvraient mon existence ; la plupart regrettaient d'être installés trop loin de la scène pour m'asticoter à leur aise. Je les regardais faire. Une vitre invisible nous séparait. Je restais d'une sérénité qui en déroutait plus d'un. En même temps, je me sentais bizarrement désespérée. Pourquoi bizarrement ? J'en ai bavé plus que bien des filles dans ce métier, je suppose : malgré tout, le désespoir n'est pas une de mes spécialités. Demandez plutôt à Alice ce qu'elle en pense.

J'aurais voulu pouvoir l'emmener avec nous, mais je n'en avais pas les moyens et personne d'autre n'allait régler la note. Son absence me pesait tant que, de Milan, je lui ai envoyé une lettre. Une vraie. Pas un simple mot au dos d'une carte postale. Qu'est-ce que j'ai bien pu lui raconter ? Qu'on recevait triomphe sur triomphe, sans doute. Si elle était aussi malheureuse que moi de notre séparation, je souhaitais qu'au moins elle ne se ronge pas les sangs à cause de moi… Des triomphes, d'ailleurs, on en a connu quelques-uns. Grâce à ces fous furieux qui me suivraient au fond de l'enfer. L'un d'eux s'est débrouillé pour me faire chanter dans une petite salle appartenant à l'édifice où se trouve la Scala. En France, je suis passée au Mars Club (pour des clopinettes). Françoise Sagan, la fille qui écrit des bouquins, est venue m'écouter. Je l'avais rencontrée à New York, dans la boîte d'Eddie Condon. Elle m'avait écrit pour me remercier. De quoi ? Pour me demander des nouvelles, aussi, mais il ne se passait rien de neuf. Au contraire, j'étais en train de vieillir. Je mettais les bouchées doubles, ça me prenait une grande partie de mon temps. Est-ce que j'allais lui répondre ça ? Elle était si charmante… À Paris, je me suis assise deux minutes à sa table et je lui ai parlé de mes projets : « Chérie, tu sais, de toute manière, très bientôt je ne serai plus là. Je mourrai entre deux flics à New York, tu vas voir[1]. » En Italie, encore, une sorte de comte, un amour et un bavard de première, a voulu me montrer Venise.

Venise, est-ce que je l'ai vue ? Moi, je me suis vue dans cette ville qui ne ressemble à rien de ce que les villes doivent être, d'après ce que j'en sais. J'imagine qu'Orson aurait pu l'inventer. Qui dit qu'il ne l'a pas fait ? Avec lui, il faut s'attendre à tout… Venise n'existait pas pour de bon. Sauf que c'était là devant moi et que je reconnaissais, dans cette espèce d'illusion, mon propre visage. Moi tout entière. Mon histoire… Ça n'avait ni queue ni tête, cette impression qui m'a envahie à l'instant même où je débouchais sur le parvis de la *Ferrovia*. Je recevais ce coup de bambou sur la tête et je ne savais pas d'où ça venait. Je ne savais pas comment j'allais m'en remettre… Il y a une espèce de décor qui te saute aux yeux et tu ne vois que ton propre regard, braqué sur toi-même. Tu es tombée dans le piège que tu essaies d'éviter depuis que tu ne fais plus

1. Cf. le texte intitulé *Billie Holiday*, dans le recueil *Avec mon meilleur souvenir*, publié en 1984 aux éditions Gallimard.

confiance aux miroirs. Rectification : depuis que les miroirs ne te font plus confiance. Est-ce parce qu'il pleuvait ? Est-ce parce que tout semblait si fatigué ? Si rétamé, si fourbu d'avoir traversé tous ces siècles, d'avoir survécu à tout ce que les gens inventent pour venir à bout de ce qu'ils ont fabriqué avec le plus d'amour – et qu'il ne reste de toutes leurs espérances que du petit bois, des ronds dans l'eau ? Est-ce parce que tout semblait si las de porter depuis si longtemps ces balcons en dentelle, ces peintures, ces dorures, ces tours, ces dômes, ces coupoles, ces clochers ?

Tout se déglinguait, tout rouillait comme dans le Bronx ou croupissait plus ou moins. Tout pendait, tout penchait, tout glissait sur la pente savonneuse. Tout allait de travers, tout partait à vau-l'eau. Ces anciennes choses si précieuses, on ne leur a pas appris à filer à l'anglaise. Elles s'incrustent. Elles crèvent debout dans leurs sabots. Elles vous pourrissent sous le nez, en vous regardant droit dans les yeux. Il y a une flotte dégueulasse qui clapote par en dessous. Des semblants de vagues qui n'ont pas de plage où aller dormir. Le quai devant la gare, je vous jure, il bouge comme le pont d'un bateau. Le bastingage, c'est le souvenir que vous aviez de vous ; il est un peu vermoulu… Ça ondule sous vos semelles, ça vous ballotte, votre nombril n'est pas loin de tourner de l'œil. Vous vous retenez au vent, au froid, à l'ombre des nuages, aux gouttes de pluie, à des plaisanteries bon marché. Vous pénétrez dans cette chose qui n'existe pas, sauf qu'elle existe plus que vous. Qui meurt avec indécence – mais elle meurt moins que vous. Il y a comme une course, à qui lâchera le premier la rampe. Personne ne va gagner : voilà la leçon qu'ils vous enfoncent dans le crâne, à Venise. Tous autant qu'on est, on va mal s'en tirer. Autant dire ne pas s'en tirer du tout. Lady Day s'en ira entre deux flics. Et Venise, entre deux cartes postales. Sculpter un rêve dans la pierre, ça ne mène à rien : les appareils-photo ont vite fait de tout foutre par terre. Le sculpter dans la cire, c'est pareil, sauf que ce sont les phonographes qui se tapent le sale boulot.

On était là entre deux trains. On n'avait pas plus de quatre, cinq heures devant nous. Mon aristocrate gémissait (il gémissait à tue-tête, il ne voulait pas que son malheur passe inaperçu des trois clampins qui traînaient sous l'averse) : « Quelques heures ! Une poignée de minutes pour embrasser l'éternité ! » Mal dissimulait son sourire derrière ses lèvres. On n'avait pas envie d'être impolis avec ce type. Sur la route, on en rencontre, des énergumènes. S'ils ne sont pas trop casse-pieds, ils sont les bienvenus. Ça nous change un peu des douaniers, des journalistes, des chasseurs d'autographes, des patrons de club, de tous ces gens qui sont les mêmes d'un bout du monde à l'autre. Les excentriques vous rendent les choses un peu moins fastidieuses… Notre Italien était bien emmerdé. On s'était farci à cause de lui un voyage pas marrant et, tout ce qu'on y avait gagné, c'était de regarder tomber la baille sur des monuments semblables à leur propre tombeau. Il essayait de mettre un peu de gaieté là-dedans en faisant l'andouille. On n'allait pas lui en vouloir. On a pris le rafiot sur le Grand Canal, direction place Saint-Marc. Ça vasait de plus belle. On s'est engouffrés dans un bar. Le plus sélect des États-Unis, à côté, ce n'est qu'une niche à chien… Dans un endroit pareil, j'aurais chanté à l'œil devant pas un chat, rien que pour les murs. J'aurais chanté *Some Other Spring* et, cette fois, l'écho m'aurait répondu. « Il n'y a pas plus romantique ! s'écriait notre guide. Des poètes se sont arrêtés là. Regardez ! Ils ont laissé un peu de leur ombre sur les miroirs. Avant d'aller mourir dans un duel, ils sont venus prendre… *come si dice in inglese ?... una cioccolata.* » On était disposés à le croire. C'est vrai, ces glaces, il y avait comme des traces dedans, comme des morceaux de silhouettes.

On sort. Mal allume sa pipe. Aussitôt, la pluie s'étrangle. Le soleil avale la brume, pousse les nuages dans un coin. La basilique nous apparaît, toute en couleurs. Elle miroite tant et plus. On dirait qu'il y a une fête à l'intérieur. Notre comte, l'extase ! Il connaît tout par cœur, mais il n'en revient toujours pas du spectacle. Chaque fois, c'est la première. Moins une qu'il ne tombe à genoux dans les flaques… « *Ecco !* il fait. La voilà l'éternité ! » Et moi, je pense : « Ouais. C'est comme la musique et tout le reste : ça ne durera pas. »

Lester

Flying Home... Pres est de retour. *Back to the Land.* Jolis yeux !… Ma Lady, ma Pénélope, surveille bien l'horizon. Noire ou blanche, *Come Rain or Come Shine*, une voile est une voile… Pres traverse l'océan. Je vole vers toi, jolis yeux. Une aile est une aile… *I'm in the Mood for Love*, *I Can't Give You Anything but Love*… J'ai dit à Lady Benjamin : « Pres, nous sommes le 13, c'est vendredi : Pres s'en va. Fini. Ma dernière semaine au Blue Note, on n'y pense plus – d'accord ? Je sens un courant d'air… – Alors, bon vent, Pres ! » C'est ce qu'il m'a répondu avec les yeux… On a fêté le départ de Pres. Célébré et célébré, toute une nuit. Bouteille sur bouteille. Rien mangé. Rien mangé depuis longtemps. C'est le truc. Je vous file le tuyau. Dans l'estomac, la nourriture prend trop de place. L'alcool ne sait plus où se mettre… J'ai repéré ce jeune Gris[1] avec un étui de saxophone à l'épaule. Je ne l'ai pas quitté de l'œil. J'ai bien vu qu'il crevait d'envie d'enfiler sa tête dans mon chapeau… Ils essaient tous d'être moi. *Just You, Just Me.* Ils en oublient leur propre nom. Un jour, pour ne pas leur ressembler, il faudra que je me fasse refaire la figure en cachette… Au début du mois, on a gravé ce disque avec Klook,

1. « Blanc », dans le langage lestérien.

Lady Jimmy, cet autre gars au nom javanais, et René[1] (là-bas, ils ne se doutent même pas qu'il y a en France des pianistes comme lui)… René, Pres lui donne tout le temps – ils ont mis des jours, ces cons, à me traduire les mots français – *la chair de poule*… Jolis yeux ! Mais j'ai eu plus de mal que d'habitude à jouer comme Pres… Parfois, ma figure, elle me tombe du visage… Je sors du taxi et je ne sens aucun trottoir sous mes chaussures. Comment est-ce possible ? Même un funambule, il ne peut pas marcher sur un trou…

Ce disque – n'essaie pas de cacher la vérité, Klook, avec tes breaks d'enfer –, ce disque, des trous, il en est plein. Certaines mélodies, on voit au travers. Pres sait chanter mieux que ça. Beaucoup mieux. Stan Getz peut chanter comme Pres, mais Pres, lui, ne peut pas chanter autrement… Est-ce qu'il y a des trous dans ta chanson, ma Lady ?… Ça ne fait rien, va, ça ne fait rien. J'arrive !… S'il vous plaît, psstt ! Pres en prendrait bien un autre, mademoiselle l'hôtesse… Un grand, comme avec beaucoup d'eau, mais sans eau du tout… Voilà, merci, c'est très bien, c'est parfait. Jolis yeux… Ces docteurs de Paris, s'ils croyaient que Pres allait leur montrer ses ulcères… Mon estomac, je m'en occupe tout seul. On se parle, lui et moi. On se comprend à demi-mot. On fait semblant d'avoir une controverse : en vérité, ça nous arrange tous les deux… À l'hôtel de La Louisiane, rue de Seine, j'amenais mon estomac devant le réchaud. Je lui disais : « Une bonne

1. Le batteur Kenny Clarke, le guitariste Jimmy Gourley, le contrebassiste Jamil Nasser et le pianiste René Urtreger. L'enregistrement de Lester Young à Paris avec ces musiciens, le 4 mars 1959, est disponible sous le titre *Le Dernier Message de Lester Young* et la référence EmArcy/Universal « Jazz in Paris » 589 557-2.

assiette de haricots rouges comme à La Nouvelle-Orléans, ça te dirait, Pres ? » Il grognait quelque chose. Il me faisait signe qu'il était partant. Je lui préparais son frichti. Au bout d'un moment, il me disait : « Écoute, Pres, ça sent rudement bon dans la piaule. Rien que l'odeur me suffit, en fait. Sers-moi plutôt un verre. On va s'en tenir là. » Et alors les ulcères venaient à la rescousse : « Eh ben oui, Pres ! Qu'est-ce que t'attends ? L'alcool, ça désinfecte ! »… *I Guess I'll Have to Change My Plan*. Ça partait par la fenêtre, mes fayots, sur le coup de six heures du matin. Les chiens étaient contents. La nuit d'après, on remettait ça…

Les chansons ne sont pas faites pour avoir un coup dans l'aile. Frankie « The Voice » vous le confirmerait. Les miennes, au Blue Note, ça leur arrivait quelquefois. Le public n'avait pas l'air déçu, mais il fallait, moi, que j'en aie le cœur net. J'allais au bar. Je demandais à Lady Benjamin, tout en lui faisant signe de doubler la dose : « Comment tu trouves ? » Il ne répondait rien. Il observait la salle par-dessus mon épaule. Il devait compter les clients. Je continuais : « Ça leur plaît, hein ?… Dis donc, celui-là, tu me l'offres, Pres ? » Il s'éloignait en soupirant. Chaque fois, j'entendais le même mot tomber de ses lèvres en sourdine : « Pathétique ! »

Vendredi 13. J'ai téléphoné à Elaine, qu'elle vienne me prendre à l'aéroport. Après la fête, je n'aurais pas assez pour un taxi, compte tenu des munitions pour le vol, que je compte me procurer à la boutique hors taxes. *These Foolish Things*… Elaine m'attendra, comme toujours, jolis yeux. Comme toutes les femmes avec qui j'ai vécu. Mais ce n'est pas elle que je rejoins dans l'oiseau de fer… Je vole vers ma Lady. *Flying Home*. J'ai déjà perdu bien trop de temps… Avec mes conneries, je lui ai déjà fait perdre bien trop de son temps à elle. À se coltiner des Jimmy Monroe, des Joe Guy, des John Levy, des Louis McKay, des Vice-Présidents, des Gerry Mulligan et je ne sais plus qui encore. À se truffer d'aiguilles pis qu'une pelote d'épingles… La musique ! La sacro-sainte musique ! La musique *über alles* !… Mais elle n'attend pas sur vous, la musique ! Elle n'a besoin de personne. Elle fout le camp par les trous des chansons. Elle ne vous a pas donné rendez-vous. Elle ne vous a fait aucune promesse, sauf de vous laisser sur le carreau dès qu'elle en aura sa claque de vous. Ça vient plus vite qu'on ne croit. La musique n'a même pas de carnet de bal. Et il faut être deux pour danser le tango… Vous croyez que la musique reste gentiment à faire tapisserie, pendant que vous vérifiez votre nœud de cravate devant la glace des lavabos, chochotte, si distingué ?

Je n'ai jamais cru qu'à la musique, et me voilà bien avancé… Ce n'était pas une fille pour moi. Ni pour Bird. Pour aucun amoureux transi. La musique ne se met pas en ménage avec des types qui déchirent le tapis quand ils dansent. Et, pendant ce temps, Pres négligeait sa Lady… Vingt ans et plus qu'il néglige son amour pour sa Lady et l'amour de Lady pour son Président… Je sens un courant d'air… Deux vies gâchées pendant plus de vingt ans… Et pour quoi donc ? Pour de la musique ! Pour une fille qui se roule les yeux doux toute seule, qui trinque toute seule, qui danse toute seule, qui s'épouse toute seule et fait la noce toute seule dans son coin, *Makin'Whoopee*… Alors, Lester ? En définitive, c'était quoi l'ombre et c'était quoi la proie, hein, mon petit père ? Qu'est-ce qu'il en pense, ton estomac, de cette ratatouille ? Et tes ulcères, qu'est-ce qu'ils racontent ? Ils l'ont mauvaise, non ? Ils se désinfectent à l'acide prussique ! Tu la sens passer, jolis yeux, vieux guignol ! Ding dong ! À la volée, vieux pathétique !… Et puis vous m'emmerdez ! On aura toujours assez l'occasion d'en faire, de la musique. Des *Fine and Mellow*, on en a des millions à revendre. Notre fonds de commerce. Ça nous aurait permis… je ne sais pas, moi… Mais si ! Je sais très bien. Ça nous aurait permis de la battre à son propre jeu, la musique, et d'avoir la vie belle. Nous deux, ma Lady et moi. On se serait servis d'elle, au lieu du contraire. On en aurait profité comme tout le monde. Qu'est-ce qu'on avait à y perdre ? C'est tout le reste qu'on a perdu… Bon, qu'est-ce qui se passe encore ? Qu'est-ce que c'est encore que ce bordel ?

« Mademoiselle, regardez ! Ce monsieur se sent mal…

— Mais c'est vrai ! Mon Dieu, vite ! Il vomit du sang ! »

Du sang, oui. Du beau tout rouge. Ils s'attendaicnt à quoi ? Et toi, ma belle, on ne t'avait pas prévenue ? Pres, ce qui lui sort de la bouche, c'est toujours si joli…

Alice

Les gens comme Lester Young ne devraient pas mourir. Cela sert à quoi ? Cela profite à qui ? N'y a-t-il a pas assez de fruits secs pour emplir les cimetières ? N'y a-t-il pas assez de gens ici-bas, qui bayent aux corneilles là où les hasards de la procréation les ont posés, en attendant que ça se passe ? Je ne leur veux aucun mal. Je suis seulement lucide. Je les connais. Je ne les connais que trop : ce sont mes semblables. Il existe des passe-temps plus agréables, mais j'ai bien le droit de me dire mes quatre vérités. Grâce à Lady Day, je suis enfin capable de les regarder en face. J'ai beaucoup mûri à son contact. Je ne crois plus au père Noël. On ne me fait plus prendre les vessies pour des lanternes.

La mort de Lester nous a privés d'un jazzman de génie. Puis elle a privé Billie de toute raison d'être. Pardonnez-moi d'insister : pour quel bénéfice ? Les grands créateurs, à peine commencent-ils à se putréfier, vous lisez partout qu'ils sont immortels. On serait mieux inspiré de la leur accorder une bonne fois, l'éternité ! Ne serait-ce que pour services rendus. Et à titre d'acompte, en songeant aux bienfaits que leurs œuvres dispenseront encore. Tout ce que Billie a retiré de la mort de Lester, c'est sa propre agonie. Et nous autres, qu'avons-nous gagné dans tout cela ? Le droit de nous repasser leurs vieux disques. Le privilège d'applaudir désormais des gens indignes de cirer leurs chaussures, mais auxquels les asticots ne se sont pas encore attaqués.

Il y a eu cet affreux enterrement. On aurait pu retourner à nos affaires, comme font les gens. Mais ça n'a pas été le cas. La terre une fois tassée sur le corps du Président, les rires se sont tus. Ils se sont tus pour de bon. Juste avant, elle a gravé son dernier disque. Avec Ray Ellis, une fois de plus. Elle l'a fait parce qu'elle avait besoin d'argent. Mais elle n'avait pas besoin d'un disque de plus. Elle n'en ressentait pas la moindre envie. Voilà ce qui clochait. Cet enregistrement est pourtant l'un de mes préférés. Il me donne l'impression d'avoir été réalisé, non pas quelques mois avant sa disparition, mais à l'âge où *elle aurait dû* mourir si Lester ne lui avait pas faussé compagnie. Elle a quatre-vingts ans, dans cet album. Elle est passée par-dessus sa mort apparente. Elle est passée sans encombre de l'autre côté de ce mirage. Sa voix ne nous parvient pas de l'au-delà : elle nous parvient du futur. De l'avenir de Billie Holiday. Laquelle chante comme si elle ne m'avait pas abandonnée un matin d'été et, surtout, comme si ce jour ne pouvait plus jamais advenir. Peut-être suis-je la seule, mais je ne connais rien de plus optimiste dans toute son œuvre. Ce disque, c'est sa Venise à elle. C'est sa Venise sous la pluie, telle qu'elle me l'a racontée à son retour d'Europe.

Lester est mort le 15 mars. Le 7 avril, elle a tenu à fêter chez elle son quarante-quatrième anniversaire. Dieu sait pourquoi. Parce que c'était le dernier, j'imagine, et qu'elle allait pouvoir partir l'esprit tranquille, ayant mis ses affaires en ordre. Elle avait déménagé. Elle avait loué un sous-sol, dans la 87e Rue. Au nom d'Eleanora Fagan. « Billie Holiday, m'a-t-elle expliqué : en entendant ça, ils auraient eu la trouille de ne pas voir la couleur du terme ! De toute façon, quelle importance ? Les gens ne me reconnaissent plus. » Hélas, c'était la vérité. Je n'étais plus à son service. Je l'épaulais de mon mieux, mais à titre amical. Les amis ne se bousculaient plus au portillon. Autour d'elle, il restait surtout des femmes, les plus assidues, à part moi, étant les chanteuses Annie Ross et Thelma Carpenter. Annie venait régulièrement la coiffer et l'aider à prendre son bain (escalader le rebord de la baignoire et s'allonger dans l'eau, c'était devenu toute une expédition). Comme secrétaire, Lady avait engagé un vague théâtreux de Chicago. N'ayant rien trouvé de plus ronflant, il prétendait s'appeler Frankie Freedom. Parasite dans toute sa gloire ; gigolo en puissance. Il ne rêvait que paillettes et projecteurs, convaincu de scintiller par la grâce de ses mots d'esprit, empruntés à des fantaisistes célèbres. Ne devinait-elle pas à quel moineau elle avait affaire ? S'il parvenait le moins du monde à briller, c'était à ses dépens. Je ne voudrais surtout pas rabaisser ce garçon : pour extorquer des fonds avec suavité, il se montrait plus doué que la moyenne. Venu rendre visite à son ancienne patronne, Carl Drinkard, le pianiste, s'était répandu dans tout New York en décrivant Frankie Freedom comme « le gars qui peut piquer tes putains de chaussettes sans même dénouer tes lacets ».

Pour son anniversaire, Billie a voulu tout cuisiner elle-même. Uniquement des recettes apprises de sa mère. Des tripes, des travers, des hamburgers un peu spéciaux, du poulet frit. Plein de « *soul food* ». Des lessiveuses ! Alors qu'elle tenait à peine debout… Les invités se sont empiffrés. Elle était fière comme un paon de toute cette gabegie. De son côté, elle n'a touché à rien. Je n'ai même pas réussi à la convaincre de déposer la moitié d'un croupion sur son assiette, pour la forme. Un seul grain de riz, ça lui aurait levé le cœur. Lester, d'après Elaine Swain, en était arrivé au même point, les derniers temps. Lui aussi ne se nourrissait qu'en s'imbibant comme une éponge. Lady l'ignorait-elle ? Depuis « The Sound of Jazz », il existait entre eux une forme de communication télépathique. C'est la raison pour laquelle, se trouvant à Londres lorsqu'il jouait à Paris, elle n'avait pas éprouvé le besoin de faire un saut là-bas. Ni même, je pense, de lui téléphoner. Après la disparition de Pres, j'ignore ce qui me fait dire ça, mais elle était comme le spectre de Lester resté parmi nous. À l'exception du fameux chapeau, elle avait – en particulier dans le regard – tout ce qu'il fallait pour que l'illusion soit complète. Encore une ou deux semaines et, dans les coulisses du Phoenix Theater, Leonard Feather, sachant pourtant qu'elle était au programme, hésiterait quelques instants à la reconnaître. J'assistais à la scène. Je l'entends encore lancer, dans un ricanement aussi cassé que sa voix : « Alors, Leonard, qu'est-ce qui se passe ? Tu as vu un fantôme ? » Elle n'était déjà plus de ce monde, mais, pour autant, nul ne pouvait lui en conter. Ceux qui ont démontré par a + b que l'alcool et la drogue lui avaient tapé sur le système, que son intelligence, sur la fin, était celle d'une gamine de douze ans, ceux-là feraient bien de s'inquiéter de leurs propres facultés mentales. Sans compter que, à douze ans, Billie devait avoir l'esprit plus vif que la plupart des femmes mûres…

Je prétends, moi, qu'elle a *toujours* été précoce. Qu'elle l'a été jusqu'au bout. Et tant pis si j'en choque quelques-uns : son ultime enregistrement, qui la devance de près de quarante ans, en est bien la preuve. Lady, retomber en enfance ? Quelle sottise ! Ce qu'elle a fait, au contraire, à partir du jour où elle a décidé de se séparer de Louis McKay, ç'a été de traverser au pas de charge tout ce qu'il lui restait à vivre de sa maturité et tous les vieux jours qui l'attendaient ensuite. Cela lui aura pris un peu moins d'un an : neuf mois. En définitive, elle l'aura eu, son accouchement… Neuf mois ! Qui dit mieux ? Lester Young lui-même avait presque cinquante ans lorsqu'on l'a inhumé. Billie l'a battu d'une demi-douzaine d'années. Et pourtant, elle s'y était prise beaucoup plus tard que lui.

Le 26 mai, Leonard s'est rendu à son appartement en compagnie de Joe Glaser et d'un journaliste du périodique *Ebony*. Ils espéraient la persuader de se faire admettre dans un hôpital, ignorant, contrairement à nous, ses proches, que, aux yeux de Lady, les hôpitaux publics, administrés par les États, n'étaient qu'une variété d'établissements pénitentiaires. Son obsession était, comme elle me l'a dit cent fois, de « ne pas mourir en taule ». La perspective du Jugement dernier, dont elle n'attendait pourtant rien de bon, l'effrayait moins que celle de l'enfermement. C'est pendant cet horrible printemps qu'elle m'a parlé pour la première fois de la maison du Bon Berger, une institution catholique où un juge l'avait expédiée quand elle était petite. « Il est temps que je mette les voiles, répétait-elle. La Duchesse doit s'impatienter. Bouclons la boucle, Alice. Mais, pas question que ça finisse comme ça a commencé. Ce serait trop con ! » Joe Glaser ne l'avait pas eue en face de lui depuis pas mal de temps. Ce n'est pas un homme à faire du sentiment. Mais quand il l'a découverte, avec ses tempes creusées comme si on les avait enfoncées à coups de poing, on a vu quelque chose vaciller dans son regard. Il a même dû avaler sa salive. Pour un peu, il ôtait son chapeau, comme dans la chambre des mourants.

Le 31 mai, elle est tombée dans les pommes. Ce pauvre Frankie Freedom, sans réfléchir aux conséquences, a appelé le médecin qui la suivait, le Dr Caminer. Et celui-ci, c'était couru, a fait venir l'ambulance. Peu avant seize heures, elle était admise en tant qu'Eleanora Fagan au Knickerbocker Hospital. Se serait-on empressé autour de Billie Holiday ? Affectant une patiente censée être du tout-venant, son cas fut jugé trop désespéré pour qu'on s'en préoccupe davantage. Surtout un dimanche, alors que les services tournent au ralenti. Elle avait repris connaissance dans le couloir où on l'avait abandonnée, après l'avoir fait passer du brancard sur un semblant de lit, à peine plus large qu'une table d'opération. Renonçant aux joies de la famille, Caminer, par chance, était venu voir comment elle s'en sortait. Aussitôt, il avait fait des pieds et des mains pour qu'on la transfère au Metropolitan de Harlem. Son arrivée là-bas fut enregistrée à dix-sept heures trente. L'examen qu'on lui fit subir donna les mêmes résultats qu'au Knickerbocker. Le pronostic n'était pas, comme on dit, « réservé » : il garantissait, à cent pour cent, une issue fatale dans les plus brefs délais. Le cœur, les poumons, les autres organes, tout était sur le point de lâcher, à cause d'une infection propagée par sa cirrhose du foie. Et à cause de l'héroïne, je n'ai pas besoin de le préciser. Pour avoir l'air de faire quelque chose, on s'est dépêché de la coller sous une tente à oxygène, au douzième étage, chambre 6 A. Et, comme s'il fallait à tout prix la punir de se trouver dans cet état déplorable, ils ont interdit les visites, sauf celles de la famille proche.

Le hic était qu'on ne lui en connaissait guère. Il a fallu faire des recherches, battre le rappel, lancer des convocations à des personnes dont elle-même ne se souvenait plus et qui, du reste, se sont bien gardées de bouger le petit doigt. À part la fille d'un type du nom de Gough, que sa mère avait épousé jadis, une certaine Kay Kelly. Ayant appris la nouvelle, elle fit le voyage de Philadelphie. Camper indéfiniment à Harlem, cependant, n'était pas dans ses moyens. Nous qui n'étions pas de la famille officielle, il nous fallait quelqu'un pour communiquer avec Billie. Et surtout pour que Billie communique avec nous. Mais à qui nous adresser ? Glaser a eu la mauvaise idée de faire rappliquer Louis McKay de Californie. Sa procédure de divorce, au lieu de la signer, Billie l'avait laissée prendre la poussière sur un coin de son bureau, avec la machine à écrire qui n'était là que pour les photographes. Louis était encore son mari. Il avait dû renifler la bonne affaire. Laquelle exactement ? on ne le savait pas encore. D'héritage, il n'était pas question, mais, dans notre petit groupe, tout le monde était d'accord qu'un McKay ne traverse pas les États-Unis d'une côte à l'autre s'il n'envisage un dédommagement confortable.

Sur ces entrefaites, William Dufty s'est rappelé que sa carte de presse lui conférait le droit de forcer les barrages. Il a été le premier d'entre nous à la revoir. Il nous a tout raconté. Billie n'était plus sous assistance respiratoire. Elle nous embrassait tous comme du bon pain. A-t-il prétendu, mais, au son de sa voix, nous avions compris qu'il essayait de nous ménager. Qu'elle n'avait pas demandé de nos nouvelles, qu'elle ne s'inquiétait pas de nous et n'avait aucun message à nous faire passer. Nous lui manquions peut-être, mais infiniment moins que certaines autres choses. Les cigarettes, par exemple (ainsi qu'il le ferait désormais chaque jour, Bill avait oublié de reprendre son paquet de Pall Mall avant de la quitter). Un peu de poudre blanche ou, à défaut, quelques billets pour s'en procurer. Sans argent, elle se sentait comme nue. L'équipe soignante l'avait placée sous méthadone. Ça la soulageait un peu, et moins souffrir était désormais tout ce qu'elle pouvait espérer de l'existence.

De son expédition, William rapportait aussi plusieurs sacs de courrier. La mésaventure de notre amie avait fini par transpirer. Le plus sidérant était que certains correspondants écrivaient de fort loin. À notre connaissance, aucun écho n'avait encore été publié par les journaux, pas même un entrefilet dans la presse à scandale. Qui donc avait vendu la mèche ? Les paris penchaient en faveur de Frankie Freedom. Ou alors d'un membre du personnel soignant qui, en décrochant le téléphone arabe, aurait trouvé un bon moyen d'arrondir ses fins de mois. Je me suis proposée pour répondre à ce monceau de cartes et de lettres, sans bien mesurer l'ampleur de la tâche. Si je me suis vite découragée, toutefois, c'est pour une autre raison. J'éprouvais la sensation de répondre à des condoléances. Quand je me suis défilée, personne ne m'en a voulu. Les petits mots gentils continuèrent d'affluer. Je me souviens d'un télégramme délicieux signé par Gary Cooper, que j'ai fait porter à Billie de toute urgence.

Dufty n'était pas tombé de la dernière pluie. Il devinait que ses confrères ne tarderaient plus à entrer dans la confidence et à réagir. Il eut avec elle une petite conférence, au terme de laquelle ils décidèrent de prendre les devants. Lady allait déballer toute l'histoire dans l'un des pires torchons de la Côte est : *Confidential.*

Présenté comme une « confession », ce qui parut dans ce magazine, et qui avait été soufflé par William, en partie sous la dictée de Billie, ne m'a pas semblé beaucoup moins répugnant que ce que les pisse-copies maison auraient pu pondre sans qu'on leur tienne la main. Au moins, la victime était-elle, pour une fois, l'instigatrice du complot. N'avait été « révélé » que ce qu'elle avait bien voulu que l'on crie sur les toits. Le calcul était facile à faire. Plus cela crierait fort, plus cela attirerait de monde. Plus il y aurait d'amateurs pour cette prose à vomir, plus la pige serait élevée. Lady n'avait pas perdu le nord. Elle récolta 840 dollars, en liquide, exigeant de son complice qu'il en accepte près de dix pour cent pour sa peine. La plus grande partie de cette somme, elle l'a cachée sur elle. Et quand je dis sur elle, je vous laisse le soin d'imaginer l'endroit précis... Devrais-je faire mention de cet autre détail ? Quand le numéro est paru, il paraît qu'elle s'est délectée de cet étalage, déversé sur un tissu d'insanités. Ce que j'ignorais à ce moment-là, c'est que, depuis plusieurs années, *Confidential* était sa seule nourriture spirituelle. Elle dévorait ces ordures avec gourmandise. Aujourd'hui encore, j'en reste gênée pour elle. J'ai l'impression que, en s'humiliant ainsi, elle se trahissait elle-même.

Bill se permit une autre initiative. Elle consistait en une série de vigoureuses protestations dans les colonnes du *New York Post*, appuyée par une pétition monstre destinée à ébranler le maire Robert Wagner et les chefs de la police. Monstre, elle n'aurait pas manqué de l'être si les principales personnalités contactées, de Frank Sinatra à Sidney Poitier en passant par Ella Fitzgerald, Duke Ellington et Count Basie, n'avaient jugé préférable de s'abstenir, abandonnant l'avant-scène à des seconds rôles, tels Mal Waldron, le critique Nat Hentoff ou l'écrivain James Baldwin. Le motif de tout ce remue-ménage ? L'indignité d'avoir – je cite l'un des textes de William – « mis quelqu'un en état d'arrestation sur son lit de mort ».

À ce qu'il semble, une brave infirmière avait, par le plus grand des hasards, mis la main sur une dose d'héroïne dans la chambre A 6. Et, le 12 juin, peu de jours après avoir accédé au grade de « patiente entrée en phase terminale », Billie avait vu une bande d'abrutis débouler dans la pièce pour lui signifier les charges qui pesaient contre elles et tenter de lui faire avouer je ne sais quoi. Ils en avaient profité pour lui confisquer ses exemplaires de *Confidential*, son poste de radio, ses disques et son tourne-disque. Deux gardes restaient en faction devant sa porte, dans le souci de protéger le public d'une criminelle endurcie. On a fait courir le bruit que la police l'avait menottée aux barreaux de son lit, ce qui d'ailleurs aurait pu se produire : quelqu'un avait bien jugé de la dernière urgence de prendre ses empreintes digitales.

Dufty, désormais interdit de Metropolitan, aurait aimé que les plus hautes autorités morales s'indignent de cette sinistre comédie. Il rêvait debout. Pendant ce temps, Louis McKay, seul encore admis dans sa chambre, faisait le siège de Billie, espérant lui arracher (ainsi qu'à William, rappelé pour la circonstance) la cession des droits d'auteur sur *Lady Sings the Blues*. Quand il avait compris que ses démarches n'avaient aucune chance d'aboutir, se souvenant qu'il avait été une sorte de pasteur dans sa jeunesse, il avait tiré de sa poche une Bible qui ne le quittait jamais et, agenouillé au chevet de la malade sur le lino qui puait la Javel, avait entrepris de lui lire le 23e Psaume :

Yahvé est mon berger, rien ne me manque.
Sur les prés d'herbe fraîche il me parque.
Vers les eaux du repos, il me mène,
il y refait mon âme ;
il me guide aux sentiers de justice
à cause de son nom...

Lady Day

« Détention de stupéfiants », voilà ce qu'ils m'ont collé sur le dos. Pauvres gens ! Compte tenu de ce que les toubibs m'enfilaient dans le corps avec leurs tuyaux, leurs goutte-à-goutte et tout le saint-frusquin, « usage », ils n'auraient pas osé. Même eux, les demeurés du NYPD[1]. On n'a pas fini d'en faire des gorges chaudes, de leur raid sur une paillasse d'hôpital. Le commissaire en chef Stephen Kennedy et ses pantins, tout le monde s'est bien foutu d'eux. Ils en entendront parler longtemps ! Leurs arrière-petits-enfants, ça leur tintera encore aux oreilles. Ce n'est pas mes petits copains les fédéraux, avec leur coupe en brosse et leurs diplômes plein les poches, qui se seraient ridiculisés de la sorte… Mon avocat a écrit à l'assistant du District Attorney que les bleus s'étaient comportés avec moi comme des miteux de bas étage, et qu'ils étaient, en plus, coutumiers du fait. Il lui a promis qu'après un tel exploit, les honnêtes gens les auraient à l'œil et ne se laisseraient plus faire. Après ça, les flics se sont écrasés. L'infirmière qui m'a donnée, je ne l'ai plus revue. Billy Dufty m'a appris que Joe Glaser avait embauché de sa poche des indépendantes, rien que pour être aux petits soins avec moi. Je l'avais peut-être mal jugé, Joe, en défini-

1. Service de police de la ville de New York.

tive. À force d'être tordus dans tous les sens, il faut bien qu'un jour ou l'autre, quelques-uns de ces Blancs prennent le bon pli…

Bill me cherche partout des guérisseurs, des féticheurs, des marchands de mixtures, des fabricants de miracles. Il est question qu'un ponte du Rockefeller Institute, spécialiste des effets de la came sur le foie, se penche sur mon cas. Pour lui faciliter la tâche, je transporterais mes pénates dans une clinique privée. J'ai répliqué : « Quitter ici ? *Lady Day live at the Metropolitan*, ça ne te paraît pas un assez bon titre d'album, peut-être ? » Il s'est fendu la pipe jusqu'aux oreilles. Pas à cause de ma vanne : parce que je reprenais du poil de la bête, à son avis. Qui ça ? Moi ?… Je n'y avais pas songé. À la réflexion, il y a du vrai là-dedans : avec tout leur tintouin et leurs manigances, ils auront réussi à me requinquer. C'est la plus belle, non ?

Vous allez un peu mieux : vous redevenez chiante aussi sec. Je me suis soudain rendu compte qu'on crevait de chaud, là-dedans : ni une, ni deux, j'ai réclamé une mousse. J'aurais sorti une bombe tout allumée de ma chemise qu'ils n'auraient pas flippé autant. Ils me fixaient bouche bée, les yeux comme des soucoupes. Mais je ne les ai pas lâchés. Je les ai tellement houspillés, tellement bassinés avec ma bière qu'ils m'en ont apporté une pour ne plus m'entendre. Je n'en revenais pas moi-même… Ce foutu bock, je l'ai séché sans sourciller. Un second n'aurait pas été de trop. Après quoi, remontée à bloc, je suis repartie à l'assaut : « Et puis, dites donc, vous me prenez pour un épouvantail, ou quoi ? Putain ! de quoi j'ai l'air ? Il n'y a pas de miroir dans cette piaule, et pourtant je me sens si moche que j'arrive à me faire peur quand même. Occupez-vous un peu de mes cheveux, les filles ! Et de mes ongles, tant que vous y êtes. Qu'est-ce que vous avez à glander comme ça, feignasses, bon sang ? »

Le 6 juillet, je leur ai annoncé mon intention de déguerpir sous peu. Ils n'ont dit ni oui, ni non. Pour me calmer, ils m'ont autorisée à grappiller dans les friandises que mes admirateurs m'envoient par wagons des quatre coins du pays. Les trucs sucrés, uniquement. Pour les cacahouètes et tout ça, je peux me brosser. Les glaces et les bonbons, à la longue, peut-être que ça me remplumera. J'en ai bien besoin. Et c'est toujours meilleur que la bouffe qu'ils nous servent. Les hostos sont bien connus pour ça, mais, au Met, ils se surpassent… Quand j'étais dans les vapes, l'avantage, c'est que je ne comptais pas les heures. Plus je me rétablis, plus je m'emmerde. Lourd et épais. Je m'entends pousser des soupirs d'une tonne. Je ne parviens pas à dormir, tellement je suis fatiguée de ne rien faire… Je propose à Bill qu'on écrive une chanson ensemble. Depuis *Left Alone*, j'ai laissé flotter les rubans. C'est parce qu'il me faut quelqu'un pour me tenir la main. Autrement, les mots refusent de s'aligner dans le bon ordre. Arthur, pour ça, c'était l'idéal. Je l'ai un peu perdu de vue depuis 53, 54. Disons que c'est la faute à McKay. Il pourra se vanter de m'avoir pourri l'existence, celui-là !… Billy Dufty, les mots, c'est son rayon. Il a noirci les dizaines de pages de mon bouquin : il peut bien m'aider à pondre une dizaine de lignes. La mélodie, on s'en occupera dès qu'ils me laisseront approcher assez près d'un piano. D'ici là, j'ai d'autres projets en tête. Un type m'a fait signer un contrat pour un film. On dirait que mes actions remontent. Comment je m'attiferai à l'écran ? Il serait peut-être temps d'y songer. Une clope, tiens, ça fait venir les idées. L'infirmière gueule que je vais trouer les draps, foutre le feu à mes vêtements, à ma crinière, toute la panoplie. « Et alors ? je lui lance. Ils vont encore m'arrêter pour ça ? »

J'ai pris un bain de trop. Elles ont mis la main sur ma banque. Mon rouleau de talbins de 50. Le fric du *Confidential.* Confidentiel, il ne pouvait pourtant pas l'être davantage. Elles restaient là comme des carpes. Elles n'osaient plus me regarder. Ça les dépassait, que je puisse planquer mon pécule. Elles n'avaient pas vécu, ces filles. Elles ne s'étaient pas tapé à la chaîne des Jimmy Monroe, des John Levy, des Louis McKay. Elles n'étaient pas passées trente-six fois à la fouille chez les Narcos et dans les commissariats… Une chef s'est pointée. Elles ont passé la turne au peigne fin. Elles ont découvert le reste de la dope. Ça, elles s'en foutaient. Il manquait la shooteuse qui allait avec : elles pensaient que je ne pouvais pas me piquer bien fort. Aucune n'avait jamais appris que ça se renifle, également. De toute façon, j'avais levé le pied là-dessus… Ma fortune, elle l'ont confiée à Bill. Je peux dormir sur mes deux oreilles. Ça tombe bien, parce qu'il commence à faire sombre. Il est un peu tôt pour ça, mais, depuis le temps que je cherche le sommeil, je ne vais pas râler.

Le blé et la came, on court après comme des malades, et puis un beau jour, on s'aperçoit qu'on s'en fiche. Mais ce qu'on s'en fiche, alors ! Les grandes largeurs ! On s'aperçoit dans la foulée que, toutes les choses dont on se balance désormais, il faudrait une deuxième vie simplement pour en dresser la liste. Une éternité ne serait pas de trop. Une éternité qui vaille le coup, je veux dire. Pas seulement des palais au fil de l'eau. Pas des images sur un canal. Pas des silhouettes contre la vitre… Et les hommes, tiens ! puisqu'on en parle… Les hommes et leurs grandes mains… Les hommes et leur grosse fierté, qui enfle dans leur pantalon et fait craquer les jointures de leur petite personne, péter les boulons de leur petite cervelle, est-ce qu'on ne s'en fiche pas à présent ? Sainte Vierge ! Du tiers, du quart ! Un fameux coup ! On s'en bat l'œil à la moulinette !… Pareil que des rêves qui n'ont plus cours. Pareil que de la météo d'avant-hier… Tout, tout ! Tout ce qui avait l'air de briller un peu, de faire du clinquant dans le noir, verroterie, bijouterie dans la sciure, néons et consorts, le paquet intégral, on s'en branle un max. Et c'est bon, putain ! C'est bon comme pas possible !

Tu es débarrassée. Débarbouillée. Tu te sens plus légère. Propre comme un sou neuf. Tant pis pour tout ce qui s'est barré en même temps par le trou du lavabo ! Profits et pertes… Tant pis pour les couleurs. (Elles ont disparu dans la bagarre. Sauf une seule. Un vague reflet : le souvenir du bleuté de la neige au petit matin, dans le Wyoming, le long des rails… C'était quand, déjà, cette affaire ?) Tant pis pour les formes, pour les objets évaporés. Tant pis pour les sons engloutis dans un manchon d'ouate recouvert d'une couche de glace, translucide, scintillante, la même, tu sais, qui pend des toits à la veille du printemps. Tu l'avais oubliée, hein, sois franche ? Tu ferais mieux, de toute façon. Qui va les regretter, ces choses-là ? Le silence et l'obscurité, c'est tout aussi bien… Aussi bien ? C'est tellement mieux, tu veux dire !… Tu enfonces là-dedans comme dans un lit de plumes… Tu n'en finis plus de tomber à la renverse dans une sorte d'extase qui n'a pas de fin… Et toi-même, tu n'as plus de limites. Ta peau déborde sur l'horizon, de tous les côtés… Ton corps n'en voit plus le bout. Tu es l'univers à toi toute seule… Tu ne pèses plus rien… Tu t'enfonces et, pourtant, tu flottes dans l'air… Imagine !… Tu croyais savoir par cœur ce que c'est que planer ? Oh ! chérie, mon pauvre lapin, tu ne connaissais pas le premier mot de l'histoire ! Tu n'avais encore rien vu, rien du tout ! Tu allais chercher si loin ce qu'on trouve en restant au fond de son lit…

Je descendrai tout au fond de cette paix, de ces ténèbres. Et pourtant, je m'envolerai. Je m'envolerai plus haut qu'elle, plus haut que cet ange du démon… Comment s'appelait-elle, déjà ? Un nom plutôt court… Un nom en *a*. Je l'ai sur le bout de la langue, c'est trop bête… Ah, si ! Gloria… Des années qu'il était enterré quelque part. Bien plus d'années que je ne croyais en avoir passé sur la terre. Tant d'années durant lesquelles je m'efforçais d'oublier son sourire sur la balançoire – et mon vertige, à moi qui restais clouée au sol et qui le resterais jusqu'à ce que l'ombre m'ouvre les bras en plein jour… Aujourd'hui, tout me revient. Derrière ce sourire qui m'aveugle depuis l'enfance, peu à peu j'aperçois son visage… Jésus ! Comment avait-il pu s'effacer de ma mémoire ?… Gloria, la plus belle fille que j'aie jamais vue… La fille au monde que j'aurai le plus aimée… La seule… La seule pour qui j'ai tant souffert… La seule que j'aurais voulu consoler de l'amour…

Ce jour-là, quand je l'ai aperçue dans la cour, il était déjà trop tard… Aujourd'hui, j'arrive à temps… Je vais vaincre mon vertige… Je vais m'élancer… Je vais aller la chercher là-haut, toujours plus haut… Puis j'irai la rejoindre dans le cellier et notre nuit n'en finira plus… Mon tour est venu d'enfiler la robe en flammes, de prendre mon essor, de me décrocher de la terre, de sauter la plus haute muraille et d'aller m'allonger contre elle sans un mot… Un beau matin, maman nous apportera le petit déjeuner au lit… Aucune menace ne pèsera plus sur nos têtes… Plus jamais Gloria ne me sourira avec défi…

Mon propre nom m'avait presque échappé… J'en ai eu tellement… Je n'ai pas eu le temps de bien connaître toutes les femmes qui les ont portés, toutes les femmes que j'ai été au cours de mon existence, auxquelles j'aurais pu ressembler si j'avais eu de la suite dans les idées… En ce moment, je me nomme Eleanora. Comme jadis. Comme à une époque où je détestais qu'on m'appelle ainsi… Aujourd'hui, c'est le nom par lequel je m'adresse à moi-même… Du temps de Gloria, j'étais Madge… La première chose que faisaient les bonnes sœurs, avant même d'extirper des esprits le mensonge, la paresse et l'ignorance, c'était de nous retirer nos prénoms… Nous n'avions pas toutes droit à la robe écarlate, mais nous étions toutes rebaptisées. On ne nous demandait pas notre avis, et notre nouveau nom, en règle générale, ne nous allait pas du tout… Sauf à Gloria, la gloire de toutes les femmes de ma vie… Les autres, on les enfermait dans leur nouveau nom comme dans un uniforme de bagnard… Il faut s'appeler Madge pour s'éclater dans les travaux de couture. Il y a des choses que seule une Madge peut faire. Et plein d'autres qu'une Madge ne fera jamais. Enfiler une robe en flammes, par exemple. S'évader au moyen d'une balançoire. Rêver d'amour toute une nuit, dans un cellier. Des trucs comme ça… Des trucs qui vous rongent jusqu'à ce que vous arriviez à les faire sortir de vous… Pour moi, le moment est venu. J'ai senti au creux de mes reins la poussée qui va me donner de l'élan…

J'ai bien aimé m'appeler Bill, le temps que ça a duré... J'ai bien aimé faire l'homme... Billie n'aura été qu'un pis-aller... Même pour des choses aussi banales, les gens ne vous laissent guère le choix... Se désigner soi-même n'est pas une petite affaire... N'espérez pas y parvenir tout seul... Les femmes, par exemple, il faut toujours que ce soient les hommes qui leur mettent un nom dessus... Une espèce d'étiquette... Soit pour les acheter, soit pour les vendre... Ou bien un titre, comme les bouquins, grâce auquel l'histoire qu'elles racontent paraîtra plus belle... Lady Day... Lester m'a rendue si belle, avec ça, qu'il n'a plus jamais osé me toucher... Pas même avec des gants (des gants de fil blanc qui ramassent la moindre poussière)... C'est ce qu'on dit, « pas même avec des gants » : est-ce si différent de « pas même avec des pincettes » ?... Pour ça, nous nous en sommes payé, des parties de pincettes, Pres et moi !... Nous en avons fait, une gymnastique, pour ne pas nous frôler de trop près ! Comment on s'est envoyés paître, tous les deux ! Ces cadeaux qu'on a reçus l'un de l'autre et qu'on n'a jamais ouverts, qu'on a laissés pourrir dans un coin, d'un commun accord... Ils sont bons à mettre à l'ours, et nous avec !

On était à deux doigts de faire quelque chose de bien... Je ne sais pas quoi... Un machin qui nous aurait émerveillés nous-mêmes, et tout le monde avec nous... Qu'est-ce qui nous a pris au juste ?... Lester, il ne fallait pas compter sur lui pour prendre l'initiative : chacun son style... Lui, charité bien ordonnée commence par soi-même, il avait choisi d'être la Lady de toutes les ladies... La Lady intégrale... Mais moi, je n'ai pas fait l'homme pour autant... Et pas la femme non plus, soyons justes... Je n'ai rien fait du tout...

Si ! La nouba… J'ai trinqué avec lui. On a fumé tant et plus sur les toits… J'ai fait la maligne… J'ai fait la chanteuse… De plus en plus, je chantais des chansons que j'avais déjà chantées, et je voyais la mélancolie envahir le regard de Lester… C'était tout ce que je demandais alors… Qu'il ne se fasse aucune illusion sur moi… Que je ne sois pas obligée de devenir pour ses beaux yeux une sainte ou quelque chose du genre… On n'était pas à égalité, dans notre affaire… Il pouvait s'abuser sur mon compte, me trouver des qualités que je n'avais pas : moi, tout le bien que je pouvais penser de sa musique, multiplié par dix, ça n'atteignait pas sa valeur réelle… Bien sûr, une fille qui a la tête sur les épaules ne va pas s'amouracher d'un mec pour sa musique… Un bonhomme, c'est une chose ; un saxophone, une autre. Une musique, ça n'a pour ainsi dire rien à voir ni avec l'un ni avec l'autre… Dans ces conditions, le mec risque fort de vous décevoir. Sans rire, le saxophone vous ferait peut-être un meilleur usage…

Pres n'était pas mon type d'homme, il est un peu tard pour prétendre le contraire… Mais mon type d'homme ne convient à aucune femme… Même pas à moi… Surtout pas à moi !… Et c'est justement pour ça que je cavale après, comme me l'a dit et répété Bobby Tucker à une époque où je ne pouvais pas entendre ce genre de discours… Avec mes hommes, je n'avais rien à gagner. Je le savais au fond de moi. Ce que j'ignorais encore, c'est que ne rien gagner n'a jamais empêché personne de tout perdre… À l'exception peut-être d'une envie de grimper sur la balançoire et de s'envoyer en l'air une bonne fois… Un désir auquel vous ne comprenez que dalle, mais que quelqu'un – l'ange de lumière ou le prince des ténèbres ? allez savoir… – exauce sans crier gare, au beau milieu d'un bel après-midi merdique dans un hôpital de Harlem…

Sweet mystery of life... C'est le titre d'une chanson, je crois bien, ou seulement un bout des paroles… J'ai oublié la mélodie, en tout cas. Et je m'en fiche pas mal… C'était quoi, le doux mystère de ma vie ? C'était quoi, cette douceur ?… C'était quoi, cette vie, d'abord ?… Est-ce que je vais enfin l'apprendre maintenant ?

Je m'enfonçais encore… Je m'envolais encore… Puis il y a eu comme un bruit… Une rumeur… Plutôt un chuchotement… Et puis une voix. Lointaine, mais distincte… J'ai entendu ces mots : « Elle ne peut plus vous entendre. Elle a sombré dans le coma. » Qui était donc là ? Louis ? Billy ? Qui m'admirait sur ma balançoire ?

Je fais la morte… Je ne veux pas les mettre dans l'embarras… Ce n'est pas eux que j'attends, de toute manière… Mais qui, alors ? Mom ?… Mom ne m'a jamais quittée… Elle n'a jamais cessé de veiller sur moi… Ils en savent tous moins long qu'elle… Beaucoup moins long… À moi, elle videra son sac, à la minute où nous nous reverrons. Et, pour une fois, je l'écouterai… J'aurai tout mon temps à lui consacrer…

Je sens un courant d'air, tout à coup… On a ouvert la porte… Je sais que c'est lui… « Je sens un courant d'air », c'était une de ses expressions, quand nous étions heureux et malheureux à en crever… Sa silhouette se découpe sur les ténèbres, ne me demandez pas comment il fait son compte… Son chapeau… Son putain de manteau qui frotte par terre… Il s'approche, à petits pas chassés, comme s'il rejoignait le micro…

Avant de vous donner le frisson de votre vie, il fait celui qui va à l'abattoir… Il glisse jusqu'à mon lit… Il me prend la main… Je rassemble mes forces pour répondre à la pression de ses doigts… Mais que vais-je lui dire ?… Mais qu'y a-t-il de plus à dire ?… Il a passé son temps à débagouler des conneries, ding dong et tout ça, et moi à chanter celles des autres… Il ne perdait pas le nord… La preuve, il est revenu de Paris… Il serait revenu de plus loin que tout !… À son rythme, à son pas… La mer à boire, mais à la petite cuiller – c'est tout lui… Il y aura mis le temps…

Il m'a retrouvée… Il a mis un pied devant l'autre, dans ses écrase-merde à semelle crêpe… Il a suivi son ombre, elle ne risquait pas de le bousculer… Un vieux marcheur, Lester Willis Young !… Il suivait depuis le point du jour des filles qu'il avait inventées, des filles de derrière sa tête… Il en a épousé d'autres… Elles s'en sont allées toutes seules, vers les autobus… Moi, sur le trottoir d'en face, j'aguichais la pire espèce… Décolleté, retroussis, émail roussi, serviette éponge, poire à lavement… Mais, tout au bout du bout de la route, il est parvenu jusqu'à moi… Surtout, ne me lâche pas, vieux !… Plus maintenant, s'il te plaît… Arrête-toi au bord de la fosse d'orchestre… Sors ta petite brosse et frotte-toi l'épaule, en signe de victoire… On a quelque part où aller, si tu veux… On dansera un tango qu'ils ont là-bas, autant que tu le désires… Tu conduis ?… Non, tu ne conduis pas. Tu laisses les parquets glisser sous toi… C'est le monde qui danse et, nous, comme de merveilleux cons, on n'a rien d'autre à faire que de se contempler le fond des yeux… Dans l'obscurité, ce qui est bien, c'est que la nuit tarde à venir… Comme toi, malgré ta réputation d'arriver partout en avance…

La fille qui m'a délestée de ma galette, elle chuchote – mais si elle s'imagine que je ne l'entends pas !…

« Elle nous a quittés. Nous sommes le 17 juillet. Il est trois heures dix du matin. »

Toi, tu es toujours au courant de tout, hein ? Rien ne t'échappe… Pétasse !

ÉPILOGUE (1973)

Deborah

Comme convenu, la journaliste du Rhode Island est passée me voir en fin de journée. « À la fraîche » – sauf qu'on étouffait toujours. Je ne voyais pas du tout ce que j'allais lui raconter, mais, un dimanche de canicule, qu'y aurait-il de mieux à faire que d'évoquer un sujet qui vous intéresse avec quelqu'un qui semble avoir de la conversation ? Les enfants se sont mariés jeunes, tous les deux. Bien trop jeunes. (Plus tôt on s'y colle, plus vite on le regrette. C'est une sorte de loi de la nature, j'ai remarqué.) Je vis seule, à présent. Je m'ennuie à mourir : les années filent quand même. Comme le dit Jeremiah Wilson, le gérant de notre supérette, en secouant son énorme bedaine : « Ce sont les deux privilèges de l'âge. Vous n'avez pas l'un sans l'autre ! »

Au téléphone, cette femme avait une voix assez jeune. En réalité, elle a mon âge ou pas loin. La grosse grosse cinquantaine. Dans ces eaux-là. Une grande perche, mais très chic. Digne, même, je dirais, dans ses vêtements stricts, tailleur et tout, malgré le thermomètre. Tirée à quatre épingles. La grande classe. Pas du tout le genre envoyée spéciale dépenaillée, déguisée en pêcheuse de truites et maquillée à la paille de fer, qu'on voit dans les reportages de la télé. Elle ressemblerait plutôt aux présentatrices du journal, qui ont toujours l'air de sortir de chez le coiffeur. Elle a le teint aussi foncé que moi, mais sa couleur à elle est comme posée sur sa peau (vingt fois au cours de la conversation, je me suis surprise à lui répondre comme si je m'adressais à une Blanche). Plutôt bien conservée, avec ça. En tout cas mieux que quelqu'un que je connais. Elle n'a pas dû faire de gosses. Bénie soit-elle ! (Qu'ils la bénissent, eux, de ne pas avoir vu le jour et d'avoir coupé ainsi à une belle corvée !)

Il fallait vraiment qu'elle ait envie de me voir, pour se déplacer d'aussi loin. Elle m'a laissé sa carte de visite (elle en a, j'imagine, tout un paquet dans sa poche, qu'elle distribue d'un geste machinal dès qu'un bipède se risque à sa portée). Je l'ai rangée quelque part. Je conserve tout, depuis que je n'ai plus personne sur le dos. C'est ma nouvelle marotte. À croire que, plus ma vie rétrécit, plus j'encombre ma maison. Ma visiteuse s'appelle Melissa Fullbright. Elle est rédactrice en chef du *Sentinel Weekly* de Providence. Elle avait certaines questions à me poser ; l'interview, cependant, n'était pas destinée à son magazine. Dans un de ces livres censés être des brûlots, mais que la presse unanime s'empresse de porter aux nues (avant de les passer sans remords par profits et pertes), une activiste noire, comme on nous en sert treize à la douzaine par les temps qui courent, avait tracé un portrait au vitriol de Billie Holiday, dénoncée comme une victime consentante et, pour finir – la mort du petit cheval ! – comme un suppôt de l'oppression masculine. Miss Fullbright avait elle-même écrit jadis sur Billie une pièce qu'on avait failli donner à Broadway ; elle comptait répondre vertement à cette pétroleuse. Toutefois, plutôt que d'entrer dans son jeu et de faire sa publicité en polémiquant avec elle, elle se bornerait à exposer ce qu'avaient été, dans les faits, les relations de la chanteuse avec les hommes. Elle étalerait la vérité toute nue, mais la vérité complète, c'est-à-dire l'envers *et* l'endroit de la médaille. L'entreprise m'avait paru louable. Pourquoi n'y aurais-je pas contribué ?

Cette Melissa est une femme de tête. Elle sait ce qu'elle veut. Elle n'a pas l'intention de rater son coup. La contre-attaque qu'elle mijote, elle y consacre tous ses loisirs depuis un mois. Elle s'est déjà rendue à Baltimore, à Philadelphie et à New York. Elle recueille partout des témoignages de première main. Dans le détail, il est exceptionnel qu'ils se recoupent, m'a-t-elle confié, mais cette difficulté n'a pas l'air de la troubler outre mesure. Je suppose que, dans son métier, on est habitué aux contrariétés de cette espèce. Plusieurs des personnes qu'elle souhaitait rencontrer étaient mortes. Certaines avaient disparu de la circulation. D'autres encore lui avaient menti de la manière la plus effrontée (pour quel bénéfice ? demandez aux astres !). Louis McKay était le seul qui avait refusé de la recevoir. Non sans grossièreté, dès qu'il avait compris qu'elle était noire. Était-ce mon ancien mari qui lui avait refilé mon adresse pour se débarrasser d'elle ? Elle ne me l'a pas dit et je ne lui ai pas posé la question. Si ce n'était pas le cas, il fallait qu'elle ait eu de la persévérance pour me débusquer au fond de ma retraite.

Je pensais, entre nous, qu'elle avait plus de choses à m'apprendre que, moi, de secrets à lui révéler. Sur McKay, en particulier, et aussi sur Billie elle-même. Je ne peux pas rester indifférente à une histoire où j'ai joué un rôle non négligeable et qui a tant compté sur moi. L'irruption de Lady Day dans mon existence l'a transformée du tout au tout. Elle m'a libérée d'un mari épouvantable, tout en assurant à mes enfants un minimum d'aisance, au moins pendant quelques années. Et puis il y a tout ce que la musique de cette femme a fait pour moi. Quoi exactement ? Je ne saurais pas l'expliquer. Ce n'est pas quelque chose qui se désigne, qui se mesure ou qui se décrit. Le moins qu'on puisse dire, c'est que ça n'a pas été de la petite bière…

Perdue parmi les trois mille inconnus qui se piétinaient allègrement derrière un cordon de célébrités, sur le parvis de l'église apostolique romaine St Paul de la 60e Rue, j'avais assisté aux funérailles de mon artiste préférée. Après quoi je m'étais entichée de *Lady in Satin* et de *Billie Holiday*, son tout dernier enregistrement, au point d'acheter un second exemplaire de chaque microsillon, en cas de malheur… Il arrivait encore à McKay de m'appeler, pendant cette période. Il m'avait raconté qu'elle-même détestait *Billie Holiday*, à l'exception d'un seul morceau, *Just One More Chance*, qu'elle se passait tout le temps à l'hôpital. C'est quand même bizarre : avant de connaître ce détail, c'était celui que je préférais dans le disque, et de loin. Au téléphone, Miss Fullbright a mentionné l'album à un certain moment de notre conversation, précisant, sans que je lui aie rien demandé, qu'elle était fanatique de *Just One More Chance*, elle aussi. Après ça, il ne me serait pas venu à l'idée de la rembarrer, même si je n'avais pas eu le cœur de remuer le passé.

La direction de son journal n'avait pas la moindre intention, en 59, d'investir dans un reportage sur des obsèques qui seraient largement « couvertes » par des confrères. Il suffirait soit d'acheter, soit de démarquer leurs articles : la facture serait moins salée. J'avais gardé la coupure du *New York Times* relative à l'événement. Ma visiteuse la connaissait déjà. Par cœur. Elle m'en a cité de mémoire les premières lignes, à propos de la messe de requiem chantée par les choristes, et aussi le passage qui parle de la robe et des gants roses que la morte portait à son enterrement. Il l'avait frappée autant que moi. Qui aurait jamais associé à Billie Holiday une couleur comme celle-là ?

Je la trouvais étonnante, Melissa Fullbright. Tout aussi folle que moi, en un certain sens. Elle me plaisait de plus en plus. Je ne voulais pas la décevoir. Je lui ai dépeint le manège de McKay aux obsèques. Il ne m'avait même pas vue, et pour cause ! Mon pauvre Louis fonçait de groupe en groupe afin de bien persuader tout le monde, y compris de parfaits étrangers, que c'était lui, lui-même en personne, qui avait tout organisé. D'ailleurs, il tenait la main de Billie à l'instant où elle poussait son dernier soupir. Il avait dû, certes, aller s'établir en Californie pour raisons de santé, mais ç'avait été la mort dans l'âme. Lady Day et lui étaient restés follement épris l'un de l'autre et avaient coutume de passer des nuits entières à échanger des mots doux au téléphone. Jamais il ne manquait d'ajouter en confidence que William Dufty n'était qu'un menteur, un profiteur et un escroc, qui avait en outre sali la réputation de sa femme en lui faisant prononcer dans son livre des grossièretés qui n'auraient jamais franchi la barrière de ses lèvres. Miss Fullbright s'est bien amusée. En contrepartie, elle m'a informé que McKay, de plus en plus fidèle à lui-même, avait contacté la chanteuse Annie Ross afin de lui faire – c'était presque trop beau ! – la proposition suivante : « Écoute, petite. J'ai le vison de Billie. Elle souhaitait te le léguer. Si ça t'intéresse, je te le laisse pour cinq cents dollars. »

Je n'ai pas pu lui résister. J'ai invité Melissa Fullbright à jeter un coup d'œil à ma collection de disques. Rangée par ordre alphabétique. De Billie Holiday à Billie Holiday en passant par Billie Holiday.

De la paume, elle a caressé, avec une douceur qui m'a donné envie de la serrer dans mes bras, le dos de toutes les pochettes pressées les unes contre les autres, de manière que les microsillons eux-mêmes ne se déforment pas quand le mercure, comme ce jour-là, faisait des siennes.

Elle a murmuré :

« Dites donc, vous en avez encore plus que moi… »

À quoi cela m'aurait-il servi de faire la mariole ? Pas avec une femme comme elle.

J'ai dit :

« Oh, vous savez, Melissa – je peux vous appeler Melissa ? –, j'en ai plein en double… En triple, même… Il suffit que la pochette soit différente… Quand la pochette est différente, la musique le devient aussi, peu de gens s'avisent de cela… Au temps où les disques n'avaient pas de pochette, les gens ne savaient pas ce qu'ils perdaient… »

Elle m'a souri.

« Des femmes que nous ne citerons pas ne le savent que trop, ce qu'elles ont perdu, ne pensez-vous pas ?

— C'est le privilège de l'âge, Melissa.

— Non, m'a-t-elle répondu. C'est le privilège des femmes. »

Plus tard, nous sommes allées nous asseoir sur la véranda. Et quand le soleil s'est caché derrière les arbres, elle a souhaité qu'on s'installe sur les marches de la véranda, là comme ça, comme des gamines qui viennent de se faire éclabousser exprès par la bouche d'incendie, en plein mois d'août, et qui sont si bien comme elles sont qu'elles n'ont pas encore pris le temps de rêver. Ni au bonheur. Ni à des hommes en alpaga. Ni à rien. Et je me souviens que j'ai dit :

« Mais… votre joli tailleur clair, Melissa ? »

Les ombres traversaient ma pelouse. Elles avançaient sur nous. Melissa souriait en silence, les paupières mi-closes. Elle baignait son visage dans la lumière orange qui traversait encore les feuilles, mais s'éteignait peu à peu. Où se trouvait-elle dans sa tête, à cet instant précis ? Par hasard, mes yeux sont tombés sur sa main. Les jointures étaient presque blanches. Elle avait enfoncé ses ongles dans le rebord de la marche, dont le bois, avec les années, était devenu tendre.

Table

AVERTISSEMENT 9

PROLOGUE (1959) 11
Mary 13
Lady Day 21

UNE HISTOIRE D'AMOURS

I (1914-1929) 41
Mattie 43
Sadie 51
Melissa 87
Lucy 117

II (1929-1933) 133
Billie 135
Clara 166
Fanny 194

III (1934-1939) 235
Ethel 237

Irene 257
Margaret 283
Sadie 296
Lester 318
Mae 334
Billie 344

IV (1939-1945) 357
Mrs White 359
Irene 371
Lady Day 384
Sadie 417

V (1945-1950) 447
Melissa 449
Miss Welsh 461
Lady Day 474
Helen 505
Lady Day 525
Mother Tucker 552

VI (1951-1959) 565
Lester 567
Deborah 576
Irene 593
Memry 605
Alice 610
Lady Day 616
Lester 625
Alice 630
Lady Day 640

ÉPILOGUE (1973) 653
Deborah 655

Alain Gerber
dans Le Livre de Poche

Chet n° 30886

« Pour la musique, ce furent des années flamboyantes. Et pour les musiciens, bien souvent, des années crépusculaires. » Ce roman ne prétend pas rassembler les témoignages véridiques de l'entourage de Chet Baker, excepté ceux, inédits, de Riccardo del Fra et de Jean-Louis Chautemps. Les propos prêtés par exemple à Vera – la mère, la confidente –, aux musiciens, amis ou ennemis, et, bien sûr, à Chet lui-même sont de pures spéculations. De même, certains personnages – Levin ou Prezzolini – sont issus de l'imagination d'Alain Gerber, qui entend restituer au plus près, par le biais de la fiction, ce que fut vraiment Chet Baker ; et il « peut bien tordre le cou aux légendes souvent forgées par les musiciens eux-mêmes, la réalité du jazz est bien plus belle sous sa plume ».

Louie n° 30223

1931. Dans le train qui le ramène vers sa ville natale, Louis Armstrong mesure le chemin parcouru. Il a trente ans. Déjà il a triomphé à New York et imposé à toute l'Amérique le style « New Orleans ». Rien n'était joué d'avance, pourtant, pour le petit Noir fasciné de bonne heure par la musique des bouges, dans le quartier des prostituées et des voyous. Il a connu la misère, le vagabondage, la discipline austère du foyer pour enfants abandonnés, les petits métiers pour ne pas mourir de faim. Jusqu'au moment où le cornettiste King Oliver l'a pris sous son aile et lui a transmis ses secrets... Des années héroïques, où l'engouement de l'Amérique pour les musiciens noirs servait à masquer la réalité du racisme et de l'injustice sociale.

Du même auteur

Alain Gerber a reçu le Grand Prix du roman de la Ville de Paris pour l'ensemble de son œuvre.

ROMANS

La Couleur orange, Robert Laffont, 1975.
Le Buffet de la gare, Robert Laffont, 1976.
Le Plaisir des sens, Robert Laffont, 1977.
Le Faubourg des coups-de-trique, Robert Laffont, 1979.
Une sorte de bleu, Robert Laffont, 1980 (Prix du roman populiste).
Le Jade et l'Obsidienne, Robert Laffont, 1981.
Le Lapin de lune, Robert Laffont, 1982.
Une rumeur d'éléphant, Robert Laffont, 1984.
Les Heureux Jours de monsieur Ghichka, Robert Laffont, 1986.
La Trace-aux-esclaves, Grasset, 1987 (Prix Mottard de l'Académie française).
Le Verger du diable, Grasset, 1989 (Prix Interallié).
Mylenya ou la maison du silence, Robert Laffont, 1991.
Une citadelle de sable, Robert Laffont, 1992.
La Porte d'oubli, Robert Laffont, 1993.
L'Aile du temps, Robert Laffont, 1994 (Prix du Livre de l'été, Metz).
Quatre saisons à Venise, Robert Laffont, 1996.

La petite ombre qui court dans l'herbe, Robert Laffont, 1997.
Les Petites Chaises de Myrtiosa, Le Rocher, 1999.
On dirait qu'on serait..., Fayard, 2000.
Jours de brume sur les hauts plateaux, Fayard, 2001.
Louie, Fayard, 2002 (prix Charles-Delaunay de l'Académie du jazz).
Chet, Fayard, 2003.
Charlie, Fayard, 2005.
Miles, Fayard, 2007.
Frankie, le sultan des pâmoisons, Fayard, 2008.

RÉCIT

Jeter l'encre, Isoète, 1993.
Paul Desmond et le côté féminin du monde, Fayard, 2006.

NOUVELLES

Les Jours de vin et de roses, Robert Laffont, 1982 (Bourse Goncourt de la nouvelle, Grand Prix de la nouvelle de la Société des gens de lettres).
Ce qu'on voit dans les yeux d'Iliyna Karopi, Le Rocher, 1996 (Prix Renaissance de la nouvelle).
Les Débuts difficiles de l'écrivain Nathan Typpesh, Le Rocher, 1996.
« L'Anniversaire de la Vieille Dame », in *Alst'homme*, photographies Marc Paygnard, Éditions du Paysage, 1997.
Le Sourire de Chaco, Le Rocher, 1998.
Balades en jazz, Gallimard, « Folio », 2007.

ESSAIS

Jazz classique, Castermann, 1971.
Jazz moderne, Castermann, 1971.
Le Cas Coltrane, Parenthèses, 1985 et 2003.
Portraits en jazz, Renaudot et Cie, 1990 (Prix Robert Goffin de l'Académie du jazz).
Montréal Blues, Table rase/Manya, 1992.
Fiesta in Blue, vol. 1, Alive, 1998 (Prix Charles-Delaunay de l'Académie du jazz).
Fiesta in Blue, vol. 2, Alive, 1999 (Prix Charles-Delaunay de l'Académie du jazz).
Lester Young, Fayard, 2000 (Prix de l'Académie Charles Cros ; Prix des Muses).
Clifford Brown, Fayard, 2001.
Bill Evans, Fayard, 2001.
Miles Davis et le blues du Blanc, Fayard, 2003.
Jack Teagarden. Pluie d'étoiles sur l'Alabama, Fayard, 2003.

LIVRES POUR ENFANTS

Mon ami Emiliano Zapata, coll. « Je bouquine », 1985,
et Livre de Poche jeunesse, 1987.
Le Roi du jazz, coll. « Je bouquine », 1991, Bayard Poche, 1994, et Bayard Jeunesse, 2002 (Label du Prix Versele).
La Vie buissonnière, coll. « Je bouquine », 1992,
et Bayard Poche, 1996.
Les Anges de Rio, coll. « Je bouquine », 1995.

Composition réalisée par PCA

Achevé d'imprimer en novembre 2008, en France sur Presse Offset par
Maury-Imprimeur - 45330 Malesherbes
N° d'imprimeur : 142195
Dépôt légal 1re publication : décembre 2008
LIBRAIRIE GÉNÉRALE FRANÇAISE - 31, rue de Fleurus - 75278 Paris Cedex 06

31/1863/5